盛唐散文研究

The Study on the Prose in Glorious Period of Tang Dynasty

胡 燕 著

上海古籍出版社

2015年度国家社科基金后期资助项目（15FZW038）

国家社科基金后期资助项目
出版说明

　　后期资助项目是国家社科基金设立的一类重要项目,旨在鼓励广大社科研究者潜心治学,支持基础研究多出优秀成果。它是经过严格评审,从接近完成的科研成果中遴选立项的。为扩大后期资助项目的影响,更好地推动学术发展,促进成果转化,全国哲学社会科学工作办公室按照"统一设计、统一标识、统一版式、形成系列"的总体要求,组织出版国家社科基金后期资助项目成果。

全国哲学社会科学工作办公室

目　录

绪论 …………………………………………………………………… 1

第一章　开元散文：政治精英与骈体公文的全面革新 ……… 21
第一节　张说：革新官修碑志 ………………………………… 24
第二节　苏颋：变革授官制敕 ………………………………… 44
第三节　张九龄：散化外交敕令 ……………………………… 62
第四节　孙逖：改良骈体公文 ………………………………… 75

第二章　天宝散文：文化下移与骈体私函的多维度开掘 …… 83
第一节　李白：独抒性灵 ……………………………………… 85
第二节　杜甫：富于情致 ……………………………………… 96
第三节　王维：以诗为文 ……………………………………… 111

第三章　至德至大历散文：文化精英与骈文的改造、古文的初盛 …… 122
第一节　"萧夫子"：古文理论的传播 ………………………… 127
第二节　李华：试作古文 ……………………………………… 152
第三节　独孤及：以古文改造骈文 …………………………… 176
第四节　颜真卿：自成古文 …………………………………… 193
第五节　元结：全力作古文 …………………………………… 216

第四章　盛唐散文的文体新变
　　　　　——以序文、判文、壁记、律赋、干谒文为中心 ……… 241
第一节　游宴序的兴盛与赠别序的生成 ……………………… 243
第二节　案判的真实性与拟判的程式化 ……………………… 258

第三节　壁记的嬗变与传播 …………………………………… 277
第四节　律赋的兴盛与"诗赋取士" …………………………… 288
第五节　盛唐干谒文与"尚文"之风、文人矛盾人格 ………… 299

结语 …………………………………………………………………… 326

参考文献 ……………………………………………………………… 328

后记 …………………………………………………………………… 336

绪　　论

　　散文乃经国之大业,治世之要务。五四以来,由于西方"纯文学"观念的引入,被视为"杂文学"的中国古代"散文"研究日益边缘化;在清末民初的文白之争中,文言文落败。且在日常生活中,文言文的功能迅速在削弱,逐渐由中心沦落为边缘;同时,偏重理性、实用性的古代文章与偏重感性、审美性的小说、诗歌、戏曲差异甚大,无法与西方文学观念直接对话,同时也受中外散文理论资源匮乏的限制,自然也就无法同小说、诗歌、戏曲那般引入西方文论进行积极的变革。故古代散文研究虽取得了一定的成果,但仍无法与其他文体所取得的巨大成绩相提并论。大体而言,古代散文的研究方法、阐释框架乃至最基本的概念都还未有很好的解决。正是这些复杂的因素导致散文研究相对沉寂,散文研究尚需继续深入。

　　就唐代散文研究而言,学界多聚焦于中唐古文运动,而古文运动又以韩愈、柳宗元为焦点,其他中小作家目前也有较为集中的探讨,但少有从断代的角度对唐赋、散体文、骈体文进行某一个时段的整体研究。"论唐文者,向来以古文运动为中心,评价标准则是文明道说。因此之故,便是重散体而非骈体,重思想而轻情思技巧。取舍偏颇,也就难以窥测唐文之全貌。从文学史角度看,这其实是不全面的。"[①]这一研究状况直至当下,仍未有根本性改变。就研究视域而言,目前对唐代散文的研究,多着眼于历时性的纵向角度,少有从共时性横向的角度对某一特定历史时期的众体散文进行全面、系统的研究,更少有从文人群落的角度综合探讨古典散文的艺术精神与艺术特色等问题。

　　盛唐散文是继初唐散文之后,唐代散文发展史上的又一重要阶段。"唐有天下几二百载,而文章三变:初则广汉陈子昂以风雅革浮侈;次则燕国张公说以宏茂广波澜;天宝已还,则李员外、萧功曹、贾常侍、独孤常州比肩而

---

① 罗宗强、郝世峰:《隋唐五代文学史》,北京,高等教育出版社,1990年,第111页。

出,故其道益炽。"①梁肃将唐初至大历时期的散文发展分为三个阶段：初唐、开元、天宝至大历年间,开元至大历即本文所言盛唐散文时期。《新唐书·文艺传》："唐有天下三百年,文章无虑三变。高祖、太宗,大难始夷,沿江左余风,缔句绘章,揣合低卬,故王、杨为之伯。玄宗好经术,群臣稍厌雕瑑,索理致,崇雅黜浮,气益雄浑,则燕、许擅其宗。是时,唐兴已百年,诸儒争自名家。大历、贞元间,美才辈出,擩哜道真,涵泳圣涯,于是韩愈倡之,柳宗元、李翱、皇甫湜等和之,排逐百家,法度森严,抵轹晋、魏,上轧汉、周,唐之文完然为一王法,此其极也。"②宋祁通观唐代三百年的散文发展史,将其分为：初唐散文,以"四杰"文情并茂的骈文为代表；盛唐散文,以"燕许"典雅雍容的"台阁文"为代表；中唐散文,以"韩柳"别具面目的古文为代表。其"三变"说较为全面地反映了唐代散文发展的全貌。

以盛唐散文为唐代散文发展中的"一变"已为后世许多学者所接受,只是在盛唐散文的时间范围、风格、特点等方面有所差异。如清人蒋湘南《唐十二家文选序》："唐之文凡三变：初则王、杨、卢、骆沿六朝之格,而燕、许为大宗；继则元、梁、独孤牵东汉之绪,而肖③、李为最雄；至昌黎韩先生出,约《六经》之旨,然后炳然与三代同风。"④蒋氏虽也主张"三变"说,但是其具体内涵与宋祁差异甚大,其将本开盛唐风气之"燕许"纳入初唐,可能是着眼于他们都以骈文为主,但两者内容及格调相差甚大,可说是异大于同。以萧、李古文为盛唐散文的代表,切合天宝后期及大历前期的散文发展的实际。钱基博《中国文学史》也主张"唐文三变",关于盛唐散文,他认为："玄宗好经术,群臣稍厌雕琢,索理致,崇雅黜浮；苏颋、张说,波澜渐畅,而骈俪犹存。笃意真古,则元结、独孤及开其端。是时唐兴已百年,诸儒争自名家。"⑤钱氏所论以《新唐书·文艺传》的"三变"说为基本框架,借鉴了《群书备考》对燕、许散文"波澜颇畅,而骈俪犹存"的评价,指出元结、独孤及之古文是中唐古文运动的开端,对于盛唐散文的概括较为全面,但限于体例,略显粗疏。

本文拟从文人群落变迁、文体嬗变、文化阐释等角度以散文家与文体为

---

① (唐)梁肃：《补阙李君前集序》,胡大浚、张春雯校点：《梁肃文集》(卷二),兰州,甘肃人民出版社,2000年,第41页。
② (宋)欧阳修等：《新唐书·文艺传》(卷二〇一),北京,中华书局,1975年,第5725~5726页。
③ "肖"应为"萧",萧颖士之简称。
④ (清)蒋湘南：《唐十二家文选序》,李叔毅等点校：《七经楼文钞》,郑州,中州古籍出版社,1991年,第188页。
⑤ 钱基博：《中国文学史》(上册),上海,东方出版中心,2008年,第208页。

核心讨论盛唐散文丰富的内容、独特的审美价值、多向度的文学发展取向、多样的文学观念以及文学与政治、经济、文化之间的复杂关系等，以期对盛唐散文作深入、全面、细致地整体观照，丰富盛唐散文的研究。盛唐散文是唐代散文发展史上的重要阶段，沈曾植曾言："开元文盛，百家皆有跨晋、宋追两汉之思。经大历、贞元、元和，而唐之为唐也，六艺九流，遂成满一代之大业。燕、许宗经典重，实开梁、独孤、韩、柳之先。李、杜、王、孟、包晋、宋以跂建安，而元、白、韩、孟，实承其绪。"[1]沈曾植所言之"文"并非专指散文，还包括诗歌、书法。但其所言"燕许"等人，应是偏重言其散文之创作成绩，故沈曾植所言实亦可作对盛唐散文之整体判断。从文体革新的角度看，盛唐散文与以古文为代表的中唐散文相比，其整体水平确实存在差距，但它所独特的魅力及研究价值仍不可忽视。

一、古代散文研究范畴概说

关于古代散文的研究范畴，学界大体有三种看法。

1. "散文"即散体文。陈柱在《中国散文史·总论》明确提出："而现代所用散文之名，则大抵与韵文对立，其领域则凡有韵之诗赋词曲，与有声律之骈文，皆不得入内；……吾今于本书所论之领域，则仍沿用近日散文之谊，而论文笔之骈散，则多用奇偶之谊，读者随文观之可也。"[2]陈柱把用韵之文（如辞赋）和对偶声律之文（如骈文）排除在散文外，"散文"的范畴较为狭窄。

陈柱认为：散文就是除诗歌、辞赋、骈文等韵文之外的散体文章，内涵、外延不够明确。因为"韵文"一般指的是押韵之文，如果将不押韵之文定义为"散文"，那么一直属于散文的却又押韵的铭文、赞文、颂文就必须排除。更重要的是，不押韵之文尚包括小说、笔记等文体，那么散文会变得漫无边际，区分文体也就失去了实际的意义。以有韵、无韵为分类标准，大致沿用刘勰等人提出的文笔之分，而未能涵盖后起的小说、戏曲之类。南宋至明清，小说属于"稗官野史"之流，不能登大雅之堂，所以古人在论述"散文"概念之时，未把小说纳入视野。但文学研究进入现代之后，在小说的文学意义得到确认的情况下，这种观点显然不符合实际。

2. "散文"不仅不包括赋和骈文，而且对散体文"也要考虑这类文体中

---

[1] 沈曾植：《海日楼札丛》（卷七），沈阳，辽宁教育出版社，1998年，第262页。
[2] 陈柱：《中国散文史》，北京，东方出版社，2012年，第4页。

文学因素的多寡"、"突出散文的文学特性"①，也就是说只有具有文学性的散体文，才能归入古代散文的研究范畴。谢楚发从内容、表现形式、功能等因素着眼，将古代散文分为四类：记叙文、论辩文、讽喻文、实用文。谢先生此论的立足点是"既要考虑历史上存在过的文体，也要考虑这类文体中文学因素的多寡，有无优秀篇目存在。已经与时俱灭又无优秀之作的体类，可以不予理睬，像赞、颂、谥议、祝文等，就可搁置一边，不去管它"，目的在于"以简驭繁、去芜存精，突出散文的文学特性，以及有利于继承和发扬这份丰富而宝贵的遗产等方面"②。谢先生的研究目的是促使现代散文从古代散文汲取营养，他没有从古代散文的实际状况出发，而是以今衡古，研究范围较为狭窄，颇有"削足适履"之嫌。此外，持这一观点还有王彬《中国古代散文观念研究》："古代散文是一个包含着文学观念的非文学范畴……这一观念有长处也有短处。长处在于除韵文、小说外，几乎延揽了中国古代所有的文体，短处是没有将实用性与文学性，至少在观念上进行认真的判别……但是，如果在肯定长处的基础上而摒弃其短，在肯定散文可以而应该包容小说以外的任何一种散行文体的同时而又注重其文学性，对于只承认抒情体为唯一的散文的狭隘观念，自然要广博得多。"③概而言之，王先生的散文观念即除韵文、小说之外的任何一种具有文学性的散行文体，否定了实用性文体，其实际范围与谢先生一致。

　　谢楚发和王彬对散文的看法，缺陷在于范围太窄，古代散文最重要的功能恰恰在于与社会政治密不可分的实用性与功利性，若摒弃了实用性散文，并不符合古代散文的真实状况，也不符合人们的研究习惯。近年来，人们撰写的多数中国散文史、编辑的古代散文选，都包括辞赋、骈文以及章表等实用性文体。但其对古代散文"文学性"的凸显，值得注意。

　　3. "散文"包括赋、骈文和散体文，即广义的散文概念。如郭预衡在《中国散文史·序言》中所言："从汉语文章的实际出发，这部散文史的文体范围，也就不限于那些抒情写景的所谓'文学散文'，而是要将政论、史论、传记、墓志以及各体论说杂文统统包罗在内。因为，在中国古代，许多作家写这类文章，其'沉思'、'翰藻'，是不减于抒情写景的……从汉语文章的实际出发，这部散文史的文体范围，还不仅包罗了各体论说杂文，而且连那骈文辞赋也都包括在内。"④赵义山等主编的《中国分体文学史》（散文卷）也持

---

① 谢楚发：《散文》，北京，人民文学出版社，1994年，第13～14页。
② 同上。
③ 王彬：《中国文学观念研究》，北京，中国文联出版公司，1997年，第96～97页。
④ 郭预衡：《中国散文史·序言》，上海，上海古籍出版社，1986年，第1页。

同样的观点,"中国古代散文有广、狭二义。就广义而言,其文体范围不仅包括记言、记事、抒情、写景、论说、杂感以及经传史书之类的散体文,而且包括赋体文和骈体文,本书即取其广义。"①该书采用广义的散文概念,将散文分为散体文、赋、骈文三小类。目前,古代散文研究采用广义的散文概念已经成为大多数散文研究者的共识。

郭预衡等认为散文应该包括赋、骈文和散体文,其含义与"文章"概念基本相同。这是从古代散文的实际创作状况出发所得出的结论,符合中国古代散文的实际形态。本文即采用郭先生"大散文"的观点。郭预衡上述关于散文的观念,略显不足之处在于虽然也提及"沉思"、"翰藻"的选录标准,但缺乏对散文文学性的明确界定。

二、本文的研究对象

对一种文类的认识、研究,必须要重视其萌芽、发生、发展、成熟乃至衰落的全过程。笔者在继承学界关于散文基本概念讨论的基础上,提出以下看法:古代散文是除古代诗歌、古代小说、古典戏曲等文类之外的具有一定文学性或文学因子的一类文章,包括各类或具抒情性、或具叙事性、或具说理性、或具实用性的文体。关于文学性或文学因子,前人多有论述,如清代桐城大家姚鼐认为:"凡文之体类十三,而所以为文者八:曰神理、气味、格律、声色。神理、气味者,文之精也;格律、声色者,文之粗也。"②熊礼汇认为:"构成古典散文文学性、艺术美的最重要、最活跃、最具表现力的质素是理、法、辞、气、情。……而古典散文的艺术美,往往美在识度、美在事义、美在情愫、美在气势、美在风神、美在声调、美在色泽、美在篇法、章法、句法、字法。"③简而言之,所谓文学性就是有理识,具风度;有情思,动人心;有文采,具韵味,具体到每篇散文,所含的质素不尽相同,但决不能仅以形象、情节、情感等为衡量标准。关于文体,前人论述颇多,如郭英德《中国古代文体学论稿》④等。所谓"文体"乃是指文本的话语系统、结构方式、审美风貌,就指陈对象而言,又可分为文类文体、作家文体、时代文体、流派文体等⑤。本文

---

① 赵义山等编:《中国分体文学史》(散文卷),上海,上海古籍出版社,2001年,第1页。
② (清)姚鼐:《古文辞类纂·序》,边仲仁标点:《古文辞类纂》,长沙,岳麓书社,1988年,第4页。
③ 熊礼汇:《古典散文艺术研究刍议》,熊礼汇:《中国古代散文艺术史论》,武汉,湖北人民出版社,2005年,第2页。
④ 郭英德:《中国古代文体学论稿》,北京,北京大学出版社,2005年。
⑤ 王运熙:《中国古代文论中的"体"》,王运熙:《中国古代文论管窥》(增补本),上海,上海古籍出版社,2006年,第30页。

所言之文体若无特别说明,均指文类文体。

"只有尊重文体自身发展的规律,自觉地摆脱先入为主的'散文'的原始概念的束缚或纠缠,才能使作为文学的一种样式的散文的疆域相对清晰化,才能辩证地认识古今散文范畴的宽泛性的合理性。"①方遒此论的对象是现代散文研究,与我们立足于古代散文不同,但其中所隐含的理念让人深思。他认为研究现代散文不能受到古代散文概念的束缚,同样的,我们研究古代散文,也不能受到现代散文概念的束缚,我们需要面对基本的文学事实,需要承认古代散文的范畴宽泛性与内容驳杂性的特点,因此决不能运用现代文学散文的概念来衡量古代散文,"以今律古"会束缚我们对古代散文的探索,也不符合基本的文学事实。

关于散文的研究范围,谭家健和韩兆琦均主张随着时代的先后,散文范围应有所不同。先秦、两汉可以适当放宽,碑铭史传、书信杂记、章表奏疏以及某些哲学著作,只要有一定的文学性或在散文发展史上发生过某种影响都可以列入讨论的范围。魏晋以降,文笔之分渐严,文学的概念日益明确,散文的范围宜逐渐精审②。由粗到精,由界限模糊到比较清楚,这是符合文学形式发展规律的。有鉴于此,笔者把本文的研究对象确定为盛唐时期的散体文、赋、骈文,是指除诗歌、传奇之外的文章,即被历代总集、别集收入,具有一定文学性或文学因子的各类文章。这一研究范围大致与学界所认可的广义散文的内涵与外延相当。

前人关于盛唐的起止时间,分歧颇大,且大多以诗歌的发展为分期标准。高棅《唐诗品汇·总叙》:"开元、天宝间则有李翰林之飘逸,杜工部之沉郁,孟襄阳之清雅、王右丞之精致,储光羲之真率……凡此盛唐之盛者也。"③盛唐包括唐玄宗开元至天宝年间。罗宗强《隋唐五代文学思想史》认为:盛唐指睿宗景云中至玄宗天宝初,而天宝中至代宗大历中已属于转折前期④。《隋唐五代文学史》认为:盛唐是从景云元年(710)至宝应元年(762),主要包括玄宗、肃宗两朝⑤。乔象锺、陈铁民主编的《唐代文学史》承袭了这一观点,只是下限相对模糊,限定为大历初年⑥。本文从散文的实际出发,将"盛唐"的时间范围确定为从唐玄宗开元元年(713)至大历初年,之

---

① 方遒:《散文学综论》,合肥,安徽教育出版社,2004年,第3页。
② 谭家健:《六朝文章新论》,北京,北京燕山出版社,2008年,第456页。韩兆琦、吕伯涛:《汉代散文史稿·绪论》,太原,山西人民出版社,1986年,第11页。
③ (明)高棅:《唐诗品汇》,上海,上海古籍出版社,1982年,第8页。
④ 罗宗强:《隋唐五代文学思想史》,北京,中华书局,2003年,第50页。
⑤ 罗宗强等:《隋唐五代文学史》,北京,高等教育出版社,1990年,第147页。
⑥ 乔象锺、陈铁民:《唐代文学史》(上),北京,人民文学出版社,1995年,第208页。

所以跨越"安史之乱",首先是因为文学之"盛"与政治、经济之"盛",两者没有必然联系,正如钱锺书先生所言:"余窃谓就诗论诗,正当本体裁以划时期,不必尽与朝政国事之治乱盛衰吻合。"①王朝的兴衰只是文学发展的外因,而非文学发展本身。"安史之乱"虽然导致唐代散文在表现内容、艺术手法等方面有许多变化,但孕育、成熟于开天时代散文的大多数质的因素并未立即发生变化。其次,开天时代许多重要散文家如杜甫、李华、独孤及、元结等人的散文创作一直持续到大历时期。本文对"盛唐"的界定与乔、陈二先生的观点相同,但确定时间范围的出发点不同。二先生主要是从诗歌发展着眼,而我则立足于散文发展的实际状况。此后唐代散文逐步进入了中唐韩、柳为代表的古文运动时期。

三、盛唐散文研究史略

(一)唐至清代对盛唐散文的研究

盛唐散文自产生之日起就受到历代学者的关注。对于盛唐散文的研究,主要有两个维度。一是通过文集序、史论等对盛唐散文及盛唐散文家进行评点。由于在下文中会多次涉及,为避免重复,故在此处省略。二是通过散文选本来评价盛唐散文。因为"选本可以借古人的文章,寓自己的意见。博览群籍,采其合于自己意见的为一集,一法也,如《文选》是。择取一书,删其不合于自己意见的为一新书,又一法也,如《唐人万首绝句选》是。如此,则读者虽读古人书,却得了选者之意"②。唐代所编的各类散文选集大多已亡佚,只有《文馆词林》还存有残卷③。但该书编于初唐,唐代散文仅收录有唐高祖、唐太宗等人的诏敕以及褚亮等人碑铭,并未收录盛唐散文。故本书只能将唐代散文选集书名简单列举。宋人王应麟所编的《玉海》录有吴兢《唐名臣奏》十卷,马总《奏议集》三十卷,《唐谏诤集》十卷,《唐直臣谏奏》七卷,张易《谏书》八十卷,专收唐大臣奏疏论议④;周仁瞻《唐古今类聚策苑》十四卷,专收策文⑤;臧嘉猷《唐羽书集》三卷,专收历代军中以唐为首的符檄诰命箴颂之文⑥等。此外,据《新唐书·艺文志四·集部》,有专收"四六"文,如崔致远《四六》一卷,李巨川《四六集》二卷;有专收"赋",如公乘亿

---

① 钱锺书:《谈艺录》,北京,中华书局,1984年,第1~2页。
② 鲁迅:《选本》,《鲁迅杂文全集》(下),北京,群言出版社,2016年,第334页。
③ (唐)许敬宗等编,罗国威整理:《日藏弘仁本文馆词林校证》,北京,中华书局,2001年。
④ (宋)王应麟:《玉海》(卷六一),第1165页。
⑤ (宋)王应麟:《玉海》(卷五四),第1021页。
⑥ (宋)王应麟:《玉海》(卷五五),第1049页。

《赋集》十二卷,《赋》二卷;有专收赞、箴,如崔融《宝图赞》一卷,李靖《霸国箴》一卷;也有专收策文,如魏徵《时务策》五卷,郭元振《安邦策》一卷;亦有收录制诰、表状等公文,如崔昭《制诰集》十卷,陆贽《论议表疏集》十二卷,《刘三复表状》十卷;还有专收判文,如张文成《龙筋凤髓》十卷,《崔锐判》一卷等,表明唐人的文体意识已经非常明晰,且注重散文的实用性。

  唐代编撰的大型总集大都已亡佚,而宋元时期所编总集如《文苑英华》等较为完整地保存了下来,对于研究唐代散文具有极为重要的意义。但《文苑英华》上继《文选》,下至五代,篇幅极大,收罗极杂,并不是一部撷取英华的选本,具有工具书性质,其价值主要在保存文献,难以见出编者对盛唐散文的评价。姚铉《唐文粹》有一百卷,仅选录唐代诗文,属于断代诗文选集。"是编文赋惟取古体,而四六之文不录"①,特别是他别立"古文"一目,收录了元结"古文"十二篇。真德秀《文章正宗》二十卷,《续集》二十卷,分辞令、议论、叙事、诗歌四类,录《左传》、《国语》以下至于唐末之作,"其持论甚严,大意主于论理而不论文"②。他没有选录一篇盛唐散文,原因在于其编选原则是"夫士之于学,所以穷理而致用也。文虽学之一事,要亦不外乎此。故今所辑,以明义理、切世用为主。其体本乎古,其指近乎经者,然后取焉,否则辞虽工亦不录"③。

  现存收罗较广的唐文总集是董诰等于嘉庆十九年(1814)编成的《全唐文》,但因出自众手,收文尚有不少遗漏、错谬。故陆心源又掇拾遗文成《唐文拾遗》七十二卷、《唐文续拾》十六卷④。周绍良主编的《唐代墓志汇编》及《唐代墓志汇编续集》⑤在收录前人辑集的墓志之外,还录入建国后公开发表的新出土墓志,提供了新的文献,但是《续集》的校录质量明显逊于前编,与前编重复及本编重复者多达数十篇。又有吴钢主编的《全唐文补遗》⑥收录《全唐文》、《唐文拾遗》、《唐文续拾》未收之唐五代石刻文献资料,包括墓志、碑文等,以墓志为主,较之周绍良主编的《唐代墓志汇编》及

---

① (清)永瑢等:《四库全书总目·唐文粹》(卷一八六),北京,中华书局,1965年,第1692页。
② (清)永瑢等:《四库全书总目·文章正宗》(卷一八七),第1699页。
③ (宋)真德秀:《文章正宗纲目》,郭绍虞主编:《中国历代文论选》(中册),北京,中华书局,1962年,第164页。
④ 关于《全唐文》及陆心源补疏中讹误之处,可参看陈尚君《再续劳格读〈全唐文〉札记》及《读〈唐文拾遗〉、〈唐文续拾〉札记》二文,陈尚君:《全唐文补编·附录》(下册),北京,中华书局,2005年,第2009~2043页。
⑤ 周绍良主编:《唐代墓志汇编》,上海,上海古籍出版社,1992年。周绍良主编:《唐代墓志汇编续集》,上海,上海古籍出版社,2001年。
⑥ 吴钢主编:《全唐文补遗》,西安,三秦出版社,1994年~2005年。

《唐代墓志汇编续集》重复颇多,但包含了数量极其可观的陕西新出石刻,对《隋唐五代墓志汇编》新出石刻也进行了认真校录。此书既名《补遗》,故全取《全唐文》未收者,却既不遵循《全唐文》旧例,也未存石刻原貌,又未说明文献来源,加之随得随刊,由三秦出版社分八辑陆续出版,各册自成单元,编次体例略显混乱,检索颇为不便①。陈尚君《全唐文补编》②以唐宋四部著作、石刻碑帖、地方文献、敦煌遗书、佛道二藏为辑录对象,逐书校阅,并与《全唐文》对核,收罗了大量遗文,存录唐文6 700篇以上,有为数极其可观的稀见文献,有的作者经过文献梳理后得到上百篇文章,而全书涉及作者近2 000人,其对于唐代各方面研究意义重大。

因之,本文所采用的关于盛唐散文的文献,若有别集即采用别集,若无别集即采用中华书局据扬州官本影印的《全唐文》断句本(1983年),周绍良主编的《唐代墓志汇编》及《唐代墓志汇编续集》,陈尚君《全唐文补编》。盛唐散文文献未采用后出的周绍良主编的《全唐文新编》以及孙映奎主持校点的《全唐文》的原因在于:周绍良主编的《全唐文新编》③将董诰等编的《全唐文》与周绍良主编的《唐代墓志汇编》(上下)及《唐代墓志汇编续集》、吴钢主编的《全唐文补遗》拼合整理而成,虽然在文献上未有新品增加,但客观上该书是目前收罗最为全面的唐文总集,全面囊括了近二百年来对唐文的搜集和整理成果,有利于读者检索阅读。但陈尚君认为④,《全唐文新编》所补诸文,虽称数量巨大,但所补的文章来源,或源自陆心源《唐文拾遗》,或源自《唐代墓志汇编》、《唐代墓志汇编续集》、《全唐文补遗》,或采录敦煌遗书的籍帐文书,或收录两《唐书》引录的君臣谈话,或收入《永乐大典》中引录的片断引文等。由于编者仓促成书,没有仔细调查、搜寻典籍文献,采辑了虽数量客观但似是而非的逸文,文献价值尚需商榷。孙映奎主持点校的《全唐文》⑤,以内府刊本《全唐文》、《潜园总集》本、《唐文拾遗》与《唐文续拾》为底本,对全文进行标点和简校,以唐五代人别集、各类总集、专集及其他有关典籍参校。各家别集未注明版本者,均为《四部丛刊》影印本。对原文中已知的阙、脱、讹、衍、倒,做必要的校订,凡校改处皆附记说明。又对清人避讳字尽量予以回改,所改皆有依据,依通例不作校记。对作品的重出、互见,

---

① 陈尚君:《评吴钢主编〈全唐文补遗〉一、二辑》,陈尚君:《贞石诠唐》,上海,复旦大学出版社,2016年,第353~357页。
② 陈尚君:《全唐文补编》,北京,中华书局,2005年。
③ 周绍良主编:《全唐文新编》,长春,吉林文史出版社,2000年。
④ 陈尚君:《〈全唐文补编〉出版感言》,《书品》2006年第1辑,北京,中华书局,第14页。
⑤ 孙映奎点校:《全唐文》,太原,山西教育出版社,2002年。

作者人名的讹误,作者小传的明显失误皆于校记中说明。对大量的异写字酌情改为通用体。该书文献上基本无突破,且对于《全唐文》"不注所出"的缺陷也没有改正,正文及作者小传的订正仅参考了劳格、岑仲勉等人的成果,对前人的研究成果吸收并不全面,但也有重要的参考价值。

(二) 二十世纪以来的盛唐散文研究

本书在此所探讨的盛唐散文研究,主要是以盛唐散文整体作为研究对象的讨论,而关于文章家及文体个案的研究述评会在后文讨论时涉及。学界在谈及盛唐文学时,大都集中笔墨讨论盛唐诗歌所取得的巨大成就,对盛唐散文或只字不提,或在论及唐代古文运动时一笔带过。即便如此,盛唐散文研究也取得一定的成绩,在盛唐散文与中唐运动之关系、盛唐散文的骈散消长、盛唐散文文体新变等方面已有较为深入的探讨。

具体而言,对盛唐散文的研究,学界多从以下几个方面进行讨论:

1. 唐散文与中唐古文运动之关系研究

盛唐散文与中唐古文运动的关系是盛唐散文研究一个较为核心的问题,已经取得了初步一致的意见,目前正朝着深化、细化、具体化的方向发展。

孙昌武《盛唐散文及其历史地位》[1]是较早专论盛唐散文的文章。该文认为:学风通达、重视实际、强调文章的经世济用、褒贬美刺的作用等因素促使了盛唐散文的发展。盛唐散文在体裁、表现方法、艺术技巧、文学语言等方面多有创获,为中唐文的发展打下了基础。孙文较为全面地分析了盛唐散文的发生、发展过程及其对中唐古文运动的影响。但限于篇幅,对很多问题都未能展开论述。

王祥《初、盛唐文的演进与古文运动》[2]认为:初盛唐之文由初唐四杰等辞赋家之文向盛唐诸子的诗人之文演进,这与文学观念演变的缓慢、喜诗薄文的文学时尚、政治思想的平淡无奇有密切关系。盛唐文的"诗化"具体表现为语言的含蓄蕴藉、意脉的似断而实连、情节或思路的大幅度跳跃等。该文认为盛唐散文乃"诗人之文",确实抓住了盛唐散文的重要特征,但盛唐散文并非只是诗人之文,还包括执政者之文、学者之文,作者此论颇有以偏概全之憾。

乔象锺、陈铁民《唐代文学史》[3](上),以作家为纲,兼论诗文。第二十

---

[1] 孙昌武:《盛唐散文及其历史地位》,《社会科学战线》1982年第4期。
[2] 王祥:《初、盛唐文的演进与古文运动》,《文学遗产》1987年第1期。
[3] 乔象锺、陈铁民:《唐代文学史》(上),北京,人民文学出版社,1995年,第541~556页。

二章将萧颖士、李华、贾至、颜真卿、独孤及视为古文运动的前驱,将盛唐散文作为中唐古文运动的注脚,而忽略了盛唐散文的独立地位。此外,郭预衡《中国古代文学史长编》(隋唐五代卷)①也以古文运动为核心,盛唐诸家在理论上、创作上为古文运动高潮的到来创造了条件。

赵殷尚《唐代古文运动先驱者及其散文研究:以萧颖士、李华、贾至、元结为主》②认为先驱者家学与交游乃是组成古文集团的主要原因;以安史之乱为分界点,唐代古文运动的推动力量则由萧颖士、李华转移至贾至与元结;安史之乱对先驱者的散体文创作并未造成太大影响,唯在内容方面有所影响;先驱者不仅提倡文章上的复古,还要求政治上的复古;先驱者所作的山水游记、山水铭文、厅壁记、杂文等文体直接影响韩愈与柳宗元,遂成为唐代古文运动上成功的文体之一。李丹《唐代前古文运动研究》③依据梁肃的"文章三变"说,将天宝至贞元年间兴起的思想文化运动视为唐代前古文运动。上编从宏观的角度探讨前古文运动的性质、特点以及与政治的联系。下编就古文运动主要领导人如萧颖士、李华、独孤及、梁肃的创作进行微观研究。以上两部论著讨论了部分盛唐散文家与中唐古文运动的关系,点面结合,言之成理。

综上,目前关于盛唐散文与中唐古文运动的关系,学界较为一致的看法是盛唐散文在文学主张、创作实践、人才贮备等方面影响了中唐古文运动,因此盛唐散文功不可没。但是,所用文献材料大致相似、切入角度雷同,故所得出的结论总有似曾相识之感。因此,之后的研究还需继续挖掘,从接受美学、传播学等角度来讨论盛唐散文与古文运动的关系。盛唐散文在何种层面、通过何种方式、在多大程度上影响了中唐古文运动?先驱者在当时对文坛实际影响力如何?同辈及后辈士人对所谓先驱者古文创作的接受效果如何?先驱者们所作文章的传播途径、传播方式及媒介是什么?这些问题尚有继续探讨的必要。

2. 盛唐散文的骈散消长

所谓"骈散"有两层意思,互为联系。首先,"骈散"是指骈句与散句;其次,"骈散"指骈体文与散体文。在诸多学者眼中,从句式来看,散体文基本

---

① 郭预衡:《中国古代文学史长编》(隋唐五代卷),北京,首都师范大学出版社,2000年。
② 赵殷尚:《唐代古文运动先驱者及其散文研究:以萧颖士、李华、贾至、元结为主》,台湾:清华大学博士学位论文,1992年。
③ 李丹:《唐代前古文运动研究》,北京,中国社会科学出版社,2012年。

等同于同古文①。

　　林传甲《中国文学史》②认为：在古文领域，陈子昂一力追古，虽论事书疏朴质近古，但表序尚沿骈偶，故起衰之功应推元结；在骈文领域，张说、苏颋之大手笔文字典丽宏赡。李白之文涉笔成趣，不待规削而自圆；杜甫之文四言雅练，过于六朝。谢无量《中国大文学史》认为："唐初为古文者，推陈子昂。及燕许继作，犹杂骈俪之词。至于萧李，而后古文之规模始具，实导韩柳之先路者也。"③但谢氏在作家的具体论述中，围绕史书之列传述其生平经历，论其文，往往三言两语却也能一语中的。陈衍《石遗室论文》认为："唐承六朝之后，文皆骈俪，至韩、柳诸家出，始相率为散体文，号称起衰复古。然元次山（结）、杜子美（甫），已尝为之。"④在其具体论述中，于元结专论其《大唐中兴颂序》实秉承春秋笔法及孔子正名之义；于杜甫则无只言片语，实不知其结论从何而来。陈柱《中国散文史》⑤将唐宋文概括为"古文极盛时代之散文"，具体到盛唐时期，仅论及所谓古文先锋元结之散文，忽略了此时仍占据重要地位的骈文以及辞赋。林著最早，谢著最详，陈衍著最精彩，陈柱著最集中，四著实可代表民国时期的盛唐散文研究面貌。四著有以下特点：其一，由传统文评向新兴的文学史演变，长于大判断而疏于缜密论证；其二，研究对象较为集中，均论及"燕许"，其次元结，再次如杜甫、萧颖士、李华等；其三，研究方法较为单一，均以史书列传为依托，重在人物生平介绍，文章评价往往是感悟式的三言两语，且多据史书所评；其四，判断虽缺少详细地论证，但已基本确立了盛唐散文研究的基本观念，即骈散的消长问题，开拓之功不容忽视。

　　罗宗强等《隋唐五代文学史》认为：盛唐散文不如诗歌成就大，但盛唐散文也出现了新的变化，即"一是散体的写作缓慢地增加了；一是盛唐之音进入到散文的写作中来，给散文带进来一种前所未有的情调"⑥。罗先生的观点偏重于盛唐诗歌对盛唐散文的影响，而没有注意到散文对诗歌的影响，这显然是出于对盛唐诗歌的偏爱，并不符合文学发展的事实。聂石樵《唐代文学史》⑦将唐代文学分为诗歌、赋、骈文、散文、传奇、词等大类，按时间分

---

① 关于"古文"的概念，可参考武汉强《古文概念的变迁——以选本为中心的考察》，《兰州交通大学学报》2010年第5期。
② 林传甲：《中国文学史》，长春，吉林人民出版社，2013年，第167~168页。
③ 谢无量：《中国大文学史》，北京，中华书局，1940年，第53页。
④ 陈衍：《石遗室论文》，陈步编：《陈石遗集》，福州，福建人民出版社，2001年，第1591页。
⑤ 陈柱：《中国散文史》，北京，东方出版社，1996年，第199~203页。
⑥ 罗宗强等：《隋唐五代文学史》，北京，高等教育出版社，1990年，第343页。
⑦ 聂石樵：《唐代文学史》，北京，北京师范大学出版社，2002年。

为初、盛、中、晚四个时期,盛唐的时间范围与本文大略相同。该著认为:盛唐赋可分为骚赋、文赋、律赋,骚赋不拘泥于原有之形式,力求创新;文赋句法亦散亦骈,若散若骈,向骈散结合之方向发展;律赋则以固有之体式写景抒情。其总的演变趋势是逐渐摆脱繁缛柔靡之遗风,而显示出简洁遒劲之形貌。盛唐骈文的代表作家是张说、苏颋、王维。盛唐是古文创作的成熟期,先后出现了萧颖士、李华、独孤及、元结等著名古文家。他们在继承陈子昂的复古文风的基础上,又提出并践行其理论主张。他们或崇儒或崇佛,秉持不同,但均指斥时弊、反对虐政。赵义山、李修生主编的《中国分体文学史》(散文卷)①,将文章分为骈文、赋、散体文三类来论述,分别论述了"燕许"、李白等的骈文以及李白、杜甫等的古体赋,而未涉及此时大盛的律赋,也没有提及盛唐散体文,论述尚不够全面。

漆绪邦《中国散文通史》②认为:盛唐散文可分为两个时期,开元年间"燕许"首开以散入骈之先河,张九龄文的散化趋势更为明显。王维、李白、杜甫在诗序、书信等实用文中,均骈散并用,以豪迈不羁之才,行雅健洒脱之文,骈文的格局被打破。天宝到贞元以前,萧颖士、李华、元结、独孤及等继承陈子昂的文学革新主张,不仅在理论上提倡复古,而且在写作中有意识地化骈为散,创作出了一些散文的力作名篇,成为中唐古文运动的先驱。刘衍《中国散文史纲》认为:盛唐散文有两方面的变化,"一方面骈文更加兴盛;另一方面散文开始增多,诏诰、墓志、碑文、疏议逐渐由骈入散。两者的分工也日趋明确,凡是歌功颂德的多用骈文,务实致用的文章则多用散文。只不过此时散文还夹杂着大量骈句,可以看作是一种过渡文体"③。葛晓音《唐宋散文》认为:盛唐时期,骈文更加兴盛,出现了大量叙述符瑞、形容盛德的纪颂;散体文亦开始增多。诏诰、疏议、墓志、碑文渐由骈文转为散体。骈文多用于歌咏赞颂;散文多用于务实致用,且散文还夹杂着大量骈句,乃是一种过渡文体。④葛晓音的观点继承刘衍之处甚多。

综上,部分学者从骈散消长的角度来研究盛唐散文的嬗变,立足于盛唐散文句式的变化,持之有据,并得出了较为一致的看法:即盛唐散文中的骈句日益减少,散句日益增多,骈文日益散化,元结最终创作出了成熟的句式参差不齐的古文。应该说,从骈散角度研究盛唐散文,抓住了盛唐散文的外在形式的最显著特征,研究是行之有效的。但尚有一些问题应该继续探索:

---

① 赵义山、李修生:《中国分体文学史(散文卷)》,上海,上海古籍出版社,2001年。
② 漆绪邦:《中国散文通史》(增订本),北京,首都师范大学出版社,2014年。
③ 刘衍:《中国散文史纲》,长沙,湖南教育出版社,1994年,第192页。
④ 葛晓音:《唐宋散文》,上海,上海古籍出版社,2011年,第6页。

如句式的骈散变化只是盛唐散文嬗变的一个方面而已，尚有声律、用典、辞藻等形式因素值得关注。另外，句式的变化只是文学表象，还应挖掘骈散变化背后所隐藏的文化动因，追问是哪些因素导致了这样的变化。

3. 盛唐散文的文体研究

康震《中国散文通史·隋唐五代卷》以时间为序，将唐代散文分为初、盛、中、晚，将盛唐时期（约自唐玄宗开元先天元年①起至代宗永泰元年止，713~765②）作为唐代文章发展的第二时期，以文体为纲，将唐代散文分为论辩文、书信文、传状文、史传文、碑志文、杂记文、壁记文、山水游记文、赠序文、哀祭文等十类文体，论述各类文体的缘起与类别及在各个时期创作该文体的名家、名篇及特点，从文体学切入盛唐散文研究，令人耳目一新。盛唐文坛所流行的散文文体，首推碑志。盛唐文坛最具魅力的文体乃是具有强烈抒情性且有巨大人格魅力的书信文。盛唐文坛最具新变特质的文体包括杂记文、厅壁记、文集序、赠序文、山水游记等，如杂记文与厅壁记被盛唐作家有意识地大量创作，借此表达对时事的见解，而文集序则成为阐扬文学主张的重要工具，赠序文也成为文体主流，元结的《右溪记》更被视为中唐山水游记的先驱③。

张玉璞的《论盛唐散文的新变》④认为，盛唐散文创作的新变主要表现在：抒情性极强的干谒文大量出现；张说等人对碑志的改造；书序呈现出骈散间行、不事雕琢的特点。张氏之文是较早从文体角度论述盛唐散文之新变，角度新颖，但某些论断似有不妥之处，有待商榷。干谒文的大量出现确实是盛唐散文的一大特色，但说它完全摆脱骈文的束缚，似乎过于武断，像李白之干谒文就骈散相间。可能是限于篇幅，该文对盛唐时期更有新变意义的文体尚未涉及，比如律赋、拟判等。

4. 盛唐散文思想内容分类研究

郭预衡《中国散文史》⑤乃散文通史的扛鼎之作，论述全面，资料翔实，观点鲜明。在论述盛唐散文时，以时代先后为序，将其分为开元年间、安史之乱前后两个时期，以人为纲，分析了姚崇、宋璟、张说、苏颋、张九龄、李邕、李白、任华、李华、萧颖士、贾至、独孤及、元结、颜真卿等人的散文，将以上诸

---

① 据《旧唐书》、李崇智《中国历代年号考》（修订本），北京，中华书局，2001年，第102页。唐玄宗先天（712年8月~713年11月），开元（713年12月~741年），故先天应在前、开元应在后。
② 康震：《中国散文通史·隋唐五代卷》，合肥，安徽教育出版社，2013年，第3页。
③ 同上，第6页。
④ 张玉璞：《论盛唐散文的新变》，《临沂师专学报》1997年第4期。
⑤ 郭预衡：《中国散文史》（中），上海，上海古籍出版社，1986年。

人之文分为"盛世之文"与"衰世之文"两种类型,一目了然。该书在阐释散文文本时,偏爱阶级分析方法,偏重内容评价与价值判断,在某种程度上忽略了对作品的叙事手法、审美意趣、结构、修饰手法等的分析。熊依洪主编《隋唐五代文学大观》①继承了郭先生对盛唐散文的基本看法,将盛唐散文分为用世之文和愤世之文,此外尚有总结历史经验的史论文和润色鸿业的御用文。

5. 盛唐散文的艺术风格研究

熊礼汇《开元文风走向论》②认为开元文风上追两汉文风,一是以张说、苏颋为代表的宏茂雅壮、中正和平的台阁文风,具有上追东汉中后期新儒家文风的趋势;一是以李白、李邕、王维、苏源明等为代表的随性逞气、恣情肆意、抒我性灵的文风,具有上追西汉前期文风(即受道家、纵横家传统文风影响的文风)的趋势。开元文风形成之原因在于:一是玄宗好经术,二是一种新型散文体式的形成。

综观学界对盛唐散文的整体研究,可以得出以下结论:其一,盛唐散文研究的焦点集中在两个问题,即盛唐散文与中唐古文运动的关系和盛唐散文的骈散消长问题。对此,已经有了比较成熟、一致的看法。这既是值得肯定的,也是令人遗憾之处。肯定之处在于这表明相关研究已经较为深入、细致;遗憾之处在于正因为比较一致,说明相关研究停滞不前,需要有新角度、新方法的开掘。其二,从文体角度研究盛唐散文,角度较为新颖,取得了较为突出的成绩,特别是《中国散文通史·隋唐五代卷》的出版更是以文体结构全书。但问题是,目前的盛唐散文的文体研究关注的是文体纵向的嬗变,缺乏文体与文体之间的横向影响研究。与此同时,该著对文体的研究多是相关作家及有关名篇的罗列,缺乏深入细致的理论分析以及整体概括,有点而无面。其三,以散文家个案为纲目进行研究,是目前结构散文史的主流。这样的研究范式有利有弊,利在于纲举目张、提纲挈领;弊在于易流于"只见树木不见森林"的泛泛而谈。其四,盛唐散文的风格研究本应是研究重点之一,但还比较薄弱,探讨者较少,尚有深入的必要。

综上,在今后的研究中,首先要充分地掌握和深入地理解已有成果,进一步拓宽研究视野,把盛唐散文置于整个唐代文学嬗变以及散文发展过程中加以考察,以得出更具史识的结论。其次要充分吸收与散文研究适应的

---

① 熊依洪主编:《隋唐五代文学大观》,北京,北京燕山出版社,2008年。
② 熊礼汇:《开元文风走向论》,熊礼汇:《中国古代散文艺术史论》,武汉,湖北人民出版社,2005年,第115页。

诗歌研究方法,多运用比较的方法,不能再就文论文,只有在比较的视野下,才能得到深刻、全面的结论。再次对散文研究,不能仅仅停留在主题、体式和结构上,还要将重点放在语言层面,即句法和语词等方面的分析上,因为这些才是决定散文风格和写作个性的关键所在。复次要充分注意散文的实用性与功能性特征,对散文具体篇章的阐释要紧密联系该文产生的具体历史背景,这样才能有的放矢,准确、全面。最后要注意散文中的文体研究,文体是散文研究中的重点,同时也是薄弱点所在。

四、本文研究的出发点及思路

《盛唐散文研究》以散文家与文体为核心探讨盛唐散文的嬗变史、盛唐散文文体的新变及文化含蕴。全书分为四章,前三章以散文家为纲,以文体为目;第四章以文体为纲,以散文家为目。

盛唐散文史的研究从散文家的社会身份、政治身份、文化身份切入,将其大致纳入三个群体中:其一,以张说、苏颋、张九龄、孙逖为代表的处于政治权力结构中枢以创作官修碑志和制诰类公文为主的开元散文创作群体;其二,以李白、杜甫、王维为代表的处于政治权力结构边缘以描写日常及文化生活的新型骈文的天宝散文创作群体;其三,以萧颖士、李华、独孤及、颜真卿、元结为代表的处于政治权力结构中层以复兴儒道为旨趣、以刺世讽世的方式表达对现实政治焦虑的至德至大历散文创作群体。开元散文创作群与至德至大历散文创作群在某种程度上已带有文人集团的色彩。开元散文创作群以张说、张九龄为核心人物,张说对张九龄"爱自书生,燕公待以族子,颇以文章见许,不因势利而合"①,"中书令张说专集贤院事,引述为直学士,迁起居舍人。说重词学之士,述与张九龄、许景先、袁晖、赵冬曦、孙逖、王翰常游其门"②。其大都出身寒门素族、通过科举及第而进入仕途,有或长或短地担任中书舍人等"文学之任"的经历,以业缘关系为纽带,主张"文儒"、礼乐教化,与宋璟、李林甫等"吏能派"的政治主张迥然有别,既是带有明显政治利益纠葛的聚合,也是有着鲜明文学创作主张及显著文学创作实践的文人集团,具有宗法性、兼具政治和文化双重功能的特点。天宝年间,萧颖士以通百家谱系、书籀学③闻名,加之早慧,"七岁能诵数经,背碑覆局,

---

① (唐)张九龄:《答严给事书》,熊飞校注:《张九龄集校注》(卷一六),北京,中华书局,2008年,第860页。
② (后晋)刘昫等:《旧唐书·韦述传》,北京,中华书局,1975年,第3183~3184页。
③ 《新唐书·萧颖士传》,第5767页。

十岁以文章知名,十五誉高天下,十九进士擢第"①,任秘书正字时,因延误公事而被罢官,遂留客濮阳,"于是尹征、王恒、卢异、卢士式、贾邕、赵匡、阎士和、柳并等皆执弟子礼,以次授业,号萧夫子"②。李华与萧颖士并称,世称"萧李"。邵轸、赵骅、殷寅、源衍、孔至、陆据、柳芳、贾至、韦收等"皆厚于萧者"③。萧李等以学缘、地缘为纽带,其大都出身没落士族,为文倡导"文德",注重文章的教化功能,尚简、尚质、尚古。其文学主张对中唐古文运动的领军韩愈有重要影响,因韩愈曾从独孤及、梁肃等游学。大致而言,上述两大群体均有一个或两个领军人物或核心人物,有比较鲜明的理论主张,有现实存在的组织,多以政治利益为纽带或以文人交游、结社、师生等方式联合,已具有较为鲜明的文人集团性质。

盛唐散文的新变从文体形态切入,所谓"文体形态",即由体制、语体、体式、体性四个层次构成的文体基本结构。"体制指文体外在形状、面貌、构架,语体指文体的语言系统、语言修辞和语言风格,体式指文体的表现方式,体性指文体的表现对象和审美精神。"④本书对序文、判文、壁记的分析多从体制、语体、体式、体性等角度切入,但并不苛求面面俱到,着力于挖掘该文体在盛唐时期的新变与传承。对律赋、干谒文的分析,则从文体的文化意蕴切入,不再过多关注其文体形态,而着力于挖掘其隐藏的文化意蕴以及所展现出的盛唐散文的特殊风貌。

本书第一章为开元散文研究,论述张说、苏颋、张九龄、孙逖的散文创作。开元散文最大特点是散文创作集中于政治领域,使用的主要文类是骈文。他们既是散文"大手笔",也是政坛的风云人物,故其散文与政治活动关系密切,是其参与公共政治的重要手段,也是参与公共政治所结出的累累硕果。其散文创作从文类上来看,仍属于骈体文,但已经不同于一味追求花团锦簇的齐梁骈文,也不同于略显生涩的初唐骈文,而是一种新型骈文,在句式、用典、辞采、声律等方面均有所新变,尤其是较之一般应用于文化生活、日常生活领域的骈文,其政治公文革新力度尤为显著。其所擅长的文体也有所不同,张说擅长碑志,特别是其奉敕为三品以上的重臣或皇亲国戚而作的官修碑志,如《故开府仪同三司上柱国赠扬州刺史大都督梁国文贞公(姚崇神道)碑(铭并序)》(下文简称《姚崇碑》)为其最为特别之作。该碑在类型化的颂美之外,采用异常简写碑主族出、世系与乡邑,不写亡妻,以春秋笔

---

① (唐)李华:《扬州功曹萧颖士文集序》,《全唐文》,第3197页。
② 《新唐书·萧颖士传》,第5766页。
③ (唐)李华:《三贤论》,(清)董诰等:《全唐文》,第3215页。
④ 郭英德:《中国古代文体学论稿·前言》,北京,北京大学出版社,2005年,第2页。

法暗讽姚崇的孝心等方式表达"微言大义",使其碑志由注重实用性向偏重文学性转变。私修碑志则是应朋友、亲戚、同僚之请而作,《贞节君碣(铭并序)》为张说早年的代表作,该碑运用小说笔法、选择典型细节等方式,使模式化的碑志逐步成为生动形象的人物传记。这些变化体现了张说碑志注重"实行"、"素心"的创作理念,展现出文学性、个性化的特点。苏颋擅长代皇帝立言的制敕,苏颋受唐玄宗"崇雅黜浮"政策以及苏氏家族传统特别是五世祖苏绰之影响,在撰写制敕时有意识地在句式、用典、文采等方面力求变革。其制敕虽仍为四六句式但不强求对偶,典故密度不大且喜用明典,文采焕发自然。苏颋所作制敕意理明确、典雅庄重,特别着力于制敕内容的典实与风格的典重,追求以达意为宗,在当时曾产生了广泛影响,被誉为"大手笔"。如果说苏颋擅长撰写礼仪型公文的话,那么张九龄则擅长撰写庶务型公文。张九龄起草了多篇针对渤海的外交敕书即四篇《敕渤海王大武艺书》,句式仍以四字句为主,但并不要求两两相对,一句一意,以达意为上;不用华美、艳丽之字,以朴质、本色为美;几乎不用典故。四篇敕文以散体为主,简明洗练,有刚健平实之风。开元后期,在公共政治领域,仍以骈体文为主流,但由于李林甫之流当权,吏能派占上风,文儒派逐步在中央政权中失势,故该阶段并无如"二张"式的文儒兼善的"大手笔"出现,仅曾任中书舍人的孙逖仍继续在苏颋等人所开创的新型骈体公文的道路上孤军奋战。孙逖的制敕较之苏颋等人的制敕出现了一些新的变化,句式虽仍用四六,但以四字句为主,在保持制敕神圣庄严的同时,也努力在内容的典实方面进行开掘,几乎不用典,用语雅实,承转自然,气韵流畅。总体而言,骈体公文更趋散化。

　　第二章为天宝散文研究,论述李白、杜甫、王维的散文创作。这一时期文化下移,散文创作主体是以李白、杜甫、王维为代表试图进入权力核心圈而未得的失意文士群体为主。由于他们或身为布衣,或沉沦下僚,或主动疏离官场,故其散文创作与政治的关系较为疏离,他们把创作的目光转向文化生活领域及日常生活领域,创作了一系列生气淋漓、气韵悠远的新型骈文,以李白文最具代表性。李白擅长古赋与别序,其特点在于抒情意味浓厚,抒情主人公形象鲜明,主观色彩极为突出,行文喜反复烘托与渲染,其文以酣畅淋漓的充沛感情改造了骈文的空泛之弊,展现出盛唐文人特有的自豪与激愤。但其文章文气虽壮,但有空疏之弊;有意气之语,乏有深度之见识。杜甫的古赋承汉大赋而来,铺张之外有朴茂之美,其碑志特别是《杜氏墓志铭》以细节凸显人物,深于情致,用语朴质,其杂体文用语通脱,笔致含情。其部分讨论军政大事的表状,囿于短暂的仕宦经历,识见及眼光还不够老辣,多为书生纸上谈兵,其识度明显不及"二张",但从中可以感受到杜甫作为深受儒家忠君恋阙之濡染所展现的拳拳仁者之心。王维文风格多样,以贺表、谢表为代表的上行公文以颂德为主,句式整齐,用典密度大,但尽量不用僻典,辞藻雅丽,与礼仪型公文的风尚一致;值得称道的是给挚友的书信如《山中与裴迪秀才书》,以诗为文,着意营造清虚澄明的意境,凸显宠辱不惊的心态,展现出禅意人生的自在。在为知己所作碑志如《大唐故临汝郡太守赠秘书监京兆韦公神道碑铭》,因与碑主遭际相似,同被乱军所俘,同被迫任伪官,故王维在碑志中借韦斌之口将自己在安史乱中被俘、被迫任伪官时所承受的种种不堪、艰难、困顿、忧惧、惶恐等复杂心态一一展现出来,主观色彩浓厚,是少有的感人肺腑之作。

第三章为至德至大历散文研究,论述萧颖士、李华、独孤及、颜真卿、元结的散文创作。这一时期的散文创作主体经历大体相似,少年时享受着开元盛世的清平与富庶,青年步入仕途时目睹天宝时期的种种不平与阴暗,中年时经历了"安史"带来的战乱与困顿。从盛世到衰世,再到乱世,萧颖士、李华、独孤及、颜真卿、元结等人痛定思痛之后,面对虽收复两京但满目疮痍的困境,有感于世教陵夷、人心不古,尤其是士风之浮躁矫饰、儒风不振,促使他们反思战乱之起,思虑朝廷的前途,整顿乱后统治秩序,巩固皇权纲纪。他们主张复兴儒学,以六经为归依,继承《诗经》"风"的传统以刺世讽世的方式表达对现实政治的焦虑,从文以缘饰到文以明道,不满于一味讲究骈俪声律之文风,有意识地尝试文体创新,以改革文风为策略,作文大都从礼俗、政体、选官制度、士风等角度反思安史之乱的缘起。文学与政治结合的结果就是倡导文章复古以促进儒学复兴,文学成为"本乎王道,大抵以五经为泉源"①的政治文化的表达形式,最终实现对社会及个体的拯救,美在事义。

第四章以序文、判文、壁记、律赋、干谒文为中心讨论盛唐散文的传承与新变。对序文、判文、壁记的探讨,关注其渊源流变、内部规定性、美学特征和文化意蕴等内容。盛唐序文可分为三类:书序、游宴序、赠序。书序其时文体创新不足,因多革少。游宴序重在描写游宴场面和表现宴集之乐、游赏之兴,包括宴集序与游赏序,官宴序与私宴序,具有集体性、功利性的特点。赠别序最初附属于赠别诗,后始脱离赠别诗而独立成文。如陈子昂《别中岳二三真人序》,从最初的偏重交际性、抒发类型化的离情别绪,转而偏重表达个性化的不平之气、不遇之感,对中唐韩柳赠序文有重要影响。盛唐判文包

---

① (唐)独孤及:《检校尚书吏部员外郎赵郡李公中集序》,刘鹏、李桃校注:《毘陵集校注》(卷一三),沈阳,辽海出版社,2006年,第285页。

括案判与拟判,以拟判为主。拟判作为一种重要的考试行为和考试文体,是由(主)考与(应)试双方共同完成的问答活动。拟判由判目与判对构成,判目多用散体文,由问头、问项、问尾三部分构成;判对多用四六,具有"体式化"、"艺术化"的特征。拟判具有重文轻理的倾向。壁记属于"记"体文的一种,盛唐壁记辞尚体要,文主典雅,以散体为主,兼有骈句,以其载体为名。壁记多书写在台省、州县的厅等办公场所,具有开放性、连续性的特点。作壁记的目的,或为劝善诫恶,或为自我儆诫,或为下情上达。盛唐壁记在确定其基本文体规范的同时,又发生了新变。如元结《刺史厅记》由记叙变为议论,由一味颂美变为犀利批判,兼有史论与政论之体,且已基本摆脱了作为题名的附属品,成为独立的文体。

  对律赋、干谒文的分析,偏重挖掘其文化含蕴。律赋是唐赋中极为重要的种类之一,至盛唐始大盛。进士科于永隆二年(681)始试杂文,并于神龙元年(705)最终确立三场试,由试策加试杂文的原因在于策文的题目过于集中,难以考察士人的真实水平。而进士科所试杂文由从箴颂、铭表、诗赋等调整为专试诗赋,原因在于诗赋更能展示才华,且题目千变万化,检测更具可操作性。干谒文是盛唐散文中极具特色的一类文章,是杂糅着趋势媚俗与清高脱俗的矛盾体。从盛唐选官制度、文人人格、盛唐士风与文风等角度剖析干谒文,分析盛唐干谒文背后隐含的社会风尚、社会心态、士人性格等问题,有助于把握盛唐文人的行为心态、精神风貌和人格追求,进而把握盛唐散文的艺术突破与独特魅力。历来文人多以干谒为耻,因干谒需低三下四、摧眉折腰,盛唐士人却何以能在干谒文中仰天长啸、慷慨激昂呢?这组矛盾何以能共生于干谒文中呢?笔者将其原因概括为"以文抗势"。"创作者的神圣性"以及儒家的才德优越观念是"以文抗势"的思想基础;盛唐时源于科举、政治的尚文之风,"燕许"、张九龄等以文章进用位至台辅的成功榜样以及社会对才学之士的宽容与崇拜是"以文抗势"的现实支撑。虽"耻干谒"但又"事干谒",这种矛盾现象反映出盛唐干谒文与盛唐文人矛盾人格是依附与独立并存,媚俗与高尚共有的关系。对于这种矛盾,盛唐士人如何协调?结果如何?其在干谒文中的具体表现又是什么呢?最后,从干谒者自誉的内容及表达方式、干谒者誉人的内容及表述方式、干谒目的及诉求方式等三个方面,比较了盛唐干谒文与宋代三苏干谒文的异同。

第一章　开元散文：政治精英与骈体公文的全面革新

开元年间,唐玄宗励精图治,对朝政进行全面改革,选贤才为相,削弱诸王权力,贬抑宠臣,整饬吏治,积极推行科举制,崇儒兴学,延揽文士,网罗人才,加强中央集权。这些政治上的重大措施为开元时期的经济发展和文化繁荣铺平了道路,促成了"开元之治"的实现。众臣其时大都始以文辞为进身之阶,入仕后以政事著称其中。其中如张说、苏颋、张九龄等,既擅长辞章,又兼善吏事,更是其中的佼佼者。

开元盛世的出现,对散文的发展颇有影响。首先,开元时,政治清明、经济繁荣激发起广大士人巨大的政治热情和蓬勃向上的进取精神。"天生我才必有用"的高度自信使得他们以天下安危、济世安民为己任,或驰骋边塞,或指斥时弊,或上书言政,指点江山、激扬文字,在散文中充分表现自己的政治主张与人生追求。这一时期的散文句式虽仍以骈俪为主,但已日趋散化,基本摆脱了六朝散文孱弱纤巧的脂粉气,大都具有充沛昂扬的感情、豪迈奔放的格调。其次,开元时期,承平日久、国民富庶、社会安定,以张说、李邕为代表的碑志之文极为盛行,碑志成为开元散文最重要的文体之一。再次,开元时,玄宗多次下诏,令士人上书自言其能,行卷之风盛行,干谒之文风行。大多数干谒文纵横驰骋,任性使气,狂妄恣肆,如李白上书韩荆州、袁参上书姚崇等。

开元散文最具代表性的散文家,前有并称"燕许大手笔"的张说、苏颋,后有张九龄、孙逖。张说、张九龄,前后相继,通过在开元年间以奖掖后进的方式培养、团结了一批出身寒素、以科举入仕、希冀在仕途上有所作为的文人,组成了一个较为松散的兼具政治、文化功能的文人集团,可简称"二张"集团。张说构建了由前辈、同辈、后学所构成的关系网,前辈如李峤、崔融、沈佺期、徐彦伯、薛稷等,同辈如苏颋、徐坚、杨炯、陈子昂、卢藏用、韦嗣立、韦安石、赵彦昭等,后学如张九龄、韦述、王翰、赵冬曦、韩休、孙逖、贺知章、徐浩、许景先等[1]。

---

[1] 周睿:《张说——初唐渐盛文学转型关键人物论》,北京,中华书局,2012年,第51~95页。

前辈提携、同辈倾慕、后辈追随,源于张说位至宰辅、台阁贵重,且又为文坛领军、执掌文衡,自然成为士人追慕、效法的对象。加之张说喜奖掖后进,提携后学。"故燕国深赏公(孙逖)才,俾与张九龄、许景先、韦述同游门庭,命子均、坦申伯仲之礼。"①张说素"重词学之士,(韦)述与张九龄、许景先、袁晖、赵冬曦、孙逖、王翰常游其门"②。张说对后进主动延揽,较之同时期多数身处高位者迫于种种压力对后进的被动提携,更能使后辈心悦诚服、倾心相随。张说作为文宗与执宰,在提携后进过程中,具有明确的构建拟宗族的政治及文化集团的意识。在政治活动中,张说着力提掖志同道合之同辈、提携有才干又知机的后进,互为援引,着力构建一损俱损、一荣俱荣的稳固的政治利益共同体;在日常文化生活中,张说常引后进游其门,与其诗词唱和,构建一种长期、固定的日常联系与文学交游,力图在文化上保持一致性。

"二张"集团作为政治利益与文人交游的结合体,其最为重要、在当时影响最大的文本书写,不是诗歌,而是散文,特别是公文。公文作为参与政治和文学创作的结合体,成为呈现其政治韬略与文学才干的最佳载体,极其鲜明地表现出他们的政治观念和审美追求。最典型的莫过于以润色王言和润色鸿业为主的颂赞、章奏、制敕、碑志等,典丽宏赡,格调雄浑,气势恢弘,充溢着昂扬奋发之气,有中和雅正之风,显示出蓬勃向上的盛世气象,如张说的官修碑志《姚崇碑》、《上党旧宫述圣颂》、《大唐封祀坛颂》,苏颋的《封东岳朝觐颂并序》、《命薛讷等与九姓共伐默啜制》,张九龄的四篇《敕渤海王大武艺书》,孙逖的授官制敕等。其散文最显著的特点就是骈体公文从内容到形式的全面革新。

其一,由"燕许"至张九龄、孙逖,皆为高官显宦,先后执文坛之牛耳,导开元文章之新风。他们的文章在句式上仍以四字句为主,保持了骈体公文句式整饬的特征,但日趋散化,不再刻意追求偶对,而是以一句一意为主,以达意为宗,追求句意的最大化;在文采方面,不刻意追求藻饰,以朴实典重为宗;在用典方面,亦不着意用典,用典的密度及频度较之齐梁、初唐骈文更为稀疏,议论、叙事、抒情大都直接表达,而不再借用典故来暗示、譬喻,典故的运用多是为了以古证今,且不妨碍文气的畅达;在声律方面,在力图保持骈文的声律协和、铿锵有力的同时,却又不刻意追求声律,更不以牺牲文意的准确、舒畅表达为代价。骈体公文总体呈现出自然允当、雄深雅健的特征,

---

① (唐)颜真卿:《尚书刑部侍郎赠尚书右仆射孙逖文公集序》,(清)董诰等:《全唐文》(卷三三七),第3416页。
② 《旧唐书·韦述传》(卷一〇二),第3183~3184页。

展现出唐帝国统一的恢宏气象。但细品四人之文，又略有不同。张说之文雄丽刚劲，逸气纵横，富赡华美，气盛辞壮；苏颋之文多本经立义，驯雅温润，厚重舒缓，雍容平和；张九龄之文质实绵密，简约深刻，疏直通脱，任气陈说；孙逖之文以宗经为本，言简意赅，典雅醇厚，简约精炼。

其二，张说、苏颋、张九龄、孙逖等人的散文多与其政治活动密切相关，他们在参与公共政治的同时创作了大量的公文，其中以苏颋、张九龄、孙逖为最突出，他们的现存文章绝大多数为公文①。苏颋、孙逖任中书舍人的时间较长，其撰写的礼仪型文书较多，多为授官制敕，故程式化的特点较为明显，推陈出新的难度较大；张九龄、张说现存的庶务型文书较多，多为谈论具体政务，故注重逻辑性和思辨性，针对性较强。大致而论，他们的文章偏重对国家大事发表政见，制敕既有针对具体庶务、有雄深雅健之风的事务性文书，又有不少借官员任免以彰显选官标准的礼仪性文书，程式化特征显著，有庄重典雅之风。除制敕之外，尚有歌功颂美、润色王业的颂赞及碑铭等。由于性格、出身、家族传统、入仕途径及官职的不同，他们的文章又呈现出明显的个性特征，所擅长的文体亦各不相同。由于张说在碑铭创作上展现出的高超艺术水平，故而创作了大量奉敕撰的官修碑铭；而苏颋、张九龄、孙逖均有过或长或短的担任中书舍人的经历，故其文中有数量颇大的制敕。

其三，张说、苏颋、张九龄、孙逖等作为开元散文的创作主体，仕宦经历大致相同，既有地方从政经历，又在中央核心权力层执掌中枢，且因其政治生涯恰处于开元全盛之时，为朝廷实权派人物，故为官虽标榜不重实务，但大都有娴熟处理实务的经验，又有鸟瞰全局的能力，故所作文皆能切中肯綮，成熟老到，能从制度上为朝廷提供治国方略，多为建设性的意见。他们

---

① 公文是古代文章的重要组成部分，最能彰显文章的政治功能与实用价值。公文文体的划分标准较为驳杂，本文从两个标准来划分公文：（一）按照行文方向来划分，可分为下行文如制敕类的王言之作，平行文如檄移等，上行文如章表、奏启之类。（二）依据功能与作用来划分，可分为礼仪型文书与庶务型文书。礼仪型文书偏重"仪式性"，在发布政令的同时，具有仪式性的效果，如下行文中的赦令、册封、任免等，具有神圣化、合法化的特征，寄寓了政治的权威。上行文中的让表、贺表、谢状等，重在表达恭敬与忠诚，姿态与形式大于内容。礼仪型文书最大的特点是程式化、仪式性，目的在于彰显儒家礼乐治国的原则，烘托皇帝的无上权威。庶务型文书针对具体政务发布明确的处理意见及相应的具体措施，具有很强的事功目的。如下行文中关涉内政、外交、经济等具体事项的诏告、制敕等，不仅传达政令，还需将所发布政令的依据、实施后的意义和价值进行解说，以增强政令的说服力，让人信服，令人遵从。上行文如谏书、上书等。庶务型文书最大的特点是现实性、应用性，目的在于解决各类实际问题。两者并不能截然分开，在某些特定情况下甚至存在交叉，只是在各体公文中存在比重不同，有所偏重而已。

的文章是卓越政治见识的集中体现,具有实干家的特点,实事求是,务求实效,并不一味地建构高企的理想和蓝图,还善于考虑具体实施的技术环节,展现出高超的务实能力。在"燕许"等政治精英眼中,散文只是实现其政治理念的工具,是其高超政务处理能力及深邃见识的文学呈现。换句话说,文学与政治结合的结果就是文章成为承载其政治见识的最佳形式,其文颇具庄重典雅、雄深雅健之美,美在识度。这也是其骈体公文内容典重、体制畅达、以气运辞的重要原因。

第一节　张说:革新官修碑志

被誉为"燕许大手笔"的张说、苏颋是推动散文创作从初唐骈文向盛唐散文转变的重要作家。梁肃《补阙李君前集序》、宋祁《新唐书·文艺传序》等都持此观点,魏了翁甚至说:"使文章之变,非'燕许'诸人为之先,则一韩愈岂能以一发挽千钧哉!"①又如姚铉《唐文粹序》:"有唐三百年,用文治天下。……洎张燕公以辅相之才,专撰述之任,雄辞逸气,耸动群听。苏许公继以宏丽,丕变习俗。"②张说以散文著称于世,其《对词摽文苑科策》被誉为"天下第一"③,一举成名。"大手笔"一词最初见于《晋书·王珣传》:"珣梦人以大笔如椽与之,既觉,语人云:'此当有大手笔事。'俄而帝崩,哀册谥议,皆珣所草。"④所谓"笔",与"文"相对,包括章奏、公牍、议论、哀悼、史传等应用文。"大手笔"是指关于朝廷政治的重要文字,如皇帝的哀册文、朝廷的诏令文诰、朝廷重臣的碑铭等,需笔力雄健、气势雄浑、雍容雅正,能体现帝王、朝廷的庄重威严气象。

张说"前后三秉大政,掌文学之任凡三十年。为文俊丽,用思精密,朝廷大手笔,皆特承中旨撰述,天下词人,咸讽诵之。尤长于碑文、墓志,当代无能及者。喜延纳后进,善用己长,引文儒之士,佐佑王化,当承平岁久,志在

---

① (宋)魏了翁:《唐文为一王法论》,(宋)魏了翁:《鹤山集》(卷一〇一),《景印文渊阁四库全书》(第1173册),台北,商务印书馆,1987年,第464页。
② (宋)姚铉:《唐文粹序》,曾枣庄、刘琳主编:《全宋文》(第七册·卷二六八),成都,巴蜀书社,1990年,第253页。
③ (唐)刘肃《大唐新语·文章第十八》(卷八):"则天初革命,大搜遗逸,四方之士应制者向万人。则天御洛阳城南门,亲自临试。张说对策,为天下第一。则天以近古以来未有甲科,乃屈为第二等。其警句曰:'昔三监玩常,有司既纠之以猛;今四罪咸服,陛下宜计之以宽。'拜太子校书。仍令写策本于尚书省,颁示朝集及蕃客等,以光大国得贤之美。"北京,中华书局,1984年,第127页。
④ (唐)房玄龄等:《晋书·王珣传》(卷六五),北京,中华书局,1974年,第1756~1757页。

粉饰盛时"①。其文以"笔"类应用文为主,为文主张通变,将汉魏风骨与齐梁辞采融为一体,文章体式骈散兼行,以散行流畅之气运骈体偶俪之文字,化整饬典重为错落参差,于宏丽典雅之中蕴雄肆郁勃之气,境界阔大,格调沉雄,气韵畅达,在唐代散文史上具有承前启后、继往开来的重要地位。张说对文坛的贡献不仅在于以典雅宏丽的文风引领散文创作风尚,而且以文举人,以文坛宗主的身份援引大批文士入仕,"开元文物彬彬,说力居多"②。据《张说集校注》③,张说有文二十卷,颂两卷④,赞铭箴记一卷,碑志十卷,表三卷,制诰一卷,序一卷,杂著两卷⑤,附补遗一卷。

一、张说文研究述评

张说、苏颋以文著称,但与李杜文的研究相比,却冷清得多。张说、苏颋并称"燕许大手笔",文章有许多相似之点,故而有一些学者将两者作为整体研究对象。王太阁的《论"燕许大手笔"》⑥论述了"燕许大手笔"名号之由来及其指称之演变,二人散文的共性与个性特点,以及二者在唐代散文史上的地位。邢蕊杰《"燕许大手笔"与唐代文风演变》⑦认为"燕许"之文虽未跳出初盛唐之际以骈为宗的主流,但在文学内质上有所提升,在风格气势上也有所突破,革华靡,除富艳,质实朴素,景象浑厚。张、苏对文体文风变革的探索与尝试,对中唐以后的散文革新提供了有益启示。以上二文将"燕许"合而论之,重在探讨"燕许"之异同以及在文章史上的地位。林大志《苏颋张说研究》的第五章"苏张文研究"前三节分论苏颋、张说的各体文如表状、颂赞、书序、制敕、赋、碑志等,论述全面,但限于篇幅,部分文体的分析尚有待深入。第四节论述其变革文体之功,主要体现在三个方面:第一,在理

---

① 《旧唐书·张说传》(卷九七),第3057页。
② 《新唐书·张说传赞》(卷一二五),第4412页。
③ (唐)张说著,熊飞注:《张说集校注》,北京,中华书局,2013年。
④ 《张说集校注》将《大唐开元十三年陇右监牧颂德碑》、《广州都督岭南按察五府经略使宋公遗爱碑颂》二文列入"颂"体中,笔者以为似不恰当。理由如下:其一,熊飞将二文列入"颂"中,似考虑到二文的核心乃是"颂德"的缘故。但碑志的核心大都是记事以说理,抒情以颂德,故二文与下文所单列的碑志类更为接近,应纳入碑志类。
⑤ 《张说集校注》杂著所包括的文体较为驳杂,卷二十三标为"杂著",实际均为吊祭文,共19篇。卷三十亦标为"杂著",包括书信7篇,其中《幽州论边事书》乃张说上书皇帝之作,故应属于"表"类。《论神兵军大总管功状》1篇,策问3篇,让表和谢表共15篇,与卷十七"表"系为一类。就分类的严谨性而言,熊飞的《张说集校注》尚有可商榷的余地。值得注意的是,熊飞的校注本系以清武东研录山房写本《张说之文集》三十卷本为底本,故仍以原本卷次。
⑥ 王太阁:《论"燕许大手笔"》,《西北师大学报》(社会科学版)2003年第6期。
⑦ 邢蕊杰:《"燕许大手笔"与唐代文风演变》,《齐鲁学刊》2008年第2期。

论上奉行文质并重,并在实际的散文中积极实践,故多数文章既言之有物,又不摈弃辞彩;第二,其文具有恢宏壮大的气势;第三,在一定程度上变革骈文的语言形式,少数作品已具备散文化特征①。

首先,张说文的整体探讨。周睿《张说——初唐渐盛文学转型关键人物论》第五章有三节专门探讨张说文:第一节对张说文章进行整体评说,分析其骈散相间、运散于骈的创新意识,阐述其于宏丽之中洋溢雄浑之大手笔的总体风貌;第二节分类阐述其抒情文、叙事文和议论文,对其赋文、颂赞、哀祭、序记、书简、策问、表奏等文体做了全面论述;第三节则对张说久负盛名的碑志做专题研究,突出其大手笔特征,并概括碑志的时代特征②。肖瑞峰、杨洁琛《论"大手笔"张说的散文》③从颂赞及碑志入手讨论张说散文,认为其文章创作手法多样,体式骈散兼行而富有变化,一扫初唐骈文浮靡之风,气势雄浑,在唐代散文革新中起到了承上启下的重要作用。王太阁《张说的审美情趣及其散文的审美特征》④认为其散文具有重气尚奇的审美情趣,意高、气盛、文奇的审美特征。其文革六代散文萎靡纤弱之积弊,开唐代散文雄健宏丽之新风。王太阁《论张说散文创作的"新变"》⑤认为,张说散文上追汉魏而下启韩柳,其散文"新变"表现在三个方面:在文章体式上运散于骈;在气格情调上于宏丽之中充溢雄浑之气;在文法技巧上以传记手法撰写碑志。曾智安《论张说的"大手笔"与开元政治理念的转变》认为,张说通过润色王道的"大手笔"为开元政治确立了宏大光明的政治蓝图,树立了高远、宏大的政治理想,并以似乎无可辩驳的巧思表明实践理想蓝图的可行性,并在一定程度上促成了政治理想即王道的实现⑥。曲景毅《论张说之尚奇与传奇》⑦分析了张说文章(主要是碑志)的尚奇特征、传奇创作及二者的互动关系。

其次,张说碑志分析。王贺《张说碑铭文的风骨美研究》⑧在刘勰风骨

---

① 林大志:《苏颋张说研究》,济南,齐鲁书社,2007年,第220~281页。
② 周睿:《张说——初唐渐盛文学转型关键人物论》,北京,中华书局,2012年。
③ 肖瑞峰、杨洁琛:《论"大手笔"张说的散文》,《清华大学学报》(哲学社会科学版)2003年第6期。
④ 王太阁:《张说的审美情趣及其散文的审美特征》,《甘肃社会科学》2004年第4期。
⑤ 王太阁:《论张说散文创作的"新变"》,《郑州大学学报》(哲学社会科学版)2004年第4期。
⑥ 曾智安:《论张说的"大手笔"与开元政治理念的转变》,《河北师范大学学报》(哲学社会科学版)2009年第5期。
⑦ 曲景毅:《论张说之尚奇与传奇》,曲景毅、李佳主编:《多元视角与文学文化:古典文学论集》,合肥,安徽大学出版社,2014年,第74~92页。
⑧ 王贺:《张说碑铭文的风骨美研究》,《绥化学院学报》2007年第1期。

概念的基础上,界定了风骨美的前提与内涵,进而分析张说碑铭文突出的风骨美特色。

最后,张说文的系年。陈祖言《张说年谱》①对二百五十余篇文中的一百八十六篇文予以系年,周睿《张说研究》补充或修正二十一篇文的系年。熊飞《张说诗文系年考辨》②也考辨了部分文章的系年。

综上所述,学界对张说文的整体讨论、艺术风格、各体文章特别是碑志的研究都有所涉及。张说文的已有研究为本书提供了良好的基础,但仍有一定的开拓空间。下文仍将着力于张说碑志的开掘,拟将其分为两类即官修碑志与私修碑志,因为两者有不同的叙述方式与审美取向,官修碑志中重点分析其为宿敌姚崇所做《姚崇碑》;私修碑志分析早年所作的《贞节君碣(铭并序)》。以下将运用比较的方式通过纵向、横向两个维度较为全面地探讨张说碑志在碑志文学发展过程中的嬗变价值及其作为盛唐碑志文学代表的价值。

二、张说碑志

张说"尤长于碑文、墓志,当代无能及者"③,现存碑志约六十七篇,碑志是张说创作数量最多、持续时间最长、最为人所称赞的文体。林传甲认为:"张说撰《姚崇神道碑》《宋公遗爱碑颂》矞皇典雅,粲然成章。"④张说所撰碑志或平易畅达,或渊懿朴茂,注重情节的渲染以及人物形象的烘托,其精彩之处在于以散笔创作的场面描述和细节描写。碑志包括碑文和墓志铭这两种既相区别又相联系的文体,其体式、结构、手法、风格等在唐前已趋于定型、成熟。唐时,墓志与碑文合流,在文章体式、篇章结构、风格趣味等方面已大致相同,故本文具体论述时不再作细致区分,统称为碑志。

只有将张说碑志放入碑志文的发展历史中,才能清晰地说明张说碑志的承袭与创新之处。碑文体式形成于东汉中叶,碑文分碑序、碑铭两部分。碑序以记述亡者的姓名、籍贯、世系为开端,然后叙亡者之仕宦经历并兼叙其德行,接着写亡者之卒年及刊石立碑之悼念、颂扬之情,并以"其辞曰"、"铭曰"、"颂曰"承上启下,继以碑铭。碑铭为韵文,颂赞亡者德行。东汉碑文发展至蔡邕时,由最初的散体实录渐变为韵散结合,以韵为主,语转骈俪;叙事该要,繁简得当,不再注重对具体言行的叙写,而是铺叙形容,类于赋

---

① 陈祖言:《张说年谱》,香港,香港中文大学出版社,1984年。
② 熊飞:《张说诗文系年考辨》,《韶关学院学报》2011年第1期。
③ 《旧唐书·张说传》(卷九七),第3057页。
④ 林传甲:《中国文学史》,长春,吉林人民出版社,2013年,第167页。

颂;文求雅丽,广为缀采,隶事用典繁多,"清词转而不穷,巧义出而卓立"①。魏晋时朝廷禁立碑,但禁而不止。其碑文发展呈现出两条不同的发展路向:其一,魏晋人有感于东汉碑文虚美之弊,提出"尚实"的主张,如李阐《右光禄大夫西平靖侯(颜府君)碑》不以颂赞为主,而以记载人物言行为主,转向人物传记,趋于写实;其二,魏晋碑文虽承接汉代述亡德行的写法,但一些碑文已开始从颂赞碑主功德转向叙己情志。如夏侯湛《张平子碑》:"遂纠集旧迹,摄载新怀,而书之碑侧,以阐美抒思焉。"②更为重要的是,魏晋人强调碑志应质而有文,如陆机《文赋》:"碑披文以相质",突出"文"的特征。魏晋碑文以孙绰为代表,其文辞句工丽,叙事简洁,灵活多变,与蔡邕碑文相比,孙绰语言更为雅致新奇,趋于骈俳,重在表现人物冲虚玄鉴的风神,颇具时代特征。南朝碑文较之汉魏碑文,体式变化甚微,但在语言文采和篇章结构方面有所变化。首先,语言更为典丽,着意铺采,铺叙形容,趋于极致,对仗工致,用典广博,几乎全为骈俪之语。一语可尽,而衍为数语;两句可明,而罗列数行,稍有繁缛之病。其次,南朝碑文力图回避汉代碑文程序化的表述,多以议论发端,将人物生平介绍自然融入行文之中,连贯自然。汉代碑文对亡者身前官职升迁多者,常以数语笼括,而南朝碑文则力求详尽,生平所历一一叙颂,周密全面,然有失剪裁。

　　南朝禁立私碑,墓志兴起。刘宋时颜延之《王球墓志》是目前所见最早的墓志。墓志铭与碑文在文体形式上都有序、铭,碑序韵散结合趋于骈俪,碑铭多为四言韵语。墓志则志以散为主,铭以四言为主,又杂有五言、六言、七言。碑文于序中更见辞彩,墓志于铭中更显文丽。就文体功能而言,碑文更注重铭颂德勋,墓志虽也记德铭勋,但更注重记事。南朝墓志铭在志中详细记录亡者世系、名字、爵里、官职等,在铭中形容、表现亡者,铭文往往表现丰富,刻画传神。汉晋碑铭,多拟则《诗经》之《雅》、《颂》,显得典重;南朝志铭模仿《诗经》之《风》,显得清丽。南朝志铭因创立不久,尚未形成一定的写作传统,因而受时风的影响较大,语言平易自然,用典如己出,或融入景物描写,情韵悠远,情景交融,清丽可味。北朝墓志将东汉以来碑文的写法与南朝墓志的写法结合起来,继承中有新变。此后,墓志和碑文在写法上逐渐合流。南北朝末期,以庾信碑文最为著名。其碑文丽藻密思,用典工巧,对仗工整,能在严整的格式中讲究结构之法,叙颂全面、周密,详略得当,上下

---

① (梁)刘勰著,黄叔琳等注:《增订文心雕龙校注·诔碑》,北京,中华书局,2000年,第155页。
② (晋)夏侯湛:《张平子碑》,《全晋文》(卷六九),(清)严可均辑:《全上古三代秦汉三国六朝文》,北京,中华书局,1958年,第1859页上。

连贯。

降及唐代,碑志之风大盛,尤其在盛唐时期,撰写碑志之风尤其兴盛。原因大致有三:其一,君主大力提倡。史载太宗自建义以来,于交兵之处各立碑铭,以纪功德。同时,太宗出于对重臣逝世的哀悼之情以及彰显"旌贤录旧之德"①的需要,或亲撰碑文,或令文坛宿老制作碑文,如杜如晦去世,太宗手诏虞世南制碑,"吾与如晦,君臣义重。不幸物化,追念勋旧,痛悼于怀。卿体吾此意,为之制碑文也"②。玄宗也多次为亡者题写碑额、碑名或亲制碑文,同时也敕令张说、苏颋等为某些名臣、重臣撰写碑文,如著名的《姚崇碑》就是张说奉玄宗之命而作。其二,为薨卒的职事官撰写碑文逐渐形成制度,并由专人负责。《旧唐书·职官志二》:"凡职事官薨卒,有赙赠、柳翣、碑碣,各有制度。"③"著作郎、佐郎掌修撰碑志、祝文、祭文。"④又元稹《南阳郡王赠某官碑文铭》云,南阳王张奉国殁后,其子张岌哭于其党曰:"唐制三品已上,殁既葬,碑于墓以文其行。"⑤当然,这里所说的碑志不仅仅只是包括为亡人所作的碑铭、墓志,还应该包括其他类型的碑刻,如功德碑等。其三,开元年间,玄宗倡导以孝治天下,而为先人立碑,彰功表勋,实乃孝行的重要表现方式之一;同时,朝廷大力复兴儒家礼乐,流风所及,崇丧重孝,重视墓祀。刊石立碑乃礼典的重要组成部分;加之此时社会安定,百姓富庶,即便是素族也有经济实力请人撰碑。为亡者撰写碑文、墓志铭成为体现后人孝心与能力的重要方式,碑文盛行也就在情理之中了,碑文也成为当时最为重要的文体之一,亦是衡量文人水平的重要标准。于是凡为文士者,都会撰写碑志;而擅长碑志者,更是受到时人的尊重。

(一)张说碑志创作理念

张说对碑志的撰写有独到见解,集中体现于《与营州都督弟书》。其文云:

> 骨肉世疏,居止地阔,宗族名迹,不能备知。读厌次府君状,已具历

---

① 《旧唐书·苏颋传》(卷八八):"初,优赠之制未出,起居舍人韦述上疏曰:'臣伏见贞观、永徽之时,每有公卿大臣薨卒,皆辍朝举哀,所以成终始之恩,厚君臣之义。上有旌贤录旧之德,下有生荣死哀之美,列于史册,以示将来。……'"第 2881 页。
② (唐)李世民:《令虞世南制杜如晦碑手敕》,吴云等校注:《唐太宗全集校注》,天津,天津古籍出版社,2004 年,第 286 页。
③ 《旧唐书·职官志》(卷四三),第 1830 页。
④ 同上,第 1855 页。
⑤ (唐)元稹:《唐故开府仪同三司检校兵部尚书兼左骁卫上将军充大内皇城留守御史大夫上柱国南阳郡王赠某官碑文铭》,冀勤点校:《元稹集》,北京,中华书局,1982 年,第 566~567 页。

官,未书性习。夫五常之性,出于五行;禀气所钟,必有偏厚。则仁义礼智信,为品不同;六艺九流,习科各异。若以稷、离之事,赞于巢、由;孙、吴之术,铭于游、夏;必将人神于悒,未以为允。今之撰录,盖欲推美实行,崇识素心。先德怡神于知我,后生想望于见意。说为他人称述,尚不敢苟,况于族尊行哉!①

张说族弟送来厌次府君行状,请求张说为其撰写碑文。张说与府君虽系同族,但相距遥远、交往甚少,且所送来的行状只有先后连任的官职,府君的声名、业绩、习性、事迹等又只字不提。若在不充分全面了解碑主的情况下撰写碑文,将会导致张冠李戴,生者和死者忧愁不安。在该文中,张说提出撰写碑文应当秉承以下原则:颂美碑主真实的操行,尊崇其本心素愿,不夸大,不虚美。只有这样,碑主才会因深切地了解、恰当的评价而怡悦心神;后嗣子孙才能通过碑文了解先辈真实的情形进而仰慕其节操。

在《与魏安州书》中,张说认为,撰写碑文不能假称溢美,也不应附丽事迹,而应该实录其事、其人,无愧达旨:

说白:尊豫州府君德业高远,名言路绝,岂说常词所堪碑纪?比重奉来旨,力为牵缀,亦不敢假称虚善,附丽其迹。虽意简野,文朴陋,不足媚于众眼;然敢实录,除楦酿,亦无愧于达旨。②

在以上二书中,张说反复强调:撰写碑文应注重碑主的"实行""素心",以事实为准,秉笔直书,追求史家笔法,力争践行"夫属碑之体,资乎史才"③的写作传统。张说创作碑文的态度是严谨、可取的。那么,张说是否在实际的碑文撰写中完全实践了这一创作理念呢?

(二)张说碑志分类研究

张说创作碑志的时间跨度约三十四年,几乎贯穿张说一生。最早的一篇碑志《贞节君碣(铭并序)》撰写于神功元年(697),最晚的一篇碑志《故括州刺史赠工部尚书冯公神道碑(铭并序)》撰写于开元十八年(730)。张说碑志的碑主形形色色,包括:下层小吏,如《贞节君碣(铭并序)》中的阳鸿,曾任县尉、主簿;高官显宦,如《赠凉州都督上柱国太原郡开国公郭公(神

---

① (唐)张说:《与营州都督弟书》,《张说集校注》(卷三○),第1429页。
② (唐)张说:《与魏安州书》,《张说集校注》(卷三○),第1427~1428页。
③ (梁)刘勰著,黄叔琳等注:《增订文心雕龙校注·诔碑》,第155页。

道)碑(铭并序)》中的郭知运,官拜左武卫大将军、太原郡开国公;皇妃外戚,如《和丽妃神道碑铭并序》中的和丽妃,乃唐玄宗之宠妃;平民百姓,如《唐处士张府君墓志铭(并序)》中的张恪,未仕而卒;至亲,为其父张骘撰《府君墓志(铭并序)》,为其曾祖父张弋撰《周故通道馆学士张府君墓志铭(并序)》,为其胞妹张炎撰《张氏女墓志铭并序》;政敌,为姚崇撰《故开府仪同三司上柱国赠扬州刺史大都督梁国文贞公(姚崇神道)碑(铭并序)》,姚崇与张说同朝为官,因政见不同、权势消长而暗斗不已。

根据创作缘由、写作目的的不同,碑志可分为官修和私撰两大类。官修碑志是指奉朝廷诏令即奉敕而作,碑主大多是三品以上的国之重臣或皇亲国戚。张说现存六十七篇碑志中约有十篇是奉敕而作,虽所占比例并不高,在当时却影响甚大,是张说"大手笔"的重要组成部分。如《故开府仪同三司上柱国赠扬州刺史大都督梁国文贞公(姚崇神道)碑(铭并序)》、《赠凉州都督上柱国太原郡开国公郭公(神道)碑(铭并序)》、《拨川郡王(神道)碑(铭并序)》、《和丽妃神道碑铭并序》、《右羽林大将军王氏神道碑(铭并序)》等,由于碑主的特殊身份以及"奉敕"而作的特殊背景,加之碑志本身也是精心撰写之作,故当时极具影响。私修碑志或应朋友、亲戚、同僚之请而作,写作依据多为家属所送之碑主行状,作者与碑主多不熟悉,实属应酬之作,程式化特征较为明显,大都有一笔不菲的"润笔费";或因哀恸于至亲如祖、父、妹以及知交好友的亡逝而作,因与碑主较为熟悉,故笔端饱含真情,形象生动,以细节感人。私修碑志约有五十余篇,属于张说碑志创作的主体,如《贞节君碣(铭并序)》、《唐西台舍人赠泗州刺史徐府君(神道)碑(铭并序)》、《唐处士张府君墓志铭(并序)》、《李氏张夫人墓志铭并序》、《张氏女墓志铭并序》等。无论官修或私修的碑志,其目的大都是为碑主立言,褒其美德、旌其大节、宏其伟业。

1. 官修碑志

张说官修碑志雍容典雅,谨守碑志基本格式,篇幅长大,因奉敕而作,且碑主身份贵重,在德行、功业等方面大都已有朝廷的定评,故留给作者舞文弄墨的空间并不大,难以写出真情实感,极易陷入千人一面的窠臼。在十余篇官修碑志中,最为特别亦最为知名的,是奉诏为宿敌姚崇所作的《故开府仪同三司上柱国赠扬州刺史大都督梁国文贞公(姚崇神道)碑(铭并序)》(下文简称《姚崇碑》)。特别之处在于:其一,作者与碑主的特殊关系;其二,碑志通常会浓墨重彩书写的关于碑主的族出、世系与乡邑等,异常简略;其三,构成唐代门第观念重要组成部分的姻娅即碑主之妻族,只字未提;其四,颂美碑主才干的同时,又采用皮里阳秋的笔法暗讽其孝行。由《姚崇碑》

可见,张说的部分碑志在类型化的颂美之外,亦通过一些独特表现手法即略写、简写等以表达自己的独特见解;其碑志的实用性特征在削弱,文学性特征在增强。张说部分碑志的新变对韩愈碑志的变革有极其重要的导向及启迪意义。

一般而言,朝廷重臣如姚崇的碑志已不仅仅属于姚氏家族的家事,而属于朝廷的礼制大事。朝廷多会任命熟悉碑主生平且关系亲近、有较高名望之人操刀完成。张说与姚崇均为玄宗依仗的重臣,二人积怨甚深,朝廷上下所共知。那为何会任命姚崇宿敌张说为其撰写碑志?对此,有两种说法。

其一,据郑处诲《明皇杂录》记载,张说为姚崇撰写碑志,是因为性豪奢、贪慕其美服器玩而落入姚崇算计。姚崇临终之前曾告诫诸子:

> 张丞相与我不叶,衅隙甚深。然其人少怀奢侈,尤好服玩,吾身殁之后……便当录其玩用,致于张公,仍以神道碑为请。既获其文,登时便写进,仍先砻石以待之,便令镌刻。①

这种说法颇有不合常理之处,张说身为宰辅,即便贪财也不会如此自掉身价,此说乃街谈巷语的小说家之言,不足采信。撰写碑志历来就有润笔传统,姚崇子嗣送贵重物品请张说撰写碑文本无可厚非,但作者与碑主竟为宿敌,实在令人起疑,故有此说。

其二,张说系受朝廷诏令为姚崇撰写碑文。薨卒的三品以上官员,由朝廷派专人撰写碑文,通常由秘书省著作局的著作郎或佐郎完成。但亦有例外,或由皇帝下诏指定文坛宿老来撰写,或由碑主子孙自行请人撰写。《姚崇碑》序有"有诏掌文之官叙事,盛德之老铭功,将以宠宗臣,扬英烈"之语,可见张说撰写碑志实乃奉诏为之。

王行《墓铭举例》列举碑志包含的要素:

> 凡墓志铭,书法有例。其大要十有三事焉:曰讳,曰字,曰姓氏,曰乡邑,曰族出,曰行治,曰履历,曰卒日,曰寿年,曰妻,曰子,曰葬日,曰葬地,其序如此。……其他虽序次或有先后,要不越此十余事而已,此正例也。其有例所有而不书,例所无而书之者,又有变例,各以其故也。②

---

① (唐)郑处诲:《明皇杂录》,北京,中华书局,1994年,第15页。
② (明)王行:《墓铭举例》(卷一),《景印文渊阁四库全书》(第1482册),第381页。

在碑志的十三项要素之中,讳、字、姓氏、乡邑、卒日、寿年、妻、子、葬日、葬地等都是相对确定的因素,可供舞词弄札的空间相对较为狭窄。故碑志作者大都在族出、行治、履历等方面开掘出彩。以王行的《墓铭举例》观《姚崇碑》,发现有两处较为独特之处。

首先,关于姚崇的族出、世系与乡邑的叙述异常简略,"姚姓,有虞之后。远自吴兴,近徙于陕,今家洛阳焉。烈考长沙文献公,树勋王室,建旟襡府"①。仅用四十余字粗略地描写三为宰相的姚崇世系实在令人费解。族出、世系与乡邑乃是构成唐代门第的重要部分,一般而言,简略叙述世系多因碑主确系寒族、乏善可陈才会如此;但即便是寒族,出于光耀门第的考虑,也会攀附权贵之家。张说作为善作碑志的大手笔不可能不知。且张说所作其他碑志都曾用大量篇幅来夸耀碑主的世系,如《河西节度副大使鄯州都督安公神道碑铭并序》,全文一千零十四字,叙其家世、祖勋就用了近二百六十余字。那为何张说单单在《姚崇碑》中如此粗略地叙述姚崇的族出、世系、乡邑呢? 是否因为姚崇世系已不可考呢?

胡皓《巂州都督赠幽州都督吏部尚书谥文献姚府君碑铭并序》是为姚崇之父姚懿所作,其碑铭中详细叙述其世系:

> 其先吴兴郡大姓,明考以官历陕圻,遂留家于硖石也。昔有虞惟舜,其姓惟姚。钦若神明,盖云祖始;子孙蕃邈,而迨于兹。曾祖宣业,陈征东将军吴兴郡公。祖安仁,隋青汾二州刺史。远图膺锡,大石垂休。父祥,隋怀州长史检校函谷关都尉,炀帝诰以武能守于天险。高门晋烛,何象贤之纷光哉!②

既然姚氏家族世系并非不可考,也并非寒族世系不值一提,那张说到底是出于何种原因不按照惯例详叙其世系呢?

其次,在碑志中,张说未提及姚崇之妻的基本情况,这也不符合张说撰写碑文的惯例。姻娅乃是唐人门第的重要组成部分,也属于碑志必写的内容,未成婚者才会省略。据许景先《大唐开府仪同三司紫微令梁国公姚公(崇)夫人沛国夫人刘氏墓志》,姚崇元配为刘氏,出身仕宦之家,乃姚崇未显达之时所娶,"夫人躬浣濯以立素,率紘组以底勤。怡顺而傍睦宗姻,尸斋

---

① (唐)张说:《故开府仪同三司上柱国赠扬州刺史大都督梁国文贞公(姚崇神道)碑(铭并序)》,《张说集校注》(卷一四),第743页。
② (唐)胡皓:《巂州都督赠幽州都督吏部尚书谥文献姚府君碑铭(并序)》,《全唐文》(卷三二八),第3326页。

而肃恭祭祀"①,生长子彝、次子异,死于垂拱元年(685),后被追封为沛国夫人,于开元五年(717)改葬于万安山南茔。继妻郑氏,被封为郑国夫人②,生子奕。

张说在《姚崇碑》中为何略写其出身郡望、不写其妻族姻娅呢?张说作为撰写碑志的大家,自非疏忽所致,应是采用春秋笔法而有意为之。唐人讲究出身、郡望、姻娅、科第。唐代门第观的内涵主要由政治地位、文化传统、婚姻关系、家法门风、经济实力等五大因素构成③。张说家族本系寒族,到张说时骤贵,被时人目为"新贵"④。张说与姚崇才干不相上下,政治地位相当,但彼此政见不同,常暗自较劲。出于一些不为人知的心理,张说故意简化了姚崇世系的叙述,让读者误认为姚崇世系不值一提,不必详写。张说不写姚崇的婚姻关系,大致也出于上述心理。

《姚崇碑》重点在于叙述姚崇之行治即品行才干,先泛化地赞美其仁恕博爱、真挚坦率、善应变谋事、执法公正等作为国之重臣的品德,之后,又选取了三个典型事件以细化对其品行的颂美之辞,分别是任司刑丞执法公正、诛"二张"后辞让封赏、事母仁孝。中国自汉以来以孝立国,孝是古代社会评价人物最重要标准之一。姚崇幼年丧父,由寡母刘氏抚养成人。张说是如何描述姚崇的对母亲的仁孝呢?"初,太夫人在堂,公受职西掖,颇限扃禁,求侍晨昏,优诏既许;寻令还职,公固请以泣。制曰:'家有令弟,足慰母心,国有栋臣,安可暂阙?'其后剖符江表,敦谕起复,衰麻外墨,栾棘内毁,变礼中权,通识所贵。"⑤姚崇任职于中书省时,因需定期值夜禁中,不能早晚定省,故请辞以侍母晨昏。但在其母去世后,朝廷循惯例诏令姚崇夺哀任职,而姚崇居然顺势遵诏而起复,变礼以从权。张说通过"初"与"其后"行为的鲜明对比,隐微地凸显姚崇的前后矛盾之处。前者寡母在世时,忠屈从于孝;后者寡母去世后,孝屈从于忠。当忠孝不能两全时,如何抉择自是仁者见仁,智者见智。但仔细品味该段文献,之前太夫人在世时,姚崇固请辞以

---

① (唐)许景先:《大唐开府仪同三司紫微令梁国公姚公(崇)夫人沛国夫人刘氏墓志》,《全唐文补遗》(第八辑),第15页。
② (唐)苏颋:《封姚崇妻郑国夫人制》,陈钧校:《苏颋诗文集编年考校》,太原,山西古籍出版社,第196~197页。
③ 程国赋:《论唐代门第观的内涵及其在小说作品中的体现》,《暨南学报》(哲学社会科学版)2001年第5期。
④ (唐)封演著,赵贞信校注《封氏闻见记校注·讨论》(卷一〇):"著作郎孔至,二十传儒学,撰《百家类例》,品第海内族姓,以燕公张说为近代新门,不入百家之数。"北京,中华书局,2005年,第94页。
⑤ (唐)张说:《故开府仪同三司上柱国赠扬州刺史大都督梁国文贞公(姚崇神道)碑(铭并序)》,《张说集校注》(卷一四),第743~744页。

侍母;之后太夫人去世后,姚崇却衰麻外墨。这样前后一对比,张说通过微言似乎传达了这样的信息:姚崇之前请辞侍母的举动似乎太过矫情;之后遵诏夺哀而顺水推舟的行为似乎太过虚伪。唐时,或以夺哀起复为荣,或以守制服丧三年为礼,在荣、礼之间,姚崇选择了一己之荣。为什么张说对此事颇有微词呢?因为张说本人非常重视为父母守孝,据《旧唐书·张说传》:"景龙中,丁母忧去职,起复授黄门侍郎,累表固辞,言甚切至,优诏方许之。是时风教颓紊,多以起复为荣,而说固节恳辞,竟终其丧制,大为识者所称。"①张说在朝廷下诏夺哀之后,仍固辞以守孝尽礼。不管姚崇出于何种考虑起复,但两者对比,高下立现。张说采用春秋笔法暗讽姚崇孝行的虚伪,亦是其对"不隐恶、不虚美"主张的践行。张说对姚崇孝行的暗讽也影响到了《旧唐书》中对姚崇传记的叙述:

  长安四年,元之以母老,表请解职侍养,言甚哀切,则天难违其意,拜相王府长史,罢知政事,俾获其养。其月,又令元之兼知夏官尚书事、同凤阁鸾台三品。元之上言:"臣事相王,知兵马不便。臣非惜死,恐不益相王。"则天深然其言,改为春官尚书。②

姚崇因母亲年老,请求辞职以侍养母亲。武则天感其哀切,罢其知政事。但是,很快又令其兼兵部尚书,知政事。姚崇以已身兼相王府长史,上表称不宜再兼兵部尚书,又改为礼部尚书。史书在客观叙述之余,似乎在暗示姚崇因母老辞职之心并不坚定,甚而言之,辞官孝母似乎成为其巩固权势、以退为进的手段而已。

  张说通过简略姚崇世系、不写其妻族、暗讽其孝心等春秋笔法以表达"微言大义",但这只是该碑志的一部分,其主流仍秉承碑志惯有的颂美主题。如开篇"叙曰:八柱承天,高明之位定;四时成岁,亭育之功存",以议论发端,有提纲挈领之用。首句化用古代神话,赞誉姚崇堪为承天之支柱,暗指姚崇于乱局初定的开元之初任宰相,长于吏道,大刀阔斧地整顿吏治,构建纲纪,使得武韦以来后妃、皇子、公主、外戚争权夺位造成的混乱局面得到初步整顿的功绩。"画为九州,禹也,尧享鸿名;播时百谷,弃也,舜称至德",囊括了碑主的身份、地位和功业,赞其功比禹弃,具亭育之功,巧妙地称颂玄

---

① 《旧唐书·张说传》(卷九七),第 3051 页。
② 《旧唐书·姚崇传》(卷九六),第 3022 页。

宗堪比尧舜,有知人之明。言语得体,周密妥帖,"叙述该详",时人称为"极笔"①。"有唐元宰曰梁文贞公者,位为帝之四辅,才为国之六翮,言为代之轨物,行为人之师表",用骈体粗笔概述其位、才、言、行,要而不烦,又不同于庾信碑志的铺陈繁复详备。

2. 私修碑志

张说私撰碑志较之官修碑志,可以在遵循基本格式之余,自由挥洒,对碑主的品评更为私人化,行文更为自在,体式更为多样。私修碑志就创作情景而言,又可分为两种情况:

其一,受亲戚、同僚、朋友请托而作,因与碑主并不认识或并无深交,仅依据家属所提供行状拼凑而作碑志。该类碑志虽遵循格式而作,但并无多少真情实感贯注其中,大多抒发类型化的悲哀之情,属应酬之作,甚而单为不菲的润笔而作。这类碑志自然难称上乘之作,如《大周故宣威将军杨君(神道)碑(铭并序)》、《徐氏子墓志铭(并序)》、《唐故高内侍(神道)碑(铭并序)》等。

其二,为熟悉的亲戚、至交、好友而作,因与碑主相交甚深,自然对碑主的生平、事迹烂熟于心,因而对碑主的逝去哀恸至深,多属情不自禁之作。故该类碑志以真情贯穿全碑,事随意转,以哀情运辞,且选材注重剪裁,繁简得当,借细节见人物之品格,真切感人。如《贞节君碣(铭并序)》即为好友阳鸿而作。该碑志作于神功元年(697)或次年,是现存张说碑志创作时间最早的一篇,其碑志的总体特色及创作倾向已露端倪。以王行《墓铭举例》观《贞节君碣(铭并序)》可知,碑主的"寿年"、"妻"、"子"、"葬日"等都未提及,可能是因为碑主未曾娶妻生子,而由友人表墓勒石。

关于碑主的"行治"、"履历",张说将其分为治学、为官、道德三部分,以颂美其道德为核心。张说的论述既有总括式的颂赞以画龙点睛,又有强有力的细节作为例证,如典型事例的叙述与人物外貌、言行的刻画,绝非泛泛而谈,显然接受了史传笔法的影响。

阳鸿之治学以博学通达为要,重在领略学问之大旨、大义、大节,与其时居主流的章句之徒截然不同。其治学理念不重繁琐的训诂名物,而注重内在义理与新见解的阐发。阳鸿治学最为突出之处,在于鄙薄《汉书·地理志》、《周礼·职贡志》部分内容之浅陋虚记之后,能身体力行、实地考察加以矫正,绝非纸上谈兵者可比。但令人遗憾的是,阳鸿与贾高所作图献,竟遇火被焚,张说在碑文中以"天下壮其志而痛其事",表达了对阳鸿治实学的

---

① (唐)郑处诲:《明皇杂录》,北京,中华书局,1994年,第16页。

肯定与痛惜。

阳鸿初于闾里聚徒讲学,"不应宾辟",希冀以一己之力化德一方。仪凤中,由河北大使薛元超举荐,担任曲阿县尉、龙门主簿之类的吏职,"诸侯观政",政绩斐然。阳鸿才高八斗却仕运偃蹇,是一个典型的才大不用、怀才不遇者。张说表面上将阳鸿才与仕的矛盾归结为命运的播弄,实际上却借此表达对所处政治环境的激愤以及对阳鸿的怜惜、叹惋之情。

阳鸿之道德乃是碑志叙述的核心,重在彰显其仁义、正气、智慧。张说以谥号"贞节"为关键词,选取两件典型事例以展现其高尚的道德品行。一是阳鸿游太学时,偶遇山东书生李思言客死长安南馆。阳鸿哀其客死异乡,亲族远离而无人主丧,于是不辞辛劳、千里迢迢亲送灵柩回归故土。阳鸿雪中送炭之高义可见一斑。二是徐敬业起兵之时,阳鸿临危受命,坚守润州,城虽陷落仍不屈,反令敌寇为之敬佩,旋被任命为伪曲阿令。阳鸿"阳奉阴违",在入城后再次坚守以拒敌,终于保全了城池、百姓。阳鸿的赤胆忠心并非为朝廷的嘉奖,令人遗憾的是,朝廷的恩赏也未及之。此事既凸显了阳鸿的节操、智慧与仁义,又暗讽了朝廷对忠义之士的轻忽。以上事例全面展现了阳鸿之"高义"、"秉礼"、"明智"。阳鸿官位不显,沉沦下僚,只担任过县尉、主簿之类的吏职,实与前述姚崇等国之重臣的功业有天壤之别,但张说却能抓住碑主最为令人注目的道德品行即"贞节",凸显碑主的人格魅力,故而碑主形象生动鲜明,避免了碑志常见的空疏、模糊之弊。

该碑志的铭文甚有特色,《贞节君碣(铭并序)》:"倬良士,纵自天,辨方物,覈山川,厥志大哉。峻刚节,殷义声,返旅榇,晏穷城,厥德迈哉。哀斯人,命莫赎,德不朽,温如玉,轨来世哉。"①在结构、句式、节奏、韵律上均有独特之处。铭文分三节,每节有五句,打破了对句、偶句成文的传统结构。每节由四个三字句和一个四字句构成,第一、第二组三字句寓议论于叙事之中,第三组寓哀情于颂美之中;三组四字句结构相同,前两个四字组重概括、颂扬其"志大"与"德迈",第三个四字句则在寄托对逝者之祝愿。三字句与四字句相间,节奏缓疾相间,错落有致。四个三字句两两相对,对偶工整;每节之中,偶数句押韵,第一节用下平"先"韵,第二节用下平"庚"韵,第三节用入声"沃"韵。随节转韵,节末用"哉",使得整篇铭文具有回环复沓之美。句式相同,韵律频转,张弛有度。前两个小节赞颂了阳鸿的壮志与品德,第三小节委婉地表达了对阳鸿有显才而无贵仕的哀伤,只能寄希望于渺茫的来世。铭文与碑序相辅相成,相得益彰。

---

① (唐)张说:《贞节君碣(铭并序)》,《张说集校注》(卷一九),第940页。

（三）张说碑志之特点

张说之碑序骈散兼行,叙碑主之族出世系、行治履历,多用散笔,流畅显豁;颂碑主之才德、功业等,多用骈语,典雅雍容。张说遵循碑志的创作惯例,浓墨涂抹碑主之世系、族出、履历、婚姻等,但力避将碑序写成碑主的家族史与仕途升迁的履历表。在部分碑志中,甚至通过简写家族史或不写姻娅等来表达其"微言大义",如《姚崇碑》以简化姚崇世系、不写姚崇之妻族等方式来暗示对姚崇的不满与敌意。这样的特殊写法在张说的碑志中并不多见,实属个例,在某种程度上违背了碑志创作的惯例,但这也恰好体现出张说的部分碑志逐渐开始从注重实用性逐步走向文学性,从千篇一律的颂扬变为个性化的暗讽。张说作为开元时首屈一指的大手笔,在碑志方面的创新因其特殊身份对后来韩愈等人碑志的变革具有重要启迪意义。

张说碑志力求抓住碑主的独特之处,使笔下人物面目不同、性情各异,故而碑主之性格、风神跃然纸上。张说有意识地把传记笔法引入碑志创作之中,赋予碑志以传记的韵味,通过典型事件、场面渲染、细节描写等艺术手法塑造出众多呼之欲出的人物形象,使程式化的碑志渐变为生动鲜明的人物传记。在选材方面,碑志不求面面俱到,而是以少总多,选择典型事例以突显碑主与众不同的品行。如《故右豹韬卫大将军赠益州大都督汝阳公独孤公燕郡夫人李氏墓志铭并序》,选择三个典型事例即李氏对继子与亲子一视同仁,见义勇为救落水儿童,轻财好义散珠宝于宗族姻亲,塑造出满怀慈爱、满腔勇义、满腹豪爽的奇女子形象。张说在某些碑志中还插入了神奇怪诞的情节和场面,颇具传奇、神秘色彩。如《唐故夏州都督太原王公神道碑（铭并序）》"尝独行,入夜,有怪人长丈,直来趣逼,射而仆焉,乃朽木也"[1]一段描写,应是借鉴了《史记》"李广射石",以刻画王仲翔的神勇无敌。

张说之碑序叙事、议论、抒情交织,叙事简明扼要,议论精辟准确,抒情哀而不伤。碑志的书写多为第三人称,而张说碑志在叙述过程中出现了人称的多元化,第一人称多次出现。张说为其父所作《府君墓志（铭并序）》,由于碑主的特殊身份,而不得不采用第一人称,如"二年七月己酉,克葬我先公,夫人合祔焉,从周制也"[2]。第一人称的出现意味着主体意识在碑志中的逐步彰显,到韩愈碑志中,更演变为作者的"粉墨登场",因之唐代碑志逐渐在颂美、寄托哀情之外,在一定程度上亦成为表达个性化情意的手段。关

---

[1] （唐）张说:《唐故夏州都督太原王公神道碑（铭并序）》,《张说集校注》（卷一六）,第775页。

[2] （唐）张说:《府君墓志（铭并序）》,《张说集校注》（卷二〇）,第983页。

于碑志的议论,如《赠太尉裴公神道碑(铭并序)》叙其识人之明后,评曰:"此则有道之人伦,武侯之赏鉴也。"往波斯途中遇险,因祷告而得免,论曰:"此乃耿恭之拜井,商人之化城也。"论裴之宽广仁慈,议曰:"此又文饶之含容,邴吉之仁恕也。"①这样的议论有画龙点睛之妙。

张说之碑铭仍以四言为主,取则于《诗经》,但在结构、句数、句式、押韵等方面都有所突破。如《赠广州大都督冯府君神道碑铭(并序)》:"明珠紫贝,产于南国,代所珍兮。允矣君子,不耀其德,克全真兮。庆流我后,高骧迴鶱,中贵臣兮。朱轓象服,宠及泉路,荣其亲兮。孝道不陨,勒铭表墓,留芳尘兮。"②碑铭的句数多为偶数两两相对,整饬而略显呆板,而该碑铭共五节,每节三句,改惯常的偶数为奇数,颇具参差奇崛之美。此外,张说碑志尚有少量铭文,着意打破四言韵语的传统格局,转以三言、五言或杂言为主。如《唐故高内侍(神道)碑(铭并序)》:"高堂乐未散,重壤哀已擗,宝帐吹灵衣,金尊照尘席。苦长夜之易泯,怨寸景之难惜。刻义声与孝心,万古千龄传此石。"③第一节由四个五言句构成,以烘托悲哀之氛围。第二节由两个六言句组成,以表达生者之哀恸与惋惜。第三节由一个六言句与一个七言句构成,以表达死者子嗣勒铭刻石之用意。铭文通押入声"陌"韵,句式参差不齐,节奏变化多端,哀情跌宕起伏,句意浑然一体,有参差跌宕之美。

张说碑志在全面继承东汉以来碑志创作成就的基础上,又有所开拓与创新。张说碑志虽尚藻饰,但不过分夸饰,也用典隶事,但并不繁密,沿袭了魏晋碑志以议论开端的笔法,扬弃了六朝碑志的繁缛丽靡,着意向汉代碑志的典雅宗经回归,在典丽雅致中充溢着雄浑阔大之气,呈现出清拔宏丽、气势恢弘的盛唐气象。以蔡邕为代表的东汉碑志品评人物重儒家伦理道德,以孙绰为代表的魏晋碑志品评人物重冲虚玄淡的风神,以庾信为代表的南北朝碑志偏重碑主的世系阀阅,而以张说为代表的盛唐碑志品评人物则重在功勋与才学,碑志侧重点的变化与时代风气、文化心理紧密联系。

(四) 张说碑志与盛唐其他碑志比较

碑志作为盛唐时期最为重要的实用文体之一,当时善作者甚多。除张说外,还有李邕、张九龄、杜甫、李华、独孤及等。李邕"早擅才名,尤长碑颂。虽贬职在外,中朝衣冠及天下寺观,多赍持金帛,往求其文。前后所制,凡数百首"④。其人辞高行直,狂狷自恣,不拘细行,所作碑志却典则雅驯,雄迈

---

① (唐)张说:《赠太尉裴公神道碑(铭并序)》,《张说集校注》(卷一四),第724页。
② (唐)张说:《赠广州大都督冯府君神道碑铭(并序)》,《张说集校注》(卷一六),第818页。
③ (唐)张说:《唐故高内侍(神道)碑(铭并序)》,《张说集校注》(卷一七),第863页。
④ 《旧唐书·李邕传》(卷一九〇中),第5043页。

淳厚,盖当时文风使然,亦是文体所限。张九龄被誉为"后出词人之冠",也是撰写碑志的行家里手,其《故开府仪同三司行尚书左丞相燕国公赠太师张公墓志铭(并序)》在继承前代碑志的基础上又着意有所开掘。碑志开篇即叙述碑主的卒日时辰及散官职官,颇有先声夺人之势。"皇帝悼焉,素服举哀,废朝三日"①,渲染朝廷上自皇帝下至百官浓重哀悼之意。张说于玄宗有师傅之旧,于朝廷有忘身之勇,于社稷有赤胆之忠,堪为文武公侯之表率,赞美其一生行事"虽与日月争光可矣",朗畅厚重,气势不凡。碑序在叙述其仕宦、行治时,兼及对其功业的赞颂与品格的钦仰,层次清晰,异于流俗。又如杜甫本不以能文著称,而其所作碑志,如《唐故德仪赠淑妃皇甫氏神道碑》、《唐故范阳太君卢氏墓志》等,典雅富丽,具有张说碑志的某些特点。李华所撰碑志散句增多,骈句减少,在整齐排比之骈句中间之以灵动的散句。其碑志的最大特点在于更加注重人物形象的塑造,因而有意简写碑主的仕宦、迁转,如"至于牧四郡,使四道,在人为政之绝迹,于公能事之常格,故不足叙"②。"不足叙"表明李华在一定程度上打破了碑志的传统格式,即详细叙述碑志履历、仕宦、迁转的方法,转而注重以典型事件、生动细节以刻画人物形象。李华碑志注重剪裁,如《唐丞相故太保赠太师韩国公苗公墓志铭》以安史之乱时经略平叛之事以显其宏才伟略,以乱后对附逆陈希烈等人的处置展现其远见卓识,而以晚年婴疾、肩舆朝见来展示朝廷对其优宠有加,既刻画了碑主的卓见与功高,又暗赞了朝廷对功臣的优待与恩赏,取舍之间颇具匠心。独孤及碑志已基本摆脱骈俪文风的影响,基本以散句成文。他主张文应"本乎王道","以五经为泉源","至若记叙、编录、铭鼎、刻石之作,必采其行事以正褒贬,非夫子之旨不书"③,品评人物多以儒家标准为指归,注重碑志的警世劝俗的教化作用,"愿以兄之忠于君、恪于官、友于家之德之美,以播后嗣,庶几陵岸迁而德音不磨"④。但其碑志可读性不强,碑主缺乏应有的个性,有扁平化之嫌;结构也少变化,显得板滞凝重;语言则质木无文,缺乏文采,总体成就不高,可以说是从一个极端走向了另一个极端。总的来说,盛唐碑志文风的形成,与张说得风气之先并以宰臣之特殊地位而

---

① (唐)张九龄:《故开府仪同三司行尚书左丞相燕国公赠太师张公墓志铭(并序)》,《张九龄集校注》(卷一七),第951页。
② (唐)李华:《唐丞相故太保赠太师韩国公苗公墓志铭》,(清)董诰等:《全唐文》(卷三二一),第3253页。
③ (唐)独孤及:《检校尚书吏部员外郎赵郡李公中集序》,《毗陵集校注》(卷一三),第285页。
④ (唐)独孤及:《唐故范阳郡仓曹参军京兆韦公墓志铭(并序)》,《毗陵集校注》(卷一二),第268页。

加以煽扬，是分不开的。

三、张说表启

张说的章表书奏类上行公文现存三卷，多属礼仪型文书，包括大量代他人所拟的让官表、贺表等，这些文章结构趋同，具有极强的程式化特点，目的在于表达忠诚与恭敬。除此之外，尚有一些庶务型文书，针对朝政大小庶务发表个体意见，具有极强的针对性，颇能展现朝廷"大手笔"的风采，如《（上东宫）劝学启》：

> 臣某等启：臣闻安国家，定社稷者，武功也；经天地，纬礼俗者，文教也。社稷定矣，固宁辑于人和；礼俗兴焉，在刊正于儒范。顺考古道，率由旧章，故周文王之为世子也，崇礼不倦；魏文帝之在春宫也，好古无怠。博览史籍，激扬令闻，取高前代，垂名不朽。伏惟皇太子殿下，英睿天纵，圣敬日跻，神算密发，雄威立断，廓清氛祲，用宁家国。兆人由是归法，六合所以推功。主鬯青宫，固本也；分务紫极，观政也。副群生之望，作累圣之储。殿下之于天下，可谓不轻矣；监国理人，可谓至重矣。莫不拭目而视，清耳而听，冀闻异政，以裨圣道。臣愚，伏愿崇太学，简明师，重道尊儒，以养天下之士。今礼经残缺，学校陵迟，历代经史，率多纰缪。实殿下阐扬之日，刊定之秋，伏愿博采文士，旌求硕学，表正九经，刊考三史。则圣贤遗范，粲然可观。况殿下至性神聪，留情国体，幸以问安之暇，应务之余，引进文儒，详观古典，商略前载，讨论得失。降温言，开谠议，则政途理体，日以增益，继业承祧，永垂德美。臣等行业素轻，艺能寡薄，顾惭端士，叨侍宫闱，日夜祗惧，无以匡辅，区区微诚，愿效尘露。轻进刍鄙，庶垂采择，临启如失，伏用兢惶。谨启。①

该启当作于景云二年（711），张说时为太子左庶子，同中书门下平章事，监修国史。《全唐文》又录太子右庶子李景伯《上东宫启》、太子舍人贾曾《上东宫启》、太子詹事刘宪《上东宫劝学启》，此三启与张说《劝学启》应为同一时期先后所上。四人先后上书，可能是时为太子的李隆基在东宫"近承谄曲之徒，私进女色，莫非倡荡，秽迹可知，将入宫闱，以为娱乐，伤教败礼"，李景伯认为太子应该"养德青宫，问安紫极，去恶除本，为善务滋。纳忠说于正人，杜浮媚于邪迳。游心经史，引接文儒。览古今之得失，为行事之龟镜。日新

---

① （唐）张说：《（上东宫）劝学启并答令》，《张说集校注》（卷二七），第1307~1308页。

其美,岂不盛欤"①。贾曾之启也意在说明过度喜好女乐所导致的危害,太子应该"下明令,发德音,屏倡优,敦雅颂,率更女乐,并令禁断,诸使采召,一切皆停"②。李景伯与贾曾都主要针对女色、女乐问题,经过二人的劝说后,李隆基便令刘宪"勾当所进书,随了随进"③。身为太子左庶子的张说也顺势上启劝学。

张说《劝学启》从大处着眼,开篇即言安定国家,社稷在于武力军功;经纬天地,礼俗在于文章教化。定社稷在于人和,兴礼俗则在于正儒范。开篇即为下文劝学奠定了坚实的基础,劝学在此背景下被提高至安定社稷的层面之上,具有了无可辩驳的意义。接着,针对李隆基目前的太子身份,从"古道"、"旧章"入手,劝谏其应以周文王、魏文帝为太子时崇礼好古、博览史籍为榜样。然后,正面点出身为太子对于百姓、天下所应担负之责任,为下文劝学张本。最后,直接指出身为东宫应该关注的具体事务:其一,崇太学,择明师,重道尊儒,养天下士。这是就国家大政方针而言。其二,采文士,求硕学,正九经,考三史。这是就"礼经残缺,学校陵迟,历代经史,率多纰缪"的现状而发。其三,进文儒,观古典,与鸿儒商讨前代之得失。这是就身为太子的李隆基如何提高自身德、行而言。上至国家大政,小至个人德行均有所考量,周全缜密,于此可见张说高明的见识与睿智。试与刘宪《上东宫劝学启》相较,刘宪之启从李隆基随时进书的令旨入笔,显得随意,缺乏张说从国家、社稷层面劝学的说服力;其次,论及劝学时,仅就学之于李隆基个人的意义及方法而言,"盖应略知大意而已。用功甚少,为利极多。伏愿克成美志,无弃暇日,上以慰至尊之心,下以答庶寮之望"④。从见识、眼界等角度观之,刘宪之启远不如张说之启宏通广博。

再如《并州论边事表》,风格与颂赞等文又不相同。在具体分析契丹、奚之祸乱由来后,实事求是地提出三种解决方案:或以夷制夷,"因其所欲立酋长而便定之,或可不战而定也"⑤;若"告之不训",则联合靺鞨、九姓乘其青黄不接之时发兵征讨,自可手到擒来;若"不忍以中国劳事蛮夷",则巩固边塞,以逸待劳,敌进我退,敌退我进,攻守自如。语言浅白晓畅,意脉连贯,分析入微,条理清晰,切实可行,绝非纸上谈兵者所能道也,真可谓文韬武略兼备。总体而言,张说章表书奏直言其事,不尚藻饰,以理服人,以情动人,

---

① (唐)李景伯:《上东宫启》,《全唐文》(卷二七一),第 2754 页。
② (唐)贾曾:《上东宫启》,《全唐文》(卷二七七),第 2811 页。
③ (唐)刘宪:《上东宫劝学启》,《全唐文》(卷二三四),第 2364 页。
④ (唐)刘宪:《上东宫劝学启》,《全唐文》(卷二三四),第 2364 页。
⑤ (唐)张说:《并州论边事表》,《张说集校注》(卷二七),第 1285 页。

言语典雅恭谨,具有高超的说理技巧。

四、张说颂赞

张说秉承儒家正统诗教观,认为文学应该"吟咏情性,纪述事业,润色王道,发挥圣门"①,故其多数散文的内容、风格体现出"粉饰盛时"、鼓吹圣明的特点,实与开元时"承平日久"的时代风气相适应。其颂赞虽不免有虚美之嫌,但创作于开元盛世倒也在某种程度上名实相符,较为真实地表达出盛唐士人自豪昂扬的盛世心态。唐玄宗此时也开始志得意满、好大喜功,张说此类雍容典雅的"润色鸿业"之文可谓正中玄宗下怀。"燕许大手笔……其文雍容华贵,与其所处之时代,适相称。四杰承六朝之风,以流丽相尚,燕许处太平之世,以凝重见长,而后唐文始趋于博大昌明之域。"②张说颂美之文辞藻华丽,格调端庄,气度雍容,尤以气势雄浑见长,虽歌功颂德,却无多少诌谀之"媚态",对于正面认识开元文治之盛有一定意义。

张说在满足颂赞基本格式要求的同时,又在语言、风格、句法、体式方面努力创新。比如颂,"原夫颂惟典雅,辞必清铄;敷写似赋,而不入华侈之区;敬慎如铭,而异乎规戒之域。揄扬以发藻,汪洋以树义。唯纤巧曲致,与情而变,其大体所底,如斯而已"③。即颂之文辞应雅正清澄,描写刻画如赋般铺陈扬厉,但又不华艳浮夸,说理讽劝如铭般庄重谨慎,但并非训斥告诫。张说的颂在继承既往格式外,又灵活变通,自由发挥。如《上党旧宫述圣颂》:"维开元十有一祀正月,皇帝展仪于河东,挟右太行,留宴上党,整兵耀武,入于太原,设都建颂,以崇王业。"④形式整饬,皆为四言,但并非两两相对以成意,而是一句一意,语意连贯,运散入骈,颇有气势,朗畅自然,如江河水流,一气贯注,绝无繁缛板滞之病。又如《大唐祀封禅颂》:"皇帝攘内难而启新命,戴睿宗而缵旧服,宇宙更辟,朝廷始位,盖羲轩氏之造皇图也。九族敦序,百姓昭明,万邦咸和,黎人于变,立土圭以步历,革铜浑以正天,盖唐虞氏之张帝道也。天地四时,六官著礼,井田三壤,五圻成赋,广九庙以尊祖,定六律以和神,盖三代之设王制也。"⑤运用排比句式,境界雄伟,气势昂扬,有排山倒海之势;在四六句式中,又夹杂着八字句、九字句,在整齐中见

---

① (唐)张说:《齐黄门侍郎卢思道(神道)碑(铭并序)》,《张说集校注》(卷二五),第1196页。
② 刘麟生:《中国骈文史》,上海,上海书店出版社,1984年,第76页。
③ 刘勰《文心雕龙·颂赞第九》。
④ (唐)张说:《上党旧宫述圣颂》,《张说集校注》(卷一一),第568页。
⑤ (唐)张说:《大唐祀封禅颂》,《张说集校注》(卷一二),第608页。

错落,文气跌宕起伏,调和了因四六句式的重复使用而引起的呆滞之病。"也"字的运用亦使音节流畅,语气舒缓,文章雅致。"讲习乎无为之书,讨论乎集贤之殿"两句,刻意加入虚词"乎",将惯常的六字句变为七字句,意在避免骈文的单调板滞,使文气起伏跌宕、意随笔走,给人以耳目一新之感。大致言之,张说的"大手笔"之作,虽仍以骈体为主,但已经呈现出由骈入散的趋势,具有跌宕错落之美,行文流畅,语言典丽,典雅与雄肆兼而有之。

张说有意识地在碑志创作方面追求新变。多数官修碑志雍容典雅,篇幅浩大,谨守基本格式。最特别的官修碑志当属《姚崇碑》,在类型化的颂美之外,采用异常简写碑主族出、世系与乡邑,不写亡妻,运用皮里阳秋的笔法暗讽姚崇孝心等方式,表达作者的"微言大义",使得一味颂美的碑志变得别具一格,由注重实用性逐步向偏重文学性转变。张说在某些为至亲私修的碑志中首次使用第一人称,使模式化的碑志逐步成为生动形象的人物传记。张说逐步减弱了碑志类型化、实用性特征,强化其个性化、文学性特征,这对韩愈碑志有重要影响。张说的表启类公文,除部分类型化的礼仪型文书外,尚有不少庶务型文书可以见出作为政治家的谋略与见识,久历宦海风波所具有的成熟与老练,以及布局行文的得体与老辣。张说被誉为"大手笔",实在是实至名归。

第二节 苏颋:变革授官制敕

苏颋文思敏捷,才华出众,出口成章,"思若涌泉",于神龙、开元年间两度入中书,掌制诰,"轻重无所差"①,制诰之典则妥当在当时堪称妙绝。苏颋现存的文章,主要是以天子名义发布的制、敕,也有代群臣所作的表、状,所谓"大手笔",主要就是指这类文字。据陈钧《苏颋诗文集编年考校》②,苏颋文共三百十四篇,其中约有二百篇制敕,约占总数的三分之二。制敕之类,在今天看来,属于应用文字,似乎缺乏文学性,但在当时,却是"王言之最"③,

---

① (宋)欧阳修等:《新唐书·苏颋传》(卷一二五),第4399~4400页。
② (唐)苏颋著,陈钧校:《苏颋诗文集编年考校》,太原,山西古籍出版社,2000年。
③ 《旧唐书·孙逖传》(卷一九〇):"议者以为自开元已来,苏颋、齐澣、苏晋、贾曾、韩休、许景先及逖,为王言之最。"第5044页。

"知制诰"也被文人视作最荣耀的职事。据陈钧《苏颋年谱》①,苏颋于景龙二年(708)十月拜中书舍人,直至景云二年(712)因父去世守制;后于先天二年(713)七月前后擢中书侍郎,加知制诰直至开元四年(716)在紫薇侍郎任,仍知制诰。前后有七年左右时间担任起草制敕的工作,而撰写制敕在当时是极为核心、重要的工作之一。

一、苏颋文研究现状

苏颋与张说并称为"大手笔",但学界关于苏颋文的研究较为寥落。在文学史、散文史或骈文史中,多以"燕许"并称合为一节,对两人的思想、内容和风格、审美取向等进行总体评价。在各种文学史中,因盛唐时诗歌大放异彩,所以少有人提及文章创作,但也有少量分体文学史涉及,如赵义山、李修生主编《中国分体文学史·散文卷》认为:"苏颋的骈文绝大部分都是制敕,碑志仅遗13篇。制、敕作品多入骈俪俗套,虽是盛世气象,但很少真实情意的抒发。其碑志则往往语言拗涩,文气不十分通畅。所以其总体成就不及张说。"②郭预衡《中国散文史》认为,苏颋制敕之类文章"思如泉涌",但难抒己见;碑颂于叙事之中,又夹叙夹议,时露感情③。于景祥《唐宋骈文史》认为:"其文的总的特点是结构严谨,文词谆雅,比较张说之文,台阁之气更重,虽也以散入骈,却不如张说运用自如,但在当时,却是凤毛麟角,难能可贵。"④陈钧《苏颋其人及其诗文》⑤一文从苏颋生平、性格说起,分论其诗文。陈钧认为,苏颋文的特点是少用典或不用典,用则自然、贴切;言简意明,感情较为真挚;骈散结合,时用散句,偶有通篇散文者。大体而言,学界对苏颋之文评价不高,尤其是对其制敕颇多微词,认为其缺乏真情实感。对苏颋其人、其文,学界现存研究还显得较为表面化,对苏颋这位在盛唐产生巨大影响的文坛巨匠缺乏应有的研究,其研究广度与深度尚需加强,比如对苏颋制敕的恰当评价,对苏颋文的新变缺乏相应的梳理,以及对苏颋骈文特别是制敕在唐文演变史应有的地位尚缺乏应有的评价。

---

① 陈钧:《苏颋年谱》(二)、(三)、(四),《盐城师专学报》(社会科学版)1991 年第 4 期、1992 年第 4 期、1993 年第 2 期。
② 赵义山、李修生:《中国分体文学史·散文卷》,上海,上海古籍出版社,2001 年,第 411 页。
③ 郭预衡:《中国散文史》(中),第 100~102 页。
④ 于景祥:《唐宋骈文史》,沈阳,辽宁人民文学出版社,1991 年,第 40 页。
⑤ 陈钧:《苏颋其人及其诗文》,中国唐代文学学会等主编:《唐代文学研究》(第 4 辑),桂林,广西师范大学出版社,1993 年,第 113~132 页。

二、苏颋制敕文分类研究

(一) 制敕文溯源

王朝进行统治、体现权威的最重要途径就是以帝王名义颁布诏令。以帝王名义发布的命令在不同的历史时期,有不同的名称、体式以及审美趣味。《文心雕龙·诏策》全面分析上古至东晋的诏策文的缘起、发展、演变以及在不同时期的性质、作用及使用范围。其文云:

> 昔轩辕、唐、虞,同称为命。命之为义,制性之本也。其在三代,事兼诰誓。誓以训戒,诰以敷政,命喻自天,故授官锡胤。《易》之《姤》象:"后以施命诰四方。"诰命动民,若天下之有风矣。降及七国,并称曰命。命者,使也。秦并天下,改命曰制。汉初定仪,则有四品:一曰策书,二曰制书,三曰诏书,四曰戒敕。敕戒州部,诏诰百官,制施赦令,策封王侯。……观文、景以前,诏体浮杂;武帝崇儒,选言弘奥。策封三王,文同训典;劝戒渊雅,垂范后代;及制诏严助,即云厌承明庐,盖宠才之恩也。孝宣玺书,责博于陈遂,亦故旧之厚也。逮光武拨乱,留意斯文,而造次喜怒,时或偏滥。诏赐邓禹,称司徒为尧;敕责侯霸,称"黄钺一下"。若斯之类,实乖宪章。暨明、章崇学,雅诏间出。和、安政弛,礼阁鲜才。每为诏敕,假手外请。建安之末,文理代兴,潘勖九锡,典雅逸群;卫觊禅诰,符命炳耀,弗可加已。自魏晋诰策,职在中书,刘放、张华,互管斯任,施令发号,洋洋盈耳。魏文帝下诏,辞义多伟,至于"作威作福",其万虑之一弊乎?晋氏中兴,唯明帝崇才,以温峤文清,故引入中书。自斯以后,体宪风流矣。①

轩辕唐虞时代,诏令被称为"命",考之《尚书·尧典》,尧之"五命"可证。此时的诏令多由帝王口头传达,多为三言两语,简短生动。三代时,诏令逐渐细化,"命"之外,还有"诰",如《汤诰》、《康诰》等,"誓"用于战争讨伐,如《甘誓》、《泰誓》等,篇幅加长,某些诏令已具有较为完整的结构,口语化仍是其最大的特点。战国时期,周天子与诸侯王的诏令并称为"令",其令文形式短小精干、语言清晰明确,篇章结构进一步完整,如魏无忌《下令军中》:

---

① (梁)刘勰著,黄叔琳等注:《增订文心雕龙校注·诏策》,第264~265页。

"父子俱在军中,父归;兄弟俱在军中,兄归;独子无兄弟,归养。"①开门见山,果断明快。

秦代一扫六合,雄视天下,改"命为制,令为诏"②,其文如《除谥法制》:"制曰:朕闻太古有号毋谥,中古有号,死而以行为谥。如此,则子议父,臣议君也,甚无谓,朕弗取焉。自今已来,除谥法。朕为始皇帝,后世以计数,二世三世至于万世,传之无穷。"③气势有余,文采不足,质木无文。汉初,诏令更趋细化,一分为四,即策书、制书、诏书、戒书④。西汉时的某些诏令,如《入关告谕》:

父老苦秦苛法久矣!诽谤者族,耦语者弃市。吾与诸侯约:先入关者王之,吾当王关中。与父老约,法三章耳:杀人者死,伤人及盗抵罪。余悉除去秦法,吏民皆案堵如故。凡吾所以来,为父兄除害,非有所侵暴,毋恐。且吾所以军霸上,待诸侯至而定要束耳。⑤

措辞恳切,消除了百姓的顾虑,一举取得民心,语言简练,立意高远,事理兼备,堪称典范。他如汉文帝《劝农诏》朴实亲切,平易近人;汉武帝《诏贤良》雄才大略,不拘一格。东汉时,诏令多用四字句,整饬骈俪,指事造实,趋于典雅,却不华丽雕琢,格式进一步规范,如汉明帝《诏骠骑将军三公》、汉章帝《四科取士诏》。诏令由于受辞赋、韵文的影响,渐由西汉诏令的散体变为东汉诏令的骈体,文风也由通畅质朴转变为博雅宏肆。秦汉时期是诏令规范的关键期,如称谓、文种、行文格式都在此时趋于固定化、规范化。

西汉诏令朴实通畅,以本色见长;东汉制敕骈俪雅致,以文采称胜。三国时的诏令,极具特色,以曹操为代表。其令文不守陈规,不拘一格,通脱清峻,个性鲜明。如《置屯田令》直截了当,朗畅直白,简练精悍。又《选留府

---

① (先秦)魏无忌:《下令军中》,《全上古三代文》(卷四),《全上古三代秦汉三国六朝文》,第34页。
② (汉)司马迁撰,(宋)裴骃集解,(唐)司马贞索隐,(唐)张守节正义《史记·秦始皇本纪》(卷六):"命为'制',令为'诏',天子自称曰'朕'。"北京,中华书局,1959年,第236页。
③ (秦)秦始皇:《除谥法制》,《全秦文》(卷一),《全上古三代秦汉三国六朝文》,第117页下。
④ (汉)蔡邕:《独断》(卷上),北京,中华书局,1985年,第3~4页。
⑤ 《史记·高祖本纪》(卷八),第362页。

长史令》:"释骐骥而不乘,焉皇皇而更索?"①意在让杜袭留守长安,却用辞赋、设问的形式表达,新奇亲切,其意含而不露,却又不言自明。曹操之诏令意随笔到,随意挥洒,不拘格式,颇有雄风。两晋南北朝时期,诏令复归东汉骈俪之风,极铺张夸饰之能事,华丽雕琢,篇幅冗长,晦涩难懂,以辞害意,正如曾国藩所言:"自东汉至隋,文人秀士,大抵义不孤行,辞多俪语。即议大政,考大礼,亦每缀以排比之句,间以婀娜之声,历唐代而不改。"②

降及唐代,诏令的分工更趋细化,共有七种。初唐诏令已部分舍弃了南北朝诏令的繁缛华靡,复归两汉的朗畅雅致。唐武德元年(618),唐高祖李渊发布《诫表疏不实诏》,提倡"直陈"、"实录",反对"佞媚"、"阿谀",旨在改革公文文风,提高行政效率,言简意赅,词理切直。此诏虽是针对百官所作上行公文即表疏而发,但对于同属公文的诏令的文风转变也具有积极的引导意义。

(二) 苏颋授官制敕

苏颋制敕文现存约两百篇,润色王言之作是其主要内容。其中,授官制敕约有一百七十七篇。《通典》云:"凡诸王及职事正三品以上,若文武散官二品以上及都督、都护、上州刺史之在京师者,册授。五品以上皆制授。六品以下、守五品以上及视五品以上,皆敕授。凡制、敕授及册拜,皆宰司进拟。自六品以下旨授。其视品及流外官,皆判补之。凡旨授官,悉由于尚书,文官属吏部,武官属兵部,谓之铨选。唯员外郎、御史及供奉之官,则否。"③授官制敕作为礼仪型下行公文,因要遵守制敕的体式要求,故极易陷入千篇一律的窠臼之中。苏颋所作授官制敕于程式化书写之中自出机杼,着意根据授职官员品行才干、所授官职的不同,而各有所侧重,力图道出授职官员的特点,使其自具面目,力求"峻而不杂,重轻咸当。简而能要,浮竞斯远"④。

笔者尝试比较苏颋、李隆基为同一人授同一官职所作制敕,即关于张说任中书令的制敕,以展现苏颋授官制敕的特点,进而概括盛唐制敕的总体特征。

---

① (汉)曹操:《选留府长史令》,《全三国文》(卷三),《全上古三代秦汉三国六朝文》,第1066页下。
② (清)曾国藩:《湖南文征序》,(清)曾国藩《曾国藩全集·文集》上,石家庄,河北人民出版社,2016年,第74页。
③ (唐)杜佑:《通典·选举三》(卷一五),北京,中华书局,1984年,第84页中。
④ (唐)苏颋:《授卢藏用检校吏部侍郎制》,陈钧校:《苏颋诗文集编年考校》,第20页。此虽是称赞卢藏用制诰之美,不妨亦可视为苏颋自况。

第一章　开元散文：政治精英与骈体公文的全面革新　·49·

李隆基《授张说检校中书令制》①：

　　门下：殷命百工，傅膺审象；汉推三杰，良属运筹。不有斯人，孰赉予弼。尚书左丞张说，居正合道，体直理精。朕昔在承华，首延博望。谈经之际，钦若谠言；抡翰之间，润色鸿业。屡陈匡益，见嫉奸回。顷虽抗迹疏远，而载怀饥渴。今群凶已服，大猷伊始。永言亮采，光朕侧席之期；俾咨启沃，成朕济川之望。宜登鼎铉，式综丝纶，可检校中书令。（先天二年七月）②

苏颋《张说中书令制》：

　　门下：咸有其德，委廊庙之元宰。知无不为，归掖垣之成务。银青光禄大夫、检校中书令、上柱国、燕国公张说，含和育粹，特表人师。悬解精通，见期王佐。立言布文武之用，定策励忠公之典。才冠代而不有，功至大而若虚。自顷宏益时政，发挥王道。万事必理，一心从义。以观其独，伯起慎于四知；常得其贞，叔敖谨于三省。故能深而不竭，久而弥芒。宣大号于紫宸，润昌图于清禁。我凭柱石，尔作盐梅。正名之谓，群议斯集。可守中书令。散官勋封如故。主者施行。③（先天二年九月十一日）

李隆基《张说兼中书令制》：

　　中书政本，实管王言；咨尔夏卿，佥曰惟允。兵部尚书同中书门下三品燕国公张说，道合忠孝，文成典礼，当朝师表，一代词宗。有公辅之材，怀大臣之节。储宫侍讲，早申翼赞，台座讦谟，备陈匡益。入则式是

---

① 《全唐文》（卷二〇）题目作《授张说中书令制》，文末作"可中书令"。按："检校"在唐代有三种含义，一是代理某职，即指尚未正式任命，但已掌其职事，如《资治通鉴·唐高祖武德三年》："诏（李）仲文检校并州总管"，注云："检校官未为真。"二是地方使职带台省官衔，由于使职本身没有品阶，需要以检校官衔来表示地位高下。三是参军检校各部门职事的制度，如《唐六典》："参军事，掌出使、检校及导引之事。"该制敕中的"检校"应该是指"代理"，理由有二：其一，考诏令之意，"宜登鼎铉，式综丝纶"，明言其已具有中书令的职责；其二，先天二年九月又有《授张说中书令制》，反证之前为代理职事。该制敕题目应以《唐大诏令集》为是。
② （唐）唐玄宗：《授张说检校中书令制》，（宋）宋敏求：《唐大诏令集》（卷四四），北京，中华书局，2008年，第217~218页。
③ （唐）苏颋：《授张说中书令制》，陈钧校：《苏颋诗文集编年考校》，第76页。

百辟,出则赋政四方,嘉绩简于朕心,茂功著于王室。赉予良弼,光辅中兴,乃眷专车,是称枢密。宜兼出纳之任,式副具瞻之举。可兼中书令。(开元十一年二月)①

李隆基《张说中书令王晙同三品制》:

门下:周称内史,以司号令;汉曰尚书,是主喉舌。用平邦典,以佐王教。兵部尚书兼中书令张说,履道体正,经邦立言。吏部尚书王晙,忠肃刚简,博闻宏识。并才包王佐,望重时英。内训五品,外清九服。嘉谟必尽,庶绩允康。宜参五臣之命,以正三台之象。说可中书令,晙可兵部尚书同中书门下三品。(开元十一年四月)②

据《唐六典》(卷九):

凡王言之制有七:一曰册书(立后建嫡,封树藩屏,宠命尊贤,临轩备礼则用之),二曰制书(行大赏罚,授大官爵,厘革旧政,赦宥降虑则用之),三曰慰劳制书(褒赞贤能,劝勉勤劳则用之),四曰发日敕(谓御画发敕也。增减官员,废置州县,征发兵马,除免官爵,授六品已下官,处流已上罪,用库物五百段、钱二百千、仓粮五百石、奴婢二十人、马五十疋、牛五十头、羊五百口已上则用之),五曰敕旨(谓百司承旨而为程式,奏事请施行者),六曰论事敕书(慰谕公卿,诫约臣下则用之),七曰敕牒(随事承旨,不易旧典则用之)。皆宣署申覆而施行焉。③

综观唐代七种"王言之制",可大体分为"制"和"敕"两类。李锦绣认为:"册书、制书、慰劳制书等都是关于国家的最大军事、政治、制度变革等行动的指令,属于'制'类,发日敕、敕旨、敕牒、论事敕书与制册相比,是小事,属'敕'类。"④张国刚认为:"'制'一般是比较重要的诏书,'敕'一般是对于百司奏

---

① (唐)唐玄宗:《张说兼中书令制》,(宋)宋敏求:《唐大诏令集》(卷四四),第219~220页。
② (唐)唐玄宗:《张说中书令王晙同三品制》,《唐大诏令集》(卷四五),第222页。
③ (唐)李林甫等著,陈仲夫点校:《唐六典》(卷九),北京,中华书局,1992年,第273~274页。
④ 李锦绣:《唐"王言之制"初探——读唐六典札记之一》,李铮、蒋忠新主编:《季羡林教授八十华诞纪念论文集》(上),南昌,江西人民出版社,1991年,第273页。

抄等的批复。"①李隆基及苏颋所作任命张说为中书令的授官制敕属于第一类即制书,中书令作为朝廷最核心权力层的核心人物之一,无论是人选的确定,还是官职的授予,都属于军政人事任免的头等大事。

苏颋现存的制敕类公文多为其任中书侍郎、知制诰时所作。刘后滨指出,"唐前期中书省的职权主要体现为起草制敕和参议表章两个方面,起草制敕是其在下行文书中的作用,参议表章是其在上行文书中的作用。以起草制敕为中心,中书省担负着为皇帝进奏宣读章表、起草宣行各种命令文书的重大责任,在政务申奏与裁决的程序中,是比门下省离皇帝更近的一个环节。以中书省为基点来总揽唐前期中央的政务运作,其中的主角是中书舍人,最核心的公文书是以皇帝名义发布的制敕。"②可见,撰写制敕是朝廷极为核心、重要的工作。

日本学者仁井田陞在《唐令拾遗》中复原了制授告身式③,据此可知制书从起草到颁行的程序大致为:其一,宰相记录皇帝对政务的处理意见并转达给中书舍人,多为人事任免意见;其二,中书舍人起草制敕送皇帝审阅,皇帝同意后画日;其三,诏书下到中书省,中书省将皇帝原画日者留为案,更写一通,中书令在更写的诏书上皇帝原画日处画日,中书令、侍郎、舍人依次署名"宣"、"奉"、"行";其四,经中书官吏署名的诏书下发至门下省后,门下省的侍中、门下侍郎、给事中审署,然后再覆奏请施行;其五,皇帝在诏书中御画可。门下省将诏书留为案,更写一通,侍中注制可,然后送尚书都省颁行④。唐实行三省制,凡军国要政,皆由中书省预先决策,并草为制敕,交门下省审议复奏,然后付尚书省颁发执行。门下省如果对中书省所草拟的制敕有异议,可以封还重拟。

授官制敕一般由三部分构成:开头、结尾相对固定,起草授官制敕的关键之处在于如何阐明拟任命者的德行、才干适足以担当所拟任官职,以此说明朝廷的官职任命是合情合理的。但制敕的开头和结尾,并非可有可无的套话,实与授官方式密切相关。"唐代中书制诰依开头、结尾从格式上大致分为三类:'门下(黄门、鸾台)……可某官(主者施行)';'敕……可某官';'敕……可依前件'。"⑤唐代的制敕授官主要有两种情况,一种是由皇帝直

---

① 张国刚:《唐代官制》,西安,三秦出版社,1987年,第23页。
② 刘后滨:《唐代中书门下体制研究:公文形态·政务运作与制度变迁》,济南,齐鲁书社,2004年,第112页。
③ 〔日〕仁井田陞:《唐令拾遗》,粟劲等编译,长春,长春出版社,1989年,第492~493页。
④ 李锦绣:《唐"王言之制"初探——读唐六典札记之一》,《季羡林教授八十华诞纪念论文集》(上),第275~276页。
⑤ 宋靖:《唐宋中书舍人研究》,黑龙江,黑龙江大学出版社,2010年,第58页。

接任命即"宣授",主要是针对重要的人事任免,落实在制敕文书上为"可某官",在唐代中后期较为普遍;一种是由宰相进拟候选名单,皇帝批准即"中书进拟",主要是针对一般的人事任免,落实在制敕文书上为"可依前件"①。中间主体内容又包括两部分:对拟授官职职权范围、重要性等的论述,多为四句或六句;对拟任命者才德、学识、品行等的颂美,是制敕的重点,所占篇幅最大。主体"两段式"的结构映射出唐王朝对于政治权力结构的设想:首先标举某官职设置的重要性及其职责,借以启下暗示对拟任命者各方面能力均有较高要求;然后从儒家品评人物的标准来赞美拟任命者各方面的才德、学识、品行,说明其已具备胜任此官职的各项要求,即任命的依据。因此,授官制敕核心在于对拟任命者的褒奖与肯定。

下文将结合上文所列四篇关于张说任中书令的制敕具体论述。

1. 对拟授官职"中书令"的论述

前文所列唐玄宗所撰的三篇制敕中关于中书令的论述分别为:"殷命百工,傅膺审象;汉推三杰,良属运筹",前两句用傅说举于版筑之间,被武丁任以为相,国大治的典故。因傅说、张说重名,为表示对张说的尊重,傅说改称"傅膺"。后两句化用刘邦称赞张良"运筹帷幄之中,决胜千里之外"的典故。中书令在唐代即为特定的知政事官,相当于前代的宰相。唐玄宗将张说比作傅说、张良,以说明中书令的重要地位,同时也表明对张说的厚望。"中书政本,实管王言",意在说明中书令之职责;"周称内史,以司号令;汉曰尚书,是主喉舌。用平邦典,以佐王教",则阐明中书令的渊源及职权。通观唐玄宗所作三篇关于中书令职官的论述,或言中书令之渊源,或言中书令之职责,均属常识内容,与《唐六典》卷九关于中书令的记载②大致相同,显得较为随意,缺乏对高官任职应有的郑重其事。

再看苏颋的论述:"咸有其德,委廊庙之元宰。知无不为,归掖垣之成务。""咸有其德"化用《尚书·咸有一德》,颂赞张说具纯一之德,与伊尹一样可为贤相,也借用伊尹与太甲之间亲密的师生关系比拟张说与唐玄宗之间密切的师生关系③,用典恰切允当而富有深意。"知无不为"化用《左传·

---

① 刘后滨:《唐代中书门下体制研究——公文形态·政务运行与制度变迁》,第319页。
② 《唐六典》(卷九):"中书令二人,正三品。中书令之职,掌军国之政令,缉熙帝载,统和天人。入则告之,出则奉之,以厘万邦,以度百揆,盖以佐天子而执大政者也。……凡大祭祀群神,则从升坛以相礼;享宗庙,则从升阼阶;亲征纂严,则使戒敕百寮。册命亲贤,临轩则使读册;若命之于朝,则宣而授之。凡册太子,则授玺、绶。凡制诏宣传,文章献纳,皆授之于记事之官。"第272~274页。
③ 《旧唐书·张说传》(卷九七):"玄宗在东宫,说与国子司业褚无量俱为侍读,深见亲敬。"第3051页。

僖公九年》:"公家之利,知无不为,忠也。"①即凡对社稷有益之事,莫不尽力而为。此典意在赞美张说之忠诚。"掖垣"指西掖、西垣,是中书省的别称。应劭《汉官仪》:"左右曹受尚书事。前世文士以中书在右,因谓中书为右曹,又称西掖。"②"成务"出自《易·系辞上》:"夫易,开物成务,冒天下之道,如斯而已者也。"③即成天下之务,成就大事业之谓。后两句点明张说之前已为检校中书令,且在任期间业绩突出,竭心尽力,暗示此次的正式任命实在是水到渠成、众望所归。对比之前唐玄宗所作制敕,苏颋对拟任官职的叙述更为雅驯,且能根据拟任命者的个体特征以彰显独特性,又能呼应前职,照应下文,别具匠心。

2. 拟授职的官员才德、学识等方面的颂美

唐玄宗《授张说检校中书令制》论说张说才德、学识较为简短:"朕昔在承华,首延博望。谈经之际,钦若谠言;拥翰之间,润色鸿业。屡陈匡益,见嫉奸回。顷虽抗迹疏远,而载怀饥渴。今群凶已服,大猷伊始。"句句皆有所指,皆可指实。"承华"本为太子宫门名,陆机《赠冯文罴迁斥丘令》:"阊阖既辟,承华再建。"李善注引陆机《洛阳记》:"太子宫在太宫东薄室门外,中有承华门。"④后借指太子。唐玄宗先言,张说在担任其侍读时,直言上谏,有《上东宫请讲学启》;后又力排太平逆党,请当时尚为太子的李隆基监国。张说却因此被奸邪所嫉,备受打击,被罢知政事,分司东都。先天二年(712)六月,张说派遣使者从东都献佩刀于玄宗,令玄宗最终下定决心以暴力手段铲除太平一党,稳定了政局。在该制敕中,玄宗着力展现了张说在帮助、稳固自己帝位过程中所做的贡献。

再来看苏颋的《授张说中书令制》。苏颋时任中书侍郎,在这篇为未来顶头上司中书令所撰写的制敕中,苏颋该如何恰当措辞呢? 既不能过分夸赞显得谄媚,也不能过于平实显得不够恭顺,关键是得体。对张说的颂美分两部分:首先概论张说之德、才、功,暗合"三不朽"之意。"含和育粹","含和"语出《文子·精诚》:"故大人……怀天心,抱地气,执冲含和,不下堂而行四海。"⑤即祥和之气,喻仁德。"特表人师","人师"语出《荀子·儒效》:

---

① (周)左丘明传,(晋)杜预注,(唐)孔颖达正义:《春秋左传正义·僖公九年》(卷一三),北京,北京大学出版社,1999年,第359页。
② (宋)李昉等编:《太平御览·职官部》(卷二二〇),北京,中华书局,1960年,第1045页上。
③ (魏)王弼注,(唐)孔颖达:《周易正义》(卷七),北京,北京大学出版社,1999年,第286页。
④ (梁)萧统编,(唐)李善注:《昭明文选》(卷二四),北京,京华出版社,2000年,第152页。
⑤ 李德山译:《文子译注·精诚》(卷二),哈尔滨,黑龙江人民出版社,2003年,第32页。

"四海之内若一家,通达之属,莫不从服,夫是之谓人师。"①指德行、学问等可为人表率的儒者,又暗合张说曾任太子左庶子之事,妥帖精当。这两句称赞张说之仁德为人表率,可堪王佐。"立言"、"定策"正是作为中书令最重要的两项工作,而这也恰好是张说的强项,为下文的中书令任命做铺垫。"才冠代而不有,功至大而若虚",首先赞誉张说才华冠代,功高任重,但并不自满,亦不自傲。其次,论说其任代理中书令时的表现,"宏益时政,发挥王道。万事必理,一心从义"。接着借杨震"四知"之典故赞美其廉洁自持,不受非义馈赠;借孙叔敖谨慎处理"三怨"即爵高、官大、禄厚以颂美其坚贞与智慧。张说既有担任中书令之才干,又有足以匹配的高尚品德,故任命张说为中书令可谓是实至名归、相得益彰。

两相比较,唐玄宗之作更多着眼于张说在自己登基过程中所作贡献以及两人间的特殊关系,张说任中书令仿佛是论功行赏的结果,而非才德所致。在玄宗的制敕中,张说仿佛只是一个宠臣,而非一介能臣。苏颋的授官制敕则着眼于张说本身所具备的才、德、功,以及在任代理中书令任上所展现的才干与品德,故而张说之实任中书令令人心悦诚服,而避免了"升之者美溢于词,而不知所以美之之谓"②,可谓是深得授官制敕之精髓,不愧为"大手笔"。苏颋所作虽用典故,但又并非句句用典,典故运用雅致而贴切;句式以整齐的四言句为主,间之以五言、六言,读之铿锵有力,意理明确,适宜于任命国之重臣时所必有的严肃与庄重。

(三) 改革时弊的制敕

苏颋所作制敕,除授官制敕外,还有不少针砭时弊之作。《戒励官僚制》告诫勉励官吏勿徇私荒怠,须勤恳踏实;《搜扬怀才隐逸等敕》遣诸道检察使寻访怀才隐逸者、失职者、蒙冤者;《禁断大酺广费敕》提倡节约戒奢,凡与酺宴无关之山车、旱船、彩楼等皆禁断。特别值得注意的是针对当时的奢靡风尚,倡导节约型消费的两篇制敕。

一为《禁断锦绣珠玉制》:

> 敕:朕闻召公曰:"弗作无益害有益。"孔子曰:"奢则不逊俭则固。"

---

① 北京大学《荀子》注释组注:《荀子新注·儒效》,北京,中华书局,1979年,第90页。
② (唐) 元稹:《制诰序》,冀勤点校《元稹集》(卷四〇):"制诰本于《书》,《书》之诰命训誓,皆一时之约束也。自非训导职业,则必言美恶,以明诛赏之意焉。是以读《说命》,则知辅相之不易;读《胤征》,则知废怠之可诛。秦汉以来,未之或改。近世以科试取士文章,司言者苟务刊饰,不根事实;升之者美溢于词,而不知所以美之之谓;黜之者罪溢于纸,而不知所以罪之之来;而又拘以属对,踬以圆方,类之于赋判者流,先王之约束盖扫地矣。"北京,中华书局,1982年,第442页。

斯乃圣人之至言矣。叔代迁讹,僻王骄纵。惟崇于玉杯象箸,不胜于捐金抵璧。好之者君也,习之者人也。即用匹帛服长缨之类欤?朕爱在幼冲,每期质朴。手未曾持珠玉,目未尝观锦绣。愿言其志,造次不忘。自寅奉休图,勉康政道,常想汉文衣绨之德,晋武焚裘之事。竟未能令行禁止,敦本弃末。朕甚惧之。今王侯勋戚,下洎厮养,所得者重于远,所求者贵于异。虽雕文刻镂,衣纨履丝,习俗相夸,殊涂竞爽。有妨于政,无补于时。岂朕言之不明,教之未笃也?且一夫一女,不耕不织,则天下有受其饥寒者。今四方晏如,而百姓不足。岂不以尚于珠玉,珍于锦绣,垦田畴而夺其务,出布帛而害其功欤?其珠玉锦绣等,自今以后,切令禁断。如更循旧弊,并归罪长官。仍令御史金吾,严加捉搦。州牧县宰,劝督农桑。待至秋收,课其贮积。使人知礼节,俗登仁寿。有司仍为条例,称朕意焉。①

一为《焚珠玉锦绣敕》:

敕:朕闻珠玉者,饥不可食,寒不可衣。故汉文云:"雕文刻镂伤农事,锦绣纂组害女工。农事伤,则饥之本;女工害,则寒之源"又贾生有言曰:"夫人一日不再食则饥,终岁不制衣则寒。饥寒切体,慈母不能保其子,君焉得以有其人哉?"朕以眇身,讬于王公之上,曷尝不日旰忘食,未明求衣?思使返朴还淳,家给人足。而仓廪未实,饥馑相仍,水旱或愆,糟糠不厌,静思厥故,皆朕之咎。致有浆酒藿肉,玉食锦衣,互相夸尚,浸成风俗。夫令之所施,惟行不惟反;人之化上,从好不从言。是以古先哲王,以身率下,如风之靡,何俗不易?此事近有处分,当以施行。朕若躬服珠玉,自玩锦绣,而欲公卿节俭、黎庶敦朴,是使扬汤止沸,涉海无濡,不可得也。是知文质之风,自上而始。朕欲捐金抵玉,正本澄源。所有服御金银器物,今付有司,令铸为铤,仍别置掌,以供军国。珠玉之货,亡益于时,并即焚于殿前,用绝浮竞。至诚所感,期于动天,况于凡百,有违朕命?其宫掖之内,后妃以下,皆服浣濯之衣,永除珠翠之饰。当使金土同价,风俗大行,日用不知,克臻至道。布告遐迩,知朕意焉。②(开元二年七月)

---

① (唐)苏颋:《禁断锦绣珠玉制》,陈钧校:《苏颋诗文集编年考校》,第112~113页。
② (唐)苏颋:《焚珠玉锦绣敕》,陈钧校:《苏颋诗文集编年考校》,第113~114页。

以上两篇制敕的颁布有特定的背景。尚俭戒奢是自古以来的优良传统。唐自立国以来,历代皇帝均注意以俭为德、以身作则。至于为何在四天之内连续发布两篇戒奢示俭的制敕,则在于开元二年春正月,"关中自去秋至于是月不雨,人多饥乏,遣使赈给"①,关中大旱是最为直接的因素。《旧唐书·玄宗本纪》:"(开元二年六月)内出珠玉锦绣等服玩,又令于正殿前焚之"②。《新唐书·玄宗本纪》:"七月乙未,焚锦绣珠玉于前殿。戊戌,禁采珠玉及为刻镂器玩、珠绳帖绦服者,废织锦坊。"③则意味着玄宗不但发布制敕,亦身体力行之。

《禁断锦绣珠玉制》先分析禁绝锦绣、珠玉的原因,再颁布禁断的具体措施。禁绝锦绣、珠玉的原因在于:其一,援引前代圣贤之言为证,说明锦绣、珠玉的危害。引召公之言以说明锦绣、珠玉皆无益之物,而且还妨碍有益之物的生产。引孔子之语进一步说明锦绣、珠玉等奢侈之物会令人不谦逊甚至为富不仁。自衰乱以来,历朝皆有君主过度推重玉杯、象箸等奢侈品,上好下从,导致时风尚奢。其二,皇帝以身作则。唐玄宗自幼年以来长期质朴,着意效仿汉文、晋武之节用俭约,却事与愿违。如今上自王侯,下至贵族之家的厮役皆重远求异,衣纨履丝,雕文刻镂,夸富争胜,妨政碍时。从上至下追求奢侈性消费,一方面浪费大量的社会财富,占用农业生产时间,导致绝大多数的平民遭受饥寒;另一方面也加剧了社会贫富悬殊、消费不公的现象,加深了贫富之间的社会矛盾与冲突。有鉴于此,提出禁断珠玉锦绣等措施。并言明,如有不听制敕,仍沿袭旧习,将追究相关责任人的责任。若有违制用锦绣、珠玉者,则令御史金吾严行抓捕。在加强监督的同时,亦加强教化,让地方州县的各级官员劝农桑,课储藏,教化民众知礼节、登仁寿。

《焚珠玉锦绣制》从三个角度具体分析焚毁珠玉、锦绣的原因:其一,引经据典,引用汉文帝、贾谊之言说明珠玉、锦绣等不但无益于世,反有害于农事、女工;其二,言明时世艰难,当前形势不允许使用奢侈品,"仓廪未实,饥馑相仍,水旱或愆,糟糠不厌",贵族阶层有何理由"浆酒藿肉,玉食锦衣,互相夸尚,浸成风俗";其三,己身不正,何以正人? 在封建社会,宫廷是消费方式的风向标,上有所好,下必从焉。皇帝自己若佩珠玉、衣锦绣,上行下效,而欲百姓节俭,无异于扬汤止沸。正是出于这样的考虑,玄宗以身作范,自奉节俭,焚断珠玉、锦绣。宫掖后妃以下,服浣濯之衣,除珠翠之饰。

---

① 《旧唐书·玄宗本纪上》(卷八),第172页。
② 同上,第173页。
③ 《新唐书·玄宗本纪》(卷五),第123页。

制敕不仅是供人阅读的案头文学,还是一种功能性、目的性强且需广而告之的下行公文。为了能在发布时更好地上令下达,起到预期的政治效果,草诏者在撰拟制敕时须考虑广大受众的接受水平与理解能力,故而在遵循制敕高华典丽的体式的同时,还须做到明白晓畅,令人易懂易从。制敕不只是颁布最终决定而已,还应力求以理服人,以情动人,使臣民心悦诚服地执行相关命令。苏颋制敕在某种程度上较为完美实现了制敕的此种功能。苏颋制敕文结构严谨,层次清晰,论辩有理有据,义正而词腴,令人读之如沐春风,淳雅可诵,展现了蓬勃向上、昂扬奋发的盛唐气象。其制敕虽仍以骈词俪句居多,但寓散于骈,骈散相间,辞意畅达,不刻意追求对仗,但求词达意明,读之琅琅上口,风格畅达流丽。虽也引经据典,但典故的使用力求贴切明白,所用事典均为明用,如汉文衣绨、晋武焚裘之类,而所用语典多全文引用,既收得辞近旨远、言简意赅的效果,又使得初通文墨者亦能读懂制敕,最大限度地扩大了制敕的有效传播范围。

三、苏颋文的特点

苏颋被誉为"大手笔",其文章颇为可观,总的说来,其文章具有以下特点:

(一)应用性兼文学性

苏颋现存文章以任中书舍人、中书侍郎知制诰时所作制敕类公文为主,这类文章被时人视为润色鸿业的不朽盛事,是极高的荣誉。苏颋是盛唐时期最负盛名的制诰大家,其制诰文也最受唐人称许[1],如《新唐书·苏颋传》所述。又如韩休《唐金紫光禄大夫礼部尚书上柱国赠尚书右丞相许国文宪公苏颋文集序》所言:"若乃天言焕发,王命急宣,则翰动若飞,思如泉涌。典谟作制于邦国,书奏便蕃于禁省。敏以应用,婉而有章,则近代以来,未之前闻也。"[2]即颂美苏颋所作制敕敏捷恰当,更称其所作王言"婉而有章",具有极强的可读性与飞扬的文采。李德裕《文章论》:"近世诰命,惟苏廷硕叙事之外自为文章,才实有余,用之不竭。"[3]李德裕认为苏颋的诰命,既是应用文字,更是"文章",原因在于苏颋才华横溢,学识渊博,熟悉人情世故,故而能轻重恰当、评价公允。李德裕的评价着眼于苏颋诰命的文学性。前文所

---

[1] 鞠岩:《唐代制诰文改革与古文运动之关系》,《文艺研究》2011年第5期。
[2] (唐)韩休:《唐金紫光禄大夫礼部尚书上柱国赠尚书右丞相许国文宪公苏颋文集序》,《全唐文》(卷二九五),第2987页下。
[3] (唐)李德裕:《文章论》,(唐)李德裕:《李卫公会昌一品集·外集》(卷三),北京,中华书局,1985年,第269页。

论述之授官制敕颇能证明此一观点，苏颋即便在多为千人一面、格式固定的授官制敕中，也力图展现其匠心独运，在对官职的叙述中力求"典重"①，在拟授官员的叙述中，力求说明官员所展现的才、德、学、识以显示授官的允当，对官员才德、学识的叙述也力避千篇一律，力求写出个性。

（二）苏颋文的新变

王言制敕、章表疏奏多用骈体，是六朝以来的惯例，苏颋自不例外。但苏颋着意在某些王言、章奏类公文中突破创新，故其骈文展现出了与齐梁骈文不同的新变特征，具有鲜明的时代色彩，并因其显贵的政治身份与尊崇的文坛地位对盛唐及中唐文章特别是制敕类公文的发展产生了不可忽视的影响。

1. 句式的新变

齐梁骈文的句式特征包括：其一，句子字数、结构两两相对；其二，骈文由若干骈句组成，文中少许散句出现，只起领起、连缀和收束作用；其三，句式多以四六为主。② 苏颋之文较之齐梁骈文最显著的变化有二：

（1）骈散结合。虽仍以骈句为主，但在部分文章中已出现了大量的散句，偶有通篇用散句者。如《谏銮驾亲征吐蕃表》全文约四百七十余字，仅有"《书》称蛮夷猾夏，《诗》著狁孔炽""则有南仲出车，吉甫维宪""羽毛不入于服用，体肉不登于郊庙"③等骈句，可谓是"摅沥欵诚，不烦雕饰而自然精采，唐文之绝无俳偶者"④。所谓"唐文之绝无骈俪"的评价实过高，但也准确地指出苏颋文句式的新变意义。

（2）句式仍以四六为主，但以达意为上，不苛求两两相对。如《授于光庭闻喜县令制》："早闻诗礼，兼著词学，历职有声，在公无挠。"⑤又如《授苏征太子右赞善大夫制》："名公之训，能遣清白，才子驰声，特称敏赡。往从迁贬，不诎奸邪，遂使扬历官次，滞遗年序。"⑥又如《授吴兢著作郎制》："祗服言行，贯穿典籍。蕴良史之才，擅巨儒之义。顷专笔削，仍侍轩阶。而官之

---

① （宋）王应麟《辞学指南》："制辞须用典重之语，仍须多用《诗》、《书》中语言，及择汉以前文字中典雅者用。"《玉海》（卷二〇二），北京，北京图书馆出版社，2006年。
② 关于骈文句式、用典、文采、声律等特征，本书参考熊礼汇《先唐散文艺术论》（上册）第一编第一章《古典散文性质论》，北京，学苑出版社，1999年，第27~71页。
③ （唐）苏颋：《谏銮驾亲征吐蕃表》，陈钧校：《苏颋诗文集编年考校》，第119页。
④ （清）康熙：《圣祖仁皇帝御制文集》第三集（卷三五），《景印文渊阁四库全书》（第1299册），台北，商务印书馆，1987年，第269页。
⑤ （唐）苏颋：《授于光庭闻喜县令制》，陈钧校：《苏颋诗文集编年考校》，第196页。
⑥ （唐）苏颋：《授苏征太子右赞善大夫制》，陈钧校：《苏颋诗文集编年考校》，第189~190页。

正名,礼不以讳。宜著书于麟阁,复载籍于鸿都。"①虽仍用四六句,却未追求语法结构的相同与词性的相对,而是一句一意,达意即可。故其制敕在看似骈偶整饬的句式中,以散行畅达之气运骈俪之词,扩大了篇章的容量,又保持了制敕宣读时的肃穆庄严与铿锵有力。

2. 用典的变化

齐梁骈文用典繁密,几乎句句用典,说理、叙事、言志、抒情皆借典以达其意;用典不指明出处,除极少数的例子外,文中一般没有完整的故事和古人的原话,取古事、古语而化用之。总的说来,齐梁骈文用典密度大,多化用古事、古语。

苏颋之文有几全不用典者,如《令道士女冠僧尼拜父母敕》等。当然,全不用典之文在苏颋全部文章中比重甚少,更多的是少用典之文。如上引《禁断锦绣珠玉制》开头原文引用召公、孔子两则语典,中用汉文衣绨、晋武焚裘两则事典,即便不清楚典故始末,亦能通过字面意思了解作者之真意。其他如《禁断腊月乞寒制》全文仅用一典,即"《书》不云乎:不作无益害有益,功乃成;不贵异物贱用物,人乃足",明用语典,且照录原文,事理明确。《禁断大酺广费敕》开篇"礼存宁俭,书戒无益",以《礼》、《书》之语说明俭约戒奢乃立国之本。综合来看,苏颋文用典的特点有二:一是用典频度及密度低;语典喜引原文,事典浓缩其事,对古语、古事一般不作"变形"处理。二是用典贴切自然,不妨碍文气畅达,用典目的非为炫才显博,而在于"据事以类义,援古以证今"。

3. 辞采的变化

齐梁骈文讲究藻饰:一在选字,即选用华美、艳丽之字;二在敷藻,即铺陈雕饰,富华绮丽。苏颋文不刻意追求文采,也不选用华美、艳丽之字,以"达意"为指归。制敕之类的公文不必说,如赋颂之类通常偏重华美的文体亦文采焕发自然,以达意为主。如《长乐花赋并序》中描绘长乐花的风姿:"茎丹外而缟中,叶缥分以红贯,缀绿颖之重叠,索紫蕤之烂漫";长乐花的独特魅力在于"万品千计,摇瑞色而函芝,杂奇葩而转蕙。孰与夫玉堂金阁之偏赏,白日青春之特丽?"乱曰:"白露瀼瀼,何草不黄。紫华灼灼,生君之堂。彼不伐兮秋自翳,时或珍兮君是惠。彤廷赫兮朱草骈,交屈轶兮友宾连。伊榛莽而荒兮,君曷为兮赋旃。"②该赋就藻饰而言,不刻意追求文辞华美,有茂雅、高古之美。另如《册嗣泽王文》:

---

① (唐)苏颋:《授吴兢著作郎制》,陈钧校:《苏颋诗文集编年考校》,第139~140页。
② (唐)苏颋:《长乐花赋并序》,陈钧校:《苏颋诗文集编年考校》,第228~229页。

　　　　夫亲先之义,始自国家。嫡后之封,终传土宇。咨尔故泽王男义瑾,授桐贻绪,训□垂芳,性凤宜于礼乐,行尽成其忠孝。是知周之曲阜,元子建侯,汉之平台,共王袭父,推其继美,俾尔宜乎! 是用命尔为嗣泽王。于戏! 率由轨训,祗服彝典。故可以不骄不矜,乃惠乃顺,北暨于上党,南临于太行,伟其井邑,光我藩屏。往钦哉。①

册文大都华美庄雅,竭颂美誉扬之能事。而该册文继承《尚书》之语言风格,如"若曰"、"往钦哉"等句,另在行文中多用常见字,甚少用典故,亦甚少用借代词,颇有渊懿朴茂之美。综而观之,苏颋文诚如高步瀛先生所言敛典丽为肃括,易铺排为包扫,摆落一切,直趣深微,诚大手笔也。②

(三) 苏颋文新变的原因

首先,唐玄宗"崇雅黜浮"的文学观念。据《新唐书·文艺传》:"玄宗好经术,群臣稍厌雕瑑,索理致,崇雅黜浮,气益雄浑。"③苏颋作为知制诰的近臣,自对唐玄宗的文化主张体察颇深。苏颋在四篇授紫微舍人的制敕中就有两次提及公文写作应当文辞雅实,以明理达政为尚,正与时风、世风的转向有关。如《授郑勉紫微舍人等制》称赞即将任紫微舍人的戴令言"属词方雅,深达政端"④;《授齐浣紫微舍人制》则称赞齐浣"属词每穷其雅实,临事益表其甄明"⑤。

其次,家族传统影响。据《北史·苏绰传》:

　　　　自有晋之季,文章竞为浮华,遂以成俗。周文欲革其弊,因魏帝祭庙,群臣毕至,乃命绰为《大诰》,奏行之。……自是之后,文笔皆依此体。⑥

苏绰仿《尚书》而作《大诰》以改革公文文风,以《尚书》的简朴古质易骈文的浮华艳丽,目的在于借文风的转变以提高行政效率和公文的信实度,颇有政治远见。苏绰所作《六条诏书》被宇文泰置诸座右,令百官研习。该诏条分缕析,句式以散行单句为主,间以骈句,少用典故,所用典故亦为常典,不作

---

① (唐)苏颋:《册嗣泽王文》,《苏颋诗文集编年考校》,第35~36页。
② 高步瀛:《唐宋文举要·苏廷硕》乙编卷二,上海,上海古籍出版社,1982年,第1449页。
③ 《新唐书·文艺传》(卷二〇一),第5725页。
④ (唐)苏颋:《授郑勉紫微舍人等制》,《苏颋诗文集编年考校》,第98页。
⑤ (唐)苏颋:《授齐浣紫微舍人制》,《苏颋诗文集编年考校》,第183页。
⑥ (唐)李延寿:《北史·苏绰传》(卷六三),北京,中华书局,1974年,第2239~2242页。

变形,以说理为主,文质彬彬①。武功苏氏为河西大姓,河西又是北方战乱后保存传统文化较为完整的地区。北方士族大都秉承汉儒衣钵,并以承传家学为士族门阀标榜的重要内容。据现存文献,虽然没有发现苏颋对其五世祖苏绰及其作品的直接评论,但奉儒守礼、家学渊博的苏颋岂能对这位名声赫赫的先祖无动于衷? 苏颋的文章与苏绰的《六条诏书》有一定的相似度,如对散句、典故的运用以及对文采的处理等方面,可见苏颋之文在一定程度上受到了苏绰的启发与激励。

最后,苏颋本人性格因素。据《旧唐书·苏颋传》:"颋性廉俭,所得俸禄,尽推与诸弟,或散之亲族,家无余资。"②《新唐书·苏颋传》:"颋性廉俭,奉禀悉推散诸弟亲族,储无长赀。"③清廉节俭、简约沉静是苏氏家族一贯作风,苏颋也承继了这一家风。苏颋文风朴质,不主故常,与其简静廉俭的性格有莫大关系。

四、苏颋文新变与唐文演变之关系

唐人将"代拟王言"视为润色鸿业的不朽盛事,朝廷上下对制敕极为重视。唐代最早将制敕编为专集的当为苏颋。据《旧唐书·苏颋传》,玄宗对其制敕高度赏识,曾对苏颋言:"前朝有李峤、苏味道,谓之苏、李;今有卿及李乂,亦不让之。卿所制文诰,可录一本封进,题云'臣某撰',朕要留中披览。"④唐玄宗极为欣赏苏颋所撰制敕,遂特命其编撰制敕为文集,不但"留中披览",亦且"当令后代作法"⑤。苏颋也因此被誉为"大手笔"。从文学传播及影响来看,因朝廷的高度重视,制敕对文坛影响甚大,已不仅仅局限于公文,甚而会显著地影响到其他文体。

苏颋制敕黜浮华,崇典重,用字雅则,用典妥帖,典故密度适中,声律自然,以散行之气运骈俪之词,追求庄重典雅的总体风格,较大程度上实现了"(王言)贵乎典雅温润,用字不可深僻,造语不可尖新"的要求⑥,追求文体的得当与语体的庄重。整齐的四六句式以及铿锵的声律可以在宣读时营造

---

① 李浩:《苏绰文体改革新说》,《文史哲》1999 年第 6 期。
② 《旧唐书·苏颋传》(卷八八),第 2881 页。
③ 《新唐书·苏颋传》(卷一二五),第 4402 页。
④ 《旧唐书·苏颋传》(卷八八),第 2880 页。
⑤ (唐)韩休《唐金紫光禄大夫礼部尚书上柱国赠尚书右丞相许国文宪公苏颋文集序》:"今上尝谓公曰:'朕每见卿文章,与诸人尤异,当令后代作法,岂惟独称朕心。'"《全唐文》(卷二九五),第 2987 页下。
⑥ (明)吴讷:《文章辨体序说·制诰》引真德秀语,王水照:《历代文话》(第二册),上海,复旦大学出版社,2007 年,第 1617 页。

出响亮激越的现场效果,从而展现出皇权的神圣与权威。苏颋之文以达意为宗,注重表达的准确与得体。苏颋之文的新变在于,在保留骈体形式的同时,以内容的言之有物与风格的典重雅则实现对王言的革新。所以说,苏颋制敕的新变关键不在骈散形式,而在风格的典重以及内容的典实。苏颋在制敕文创作实践上的有益探索为后来贾至等人的制诰改革指明了方向。中唐陆贽的制敕如《奉天改元大赦制》,"此制文虽为骈体,但不隶事用典,不加藻饰,以浅近平实之语言曲尽议论,可称为散化之骈体。陆贽的其他制诰、奏议等公文大都用此体写成。"①陆贽之制敕在用典、辞采、语体等方面可谓与苏颋一脉相承。元和十五年(820),元稹、白居易先后知制诰,开始着意改革制敕,"变诏书体,务纯厚明切,盛传一时"②,创作出了一系列散体单行的制敕,取得极大的成功。"纯厚明切"尤其是"明切"的特征与苏颋制敕文所展现出的高华典丽的风格、明白晓畅的内容有异曲同工之妙。由此可见,苏颋可称得上唐代公文特别是制敕改革的先驱,并为之后唐文的发展指明了正确的方向。

概而论之,苏颋在开元初秉国之大政,执文坛之牛耳,其清要的政治名望与崇高的文坛地位以及不俗的创作实绩对盛唐及之后的散文特别是公文风貌必然产生重要影响。正如章太炎所言:

中唐以后,文体大变,变化推张燕公、苏许公为最先,他们行文不同于庾也不同于陆,大有仿司马相如的气象。在他们以前,周时有苏绰,曾拟《大诰》,也可说是他们的滥觞。韩、柳的文,虽是别开生面,却也从燕、许出来,这是桐城派不肯说的。③

第三节 张九龄:散化外交敕令

张说是初唐向盛唐过渡的文坛盟主,张九龄则成名于开元年间,二人在时间上既有交叉,又有明显的承传轨迹。张九龄为人守正中和、随缘自适,

---

① 鞠岩:《贾至中书制诰与唐代古文运动》,《北京大学学报》(哲学社会科学版)2010年第4期。
② 《新唐书·元稹传》(卷一七四),第5228页。
③ 章太炎:《国学概论》,成都,巴蜀书社,1987年,第91页。

"有謇谔匪躬之诚"①,为文情感真挚,议论剀切,说理深入透辟。"(张)九龄守正嫉邪,以道匡弼,称开元贤相。而文章高雅,亦不在燕、许诸人下。……文笔宏博典实,有垂绅正笏气象,亦具见大雅之遗"②,"如轻缣素练,实济时用,而微窘边幅"③。张九龄之文,据熊飞《张九龄集校注》,共十六卷,其中颂赞赋一卷,敕书七卷,表状三卷,书序铭祭二卷,碑铭三卷,可见张九龄亦擅长润色王言、政论,还长于碑志。张九龄早年因文受知于张说,"仆爱自书生,燕公待以族子,颇以文章见许"④,中年因撰《敕渤海王大武艺书》见赏于唐玄宗,由秘书少监拔为尚书工部侍郎兼知制诰,又撰《后土敕书》,显示出"大手笔"的风范⑤。其文较有特色之处,一是制敕,"明白切当,多得王言之体"⑥;二是论政之文,如《上姚令公书》、《上封事书》等,上书言政,切中时弊,且不使才逞气,言语恳切。

一、张九龄文研究述评

张九龄作为一代名相兼文坛宿老,对盛唐散文有重要影响,张九龄研究也是唐代文学研究的重点之一,取得了令人瞩目的成绩。但一直以来,有重诗轻文的倾向,学界对其文章研究还缺乏应有的重视。

首先,张九龄文的总体评价。顾建国《张九龄研究》⑦第五章《开元时期的"文场元帅"——论张九龄文的体式特征和时代意义》分体论说其公文,包括敕书、状表、策书以及书序、碑志等,探讨各类文章的自身特点、固有价值及其历史语境。指出张九龄之文具有鲜明的时代气息和政治色彩,亦富有高雅的文人气质以及运思细密的明晰风格。戴红梅《骈散相间 典雅自然——论张九龄散文的审美特征》⑧认为其文章具有骈散相间、典雅自然的

---

① (唐)郑处诲《明皇杂录》(卷下):"张九龄在相位,有謇谔匪躬之诚。玄宗既在位年深,稍怠庶政,每见帝,无不极言得失。"北京,中华书局,1994年,第25页。
② (清)永瑢等:《四库全书总目·曲江集》(卷一四〇),第1279页中。
③ 《旧唐书·杨炯传》(卷一九〇上)引张说所评,第5004页。
④ (唐)张九龄:《答严给事书》,《张九龄集校注》(卷一六),第860页。
⑤ (唐)徐浩《唐尚书右丞相中书令张公神道碑》:"属燕公薨落,斯文将丧,擢秘书少监集贤院学士,副知院事。时属朋党,颇相排抵,穷栖岁余,深不得意。渤海国王武艺违我王命,思绝其词,中书奏章,不惬上意。命公改作,援笔立成。上甚嘉焉,即拜尚书工部侍郎兼知制诰。扈从北巡,便祠后土,命公撰敕,对御为文,凡十三纸。初无藁草,上曰:'比以卿为儒学之士,不知有王佐之才。今日得卿,当以经术济朕。'"《全唐文》(卷四四〇),第4490页上。
⑥ (清)永瑢等:《四库全书总目·曲江集》(卷一四九),第1279页中。
⑦ 顾建国:《张九龄研究》,北京,中华书局,2007年。
⑧ 戴红梅:《骈散相间 典雅自然——论张九龄散文的审美特征》,《惠州学院学报》(社会科学版)2012年第2期。

审美特征,加速了开元年间文章骈散结合的趋势。在《体兼雅颂 浩瀚为文——论张九龄散文之气盛》①一文中,戴红梅又指出,张九龄的各类散文不同程度地呈现出气盛之势,即:倡导雅颂,高谈王霸;美化王政,铺张扬厉;主文直谏,正气浩然。

其次,文献研究。陈建森《张九龄〈曲江集〉敕书的文史价值——开元二十二至二十四年突骑施苏禄侵犯四镇个案探究》②认为《曲江集》中的某些敕书可补两《唐书》和《资治通鉴》记载之缺,具有重要的历史文献价值;其敕书以意遣词,思路精密,文辞简练,引领盛唐开元中后期朝廷公文文风,具有较高的文学价值。王辉斌《读张九龄散文札记》③考证了张九龄《曲江集》中部分散文中存在的混淆行政区划、职官明目错讹以及人名、作年错误等问题。

综上所述,对张九龄的各体文章已有一定程度的开掘,成绩可喜。顾建国的研究最为全面,涉及张九龄文的各种类型,但限于篇幅,缺乏应有的深度。戴红梅二文分别从骈散相间与文气角度切入,有一定创见,但将各体文章杂糅在一起讨论,忽略了各体文章在创作动机及写作惯例上的差异性,在结论上就显得笼统,缺乏说服力。陈建森则主要从史学角度探讨张九龄之文的史料价值。由此可见,张九龄之文实有较大的开拓空间,一是缺乏对张九龄在唐文演变过程中所扮演角色的准确定位;二是未能探析张九龄各体文章之间风貌差异甚大的根本原因。

二、张九龄制敕

据顾建国《张九龄年谱》,张九龄于开元十年(722)二月至开元十四年四月任中书舍人;于开元二十年八月至开元二十一年五月以本官知制诰④。张九龄之所以由秘书少监兼集贤院学士副知院事升迁为工部侍郎兼知制诰,主要在于奉命所作的《敕渤海王大武艺书》(首篇)甚合上意。正因为首篇语体得当,辞义妥帖,故之后关于渤海大武艺的三篇制敕皆由其完成。故其制敕自以《敕渤海王大武艺书》四篇为最,婉而有致,词强不激,语挟风霜。

---

① 戴红梅:《体兼雅颂 浩瀚为文——论张九龄散文之气盛》,《嘉应学院学报》(哲学社会科学版)2012年第7期。
② 陈建森:《张九龄〈曲江集〉敕书的文史价值——开元二十二至二十四年突骑施苏禄侵犯四镇个案探究》,《华南师范大学学报》(社会科学版)2007年第3期。
③ 王辉斌:《读张九龄散文札记》,《宁夏师范学院学报》(社会科学版)2016年第5期。
④ 顾建国:《张九龄年谱》,北京,中国社会科学出版社,2005年,第105、132、175、187页。

先看《敕渤海(郡)王大武艺书》(其一)①:

敕忽汗州刺史、渤海郡王大武艺:

  卿于昆弟之间,自相忿阋,门艺穷而归我,安得不容?然处之西陲,为卿之故,亦云不失,颇谓得所。何则?卿地虽海曲,常习华风,至如兄友弟悌,岂待训习?骨肉情深,自所不忍;门艺纵有过恶,亦合容其改修,卿遂请取东归,拟肆屠戮。朕教天下以孝友,岂复忍闻此事?诚惜卿名行,岂是保护逃亡?卿不知国恩,遂尔背德,卿所恃者远,非能有他。朕比年含容,优恤中土,所未命将,事亦有时。卿能悔过输诚,转祸为福,言则似顺,意尚执迷。请杀门艺,然后归国,是何言也?观卿表状,亦有忠诚;可熟思之,不容易尔。(开元二十年)②

据《新唐书·渤海传》及《旧唐书·渤海靺鞨传》,武艺之父祚荣于睿宗先天二年(713)接受唐朝册封,"为左骁卫员外大将军、渤海郡王,仍以其所统为忽汗州,加授忽汗州都督,自是每岁遣使朝贡"③。渤海已成为唐朝的藩属,也就是说,唐朝之于渤海,是中央王朝与藩属国之间上下隶属的关系,所以本文用"敕"。开元七年(719),祚荣病死,唐玄宗遣使册立大武艺为左骁卫大将军、渤海郡王、忽汗州都督。大武艺继任后,励精图治,运用武力次第兼并了周边的靺鞨部落,日益强盛。位于其北方的黑水靺鞨十分戒惧渤海咄咄逼人的扩张势头使,故于开元十四年遣使来朝,试图寻求唐朝的帮助。与此同时,唐王朝也正因渤海的日益强大而忧心忡忡,双方迅速达成共识,唐玄宗诏以其地建黑水州,置长史镇护其地。又于开元十六年赐李姓于黑水都督,赐名献诚,又授其为云麾将军、黑水经略使。唐王朝优遇黑水的目的在于,借黑水以牵制渤海,也就是一贯的"以夷治夷",形成左右夹击之势,钳制势力日益膨胀的渤海。大武艺为了摆脱腹背受敌的困境,决定攻打力量相对弱小的黑水部。其弟大门艺因曾出使唐朝,深知唐朝实力,坚决反对攻占黑水,以免触怒唐朝④。但是大武艺却因此怀疑大门艺有欲联合唐朝以

---

① 《张九龄集校注》的四篇敕文并无(其一)之类序号,本文为行文方便,将四篇敕文以时间为序进行分析。下同。
② (唐)张九龄:《敕渤海(郡)王大武艺书》,《张九龄集校注》(卷九),第579页。
③ 《旧唐书·渤海靺鞨传》(卷一九九下),第5360页。
④ 《旧唐书·渤海靺鞨传》(卷一九九下):"(门艺)至是谓武艺曰:'黑水请唐家官吏,即欲击之,是背唐也。唐国人众兵强,万倍于我,一朝结怨,但自取灭亡。昔高丽全盛之时,强兵三十余万,抗敌唐家,不事宾伏,唐兵一临,扫地俱尽。今日渤海之众,数倍少于高丽,乃欲违背唐家,事必不可。'"第5361页。

取而代之的野心,随即命令从兄大壹夏接管门艺军队,并欲斩草除根。兄弟之争表面的导火索是是否进攻黑水,"实际上反映了渤海统治集团内部两个派别势力间的角逐,即力图同唐抗礼的势力与坚持'亲唐事大'的人们这两个不同政治集团间的矛盾和斗争,而武艺与门艺两兄弟则分别是这两派势力的政治代表,故随着事态的发展和变化,双方间的矛盾和斗争也就不断地升级和激化"①。在兄弟之争中,武艺手握重权,门艺很快处于下风,迫不得已而奔唐求庇护。朝廷乃下诏授其为左骁卫将军。门艺即便已逃至宗主国大唐,武艺仍不肯善罢甘休,更遣使朝贡,上表极言门艺罪状,请杀之。唐玄宗最初敷衍其事,试图使矛盾弱化。大武艺于开元二十年偷袭登州得手后,又怕激怒朝廷,于是派李尽彦出使唐朝,并上书陈情,"悔过输诚",提出以"请杀门艺"作为"归国"的条件。唐王朝陷入了两难境地,门艺是因亲唐、不愿与唐为敌而得罪武艺,若归渤海,必死无疑。若身为宗主国的唐迫于武艺压力而遣送其回渤海,大国威信何在?更何况在战略上"存在随时册立门艺为渤海王以取代武艺的势态"②?这也是武艺必欲杀之的重要原因。对此双方均心知肚明,却更不能明白道出。而另一方面,渤海实力今时不同往昔,渤海军队素以勇猛著称,不容小觑。加之此时朝廷与吐蕃关系紧张,实不宜再与渤海开战。如何处置?如何措辞?就显得极为重要。

关于《敕渤海王大武艺书》(其一)发出的时间,学者说法不一。石井正敏在《关于张九龄作敕渤海王大武艺书》一文中谓开元二十年(732)七月之前发出;王承礼在《中国东北的渤海国与东北亚》③中认为开元十九年发出。考敕文中有"卿不知国恩,遂尔背朕"和"朕比年含容,优恤中土,所未命将,事宜有时"的内容,显与大武艺挑起的军事冲突有关。笔者认为,据前引徐浩《唐尚书右丞相中书令张公神道碑》云,张九龄因撰写该敕而拜工部侍郎兼知制诰。按张九龄知制诰在开元二十年八月二十日,拟稿自应在知制诰之前,而正式发布敕令则应于开元二十年八月之后,应不早于同年的冬季。

---

① 魏国忠等:《渤海国史》,北京,中国社会科学出版社,2006年,第85页。
② 〔日〕石井正敏《关于张九龄作敕渤海王大武艺书》:"门艺因为是武艺的同母之弟,曾于渤海初创期作为'质子'入侍于唐,是个十分有资格和天资登上渤海王位的人物。在唐看来,大门艺是因为反对违抗皇帝的命令,背弃宗主国唐的恩德企图进攻黑水靺鞨的大武艺而前来亡命的,唐廷保护门艺,难道不就存在随时册立门艺为渤海王以取代武艺的势态吗?恐怕武艺也深知门艺是有资格继承王位者,正是为了防患于未然,他才首先要求认定门艺为重罪犯流放岭南,或者派遣刺客企图杀害他。"刘凤翥校:《渤海史译文集》,李东源译,黑龙江社会科学院历史所,1986年,第424页。
③ 王承礼:《中国东北的渤海国与东北亚》,北京,中华书局,1983年,第76页。

该篇敕文模拟皇帝直接与大武艺对话的口吻,既以宗主国的身份,又以长者的身份对其循循善诱。草拟该敕文的难点在于既要保全门艺,又需维护宗主国的权威,更不能激怒武艺,使得局势恶化。故而,该敕文在精准把握朝廷与渤海之间微妙关系的基础上,审时度势,有理有节,既以合理的理由保全了门艺,又义正词严地斥责了大武艺,理直气壮,使渤海没有借口继续搅乱,避免紧张的局势继续恶化下去,消弭了一场战争。该敕文的巧妙之处在于所选切入点甚妙,开篇绝口不提门艺出逃的真正原因以及此时唐、渤海、黑水之间的微妙关系,而是摆出中立公正的姿态,以调解兄弟内斗的"上国"中间人身份出现,使朝廷居于道德制高点。开篇开门见山,将门艺与武艺之间的矛盾定性为兄弟内争而非敌我之殊死争斗,借以批驳武艺的无礼要求。门艺穷途末路而奔唐请求庇护,唐出于道义接纳门艺完全是理直气壮的,在气势上已压倒对方。接着,语气一转,唐出于道义接受门艺的求助,但又因为考虑到武艺的立场,故在保全门艺性命的情况下将其流放岭南,朝廷的让步在一定程度上保全了武艺的颜面,使其不致过激。然后,以"常习华风"、"兄友弟悌"为由,斥责作为兄长的武艺纵在弟弟门艺有过失的情况下,也应该让其改正,何至于"请取东归,拟肆屠戮",兄弟兵戎相见?言外之意,暗讽大武艺心狠手辣,无兄长友爱之义,但语气平和而不过激。朝廷以孝友治天下,自然不会让此等兄弟相残的事情发生。再次表明朝廷拒绝武艺之请的原因,在于彰显孝悌之义的考量而非利益之争。若任其引渡门艺回渤海,朝廷岂非成为兄弟相残的帮凶?再一次申明拒绝的理由,刚柔相济,绵里藏针,驳斥有力,有理有据。而"诚惜卿名行,岂是保护逃亡"一句,表面上似乎为武艺着想,同时也给武艺以台阶,让其心服口服。至此,唐均作为谆谆教诲的长者出现。随即话锋一变,以威势、强权威胁之。唐对武艺恩宠有加,武艺却恩将仇报,有反叛之心,渤海所依恃无非是唐鞭长莫及。而唐此前出于优恤和宽容大度,从未兴师讨伐,如若执迷不悟,必有灭顶之灾,语气虽婉转,却有咄咄逼人之势。接着,语气一转,表示若武艺能悔过输诚,改过自新,渤海自能转祸为福。接着,语气再转,斥责其上书表面恭顺,实则执迷,定要"请杀门艺,然后归国",作为重新隶属唐王朝的条件,这对宗主国实在是一种挑衅,故敕文斥责其"是何言也",显示出宗主国的无上权威。尽管在文末威胁渤海,若仍执迷不悟、继续扩大事态,则不排除"命将"讨伐的可能,但先谆谆教诲,再出言威胁,这样的结构本身意味着朝廷在整个事件以及敕文中采取了低调的立场和息事宁人的姿态,这对后来和平解决争端有积极的影响。

再看《敕渤海(郡)王大武艺书》(其二):

敕渤海郡王、忽汗州都督大武艺：

　　不识逆顺之端，不知存亡之兆，而能有国者，未之闻也。卿往年背德，已为祸阶；近能悔过，不失臣节，迷复非远，善又何加？朕记人之长，忘人之短，况此归伏，载用嘉叹，永祚东土，不亦宜乎！所令大成庆等入朝，并已处分，各加官赏，想具知之。所请替人，亦令还彼。又近得卿表云：突厥遣使求合，拟打两蕃。奚及契丹，今既内属，而突厥私恨，欲仇此蕃。卿但不从，何妨有使；拟行执缚，义所不然；此是人情，况为君道？然则知卿忠赤，动必以闻，永保此诚，庆流未已……①

据石井正敏考证，这封敕书应于开元二十四年（736）春三月②发出。大武艺自开元二十年偷袭登州成功后，顺利攻入马都山一带。唐王朝最初毫无准备，开战即蒙受了严重的损失，虽很快组织起有效反击，但反击并不顺利。与此同时，渤海由于长途奔袭，补给困难，在唐军的有力阻击和黑水靺鞨及室韦骑兵的牵制下，战争陷入了胶着状态。恰好开元二十三年秋冬之际，东突厥遣使到渤海要求共同出兵讨伐奚及契丹。大武艺一方面对偷袭登州之事已有悔意，并有感于唐玄宗的宽大与息事宁人；另一方面东突厥已如明日黄花，风光难再。故大武艺在审时度势之后，拒绝了东突厥的"求合"要求，上表表示"悔过"并愿恢复朝贡，并打算将所扣留的东突厥使臣解缚长安。为此特派王室成员大成庆等人朝唐。这封敕书即是在此种特殊情况下产生。唐王朝与渤海之间如起冲突，双方均是输家。不仅大武艺在寻找机会与唐和解，唐也在等待时机和谈，故而敕书的语气、态度必须拿捏得当，既要表现出和解的诚意，又要表现出天朝上国的权威。

敕书开篇四句即连用三个否定句式，语气郑重其事，显示出作为宗主国的气度与权威，同时也敲打大武艺应当识逆顺之端、知存亡之兆，否则有亡国之忧，开篇即给其一个下马威。随后语气变得和缓，褒奖其能悔过、迷途知返。明确表示将"记人之长，忘人之短"，目的在于安抚大武艺，让其消除戒心，朝廷不会秋后算账，追究之前偷袭登州之事。更承诺让其"永祚东土"，打消其对门艺可能回国争夺王位的顾虑。然后，满足了渤海的合理要求："所请替人（按，此指渤海靺鞨在唐宿卫而准备替换回国之人），亦令还彼（准予返回渤海）"，对使臣等人则"各加官赏"。最后大大赞扬了大武艺将突厥欲联合渤海攻伐奚及契丹一事上告朝廷的行为，肯定其"动必以闻"

---

① （唐）张九龄：《敕渤海（郡）王大武艺书》，《张九龄集校注》（卷九），第582页。
② 〔日〕石井正敏：《关于张九龄作敕渤海王大武艺书》，《渤海史译文集》，第422页。

的"忠赤"举动。在这份敕书里,有暗示、有斥责、有官赏、有表扬、有鼓励、有承诺、有慰问,张九龄准确地把握了唐朝对渤海的复杂态度,轻重恰当。毕竟和则两利,战则俱伤,继续打仗对谁都无益,故妥当地接受了大武艺的求和之举,并明确传递了既往不咎的信号。

再看《敕渤海(郡)王大武艺书》(其三):

敕忽汗州刺史、渤海郡王大武艺:

卿往者误计,几于祸成,而失道未遥,闻义能徙,何其智也!朕弃人之过,收物之诚,表卿洗心,良以慰意。卿既尽诚节,永固东藩,子孙百代,复何忧也?近使至,具知款曲,兼请宿卫及替,亦已依行。大朗雅等先犯国章,窜逐南鄙,亦皆舍罪,仍放归蕃,卿可知之,皆朕意也。夏初渐热,卿及首领百姓等并平安好。遣书指不多及。①

据《册府元龟》卷九七五:"(开元)二十四年三月乙酉,渤海靺鞨王遣其弟蕃来朝,授太子舍人、员外,赐帛三十疋,放还蕃。"②大蕃此次到长安,再度表达其兄大武艺的"悔过"和"归国"的诚意。对此,唐王朝当然持欢迎态度,所以在此封敕书中,语气更为和缓、愉悦。一开头将渤海昔年偷袭登州之事认定为"误计",既然是失误,又迷失正道不远,加之改过从善,故玄宗"弃人之过,收物之诚",展示上国的大度宽容以及为君者的气度,同时再次表明玄宗既往不咎的态度。然后作出郑重承诺,即"永固东藩",并保其"子孙百代"平安无事。同时通知他所"请宿卫及替,亦已依行",就连当初渤海偷袭登州而被株连获罪流放南鄙的大郎雅等人,"亦皆舍罪,仍放归蕃",最大限度地表示了朝廷的善意与宽容。

再看《敕渤海(郡)王大武艺书》(其四):

敕渤海郡王、忽汗州都督大武艺:

多蒙固所送水手,及承前没落人等来,表卿输诚,无所不尽,长能保此,永作边捍,自求多福,无以加也。冬初渐冷,卿及衙官百姓已下,并平安好。遣书指不多及。③

---

① (唐)张九龄:《敕渤海(郡)王大武艺书》,《张九龄集校注》(卷九),第584~585页。
② (宋)王钦若等:《册府元龟·外臣部·褒异二》(卷九七五),北京,中华书局,1960年,第11455页下。
③ (唐)张九龄:《敕渤海(郡)王大武艺书》,《张九龄集校注》(卷九),第583页。

据《册府元龟》卷九七五:"(开元二十五年)八月戊申,渤海靺鞨大首领多蒙固来朝,授左武卫将军,赐紫袍金带及帛一百疋,放还蕃。"①武艺派多蒙固送还昔年交战时所俘虏的水手及被渤海掳走的唐人,这应该是武艺对上次玄宗主动放还大郎雅等人的回应,属投桃报李,双方关系更加密切。敕文中肯定了此次送还俘虏的行为,以实际行动表示了渤海的求和的诚心及决心,对此,朝廷甚感欣慰,并再一次郑重承诺,若"长能保此",可"永作边捍"。

纵观这四封敕书,从句式来看,仍以四字句为主,但并不要求两两相对,而是一句一意,以达意为上;从文采来看,不用华美字词,以朴质本色为美;从用典来看,通篇几乎不用典故,在第四封敕书中用"自求多福"一典,语出《诗经·大雅·文王》:"无念尔祖,聿修厥德。永言配命,自求多福。"②但即便不知典故之义,以字面意思理解也能读通。四篇敕文以散体为主,质实有力,简明洗练,词强理直,跌宕生姿;既有平和婉曲之风又弦外有音,言语得体,表意精准,不失大国风度。四篇敕文美在识度,美在气势,之所以不用典故,不用对仗,语言简明扼要,一方面是因为大武艺毕竟未接受系统的汉语教育,另一方面也和张九龄尚简、尚直的性格有一定的关系。

三、张九龄政论文

张九龄的政论文现存并不多,但篇篇均可称得上力作,从中可见张九龄"尚直"之品质与醇厚切当之特色。"尚直"一词,见于《资治通鉴》对张九龄的评价。"上(玄宗)即位以来,所用之相,姚崇尚通,宋璟尚法,张嘉贞尚吏,张说尚文,李元纮、杜暹尚俭,韩休、张九龄尚直,各其所长也。九龄既得罪,自是朝廷之士,皆容身保位,无复直言。"③张九龄的"尚直",主要表现为不畏权贵。如《上姚令公书》,作于开元元年(713),张九龄时为左拾遗。其文云:

月　日,左拾遗张九龄,谨奏记紫微令梁公阁下:
公登庙堂,运天下者久矣,人之情伪,事之得失,所更多矣,非曲学之说、小子之虑所能损益,亦已明矣。然而意有不尽,未可息区区之怀;或以见容,亦犹用九九之术。以此道也,忍弃之乎?今君侯秉天下之

---

① (宋)王钦若等:《册府元龟·外臣部·褒异二》(卷九七五),第11456页上。
② (汉)毛亨传,郑玄笺,(唐)孔颖达疏:《毛诗正义》(卷一六),北京,北京大学出版社,1999年,第964页。
③ (宋)司马光:《资治通鉴·玄宗开元二十四年》(卷二一四),北京,中华书局,1956年,第6825页。

钧,为圣朝之佐,大见信用,日渴太平,千载一时,胡可遇也!而君侯既遇非常之主,已践难得之机,加以明若镜中,运如掌上,有形必察,无往不臻,朝暮羲、轩之时,何云伊、吕而已?际会易失,功业垂成,而举朝之众倾心,前人之弊未尽,往往拟议,愚用惜焉!何者?任人当才,为政大体,与之共理,无出此途。而曩之用才,非无知人之鉴,其所以失,溺在缘情之举。夫见势则附,俗人之所能也;与不妄受,志士之所难也。君侯察其苟附,及不轻受,就而厚之,因而用之,则禽息之首,为知己而必碎;豫让之身,感国士而能漆。至于合如市道,廉公之门客虚盈;势比雀罗,廷尉之交情贵贱。初则许之以死殉,体面俱柔;终乃背之而饱飞,身名已遂。小人恒态,不可不察。自君侯职相国之重,持用人之权,而浅中弱植之徒,已延颈企踵而至。诌亲戚以求誉,媚宾客以取容,情结笑言,谈生羽翼,万事至广,千变难知。其间岂不有才?所失在于无耻。君侯或弃其所短,收其所长,人且不知深旨之若斯,便谓尽私于此辈。其有议者,则曰"不识宰相,无以得迁,不因交游,无以求进"。明主在上,君侯为相,安得此言犹出其口?某所以为君侯至惜也!且人可诚感,难可户说。为君侯之计,谢媒介之徒,即虽有所长,一皆沮抑,专谋选众之举,息彼讪上之失。祸生有胎,亦不可忽。呜呼!古人有言:"御寒莫若重裘,止谤莫如自修。"修之至极,何谤不息?勿曰无害,其祸将大!夫长才广度,珠潜璧匿,无先容以求达,虽后时而自宁。今岂无之?何近何远?但问于其类,人焉廋哉!虽不识之,有何不可?是知女不私人,可以为妇矣;士不苟进,可以为臣矣。此君侯之度内耳,宁用小人之说为?固知山藏海纳,言之无咎;下情上通,气用和洽。是以不敢默默而已也。愿无以人故而废其言,以伤君侯之明,此至愿也。幸甚幸甚!①

据顾建国《张九龄年谱》,张九龄于唐中宗神龙三年中材堪经邦科,授秘书省校书郎,于唐玄宗先天元年(712)中"道侔伊吕科"对策三道高第,迁左拾遗②,从八品上。姚崇时任紫微令,正炙手可热,权倾一时;张九龄时任左拾遗,官卑职小,人微言轻。姚崇于张九龄而言,既是可左右政治命运的长官,又是值得尊敬的长者,对于这位权相兼长者如何巧妙地指出其缺点,并让其

---

① (唐)张九龄:《上姚令公书》,《张九龄集校注》(卷一六),第854~855页。
② 《旧唐书·张九龄传》(卷九九):"玄宗在东宫,举天下文藻之士,亲加策问,九龄对策高第,迁右拾遗。"第3097页。但《新唐书·张九龄传》(卷一二六)及徐浩《唐尚书右丞相中书令张公神道碑》均作"左拾遗",《上封事书》及《上姚令公书》均自称"左拾遗张九龄",《旧唐书》当为误记。

欣然接受？这既需要巨大的勇气，也需要高超的表达技巧。

《上姚令公书》开篇即称扬姚崇久历宦海，颇通人情政事，虽是客套话，却也实至名归。姚崇于武周及唐睿宗时曾两任宰相，办事干练，经验丰富，后于开元元年第三次任宰相。姚崇鉴于当时弊端，曾向玄宗建言"十事"。紧接着，笔锋一转，"智者千虑，必有一失"，言明上书之缘由，并引出下文。然后，进入正文。先言姚崇已秉天下大政，且被明君所信任，正是大展宏图之时，却"功业垂成"，未能尽革前人之弊，实在可惜！随即指出原因在于用人不当，非无知人之明，失在"缘情之举"。小人见势则附，失势则去，虽有才却"无耻"，虽怀才却苟进。正因小人被任用，导致不利于姚崇的流言纷起。接着指出当此不利之时，姚崇应沮抑媒介之徒，"专谋选众之举"以止息流言，倘不若此，可能会酿成大祸。最后，又谦逊地指出，以上所言实乃姚崇计虑之内、意料之中，恭维姚崇之胸襟肚量。

该文实乃一篇妙文，虽不乏言辞激切之语，但其立言之本，乃出于至诚而近于"苦口良药"，出于维护姚崇的利益，时时可见恳切护惜之意。如此立言，姚崇对其诚意自然有所察觉。具体言之，妙处在于：其一，文笔转折顿挫。先言姚崇之久在庙堂，颇通人事之真伪得失，但毕竟"意有不尽"，引出上书，此是一转。姚崇既然颇具才干，又逢明君，却功业未成，又是一转，引出核心观点，"溺在缘情之举"。姚崇任用因钻营而得官之人，虽出于为国选材之公心，却因过分注重才干而有忽略德行之缺憾，终导致流言四起，又是一转。其二，表面委婉曲折，实则廉悍犀利。张九龄表面上说姚崇用人之失在因循人情，后又言"与不妄受，志士之所难也"，小人"谄亲戚以求誉"，实则皆意有所指。据《资治通鉴》："（姚）崇二子分司东都，恃其父有德于（魏）知古，颇招权请托。"①又据《旧唐书·姚崇传》："崇独当重任，明于吏道，断割不滞。然纵其子光禄少卿彝、宗正少卿异广引宾客，受纳馈遗，由是为时所讥。"②张九龄此文表面上是说姚崇二子徇私受贿，实则直指姚崇，若非姚崇纵容，二子也不会如此骄纵猖狂。其三，识见高远，见微知著。姚崇其时正若鲜花着锦、烈火烹油，用人不察乃至任人唯亲以至流言纷起在姚崇看来只是"嗷嗷之口，欲以中伤"，并不在意。据《旧唐书·姚崇传》："时有中书主书赵诲为崇所亲信，受蕃人珍遗，事发，上亲加鞠问，下狱处死。崇结奏其罪，复营救之，上由是不悦。其冬，曲赦京城，敕文特标诲名，令决杖一百，配流岭南。崇自是忧惧，频面陈避相位，荐宋璟自代。俄授开府仪同三司，罢

---

① 《资治通鉴·玄宗开元二年》（卷二一一），第 6700 页。
② 《旧唐书·姚崇传》（卷九六），第 3025 页。

知政事。"①殊不知后来姚崇被罢知政事,表面上是因为包庇亲信赵诲受贿一事,而实际上之前沸沸扬扬的纵子纳贿导致民意怨愤才是根本原因之一。据此可见张九龄的上书实可谓未雨绸缪之作,惜其时张九龄人微言轻,其时姚崇志得意满,未采纳其建议。

张九龄的上书言政之文,早年的《上封事书》亦颇有见解。中宗一朝,韦后、安乐公主干预朝政,导致政治腐败。吏治败坏、铨选失序是当时最严重的朝廷弊端。李隆基先以武力铲除韦后、安乐公主等擅权乱国者,后又消灭了权倾一时的太平公主,整顿吏治、铨选随即成为玄宗朝的当务之急。张九龄的《上封事书》即作于玄宗即位之初。张九龄时任左拾遗,"掌供奉讽谏,扈从乘舆。凡发令举事有不便于时,不合于道,大则廷议,小则上封。若贤良之遗滞于下,忠孝之不闻于上,则条其事状而荐言之"。②据《新唐书·选举志下》:

> 玄宗即位,厉精为治。左拾遗内供奉张九龄上疏言:"县令、刺史,陛下所与共理,尤亲于民者也。今京官出外,乃反以为斥逐,非少重其选不可。"又曰:"古者或遥闻辟召,或一见任之,是以士修名行,而流品不杂。今吏部始造簿书,以备遗忘,而反求精于案牍,不急人才,何异遗剑中流,而刻舟以记。"于是下诏择京官有善政者补刺史,岁十月,按察使校殿最,自第一至第五,校考使及户部长官总核之,以为升降。凡官,不历州县不拟台省。已而悉集新除县令宣政殿,亲临问以治人之策,而擢其高第者。③

可见张九龄此疏在唐代选官制度史上之重大意义。

《上封事书》主要讨论了三个问题:其一,现行刺史县令任命的弊端及解决办法;其二,官吏的考绩与选拔中存在的问题及解决办法;其三,现行铨选的弊病及解决办法。该奏疏较为公正平和地揭露现行制度中种种弊端,条分缕析,但并不夸大其词,且能实事求是地提出具有可行性的解决方案,立论平实,说理透彻,简便易行,颇有见地,不同于某些揭露时弊却没有提出相应解决办法的书生意气之文。如该文论刺史县令任命一段:

> 况今六合之间,元元之众,莫不悬命于县令,宅生于刺史。陛下所与共理,此尤亲于人者也,多非其任,徒有其名,致旱之由,岂惟孝妇一

---

① 《旧唐书·姚崇传》(卷九六),第 3025 页。
② 《唐六典·门下省》(卷八),北京,中华书局,1992 年,第 247~248 页。
③ 《新唐书·选举志下》(卷四五),第 1176~1177 页。

事而已！是以亲人之任,宜得其贤;用才之道,宜重其选。而今刺史、县令,除京辅近处、雄望之州,刺史犹择其人,县令或备员而已。其余江、淮、陇、蜀、三河诸处,除大府之外,稍稍非才,但于京官之中,出为州县者,或是缘身有累,在职无声,用于牧宰之间,以为斥逐之地;或因势附会,遂忝高班,比其势衰,且无他责;又谓之不称京职,亦乃出为刺史。至于武夫,流外积资而得官,成于经久,不计于有才。诸若此流,尽为刺史,其余县令已下,固不可胜言。盖氓庶所系,国家之本务;本务之职,反为好进者所轻;承弊之人,每遭非才者所扰。陛下圣化,从此不宣,皆由不重亲人之选,以成其弊;而欲天下和洽,固不可得也！古者刺史入为三公,郎官出宰百里,莫不于其所重,劝其所行。臣窃怪近俗偏轻此任,今朝廷卿士,入而不出,于其私情,遂自得计。何则？京华之地,衣冠所聚,子弟之间,身名所出,从容附会,不劳而成。一出外藩,有异于此。人情进取,岂忘于私？但立法制之,不敢违耳！原其本意,固私是欲。今大利在于京职,而不在于外郡。如此则智能之士,欲利之心,日夜营营,宁有复出为刺史、县令？而陛下国家之利,方赖智慧之人;此辈既自固而不行,在外者又技痒而求入。如此则智能之辈,常无亲人之责,陛下又未格之以法,无乃甚不可乎！故臣愚,以为欲理之本,莫若重刺史、县令,此官诚重,智能者可行。正宜悬以科条,定其资历,凡不历都督、刺史,有高第者,不得入为侍郎、列卿;不历县令,有善政者,亦不得入为台、郎、给、舍。即虽远处都督、刺史,至于县令,以久差降,以为出入,亦不得十年频在京职,又不得十年尽任外官。如此设科,以救其失,则内外通理,万姓获宁。如积习为常,遂其私计,陛下独宵衣旰食,天下亦未之理也！①

这段文字首从正面立论,刺史、县令乃亲民之官,直接关系到百姓的安危祸福,应该得到朝廷高度重视,须选贤任能。但实际情况却是"多非其任,徒有其名",以致地方屡有如东海孝妇般的冤案。刺史的任命,除京辅、雄望之州,其余各州甚而县令的任命"或备员而已"。地方官员或由得罪被贬的京官出任,或由势衰无好官声的京官担任,或由武将皂吏循资格而任,以上均非缘才得任。刺史犹如此,遑论县令之任命。百姓乃国家之根本,临民之官却为"好进"、"非才"者所占据,朝廷若欲使天下和洽,无异于缘木求鱼,必不能得。接着,引史为证"古者刺史入为三公,郎官出宰百里,莫不于其所重,劝其所行",再次说明刺史、县令之选拔的重要性,而如今朝廷上下却"轻

---

① (唐)张九龄:《上封事书》,《张九龄集校注》(卷一六),第846~848页。

外重内",轻刺史,重京官。其原因在于"利"与"欲"所致。出任京官,与君主、重臣、衣冠接触机会多,"从容附会,不劳而成",获利多多;反之,出任刺史、县令,即便尽心尽职,鞠躬尽瘁,却不易为天子、重臣所知,难以升迁,"一出外藩,有异于此"。一得一失之间,朝中官员自是"轻外重内",京官想方设法避免外放,地方官则日夜谋求入京,无心地方政务。要改变这种状况,须"立法制之",改变现有的官吏选拔任用制度,措施有二:其一,若不担任刺史等地方职务者,不能任中央的侍郎、列卿;若无担任县令之履历者,亦不能为中央的台郎之职。强令官吏出任刺史、县令等地方官,以此获得在京任职的资历。其二,刺史、县令等地方官与京官须轮流替换,不得长期任京官或外官,机会均等,一旦明文规定,则众官员虽不情愿,亦不得不遵诏而行。

纵观张九龄之政论文有以下特点:其一,用典密度不大,频度不高,且喜用常见之典故,多有画龙点睛之效。《上姚令公文》全文共八百余字,共用九个典故,其中用廉颇、翟公得势、失势时小人不同的嘴脸揭露其丑态,形象贴切。《上封事书》用东海孝妇冤死致大旱一事说明刺史之任重。其二,语言不求藻饰,风格简约朴质,语气疏直急切,说理绵密严谨,如剥茧抽丝,无不意尽而后止;辞意廉悍犀利,但语气得体恭顺,不失身为臣下的恭敬,赤胆忠心,跃然纸上。

张九龄之文风格多样,一般而言,凡是针对具体国事、庶务所作制敕、政论文大都朴实无华,务求实用,以达意为宗,不追求藻饰,也不刻意用典。值得注意的是,张九龄制敕文有多篇是针对渤海、勃律、吐蕃、日本、突厥等国,因此尤其注意言简意赅,少用典甚至不用典,一句一意,不求对仗,这与张九龄充分考虑以上诸国之君毕竟未习华风、未接受系统的儒家教育有关,也与国书须稳重典实而不应浮华绮靡的惯例有关。朴实无华是张九龄文章的主导风格,但其颂赞、贺表、谢表之类礼仪性文书因内容及文体体式的限制,多用骈俪句式,注重两两相对,句式整齐,但仍较少用典,并未出现一句一典的情况,语言华美雅致,注重声律,展现出庄重典雅之风。

第四节　孙逖:改良骈体公文

孙逖,博州武水(一说潞州涉县)[①]人,幼而英俊,文思敏捷,援笔成章。

[①] 据颜真卿《尚书刑部侍郎赠尚书右仆射孙逖文公集序》,孙逖祖籍乐安武水,后徙至潞州涉县,最终以河南巩县为主要活动区域。见《全唐文》(卷三三七),第 3415 页下。

年十五,干谒雍州长史崔日用,献《土火炉赋》而文名大著。开元初,应哲人奇士举,授山阴尉,迁秘书正字。开元十年(722),登文藻宏丽科,拜左拾遗。张说尤重其才。开元二十一年,入为考功员外郎,知贡举,多得俊才,如杜鸿渐、颜真卿、李华、萧颖士等。开元二十四年,拜中书舍人。天宝三载(744),权判刑部侍郎。天宝五载,改太子左庶子。《全唐文》存文六卷,主要包括赋二篇,授官及册封敕约一四七篇,代人所拟的贺表、谢表二十六篇,游宴序、赠别序十一篇,记体文三篇,碑铭八篇等。《全唐文补编》补入文十四篇,均为授官及册封制敕。

一、孙逖文研究述评

目前学界对孙逖文的研究比较寂寥,仅有少数研究成果,集中在以下领域:其一,孙逖生平、世系研究。张卫东、陈翔《唐代文儒孙逖家族研究》①探讨了孙逖家族的渊源、流变、发展及家风等问题。张卫东《唐代文儒孙逖籍居之地考释》②详细考辨了孙逖的籍居之地。欧阳明亮《论孙逖"文儒"身份形成之渊源》③讨论了孙逖之所以成为一代文儒,与精通三《礼》的家学背景、"世载清德"的家风传承之间有密切关系。其二,孙逖思想研究。臧清《唐代文儒的文学与历史承担——从张说到孙逖》④认为孙逖主张以儒家道德为文儒的支点,评价人物突出儒家道德标准,强调立身、修身的重要性。其三,孙逖诗歌研究。因与本书研究关系不大,故省略。

综上所述,关于孙逖其人已有一些成果,基本厘清了孙逖的家族、家风、籍居等问题。关于孙逖的文学创作,学界多关注其诗歌,而对其文章创作几无涉及。据《旧唐书·孙逖传》:"(孙)逖掌诰八年,制敕所出,为时流叹服。议者以为自开元已来,苏颋、齐澣、苏晋、贾曾、韩休、许景先及逖,为王言之最。逖尤善思,文理精练,加之谦退不伐,人多称之。"⑤又《新唐书·孙逖传》:"开元间,苏颋、齐澣、苏晋、贾曾、韩休、许景先及逖典诏诰,为代言最,而逖尤精密,张九龄视其草,欲易一字,卒不能也。"⑥李华誉之为"文章之

---

① 张卫东、陈翔:《唐代文儒孙逖家族研究》,《江西社会科学》2010年第9期。
② 张卫东:《唐代文儒孙逖籍居之地考释》,《学习与探索》2010年第4期。
③ 欧阳明亮:《论孙逖"文儒"身份形成之渊源》,《皖西学院学报》2007年第6期。
④ 臧清:《唐代文儒的文学与历史承担——从张说到孙逖》,《郑州大学学报》(哲学社会科学版)2004年第4期。
⑤ 《旧唐书·孙逖传》(卷一九〇中),第5044页。
⑥ 《新唐书·孙逖传》(卷二〇二),第5760页。

冠"①。孙逖在当时享有盛名,特别是其制诰,与苏颋之制敕皆被誉为"王言之最"。因此,其文章实值得学界深入探讨。

二、孙逖制敕

孙逖最为著名的是制敕,被誉为"王言之最",现存约三卷,绝大多数都是授官册封制诰,言简意赅,典雅醇厚,可谓"西掖掌纶,朝推无对"②。我们试选取五篇中书舍人的授官制敕,以探寻孙逖授官制敕的特点:

《授达奚珣中书舍人制》:

敕:朝议大夫守职方郎中兼试知制诰达奚珣,文学素优,忠勤克著。自经试用,备问详密。草奏南宫,已擅一时之妙;掌纶西掖,愈彰五字之能。宜就列于即真,俾正名于近侍。可守中书舍人,散官如故。③

《授李玄成中书舍人制》:

敕:朝议郎守尚书考功郎中仍试知制诰兼知史官事李玄成,中知有裕,直道自然。文章为致用之资,慎密是周身之本。久司纶绋,深惬器能。宜拜命于即真,俾甄才于试可。可守中书舍人,兼知史官事。④

《授贾登中书舍人制》:

门下:朝请大夫守给事中骑都尉贾登,修词自达,守道为师。有大雅之文章,禀中和之德行。驳正之地,已著能名;纶绋之司,更膺高选。可守中书舍人。⑤

《授梁淑中书舍人制》:

敕:朝议郎守尚书兵部郎中梁淑,通明致用,博雅为文。才冠时

---

① (唐)李华《杨骑曹集序》:"刑部侍郎乐安孙公逖,以文章之冠为考功员外郎,精试群材。"《全唐文》(卷三一五),第3198页。
② (唐)颜真卿《尚书刑部侍郎赠尚书右仆射孙逖文公集序》引苑咸之评价,《全唐文》(卷三三七),第3416页。
③ (唐)孙逖:《授达奚珣中书舍人制》,《全唐文》(卷三〇八),第3127页。
④ (唐)孙逖:《授李玄成中书舍人制》,《全唐文》(卷三〇八),第3127页。
⑤ (唐)孙逖:《授贾登中书舍人制》,《全唐文》(卷三〇八),第3127页。

英,望高人誉。五字之选,一台所推。宜旌起草之能,俾效司纶之职。可中书舍人,散官如故。①

《授韦斌中书舍人制》:

门下:国子司业韦斌,贞规不杂,敏识惟精。标丽则以工文,秉直声而济美。久从散秩,未展清才。岂避姻亲,遂妨公用。宜特升于禁掖,俾专事于司言。可行中书舍人。②

综观这五篇授官制敕,首先可以看出授官制敕具有一定的范式,据《唐令拾遗》所复原的制授告身式:

门下具官封姓名(应不称姓者,依别制,册书亦准此),德行庸勋云云。可某官(若有勋、官封及别兼带者,云某官及勋、官封如故。其非贬责,漏不言勋、封者,同衔授法)。主者施行(若制授人数多者,并于制书之前名历件授)。③(笔者注:下省略,主要包括日期及各级官员的签名)

结合《唐令拾遗》所复原的制授告身式中的授官文书可知,授官制书必备的要点包括:姓名、德行庸勋、可某官、主者施行。与上文所列的五篇制敕对比,可发现孙逖的授官制敕基本符合《唐令拾遗》中所归纳的要点,唯一不同之处在于孙逖的授官制敕没有"主者施行"的套语。原因在于:中书舍人虽然只是正五品,但属于皇帝的机要人员,是由皇帝直接任命,属于"宣授",落实在制敕文书上为"可某官",无"主者施行"的套话。授官制敕在姓名、拟任官职已经确定的情况下,其制敕的核心与关键之处在于如何围绕着拟任官职阐述拟任命者的德行、才干,以此说明任命的合情合理。

关于中书舍人一职,据《唐六典·中书舍人》记载:

中书舍人六人,正五品上。中书舍人掌侍奉进奏,参议表章。凡诏旨、制敕及玺书、册命,皆按典故起草进画;既下,则署而行之。其禁有

---

① (唐)孙逖:《授梁淑中书舍人制》,《全唐文》(卷三○八),第3127页。

② 同上。

③ 〔日〕仁井田陞:《唐令拾遗》,粟劲等编译,长春,长春出版社,1989年,第492~493页。

四：一曰漏泄，二曰稽缓，三曰违失，四曰忘误，所以重王命也。制敕既行，有误则奏而改正之。凡大朝会，诸方起居，则受其表状而奏之；国有大事，若大克捷及大祥瑞，百寮表贺亦如之。凡册命大臣于朝，则使持节读册命之。凡将帅有功及有大宾客，皆使以劳问之。凡察天下冤滞，与给事中及御史三司鞫其事。凡有司奏议，文武考课，皆预裁焉。（按：今中书舍人、给事中每年各一人监考内外官使。其中书舍人在省，以年深者为阁老，兼判本省杂事；一人专掌画，谓之知制诰，得食政事之食；余但分署制敕。六人分押尚书六司，凡有章表皆商量，可否则与侍郎及令连署而进奏。其掌画事繁，或以诸司官兼者，谓之兼制诰。）①

唐代中书舍人的职掌，据此可归纳为：起草进呈诏旨制敕及玺书；下文后署名；若有误，则奏改公文；受表状；宣读册命；劳问；察冤滞而鞫问其事；预裁有司奏议、文武考课；监考内外官使；判中书省杂事；六人分押尚书六司等。"事实上，典司诰命、处理政务和临时差遣作为中书舍人职掌的三个方面，其核心都离不开公文书，公文书是政务运作的一个载体，也是中书舍人一职最基本的工作对象。……与中书舍人草诏相对应的为诏令文书，章奏文书则与中书舍人所负责的机务相联系。"②也就是说，中书舍人最核心的工作就是文书起草及处理。

作为中书舍人，需要具备两个方面的基本素质：一是在遵循授官制诰基本要求③的基础上，文思要敏捷，见闻要广博，朝廷掌故要熟悉，语言要得体，评价要公允。若胸无点墨、才疏学浅，一味依靠典籍，就会成为"斫窗舍人"④这样的笑话，还可能因稽缓延误、不能按期完成草诏而被责罚。"大足元年，则天常引中书舍人陆余庆入，令草诏，余庆回惑至晚，竟不能裁一词，由是转左司郎中。"⑤若草诏时，文思敏捷若泉涌，则会令人敬仰叹服。《新唐书·苏颋传》："玄宗平内难，书诏填委，独颋在太极后阁，口所占授，功状

---

① 《唐六典》（卷九），北京，中华书局，1992年，第275~276页。《新唐书·百官志》、《旧唐书·职官志》对中书舍人的职掌都有记载，大体相同，字句、顺序略有出入。
② 宋靖：《唐宋中书舍人研究》，哈尔滨，黑龙江大学出版社，2010年，第35页。
③ （宋）王应麟《辞学指南》（《玉海》附录卷二〇二）中有对宋代如何草拟授官制敕包括结构、句式、用词、用典等方面的叙述。虽然这只是针对宋代制敕草拟而言，但也可间接说明唐代中书舍人草拟制敕文的基本状况。
④ （唐）张鷟《朝野佥载》（卷二）："阳滔为中书舍人，时供命制敕，令史持库钥他适，无旧本检寻，乃斫窗取得之，时人号为'斫窗舍人'。"北京，中华书局，1979年，第48页。
⑤ （宋）王溥撰，牛继清校证：《唐会要校证·省号下》（卷五五）"中书舍人"条，西安，三秦出版社，2012年，第806页。

百绪,轻重无所差。书史白曰:'丐公徐之,不然,手腕脱矣。'中书令李峤曰:'舍人思若涌泉,吾所不及。'"①故中书舍人最重要的能力就是文书的写作能力。二是具备较高的德行,特别要求为人谨慎、做事利索,力避漏泄、稽缓、逢失、忘误等。

  上引五篇孙逖授官制敕,既围绕中书舍人的两个基本素质展开,又能根据拟任官员的具体情形有所侧重、区别。《授达奚珣中书舍人制》、《授李玄成中书舍人制》中所涉及的达奚珣、李玄成之前是以本官兼试知制诰,该次任命是由试用转为正式任命,故在措辞方面与其余三篇略有不同,重在叙述二人在试知制诰期间的表现,如达奚珣"自经试用,备问详密。草奏南宫,已擅一时之妙;掌纶西掖,愈彰五字之能",李元成"久司纶绂,深惬器能",自然引出正式任命。《授贾登中书舍人制》言贾登之文则"修词自达"、"有大雅之文章";言德则"守道为师"、"禀中和之德行",孙逖品评其文其人,都以儒家的评价标准为主,文儒并举,与张说以来文儒派的品评标准是一致的。又有"驳正之地,已著能名"之句,是对贾登目前任职的表述,表明其已有相当的行政能力。《授梁淑中书舍人制》认为其文"通明致用,博雅为文",故时人对其文评价颇高,"才冠时英,望高人誉。五字之选,一台所推",以此作为授官的依据。《授韦斌中书舍人制》言其文则"标丽则以工文",言其德则"贞规不杂,敏识惟精""秉直声而济美",可见偏重对其德行的称誉,因韦斌本为国子司业,公文写作及处理能力恰是其平素擅长之事,故无须大书特书。国子司业一职虽清贵,但毕竟离权力中枢太远,未能展现其全部才华,故转为中书舍人一职,这一任命依据合情合理,令人信服。孙逖在写作这五篇同一官职的授官制敕文时,能在有限的创作空间内,根据拟任命者的特点,或从他者的评价,或从在现职上所展现的出众才华,自然引出朝廷的任命,令人心悦诚服。且在较短的篇幅内,寥寥数语即充分展现出每一位拟任命者的性格及才能特点以及任命因由,语言特别具有涵括能力,语短而意深。另外,五篇制敕从形式上看仍属于标准的骈体文,但已迥异于齐梁骈体公文以及初唐骈体公文。首先,仍主要采用四字句式,具有了庄重铿锵的公文风貌,间之以一组六字偶句,但六字偶句的位置极其灵活,或在前,或在中,或在后,或颂美拟任命者之德,或夸耀拟任命者之才,或说明拟任命者所任命之职位,因而单从句式上看就打破了多数授官制敕流于千篇一律的弊病,具有摇曳多姿之态。其次,虽用典,但用典的密度及频度较之苏颋的骈体公文更低,所采用的多是"五字"、"西掖"之类的常用典故。再次,行文典

---

① 《新唐书》(卷一二五)《苏颋传》,第 4399~4400 页。

实,追求宗经,但无聱牙生涩之弊,有朴实畅达之风,适宜官员当场宣读,属于公文中的"本色派"。

三、孙逖赋

孙逖现存赋两篇,均为咏物赋,其《帘赋》为参加吏部试选所作,受到当时吏部侍郎王邱的激赏①,体制短小,语言雅致,简约情切,清新细婉,以意为主,善于托物言志,借物抒情。其赋云:

> 智者创物,有以而然。帘之为用,博利存焉。若乃少妇重闺,王孙华馆。映锦屏以猗猗,增绣户之焕焕。琼钩上而齐女讴,珠影垂而楚妃叹。盖私宴之乐饰,异在公之达观。至于因依华省,隐映长廊。交辉朱绂,接影金章。隔至人之清镜,杂仙署之余香。禁钟启明,纳晴天之曙色;严城警夕,引华月之宵光。盼睐成宝,终然允臧。岂备物而致用,亦道同于君子。轻明无隔,将引喻于虚心;卷舒任时,足炯诚于行己。组织成象,含游夏之文;绳约善结,得老庄之理。岂徒然哉!斯尽美矣!原夫青青梁苑,猗猗淇澳。冒雪停霜,是称修竹。纤匠人之巧思,列冢卿之华屋。甘剖节而离根,奉荣光而再穆。则有制长笛,成洞箫。器同握玩,声引风飙。徒擅名于昔日,岂齐美于今朝?②

咏物赋源于战国时的荀子和宋玉。荀子有《云赋》、《蚕赋》,借物以阐明哲理,以意为主。宋玉的《风赋》通过融情入物建构了"风"意象,具备了体物尚美的基本特征,真正开启了后世咏物赋的先河。西汉及东汉初期的咏物赋在独特的文化环境影响下呈现出藉物比附颂德的特点,以典重的四言句式为主,隔句押韵;东汉中后期的咏物赋或借外物来抒发赋家胸臆,或从审美角度观照物象本身形态,从类型化的比附颂德转变为个性化的托物抒情,以骚体或由骚体变化而来的六言和四六言为主③。魏晋咏物赋重视个体,着重表现自我,抒发个人感情。六朝时,咏物赋进入繁荣时期,表现在应用面扩大、创作队伍庞大、题材寓意丰富等方面,但语言靡丽,情思纤弱,风骨不振。

---

① (唐)颜真卿《尚书刑部侍郎赠尚书右仆射孙逖文公集序》:"吏部侍郎王邱试《竹帘赋》,降阶约拜,以殊礼待之。"《全唐文》(卷三三七),第 3415 页。
② (唐)孙逖:《帘赋》,《全唐文》(卷三百八),第 3125 页。
③ 蒋文燕:《从比附颂德到托物抒情——试论汉代咏物赋的意义转变》,《西南民族大学学报》(人文社会科学版)2006 年第 2 期。

孙逖《帘赋》在继承宋玉以来的咏物赋基础上，又有所创新，语意更为曲折，寓意更为丰富，对仗更为工整，真切地反映了盛唐士人强烈的使命感和责任感，韵随意转，跌宕多姿。起首即开门见山，不言帘的色泽、形态，而直接从"帘之为用"入手，将帘的功用分为两类：私宴与朝堂，以私宴之乐饰来衬托朝堂之达观。通过帘施之于私宴与朝堂的不同形态来喻示朝廷之德行温润弘洽。帘若非身处公堂之上，焉能"盼睐成宝，终然允臧"？这样一种比附颂德的手法是从西汉初的咏物赋而来。然后，又在物象本身的性质特点之上附加生发出某些内在的精神品性，以此比附君子懿德的仪容风范，如以"轻明无隔"喻"虚心"，以"卷舒任时"比君子"有道则兴，无道则隐"的随缘自适。最后，通过修竹的不同际遇："纡匠人之巧思，列冢卿之华屋"，"制长笛，成洞箫。器同握玩，声引风飙"，或成帘以处冢卿之华堂，或成洞箫、长笛而被人把玩，来抒发作者欲跻身朝堂、建功立业的愿望，即帘即人，无处不契合作者的处境与情绪。该赋颂德与抒情兼有，以抒情为主，思虑周全，用语妥帖，华茂深婉，与小赋清新流丽的时代特色相一致，却又跌宕顿挫，不同于一般的尖巧流俗之作，既范我驰驱，又耳目一新，堪称吏部试选佳作。《帘赋》运用衬托对比的手法，对仗工整，以小见大，即浅入深，推物之情而言我，寄寓丰富，谨慎舒缓，反映了盛唐士人积极的人生态度。这样一种热心仕途、热衷功名的心态，正是因为清明的政治社会环境、繁荣昌盛的经济、开明融合的文化及自由活跃的思想观念为士人们对功名的追求和理想的实现提供了的基本条件，正如孔子所说，"邦有道，贫且贱焉，耻也"。《帘赋》确实反映了盛唐士人的真实心态以及晔若朝华的精神风貌，具有一定的审美价值与认识意义。

孙逖之文论政议事、抒情写志、描景绘物，几乎全用骈文，尚整齐不求华丽，好简约而不铺陈，风格与苏颋之骈体公文相似，但较之苏颋骈体公文，在句式、用典、文采等方面更趋松散、平实，孙逖革新骈体公文的努力实不容忽视。其骈体公文仍以四字句为主，用典少且喜用常典，文风从容婉曲，庄重典雅，缜密严谨，颇为符合王言之制温润雅驯的要求；但缺乏活力与气势，文如其人，有老成之风，"谦退不伐"[①]。

---

① 《旧唐书·孙逖传》(卷一九〇中)，第5044页。

第二章　天宝散文：文化下移与骈体私函的多维度开掘

开元后期，唐玄宗逐渐骄盈自满，倦怠于政事。因好大喜功，积极实行武力开边政策，开支巨大[1]导致土地兼并、人口逃亡等社会矛盾日益尖锐。同时，享乐之风日盛，"天子骄于佚乐而用不知节，大抵用物之数，常过其所入。于是钱谷之臣，始事朘刻"[2]，朝廷陷入入不敷出的困境。为了缓和、解决这些矛盾，玄宗起用擅长敛财的"干吏之士"。开元二十四年（736），张九龄罢相，李林甫上台，实行一系列诸如兵制、财政、法律等行政改革，取得了一定的成效[3]。天宝三载（744），牛仙客去世，李适之为相，血腥的党争开始了。李林甫为巩固自己的地位，先后击垮了李适之、韦坚、杨慎矜、王忠嗣等。这一系列的暴力清洗使得多数大臣唯唯诺诺、缄口不言，不复直言敢谏，至此，开元前期的清明政治消弭殆尽。另一方面，李林甫自无学术，仅能秉笔，尤忌才学之士[4]，身兼吏部尚书，阻挠"文学之士"的仕进。天宝六载，"上欲广求天下之士，命通一艺以上皆诣京师。李林甫恐草野之士对策斥言其奸恶，建言：'举人多卑贱愚聩，恐有俚言污浊圣听。'乃令郡县长官精加试

---

[1] 《资治通鉴·天宝元年》（卷二一五）："开元之前，每岁供边兵衣粮，费不过二百万；天宝之后，边将奏益兵浸多，每岁用衣千二十万匹，粮百九十万斛，公私劳费，民始困苦矣。"第6851页。

[2] 《新唐书·食货志》（卷五一），第1346页。（唐）封演著，赵贞信校注《封氏闻见记校注·第宅》（卷五）："则天以后，王侯妃主，京城第宅，日加崇丽。至天宝中，彻史大夫王鉷，有罪赐死，县官录钺太平坊宅，数日不能遍。宅内有自雨亭子，檐上飞流四注，当夏处之，凛若高秋。又有宝钿井栏，不知其价。他物称是。安禄山初承宠遇，敕营甲第，瑰材之美，为京城第一。太真妃诸姊妹第宅，竞为宏壮，曾不十年，皆相次覆灭。"北京，中华书局，2005年，第44~45页。

[3] 〔英〕崔瑞德编，中国社会科学院历史研究所、西方汉学研究课题组译：《剑桥中国隋唐史（589~906年）》，北京，中国社会科学出版社，1990年，第375~381页。

[4] 《旧唐书·李林甫传》（卷一〇六）："自无学术，仅能秉笔，有才名于时者尤忌之。而郭慎微、苑咸文士之阘茸者，代为题尺。林甫典选时，选人严迥判语有用'杕杜'二字者，林甫不识'杕'字，谓吏部侍郎韦陟曰：'此云"杖杜"，何也？'陟俯首不敢言。太常少卿姜度，林甫舅子，度妻诞子，林甫手书庆之曰：'闻有弄獐之庆。'客视之掩口。"第3240页。

练,灼然超绝者,具名送省,委尚书覆试,御史中丞监之,取名实相副者闻奏。既而至者皆试以诗、赋、论,遂无一人及第者。林甫乃上表贺野无遗贤"①,元结、杜甫等人皆深受其害。大体而言,唐玄宗享国日久,倦怠之心渐增,开元初的励精图治渐被享乐安闲所取代;李林甫、杨国忠等奸佞之流先后当权,把持朝政,吏能派逐渐占据上风,文儒派逐渐势弱;宦官专权日趋严重;藩镇日益势大。盛唐已潜伏着深刻的危机。在以上多重因素的作用下,一大批有抱负、有雄心的"文儒"被摒斥于核心政治圈之外,造成了士阶层的文化下移。

开元前期、中期,"燕许"以宏大雍容之风引领时代风潮,其文章与风范令士人仰慕。至开元后期,一大批成长于开元盛世的中下层知识分子一方面继续高唱雄浑激越的"盛唐之音",追求风骨与文采兼具的"神韵"之文,展现出乐观自信、刚健爽朗的时代精神,如李白的《大鹏赋》、杜甫的《三大礼赋》等;另一方面,由于先后受到李林甫、杨国忠等奸臣的排挤、打压,仕途受挫,志向难伸,困顿抑郁。即便如此,以李白、杜甫等为首的士人仍不甘沉沦,大声疾呼,揭露黑暗,反对强权,如李白的《泽畔吟序》、《春于姑熟送赵四流炎方序》,杜甫的《杂述》、《秋述》等。

这一时期的散文具有以下特点:

其一,从散文创作主体而言,前一时期大放异彩的身兼大手笔及政坛高官"燕许"之流已然飘然远去。这一时期令人瞩目的是李白、杜甫、王维等处于政治权力格局底层的文人,他们或被动、或主动被摒弃于权力核心圈之外,在保持传统士人的知识分子身份和人文素养的同时,把目光转向了政治公文以外的领域,改变了开元时期以政治公文为中心、以政治精英为主体的散文格局,构建了天宝时期以文化及日常生活散文为中心、以文学精英为主体的散文格局。他们大多以诗名显,全力作诗,诗歌成为其生命的核心及精华,以其余力作文。

其二,从散文创作实践而论,李白、杜甫、王维等人由于政坛日趋黑暗、个人性格与官场格格不入等种种原因,无法进入权力核心阶层,因而更多着眼于个人遭际,故其散文书写主要集中于日常及文化生活领域,着力创作如书、序、私修碑铭等文体,积极从格调、句式、声律、文采、用典等方面进行有益的探索。他们或继续以身处开元盛世为傲,心悦诚服地颂美君王之文治武功与美德不朽,渴望建功立业、致君尧舜;或因目睹、身历种种黑暗与腐朽,而逐渐清醒地认识到盛世下所潜伏的种种危机,陷入深刻的不安之中,

---

① 《资治通鉴·天宝六载》(卷二一五),第 6876 页。

故秉持公心、公义,致力于揭露社会的不公,以为延续盛世稍尽绵薄之力。这样的矛盾与纠葛表现在散文中就是颂德与揭露兼重,积极昂扬与愤世悲壮并有,恢宏豪宕与奇崛廉悍并存。

其三,李、杜、王等人虽也有或长或短的从政经历,但囿于多方面因素的限制,对现实政治的观察与处理偏好运用抽象原则与高尚理念,但缺乏务实、灵活的政务处理能力,更多是书生意气,试图用文学性的浪漫想象来解决现实政治中的种种实际问题,李白之文尤为明显。王维虽曾任高官,但由于曾任伪职的经历,故在安史乱后,对政治持一种疏离的态度,更多地关注个体的精神世界。杜甫虽一直心系朝廷,但时不我与,未能真正进入权力阶层,只能作一旁观者,指点江山。"李杜"等诗人也有关于政治形势、国家大势的分析,但毕竟身处江湖之远,未有充分把握全局的机会与能力,故文学与政治结合的结果就是文章成为书生表达政治参与意识及政治主体观念的一种方式。从文中所展现的政治见识而言,是无法与"燕许"等人相提并论的,但也充分展现出普通士人对国家大政积极参与态度、淑世情怀及其所展现出的对唐王朝一种自豪与担忧并存的矛盾心态。

其四,天宝时期的散文,文风趋于多元。李白文激越雄浑,平易畅达;杜甫文奇崛繁富,古奥顿挫;王维文雅致凝重,典雅骈俪。三人各领风骚。

第一节 李白:独抒性灵

李白以诗名家,同时也是唐代著名的散文家之一,不过其文名为其诗名所掩,大多认为"太白晓于诗而于文有弗工"[①],"白有逸才,尤长于诗,而其赋乃不及魏晋"[②],故后世少有人论及。仔细品味李白之文,格调雄浑高昂,激越奔放,壮浪恣肆,与豪迈悲壮、开阔明朗、想落天外的诗风大体一致。毋庸讳言的是,与其诗歌成就相比,其散文稍有逊色,但依然如诗歌一样值得关注。

李白之文,据《李太白全集》统计,现存约七十篇,古赋八篇,表书九篇,

---

① (明)周弘禴《西塘王先生春煦轩集序》:"然马迁晓其文而于诗有不彻,太白晓于诗而于文有弗工,技之制也,亦见名家之难也。"(清)黄宗羲编:《明文海》(卷二四六),北京,中华书局,1987年,第2563页下。

② 《古赋辨体》引朱熹语,(唐)李白著,(清)王琦注:《李太白全集》,《明堂赋》后附录,北京,中华书局,1977年,第56页。本书所引李白文,均出自该书。

序二十篇,记颂赞二十篇,铭碑祭文九篇①。与《李太白全集》相比,《全唐文》多出《北斗延生经注解序》一篇,《全唐文补编》补文三篇,为《上阳台贴》、《投裴旻书》、《春于南浦与诸公送陈郎将归衡岳序》。李白的古赋、书、序,最具特色。其古赋以《大鹏赋》最为出色;其所为书表,特别是《与韩荆州书》、《上安州裴长史书》、《为宋中丞自荐表》、《上安州李长史书》、《代寿山答孟少府移文书》等文,夸耀自荐,干谒自媒,负才使气,情感激越,文采飞扬,极其自信,以至自负,颇能代表盛唐士人意气风发、积极进取的豪情壮志;其序文虽为赠别、宴集而作,但能不囿于文体束缚,自抒怀抱,或宣泄其怀才不遇的愤懑,或畅谈诗酒风月的潇洒,或抒发离别之际的惆怅,或描绘亲朋相聚的欢乐,或揭露社会政治的黑暗,清雄雅健,明快流畅。另外,"李太白佛寺碑赞,宏拔清厉,乃其歌诗也"②。

一、李白文研究述评

李白由于诗名甚著以及在诗史上崇高的地位,学界对其文也较为关注,取得了令人瞩目的成绩。本节将从整体评价、分体研究等角度评述学界对李白文的研究。名篇分析多是从文本细读、鉴赏角度切入,数量不多,兹不列举。

首先,李白文的整体研究。谢育争《李白散文研究》③是目前唯一一部李白散文专论。该书共分八章,主要论述:李白散文体裁风格,即流畅典雅之表书、恳切古雅之序记、简洁精淳之颂赞、俊逸跌宕之碑铭、诚挚凄怆之祭文;李白散文内容书写,即表文、书文、序文、记文、颂文、赞文、碑文、铭文、祭文;李白散文艺术特色,即语言风格、修辞技巧、典籍镕裁等方面。该著认为李白散文具有体裁多元呈现、内容灵活多变、艺术瑰奇宏丽的特点,具体言之,李白散文又具有意识强烈、交游广阔、兼善四六、散文诗化、重视史实等特征。该著细化了李白散文各类文体研究,但分类过于琐碎,且第三、第四章内容有重合之处,第二章论述李白的生平事迹亦无甚发明之处,结论翔实,但缺乏深度。而放眼散文史著作,则无一例外都涉及李白文的整体评价,其中以郭预衡《中国散文史》最具代表性。郭先生认为:李白为"开元盛世之文的殿军"之一,其文有纵横之气与狂放之态④。骈文史著作如于景祥

---

① 关于《比干碑》的署名问题,《唐文粹》、《全唐文》皆署名李翰。王琦《李太白全集》在《比干碑》题目后有详细辨析,可参看。
② (唐)司空图:《题柳柳州集后序》,《全唐文》(卷八〇七),第 8488 页。
③ 谢育争:《李白散文研究》,台北,文津出版社,2012 年。
④ 郭预衡:《中国散文史》(中),第 108~109 页。

《唐宋骈文史》认为：李白的骈文或雄奇壮丽、慷慨激昂，或清新俊爽、飘逸奔放，集中体现于书、序、赋等文体中，是盛唐气象最杰出的代表[1]。论文方面，牛宝彤《"人生不朽是文章"——略述李白文的思想内容》[2]侧重对李白文的思想内容进行概括；哉伟华《试论李白散文的艺术性》[3]及刘汾《以诗为文 以情动人——论李白散文的独特个性》[4]侧重分析其文的艺术特色；王定璋《李白文章管窥》[5]兼论李白散文的思想内容及艺术特色。大致而言，李白文的思想内容包括颂扬清官忠臣与壮士义女、抨击权贵横暴、记游赠别、干谒以求建功等。李白文的基本风格为"清雄奔放"（《上安州裴长史书》），基本特点为有强烈的主观色彩、运用想象和夸张的手法、以气运词、以诗为文、骈散结合、铺排夸饰等。艺术成因是多方面的，包括自身经历的影响、诗歌艺术手法的渗透、盛唐文风的濡染、前代文章如庄子散文及纵横家之言等影响。以上论文以文本解读为基础，大都就文论文，研究方法较为单一，未能综合运用比较法、影响研究法、文化研究法等，数量虽多，结论却较为趋同，缺乏新颖而独到的见解。在众多论文中，特别值得一提的是朱金城的《论李白的散文》[6]，该文将李白文置于散文发展史中进行讨论，注重揭示其文与传统散文之间的继承与革新的关系，认为其古赋深受汉赋及六朝抒情小赋的影响；又从开、天时期的文学风尚来讨论李白文的生成。该文从文化学切入，运用比较的方法，视野开阔，结论令人信服，之后的论文大都未脱此文藩篱，尚未有较大的革新。

其次，李白的古赋研究。对李白古赋的研究主要包括三方面的内容：其一，古赋的整体研究。谢育争《李白古赋研究》[7]专论李白古赋，共分七章。主要论述李白古赋渊源，即《庄子》《楚辞》《山海经》《文选》；论李白古赋修辞，即譬喻、夸饰、示现、象征、转化、借代、引用、类叠、对偶、倒装；论李白古赋艺术特征，即儒道合奏、情景交融、新声巧构、语言灵动、风格奔放、诗赋融合。该著最具价值的是论述李白古赋渊源、修辞及艺术特征部分，深入而细致，但"儒道合奏"似不应纳入古赋艺术探究中。何易展《李白

---

[1] 于景祥：《唐宋骈文史》，沈阳，辽宁人民文学出版社，1991年，第51页。
[2] 牛宝彤：《"人生不朽是文章"——略述李白文的思想内容》，《成都大学学报》（社会科学版）1988年第3、4期。
[3] 哉伟华：《试论李白散文的艺术性》，《南充师院学报》（哲学社会科学版）1981年第3期。
[4] 刘汾：《以诗为文以情动人——论李白散文的独特个性》，《湖南第一师范学报》2003年第4期。
[5] 王定璋：《李白文章管窥》，《四川师院学报》（社会科学版）1983年第4期。
[6] 朱金城：《论李白的散文》，《李白学刊》编辑部：《李白学刊》第一辑，北京，生活·读书·新知三联书店，1989年，第26~40页。
[7] 谢育争：《李白古赋研究》，台北，文津出版社，2010年。

辞赋的哲理内蕴与庄骚情结》认为李白辞赋具有深蕴的儒道思想观,更继承了庄骚精神,对庄骚艺术化陈出新加以独特的个性诠释①。张丽杰《论李白古赋的思想性及艺术性》认为李白古赋继承了汉大赋铺排扬厉、气势恢弘、夸张写意的浪漫主义风格,既抒发建功立业的豪情,也展现怀才不遇的忧伤②。其二,辞赋观研究。韩晖《李白辞赋观辨析》认为李白推崇屈原、扬雄、司马相如等前代赋家,主张赋渊源于诗,辞欲壮丽、义归博远,风格应多样化③。其三,与前代辞赋的关系研究。曾竞艳《浅析李白赋对前代赋作的继承与创新》认为其赋继承了汉赋和魏晋六朝赋的创作风格的同时,其大赋表现出张扬的主体精神,小赋则显露出浓烈的忧思精神和个体意识④。

再次,李白的干谒文研究。郭建伟《李白干谒文刍析》一文,以《上安州李长史书》、《上安州裴长史书》、《与韩荆州书》等干谒文为中心,展开集中探讨,认为干谒文张扬了李白的个性,充分展示出其豪放不羁、傲岸自负的个性特征⑤。该文略显泛泛而谈,未能深入挖掘出李白干谒文的独特性。

综上所述,李白文的研究取得了一定的成绩,但也存在不少可挖掘之处。其一,关于李白文的整体研究,文章数量虽多,但相似度较大,缺少有深度的力作。多数研究大都以文论文,从思想性、艺术性等相似角度切入,未能充分与前代、同时代的就同一主题、同一体裁的文进行比较,也未能从盛唐文化这一孕育李白及其文章的文化土壤出发进行挖掘,故结论相似,只是略有变化。其二,关于李白文的分体研究,相对而言,古赋研究得最为深入。目前关于李白散文的探讨,似仍停留在李白散文的表层形态之上,缺乏对李白散文的思维方式、结构模式、文学教育等方面的探讨。一言以蔽之,李白散文的独特性及成因尚缺乏学理性的分析。在具体的文体研究中,李白序文二十一篇,约占其文总数的三分之一,就其数量与水平而言,在唐代有序文传世的文人中,李白名列前茅,但对其序文的关注却颇为寥落,李白序文研究实有深入的必要。与此同时,李白干谒文现存四篇,却足以代表唐代干谒文的最高水平,可深入探讨⑥。

---

① 何易展:《李白辞赋的哲理内蕴与庄骚情结》,《云梦学刊》2013年第3期。
② 张丽杰:《论李白古赋的思想性及艺术性》,《齐齐哈尔大学学报》(哲学社会科学版)2003年第3期。
③ 韩晖:《李白辞赋观辨析》,《广西师范大学学报》(哲学社会科学版)2004年第2期。
④ 曾竞艳:《浅析李白赋对前代赋作的继承与创新》,《重庆师院学报》(哲学社会科学版)2000年第4期。
⑤ 郭建伟:《李白干谒文刍析》,《重庆文理学院学报》(社会科学版)2007年第4期。
⑥ 因本文在后文的文体研究中,单列干谒文一节,李白干谒文乃其重点,为避免重复,故在此处并不作重点分析。

二、李白古赋

李白所作古赋,咏物、纪行、写景、抒情等各类主题兼备,且体式多样。若以风格特征论可分为两类:一类是《大鹏赋》、《明堂赋》、《大猎赋》,它们继承了汉大赋铺排描写、辞采灿烂的基本特征,具有铺张扬厉、气势恢宏、博大深远的特点,以及豪迈奔放、明快流畅的风格特征。其《明堂赋》、《大猎赋》摹写汉大赋,亦步亦趋,不曾超出汉赋的范式,缺乏创新。正如祝尧所说:"太白《明堂赋》从司马、扬、班诸赋来,气豪辞艳,疑若过之,论其体格,则不及远甚。盖汉赋体未甚俳,而此篇与《大猎赋》,则悦于时而俳甚矣。"[1]另一类是《拟恨赋》、《惜余春赋》、《愁阳春赋》、《悲清秋赋》和《剑阁赋》,清丽委婉,优雅绵长,含蓄蕴藉。其《拟恨赋》摹拟江淹《恨赋》而来,段落句法,一毫不差。《酉阳杂俎》云:"(李)白前后三拟词选,不如意,悉焚之,惟留《恨》、《别赋》。"[2]由此可知,《拟恨赋》可能是李白少时练笔之作,重在篇章结构、句法字法的练习,缺乏新意。其他如《愁阳春赋》、《惜余春赋》、《悲情秋赋》、《剑阁赋》,也写得清新自然,但摹拟痕迹颇多,并不足以代表李白赋的风貌。唯有《大鹏赋》不仅是大赋中的佼佼者,而且是李赋的代表作。祝尧《古赋辨体》曾给予很高的评价:"太白盖以鹏自比,而以希有鸟比司马子微。赋家宏衍巨丽之体,楚《骚》、《远游》等作已然,司马、班、扬犹尚此。此显出《庄子》寓言,本自宏阔,太白又以豪气雄文发之,事与辞称,俊迈飘逸,去《骚》颇近。"[3]

据《大鹏赋序》所言:"余昔于江陵见天台司马子微,谓余有仙风道骨,可与神游八极之表,因著《大鹏遇希有鸟赋》以自广。此赋已传于世,往往人间见之。悔其少作,未穷宏达之旨,中年弃之。及读《晋书》,睹阮宣子《大鹏赞》,鄙心陋之。遂更记忆,多将旧本不同。"[4]《大鹏赋》非一时一地所作,至少两易其稿,历经数年构思、打磨而成。旧稿应是开元十四年(726)春李白游夔州返回江陵与司马承祯相遇所作[5],新稿应是其步入中年后,清醒认识到社会现实特别是上层统治者真实面目后所作。"大鹏"意象出自庄子《逍遥游》,以大鹏遨游须凭借羊角风,来阐明物无论大小皆有所待的哲理。阮修曾作《大鹏赞》,其文云:"苍苍大鹏,诞自北溟。假精灵鳞,神化以生。

---

[1] (元)祝尧:《古赋辨体》,《李太白全集》,《明堂赋》后附录,第56页。
[2] (唐)段成式著,杜聪点校:《酉阳杂俎》(前集卷一二),济南,齐鲁书社,2007年,第79页。
[3] (元)祝尧:《古赋辨体》,《李太白全集》,《大鹏赋》后附录,第11页。
[4] (唐)李白:《大鹏赋序》,《李太白全集》,第2页。
[5] 吕华明:《李白〈大鹏赋〉系年考》,《吉首大学学报》(社会科学版)2006年第2期。

如云之翼,如山之形。海运水击,扶摇上征。翕然层举,背负太清。志存天地,不屑唐庭。鸴鸠仰笑,尺鷃所轻。超世高逝,莫知其情。"①该赞仅是对《逍遥游》有关大鹏描写的缩写,只是将原文参差不齐的长短句式改为整齐的四言句式,文意几无创新之处。而李白所作《大鹏赋》,铺张扬厉,气势宏大,雄奇奔放,虽取义庄子,又自铸伟辞,另辟蹊径,以大鹏鸟自比,以希有鸟比司马承祯,扬弃了《逍遥游》中那些阐述哲理的抽象议论,着重描写其"上摩苍苍,下覆漫漫"的"雄姿""神怪",以此展示自己气度不凡、俊迈飘逸的风采与自信自负、超脱尘俗的神韵。

赋从大鹏初化、起飞、升空、翱翔、息落一路写来;又以众神鸟作比,虽同类而异趣,反衬出大鹏的雄奇有力、逍遥自适;末以与希有鸟同调共飞、同登寥廓作结,有英雄惺惺相惜之意。该赋以瑰丽的想象与神奇的夸张多角度描写了大鹏的雄、壮、神、怪,精心刻画出一个睥睨宇内、遨游天地的"巨人"形象,其"雄","斗转而天动,山摇而海倾",海天震荡;其"壮","巨鳌冠山而却走,长鲸腾海而下驰。缩壳挫鬛,莫之敢窥",万物惶惊;其"神","烛龙衔光以照物,列缺施鞭而启途";其"怪","喷气则六合生云,洒毛则千里飞雪"。大鹏尽管"怒无所搏,雄无所争",宇内几无敌手,但并不恃强凌弱,而是"不矜大而暴猛,每顺时而行藏。参玄根以比寿,饮元气以充肠。戏旸谷而徘徊,冯炎洲而抑扬",顺应时势,行藏自若,餐霞饮露,与仙家共游,与天地齐寿,悠然自立于天地之间。李白以大鹏自比,鄙视众鸟"既服御于灵仙,久驯扰于池隍","不旷荡而纵适,何拘挛而守常",反映了李白追求自由、桀骜不驯、伟岸不屈的性格。末尾以"右翼掩乎西极,左翼蔽乎东荒,跨蹑地络,周旋天纲。以恍惚为巢,以虚无为场"的希有鸟邀其同游,共登寥廓作结,寓意深刻。该赋通过大鹏形象折射出中年李白初入仕途的特殊感受——从踌躇满志、欲建不世功业到报效无门、苦闷压抑,最后因不愿同流合污只好远走高飞、自适逍遥的心路历程。

该赋形式上的最大特色就是骈散相间,虽以四六骈偶句式为主,但能根据内容的需要,在整齐的四六句式中渗入三、五、七、九乃至十余言的长短句,参差有致,灵巧多变,整饬中显出灵动之美。如大鹏起飞时四个刚劲有力的三字句,"蹶厚地,揭太清,亘层霄,突重溟",急促简短,虎虎生风;"缤纷乎八荒之间,掩映乎四海之半",徐舒的七言句使人似乎能感受到大鹏在蓝天自由翱翔的豪迈气势。抑扬顿挫、变幻多姿的句式与大鹏翱翔云海的动态和谐协调,读来富于形象性与节奏感。

---

① 《晋书·阮修传》(卷四九),北京,中华书局,1974年,第1366页。

清人钱世瑞认为:"然以太白之才,纵笔所之,如天马行空,不受羁勒……"①《大鹏赋》想象奇诡荒诞,隶事出神入化,意象博大壮阔,夸张出人意料,语言精炼形象,音韵协调铿锵,气势奔放,一泻千里,波澜壮阔,逸气纵横。该赋以精妙的语言刻画了一个慷慨纵横、不可一世、放旷不羁、昂扬向上、无所畏惧的"逍遥者"形象,影射出高大的作家主体形象,其以大为美、以壮为美的审美旨趣正符合盛唐时期的美学风貌,生动反映出盛唐士人积极向上、努力进取、建功立业的雄心壮志以及济苍生、安社稷的远大抱负。

三、李白序文

李白的序文共二十一篇,可分为三大类,即赠别序、宴集序及书序。其中赠别序有十六篇之多,是为李白序文之主体;宴集序有三篇,其中最著名者为《春夜宴从弟桃花园序》;书序有两篇,即《泽畔吟序》《北斗延生经注解序》。

(一) 赠别序

赠别序主要用于人际交往,有特殊的写作模式、情感基调,具有鲜明的即时性与应酬性的特点,同一作者在不同场合、面对不同身份(亲疏、贵贱之别)的送别对象,其写作就会呈现不同的风貌。一般而言,赠别序通常包括四个要素:即行者(即将离开之人)、送行者、饯别地点及行者目的地。其中,行者一般为描写的重点。由于不同的送别情境,李白的赠别序既有赋诗赠序,也有独立赠序,但仍以赋诗赠序为主。其赠别序随意挥洒,意随笔到,具有飘逸灵动之美,重在彰显个人风采。序的结构几乎篇篇不同,表现手法多样,或写景、叙事、抒情、议论各有侧重,或将四者融为一体,明快畅达,挥洒自如,尺幅之中,每有佳构。亲友离别远行,原因甚多,或为升迁赴任,或为避世隐居,或为游历名山,或为贬谪流放,或为归家省亲,李白能根据特定场景及远行者的特殊身份(既包括政治地位的高低,也指与作者的亲疏关系),或是借他人之酒杯浇心中之块垒,或殷切勉励远行之人,或工笔细描送别之情景,或直接揭露社会不公,等等。

李白的多数赠别序篇幅短小精悍,开篇力求各具面目,力避千篇一律,多从四要素之一切入。或从行者入笔,此种入笔方式占李白赠别序的主体,如《早春于江夏送蔡十还家云梦序》:"吾观蔡侯,奇人也。尔其才高气远,

---

① (清)钱世瑞:《李谪仙才论》,裴斐等编:《李白资料汇编》,北京,中华书局,1994年,第1203页。

有四方之志,不然,何周流宇宙太多耶?"①虽以行者开篇,但以"我"(李白)之目观之,呈现出主观化的特征,而非一般应酬性的叙述。或从送行者起首,如《送戴十五归衡岳序》:"白上探玄古,中观人世,下察交道。海内豪俊,相识如浮云。自谓德参夷、颜,才亚孔、墨,莫不名由口进,实从事退,而风义可合者,厥惟戴侯。"②或从饯别地点开篇;或从行者目的地入手。无论哪种开篇方式,都鲜明地展现出李白文的显著特点,即强烈的主观色彩。

  传统赋诗赠序的书写模式大都或完全以行者为中心,情感的抒发也多以哀婉凄楚之情或以劝勉慰藉之情为基调。在李白所作的部分应酬性序文中,鉴于与行者的泛泛之交,仍沿袭传统序文的书写模式,以行者为叙述重点,作者面目或是模糊的,甚至是隐藏在文后。如《早夏于将军叔宅与诸昆季送傅八之江南序》一文,据文中"会言高乐,晓饯金门",可知该序当作于李白供奉翰林时。作者与行者傅八的关系是"仆不佞也,忝于芳尘,宴同一筵,心契千古",仅仅是筵席之中萍水相逢,受宴会主人所请而作赠序。基于与行者一面之交的疏离关系,赠序自难有肺腑之言,只好在行者的世系、文才、人生经历、性情甚至姻娅等方面入笔,如"(傅)侯篇章惊新,海内称善,五言之作,妙绝当时。陶公愧田园之能,谢客惭山水之美。佳句籍籍,人为美谈。前许州司马宋公,蕴冰清之姿,重傅侯玉润之德,妻以其子。凤凰于飞,潘杨之好,斯为睦矣"③。李白对傅八缺乏深入了解,仅知其为前许州司马之婿,而傅八其人可能名不见经传,默默无闻,只好在赠序中虚美其诗歌及其婚姻,难逃泛词谀文之窠臼。此类赠序主要展现其交际性的功能。

  李白在萍水相逢者面前,自要隐藏真实性情,而在知交亲朋面前则会袒露心扉,展现真我。李白在部分为知交、好友所作的赠别序中开始另辟蹊径,对传统赠序以别者为中心的写作模式进行颠覆,而以送行者(通常为赠序作者)为中心,不再抒发类型化的离愁别绪,而注重表达主体感情、张扬主体意志。如:

    吁咄哉,仆书室坐愁,亦已久矣。每思欲遐登蓬莱,极目四海,手弄白日,顶摩青穹,挥斥幽愤,不可得也。而金骨未变,玉颜已缁,何常不扪松伤心,抚鹤叹息。误学书剑,薄游人间。紫微九重,碧山万里。有

---

① (唐)李白:《早春于江夏送蔡十还家云梦序》,《李太白全集》(卷二七),第 1270 页。
② (唐)李白:《送戴十五归衡岳序》,《李太白全集》(卷二七),第 1275 页。
③ (唐)李白:《早夏于将军叔宅与诸昆季送傅八之江南序》,《李太白全集》(卷二七),第 1277~1278 页。

才无命,甘于后时……①

——《暮春江夏送张祖监丞之东都序》

余小时,大人令诵《子虚赋》,私心慕之。及长,南游云梦,览七泽之壮观。酒隐安陆,蹉跎十年。初,嘉兴季父谪长沙西还时,予拜见,预饮林下。嵩乃稚子,嬉游在傍。今来有成,郁负秀气。吾衰久矣,见尔慰心,申悲导旧,破涕为笑……②

——《秋于敬亭送从侄嵩游庐山序》

吾与霞子元丹、烟子元演,气激道谷,结神仙交,殊身同心,誓老云海,不可夺也。历行天下,周求名山,入神农之故乡,得胡公之精术……白乃语及形胜,紫阳因大夸仙城。元侯闻之,乘兴将往。别酒寒酌,醉青田而少留;梦魂晓飞,度渌水以先去。吾不凝滞于物,与时推移。出则以平交王侯,遁则以俯视巢、许。朱绂狎我,绿萝未归。恨不得同栖烟林,对坐松月……③

——《冬夜于随州紫阳先生餐霞楼送烟子元演隐仙城山序》

紫云仙季,有英风焉。吾家见之,若众星之有月。贵则天王之令弟,宝则海岳之奇精。游者所谓风生玉林,清明萧洒,真不虚也。常醉目吾曰:"兄心肝五藏,皆锦绣耶!不然,何开口成文,挥翰雾散。"吾因抚掌大笑,扬眉当之。使王澄再闻,亦复绝倒。观夫笔走群象,思通神明,龙章炳然,可得而见……④

——《冬日于龙门送从弟京兆参军令问之淮南觐省序》

《暮春江夏送张祖监丞之东都序》以感叹自己怀才不遇开篇,借序文抒"有才无命"之幽愤;《秋于敬亭送从侄嵩游庐山序》抒发"酒隐安陆,蹉跎十年"的抑郁以及年纪老大却一事无成之忧伤;《冬夜于随州紫阳先生餐霞楼送烟子元演隐仙城山序》表达虽有周游名山之心却无缘乘兴而游仙城之遗憾;《冬日于龙门送从弟京兆参军令问之淮南觐省序》则全是对自己锦绣文章的自信乃至自负。以上四篇赠序未按赠序的常规格式写作,首先开篇没有惯常的别者小传,对饯别地及目的地也是一笔带过,重点放在送行者(即作者)

---

① (唐)李白:《暮春江夏送张祖监丞之东都序》,《李太白全集》(卷二七),第1253页。
② (唐)李白:《秋于敬亭送从侄嵩游庐山序》,《李太白全集》(卷二七),第1267页。
③ (唐)李白:《冬夜于随州紫阳先生飡霞楼送烟子元演隐仙城山序》,《李太白全集》(卷二七),第1293~1294页。
④ (唐)李白:《冬日于龙门送从弟京兆参军令问之淮南觐省序》,《李太白全集》(卷二七),第1279页。

特殊情感的抒发上。基于与行者的亲密关系,序文少了许多客套,较之于一般应酬文字更为亲切、自然而摇曳多姿,多有火山喷发般的开端以及随性而发的豪迈气势,更能展露李白的神仙风骨。李白赠别序与其送别诗相映成趣,各有妙处。

(二) 集序

李白通过友人及自身的悲剧性遭遇,敏锐地觉察到开元至天宝由盛至衰的巨变以及所潜伏的社会危机,诸如李林甫、杨国忠先后把持朝政,屡兴大狱,任人唯亲,党同伐异,残害忠良,压榨百姓导致民怨沸腾等,李白不惧权贵,勇敢地用笔揭示出"盛世"背后的黑暗,最典型的莫如《泽畔吟序》:

> 《泽畔吟》者,逐臣崔公之所作也。公代业文宗,早茂才秀。起家校书蓬山,再尉关辅,中佐于宪车,因贬湘阴。从宦二十有八载,而官未登于郎署,何遇时而不偶耶?所谓大名难居,硕果不食。流离乎沅、湘,摧颓于草莽。同时得罪者数十人,或才长命夭,覆巢荡室。崔公忠愤义烈,形于清辞。恸哭泽畔,哀形翰墨。犹《风》、《雅》之什,闻之者无罪,睹之者作镜。书所感遇,总二十章,名之曰《泽畔吟》。惧奸臣之猜,常韬之于竹简;酷吏将至,则藏之于名山。前后数四,蠹伤卷轴。观其逸气顿挫,英风激扬,横波遗流,腾薄万古。至于微而彰,婉而丽,悲不自我,兴成他人,岂不云怨者之流乎?余览之怆然,掩卷挥涕,为之序云。①

按:"逐臣崔公"即崔成甫。崔成甫因与韦坚有旧而无辜被贬湘阴②,因"忠愤义烈"而作《泽畔吟》。李白不惧罹祸,于序文中以沉痛愤慨的笔触为崔氏的悲惨遭际鸣不平,痛斥"奸臣"当道、"酷吏"作伥的黑暗政局。崔成甫的遭遇触发了李白天宝初被谗见逐的伤痛,引起强烈的身世之感,故有"掩

---

① (唐)李白:《泽畔吟序》,《李太白全集》(卷二七),第1288~1289页。
② 《旧唐书·肃宗纪》(卷一〇):"及立上(即唐肃宗)为太子,林甫惧不利己,乃起韦坚、柳勣之狱,上几危者数四。"(第240页)《旧唐书·李林甫传》(卷一〇六):"(李林甫)耽宠固权,已自封植,朝望稍著,必阴计中伤之。初,韦坚登朝,以坚皇太子妃兄,引居要职,示结恩信,实图倾之,乃潜令御史中丞杨慎矜阴伺坚隙。会正月望夜,皇太子出游,与坚相见,慎矜知之,奏上。上大怒,以为不轨,黜坚,免太子妃韦氏。林甫因是奏李适之与坚昵狎,及裴宽、韩朝宗并曲附适之,上以为然,赐坚自尽,裴、韩皆坐之斥逐。"(第3238~3239页)而崔成甫曾于韦坚穿广运潭成,亲吟诗歌率船队庆贺。可见,韦坚仅是李林甫打击太子李亨的手段,其本身无罪,而崔成甫之被贬更是"城门失火,殃及池鱼。"

卷挥涕"之悲。是文淋漓顿挫,勇气勃郁,批判现实,锋芒毕露,有悲壮激越之气。又如《春于故熟送赵四流炎方序》,赵炎"以疾恶抵法,迁于炎方","疾恶"一词,微言大义,寓有褒贬,点明其无辜遭贬的冤枉。末以"吾贤可流水其道,浮云其身,通方大适,何往不可,何戚戚于路歧哉"①勉励他继续坚持正义,不要以贬斥为意,"德之休明,不在位之高下"②。李白的揭露与批判是源于对朝廷的忠诚,愤怒与呐喊也是因为心存希望,希望能回归到政治清明的"开元之治"。

四、李白碑铭

李白的碑铭虽还未脱尽六朝骈俪习气,但能一扫绮靡缛丽之容,间之以清新刚健之风,显得疏朗有力。如其《溧阳濑水贞义女碑铭(并序)》为一有姓无名的乡间女子立碑,围绕她义赠壶浆、"全人自沉,形与口灭"落笔,先言其"清英洁白,事母纯孝",为下文"贞义"张本,再言伍氏一族无辜被诛,伍员奔吴"月涉星遁。或七日不火,伤弓于飞。逼迫于昭关,匍匐于濑渚。舍车而徒,告穷此女"③,伍员至溧水已是强弩之末,精疲力竭,史女的义赠壶浆如雪中送炭。最后史女为了保守秘密,自投濑水而死。李白通过细节、对比、议论、侧面烘托等手法把史女的贞、义表现得淋漓尽致。

大致而言,李白碑铭语言明丽流畅,音韵铿锵和谐,虽以偶句为主,但常以单句贯穿其中,语气腾挪多姿,句式变化多端。短如"未下车,人惧之;既下车,人悦之。惠如春风,三月大化,奸吏束手,豪宗侧目"④,两组三字句与四字句简短有力,生动地刻画出韩仲卿的美政贤德与魄力能干;长如"时名卿巡按,陵有黄赤气上冲太微,散为庆云数千处,盖精勤动天地也如此。因粉图奏名,编入国史"⑤,有四字句、五字句、七字句、九字句,语气舒畅,展现出参差错落之美,可见其碑铭无论句式长短,皆琅琅上口,无拘泥之状、板滞之感。

总的来说,李白之文清雄奔放,一气贯注,畅所欲言,勇于揭露盛世背后潜藏的社会矛盾,自我形象突出,主观色彩浓厚。说理、叙事喜反复渲染、烘托,语意透彻明晰,多铺陈、夸饰之语。但一味夸耀,目空一切,易遭人妒忌;

---

① (唐)李白:《春于故熟送赵四流炎方序》,《李太白全集》(卷二七),第1266页。
② (唐)李白:《武昌宰韩君去思颂并序》,《李太白全集》(卷二九),第1375页。
③ (唐)李白:《溧阳濑水贞义女碑铭(并序)》,《李太白全集》(卷二九),第1351页。
④ (唐)李白:《武昌宰韩君去思碑颂(并序)》,《李太白全集》(卷二九),第1379页。
⑤ (唐)李白:《虞城县令李公去思颂碑(并序)》,《李太白全集》(卷二九),第1385页。

叙事直白,缺乏韵致,不耐咀嚼;文气虽壮但易陷于空疏;情思稍嫌单一,易流于平熟。如《四六法海》云:"太白文萧散流丽,乃诗之余。然有一种腔调易起人厌,如'阳春'、'大块'等语,殆令人闻之欲吐矣。陆务观亦言其识度甚浅。"①虽然,李白之文存在或多或少的缺憾,但并不能以此掩盖其散文的创作成绩以及创新努力。李白的文章具有浓郁的盛唐气息,昌明博大,浑融自然,在一定程度上冲破了时文的羁縻,却无法摆脱时风的熏染。

第二节　杜甫:富于情致

杜甫以诗名,不以文名,然所作之文亦不少,清拔奇奥,"沉郁顿挫",在盛唐散文坛可谓独树一帜,"为开韩柳风气之先者"②。据《杜诗详注》,杜甫之文可大致分为:一、古赋,繁富雄浑,古奥顿挫;二、碑志祭文,风格不一,或流畅雅致,或庄重典雅;三、表状文字,多用典重的四言句式,却不求对偶,不尚隶事,简明扼要,一气贯注,顺畅平易;四、杂体文,说、述、记、图文一类文字,大都文句艰涩,文气不畅,枝蔓混乱③,其中部分借赠别以抒牢骚不平之气的文字较为通达,如《秋述》、《杂述》等。

《杜诗详注》编诗二十三卷,编散文二卷,共二十八篇④。毋庸讳言,较之诗歌,杜甫之散文确要逊色得多。对于杜甫的散文,前人有两种几乎针锋相对的观点。一以秦观、黄庭坚为首,秦观云:"人才各有分限,杜子美诗冠古今,而无韵者殆不可读"⑤;黄庭坚进而分析其为文不工的原因在于"诗文各有体,韩以文为诗,杜以诗为文,故不工耳"⑥。在这类观点看来,杜甫之

---

① (明)王志坚:《四六法海》(卷一〇),《景印文渊阁四库全书》(第1394册),台北,商务印书馆,1987年,第666页。
② 刘开扬《杜文窥管》:"杜文诚不及韩柳欧苏,然较之王杨卢骆诸人,亦自有其特点。若方之太白,虽无白书、序之才华横溢,而亦少其庸下之处,大苏而下,又每流于滑易,若杜少陵之文,清拔奇峭,独树一帜,谓为开韩柳风气之先者,何不可邪?"刘开扬:《柿叶楼存稿》,上海,上海古籍出版社,1983年,第128页。
③ 熊礼汇:《杜甫散文创作倾向论——兼论杜甫以诗为文说》,《杜甫研究学刊》2002年第2期。
④ 清人仇兆鳌《杜诗详注》录文共28篇,《全唐文》录文共29篇,两相对比,《全唐文》多《越人献驯象赋》一篇。本书采纳徐希平《〈全唐文〉补辑杜甫赋甄辨》(《杜甫研究学刊》1997年第2期)的意见,认为《越人献驯象赋》应是杜甫所作。
⑤ (宋)胡仔:《苕溪渔隐丛话·前集·杜少陵四》(卷九),北京,人民文学出版社,1962年,第55页。
⑥ (宋)陈师道:《后山诗话》(卷二三)引黄庭坚语,(清)何文焕:《历代诗话》(上),北京,中华书局,1981年,第303页。

文似乎一无是处,流波所及,世人佥以杜文不足重,因而少有人论及杜文。一以宋人蔡绦为首,其《西清诗话》曰:"少陵文自古奥,如'九天之云下垂,四海之水皆立','忽翳日而翻万象,却浮空而留六龙'。其语磊落惊人,或言无韵者不可读,是大不然。东坡《有美堂》诗云:'天外黑风吹海立,浙东飞雨过江来。'盖出此也。"①似乎又评价过高。两种观点都有以偏概全之嫌。陈振孙云:"世言子美诗集大成,而无韵者几不可读。然开、天以前,文体大略皆如此者。若《三大礼赋》,辞气壮伟,又非唐初余子所能及也。"②知人论世,较为通达。

一、杜甫文研究述评

杜甫的文名或许是被其诗名所掩,与热闹的杜诗研究相比,杜文的研究较为寥落。20世纪80年代以前未见有专文研究,之后逐渐有学者开始关注杜甫散文。

首先,杜甫文的整体研究。刘开扬的《杜文窥管》、《杜文窥管续篇》③,对杜甫的赋、序、祭文、碑志、杂述、奏状、策问等各体散文皆有所评述笺释,资料翔实,论析细致,堪称力作。熊礼汇《杜甫散文创作倾向论——兼论杜甫以诗为文说》④分体论述了杜甫散文的艺术风貌,并在此基础上分析其创作倾向:其一,转益多师:紧跟时代文风趋向;其二,以诗为文:对称思维模式在文中的应用。刘新生《杜文研习札记》⑤逐一解读杜甫之文,重在思想和艺术的概括和简明评析,胜在全面,但失在缺乏深度、流于表面。林继中的《杜文系年》⑥则将现存杜文作了编年,有利于杜甫文研究的深入。闵泽平《试论杜甫文风"艰涩"的成因》⑦认为杜文"艰涩"的原因在于"随时敏捷"的创作宗旨、"熔铸经史"的创作方法、"沉郁顿挫"的审美追求,杜甫对古拙的过分追求,使其文章难以做到文从字顺,流丽畅达。

其次,杜甫赋研究。杜甫赋是杜甫文的研究热点。郭维森的《杜甫的赋》⑧是较早的一篇全面评述杜甫赋作思想内容和艺术特质的文章。刘朝

---

① (宋)胡仔:《苕溪渔隐丛话·前集·杜少陵四》,北京,人民文学出版社,1962年,第55~56页。
② (宋)陈振孙:《直斋书录解题》(卷一六),北京,中华书局,1985年,第445页。
③ 刘开扬:《柿叶楼存稿》,上海,上海古籍出版社,1983年。
④ 熊礼汇:《杜甫散文创作倾向论——兼论杜甫以诗为文说》,《杜甫研究学刊》2002年第2期。
⑤ 刘新生:《杜文研习札记》,《杜甫研究学刊》2003年第1期。
⑥ 林继中:《杜文系年》,《漳州师院学报》1995年第3期。
⑦ 闵泽平:《试论杜甫文风"艰涩"的成因》,《杜甫研究学刊》2003年第4期。
⑧ 郭维森:《杜甫的赋》,《杜甫研究学刊》1991年第1期。

谦《杜甫赋文心迹与赋论、赋评》①通过分析杜甫作赋动机——乞仕来评价杜甫赋的地位与价值,然后从意象的象征性、崇高壮美的审美风格等角度分析了杜甫赋的艺术特色,最后评述了杜甫的赋文批评和赋论,论述全面,颇有深度。刘文刚《论杜甫的赋——兼及杜甫赋与诗的比较》②在全面论述杜甫赋内容及独特的艺术特色的同时,从赋的嬗变角度着重分析了杜甫赋存在的不足,进而从赋与诗的关系入手探索杜诗特色的成因,角度新颖,论证充分。李凤玲《赋料扬雄敌——谈扬雄对杜甫赋作的影响》③全面论述了杜甫赋作与扬雄赋之间的渊源关系。邝健行《从唐代试赋角度论杜甫〈三大礼赋〉体貌》④通过比较一般试赋与《三大礼赋》在体式等方面的异同,论证了《三大礼赋》实具有律赋发展初期的面貌,辨析了某些赋论家将其看作古赋的观点。在基础文献方面,徐希平《〈全唐文〉补辑杜甫赋甄辨》⑤认为《全唐文》中所补的《越人献驯象赋》确为杜甫所作。其他如章起《〈雕赋〉与杜甫的正色立朝》⑥、郭院林《俊异意象背后的悲情——试析杜甫〈雕赋〉与〈天狗赋〉》⑦、杨经华《生存的困境与文学的异化——杜甫诗赋比较研究》⑧、韩成武、韩梦泽《杜甫献赋出身而未能立即得官之原因考》⑨等文从多个维度对杜甫赋进行了研究。

　　再次,杜甫其他文体研究。学界在高度关注杜甫赋之外,对杜甫的其他各体文章也有注目。对其具体碑文的解读,如佐藤浩一《杜甫的"义姑"京兆杜氏——以唐故万年县君京兆杜氏墓志铭为中心》从文本解读入手,认为杜甫为文并非绝对重视文饰,并分析了杜甫与佛教的渊源关系⑩。对其章奏文的探讨,如刘和椿《读杜文札记二则》⑪,通过细读《为阆州王使君进论巴蜀安危表》、《东西两川说》二文,集中探讨杜甫咨政议政的才干。又有徐

---

① 刘朝谦:《杜甫赋文心迹与赋论、赋评》,《杜甫研究学刊》2002年第2期。
② 刘文刚:《论杜甫的赋——兼及杜甫赋与诗的比较》,《杜甫研究学刊》2000年第4期。
③ 李凤玲:《赋料扬雄敌——谈扬雄对杜甫赋作的影响》,《杜甫研究学刊》2005年第2期。
④ 邝健行:《从唐代试赋角度论杜甫〈三大礼赋〉体貌》,《杜甫研究学刊》2005年第4期。
⑤ 徐希平:《〈全唐文〉补辑杜甫赋甄辨》,《杜甫研究学刊》1997年第2期。
⑥ 章起:《〈雕赋〉与杜甫的正色立朝》,《杜甫研究学刊》1997年第3期。
⑦ 郭院林:《俊异意象背后的悲情——试析杜甫〈雕赋〉与〈天狗赋〉》,《杜甫研究学刊》2003年第1期。
⑧ 杨经华:《生存的困境与文学的异化——杜甫诗赋比较研究》,《杜甫研究学刊》2006年第4期。
⑨ 韩成武、韩梦泽:《杜甫献赋出身而未能立即得官之原因考》,《杜甫研究学刊》2008年第3期。
⑩ 〔日〕佐藤浩一:《杜甫的"义姑"京兆杜氏——以唐故万年县君京兆杜氏墓志铭为中心》,《杜甫研究学刊》2002年第4期。
⑪ 刘和椿:《读杜文札记二则》,《杜甫研究学刊》1990年第2期。

希平《杜文札记一则——杜甫〈前殿中侍御史柳公画太乙天尊图文〉试解》①，认为该文既蕴含杜甫贯穿一生的儒家思想倾向，也明显地寓含道教观念。

综上所述，目前的杜文研究，探讨了杜文系年、思想内容、艺术特征、艺术成因、价值等问题，论述较为全面。就各类文体研究而言，杜甫赋无疑是研究重镇，成绩也最为突出。学界梳理了杜甫赋的创作动机、创作背景、与前代赋之承继关系、思想内容、艺术特质、诗赋比较等问题，已有相当的深度。赋文之外的其他文体，仅有三篇论文，着墨较少，既显示出研究用力的不均衡性，也显示出学界对其他文体的忽视，这对杜甫文研究的整体推进显然有阻碍作用。有鉴于此，本文将着力开掘杜甫赋之外的其他文体的价值与意义。

二、杜甫赋

杜甫之赋以内容而论，可分为两类：一类是咏物赋，如《天狗赋》、《雕赋》、《越人献驯象赋》，以天狗、雕自喻，借以言志，表达渴望入仕的迫切心情②。杜甫作此类赋的目的在于"拂天听之崇高，配史籍以永久"③，借此以求玄宗的知遇，进而入仕为官，是典型的干谒之文，气象宏大刚健，语言富丽堂皇，风格雄深雅健。一类是叙事赋，如《三大礼赋》(《朝献太清宫赋》、《朝享太庙赋》、《有事于南郊赋》)、《封西岳赋》等，以祭祀仪式的顺序为叙述主线，借铺陈祭奠祖先与神灵的庄严仪式来歌功颂德、祈求福佑，赋末曲终奏雅，劝谏玄宗不要淫祀，但劝百而讽一，且语意幽微，难以取得预期的效果。

据《资治通鉴》卷二一六："(天宝)十载，春，正月，壬辰，上朝献太清宫；癸巳，朝享太庙；甲子，合祭天地于南郊。"④杜甫有感于此，而作《三大礼赋》，目的在于企望以赋"闻彻宸极，一动人主"⑤，虽不惜邀宠乞怜，投君主所好，然文辞亦壮，寓谏诤之意⑥。《三大礼赋》既同时而作，在叙述手法、叙事结构等方面大体一致。有鉴于此，为避免重复论述，本文拟以《朝享太庙

---

① 徐希平：《杜文札记一则——杜甫〈前殿中侍御史柳公画太乙天尊图文〉试解》，《杜甫研究学刊》2000年第1期。
② 刘文刚：《论杜甫的赋——兼及杜甫赋与诗的比较》，《杜甫研究学刊》2000年第4期。
③ (唐)杜甫：《进三大礼赋表》，(清)仇兆鳌注：《杜诗详注》(卷二四)，第2104页。
④ 《资治通鉴·天宝十载》，第6902页。
⑤ (唐)杜甫：《进〈封西岳赋〉表》，《杜诗详注》(卷二四)，第2158页。
⑥ (清)朱鹤龄曰："玄宗崇祀玄元，方士争言符瑞，又信崔昌之议，欲比隆周汉，不知淫祀矫诬，惭德多矣。三赋之卒章，皆寓规于颂，即子云风《羽猎》《甘泉》意也。公诗云'赋料扬雄敌'，岂虚语哉。"(清)仇兆鳌注《杜诗详注·有事于南郊赋》(卷二四)引，第2157页。

赋》为主要研究对象,兼及其余二赋,讨论杜甫叙事赋的特征及思想内容。

《朝享太庙赋》开篇云:"初高祖太宗之栉风沐雨,劳身焦思,用黄钺白旗者五年,而天下始一。"①叙述唐之创业,文至简括。又借"臣闻之于里曰"言隋以前之衰世,"昔武德已前,黔黎萧条,无复生意,遭鲸鲵之荡汨,荒岁月而沸渭,衮服纷纷,朝廷多闰者,仍亘乎晋魏",表明唐之兴,乃天命所归,又是人心所向,"惟神断系之于是,本先帝取之以义",颂祖宗功德,为下文朝享张目。

"壬辰,既格于道祖",上承朝献太清宫而来,下启癸巳朝享太庙。以祭祀太庙仪式的先后为序,先言玄宗銮舆之初出,曰:"具礼有素,六官咸秩。大辂每出,或黎元不知;丰年则多,而筐筥甚实。"该处化用《汉书·郊祀志》:"牺牲玉帛虽备而财不匮,车舆臣役虽动而用不劳。是故每举其礼,助者欢说,大路所历,黎元不知。"②以记叙为主,时杂议论。称颂玄宗享太庙而不扰民、不劳下,又暗含规劝之意,寓规于赞。次言玄宗虔宿斋宫:"宿翠华于外户,曙黄屋于通术。气凄凄于前旒,光靡靡于嘉栗。阶有宾阼,帐有甲乙。升降之际,见玉柱生芝;击拊之初,觉钧天合律。"对偶工整,略有铺陈,而不过分扬厉。

然后具体描绘祭祀时的音乐、舞蹈、祭品及庙中时景,尤以乐舞描写最为精彩,"八音循通,既比乎旭日升而氛埃灭;万舞凌乱,又似乎春风壮而江海波","全在空际回翔,得长句以疏其气,参逸语以韵其神,殆兼子安、退之之所长矣"③。以"旭日升"比乐之昂扬,以"氛埃灭"比乐之庄重;以"春风壮"比舞之雄壮,以"江海波"比舞之阔大,比喻贴切形象而又奇峭古奥,乐声舞貌,如在眼前,气势刚健,风格雄浑,形象地烘托出盛唐蒸蒸日上、雄视六合的大国气度。

再颂配享功臣,分两层言之。其一,良臣能辅佐君主,如殷开山、刘文静、房玄龄、魏徵等辈,"是可以中摩伊吕,上冠夔契,代天之工,为人之杰",语简意丰,亦文从字顺;其二,贤臣能否一展宏图,取决于君主能否慧眼识英雄,"向不遇反正拨乱之主,君臣父子之别,奕叶文武之雄,注意生灵之切,虽前辈之温良宽大,豪俊果决,曾何以措其筋力与韬钤,载其刀笔与喉舌,使祭则与、食则血,若斯之盛而已",一气贯注,廉悍犀利,虽用偶句,却不觉繁缛枝蔓,有江河入海,一泻千里之势。

---

① (唐)杜甫:《朝享太庙赋》,《杜诗详注》(卷二四),第2122页。下文所引该赋,不另注。
② (汉)班固:《汉书·郊祀志下》,北京,中华书局,1962年,第1262页。
③ (清)仇兆鳌评《朝享太庙赋》,(清)仇兆鳌注:《杜诗详注》(卷二四),第2136页。

再言祭祀之诚心。再言祭毕推恩。赋末借丞相对帝陈词以抒己政见，颂中有规，乃承汉大赋曲终奏雅而来。其辞曰：

且如周宣之教亲不暇，孝武之淫祀相仍，诸侯敢于迫胁，方士奋其威稜。一则以微弱内侮，一则以轻举虚凭。又非陛下恢廓绪业，其琐细亦曷足称？

劝谏玄宗当鉴古御今，以避免如周宣王般因疏于教亲而导致诸侯凌上、尾大不掉，或者像汉武帝一样频繁淫祀而致使方士狐假虎威、干政乱国。这并非无的放矢，而是意有所指：前者似刺玄宗过度宠信安禄山、李林甫之流；后者或谏玄宗信奉神仙荒诞之说，迷信方士，如张果、孙太冲之流，"且云诸侯迫胁，方士威稜，见大权不可旁落，君心不宜蛊惑也。既箴于君，又讽其臣，文章品格，卓然千古矣"①。末尾言玄宗回驾，述甲午将祀于南郊，与次段之述壬辰朝享太清宫，承上启下，使三篇赋结构成一完整的篇章。结尾"宿夫行所如初"一句，乃止乎不可不止，笔力千钧。全赋结构谨严，言辞雅赡，笔力雄健，气象阔大，铺陈得当，无扬厉之病，有顿挫之美，于"骈俪繁富中有朴茂之致，胜宋人多矣"②。

三、杜甫碑志、祭文

（一）碑志

杜甫共有碑志三篇，无独有偶，三篇碑志均为女性而作。其中《唐故德仪赠淑妃皇甫氏神道碑》系为皇帝的妃嫔而作，承"燕许"碑志雅赡宏丽之风而来。因"系宫妃墓碑，绝无素行可载，若寥寥记叙，又少裔皇气象。故不得不假六朝之藻丽，以寓追悼之哀词，此作者善于经构体裁也"③，杜甫只得在碑主的世系等方面开掘，特别是碑铭部分几乎句句用典以称美淑妃之德，多引经史，以经术为本。虽有风秀典雅之风，但略失于空疏板滞。杜甫创作该碑的为难之处在于：其一，碑主皇甫氏的身份。据《旧唐书·玄宗诸子传》，皇甫氏乃是鄂王李瑶之母，曾为玄宗宠妃，但因武惠妃万千宠爱集一身，加之年老色衰，失宠于玄宗，成为残酷宫斗中的失意者。其二，鄂王结局凄惨。据《资治通鉴》④，杨洄奏太子瑛与鄂王瑶、光王琚潜构异谋，三人遂

---

① （清）张溍评《朝享太庙赋》，《杜诗详注》（卷二四），第 2136 页。
② 同上。
③ （清）仇兆鳌评《唐故德仪赠淑妃皇甫氏神道碑》，《杜诗详注》（卷二五），第 2228 页。
④ 《资治通鉴·开元二十五年》（卷二一四），第 6828~6829 页。

被废为庶人,寻被赐死城东驿。李瑶、李琚好学有才识,死不以罪,人皆惜之。事实的真相如此残忍,在以颂美为宗的碑志中应该如何处理? 是遵循"实录"原则? 还是为尊者讳? 杜甫选择了为尊者讳,正如仇兆鳌所言"其于皇甫母子事,含蓄不露,得《春秋》为尊者讳之法"①。

杜甫在叙述皇甫氏之死时,"彼苍也常与善,何有初也不久好,奈何? 况妃亦既遘疾,怗如虑往。上以服事最旧,佳人难得,送药必经于御手,见寝始迥乎天步。月氏使者,空说返魂之香;汉帝夫人,终痛归来之像"②。在痛惜碑主去世的同时,虚构了玄宗多情、念旧的一面,达到了为尊者讳的目的。作者在撰写碑文时,多多少少都会对笔下的人物有所偏爱,故在行文中又隐约透露出对皇甫氏的同情与不平,表现在叙述哀皇甫氏之有初而鲜终以及叙皇甫氏的"怗如虑往"、一心求死的细节以暗示其晚年在深宫中的凄楚与艰难。叙述碑主的子女,是碑志的要素之一。杜甫在叙述鄂王李瑶时,"有子曰鄂王,讳瑶,兼太子太保,使持节幽州大都督事,有故在疚而卒。岂无乐国,今也则亡,匪降自天,云何吁矣"。以"有故在疚而卒",有意将鄂王之死因隐晦、模糊,毕竟玄宗不论因何赐死亲子,始终是一件令人非议之事,故杜甫采用此种手法以为尊者讳,但后文的感慨也部分地传达出杜甫对这位好学有才却因卷入储位之争而被牵连至死的皇子深切的怜悯。该篇碑志是应碑主之女临晋公主所请而作,故对皇甫氏暮年的酸楚以及鄂王无辜惨死都深表同情,同时也严格遵循着春秋笔法以作碑文。

《唐故范阳太君卢氏墓志》是杜甫为其继祖母所作,与《唐故德仪赠淑妃皇甫氏神道碑》风格截然不同,文字简约朴实,用语隶事,不求新异,语气连贯,自然顺畅。先简言其世系,详细说明墓葬之具体位置,再赞其善德如对亲子与元配之子一视同仁,御下以恕等。善用细节烘托人物性格,如赞其仁恕之德,云卢氏卒后"左右仆妾,洎厮役之贱,皆蓬首灰心,呜呼流涕,宁或一哀所感,片善不忘而已哉"③,最后详细记载子、孙及其婚配情况,语言雅致。

《唐故万年县君京兆杜氏墓志》为其二姑母所作,这位嫁于裴氏的姑母是"对杜甫有最大影响的女人"④,"杜甫一生,重义轻利;临财不苟得,临难

---

① (清)仇兆鳌评《唐故德仪赠淑妃皇甫氏神道碑》,《杜诗详注》(卷二五),第2228页。
② (唐)杜甫《唐故德仪赠淑妃皇甫氏神道碑》,《杜诗详注》(卷二五),第2224页。下文所引该碑,不另注。
③ (唐)杜甫:《唐故范阳太君卢氏墓志》,《杜诗详注》(卷二五),第2232页。
④ 洪业:《我怎样写杜甫》,洪业:《杜甫:中国最伟大的诗人·附录三》,曾祥波译,上海,上海古籍出版社,2014年,第355页。

不苟免;宁损己以益人,不徇私而害公;大有这位义姑之风"①。实乃诗圣为"义姑"而作的至情之至文。

起首甚奇崛,"甫以世之录行迹、示将来者多矣,大抵家人贿赂,词客阿谀,真伪百端,波澜一揆"②,说尽碑志虚美之弊。继针砭时风之后,又一反前词,大赞杜氏曰:"夫载笔光芒于金石,作程通达于神明,立德不孤,扬名归实,可以发皇内则,标格女史,窃见于万年县君得之矣。"上下文交相辉映,抑扬顿挫,跌宕生姿。再简言其世系,祖、父、兄之品德,为下文颂美姑母之德行张本,凸显杜氏家族的优良传统。

"县君既早习于家风,以阴教为己任,执妇道而纯一,与礼法而始终,可得闻也。"承上启下,言其在阴教、妇道、礼法方面的表现。所谓"阴教",语出《周礼·天官·内宰》:"以阴礼教六宫,以阴礼教九嫔,以妇职之法教九御,使各有属以作二事。"郑司农注曰:"阴礼,妇人之礼。"③"阴教"即女子的教化。碑主作为裴家儿媳,姑舅生则孝养,逝则哀送,堪称典范:

> 昔舅没姑老,承顺颜色,侍历年之寝疾,力不暇于须臾。苟便于人,皆在于手,泪积而形骸夺气,忧深而巾栉生尘。尊卑之道然,固出自于天性,孝养哀送,名流称仰,允所谓能循法度,则可以承先祖、供给祭祀矣。

作为裴家主妇,谨守门户,祭祀井然,注重礼仪规矩:

> 惟其矜庄门户,节制差服,功成则运,有若四时,物或犹乖,匪逾终日。黼画组纴之事,割烹煎和之宜,规矩数及于亲姻,脱落颇盈于岁序。

作为裴家媳妇,能谦让恭敬,使得叔嫂、妯娌、上下、族人之间和睦融洽,周济亲朋、泛爱良贱:

> 若其先人后己,上下敦睦,悬磬知归,揖让惟久,在嫂叔则有谢氏光小郎之才,于姊姒则有钟琰洽介妇之德,周给不碍于亲疏,泛爱无择于良贱。

---

① 洪业:《我怎样写杜甫》,洪业:《杜甫:中国最伟大的诗人·附录三》,曾祥波译,上海,上海古籍出版社,2014年,第357页。
② (唐)杜甫:《唐故万年县君京兆杜氏墓志》,《杜诗详注》(卷二五),第2228页。下文所引该碑志,不另注。
③ (汉)郑玄注,(唐)贾公彦疏:《周礼注疏》(卷七),北京,北京大学出版社,1999年,第178~179页。

作为杜家已嫁女,归宁时能孝养慈母,德感诸侄:

> 至如星霜伏腊,轩骑归宁,慈母每谓于飞来,幼童亦生乎感悦。

碑主不仅有齐家之德,更有诗书润业之才华,明辨是非之才干以及善教子弟之才智,成为人人效仿的典型:

> 加以诗书润业,导诱为心,遏悔吝于未萌,验是非于往事,内则致诸子于无过之地,外则使他人见贤而思齐。……喻筏之文字不遗,开卷而音义皆达。

颂美碑主德行与才干是碑志的题中应有之意,但多数颂美皆用典故堆砌显得虚美而浮泛,而杜甫此文条分缕析,赞美姑母发自肺腑,与起首抨击碑志之虚美弊端正相呼应。

在叙述姑母之德才后,又详细述及子女情况以及临终时的凄凉:

> 厥初寝疾也,惟长女在,列(一作侧)①、英、牧或以游以宦,莫获同曾氏之元申,号而不哭,伤断邻里,悠哉少女,未始闻哀,又足酸鼻。

所谓"曾氏之元申"出自《礼记·檀弓上》:"曾子寝疾,病。乐正子春坐于床下,曾元、曾申坐于足。"郑注:元、申,曾参之子。② 诸子外出游宦,次女未能闻哀,杜氏临终之时唯长女在侧,让人感慨唏嘘。杜甫在看似客观叙述之平静下,用曾子二子典故显露暗讽意味。令人遗憾的是,碑主遗愿亦未能被遵行:

> 县君有语曰:可以褐衣敛我,起塔而葬。裴公自以从大夫之后,成县君之荣,爱礼实深,遗意盖阙。但褐衣在敛,而幽隧爰封,其所縻饰,咸遵俭素。

---

① (宋)王洙编《宋本杜工部集》作"惟长子长女在侧",钱谦益《钱注杜诗》亦作"惟长子长女在侧",杜甫在碑志中曾言姑母有三子,即朝列、朝英、朝牧,若长子在侧,而其余二子或以游以宦,那么下文所言因与杜甫易地而处去世者又系何人?同理,若如仇兆鳌本所言,三子均或以游以宦,与下文亦自相矛盾。下文又有"悠哉少女,未始闻哀"之语。故笔者大胆揣测,原文可能应为"惟长女在侧,英、牧或以游以宦",朝列可能即为早夭之子。

② (汉)郑玄注,(唐)孔颖达疏:《礼记正义·檀弓上》(卷六),北京,北京大学出版社,1999年,第186页。

用春秋笔法指责姑父裴荣期未能遵从杜氏遗愿,看似有县君之荣,却以褐衣敛之,丧仪俭素。杜甫以娘家侄儿的身份指责姑父不遵遗愿而薄葬的薄幸与裴氏表兄未能养老送终的不孝,确有越俎代庖之嫌,但杜甫宁愿担负冒犯姑父与表兄的风险,可见对杜氏姑母的恩情铭感五内,也展现出杜甫情深、耿介的一面。

> 有兄子曰甫,制服于斯,纪德于斯,刻石于斯。或曰:岂孝童之犹子与,奚孝义之勤若此?甫泣而对曰:非敢当是也,亦为报也。甫昔卧病于我诸姑,姑之子又病,问女巫,巫曰:"处楹之东南隅者吉。"姑遂易子之地以安我,我用是存,而姑之子卒,后乃知之于走使。甫常有说于人,客将出涕,感者久之,相与定谥曰义。君子以为鲁义姑者,遇暴客于郊,抱其所携,弃其所抱,以割私爱,县君有焉。

该段关于姑母的义与慈是碑志中少有的情深之文,笔法顿挫抑扬,展现了姑侄间的真情与义行。先言杜氏死后,杜甫服丧哀戚,制服、纪德、刻石甚勤,丧仪周到,引起旁人孝义之赞,此为一垫,接着一转,杜甫今日之举乃是其来有自,源于杜氏昔年的救命之恩。杜甫与姑母之子先后卧病,女巫言"处楹之东南隅者吉",姑母遂易地而处。女巫之言本属虚妄之语,而姑母之子遂卒之故也难以确定,但可以通过易地而处这一举动见出姑母当时之无私抉择以及先人后己之高风亮节,一边是兄长的重托与幼年丧母的侄儿的全身心依赖,一边是舐犊情深、亲子之爱,到底如何选择?姑母之举动生动诠释了何谓"义"字,定谥为"义"实乃实至名归。而杜甫之克己为人的至情至信也深受其姑母的身教影响。"后乃知之于走使"这一细节颇为耐人寻味,言短而意味深长,一是表明杜甫当时年幼,对此事毫无记忆;二是表明姑母当日之义举并未四处宣扬,亦未有将来挟恩图报之打算,此事完全是在偶然情况下才得以知晓。这一细节再次彰显了姑母之峻节高风。

全文语无丽词,叙事简明而情致深隽,文末用顿挫笔法,情深而有所节制,有温柔敦厚之风。张溍誉之曰:"叙闺中事入如许深致语。少陵之文,本自过人,反以诗掩耳。"[1]真乃"情至无文",自然流出,感人肺腑。

《唐故范阳太君卢氏墓志》与《唐故万年县君京兆杜氏墓志》相比,虽同是为亲人所作,但《卢氏墓志》简,对其品德的叙述寥寥数语,显得浮泛空洞;《杜氏墓志》繁,对其德行的描述面面俱到,显得切实透彻。之所以出现这样

---

[1] (清)张溍评《唐故万年县君京兆杜氏墓志》,《杜诗详注》(卷二五),第2232页。

大的差别,在于杜甫生母早亡,后其父又续娶,杜甫诗文之中无只字片语提及继母,恐于杜甫没有多大恩情的缘故。杜甫由二姑母代为抚育看养成人,自与姑母感情深厚、熟悉了解,故能信手拈来、情致神来。而对其继祖母,可能相处时间不长,作文仅出于礼节,情感疏离,故而描写苍白虚浮。

(二) 祭文

杜甫祭文有《祭远祖当阳君文》,叙述杜预事迹,尽用四言,简奥晦涩;《祭外祖祖母文》哀恸死者遭际,多用典故,古奥艰涩,反而冲淡了哀伤之情,正如张溍所言:"此等古茂之作,今人亦不能读。"① 杜甫最出色的祭文是《祭故相国清河房公文》,文虽多用四言,但不求对偶,文辞平易,上下贯通,文字顺畅,如行云流水,自然道出。全文共分五段:首段循祭文体例,叙述亡者的生平、功德,但并不面面俱到,重在叙述房琯入相后的遭际:

> 及公入相,纪纲已失。将帅干纪,烟尘犯阙。王风寝顿,神器圮裂。关辅萧条,乘舆播越。太子即位,揖让仓卒。小臣用权,尊贵倏忽。公实匡救,忘餐奋发。累抗直词,空闻泣血。……贬官厌路,谗口到骨。致君之诚,在困弥切。②

房琯为相之时,内外交困,外有将帅虎视眈眈,内有小人弄权干政,房琯废寝忘食,直言敢谏,反被谗言所害,忠而被谤。次段叙述房琯谪官后,中道殒殂,客死他乡的悲哀。第三段言其身后凄凉。第四段追忆两人情谊,自叙感恩疏救之意。末段感慨时事。在看似平静的叙事中隐含着郁郁不平之气,蕴涵着累累哀伤之情,将自己的经历、感叹与亡者的际遇融为一体,颇不同于一般祭文。此文对韩愈《祭河南张员外文》颇有影响,无怪乎张溍誉之曰:"时含时露,用意婉至,此少陵第一首文。盖交遇知己,其情既笃,则其文自佳。"③

四、杜甫表、状文

杜甫的表、状一类文字主要是上行公文,按内容性质可分为三类。其一,为进赋所作的表,叙述进赋之缘由以及乞官之本意。其二,谢恩之表状,如《为夔府柏都督谢上表》纯为例行公文,满纸自谦与颂圣之言。又如《奉

---

① (清) 张溍评《祭外祖祖母文》,《杜诗详注》(卷二五),第2219页。
② (唐) 杜甫:《祭故相国清河房公文》,《杜诗详注》(卷二五),第2219~2220页。
③ (清) 张溍评《祭故相国清河房公文》,《杜诗详注》(卷二五),第2221页。

谢口敕放三司推问状》，就因疏救房琯而被肃宗责罚一事谢恩上表。先以程式化的表述开篇，再言上疏论房琯实乃拾遗之本职，并非全出于私情，然后就事论事，言房琯之事：

> 窃见房琯，以宰相子，少自树立，晚为醇儒，有大臣体。时论许琯，必位至公辅，康济元元。陛下果委以枢密，众望甚允。观琯之深念主忧，义形于色，况画一保泰，其素所蓄积者已。而琯性失于简，酷嗜鼓琴，董庭兰今之琴工，游琯门下有日，贫病之老，依倚为非，琯之爱惜人情，一至于玷污。①

杜甫认为，房琯有宰相子之出身，有醇儒之修养，有时论之称许，有忧国之素心，不能仅因门客董庭兰纳贿而受牵连，况且嗜爱听琴亦是风流雅事，毕竟瑕不掩瑜。表面上看来似乎在为房琯辩解，但言外之意似在暗指肃宗对房琯的处罚过重。杜甫虽出于公心发此耿介之言，却不谙官场风波险恶，未能真正体察肃宗之深意。据《旧唐书·房琯传》，房琯虽素有才名，但短于实务，更乏于军事，后又泥古于春秋车战之法致陈涛斜大败。房琯身为宰相却一味高谈虚论，加之本为玄宗旧臣，自然会被新皇猜忌。可以说，董庭兰纳贿只是导火索而已，肃宗排除异己、培植亲信才是房琯被责的根本原因。杜甫上疏救房琯，一出于朋友之义，二出于为国举才之公心，但未能切中要害，亦未能明了肃宗与太上皇玄宗争权的私心；然以杜甫切直、忠厚之品行，即便明了新旧皇权交替之黑暗、险恶，亦会出于朋友之义相救。全文虽以四言句式为主，但一句一意，文字简明扼要，叙事说理，言简意赅。

其三，代人所拟的议论军国大事的表，如《为阆州王使君进论巴蜀安危表》和《为华州郭使君进灭残寇形势图状》。对于前者之评价，有两种几乎截然不同的观点，熊礼汇认为："此表有识之论，唯'兵马悉付西川'以省幕府繁费一条。其他如说蜀地重要，'陛下'不可'坐见其狼狈'，以及建议'必以亲王委之节钺'、'慎择重臣'、'任使旧人'以治蜀，和说'臣素知''犬戎傲扰'之事，都是一般见识。令人难堪者，还在于文章的层次混乱，言语支离。东说西说。本来前面说了，想到一意又就原题再说一通。末后说'臣之兄'一段，就像上衣已成，因为布料有余，就多做一只口袋。此表结构不全、

---

① （唐）杜甫：《奉谢口敕放三司推问状》，《杜诗详注》（卷二五），第2197~2198页。

章法不严，说明杜甫写作时逻辑思维比较混乱。"①熊氏认为该文从识见至结构、章法几无可取之处，远逊《为华州郭使君进灭残寇形势图表》。刘开扬则认为："此文内容更愈于《为华州郭使君进灭残寇形势图表》，盖子美去华州后，阅世更深，入蜀以来，又逾数载，知巴蜀安危，系于朝廷者至巨……子美此表，亦不求层次条理，《史记·屈原传》所谓'其存君兴国，一篇之中，三致意焉'，此表足以当之无愧也。"②刘氏以为该文内容优于《为华州郭使君进灭残寇形势图表》，甚有见识。至于层次繁复，乃是杜甫故意为之。笔者认为，熊氏的看法似乎贬之过甚，缺乏同情之了解；刘氏的看法似誉之过度，有过于偏爱研究对象之嫌。要正确评价该文，还需结合当时史事来讨论，而不应就文论文。

《为阆州王使君进论巴蜀安危表》开篇即颂圣，属表状之类上行文之惯例，但虽为颂美，却也言之有物，读之并无谄媚之感。切入正题后，先言巴蜀之重要性，乃当时朝廷最为重要的赋税征收地及兵员补给站，再言巴蜀正处内忧外困之中，外有吐蕃虎视眈眈，内有杨子琳等叛乱。既然巴蜀之地如此重要，却偏偏处在内外交困之际，如何解决呢？杜甫提出了以下对策：其一，实行亲王临藩制度，"必以亲王，委之节钺"，"在选择亲贤，加以醇厚明哲之老为之师傅，则万无覆败之迹，又何疑焉？"③杜甫封建同姓的观点与其布衣交房琯极其相似，均源于《春秋》，这样的主张在当时实在迂腐，永王李璘之乱即是明证。房琯被贬已鲜明印证安史之乱初起时分封亲王的主张在当时已为唯我独尊的皇权所忌，因为这样的做法易引起皇室内部争权而导致内耗，杜甫此时旧事重提就显得不识时务。其二，择贤能为节度。"其次付重臣旧德，智略经久，举事允惬，不陨获于苍黄之际，临危制变之明者，观其树勋庸于当时，扶泥涂于已坠，整顿理体，竭露臣节，必见方面小康也。"择贤任能的主张亦属常谈。其三，裁撤东川节度，以兵马悉付西川，合剑南为一道。"东川更分管数州，于内幕府取给，破弊滋甚，若兵马悉付西川，梁州益坦为声援，是重敛之下，免出多门，西南之人，有活望矣。"其四，章彝为东川留后，行事毕竟名不正则言不顺，群情未安，请另择贤能："必以战伐未息，势资多军，应须遣朝廷任使旧人，授之使节留后之寄，绵历岁时，非所以塞众

---

① 熊礼汇：《杜甫散文创作倾向论——兼论杜甫以诗为文说》，《杜甫研究学刊》2002年第2期。

② 刘开扬：《杜文窥管续篇》，刘开扬：《柿叶楼存稿》，上海，上海古籍出版社，1983年，第179~180页。

③ （唐）杜甫：《为阆州王使君进论巴蜀安危表》，《杜诗详注》（卷二五），第2194页。下文所引该表，不另注。

望也。"其五，除军用外，应减少诸多杂赋名目。"敕天下征收赦文，减省军用外，诸色杂赋名目，伏愿省之又省，剑南诸州，亦困而复振矣。"这实际上不仅只是针对巴蜀，而是针对全局，但当此用兵之际，减赋只能是个美好的愿望而已，杜甫之仁心亦可见一斑。其六，再次重申以亲王总戎、以"旧人"镇剑南的主张。纵观杜甫所提之措施，有四条涉及镇抚剑南的人选问题，但却一分为四，前后重复，有重床叠物之嫌。那杜甫为何对人选问题如此重视，乃至喋喋不休呢？杨承祖《杜甫〈为阆州王使君进论巴蜀安危表〉对严武规谋再镇剑南的作用》①一文认为：杜甫此表乃是房琯、严武集团争取控制剑南的一个重要步骤，对严武再镇剑南，有未必甚大、却很具体的贡献。若持此论，再看此表，就会发现平常字眼下的玄机。如在提及节度使人选时提及两次"旧人"、一次"旧德"，杜甫此语应是暗有所指，严武即暗合此条件。其中，唯有第三条主张裁撤东川，合东、西川为剑南道颇有见地，其时任成都尹的高适亦持此论，为《请罢东川节度使疏》；但高适之文较之杜文，层次更清晰，理由更充分，显示出久谙民情、洞悉官场者的练达。

该表文末又言王使君之兄王承训之事，表面上看来与论巴蜀安危之主题关系不大，有画蛇添足之嫌，实另有深意。笔者大胆揣测，前文论巴蜀安危实乃铺垫，言王承训其人其事，才是此表之核心：

> 臣之兄承训，自没蕃以来，长望生还，伪亲信于赞普，探其深意，意者报复摩弥青海之役决矣。同谋誓众，于前后没落之徒，曲成翻动，阴合应接，积有岁时。每汉使回，蕃使至，帛书隐语，累尝恳论。臣皆进封，上闻屡达。臣兄承训，忧国家缘边之急，愿亦勤矣。况臣本随兄在蜀向二十年，兄既辱身蛮夷，相见无日。臣比未忍离蜀者，望兄消息时通，所以戮力边隅，累践班秩，补拙之分浅，待罪之日深，蜀之安危，敢竭闻见。

王承训作为唐玄宗派往南诏宣慰诏令的特使，从开元二十二年至二十六年（734~738）一直在云南前线辅助严正海、皮逻阁等人治理南诏，可能于天宝十载（751）因唐军被南诏、吐蕃联军击败而被皮逻阁献俘于吐蕃。王承训虽被囚禁于吐蕃，伪装投身于赞普，但心向唐朝，意在刺探情报和策反先后没

---

① 杨承祖：《杜甫〈为阆州王使君进论巴蜀安危表〉对严武规谋再镇剑南的作用》，傅璇琮等编：《唐代文学研究论著集成》（第八卷·上册），西安，三秦出版社，2004年，第386~389页。

落于吐蕃的唐朝官民。王使君不愿离蜀,目的在于能方便快捷地与兄长互通消息,也是为国尽忠。考察此文的言外之意,巴蜀既与吐蕃接壤,而王使君之兄却长期陷落于吐蕃,可能还担任吐蕃的官职,王使君难免有通敌之嫌疑,因此表明其兄王承训之忠心,实亦是自我剖白。应该说,该段文字实有一唱三叹之妙,对人心、人情洞若观火。

五、杜甫杂体文

所谓杂体文,主要是说、记、述等一类文字。《秋述》、《杂述》是其中较为通脱恣肆之文,与杜甫一贯的沉郁顿挫之风颇为不同。"述"乃"状"的别名,是用于记述人物言行的一种文体,唐时始出现,使用不多。除杜甫的《秋述》、《杂述》外,还有独孤及的《金刚经报应述(并序)》,皮日休的《九讽系述并序》,最常见的结构是前有散体序,后带韵语。徐师曾《文体明辨序说》云:"按字书云:'述,撰也,纂撰其人之言行以俟考也。'其文与状同,不曰状,而曰述,亦别名也。此体见诸集者不多。"①

细察杜甫的《杂述》、《秋述》,都属临别赠人以言,与赠序相似。其《杂述》起首连用两个反问句:"凡今之代,用力为贤乎? 进贤为贤乎?"②答案不言自明。按照用力进贤为贤的常理,以张叔卿、孔巢父之"聪明深察,博辩闳大"必能"任重致远,速于风飙也",为何反而"面目黧黑,常不得饱饭吃,曾未如富家奴","由天乎? 有命乎?"为张、孔二人落拓不遇而鸣不平,并运用对比手法酣畅淋漓地讽刺了社会的黑暗与不公。下半节,又荡开一笔,以"夫古之君子,知天下之不可盖也,故下之;又知众人之不可先也,故后之",劝慰张、孔二人应"静而思之"、"执雌守常"。结以"悠悠友生,复何时会于王鎬之京? 载饮我浊酒,载呼我为兄",语淡情长,真挚的友谊自然流出。全文多用感叹语,感情激越,如闻其语,有汪洋恣肆之风。唯文中突然插入"虽岑子薛子,引知名之士,月数十百,填尔逆旅,请诵诗,浮名耳"一段,出语突兀,与全文格格不入。

其《秋述》起首即描述卧病长安的凄凉寂寞,"青苔及榻"③,友朋不来,足见世态炎凉。虽"处顺"自慰,实则对仕宦不达耿耿于怀。在杜甫身处困境、门可罗雀的情况下,魏子不同流俗,"不以官遇我",与多数攀附权贵者相比,就显得难能可贵。杜甫赞美魏子"无矜色,无邪气","赋诗如曹刘,谈话

---

① (明)徐师曾:《文体明辨序说》,王水照编:《历代文话》(第二册),第2119页。
② (唐)杜甫:《杂述》,《杜诗详注》(卷二五),第2207页。下文所引该文,不另注。
③ (唐)杜甫:《秋述》,同上。下文所引该文,不另注。

及卫霍",并祝愿他仕途顺利。二文较之他作,更为真实地反映了杜甫的人生感受,用语通脱,与杜文一贯之含蓄蕴藉颇不相同,但也有用语过简而语意不明,思维跳跃而思绪若连似断的缺憾。

杜甫之文风格多样,赋文承汉大赋而来,雅健阔大,又顿挫朴拙,在汉大赋铺张之中又有朴茂之美;碑志以细节凸显人物性格,情致深隽,用语朴质,于张说碑志宏丽、雅赡之外别有情致、滋味之美;部分表状言国事,识见略显迂腐,文笔也不够老到,实与杜甫短暂的仕宦经历有关,确无法与"燕许"等前辈的识见、眼界等相提并论;杂体文则用语通脱,直抒胸臆。总的来说,杜甫之文乃典型的诗人之文,深于言情,而乏于言理;长于以情动人,短于以理服人。在涉及具体军国大事时显得迂阔而不切于实务,缺乏政治家统管全局、切于时弊的深邃眼光。毕竟杜甫未能长时期真正历练、浸淫于官场,对时局还是缺乏透彻的了解。可贵的是,在杜文中,与其诗歌一样,我们仍然感受到一颗仁者之心。

第三节　王维:以诗为文

王维诗文兼擅,"其诗在盛唐,名出少陵右,佗文亦娟丽"[①]。陈铁民《王维集校注》录文五卷,现存约六十余篇,有赋、表、状、露布、书、记、序、文、赞、碑、墓志、哀辞、祭文、连珠、判等多种文体。《全唐文补编》补文五篇,包括《画学秘诀》、《石刻二则》、《孟浩然马上吟诗图题记》等。王维表状典雅宏丽,温文尔雅;书信清新自然,空灵悠远;别序格调劲健,平淡中蕴真情;碑志儒雅蕴藉,哀婉中含悲情。正如厉鹗所言,王维"文格华整超逸,虽不以此获称,宋姚铉撰《唐文粹》,持择颇为精审,撷取不遗,诗笔并茂,洵乎才人之极致也"[②]。

一、王维文研究现状

王维文的研究相对于李白、杜甫文较为沉寂,相对于王维诗的研究也要薄弱得多。目前,对王维文的研究主要从两个维度展开:一是整体评价;二

[①] (清)李绂语,转引自(唐)王维著,(清)赵殿成笺注:《王右丞集笺注》,上海,上海古籍出版社,1984年,第565页。
[②] 转引自《王右丞集笺注》,第562页。

是分体讨论。

首先,全面分析王维文的思想内容及艺术特色。陶文鹏《论王维的文赋创作》①认为,王维之文形式上大都是骈文,但部分作品却能骈中见散,显示了由骈文向散文转化的迹象。其送别序大都在篇末描写别时或别后的景色,寓情于景,使文章富有诗的意境。张清华《王维的文赋》②认为王维的散文和他的某些诗一样,表现出了盛唐气象。他的散文不少是写人物的,在章法结构、语言、形象塑造等方面,继承了《史记》等史传文学刻画人物的艺术特点。不过,总的看来,王维文的内容比较单薄,较多的是虚为应付的时文。王林莉《王维骈文论略》认为王维骈文"词藻变华丽繁缛为清丽平实;用典变繁复为精切简练;对仗化用经史,运用长句"③。

其次,王维的书序文研究。研究文章如莫山洪《从王维的序论其骈文的特色》④,认为王维的送别序用典精准,词语鲜艳,富于气势,表达了盛唐时代昂扬壮大的精神风貌及作者的"少年"精神。吴振华《试论王维的诗序》⑤认为王维的赠别序与宴会序最有成就,用典典雅凝重,文采焕发,可作为"盛唐气象"的一种代表。另有对王维具体篇章的分析,如董乃斌《王维的一篇妙文》⑥分析了王维晚年所作的《与魏居士书》,提出了一系列令人深省的问题,值得重视。

学界对王维文的研究已经取得了一定的成绩,但尚有不少值得开掘的空间。首先,对王维文的研究相对集中于具有现实意义的篇章,对其他虽有文学价值但缺乏现实针对性的篇章关注不够;其次,对某些重要问题关注不够,如王维文与盛唐文风的关系,又如王维在安史之乱中被任命为伪官,此后其文章有何变化?这些问题多为印象式的结论,缺乏细致、全面的论证。

二、王维书序

(一) 书信

王维的散文以书序成就最高。其书信现存四篇,《与工部李侍郎书》意

---

① 陶文鹏:《论王维的文赋创作》,唐代文学论丛编辑部编辑:《唐代文学论丛》(第5辑),西安,陕西人民出版社,1984年,第87~95页。
② 张清华:《王维的文赋》,《文学评论丛刊》(第31辑),北京,文化艺术出版社,1989年,第167~180页。
③ 王林莉:《王维骈文论略》,《唐都学刊》2009年第6期。
④ 莫山洪:《从王维的序论其骈文的特色》,《柳州师专学报》2006年第4期。
⑤ 吴振华:《试论王维的诗序》,《唐都学刊》2009年第5期。
⑥ 董乃斌:《王维的一篇妙文》,《文史知识》2008年第2期。

在婉拒李侍郎的网罗,先从早年的交往说起,然后称赞李氏在安史之乱中的高风亮节、忠贞不贰,最后再婉转表明己意。言语得体,思虑周到,乃温文尔雅之作。《与魏居士书》重在劝魏居士入世以辅弼天子兼及保全室家,言语雅致,旁征博引。而最脍炙人口的是《山中与裴秀才迪书》,幽隽清丽,静谧悠远,堪称以诗为文的典范之作:

> 近腊月下,景气和畅,故山殊可过,足下方温经,猥不敢相烦,辄便往山中,憩感配寺,与山僧饭讫而去。北涉玄灞,清月映郭,夜登华子冈,辋水沦涟,与月上下。寒山远火,明灭林外,深巷寒犬,吠声如豹,村墟夜舂,复与疏钟相间。此时独坐,僮仆静默,多思曩昔,携手赋诗,步仄迳,临清流也。当待春中,草木蔓发,春山可望,轻鲦出水,白鸥矫翼,露湿青皋,麦陇朝雊,斯之不远,傥能从我游乎?非子天机清妙者,岂能以此不急之务相邀!然是中有深趣矣,无忽。因驮黄檗人往,不一。山中人王维白。①

据书信中提及的华子冈、辋水等,"山中"当指王维辋川别业②,即蓝田县南的峣口山中。据《旧唐书·王维传》:"得宋之问蓝田别墅,在辋口,辋水周于舍下,别涨竹洲花坞,与道友裴迪浮舟往来,弹琴赋诗,啸咏终日。"③该文是写给好友裴迪的书信,目的在于邀请好友来山中游赏。全文以"故山殊可过"为中心,重在通过山中之景以凸显"深趣"、"天机",自然呈现出二人志同道合的真挚友谊,叙事、写景、抒情水乳交融,语短情长。

该文开篇即简单地交代独去山中的缘由,因"景气和畅",且裴迪方温经苦读,故王维不敢相约,只得单独前往辋川,已流露出淡淡的落寞之意。然后详细叙述去山中的经过,先在感配寺中休憩,与山僧闲谈、用斋,叙事简洁,用笔平淡自然,如当面话家常。再向北渡过灞水,回望笼罩在清凉月色之中的城郭。又登上华子冈,俯看辋水,波光粼粼,月影沉浮,辋川之水与水中之月、水中之月与空中之月交相辉映。寒山深处的远火,或明或灭,时隐时现,映衬着月夜的朦胧与幽暗。幽深的街巷中传来的高亢的犬吠声、山村中短促细微的舂米声与寺庙里中悠长宏壮的钟声高低相应相间。由近及

---

① (唐)王维:《山中与裴秀才迪书》,陈铁民校注:《王维集校注》(卷一〇),北京,中华书局,1997年,第929页。
② (唐)王维《辋川集并序》:"余别业在辋川山谷,其游止有孟城坳、华子冈……与裴迪闲暇各赋绝句云尔。"《王维集校注》(卷五),第413页。
③ 《旧唐书·王维传》(卷一九〇下),第5052页。

远,由水而山,由视而听,动中有静,静中含动,以声显寂,绘声绘色,充满了诗情画意,令人于荡漾的波光月影、明灭的寒山远火与寒犬、夜舂、疏钟等意象中感受到辋川寒冬月夜的幽寂与清廖,在冬夜幽寒的意境中传达出悠远而隐微的孤寂之情。王维用诗笔细腻刻画了此时此刻自己的所见、所闻、所感,营造了明净空灵、清寥凄寂的意境。

"此时独坐"一段,耳闻目睹凄清的辋川寒冬月夜之后自然触发了对往日共游时美好回忆,对挚友的思念含而不露。辋川寒冬月夜如此之美,而辋川春中之景更是妙不可言,王维以神来之笔虚写辋川春日之胜景。待到春暖之时,眺望春山,草木蔓发,鱼戏水中,鸥翔天空,露湿青皋,麦陇青青,雉雊朝鸣,一片生机勃勃的景象,从春山到春水,从天空到大地,从田野到草地,通过一系列意象又营造出与寒冬月夜迥然不同的如花似锦、生机盎然的意境。在铺叙山中寒冬、仲春不同胜景之后,暗示裴迪作为"天机清妙者"实在不能因温经而遗憾地错过游赏冬日月夜下的辋川,水到渠成地邀请裴迪春时来山中游赏,共同体悟"深趣",使共游辋川这看似不及温经的"不急之务"获得了深刻的美学意义。"深趣"是什么呢? 裴迪有《辋口遇雨忆终南山因献王维》:"积雨晦空曲,平沙灭浮彩。辋水去悠悠,南山复何在。"①王维有《答裴迪辋口遇雨忆终南山之作》:"淼淼寒流广,苍苍秋雨晦。君问终南山,心知白云外。"②通过裴王二人的唱和之作,可知二人友情之深挚源于志同道合、志趣相投,"深趣"是隐逸终南、坐看白云的闲适逍遥,是将山水视为精神的慰藉与享受,是人与自然融为一体的纯美天地。

该文以对比结构全篇:其一,"此时""独坐"山中的索然无味与"曩昔""携手"共游辋川的兴致盎然;其二,辋川寒冬月夜的清冷孤寂与别业春日阳光的勃然生机;其三,"不敢相烦"的独去与"傥能从我游乎"的共处;其四,温经以参加科举与在"不急之务"中感受"深趣"。全文用白描手法叙事,运用绘画技法即光与色工笔细描胜景,感情真挚,随类敷彩,骈散相间,音韵和谐优美,意境闲适淡远,堪称"文中有画"与"文中有诗"的典范。这皆源于王维物我合一的禅悟和闲雅恬淡的隐士情怀,通过对山水超功利的审美而自然呈现心空神远、淡泊静闲的神韵,颇具"诗性"韵味。万物皆备于我,生活中无处不桃源。

王维另有颇具魏晋气息的书简《招素上人弹琴简》,其文云:

---

① (唐)裴迪:《辋口遇雨忆终南山因献王维》,(清)彭定求等:《全唐诗》(卷一二九),北京,中华书局,1960年,第1315页。

② (唐)王维:《答裴迪辋口遇雨忆终南山之作》,《王维集校注》(卷五),第430页。

仆乍脱尘鞅,来就泉石,左右坟史,时自舒卷,颇觉思虑,斗然一清,喟俟挥弦,写我佳况①。

试与王羲之书帖比较:

羲之顿首。快雪时晴佳,想安善,未果为结,力不次,王羲之顿首山阴张侯。②

贤姊体中胜常,想不忧也。白屋之人,复得迁转,极佳。未委几人,吾齲痛,所作赞又恐不任,当示殷也。③

王羲之书简全用散句,句式短,少虚词,不假修饰,不求工巧,用语简约省净,语气自然爽朗,句随意转,如"快雪时晴"四字,生动传神地渲染出愉悦畅快的心境,如当面话家常,既情深真挚,又意味隽永。明李日华评《快雪帖》云:"晋尚清言,虽片言只字亦清快。《雪》帖首尾廿四字耳,字字非后人所能道。右军之高风雅致,岂专于书耶?"④李氏慧眼独具,准确揭示出该帖的文辞之美,即拙朴之中寓清真,萧散之中寄闲远。与王羲之之书简相比,王维书简句式整齐,均为四字句,但不尚对偶,而是一句一意,语气流转明快,语意平实畅达,在幽雅中寓简净,在飘逸中含疏朴。王维寄书简于素上人,邀其来泉石间弹琴,展现出摆脱尘累之后的悠然宁静以及知己间的澹然与随意。两者之书简实有异曲同工之妙。

(二) 序文

王维现有序文九篇,其中六篇是送别序,三篇是宴集序。其赠别序或为送同僚赴任所作,如高判官、李补阙等,或为送至亲任职所作,如从弟王惟祥。其别序力图根据行者的赴任地点、职官、职责与处境,调整其别序的风格与情思。如《送高判官从军赴河西序》送同僚征戍使边,先言大唐雄视六合、四夷宾服的声威,为高判官的从军铺垫雄浑刚健的背景,再写河西节度使即高判官的上司哥舒翰勇猛善战、叱咤风云,暗示此去正可建功,"白面书生,坐胡床而破贼",最后才切入正题,写高判官的才学识见,并以哥舒翰的叱咤风云反衬高判官的学识见地,即"孙吴暗合,将建功于万里"。紧接着,

---

① (唐) 王维:《招素上人弹琴简》,《王维集校注》(卷一二),第1209页。
② (晋) 王羲之:《快雪帖》,《全晋文》(卷二六),《全上古三代秦汉三国六朝文》,第1608页。
③ (晋) 王羲之:《杂帖》,《全晋文》(卷二六),《全上古三代秦汉三国六朝文》,第1607页。
④ (明) 李日华著,郁震宏等点校:《六研斋笔记》,南京,凤凰出版社,2010年,第124页。

又在高亢的欢快氛围内,加入"然孤峰远戍,黄云千里,严城落日而闭,铁骑升山而出,胡笳咽于塞下,画角发于军中,亦可悲也"①,于苍凉萧瑟之景中寓悲凉慷慨之情。该序有抑有扬,气度沉雄,格调高昂,展现出盛唐时期蒸蒸日上的盛世气象。又如《送郓州须昌冯少府赴任序》劝勉行者到任后当勤政爱民,遗爱一方,于国有所报效,"不宝货,不耽乐,不弄法,不慢官,无侮老成人,无虐孤与幼"②,殷殷叮咛,诚挚恳切,虽是应酬之作,却也是由衷的性情之语,既非脱离实际的空谈,也不板起脸孔作教训人状。王维对于贬官失意的友人,百般劝慰,殷殷勉励,如《送郑五赴任新都序》,感情真挚,婉转温润,不失为友之道。其赠别序不仅具有不乱不惑、浑厚雅正的面貌,亦传达出盛唐高昂蓬勃的时代气息,摆脱了以往别序惯有的黯然凄婉格调,而呈现出明朗乐观、蓬勃高亢的审美境界。与李白之别序相比,李白声势恣肆,情怀激烈,王维雄健沉稳,气度从容;李白善于表现富于个性的精神气质,神采飞扬,王维则能体现本质性、普遍性的时代气质,雅正平和。如果以审美情态论,王维之别序更易引起共鸣。

在众多序文中,最为特别的是《荐福寺光师房花药诗序》。特别之处在于:其一,该序既不是赠别序,也不是宴集序,而是较为少见的赏花诗序。其二,赏花的地点不在王侯将相的府第,也不在风景名胜之佳处,而是在寺庙。其三,赏花会的召集人不是文人骚客,也不是皇亲贵戚,而是上人道光禅师。其四,该序既不描写赏花地即荐福寺的景致,亦不叙述赏花召集人道光禅师的才德,而把重点放在描写"异卉奇药"。对花的描写也并非惯有的描写姹紫嫣红的姿态以及借花喻美人迟暮或不遇之悲,而是借花体悟禅宗之道,即"道无不在,物何足忘?故歌之咏之者,吾愈见其嘿也"。更为特别的是,该序一开篇即讨论禅宗有无色空之理,即"心舍于有无,眼界于色空,皆幻也,离亦幻也,至人者不舍幻,而过于色空有无之际"③。

三、王维碑志

王维所作碑志共有十二篇,可细分为三类:德政碑三篇、神道碑三篇、墓志铭六篇。德政碑的碑主多为在世者,如《京兆尹张公德政碑(并序)》重在叙述颂美张公在任京兆尹期间于国于民所为之善政,故"长老孜孜,愿刊于石"。虽作者自言"书事盖实",但实有言过其实之嫌。后二类如《故右豹

---

① (唐)王维:《送高判官从军赴河西序》,《王维集校注》(卷一〇),第911页。
② (唐)王维:《送郓州须昌冯少府赴任序》,《王维集校注》(卷一一),第1074页。
③ (唐)王维:《荐福寺光师房花药诗序》,《王维集校注》(卷八),第747页。

韬卫长史赐丹州刺史任君神道碑(并序)》《故任城县尉裴府君墓志铭》则为亡者而作,重在叙述、罗列逝者的族出、行治、履历、妻子、生卒日等。就碑主的社会身份、性别而论,王维所作碑志又可分为三类:碑主为士大夫的碑志,有七篇;碑主为女性的碑志,有三篇;碑主为和尚的碑志,有两篇。总体而言,王维碑志崇尚实录,少虚构,善剪裁,在叙述碑志生平履历时善于选择典型事件细致刻画,突出碑主的主要品格,将对人物的评价融入人物言行叙述之中,抒情、言志、叙事融为一体,与张说的典雅宏丽的风格颇为一致,但偏于风流蕴藉,气度雍和,心性平和,既不故作姿态,讳言美词,又留有余地,不为谄谀之语,可谓"雅正"风范的典型。

其最感人、最出色的碑志,以《大唐故临汝郡太守赠秘书监京兆韦公神道碑(并序)》为代表,将一己身世之感融入碑主的生平事迹叙述之中,感情悲壮而激烈,真挚而感人,笔力雄健,与其他雅正之作绝然不同。迥异于他作的原因,在于王维与碑主身世相近,都曾陷身于贼,被迫任伪官,感同身受,而有借此抒情言志,为己辩解之意,可说是另类的"自传"。该碑文开篇:

> 坑七族而不顾,赴五鼎而如归,徇千载之名,轻一朝之命,烈士之勇也。隐身流涕,狱急不见;南冠而絷,逊词以免;北风忽起,刎颈送君,智士之勇也。种族其家,则废先君之嗣,戮辱及室,则累天子之姻,非苟免以全其生,思得当有以报汉;弃身为饵,俛首入橐,伪就以乱其谋,佯愚以折其僭,谢安伺桓温之亟,蔡邕制董卓之邪,然后吞药自裁,呕血而死,仁者之勇,夫子为之。①

起首即不同凡响,点明主旨,一一列举"烈士之勇"、"智士之勇"、"仁者之勇"的含义、特点及价值,言简意赅。烈士之勇以荆轲、主父偃为代表,求名轻命,逞一时意气,虽可赞但并不可贵;智士之勇以朱建、钟仪、侯嬴为代表,朱建隐身不见审食其而暗中相助;钟仪被俘而忠心不改,终因言辞恭顺得以返国;侯嬴献策之后,自刎以谢知遇之恩。智士之勇胜在谋略、智慧,不逞匹夫之勇,虽可嘉但并不可敬。仁者之勇较之前二者,最为困难。面对强权,若逞血气之勇则会祸及家族,是为不孝也无益于朝廷。仁者凭借极大的勇气与超人的智慧,忍辱负重,以身作饵,深入虎穴,若谢安、蔡邕一般与奸邪周旋,既可保身亦可全国,功成之后又自杀成仁。在这一过程中,既要防备

---

① (唐)王维:《大唐故临汝郡太守赠秘书监京兆韦公神道碑(并序)》,《王维集校注》(卷一一),第1038页。

敌人的猜忌与试探,更要忍受己方的误会与责难,如若败露,既无烈士之名,甚而还会遭人唾弃,一番苦心惟天地可鉴,非仁者莫能为。经过"烈士之勇"与"智士之勇"的铺垫,身具"仁者之勇"的碑主韦斌浓墨重彩地出场,堪称别具一格。

随后,依据碑志惯例,叙述碑主的名、字、籍贯、世系等。碑文对于韦斌世系的叙述极其简略,因为"史牒详焉",无须重复,而重在颂美韦斌的德才学识,辞尚对偶,多用典故,雅致雍容。之后笔锋一转,详细叙述韦斌在安史之乱中的悲惨遭遇以及高尚节操,用语多骈俪,其中所蕴涵的郁郁悲愤之情跃然纸上,感人肺腑,风格激越而悲壮:

> 逆贼安禄山,吠尧之犬,驱彼六骡,凭武之狐,犹威百兽,藉天子之宠,称天子之官,征天子之兵,逆天子之命。始反幽蓟,稍逼温洛,云诛君侧,尚惑人心。列郡无备,百司安堵,变折冲为贼矣,兼法令而盗之。将逃者已落彀中,谢病者先之死地。密布罗网,遥施陷阱,举足便跌,奋飞即挂。智不能自谋,勇无所致力。贼使其骑劫之以兵,署之以职,以孥为质,遣吏挟行。公溃其腹心,候其间隙,义覆元恶,以雪大耻。呜呼!上京既骇,法驾大迁,天地不仁,谷洛方斗,凿齿入国,磨牙食人。君子为投槛之猿,小臣若丧家之狗。伪疾将遁,以猜见囚。勺饮不入者一旬,秽溺不离者十月①;白刃临者四至,赤棒守者五人。刀环筑口,戟枝叉颈,缚送贼庭,实赖天幸,上帝不降罪疾,逆贼恫瘝在身,无暇戮人,自忧为厉。公哀予微节,私予以诚,推食饭我,致馆休我。毕今日欢,泣数行下,示予佩玦,斫手长吁,座客更衣,附耳而语。指其心曰:"积愤攻中,流痛成疾,恨不见戮专车之骨,枭枕鼓之头,焚骸四衢,然脐三日。见子而死,知予此心。"之明日而卒。②

安禄山被比作"吠尧之犬"、"凭武之狐",用典恰切。"藉天子之宠,称天子之官,征天子之兵,逆天子之命",连用四个排比句式,扼要清晰地揭露了安禄山恃宠、得官、征兵、谋反的全过程,既谴责了安禄山的狼子野心、忘恩负义,又巧用春秋笔法暗刺了玄宗的不辨忠奸、认狼为官。之后,言简意赅地概括安史之乱初起时敌我双方形势,安禄山是招兵买马,蓄谋已久,准备充

---

① "月"当为"日"的形误,见《王维集校注》(卷一一),第1051页。
② (唐)王维:《大唐故临汝郡太守赠秘书监京兆韦公神道碑并序》,《王维集校注》(卷一一),第1051~1052页。

分,以"诛君侧"为名,蛊惑人心,势如破竹;唐王朝则全无准备,"时海内久承平,百姓累世不识兵革,猝闻范阳兵起,远近震骇。河北皆禄山统内,所过州县,望风瓦解,守令或开门出迎,或弃城窜匿,或为所擒戮,无敢拒之者"①,节节败退。接着,详细刻画正直官吏们进退维谷的困境,天罗地网,陷阱处处,"举足便跌,奋飞即挂",形象生动。"智不能自谋,勇无所致力",碑志在扼要生动的叙述中插入议论,有画龙点睛之用,意在进一步申说身处沦陷区官吏的艰难处境。

安史之乱爆发时,韦斌任临汝太守,临汝郡陷落,韦斌被俘。因妻孥为人质,被逼无奈,韦斌被迫接受伪职,实是情非得已,但忠心不改,韬光养晦,企图"候其间隙,义覆元恶,以雪大耻",即寻找恰当时机,从内部瓦解伪军,甚而乘机消灭首恶,洗雪被迫任伪职的耻辱。"呜呼"一段,王维转入叙述自己被俘监押的过程及与韦斌相交的经过,真挚感人。潼关失守,玄宗幸蜀,臣民若丧家之犬,惶惶不可终日。王维因扈从不及而身陷贼军,本打算装病伺机逃跑,却"以猜见囚",被武装押解到洛阳,几次与死神擦肩而过。这一段描写细腻,用词精准,用"临"、"守"、"筑"、"叉"、"缚"等动词形象地刻画出贼兵的如狼似虎以及王维所受的痛苦折磨。王维自度必死,但赖上天保佑,因形势有变,逆贼无暇处置俘虏。韦斌此时已任伪黄门侍郎,感慨于王维对伪朝的不合作态度,借职务之便,尽力为王维斡旋。在其自裁以表忠心之前,借宴请王维之机托以后事,通过准确刻画痛泣、示玦、斫手、长吁、附耳而语等动作,生动传神地表现出韦斌被迫任伪职的悲痛与刚烈。韦斌本以为叛军会旋被剿灭,故伴降以伺机从内部起事,但事与愿违,唐王朝节节败退,西京旋即失守,贼兵势力日大,光复反正之日渺茫无期。韦斌若继续任伪官,势必会留下千古骂名;但若公开抗贼,又会前功尽弃,甚而累及家人。进退失据,不得已自裁以明志。临终之前,将一腔忠心与哀恸托付与知己王维,希望在乱平后替自己表白心迹,洗雪恶名。文末直录的绝命辞,悲壮凄怆,可泣可歌,其血泪交迸、咬牙切齿、诅咒恶敌之状情,读之如在目前。

该碑志文情并茂,婉转毕至,意随笔到,真情毕露,将叙述、议论、抒情三者合而为一,特别是叙述因逃往不及而被俘后的情形,尤为真切动人。正所谓患难见真情,王维与碑主遭际相似,惺惺相惜,悲悼之情发自内心,既悲痛于友人之含怨而逝,又感慨于自己被俘之屈辱悲恸与无可奈何。不同于王维应同僚之请所作偏重堆砌典故、罗列事实的一般碑文,该碑文在抒发悲恸之情的同时,又深味中庸之道,委婉熨帖,笔致圆融,别具一种明和通达的雅

---

① 《资治通鉴·天宝十四载》(卷二一七),第6935页。

正之韵。比较张说与王维碑志,可以发现二者在抒情模式、创作动机等方面颇为不同。张说多数碑志(《姚崇碑》除外)侧重于颂美碑主才德、功绩,并以细腻手法与典型事例凸显碑主的独特品行;王维以《大唐故临汝郡太守赠秘书监京兆韦公神道碑(并序)》为代表的碑志作品侧重于颂美碑主的忠心,在叙述碑主生平事迹时,偏重以心察心,以情动人,借他人之传记浇自己心中的块垒,融己情入碑文之中,具有鲜明的抒情性特征。

王维所为文,除上述书序、碑志之外,尚有章表、赋、祭文、赞文等。其中章表数量较多,以四六句式为主,雅致蕴藉,用词得体。尚有极少部分章表,质朴恳切,真挚感人,如《责躬荐弟表》先以沉痛愧悔之笔,表达曾陷贼负国的内疚以及现在年老力衰难以担当重任的无奈;再一一列举事实,说明自己在能力、品德等都远不及王缙,由此推荐弟弟也就入情入理、水到渠成;篇末极力渲染相依为命的手足之情,借此祈请皇帝准予王缙还京相聚。《白鹦鹉赋》富于兴寄,文辞清新,表达对白鹦鹉"深笼久闭,乔木长违"的怜惜以及"傥见借其羽翼,与迁莺而共飞"①的期望,与孙逖《帝赋》"列冢卿之华屋"急切入仕的心态正好相反,展现了盛唐时与积极入仕建功不同的追求自由、恬静生活的人生观念。

王维散文展现出截然不同的两种风格:其一,一些官场应酬之作如《贺古乐器表》、《贺玄元皇帝见真容表》等礼仪型公文,歌功颂德,辞藻雅丽,句式整齐,频用典故,甚而句句用典,但尽量不用僻典,且用典技巧娴熟且贴切,有助于表达文意,而非借此逞才。这类文章符合礼仪型公文创作惯例,单就文章创作本身而言虽不值得称道,但这是立身官场所必需的长技。其二,一些非应酬之作如书帖、序文,特别是写给挚友的书信,气度娴雅,平和流畅。王维笃信禅宗,追求闲适自在、悠然自得,其文没有李白式"高歌入朝"的豪迈奔放,也没有杜甫式"漫卷诗书"的激奋宏阔,亦没有"穷通有命"的沮丧酸苦,更没有争竞趋时的躁急峭厉。故而其书序自然呈现出清虚澄明、宁谧静穆的意境,表现出极度的自在与闲适。除书序之外,王维为知己所作《大唐故临汝郡太守赠秘书监京兆韦公神道碑(并序)》,是碑志中少有的性情之作,不同于一般碑志一味颂美以致有谀墓之嫌,而是笔端饱含真情,以细节服人,以真情动人。这是因为王维与碑主韦斌有相似的遭遇,经历了类似的磨难,故感同身受,其中叙及韦斌在安史之乱中遭遇的一段文字,几难分别是在说韦斌还是王维自己。碑志中韦斌的一段自我剖白,也是

---

① (唐)王维:《白鹦鹉赋》,《王维集校注》(卷一二),第1138页。

王维对乱中被迫任伪官一事的反思与辩解。

总体而言,王维的散文喜用典故,以骈体为主。但其部分非礼仪型公文已是骈散相间,既有骈体音韵和谐、句式整饬的雅致,又具散体以气运辞、清新潇洒的流畅。同一人的文章之所以出现如此大的差异,原因在于受到当时文坛"燕许"富瞻雅致风尚的影响。官场应酬之作属于公共空间话语,必须考虑与文坛主流风尚相一致;而与至交密友的书信属于相对私人的空间话语,可以部分甚至完全脱下官场的"保护色",袒露最真实的心灵,从而呈现出与其诗相似的澹然挚诚之风。

第三章 至德至大历散文：文化精英与骈文的改造、古文的初盛

"唐有天下几二百载，而文章三变：初则广汉陈子昂以风雅革浮侈；次则燕国张公说以宏茂广波澜；天宝已还，则李员外、萧功曹、贾常侍、独孤常州比肩而出，故其道益炽。"①萧颖士、李华、独孤及、颜真卿、元结等人面对自天宝晚期以来士风浮躁之气，特别是"安史之乱"以来的浇薄之风，以及变化离散的世道人心和失坠的政治权威，力图以振兴儒道的方式矫正之，对自我的定位已不局限于吟风弄月、诗词歌赋。他们自称文儒，要作道统的继承者，自然会摈弃注重华美辞藻、声律、对仗、用典而不适宜明道的骈文，着意用力创作"随言短长，应变作制"②、适宜阐明古人之儒道的古文。

正如萧颖士所言："丈夫生遇升平时，自为文儒士，纵不能公卿坐取，助人主视听，致俗雍熙，遗名竹帛，尚应优游道术，以名教为己任，著一家之言，垂泪劝之益，此其道也。岂直以辞场策试，一第声名，为知己相期之分耶？"③萧颖士认为若不能润色鸿业，辅佐君王，那就著书立说，教化生民，以手中之笔来针砭时事、倡导儒道，以实现救世化民之目的。相对而言，"萧李"等人所领导的文人是联系较为紧密的一个群体。有文章唱和，如以别序抒友情、以碑铭抒哀情、以文集序抒崇敬之意，相互褒奖，品评文章，激扬道义；以名教自任，广收门徒，传道授业，以朋友、门生、世交的关系结成一影响较大的文学团体④。"萧李"、独孤及、元结等人的"古文观"大致可分为三个

---

① （唐）梁肃：《补阙李君前集序》，胡大浚、张春雯校点：《梁肃文集》（卷二），兰州，甘肃人民出版社，2000年，第41页。
② （宋）柳开：《河东先生集·应责》（卷一），《四部丛刊》本。
③ （唐）萧颖士：《赠韦司业书》，张卫宏：《萧颖士研究》，西安，三秦出版社，2014年，第155页。
④ 具体叙述见《新唐书·萧颖士传》、《新唐书·李华传》、（唐）李华《三贤论》、（唐）刘太真《送萧颖士赴东都序》、（唐）独孤及《检校尚书吏部员外郎赵郡李公中集序》、（唐）梁肃《朝散大夫使持节常州诸军事守常州刺史赐紫金鱼袋独孤及行状》。
（唐）李肇《唐国史补》（卷下）："天宝之风尚党。"上海，上海古籍出版社，1957年，第57页。
沈曾植《海日楼札丛·元和体》（卷七）："天宝之风尚党，殆指萧、李诸人言之。"北京，中华书局，1962年，第280页。

方面：

首先，从本体论角度看，文章应明道、宗经是其"古文观"的基石，以"萧李"的主张最为典型。萧颖士《赠韦司业书》："仆有识以来，寡于嗜好，经术之外，略不婴心。幼年方小学时，受《论语》《尚书》，虽未能究解精微，而依说与今不异。由是心开意适，日诵千有余言。"①李华《赠礼部尚书清河孝公崔沔集序》："文章本乎作者，而哀乐系乎时。本乎作者，六经之志也；系乎时者，乐文武而哀幽厉也。立身扬名，有国有家，化人成俗，安危存亡，于是乎观之。"②独孤及称赞李华的文章亦云："公之作本乎王道，大抵以五经为泉源，抒情性以托讽，然后有歌咏；美教化，献箴谏，然后有《赋》《颂》；悬权衡以辩天下公是非，然后有论议。至若记叙、编录、铭鼎、刻石之作，必采其行事以正褒贬，非夫子之旨不书。故《风》《雅》之指归，刑政之本根，忠孝之大伦，皆见于词。"③无论是"萧李"等人的自我总结还是他者的评价，都着眼于文章应以儒家经典为根源。客观地说，这样的文学主张并无太多新颖之处。"萧李"等重新疾呼为文宗经的意义在于警醒士人，正如李华所言："开元天宝之间，海内和平，君子得从容于学，以是词人材硕者众。然将相屡非其人，化流于苟进成俗，故体道者寡矣。夫子门人，德行、言语、政事、文学，四者无人兼之。虽德尊于艺，亦难乎备也。"④"萧李"等痛心于当世文人多浮薄无行、偏爱空洞浮华之文以媚世俗的现象，主张实现德行与文章的统一，使文章有益于治道，提出的解决办法即是将文章写作奠定于儒家典籍的基础上，"文之大司，是为国史。职在褒贬惩劝，区别昏明"⑤。

其次，文章要明道宗经的现实指归即注重文章的教化功能，主张文应润色鸿业，救世劝俗，有为而作，因为"化成天下，莫尚乎文"⑥。正如独孤及所言："足志者言，足言者文。情动于中而形于声，文之微也；粲于歌颂，畅于事业，文之著也。君子修其词，立其诚，生以比兴宏道，殁以述作垂裕，此之谓不朽。"⑦独孤及根据文章内容的不同，将文之功用分著、微两种，认为只有歌颂鸿业、润色王事才是文之大用。李华针对天宝以来礼乐隳颓的社会现

---

① （唐）萧颖士：《赠韦司业书》，张卫宏：《萧颖士研究》，第158页。
② （唐）李华：《赠礼部尚书清河孝公崔沔集序》，《全唐文》（卷三一五），第3196页。
③ （唐）独孤及：《检校尚书吏部员外郎赵郡李公中集序》，《毘陵集校注》（卷一三），沈阳，辽海出版社，2006年，第285页。
④ （唐）李华：《杨骑曹集序》，《全唐文》（卷三一五），第3198页。
⑤ （唐）李华：《著作郎厅壁记》，《全唐文》（卷三一六），第3204页。
⑥ （唐）李华：《著作郎厅壁记》，《全唐文》（卷三一六），第3204页。
⑦ （唐）独孤及：《唐故殿中侍御史赠考功郎中萧府君文章集录序》，《毘陵集校注》（卷一三），第293页。

实,特别强调文章教化功能,即实现"六义"之兴,"作者"需文德兼备。所谓"文章本乎作者,而哀乐系乎时……立身扬名,有国有家,化人成俗,安危存亡,于是乎观之。宣于志者曰言,饰而成之曰文,有德之文信,无德之文诈……论及后世,力足者不能知之,知之者力或不足,则文义寖以微矣。文顾行,行顾文,此其与于古欤!"①文章教化功能的实现,有赖于作者的文德修养。元结亦云:"故所为之文,多退让者,多激发者,多嗟恨者,多伤闵者。其意必欲劝之忠孝,诱以仁惠,急于公直,守其节分,如此,非救时劝俗之所须者欤!"②也就是说文章应具有劝导百姓忠孝仁惠,使其能公直守节的功能。萧颖士亦认为,学应"所务乎宪章典法、膏腴德义而已";文则"所务乎激扬雅训、彰宣事实而已"③。颜真卿亦云:"古之为文者,所以导达心志,发挥性灵,本乎咏歌,终乎《雅》、《颂》。帝庸作而君臣动色,王泽竭而风化不行。政之兴衰,实系于此。"④颜真卿强调为文应该以《雅》、《颂》为指归,凸显文章与政治兴衰之关系。柳冕更旗帜鲜明地提出,"夫文章者,本于教化,发于情性。本于教化,尧舜之道也,发于情性,圣人之言也"⑤,认为文章之根本在于教化,而教化之内容源于尧舜之道、圣人之言。元结、萧颖士、颜真卿、柳冕对文章功用的观点虽略有不同,但都是以倡导教化为主,注重文章的政治文化价值,继承了儒家一贯的政治追求与价值判断。这样的文学主张虽有利于提高文章政治地位,却是以丧失文章审美功能及独立批评地位为代价的。

再次,文章明道宗经,故应取法经史,摈弃骈文及时文的繁缛,推崇尚简、尚质、尚古之文。李华有《质文论》,虽非专就文章而论,但文章亦包括于其中。《质文论》开篇即云:"天地之道易简,易则易知,简则易从。先王质文相变,以济天下。易知易从,莫尚乎质。质弊则佐之以文,文弊则复之以质。"⑥从天地之道的角度论述易简的合理性,为作文尚简奠定了坚实的哲学基础。独孤及从内容与形式的关系出发,通过对前代文学发展历程的批判性反思,论证了"文足言,言足志"的必要性,较之单纯地口诛笔伐骈文的种种不足更有说服力,其文云:

---

① (唐)李华:《赠礼部尚书清河孝公崔沔集序》,《全唐文》(卷三一五),第3196页。
② (唐)元结:《文编序》,孙望校:《元次山集》(卷一〇),北京,中华书局,1960年,第154~155页。
③ (唐)萧颖士:《江有归舟一篇三章》,张卫宏:《萧颖士研究》,第136页。
④ (唐)颜真卿:《尚书刑部侍郎赠尚书右仆射孙逖文公集序》,《全唐文》(卷三三七),第3415页。
⑤ (唐)柳冕:《答徐州张尚书论文武书》,《全唐文》(卷五二七),第5358页。
⑥ (唐)李华:《质文论》,《全唐文》(卷三一七),第3212页。

志非言不形,言非文不彰,是三者相为用,亦犹涉川者假舟楫而后济。自典谟缺,雅颂寝,世道陵夷,文亦下衰。故作者往往先文字,后比兴,其风流荡而不返,乃至有饰其辞而遗其意者,则润色愈工,其实愈丧。及其大坏也,俪偶章句,使枝对叶比,以八病、四声为梏拳,拳拳守之,如奉法令。闻皋繇、史克之作,则呷然笑之,天下雷同,风驱云趋。文不足言,言不足志,亦犹木兰为舟,翠羽为楫,玩之于陆而无涉川之用,痛乎流俗之惑人也旧矣。①

所谓文、言、志三者的关系,也就是形式与内容的关系。独孤及反对因修饰辞藻而忽略内容,更反对仅仅着眼于对偶、声律等形式因素的做法,主张应以内容为主导,文辞是为内容服务的,辞达即可,不可舍本逐末,反客为主。这本是为文的基本规律,并无太多创新之处,即使在骈俪风行的六朝,大多数人亦持此种观点。但只有独孤及明确指出"俪偶章句"、"八病四声"是文之"大坏",从内容与形式关系的切入,才真正切中骈文弊病之要害。柳冕有感于时文之"本于哀艳,务于恢诞,亡于比兴""流荡不返,使人有淫丽之心"之弊端,大力提倡"复古而不逮古"②。萧颖士自诩"平生属文,格不近俗,凡所拟议,必希古人"③,元结被誉为"其心古,其行古,其言古,躬是三者,而见重于今"④。无论是萧颖士的"格不近俗",还是元结的"三古",其目的都在于与其时盛行的骈俪之文迥然相异,以"古"去"俗",立足于取法经史之言以力革浮侈。

综上所述,"萧李"、独孤及、颜真卿、元结等人的"古文观"从精神内质、文章功能、文章形式等维度提出了复古主张。以儒家经典为载体的儒道即孔孟之道成为"古文"的内在基础,经世致用的教化功能成为作"古文"的指归,摈弃刻意过度追求俳偶、声律、辞藻、用典的骈文而追摹取法经史的散体文,散行单句成为"古文"的外在形式。所明之古道蕴含于先秦、两汉以来的古文之中,即"古人之文,不可及之矣。得见古人之心,在于文乎"⑤。要明道、宗经自然要对先秦两汉以来古文模仿、援用,与此同时,古文亦自然成为今人欲明古之儒道的最佳文章形式,正所谓"欲行古人之道,反类今人之文,

---

① (唐)独孤及:《检校尚书吏部员外郎赵郡李公中集序》,《毘陵集校注》(卷一三),第285页。
② (唐)柳冕:《与徐给事论文书》,《全唐文》(卷五二七),第5356~5357页。
③ (唐)萧颖士:《赠韦司业书》,张卫宏:《萧颖士研究》,第157页。
④ (唐)颜真卿:《唐故容州都督兼御史中丞本管经略使元君表墓碑铭(并序)》,《全唐文》(卷三四四),第3495页。
⑤ (唐)柳冕:《与徐给事论文书》,《全唐文》(卷五二七),第5357页。

譬乎游于海者乘之以骥,可乎哉!苟不可,则吾从于古文"①。"萧李"等人的文学主张与其士族出身及其深厚儒学素养有关,诚如查屏球所言,萧颖士、颜真卿等人的士族家庭背景使得他们"以一种新的学术观念来实践崇经复古的文化追求","他们多是学者式的文人,对儒家经典皆有较深入的研究。同时,他们又与其时集贤院学士又有所不同,他们并不是抱守汉儒经疏,在学术上皆有自己的见解"②,可以说他们将儒士复古化的文化立场与求新求异的学术个性合于一身。这是人格精神与学术个性的统一。他们也正是以在这两方面的影响而成为中唐儒学复兴思潮的先驱者,并在安史之乱后成为支撑唐王室的中坚力量。"③

他们继承了陈子昂的革新主张,主张文章应明道、宗经,以儒家经典为指归,注重文章的教化功能,提倡尚质、尚简、尚古,在理论主张、文学实践等方面都为中唐古文运动作出了可贵的尝试,奠定了一定的基础。"萧李"的文学主张对当时文风的转变具有一定的积极作用,促使文人更多地关注现实,但其不足与缺憾仍不可忽视。首先,他们的主张更多着眼于儒学的复兴,而非专论文章,论文多与论道相联系,过分强调文章"载道"的道德功能,故而有些主张就略显凿圆枘方,不切合文章的实际,忽略了文之为文的抒情性和工具性,具有浓厚的儒教色彩,有时甚至显得颇为狭隘,比如鄙薄六经之外一切文章的观点。文章内容仅局限于宗经、明道,又使得文章受到了严重束缚,从过分注重辞藻、用典、声韵、对仗等形式而导致的空洞无误的极端又走向另一个极端,即文章的内容被极大地狭窄化。其次,他们的理论批判多于建设,复古有余而创新不足,正所谓"作者须知复、变之道,反古曰复,不滞曰变。若惟复不变,则陷于相似之格"④,作诗如此,为文亦是如此。而韩、柳与他们最大的不同正在于深通复变之道,较好地解决了复古与创新的关系。最后,文学主张与文学实践之间有一定的脱节,他们所作的文章虽已开始注重运用散行句式,但仍未摆脱骈文的影响,换句话说,他们并未与骈文划清界限。他们试图推翻骈文,却没有建立起新的样式,应该说"萧李"等人本身对散文的发展走向并没有一个较为明确的构想,只是提供了可能的发展方向,或限于种种因素,无法身体力行创造出一些堪称典范的新文体。

---

① (宋)柳开:《河东先生集·应责》(卷二),四库全书本。
② 查屏球:《天宝河洛儒士群与复古之风》,查屏球:《从游士到儒士——汉唐士风与文风论稿》,上海,复旦大学出版社,2005年,第308~316页。
③ 同上,第308页。
④ (唐)皎然:《复古通变体》,李壮鹰注:《诗式校注》(卷五),北京,人民文学出版社,2003年,第330页。

正是从这个角度着眼，萧李等只能是中唐古文运动的先驱者而非完成者。

"萧李"、独孤及、颜真卿、元结等人的某些文学主张虽显得迂阔而狭隘，但他们的散文创作较之文学主张还是有值得称道之处。其文章大致可分为三类：首先，拯救士风、针砭时风的议论文，如李华的《质文论》、《正交论》、元结的杂文之类。这类文章以刺世疾邪为始，以劝世悯世为终，展示出强烈的淑世情怀，具有真诚的道德关怀。其次，立足于个体遭遇或有感于世道陵夷的抒愤之作，如萧颖士的《伐樱桃树赋》、李华的别序、独孤及的赠别序以及元结的山水铭。再次，议论朝政、军政大事的章表类文章。四人均有或长、或短的从政经历，其中独孤及、颜真卿、元结入仕时间较长，且执政一方，已跻身封疆大吏之列，对内政、外交均有一定的见解。如独孤及的《敕吐蕃赞普书》巧妙维护泱泱大国的气度；又如颜真卿的《论百官论事疏》直陈天宝、至德以来政治乱局的根结在于如李林甫、杨国忠辈权臣专权以及权臣、宦官狼狈为奸，影射其时宰臣元载与宦官勾结把持朝政，展现出诤臣的凛然风范；元结后期也有一系列讨论具体时务的章表颇能体现其仁者风范以及深邃的政治眼光。但和开元时期的"燕许"、张九龄相比，"萧李"、元结等人并未进入权力核心圈，故指陈时弊稍嫌偏颇，缺乏全局意识；更因长于开元盛世，后历安史之乱，落差极大，故对现实政治多为批判性取向，但多为一般性、泛化式的批评，所提出的诸多政见缺乏可行性。在某种程度上，"李杜"、王维及"萧李"、独孤及、元结有一种共同趋向，即文学性的浪漫想象与现实政治的可行性混沌难分，存在普遍性的急功近利的特点。他们的政治主张及诉求是高尚的，值得尊敬，但其与现实政治在某种意义上是脱节的。"萧李"的某些主张如恢复士族制等①，客观上不切实际；相对而言，元结历经磨难，四处迁徙，目睹民生凋敝，尚能通过文章提出部分切中肯綮的具体措施。

第一节 "萧夫子"：古文理论的传播

萧颖士，字茂挺，当时文名甚高，"闻萧氏风者，五尺童子羞称曹陆"②，声名远播海外，新罗使入朝，言国人愿以萧夫子为师③。但他并不以文名自

---

① 萧颖士、颜真卿、柳芳等人将衣冠与礼乐联系，强调礼乐，推崇衣冠，提出恢复士族制的理论。见葛晓音：《盛唐"文儒"的形成和复古思潮的滥觞》，《文学遗产》1998 年第 6 期。
② 《新唐书·阎士和传》（卷二〇二），第 5771 页。
③ 《旧唐书·萧颖士传》（卷一九〇下）："是时外夷亦知颖士之名，新罗使入朝，言国人愿得萧夫子为师，其名动华夷若此。"第 5048~5049 页。

足,而是期望"正应陪侍从近臣之列,以箴规讽谲为事。进足以献替明君,退足以润色鸿业"①。但李林甫、杨国忠相继专权,打击直臣,加之他本身鄙视"吏能","贬恶太亟"②,与时多忤,恃才傲物③,故而怀才而不遇,名高而位卑,一生困顿,沉沦下僚,"道孤命屈,沦陬终身"④。萧颖士有文集十卷、《游梁新集》三卷、《梁萧史谱》二十卷,并著《历代通典》,皆亡佚。今存《萧茂挺文集》一卷,《全唐文》编为二卷,赋十、表六、书七、序四,凡二十七篇。张卫宏《萧颖士研究》⑤下编对萧颖士文有校注。陈冠明《〈全唐文〉李峤卷考辩厘正》⑥认为李峤卷中的《答李清河书》应为萧颖士作,误入李峤卷。萧颖士现存散文,特别是书信以散行单句为主,间之骈句,用典但频度不高,用词清峻通脱,颇具跌宕奇崛之美。萧文颇有气骨,一气贯注,畅达刚健,但又回环往复,抑遏蔽掩,笔法多变,富于转折顿挫,故其文清壮峭拔,激越恣肆,意趣盎然。

一、萧颖士文研究述评

由于萧颖士现存文章数量不多,故对萧颖士文的研究也相对寂寥。萧颖士文的研究可分为三个方面。其一,萧颖士文整体研究。潘吕棋昌的《萧颖士研究》⑦是较早研究萧颖士的专著。该书共分八章,前五章分论其家世、生平、性情、交游,第六章考证其作品,第七章探究其史学、文学思想之渊源、主张及影响,第八章总结。该著对萧颖士文关注不多。张卫宏《萧颖士研究》有两章专论萧颖士文,第五章论其文的彰宣事实的思想内容和气盛言宜的艺术成就,第六章论其在唐代古文革新中的贡献和影响。该书下编将萧颖士诗文进行编年校注,本书所引萧颖士文即据此。此外尚有对萧颖士思想的研究,如雷恩海、苏利国《论唐朝文化共同体建设——以萧颖士"化理"思想为中心的考察》⑧认为萧颖士所推崇的"化理"思想,正好涵盖了唐

---

① (唐)萧颖士:《赠韦司业书》,《萧颖士研究》,第157页。
② (唐)李华:《三贤论》,《全唐文》(卷三一七),第3214页。
③ (唐)郑处诲《明皇杂录》(卷上):"萧颖士开元二十三年及第,恃才傲物,旁无与比,常自携一壶,逐胜郊野。偶憩于逆旅,独酌独饮。会有风雨暴至,有紫衣老人领一小童,避雨于此。颖士见其散冗,颇肆陵侮。逡巡风定雨霁,车马卒至,老人上马,呵殿而去。颖士仓忙觇之,左右曰:'吏部王尚书,名丘。'初,萧颖士常造门,未之面,极惊愕。明日,具长笺造门谢,丘命引至庑下,坐责之,且曰:'所恨与子非亲属,当庭训之耳。'顷曰:'子负文学之名,倨忽如此,止于一第乎?'颖士终扬州功曹。"北京,中华书局,1994年,第14页。
④ (唐)李华:《祭萧颖士文》,《全唐文》(卷三二一),第3257页。
⑤ 张卫宏:《萧颖士研究》,西安,三秦出版社,2014年。
⑥ 陈冠明:《〈全唐文〉李峤卷考辨厘正》,《古籍整理研究学刊》1995年1、2期合刊。
⑦ 潘吕棋昌:《萧颖士研究》,台北,文史哲出版社,1983年。
⑧ 雷恩海、苏利国:《论唐朝文化共同体建设——以萧颖士"化理"思想为中心的考察》,《西北师大学报》(社会科学版)2015年第1期。

代文化共同体得以实现的诸多要素,从中可以解析唐朝文化共同体在初唐奠基、盛中唐继承并完善的过程。

其二,萧颖士与中唐古文运动的关系研究。屈光《盛唐李萧古文集团及其与中唐韩愈集团的关系》[①]论证了"李(华)萧(颖士)"古文集团的历史存在,"李萧"与中唐韩愈家族关系以及对韩愈的文学主张的影响。汪晚香《论唐代散文革新中的肖李集团》[②]论述萧、李等人的文学主张以及对韩愈的影响。司马周《萧颖士与中唐文风》[③]认为萧颖士的文学主张即批评"俪偶奇靡"、提出复古宗经、"先德行后文学"等对中唐文风有开创之功,但其文对萧颖士到底在哪些方面又以何种程度影响中唐文风着墨不多。

其三,萧颖士与李华的比较研究。赵殷尚《论萧颖士、李华的文学思想》[④]认为萧李二人的文学思想相同点在于尚古、宗经、载道,不同点在于萧颖士认为魏晋以前之文不完全合于六经但亦是学习的对象,而李华只重视六经传统。赵殷尚《萧颖士与李华的政治追求与古文创作》[⑤]探讨二人政治追求与古文创作之关系。

学界对萧颖士文的研究取得了可喜的成绩,在萧颖士文的系年、版本比勘、校注、文学主张等方面都有较为深入的探讨,但尚有部分可继续开掘的空间。比如《旧唐书》、《新唐书》对萧颖士的评价差异甚大,原因是什么?是否隐含着唐宋人才子评价标准的嬗变?又比如萧颖士年未及而立,却被人尊为"萧夫子","萧夫子"的身份与古文理论的传播及古文运动的展开的关系如何?如何认识萧颖士代拟的部分章表与自作的书序文在句式、用典、风格等方面差异甚大的现象?萧颖士现存文共31篇,其中赋有10篇,约占全部文章的三分之一,萧颖士为何对赋情有独钟?

二、"萧夫子"师徒及古文理论的传播

(一) 萧颖士被尊为夫子的时间

萧颖士较为集中的授徒,约分两个时期:其一,留客濮阳时期,时间约在天宝二年(743)至天宝六载(747);其二,参军广陵、流播吴越至奉诏赴京、调河南府参军之前,时间约在天宝八载(749)至天宝十二载(753)。此

---

① 屈光:《盛唐李萧古文集团及其与中唐韩愈集团的关系》,《文学遗产》1987年第4期。
② 汪晚香:《论唐代散文革新中的肖李集团》,《湖北师范学院学报》(哲学社会科学版)1987年第2期。按:文中的"肖颖士"应作"萧颖士"。
③ 司马周:《萧颖士与中唐文风》,《船山学刊》2010年第2期。
④ 〔韩〕赵殷尚:《论萧颖士、李华的文学思想》,《唐都学刊》2008年第6期。
⑤ 〔韩〕赵殷尚:《萧颖士与李华的政治追求与古文创作》,《湖南科技学院学报》2013年第11期。

二时期,以前一时期规模更大,为史传所详细记载,我们的论述也以第一时期为论述核心。

《新唐书·萧颖士传》:"天宝初,颖士补秘书正字。……奉使括遗书赵、卫间,淹久不报,为有司劾免,留客濮阳。于是尹征、王恒、卢异、卢士式、贾邕、赵匡、阎士和、柳并等皆执弟子礼,以次授业,号萧夫子。"①萧颖士《登临河城赋(并序)》:"天宝元年秋八月,奉使求遗书于人间。"②天宝元年(742),经韦述荐引,萧颖士被授以秘书省正字。据《新唐书·百官志》:"正字四人,正九品下。掌雠校典籍,刊正文章。"③萧颖士可能是因括索遗书、越期不报而被罢官。又据李华《扬州功曹萧颖士文集序》:"为正字也,亲故请君著书。未终篇,御史中丞以君为慢官离局,奏谪罢职。"④具体说明其越期不报的原因。既然"淹久不报",自然时间不会太短。萧颖士始客居濮阳,约在天宝二年,被授集贤校理当在天宝六载(747)⑤。萧颖士客居濮阳时期约于天宝二年至天宝七载,萧颖士生于开元五年(717),被尊为"萧夫子"时尚未到而立之年,缘何被众多弟子奉为夫子?

(二)萧颖士被尊为夫子的原因

萧颖士未到而立之年,即被尊为夫子,原因如下:

其一,萧颖士的才与学是基础。少有才名,"颖士四岁属文,十岁补太学生"⑥,"七岁能诵数经,背碑覆局。十岁以文章知名,十五誉高天下,十九进士擢第"⑦。萧颖士能在号称"三十老明经,五十少进士"的激烈科考中,以弱冠之龄中举,对于汲汲于科举的士子的吸引力可想而知。"尝与华、据游洛龙门,读路旁碑,颖士即诵,华再阅,据三乃能尽记。闻者谓三人才高下,此其分也"⑧。萧颖士才高之外,学亦宏博,通姓谱学⑨,其最为自矜的是史书的编纂,著有《梁萧史谱》二十卷⑩及《历代通典》。

---

① 《新唐书·萧颖士传》(卷二〇二),第 5667~5668 页。
② (唐)萧颖士:《登临河城赋(并序)》,张卫宏:《萧颖士研究》,第 192 页。
③ 《新唐书·百官志二》(卷四七),第 1215 页。
④ (唐)李华:《扬州功曹萧颖士文集序》,《全唐文》(卷三一五),第 3198 页。
⑤ 乔长阜:《萧颖士事迹系年考辨》,《江南学院学报》2000 年第 3 期。
⑥ 《新唐书·萧颖士传》(卷二〇二),第 5767 页。
⑦ (唐)李华:《扬州功曹萧颖士文集序》,《全唐文》(卷三一五),第 3197 页。
⑧ 《新唐书·萧颖士传》(卷二〇二),第 5770 页。
⑨ 《新唐书·路敬淳传》(卷一九九):"唐初,姓谱学唯敬淳名家。其后柳冲、韦述、萧颖士、孔至各有撰次,然皆本之路氏。"第 5666 页。同卷《柳冲传》记柳芳言曰:"唐兴,言谱者以路敬淳为宗,柳冲、韦述次之。李守素亦明姓氏,时谓'肉谱'者。后有李公淹、萧颖士、殷寅、孔至,为世所称。"第 5680 页。(宋)陈振孙《直斋书录解题》(卷八):"《唐宰相甲族》一卷,唐韦述、萧颖士等撰。"北京,中华书局,1985 年,第 222 页。
⑩ 《新唐书·艺文志》(卷五八),第 1501 页。

其二,前辈的器重与友朋的赞扬是助推器。"于时裴耀卿、席豫、张均、宋遥、韦述皆先进,器其材,与钧礼,由是名播天下"①。裴耀卿,开元二十一年(733)拜黄门侍郎、同中书门下平章事,充转运使。开元二十四年封赵城侯。天宝初,为尚书右仆射,俄转左仆射②。席豫,开元中累官至考功员外郎,典举得士,三迁中书舍人,转户部侍郎,入为吏部侍郎。天宝初,改尚书左丞,封襄阳县子③。张均,张说之子,开元二十六年为饶州刺史,以太子左庶子征,复为户部侍郎,天宝九载,迁刑部尚书④。宋遥,开元中为中书舍人,开元末为吏部侍郎。韦述,开元十八年兼知史官事,二十七年转国子司业,充集贤学士。天宝初,历左右庶子,天宝九载迁尚书工部侍郎,封方城县侯⑤。以上诸人中,韦述曾屡次垂访,与萧颖士有知遇、提携之恩。"史官韦述荐颖士自代,召诣史官待制,颖士乘传诣京师。"⑥开元至天宝初的多位政坛高官、学界宿学、文坛精英与萧颖士"钧礼"相交,可见萧之高才博学及所获爱重欣赏。至于友朋,"汝南邵轸纬卿词举标干,天水赵骅云卿才美行纯,陈郡殷寅直清达于名理,河南源衍季融粹微而周,会稽孔至惟微述而好古,河南陆据德邻恢恢善于事理,河东柳芳仲敷该练故事,长乐贾至幼邻名重当时,京兆韦收仲成远虑而深,南阳张有略维之履道体仁,有略族弟邀季遐温其如玉,中山刘颖士端疏明简畅,颍川韩拯佐元行备而文,乐安孙益盈孺温良忠厚,京兆韦建士经中明外纯,颍川陈晋正卿深于诗书,天水尹徵之诚明贯百家之言,是皆厚于萧者也"⑦。诸友中,萧颖士与李华交谊最为深厚,其次为邵轸、赵骅。据《唐国史补》卷下,萧颖士与李华俱以文章著名而并称"萧李"。李华有《寄赵七侍御》:"昔日萧邵游,四人才成童。属词慕孔门,入仕希上公……茂挺独先觉,拔身渡京虹。"⑧萧、李二人年少即识,同游太学,志同道合,乃贫贱之交。萧颖士卒后,其子"以华平生最深,见托为叙"⑨。对萧颖士其人、其文、其事,除萧夫子自道之外,李华之叙述为最全最深。

其三,萧颖士乐于举荐后学是重要的现实原因。"礼部侍郎杨浚掌贡

---

① 《新唐书·萧颖士传》(卷二〇二),第5767~5768页。
② 《旧唐书·裴耀卿传》(卷九八),第3079~3083页。
③ 《旧唐书·席豫传》(卷一九〇中),第5035~5036页。
④ 《旧唐书·张均传》(卷九七),第3057~3058页。
⑤ 《旧唐书·韦述传》(卷一〇二),第3183~3184页。
⑥ 《新唐书·萧颖士传》(卷二〇二),第5768页。
⑦ (唐)李华:《三贤论》,《全唐文》(卷三一七),第3215页。
⑧ (唐)李华:《寄赵七侍御》,《全唐诗》(卷一五三),北京,中华书局,1960年,第1588~1589页。
⑨ (唐)李华:《扬州功曹萧颖士文集序》,《全唐文》(卷三一五),第3198页。

举,问萧求人,海内以为德选"①。"颖士乐闻人善,以推引后进为己任,如李阳②、李幼卿、皇甫冉、陆渭等数十人,由奖目,皆为名士。天下推知人,称萧功曹"③。据《登科记考补正》(卷九),天宝十二载至十五载(753~756),杨浚连掌贡举。其间,门人长孙铸、刘太冲、房白、邬载、刘舟、殷少野于天宝十二载登第;刘太真、尹徵于天宝十三载登第;皇甫冉于天宝十五载登第④。萧颖士的举荐必会扩大门人的声名,增加其登第的机会。而杨浚之所以会向萧颖士求人,源于为师者即萧颖士的声名,为生者自身出众才识为众人所称许。为师者举荐学生入仕,古已有之。孔子"使漆彫开仕"⑤,"子路使子羔为费宰"⑥。墨子曾对其弟子言:"姑学乎,吾将仕子。"⑦墨子曾仕滕绰于齐,仕曹公子于宋,仕高石子于卫,仕公尚过于越。萧颖士具有举荐学生入仕的能力,无疑会大大增加弟子入门求学的吸引力。

其四,萧颖士出身世家也是重要原因之一。何谓"士族"?"从谱牒学角度来看,都是指累世在政治、文化、社会等方面具有较高等第的家族。"⑧萧颖士曾自言其家族世系:"仆南迁士族,有梁支孙。系祖司徒鄱阳忠烈王,追踪二南,迈德荆郢。有子四十人,俾侯锡社,入卿出牧,且忠且贤,终始梁代。第三子侍中懿惠侯,大同中以信武将军都督北兖州,缘淮南军,遗爱在人,诏学士谢兰撰德政碑文。……同堂兄弟,百有数十,自梁涉唐,多著名迹。终古蕃盛,莫之与比。"⑨据符载为萧颖士之子萧存所撰的《尚书比部郎中萧府君墓志铭》:"梁武帝季子鄱阳王恢之裔。五世祖唐刑部尚书生雅州都督,都督生左卫长史元恭,长史生密州莒县主簿旻,主簿生扬州府功曹颖士。"⑩据诸书所记,萧颖士乃梁鄱阳忠烈王萧恢之后,其世系整理如下:萧恢(梁鄱阳王,梁武帝萧衍之弟)—萧循(宜丰侯,萧恢第三子)—萧造(唐刑部尚书)—萧夙(武威大将军)—萧善义(雅州都督)—萧元恭(左卫长史)—萧旻(密州莒县主簿)。兰陵乃萧颖士之郡望,颖川乃其乡贯。兰陵萧氏曾

---

① (唐)李华:《三贤论》,《全唐文》(卷三一七),第3215页。
② 据《唐诗纪事校笺》(卷二七)"李幼卿"条记"李阳"为"李阳冰",疑《新唐书》脱"冰"字。
③ 《新唐书·萧颖士传》(卷二〇二),第5769页。
④ (清)徐松撰,孟二冬补正:《登科记考补正》(卷九),北京,北京燕山出版社,2003年,第376~391页。
⑤ (魏)何晏注,(宋)邢昺疏:《论语注疏·公冶长》(卷五),北京,北京大学出版社,1999年,第57页。
⑥ (魏)何晏注,(宋)邢昺疏:《论语注疏·先进》(卷一一),第152页。
⑦ (清)孙诒让注:《墨子间诂·公孟》(卷一二),上海,上海书店出版社,1986年,第279页。
⑧ 李浩:《唐代关中士族与文学》,北京,中国社会科学出版社,2003年,第55页。
⑨ (唐)萧颖士:《赠韦司业书》,《全唐文》(卷三二三),第3276页。
⑩ (唐)符载:《尚书比部郎中萧府君墓志铭》,《全唐文》(卷六九一),第7084页。

为梁朝皇族,因侯景之乱而衰落。在唐代,又因萧造的崛起而显赫一时。据《旧唐书·高祖纪》,武德元年(618)秋七月丙午,刑部尚书萧造为太子太保,之后逐渐败落,至萧颖士祖、父时仅能担任主簿之类的低级官吏。据《南兰陵萧氏著作综录》①,萧颖士祖上并不善文,无文集传世,以军功、政事著称。

综上,萧颖士年方弱冠即进士擢第,受到多位政坛高官及学界宿学称扬,乐于奖掖举荐后进,出身世家,曾担任清要之职(天宝初,曾任秘书省正字),堪称"清流"的代表人物之一。"唐代'清流'一词,可兼指士族与科举进士出身者"②,更何况萧颖士既出身门第高华的士族,又年少即进士擢第,两者兼而有之,自然能被众多学子所追随。

(三)萧夫子所授之徒

萧夫子之学生,据潘吕棋昌《萧颖士研究》,可考者约29人,他们是刘太真、刘太冲、尹徵、王恒、卢翼、卢士式、贾邕、赵匡、阎士和、柳并、柳淡、李阳冰、李幼卿、皇甫冉、陆渭、戴叔伦、刘舟、长孙铸、房白、元晟、姚发、殷少野、邹载、郑愕、陆淹、相里造、息夫牧、韩云卿、韩会。与后出的张卫宏《萧颖士研究》相比,少了韩云卿、韩会,"李阳冰"作"李阳"。据《新唐书·李华传》:"华爱奖士类,名随以重,若独孤及、韩云卿、韩会、李纾、柳识、崔祐甫、皇甫冉、谢良弼、朱巨川,后至执政显官。"③韩云卿、韩会似应为李华之学生。据王铚《韩会传》④载,二韩"俱为萧、李爱奖",韩会还"首与梁肃变体为古文章,为《文衡》一篇"。二韩应为萧、李二人所共同奖掖。至于"李阳",应为"李阳冰",见上文。故潘吕棋昌《萧颖士研究》更为准确。

在众多学生中,师生联系紧密且屡次受萧颖士称誉者有刘太真、柳并、尹徵、阎士和。刘太真,善属文,《旧唐书》、《新唐书》有传,皆言师事萧颖士事。刘太真自言:"天宝中,尝遇故扬州功曹兰陵萧君,语及文学,许相师授。"⑤萧颖士亦曾言:"孔圣称颜子,有'视余犹父'之叹,其至欤!今吾于太真也然乎尔。……吾尝谓门弟子有尹徵之学、刘太真之文,首其选焉。"⑥萧颖士将其与刘太真之关系比作孔子与颜回,虽有高自标榜之嫌,亦可见出对刘太真之器重与欣赏。裴度《刘府君神道碑铭并序》:"当时文士兰陵萧茂

---

① 张敏:《南兰陵萧氏著作综录》,上海,上海古籍出版社,2015年。
② 李浩:《唐代三大地域文学士族研究》,北京,中华书局,2002年,第85页。
③ 《新唐书·李华传》(卷二〇三),第5776页。
④ (宋)王铚:《韩会传》,屈守元、常思春编:《韩愈全集校注·附录六》,成都,四川大学出版社,1996年,第3185页。
⑤ (唐)刘太真:《上杨相公启》,《全唐文》(卷三九五),第4016页。
⑥ (唐)萧颖士:《江有归舟一篇三章》,张卫宏:《萧颖士研究》,第136页。

挺,才高意广,诱接甚寡。一见公,便延之座右,以孔门高第,不在兹乎?"①刘府君即刘太真。柳并,字伯存,萧颖士对其颇为欣赏,"余之门人有柳并者,前是一岁,亦尝觏兹地。其请业也,必始乎此焉。并也有尹之敏、刘之工。其少且疾,故莫之逮。太真亦尝曰:'何敢望并?'并与真,难乎其相夺矣"②。柳并为学甚敏,为文甚工,且受业以来,进步神速,但在主儒家学说的同时,兼好黄老之学,萧颖士对此颇为宽容。《新唐书·柳并传》:"初,并与刘太真、尹徵、阎士和受业于颖士,而并好黄、老。颖士常曰:'太真,吾入室者也,斯文不坠,寄是子云。徵博闻强识,士和钩深致远,吾弗逮已。并不受命而尚黄、老,予亦何诛?'"③另有柳淡④者,柳并之弟,字中庸,颖士爱其才,以女妻之。《大唐王屋山上清大洞三景女道士柳尊师真宫志铭》:"尊师姓柳氏,讳默然,字希音……父淡功,善属文,学通百氏,诏授洪州户曹掾,不就,高论于贤侯之座以终世。户曹娶扬府萧功曹颖士女,生尊师。"⑤阎士和对其师推崇备至,"阎士和盛推颖士文章,以为闻萧氏之风者,童子羞称曹陆"⑥,虽秉承尊师之意不免有夸大之嫌,但仍可见出尊师之诚。《新唐书》亦有类似记载。

特别值得一提的是,萧颖士与河东柳氏家族的渊源,以及对柳宗元古文的可能产生的影响。目前学界对"萧李"与韩愈集团的关系,关注较多,如屈光《盛唐李萧古文集团及其与中唐韩愈集团的关系》、汪晚香《论唐代散文革新中的肖李集团》等,但少有人注意到"萧李"特别是萧颖士对河东柳氏特别是对柳宗元的影响。

萧颖士与柳芳为挚友,同于开元二十三年(735)进士擢第。据李华《三贤论》:"柳芳仲敷该练故事……厚于萧者也。"⑦史学家柳芳与赵骅、殷寅、颜真卿、陆据、萧颖士、李华、邵轸同志友善,故天宝年间八人齐名于世⑧。

---

① (唐)裴度:《刘府君神道碑铭(并序)》,《全唐文》(卷五三八),第5467页。
② (唐)萧颖士:《江有归舟一篇三章》,张卫宏:《萧颖士研究》,第137页。
③ 《新唐书·柳并传》(卷二〇二),第5771页。
④ 《新唐书》本传作"柳谈",应为"柳淡"。《新唐书·宰相世系表》(卷七三上):"淡字中庸,洪府户曹参军。"第2836页。(唐)林宝撰,岑仲勉校记《元和姓纂》(卷七):"淡字中庸,洪府户曹。"北京,中华书局,1994年,第1098页。
⑤ (唐)李敬彝:《大唐王屋山上清大洞三景女道士柳尊师真宫志铭》,周绍良主编:《唐代墓志汇编》开成〇四五,上海,上海古籍出版社,1992年,第2201页。
⑥ (宋)晁公武著,孙猛校证:《郡斋读书志校证》(卷四),上海,上海古籍出版社,1990年。
⑦ (唐)李华:《三贤论》,《全唐文》(卷三一七),第3215页。
⑧ 赵骅,一作赵晔,《旧唐书·赵晔传》(卷一八七下):"晔性孝悌,敦重交友,虽经艰危,不改其操。少时与殷寅、颜真卿、柳芳、陆据、萧颖士、李华、邵轸,同志友善,故天宝中语曰:'殷、颜、柳、陆、萧、李、邵、赵',以其重行义,敦交道也。"第4907页。《新唐书·萧颖士传》(卷二〇二):"尝兄事元德秀,而友殷寅、颜真卿、柳芳、陆据、李华、邵轸、赵骅,时人语曰:'殷、颜、柳、陆、李、萧、邵、赵',以能全其交也。"第5769~5770页。

柳芳，由永宁尉直史馆。唐肃宗诏柳芳与韦述缀辑吴兢所著国史，韦述死后，由柳芳完成，从高祖至乾元，一百三十篇。叙天宝后事时，曾向高力士询问开元、天宝及禁中事，具识本末，成《唐历》四十篇，颇有异闻①。

萧颖士二学生，柳并为其得意门生，柳淡为其女婿。二柳为同胞兄弟，均属河东柳氏，《元和姓纂》卷七"河东解县柳氏"下载："秦末有柳安，惠裔孙也，始居解县。……范，尚书右丞；生齐物，睦州刺史，生喜。喜生贲、并、中行、寀。并，殿中侍御史，生道伦。淡字中庸，洪府户曹。"②另据柳宗元《先君石表阴先友记》③："柳氏兄弟者，先君族兄弟也。最大并，字伯存。为文学，至卿史。病瘖，遂废。次中庸、中行，皆名有文。咸为官，早死。柳登、柳冕者，族子也。自其父芳，与冕并居集贤书府。冕文学益健，颇躁。自吏部郎中出为刺史。至福建廉使，卒。登晚仕至尚书郎、秘书少监。"柳氏族人众多，柳宗元在《先君石表阴先友记》中特意列举柳芳、柳并、柳淡等人，说明其父与三人并非仅有血缘之亲，更是志同道合之友人，其父生前有可能常常提及三人。而柳宗元对既是柳氏族人，亦是史学、文坛精英的三人，应多少有亲近之意。而他们的史学观念、文学主张也会对柳宗元产生一定的影响。

在以上诸学生中，尚有一位天然的学生未被提及，那就是萧颖士之子萧存。萧存，"字伯诚，亮直有父风。能文辞，与韩会、沈既济、梁肃、徐岱等善"④。"君有子一人曰存，为苏州常熟县主簿，雅有父风，知名于代。"⑤萧存作为萧颖士寄予厚望的传人，对其父之文学主张自然体悟最深。萧存与韩会为友，韩会乃"愈之宗兄故起居舍人君，以道德文学伏一世"⑥；"起居有德行言词，为世轨式"⑦；"韩会，昌黎人。善清言，有文章，名最高"⑧。另有韩云卿，其"文章冠世，拜监察御史，朝廷呼为子房"⑨。韩愈对叔父推崇备至，"当大历世，文辞独行中朝，天下之欲铭述其先人功行取信来世者，咸归

---

① 《新唐书·柳芳传》（卷一三二），第 4536 页。
② （唐）林宝撰，岑仲勉校记：《元和姓纂》（卷七），北京，中华书局，1994 年，第 1096～1098 页。
③ （唐）柳宗元：《先君石表阴先友记》，易新鼎点校：《柳宗元集》（卷一二），北京，中国书店，2000 年，第 164～165 页。
④ 《新唐书·萧存传》（卷二〇二），第 5770 页。
⑤ （唐）李华：《扬州功曹萧颖士文集序》，《全唐文》（卷三一五），第 3198 页。
⑥ （唐）韩愈：《考功员外卢君墓铭》，阎琦校注：《韩昌黎文集注释》（卷六），西安，三秦出版社，2004 年，第 10 页。
⑦ （唐）韩愈：《韩滂墓志铭》，《韩昌黎文集注释》（卷七），第 318 页。
⑧ （唐）柳宗元：《先君石表阴先友记》，易新鼎点校：《柳宗元集》（卷一二），北京，中国书店，2000 年，第 161 页。
⑨ （唐）李白：《武昌宰韩君去思碑颂碑并序》，《李太白全集》，第 1378 页。

韩氏"①。韩会与韩云卿,俱为萧、李爱重。韩云卿乃韩愈从父,韩会乃韩愈长兄,且韩愈三岁而孤,由其长兄抚养、启蒙、教导,"愈生三岁而孤,随伯兄会贬官岭表"。韩会的诸多观念自然会深深影响韩愈。韩会首与梁肃变体为古文章,为《文衡》一篇,力陈载道明教之说。韩愈之倡为古文,实深受其影响。可能是由于韩会与萧存的渊源,韩愈年少时曾得到萧存之赞赏或提携,"韩愈少为存所知,自袁州还,过存庐山故居,而诸子前死,唯一女在,为经赡其家"②。韩云卿、韩会、韩愈与萧颖士、萧存父子有颇深渊源,且他们的文学主张较为接近,韩愈后来提出诸如宗经、重史、重文德等主张,在一定程度上是受到萧颖士的影响。

（四）授课传道之内容

萧颖士所作诗文散佚较多,现存文献较少。在萧颖士诗文中,有一诗、一序提及师生及师生授课之内容。诗为《留别二三子得韵字》：

二纪尚雌伏,徒然忝先进。英英尔众贤,名实郁双振。残春惜将别,清洛行不近。相与爱后时,无令孤逸韵。③

该诗作于天宝十二载(753)春,萧颖士调河南府参军,弟子十二人于长安城外赋诗钱别。萧颖士在诗中为自己沉沦下僚惭愧、忧愤的同时,也勉励弟子们要充分发挥贤才而奋发有为。序为《江有归舟一篇三章并序》：

记有之,尊道成德,严师其难哉！故在三之礼,极乎君亲,而师也参焉。无犯与隐,义斯贯矣。孔圣称颜子,有"视余犹父"之叹,其至欤！今吾与太真也然乎耳,且后进而余师者,自贾邕、卢冀之后,比岁举进士登科,名与实皆相望腾迁,凡数子。其他自京畿太学,逾于淮、泗,行束脩以上,而未及门者,亦云倍之。余弗敏,曷云当乎？而莫之让,盖有来学,微往教,蒙匪余求,若之何其拒哉？猗尔之所以求,我之所以诲,学乎？文乎？学也者,非云征辨说、撼文字,以扇夫谈端,轹厥词意,其于识也,必鄙而近矣。所务乎宪章典法、膏腴德义而已。文也者,非云尚形似、牵比类,以局夫俪偶,放于奇靡。其于言也,必浅而乖矣。所务乎激扬雅训、彰宣事实而已。众之言文学者或不然。于戏！彼以我为僻,

---

① （唐）韩愈：《科斗书后记》，《韩昌黎文集注释》（卷二），第144页。
② 《新唐书·萧存传》（卷二〇二），第5770页。
③ （唐）萧颖士：《留别二三子得韵字》，张卫宏：《萧颖士研究》，第131页。

尔以我为正,同声相求,尔后我先,安得而不问哉?问而教,教而从,从而达,欲辞师也得乎。孔门四科,吾是以窃其一矣。然夫德行政事,非学不言,言而无文,行之不远,岂相异哉?四者一夫正而已矣。故曰:"《诗》三百,一言以蔽之,曰'思无邪'。"无不正之谓也……先师孝悌谨信、泛爱亲仁、余力学文之训,尔其志之……①

该序作于天宝十三载(754)五月。据序文,尹徵、刘太真于该年春连中甲乙科,于五月东归江表,又据《登科记考补正》卷九载尹徵、刘太真等于天宝十三载春登进士第。该序可谓是开风气之先的"师说",开篇从师之责任在于尊道、成德,教诲弟子尊儒家之道,成儒家之德,直指师生传道的核心。之后感慨地谈及与弟子刘太真的师生之情,并由此扩大到与全部弟子的交往及传道的内容。作为弟子,渴望学习的是"学"与"文";作为父子,能够教诲的也是"学"与"文"。

"学"是为文的基础,"学"当以效法儒家的典章法规、道德信义为本,最终目的在于德行、政事。萧颖士自言其得"孔门四科"之一,所谓"孔门四科"即德行、言语、政事、文学。据前后文,萧颖士所得"孔门四科"之一应是文学,而"文学"的最终指向却是德行、政事,因"德行政事,非学不言,言而无文,行之不远"。正如萧颖士在开元二十九年(741)所作《赠韦司业书》中所言:"丈夫生遇升平时,自为文儒士,纵不能公卿坐取,助人主视听,致俗雍熙,遗名竹帛,尚应优游道术,以名教为己任,著一家之言,垂沮劝之益,此其道也。"②"假使因缘会遇,躬力康衢,正应陪侍从近臣之列,以箴规讽谲为事。进足以献替明君,退足以润色鸿业。决不能作擒奸摘伏,以吏能自达耳。"③至于萧颖士认为应该学习的内容,从《赠韦司业书》关于其学习经历及文化生活的一段描述可以略见一斑:"仆有识以来,寡于嗜好,经术之外,略不婴心。幼年方小学时,受《论语》、《尚书》,虽未能究解精微,而依说与今不异。由是心开意适,日诵千有余言。榎楚之威,不曾及体。有时疲顿,即聊自止息,不过临池水、视游鱼耳。顷来志若转不耐烦,观围棋,读八分书,亦愤闷。除经史、《老》《庄》之玩,所未忘者,有碧天秋霁,风琴夜弹,良朋合坐,茶茗间进,评古贤,论释典。"④萧颖士把自古及今的典籍分为三类:其一,究解儒经。以儒家经术为核心,《论语》、《尚书》等儒家经典是萧颖士

---

① (唐)萧颖士:《江有归舟一篇三章序》,张卫宏:《萧颖士研究》,第136~137页。
② (唐)萧颖士:《赠韦司业书》,张卫宏:《萧颖士研究》,第155页。
③ 同上,第157页。
④ 同上,第158页。

知识结构的核心;其二,玩赏老庄。以老庄为代表的道家文化作为儒家学说的重要补充,是萧颖士在阅读儒家经典之余的玩赏之作。其三,闲谈释典。释典并非其思想之重要组成部分,而仅是闲暇之余,与朋友茶茗之时的谈资而已。可见,在萧颖士的知识体系中,儒、道、释有非常严格的等级关系,并非等而视之。

作"文"不应该仅关注"形似"、"比类"、"俪偶"、"奇靡"等外在形式,应以激励宣扬典雅纯正之训释、显扬宣示故实典故为本。萧颖士在详细阐明自己关于"学"与"文"观点之后,又言"众之言文学者或不然"。萧颖士自己与"众"之观点似乎针锋相对。在《赠韦司业书》中,萧颖士先言孙逖对自己的称扬,然后一转:"曩时与孙考功无里闬交游之知、亲朋推荐之分,势悬望阻,声尘不接。蹑无情之路,回必断之明,怀恩下隔于至公,而见遇尽关于薄技。则是仆词策之知己,非心期之知己,故曰可谓知其一也。"①孙逖对其科举考试中的高妙词策赞赏不已,但萧颖士却视之为"薄技"。接着又旗帜鲜明地高倡:"仆平生属文,格不近俗,凡所拟议,必希古人,魏晋以来,未尝留意。又况区区咫尺之判,曷足牵丈夫壮志哉?而时议喧喧,辄复见数,亦尝标奖恩于铨庭,振尘声于辇下。而今拙句尚在人口,已云再矣,复何补于沦弃耶?"②"今朝野之际,文场至广,挟藻飞声,森然林植"③,故而萧颖士针锋相对地提出:"文也者,非云尚形似、牵比类,以局夫俪偶,放于奇靡。其于言也,必浅而乖矣。"综上,萧颖士不满于"众"、"俗"的观念,具体言之,"众"、"俗"一味追求"形似"、"比类"的思维方式、"俪偶"的句式、"奇靡"的风格;受科举考试的影响,仅仅注目于科考时文如词策、判文等,而忽略了经史之学,更丧失了"以名教为己任"的光复儒道的责任,丢弃了"著一家之言,垂沮劝之益"④的历史使命。与"众"、"俗"截然不同的是,萧颖士认为:"文"应"格不近俗,凡所拟议,必希古人,魏晋以来,未尝留意","又溺志著书,放心前史,乍窥律令,无殊桎梏"⑤。他还认为,儒道传承者应该宗经、尚古、著史,而"魏晋以来,未尝留意"正切合李华对萧颖士的总结,"萧之志行,当以

---

① (唐)萧颖士:《赠韦司业书》,张卫宏:《萧颖士研究》,第 154~155 页。
② 同上,第 157 页。
③ 同上,第 155 页。
④ 同上。
⑤ 同上,第 157 页。
  李华在《三贤论》中评价萧颖士之史才云:"萧以史书为繁,尤罪子长不编年陈事,而为列传,后代因之,非典训也。将正其失,自《春秋》三家之后,非训齐生人不录,次序缵修,以迄于今,志未就而殁。推是而论,则见萧之志矣。"《全唐文》(卷三一七),第 3214 页。

中古易当世"①。需要说明的是,萧颖士虽鄙薄科考时文,不以其自矜,但并不否定科举时文。首先,萧颖士本人就是以高超的科举时文书写而一举擢第,且因此赢得孙逖等人的称赞。其次,萧颖士在该序末尾津津乐道于刘太真、柳并等弟子的中举,亦说明科举时文在当时仍是士人入仕重要的敲门砖。萧颖士所要强调的是科举时文仅是士人入仕的手段,不应成为士人"学"与"文"的最终目标,士人当以经史之学为依归,"尚应优游道术,以名教为己任,著一家之言,垂沮劝之益"。一言以蔽之,即作文当"以德行为本",即文人应立足于修身、正心、诚意,方可始与论文。正是源于对"文德"的崇尚,萧颖士鄙视那些失去雅操、一味逢迎权贵之人,"窃观今之文人,雅操大缺,内不能自强于己,外有以求誉于时,簧篨阘茸,人望口气,谓其高位必以援登,芳声要以用致"②。

萧颖士讲经授徒,从运行方式来看,属于私学性质,已部分具有文人入仕的预备学校的功能。私学与官学迥异之处在于,师生之间存在着双向选择关系。师生在选择之前有一定的自由度,但一旦确立师生关系,就带有一定的宗法性质,因为学生择师,多数源于倾慕,道义为重,师生之间以诚相待,会形成较为固定的师承关系,且在长期的尊师爱生深厚情谊的浸润下,弟子作为夫子之学的继承人,自然具有传播学旨的责任与义务。要之,萧颖士以师徒为纽带传播宗经、重史、文德等观念也就具有了现实基础。

萧颖士之所以如此强调"文德",乃是目睹天宝以来士风浇薄之现状特别是安史之乱中部分文臣武将面对乱军卑躬屈膝的丑陋行径有感而发:

> 彼邦畿之尹守,藩牧之垣翰;莫不光膺俊选,践履清贯。荣利溢乎姻族,繁华恣其侈靡。或拘囚就戮,或胥附从乱;曾莫愧其愚懦,又奚闻于殉难?甚乎!昔先王之经国,仗文武之二事,苟兹道之不堕,实经天而纬地。邦家可得而理,祸乱无从而至。今执事者反诸,而儒书是戏,蒐狩鲜备。忠勇翳郁,浇风横肆;荡然一变,而风雅殄瘁。故时平无直躬之吏,世难无死节之帅。其所由来者尚矣! 不其哀哉!③

萧颖士认为,朝廷陷入文恬武嬉困境的原因在于天宝以来的"执事者"即李林甫、杨国忠之流戏辱文儒之士、鄙薄儒家之道,导致浇薄之风横行、风雅之

---

① (唐)李华:《三贤论》,《全唐文》(卷三一七),第3214页。
② (唐)萧颖士:《赠韦司业书》,张卫宏:《萧颖士研究》,第154页。
③ (唐)萧颖士:《登宜城故城赋》,张卫宏:《萧颖士研究》,第231页。

气凋零。而要根本解决这一问题，便须复兴儒道，不论为人还是为文，当以德行为根本，实际上也暗含着对武周以来选官重文采、轻品行倾向的批评。萧颖士此论与贾至在《议杨绾条奏贡举疏》中的主张遥相呼应：

> 臣弑其君，子弑其父，非一朝一夕之故，其所由来者渐矣。渐者何？谓忠信之陵颓，耻尚之失所，末学之驰骋，儒道之不举，四者皆由取士之失也……今取士试之小道，而不以远者大者，使干禄之徒，趋于末术，是诱道之差也。夫以蜗蚓之饵，杂垂沧海，而望吞舟之鱼至，不亦难乎！所以食垂饵者皆小鱼，就科目者皆小艺。四人之业，士最关于风化。近代趋仕，靡然同风，致使禄山一呼而四海震荡，思明再乱而十年不复。向使礼让之道宏，仁义之风著，则忠臣孝子，比屋可封，逆节不得而萌也，人心不得而摇也。①

萧颖士立足于现实倡导"文德"，展现出萧颖士反思现实政治的深度与犀利。

萧颖士不仅大力倡导"文德"，更身体力行。这可以通过友朋及学生的评价来证明。李华《扬州功曹萧颖士文集序》："君以文章制度为己任，时人咸以此许之。"②所谓"以文章制度为己任"，即以上承"六经"、附于"风雅"、有益"王化"、裨益"世教"作为其书写最根本的目标，这既是自我价值的认定，也得到时人的认同。又李华《祭萧颖士文》中高度评价萧颖士"避乱全洁忠也，冒危迁袝孝也。有王佐之才，先师之训……有过必规，无文不讲。知名当世，实类无人"③。萧颖士有意识地通过文章、德行影响学生，由是得到学生的景仰与尊崇。在一次为萧颖士赴东都举行的饯别宴上，弟子们纷纷表达对夫子德、业、行、文诸方面的称赞：如"大名掩诸古，独断无不适。德遂天下宗，官为幕中客。"④"大德讵可拟，高梧有长离。素怀经纶具，昭世犹安卑。"⑤"吾师继微言，赞述在坟典。"⑥"文学鲁仲尼，高标嵇中散。"⑦

颇具意味的是，李华《赠礼部尚书清河孝公崔沔集序》中也提出了"文德"与"文行"：

---

① （唐）贾至：《议杨绾条奏贡举疏》，《全唐文》（卷三六八），第3735页。
② （唐）李华：《扬州功曹萧颖士文集序》，《全唐文》（卷三一五），第3198页。
③ （唐）李华：《祭萧颖士文》，《全唐文》（卷三二一），第3257~3258页。
④ （唐）刘舟：《送萧夫子赴东府得适字》，《全唐诗》（卷二〇九），第2175页。
⑤ （唐）长孙铸：《送萧夫子赴东府得离字》，《全唐诗》（卷二〇九），第2175页。
⑥ （唐）刘太冲：《送萧夫子赴东府得浅字》，《全唐诗》（卷二〇九），第2176页。
⑦ （唐）殷少野：《送萧夫子赴东府得散字》，《全唐诗》（卷二〇九），第2177页。

> 文章本乎作者,而哀乐系乎时。本乎作者,六经之志也;系乎时者,乐文武而哀幽厉也。立身扬名,有国有家,化人成俗,安危存亡。于是乎观之,宣于志者曰言,饰而成之曰文。有德之文信,无德之文诈。皋陶之歌,史克之颂,信也。子朝之告,宰嚭之词,诈也,而士君子耻之……文顾行,行顾文,此其与于古欤。①

李华"文德"观的逻辑起点是文章的创作主体即作者,而作者又与时代背景特别是政治的哀乐紧密相关。文章的价值与意义,对于个体而言可以立身、可以扬名;对于国家而言可以安危存亡;对于社会而言可以教化百姓、可以移风易俗。正因为文章的价值如此巨大,且与作者密切相关,故文章创作主体德行之有无、高下就显得尤为重要,"有德之文信,无德之文诈"。文章的信与诈与文人的品行高洁与卑劣是紧密相联的,文章能反映创作主体的品行,创作主体的品行会限制文章的水平。相对而言,萧颖士之文德观是从夫子与弟子传道授业的角度切入,更关注学与文的关系;李华之文德观则是从创作主体即作者与创作客体即文章的角度切入,关注的是文章高下与作者德行的关系。二者从不同的角度丰富了"文德观"的内涵。

萧颖士重"文德"的主张,源自孟子的"浩然正气"的观念,对韩愈的"文气说"有重要影响。韩愈《答尉迟生书》:

> 夫所谓文者,必有诸其中,是故君子慎其实。实之美恶,其发也不掩:本深而末茂,形大而声宏,行峻而言厉,心醇而气和。②

《答李翊书》:

> 将蕲至于古之立言者,则无望其速成,无诱于势利,养其根而俟其实,加其膏而希其光。根之茂者其实遂,膏之沃者其光晔;仁义之人,其言蔼如也……行之乎仁义之途,游之乎诗书之源,无迷其途,无绝其源,终吾身而已矣。③

韩愈认为,为文首先应有良好的道德修养,立行为本,立言为末,文行应合

---

① (唐)李华:《赠礼部尚书清河孝公崔沔集序》,《全唐文》(卷三一五),第3196页。
② (唐)韩愈:《答尉迟生书》,《韩昌黎文集注释》(卷二),西安,三秦出版社,2004年,第219页。
③ (唐)韩愈:《答李翊书》,《韩昌黎文集注释》(卷三),第254~256页。

一,文章和作家的品行道德是密切相连的,有其德方有其行,有其行方有其言,可谓和萧颖士的主张一脉相承,同出于"有德者必有言"(《论语·宪问》)之主张。

三、萧颖士赋

萧颖士的赋作内容丰富,风格多样。《爱而不见赋》①以《诗经·静女》中"爱而不见"句为题,继承了楚辞借男女恋爱悲剧以抒发愤懑的手法。其因思友人而不得见,只得"梦佳期于北方",却又被狂风恶浪惊醒,万般无奈之下,乃"冥然就寝,兀若无识。冀良宵之复遇,希旧游之可即"②,但"徒有愿兮且未克",事与愿违,忧思更为深沉。该赋情思婉转,又悲壮激越。《毛诗序》云:"《静女》,刺时也。卫君无道,夫人无德。"③该赋似有讽刺朝廷昏乱、玄宗昏聩之意。《至日圜丘祀昊天上帝赋(以题为韵)》,记叙了天子祭祀昊天上帝的全过程,意绪连贯,脉络清晰,叙述简洁,与杜甫的《三大礼赋》相比,萧赋简约质实,朴淡浅净,雍容平和;杜赋典雅宏奥,回环往复,铺张扬厉。

《登宜城故城赋》模仿鲍照《芜城赋》古今荣枯对比的手法,以细腻的笔触无限惋惜地刻画了安史之乱前后宜城的盛衰变化,以及作者自己在乱中逃亡的辛酸悲苦,进而反思安史之乱发生的原因:

> 昔先王之经国,仗文武之二事。苟兹道之不堕,实经天而纬地。邦家可得而理,祸乱无从而至。今执事者反诸,而儒书是戏,搜狩鲜备。忠勇翳郁,浇风横肆;荡然一变,而风雅殄瘁。故时平无直躬之吏,世难无死节之帅。其所由来者尚矣!不其哀哉!④

萧氏认为,先王治国,文臣武将,各司其职,祸乱不生;今之当政者,一反古道,文恬武嬉,打击忠勇,浇漓之风大行,风雅不存,人心不古,在这种情况下,安史之乱的发生绝非偶然,实早已埋下祸根。萧氏并不一味指责安禄山狼子野心、忘恩负义,而从唐王朝内部危机入手反思战乱之诱因,敏锐地指

---

① (唐)萧颖士《爱而不见赋》下注曰:"丙辰岁待诏京邑贻旧知作。"按天宝年间无丙辰岁,前后开元四年(716)与大历十一年(776)是为丙辰,然开元四年萧颖士尚未出生,大历十一年萧颖士早已去世,俞纪东《萧颖士事迹考》据此推测,"丙辰"可能是"丙戌"之误,丙戌岁正是天宝五载(746)。
② (唐)萧颖士:《爱而不见赋》,张卫宏:《萧颖士研究》,第212页。
③ 《毛诗正义》(卷二),第173页。
④ (唐)萧颖士:《登宜城故城赋》,张卫宏:《萧颖士研究》,第231页。

出盛世下隐藏的弊病,见解独到深刻,超出众人多矣。全赋笼罩在萧瑟凄怆的氛围中,不同于"燕许"等人的庄重典雅,也不同于李白等人的明快畅达,哀而不伤,悲而不痛,于凄恻深沉中蕴涵着不屈不挠的勃勃生机。

萧颖士共有咏物赋三篇。《白鹇赋》以不惬人寰、"养拙以自保"的白鹇自比,白鹇本身处山海云间,优游自在,虽蒙天子征召,"偶一日之见羁,委微躯以受制。望层城以敛翼,怀众侣而孤唳",却羞与争风吃醋的众鸟为伍,"虽信美而非其志,独屏营而兢魂者焉"①,期望回归山林。该赋的命意不同于韩愈《感二鸟赋并序》中"感二鸟之无知,方蒙恩而入幸。惟进退之殊异,增余怀之耿耿"②既妒又羡二鸟之被征的旨趣。《庭莎赋》以"禀山野之姿,而托非其所,以就窘迫"的庭莎自比,庭莎"尚含和以顺时,随春夏之凄清",委运自然,却"喧卑而见逼",受小人排挤、欺辱,暗比序中裴公之亲戚"怙势矜权,求府僚降礼于己"。有鉴于此,加之萧颖士本性淡然,不愿趋炎附势,遂欲"坐莽浪之野,带江湖之溇。托根山阿,摇颖绿水"。两篇咏物赋的目的在于阐明"常愿鸥鸟为俦,江海是处。往岁久游剡中,将遂终焉,朝旨迫召,故不获展"③之意,狂率不逊,颇有渊明遗风,表现出不同流俗、洁身自好的节操,即物即人,疏朴质直,萧散闲远,逸气纵横,颇不同于积极入世、建功立业的豪情壮志,展现出任性自然、追求闲适恬淡的人生理想。另有《莲蕊散赋》,亦是咏物赋,但所咏之物较为特别,乃是一味药即莲蕊散。据该赋序可知,萧颖士于天宝十四载(755)居于韦城之时左胁之下生一肿块,友人听闻后,遂向李公求药即莲蕊散,药到病除。故萧颖士作此赋以表感激之心。

萧颖士最著名的赋作是作于天宝八载(749)的《伐樱桃树赋(并序)》。《新唐书》、《旧唐书》本传均认为是刺李林甫所作,只是对于两人交恶的具体原因,叙述有所不同。《旧唐书·萧颖士传》云:

> 李林甫采其名,欲拔用之,乃召见。时颖士寓居广陵,母丧,即缞麻而诣京师,径谒林甫于政事省。林甫素不识,遽见缞麻,大恶之,即令斥去。颖士大怼,乃为《伐樱桃树赋》以刺林甫……④

《新唐书·萧颖士传》:

---

① (唐)萧颖士:《白鹇赋(并序)》,张卫宏:《萧颖士研究》,第209页。
② (唐)韩愈:《感二鸟赋(并序)》,《韩昌黎文集注释》(卷一),西安,三秦出版社,2004年,第3页。
③ (唐)萧颖士:《庭莎赋》,张卫宏:《萧颖士研究》,第214页。
④ 《旧唐书·萧颖士传》(卷一九〇下),第5048页。

宰相李林甫欲见之，颖士方父丧，不诣。林甫尝至故人舍邀颖士，颖士前往，哭门内以待，林甫不得已，前吊乃去。怒其不下己，调广陵参军事，颖士急中不能堪，作《伐樱桃树赋》……以讥林甫云。①

据李华《扬州功曹萧颖士文集序》，萧颖士为扬州参军时丁家艰去官，时在开元二十六年（738），应是为母服丧，故《旧唐书》本传云萧颖士参军广陵后因母丧免官，疑有误。天宝八载（749）应是为父服丧。两传认为萧颖士在为父服丧期间带丧着缞麻应召，这既违背礼制，又极为失礼。若果然如此，李林甫之愤怒也属正常反应。那两传为何会着意强调萧颖士服丧期间应召而得罪权相呢？目的在于借萧颖士《伐樱桃树赋》对权奸李林甫的讥讽，以凸显萧之桀骜不驯、傲视权贵的风骨。宋人叶适《习学记言序目》云：

其与李林甫相失事，新旧史载不同，以其所立考之，旧史妄矣。然旧史言颖士以缞服至政事堂为林甫所逐，不过门生宾客下俚谤讟之辞，自无足辨。而新史乃称"宰相李林甫欲见之，颖士方父丧不诣；林甫尝至故人舍邀颖士，颖士前往，哭门内以待，林甫不得已前吊乃去，怒其不下己"云云；疑亦出于门人所传，非其实也。盖以今准古，宰相至故人舍求见名士，大为难事……然则虽古宰相，亦未必肯下士也。自"颖士父丧不诣"以下，当削去别修。②

叶适认为两书所载，都是出于萧颖士门人杜撰，有故意拔高之嫌，但这仅是出于一般性的情理推测，缺乏坚实的事实依据。唐人赵璘《因话录》云：

或传功曹为李林甫所召时，在禫制中谒见。林甫薄之，不复用。萧遂作《伐樱桃树赋》以刺此，盖不与者所诬也。功曹孝爱著于士林，李吏部华称其冒难葬亲，岂有越礼之事，此事且下萧公数等者不为。余尝闻外族长老说，林甫闻功曹名，欲见之，知在艰棘。后闻禫制已毕，令功曹所厚之人导意，请于萧君所居侧僧舍一见，遂许之。林甫出中书至寺，自以宰辅之尊，意谓功曹便于下马处趋见。功曹乃于门内哭以待之。林甫不得已前吊，由此怒其恃才，敢与宰相敌礼，竟不问。后余见今丞相崔公铉说正同。崔公外祖母柳夫人，亦余族姨，即李北海之外孙也。

---

① 《新唐书·萧颖士传》（卷二〇二），第5768页。
② （宋）叶适：《习学记言序目》（卷四三），北京，中华书局，1977年，第633页。

柳夫人聪明强记,且得于外族,可为实录。①

赵璘是唐文宗开成间进士,多识朝廷典故,熟悉遗闻逸事,且所述亦符合唐时礼制及习俗,故该说较为可信。

分析《旧唐书》、《新唐书》及《因话录》的记载,虽具体叙述略有不同,但核心表达一致,即李林甫爱萧颖士之才而欲结识;萧颖士恃才傲物,不愿废礼屈己,"尚不能揣摩捭阖,取权豪意旨"②,由是被李林甫一再打压。萧颖士桀骜、骄傲,"若百炼之钢,不可屈折"③,不愿屈从于"口蜜腹剑"的李林甫是可能的,仔细品味《伐樱桃树赋》,确有讽刺李林甫之意。但新传、旧传似乎过度渲染萧颖士的不屈与傲骨,亦过于贬低李林甫的风度与涵养。在笔者看来,这样的解释似乎过于表面化,缺乏说服力。萧颖士鄙视甚至讽刺当朝宰相的原因是什么？他有何依仗,精神支撑点又在何处？实际上,萧颖士与李林甫交恶的根本原因在于,萧颖士属于虽在政治上较为没落但仍以儒道传承者自居、不屑吏道的北方士族,而李林甫之流属于身居高位却不学无术的新兴"吏能"派。二人之矛盾可视为文学与吏道之争的具体化。萧颖士自傲的基点源于出身士族的文化优越感及以儒道自承的人格教育。兰陵萧氏乃世家大族,入唐之后虽已日渐没落,但萧颖士乃开元二十三年进士,加之"射策甲科,见称朝右",兰陵萧氏仍然是盛唐时被尊尚的士族之一。萧颖士自恃家学及礼法,尚阀阅,重谱牒,曾著《梁萧史谱》二十卷,以儒礼治家,不屑吏道,"决不能作擒奸摘伏,以吏能自达耳"④,有较高的文化修养和政治追求。萧颖士所耳濡目染的儒家讽谏精神和"直性褊中,少所容忍,于心不惬,未曾勉强"⑤的直爽性格使得他大胆臧否,坚守着社会的道德良心,保持士族的相对独立性,自然不愿屈势从人。李林甫虽贵为当朝宰相,擅长"条理众务,增修纲纪,中外迁除,皆有恒度",但"无学术,发言陋鄙,闻者窃笑"⑥。因武惠妃、高力士之助,又善揣摩唐玄宗之意、逢迎玄宗之欲而得以官运亨通,认为"但有材识,何必辞学"⑦,"恃其早达,舆马被服,颇极鲜华。自学无术,仅能秉笔,有才名于时者尤忌之"⑧。萧颖士出身士族,且博学高

---

① (唐)赵璘:《因话录》(卷三),北京,中华书局,1985年,第19~20页。
② (唐)萧颖士:《赠韦司业书》,张卫宏:《萧颖士研究》,第159页。
③ (唐)李华:《三贤论》,《全唐文》(卷三一七),第3214页。
④ (唐)萧颖士:《赠韦司业书》,张卫宏:《萧颖士研究》,第157页。
⑤ 同上,第158页。
⑥ 《新唐书·李林甫传》(卷二二三上),第6347页。
⑦ 《旧唐书·李林甫传》(卷一〇六),第3237页。
⑧ 同上,第3240页。

才,自以为拥有鄙薄李林甫的"资格",但正如葛晓音所言,"萧颖士虽为复古先驱,但这种依傍于礼乐的士族观念正是他不可能革新儒道以复兴古文的重要原因"①。根深蒂固的士族观念使得萧颖士拥有极度的文化自信,也使得他无法真正引领时代的前进潮流。

细品《伐樱桃树赋(并序)》,确有讽刺李林甫之意,如赋中有"岂和羹之正味"之句,"和羹"指宰相,李林甫天宝八载正官居辅相。最明显的莫过于文末一系列皇室宗亲擅权干政,甚至取代君主的事例,如武公灭晋侯,三桓逐鲁公等。李林甫乃唐高祖从父弟长平王叔良的曾孙,属唐王朝宗室,"秉钧二十年,朝野侧目,惮其威权"②,权倾天下,在一定程度上具备了篡权的实力,故萧颖士有此担忧。但是,赋文并非仅仅局限于泄一时一己之怨愤,重点还在于阐述为政用人的道理,即大臣的用黜当以于国于政是否有利为据,若是在位者有害国家,虽为亲信,虽居要职,也应像伐樱桃树一样除去。以伐木为譬喻,以史实为鉴戒,锋芒毕露而又用意深远:

> 天宝八载,予以前校理罢免,降资参广陵太府军事。任在限外,无官舍是处,寓居于紫极宫之道学馆,因领其教职焉。庙庭之右,有大樱桃树。厥高累数寻,条畅荟蔚,攒柯比叶,拥蔽风景。腹背微禽,是焉栖托,颉颃上下,喧呼甚适。登其乔枝,则俯逼轩屏,中外斯隔,余实恶之。惧寇盗窥觎,因是为资,遂命伐焉。聊托兴兹赋,以儆夫在位者尔。赋曰:
>
> 古人有言:芳兰当门,不得不锄。眷兹樱之攸止,亦在物之宜除。观其体异修直,材非栋幹;外阴森以茂密,中纷错而交乱。先群卉以效诣,望严霜而凋换;缀繁英兮霰集,骈朱实兮星灿。故当小鸟之所啄食、妖姬之所攀玩也。赫赫冈宇,玄之又玄。长廊霞截,高殿云褰;实吾君聿修祖德、论道设教之筵。宜乎莳以芬馥,树以贞坚;莫匪夫松条桂桧,茝若兰荃。猗具美而在兹,尔何德而居焉?攫无用之琐质,蒙本枝而自庇;沮群林而非据,专庙庭之右地。虽先寝而式荐,岂和羹之正味?每俯临乎萧墙,奸回得而窥觊;谅何恶之能为,终物情之所畏。于是命寻斧,伐盘根;密叶剥,攒柯焚。朝光无阴,夕鸟不喧;肃肃明明,荡乎阶轩。嗟乎!草无滋蔓,瓶不假器;苟恃势而将逼,虽见亲而益忌。譬诸人事也,则翼吞并于僭沃,鲁出逐于强季;缧峻擅而吴削,伦冈专而晋

---

① 葛晓音:《盛唐"文儒"的形成和复古思潮的滥觞》,《文学遗产》1998年第6期,第44页。
② 《旧唐书·李林甫传》(卷一〇六),第3241页。

坠。其大者,虎迁赵嗣,鸾窈齐位;由履霜而莫戒,聿坚冰而荐至。呜呼!乃终古覆车之轨辙,岂寻常散木之足议?①

赋序简要地交代了作赋的缘由、主旨等,简洁流畅。赋首开门见山地指出,像芳兰这样高洁的事物一旦"当门",妨碍人们进出,都必须锄去,更何况并不坚贞芳馥的樱桃树,更是在被锄去之列,点明题旨,直截了当。然后,逐条分析砍伐樱桃树的原因。其一,樱桃树并非修长笔直,不是栋梁之材,枝叶看似茂盛,内里却纷纭错杂。春天刚至,即先于群花开放来献媚讨好,严霜未到就已凋零换貌。樱桃树所结的果实只能供小鸟啄食、美人把玩,不堪庙堂之大用,以此来讽刺那些貌似忠诚,实则奸诈,只会献媚,却无治国之材,惯于见风使舵的奸臣。其二,紫极宫本是修德讲道之所,只宜芳馥如兰桂、贞坚如松柏所居,樱桃树无德无能,而盘踞庙堂之上,所以必须伐去。其三,樱桃树本质卑劣平庸,蒙本枝庇护,窃据廊庙之地,实则刺似李林甫等奸臣本无才德,仗恃君主宠信,而身处高位,残害黎民。其四,樱桃树毗邻萧墙,奸回借此作恶,比喻李林甫等无识人之明,让奸恶坐大,有乱国之机。有鉴于此,必须伐去樱桃树,斩草除根,庙堂方能重现肃穆光明的景象。由树而直陈人事,从巩固王权的角度,引申出"草无滋蔓,瓶不假器"的观点,即提醒玄宗不能让异己势力过于强大,朝政大事亦不能假手于人,用典贴切,含蓄蕴藉又简约深刻,具有现实的针对性。最后,又列举春秋到南北朝巨奸篡弑的一系列事例儆戒玄宗,希望唐朝不要重蹈"终古覆车之轨辙",变咏物为刺时,阐明为政用人之道。全赋即树即人,寓意深刻,言辞犀利,又缜密严谨,于看似繁华的天宝时期,敏锐地觉察到了盛世背后所隐藏的深刻危机,见解独到,朴拙老健。

纵观萧颖士的十篇赋作,内容非常广泛,或为事而作,或为人而作,言之有物,情感真挚,摈弃了汉大赋铺张扬厉之风,继承了汉以来抒情小赋的传统;萧颖士用典,但不繁密,如水着盐,一句一意,语意畅达;不刻意追求句式的骈俪,注重声律的自然节奏,不刻意追求声律的平仄相间,与当时盛极一时的律赋迥然不同;具有无拘无束、生动活泼的内在精神,呈现出雅素简练之风,具自然、白描之态,可谓是宋代文赋之先导。

四、萧颖士的书信及序文

萧颖士的书信,通脱自然,笔力遒劲,回环往复,无不达之意。如《与从

---

① (唐)萧颖士:《伐樱桃树赋》,张卫宏:《萧颖士研究》,第199~200页。

弟评事书》"词锋俊发",全文如下：

> 朝得书为正不佳,又前意已决,难作移改,是以又不报。吾素志疏野,平时尚不求仕进,况今岂徼荣禄哉？前赴牒追者,盖为三道重权,冀以畴昔厚眷,计议获申,惟荐群才,庶其裨益。今既一言不见预,一士荐不行,方复规求一中下郡佐,而利其禄秩,岂在意耶？况马坠所伤,全未平复。方恐便废,自是弃人。才既不足采,而加此疾苦,更不复力强耳。韦二十五与弟昨言,中丞必须相然始下笔。才非乐生,不望拥篲,志力弊困,未堪诣府,日日如斯,与断莫定。来中丞便至责其违阙,乃罪不可料,何负使司,作此相陷？古人有言:"冠一免,岂可复加于首？"吾计决矣,之死矢靡惧,弟无惑焉。再申意二十五官,无为咄咄见逼也,为胸中最伤心。力甚弱,书数行,便不能仰视。昔不因子致跌(阙)交游早识中丞。今海内未静之秋,加之患疾伤损,不蒙恩恤,过秋羁迫,亦知命矣！吁何道哉？①

萧颖士曾于至德元年(756)十月入淮南节度副大使李成式幕,结果"一言不见预,一士荐不行",故辞去幕职返家。此次入幕经历令萧颖士颇为沮丧,使他对仕宦充满了失望与愤懑。玩味文意,萧颖士归家不久,似乎从弟与韦二十五受来中丞(来瑱)②之授意力邀萧颖士到来瑱幕中任职,甚至不惜威逼陷害。对此,萧颖士不畏强权,怒不可遏。起首即斩钉截铁地摆明自己不求仕进的观点,语气毋庸置疑;然后解释之前入李成式幕的原因,在于"冀以畴昔厚眷,计议获申,惟荐群才,庶其裨益",但因无法达到这样的目的,愤而辞官,既然无法施展才能,又何必忍受官场的束缚甚至倾轧呢？接着解释屡次拒绝入来瑱幕的原因,在于坠马受伤且未康复,加之"志力弊困"。再三申意,言辞犀利,峻峭简约。从全文的结构层次来看,萧颖士此文逻辑上有不甚清晰之弊,前后语意有重复之处,显是情绪激动之下的不平之作,故颇有狂狷之风。全文以散句为主,间有整齐的四字句式,四字句也是一句一意,既有整饬之美,复具流畅之韵,四六骈偶句式已难觅踪影。全文两处用典,即"才非乐生,不望拥篲"及"古人有言:冠一免,岂可复加于首",典故均为明用。文风清峻通脱,意气恣肆。

---

① (唐)萧颖士:《与从弟评事书》,张卫宏:《萧颖士研究》,第245页。
② 《旧唐书·来瑱传》(卷一一四):"鲁炅败于叶县,退守南阳,乃以瑱为南阳太守、兼御史中丞,充山南东道节度防御处置等使以代炅。"(第3365页)《资治通鉴·至德元载》(卷二一八):"五月,丁巳,炅众溃,走保南阳。"(第6962页)可知来瑱任御史中丞在至德元载五月。

又有《为勋翼作上张兵部书》、《赠韦司业书》等干谒文,虽求人举荐,却绝非摇尾乞怜,而以学识、才德自矜。其中《赠韦司业书》共五千三百余字,可谓是唐代干谒文中的第一长篇,在诸多方面堪称典范,同时对了解萧颖士的文学观、史学观等有极其重要的意义。

开元二十八年春三月,萧颖士丧满服除,至长安参选,作该文并赠诗,向国子司业韦述求荐引,韦述礼接之。萧颖士与韦述的交游,并非自此书始,在此之前韦述曾屡次相访,萧颖士有诗《仰答韦司业垂访五首》①赠答。全文可分为三部分:其一,开篇即以"事有勇于昔闻而怯于今见,有求之累月而弃之一言"引出两人之交往因缘,将本属求人举荐的干谒行为变为知己之交,"仆褊介自持,粗疏浸久,平生峻节,未尝屈下。恐足下尚以为风尘之士,名位不侔,行言致迕,音容便阻。则麋鹿虽微,欲服之辕轭,且必异于骐骥矣,挺而走险,何公之门不可曳长裾乎?"②展现出士人自重、自傲的节操;其二,借孙逖"第一进士"之誉引出平生志向,即"丈夫生遇升平时,自为文儒士,纵不能公卿坐取,助人主视听,致俗雍熙,遗名竹帛,尚应优游道术,以名教为己任,著一家之言,垂沮劝之益,此其道也"③。与一般干谒者一味求名求利截然不同;其三,"今请以一世浮沉之端、一身能否之效,从始至末,仰诉知音"。详细说明其世系、仕宦、嗜好、经术、性情等,于文末特别专论自《春秋》、《尚书》以来历代史书之得失及著《历代通典》之打算,颇具史识。再引出干谒韦司业之最终目的,即"尝愿得秘书省一官,登蓬莱,阅典籍,冀三四年内,绝笔之秋,使孟浪之谈,一朝见信"④,水到渠成,令人信服。据《旧唐书·萧颖士传》:"萧颖士⋯⋯与华同年登进士第。当开元中,天下承平,人物骈集,如贾曾、席豫、张垍、韦述辈,皆有盛名,而颖士皆与之游,由是缙绅多誉之。"⑤又据《旧唐书·孙逖传》:"逖选贡士二年,多得俊才。初年则杜鸿渐至宰辅,颜真卿为尚书。后年拔李华、萧颖士、赵骅登上第。逖谓人曰:'此三人便堪掌纶诰。'"⑥据史书中的记载可知,萧颖士此文中的诸多说法并非自卖自夸,而是有真凭实据。萧颖士作此文时,已二十五岁,进士及第已六年(萧颖士于开元二十三年进士及第,对策第一),仍沉沦下僚,仅担任

---

① (唐)萧颖士《仰答韦司业垂访五首》(其五):"关西一公子,年貌独青春。披褐来上京,黳然声未振。中郎何为者,倒履惊座宾。词赋岂不佳,盛名亦相因。为君奏此曲,此曲多苦辛。千载不可诬,孰言今无人。"张卫宏:《萧颖士研究》,第122页。
② (唐)萧颖士:《赠韦司业书》,张卫宏:《萧颖士研究》,第154页。
③ 同上,第155页。
④ 同上,第160页。
⑤ 《旧唐书·萧颖士传》(卷一九〇下),第5048页。
⑥ 《旧唐书·孙逖传》(卷一九〇中),第5044页。

过金坛尉(会官不成)之类的低级官职,故先后致书于知己、前辈申说自己的遭际、志向。萧颖士之所以在干谒文中理直气壮地申说对仕途的期待,在于自认为出身世家,学识渊博,且年少进士擢第,自然有理由要求秘书省这类清要之职。正如李浩所言:"唐代士族以门第之清流投考科第之清流,最后希望官职地位之清资、清要。"①

全文基本上以散体文为主,句式参差不齐,间之以少量四六句式;少用典故,即便用典也属明用,且全文引用,如"公知其一,未知其二"之类;不刻意追求声韵的平仄,展现出自然之美;文笔有信笔挥洒之妙,在飘逸潇洒之中蕴凄怆激越之情,时露廉悍犀利之态。但需要说明的是,萧颖士的多数文章在体式上仍沿袭着开元、天宝以来的新型骈体文的模式。为何《赠韦司业书》一文会呈现出如此独特的面貌?有两个方面的原因:首先,萧颖士的书信,在创作之初属于私人空间话语,无须过多考虑其时的主流文风,能够更自由地挥洒,充分体现出自己对文章的独特理解,实践自己的文学主张。其次,该文本质上属于干谒文,应采取何种方式来打动干谒对象、如何迎合干谒者的审美趣味,这都是干谒成功必须考虑的因素。"韦司业"即韦述,据《新唐书·韦述传》,韦述"好谱学","撰《开元谱》二十篇",参与编撰武德以来国史,"文约事详"②。据《旧唐书·韦述传》:"国史自令狐德棻至于吴兢,虽累有修撰,竟未成一家之言。至述始定类例,补遗续阙,勒成《国史》一百一十三卷,并《史例》一卷,事简而记详,雅有良史之才,兰陵萧颖士以为谯周、陈寿之流。"③韦述著文有"约"、"简"之风,主"宗经"。萧颖士向韦述干谒,自然要迎合韦述文的审美取向。韦述有《答萧十书》④并尝荐萧颖士自代,足见二人交往之厚。

萧颖士的序文也颇有特色,自然流畅,清华雅丽,将叙事、抒情、议论、写景融合在一起,意趣盎然,飘逸潇洒。如《清明日南皮泛舟序》:

昔建安中,魏文为王太子,与朋友诸彦,有南皮之游。飔鸣筵,浮甘

---

① 李浩:《唐代三大地域文学士族研究》,北京,中华书局,2002年,第88页。
② 《新唐书·韦述传》(卷一三二),第4530页。
③ 《旧唐书·韦述传》(卷一〇二),第3184页。
④ (唐)韦述《答萧十书》:"述白:忽枉书问,词高理博,寻玩反覆,罔知厌倦。述闻登太山者,睹蓁薄而迷其方面;涉瀛洲者,挹波涛而憺其浅深。盖广大则昧,然难为究。足下贯穿群言,靡不该览,闻一以知十,切问而近思。词人之渊薮,仆诚不敏,何以当斯乎?足下无弃刍荛,轻投琼玖,讲学先训,足以起予,启发微言,孰不贾勇。谨当扫陋巷之庭宇,望君子之轩车。博约之道,以俟会面,韦某顿首。"《全唐文》(卷三〇二),第3066页。韦述的答书,先高度赞扬萧颖士之书,再自谦不当萧之揄扬,最后约之到家一叙。文短而情长,对后学的提携、勉励之意跃然纸上。

瓜,清泉瀹沦,千古一色,此城隅托胜之旧也。由小而方大,则贵贱之欢可齐;以今而喻古,则风流之事不易。矧乃日清明,时升平,氓庶阜海滨之利,讴吟动齐右之曲,亦明代一方之乐也。①

有清空高远、萧散闲淡之风,令人回味无穷。

萧颖士以私人讲学的方式,因其卓越的才学、乐于举荐后学的品行、世家的出身吸引了大批后学从其游。萧颖士在传道解惑的过程中,高倡宗经、尚古之古文,鄙薄俪偶、绮靡之时文,主张文章应"宪章典法、膏腴德义"、"激扬雅训、彰宣事实",以政事、德行为依归,主张并饯行文德之论,有效且广泛地传播了古文的基本理论,对于韩柳中唐古文运动的展开有理论先导及舆论铺垫之意义。

萧颖士之文(除赋之外)呈现出两类迥然不同的文风:其一,为他人(或为上司、或为友朋)代写的上行公文。其中若从功能及内容细分,又可分为两类:为他人所作的礼仪性的贺表类文书,如《为扬州李长史贺立皇太子表》、《为李北海作进芝草表》、《为李中丞贺赦表》等,这类文章受限于类型化的歌功颂德,几乎均为标准的骈体文,在形式上也呈现出程式化、千篇一律的特点,少有创新之处,风格以典重庄雅为主,与其时同类文章无甚区别。这类文章现在看来虽无甚可取之处,却是当时立身官场的"必需品",也能折射出当时公文的主流文风。还有一类就是为他人所作的讨论庶务、时务的文书,如《为陈正卿进〈续尚书〉表》、《为从叔鸿胪少卿论旱请掩骼埋胔表》等,这类文章因讨论具体政务,故较之礼仪性文书目的性更为明确、针对性更强,围绕着议题多方陈述理由,引经据典,且典故均为全引,使得文章既具回环往复的文笔之妙,又具庄重老健的风格之美。总体而言,萧颖士为他人代写的公文类文书,属公共空间话语,均符合当时公文崇尚雅重庄典之美的主流取向,以四六句式为主,声韵追求铿锵顿挫。其二,与长辈、知己之书信,最能体现出萧颖士文的新变。如《与崔中书圆书》、《重答李清河书》、《赠韦司业书》,尤其是《赠韦司业书》以散体文为主,质朴通脱,意随笔走,具有自由、清峻、畅达之美。该文句式参差不齐,间之以少量的四六句式;少用典故,即便用典也属明用;不刻意追求声韵的平仄,展现出自然之美;文笔有信笔挥洒之妙,在飘逸潇洒之中蕴凄怆激越之情,时露廉悍犀利之态。在句式、辞采、声律、用典诸方面与当时主流的骈文迥然不同,基本消除了传统

---

① (唐)萧颖士:《清明日南皮泛舟序》,张卫宏:《萧颖士研究》,第262页。

骈文浮靡繁琐之气而呈现出开朗激越之风。这类文章已经展示出萧颖士试图突破骈文,向古文复归的努力。

第二节 李华:试作古文

李华在当时文名甚高[1],与萧颖士俱以文章著名,并称"萧李"。他的著作,据独孤及《赵郡李公中集序》及《新唐书·艺文志》,自志学至任校书郎以前有八卷,因乱而亡佚,名存而篇亡;以任监察御史为界,之前有《前集》十卷,之后有《中集》二十卷;其后当有《后集》。然诸集皆久佚,今有辑录本《李遐叔文集》四卷,《全唐文》编其文为八卷,凡一百三篇。又《唐文拾遗》(卷一九)录文一篇,《唐代墓志汇编》及《续集》录文三篇。《全唐文补编》(卷四六)补文两篇,即《山阳古城铭》、《玄宗朝翻经三藏善无畏赠鸿胪卿行状》,《全唐文又再补》补文一篇,即《燕故魏州刺史司马公墓志铭》。《全唐文补遗》第一辑补文两篇,即《唐故大洞法师齐国田仙寮墓志》、《前汝州司马李华亡妻太原郭夫人墓志铭(并序)》,《全唐文补遗》第七辑补文一篇,即《故河南府伊阙县丞博陵崔府君(遐)墓志铭(并序)》。以上十篇皆《全唐文》所未收者。李华之文,风格多样,其赋赞、碑志雅驯温润,典雅弘奥,"文体温丽,少宏杰之气"[2];其论说、序记、吊文质实严密,流利畅达,"其伟词丽藻,则和气之余也。学博而识有余,才多而体愈迅。每述作,笔锋风生,听者耳骇"[3]。

一、李华文研究述评

对于李华文的研究,学界已经取得了一定的成绩。主要包括三个方面:

其一,李华文的整体研究。周玉华《从温丽到平实:李华文风"安史之

---

[1] (五代)王定保《唐摭言·师友》(卷四):"李华以文学名重于天宝末。至德中,自前司封员外起为相国李梁公岘从事,检校吏部员外。时陈少游镇淮阳,尤仰公之名。一旦城门吏报华入府,少游大喜,簪笏待之。少顷,复曰:'云已访萧公功曹矣。'即颖士也。"西安,三秦出版社,2011年,第61页。
(明)胡应麟《诗薮·外编》(卷四):"盛唐萧颖士、李华、元结,文名皆藉甚当时。"北京,中华书局,1958年,第190页。
[2] 《旧唐书·李华传》(卷一九〇下),第5047页。
[3] (唐)独孤及:《检校尚书吏部员外郎赵郡李公中集序》,刘鹏、李桃校注:《毗陵集校注》(卷一二),沈阳,辽海出版社,2006年,第285页。

乱"前后之变》①认为李华之文在乱前"文体温丽,少宏杰之气",乱后"平易"、"朴实",是唐代文章华丽之风逐渐向质朴过渡的真实反映。熊礼汇、刘燕《李华的思想及创作》②认为李华提出宗经、复古的口号,要求文章要反映现实,并扼要讨论了李华的重要篇章。张思齐《在比较的视野中看李华的骈文成就》③认为李华骈文是其古文成立的基础,通过分析李华骈文代表作如《登头陁寺东楼诗序》、《云母泉诗序》等,证明其骈文不仅影响了唐宋古文,对宋四六的形成也有范型意义。

其二,李华文学主张研究。张世敏《论李华的文学观念及其对古文运动的影响》④认为李华对文学的定义有宽("言饰而成文")、严("有德之文信")两重标准,重质亦重文,尚古而厚今,其文学观念直接影响了中唐的古文运动。

其三,李华文的个案研究。包括唐文治《李遐叔吊古战场文研究法》⑤、冻国栋《读李华〈与外孙崔氏二孩书〉论唐前期风俗》⑥、杨承祖《由〈质文论〉与〈先贤赞〉论李华》⑦、李子龙《李华〈故翰林学士李君墓志并序〉辨伪》⑧等,或鉴赏、或辨伪、或从文化角度切入,比较深入地探讨了李华的部分篇章。

其四,李华的生平事迹考辨。陈铁民《李华事迹考》⑨根据李华的诗文和相关资料,对李华一生行事有详细的考述,以补史传之不足。该文是目前对李华其人其事研究最为全面、深入的文章。

综上所述,李华文的研究在多个层面取得了一定的成绩,但尚有不少可挖掘的空间。其一,受限于今人重抒情文学的倾向,李华作品中部分以说理见长、重在反思天宝末年乱局及安史之乱的一系列"论"文,如《质文论》、

---

① 周玉华:《从温丽到平实:李华文风"安史之乱"前后之变》,《湖南科技学院学报》2011年第7期。
② 熊礼汇、刘燕:《李华的思想及创作》,《长春师范学院学报》(人文社会科学版)2005年第6期。
③ 张思齐:《在比较的视野中看李华的骈文成就》,《安徽理工大学学报》(社会科学版)2005年第1期。
④ 张世敏:《论李华的文学观念及其对古文运动的影响》,《甘肃联合大学学报》(社会科学版)2012年第4期。
⑤ 唐文治:《李遐叔吊古战场文研究法》,《学术世界》1935年第1卷第3期。
⑥ 冻国栋:《读李华〈与外孙崔氏二孩书〉论唐前期风俗》,《武汉大学学报》(哲学社会科学版)1995年第3期。
⑦ 杨承祖:《由〈质文论〉与〈先贤赞〉论李华》,中国唐代学会编辑委员会编辑:《唐代文化研讨会论文集》,台北,文史哲出版社,1991年,第1~9页。
⑧ 李子龙:《李华〈故翰林学士李君墓志并序〉辨伪》,《文学遗产》2004年第2期。
⑨ 陈铁民:《李华事迹考》,《文献》1990年第4期。

《正交论》、《三贤论》等,尚未得到应有的重视,这类文章正是李华用心、用力之作,对于讨论其人、其文以及其时都有重要意义。其二,对李华杂文的研究尚局限于就文论文层面,应该将其纳入古文发展史过程中观照。其三,李华在安史乱中陷贼失节,王维亦有如此经历,但乱后两人的选择差异甚大,实可以此为切入点,运用比较的方法探讨古代文人在失节之后如何进行精神救赎这一关于文人心态的重要问题。

二、李华"论"体文

以论为名的《质文论》、《三贤论》、《正交论》、《卜论》,非朋友往来的应酬之作,应是李华用心之作,对于理解李华其人、其文很有帮助。四篇"论"文大都直指人心、世态、风俗,有较强的现实针对性。《三贤论》中有"元罢鲁山,终于陆浑;刘避地,逝于安康;萧归葬先人,殁于汝南"之句,可知该文是在三贤去世后所作。据新、旧唐书《元德秀传》,元德秀卒于天宝十三载(754);李华《祭萧颖士文》作于乾元三年(760)二月十日,故萧颖士当亡于之前,应于乾元三年年初①;由于史料缺乏,无法确知刘迅卒年。《三贤论》应作于乾元三年之后。至于《卜论》、《质文论》,《文苑英华》载《检校尚书吏部员外郎赵郡李公中集序》有"自监察御史已后所作赋颂……议世道,则《原卜论》《质文论》"②,二论应作于李华任监察御史(天宝十一载)之后。品味二文,尤其是《质文论》,有"天下诈极则贼乱"之类忧心之语,颇有大厦将倾之预感,应作于天宝末年。《正交论》中有"近代无乡里之选,多寄隶京师,随时聚散,怀牒自命,积以为常。吠形一发,群响雷应,铨擢多误,知之固难,使名实两亏、朋友道薄,盖由此也"③之语,推断该文应作于安史乱后。李华四"论"大抵作于天宝末年至安史之乱后,针砭当时社会所隐含的种种弊端并提出了相应的解决办法,姑且不论具体方法是否具可行性,至少展现出李华的淑世情怀和士人的责任感、使命感。

(一)《质文论》

《质文论》是李华立足于当时政治现实,在继承前代"质文说"的基础上结合自身对历史、对现实的反思又有所损益、深化而成,实值得关注。欲要深入考察《质文论》的深刻之处,需将其置于"质文"说发展的历史空间中审视。

---

① 姜光斗:《李华、萧颖士生卒年新考》,《文学遗产》1990年第3期。
② "议世道,则《原卜论》《质文论》",《全唐文》无,俟考。
③ (唐)李华:《正交论》,《全唐文》(卷三一七),第3216页。

"质文说"源于《论语·雍也》:"子曰:'质胜文则野,文胜质则史。文质彬彬,然后君子。'"①关于"质",《说文解字》释为:"以物相赘。"段玉裁注:"质赘双声。以物相赘,如春秋交质子是也。引伸其义为朴也,地也。如有质有文是。《小雅》毛传云:'旳,质也。'《周礼》:'射则充椹质。'《左传》:'策名委质',皆是。……《礼》谓:平明为质明。"②"质"即事物的内在质地,有质朴、单纯、粗略之意。关于"文",《说文解字》:"文,错画也。"段玉裁注:"错当作逪,逪画者,这逪之画也。《考工记》曰:'青与赤谓之文。'逪画之一端也。逪画者,文之本义。……黄帝之史仓颉见鸟兽蹄迒之迹,知分理之可相别异也。初造书契,依类象形,故谓之文。"③"文"即事物的外在修饰,有文饰、复杂、条理之意。"质"与"文"相对立,两者互为表里。孔子运用"质"、"文"意在评价士人人格养成过程中的复杂样态,若质胜于文,则如野人言多鄙略;若文胜于质,则如史官言多虚浮。只有文华质朴相融,彬彬然,然后君子可成。值得注意的是,孔子的"质文说"已有和政治制度相结合的倾向④。

"质文说"与政治制度结合的第一个重要阶段是战国时期。《礼记·表记》:"子曰:'虞、夏之道,寡怨于民。殷、周之道,不胜其敝。'子曰:'虞、夏之质,殷、周之至矣。虞、夏之文,不胜其质。殷、周之质,不胜其文。'"⑤虞夏尚质,为政宽松,故少民怨;殷周文烦,为政苛碎,故民多敝败。虞夏之"质"弊在至极,虽有文,但文少而质多;殷周之"文"弊亦在至极,虽有质,但质少而文多。也就是说,"在儒家心目中,文明进化不是抽象而是具体的,其各个具体阶段各有优劣短长,每一个进步都伴随着其特有的病态,或导致病态、弊端的可能性。尽管'虞夏之文,不胜其质;殷周之质,不胜其文',比较而言,儒家还是更倾心以忠朴为特点的虞舜之时:'虞帝弗可及也已矣!'"⑥

第二个重要阶段是汉代。汉儒极为重视"质文"之辨,"质文"说见于《春秋繁露·三代改制质文》、《尚书大传》、《春秋纬·元命苞》、《礼纬·含文嘉》、《诗纬·推度灾》、《礼三正记》、《五经通义》、《汉书·严安传》、《白

---

① (魏)何晏注,(宋)刑昺疏:《论语注疏·雍也》(卷六),北京,北京大学出版社,1999年,第78页。
② (汉)许慎著,(清)段玉裁注:《说文解字注》,上海,上海书店出版社,1992年,第281页。
③ (汉)许慎著,(清)段玉裁注:《说文解字注》,第425页。
④ 宋艳萍:《孔子质文说与汉代文家特质》,《孔子研究》2003年第4期。
⑤ (汉)郑玄注,(唐)孔颖达疏:《礼记正义·表记》(卷五四),北京,北京大学出版社,1999年,第1487页。据阎步克考证,《礼记·表记》出自孔伋《子思子》,其生卒年约为公元前483~402年。见阎步克:《士大夫政治演生史稿》,北京大学出版社,1996年,第348~350页。
⑥ 阎步克:《"质文论"的文明进化观》,《文史知识》2000年第5期,第20页。

虎通义·三正篇》等。汉儒有关"质文"问题的立论,约略可以分为两种。一是"文质"说,即周尚文,殷尚质,进而主张改周之文,从殷之质;一为"三教"说,即夏尚忠,殷尚敬,周尚文,进而主张损周之文,用夏之忠。二说虽异,但都以周秦为"文敝"、"文致"、"文薄"、"文烦"之世①。由于董仲舒的特殊政治地位及学术影响,他所提出的"质文说"成为汉代学术界的主流。如《春秋繁露·三代改制质文》:

王者以制,一商一夏,一质一文。商质者主天,夏文者主地……
主天法商而王,其道佚阳,亲亲而多仁朴……
主地法夏而王,其道进阴,尊尊而多义节……
主天法质而王,其道佚阳,亲亲而多质爱……
主地法文而王,其道进阴,尊尊而多礼文……
四法修于所故,祖于先帝,故四法如四时然,终而复始,穷则反本②。

在董仲舒看来,历史遵循着"一商一夏、一质一文"的规律周而复始。需要说明的是,"商"与"夏"并非指朝代,而是礼法之名。"四法"有"商"、"夏"、"质"、"文"之别,但"商质者主天",且属阳,均为"亲亲";"夏文者主地",且属阴,均为"尊尊"。故"四法"又可二元化为"质"、"文"两项。"'质'的意义是'亲亲'、'仁朴'、'质爱',代表人类关系中友爱和睦的方面。它源于氏族成员的骨肉同胞亲密关系,内在于人性之中,所以是最原始、最质朴的。而'文'的意义,则是'尊尊'、'义节'和'礼文'。'尊尊'意味着社会出现了等级分化,出现了君主和官吏等等'尊者'。尊卑贵贱的等级制体现于繁密的礼法之中。"③周秦之弊在"文敝",应"救文以质"。

自汉代起,质文论成为中国传统学术的重要内容之一。西汉中叶,扬雄首次系统提出了"文质相副"的文学主张④,重点论述了"质文说"中"质"的方面。李华的《质文论》讨论的是作为一种治道的"质文论",而非以"质文"论文学,是在传统"质文说"思想的沾溉下,在天宝末期危机四伏的现实政治刺激下形成的。李华《质文论》开篇云:

---

① 阎步克:《士大夫政治演生史稿》,第 302 页。
② (汉)董仲舒著,曾振宇、傅永聚注:《春秋繁露新注·三代改制质文第二十三》,北京,商务印书馆,2010 年,第 143~149 页。
③ 阎步克:《"质文论"的文明进化观》,《文史知识》2000 年第 5 期,第 22 页。
④ 束景南、郝永:《论扬雄文学思想之"文质相副"说》,《文艺理论研究》2007 年第 4 期。

> 天地之道易简，易则易知，简则易从。先王质文相变，以济天下。易知易从，莫尚乎质。质弊则佐之以文，文弊则复之以质。不待其极而变之，故上无暴，下无从乱。①

从"天地之道"谈起，颇有原道意味。据孔颖达《周易正义序·论"易"之三名》②，汉代《易纬乾凿度》提出"一易三义说"，郑玄依此义，在《易论》中将"易"之三义明确表述为"易一名而含三义：易简，一也；变易，二也；不易，三也。"郑玄认为"易"乃"易简"之法则，引《系辞》云："乾坤其易之蕴邪？"又云："易之门户邪？"又云："夫乾，确然示人易矣。夫坤，隤然示人简矣。""易则易知，简则易从"，崔觐、刘贞等也认同此解释，云："易者谓生生之德，有易简之义。"又据《周易正义·系辞上》，孔颖达对"易则易知，简则易从"的注疏：

> 正义曰："易则易知"者，此覆说上"乾则易知"也。乾德既能说易，若求而行之，则易可知也。"简则易从"者，覆说上"坤以简能"也。于事简省，若求而行之，则易可从也。上"乾以易知，坤以简能"，论乾坤之体性也。"易则易知，简则易从"者，此论乾坤既有此性，人则易可仿效也。③

李华从《周易·系辞》及"一易三义说"推演出"天地之道易简，易则易知，简则易从"，开篇即将"质文说"置于"天地之道"的视域下，使得"质文说"具有一种哲学本体意义，提升了理论深度，夯实了理论依据，更具说服力，这也是之前的"质文说"所未提及的，展现出李华深厚的理论素养。由"天地之道易简"推演出先王"质文相变，以济天下""质弊则佐之以文，文弊则复之以质"的核心观点，与董仲舒所言"四法如四时然，终而复始，穷则反本"既有相同之处，也有李华独特的认识。相同之处在于质文代变，其独特的认知在于李华在董仲舒"质文"循环论的基础上提出要"质文相济"且融合了"不待其极"而变的中庸思想，对治道更富有现实指导意义。该部分可视为李华"质文论"的总纲。

---

① （唐）李华：《质文论》，《全唐文》（卷三一七），第3212~3213页。
② （唐）孔颖达：《周易正义序》，（魏）王弼注，（唐）孔颖达：《周易正义》，北京，北京大学出版社，1999年，第4~5页。
③ （魏）王弼注，（唐）孔颖达：《周易正义》（卷七），北京，北京大学出版社，1999年，第259页。

下文引"国奢则示之以俭,国俭则示之以礼"切入具体的治国之道,"国奢"、"国俭"均有弊端,都是一种病态社会,均需以"俭"或"礼"的方式矫正。"礼"是简易之礼,不能过度追求繁琐无谓的形式;"俭"是简易之俭,不能一味追求固陋而导致失礼。"俭"、"礼"的目的在于:对内达其诚信,对外安其君亲。"质"、"文"过度均有弊端:

> 质则俭,俭则固,固则愚,其行也丰肥,天下愚极则无恩;文则奢,奢则不逊,不逊则诈,其行也瘤瘠,天下诈极则贼乱。

李华于此化用了《论语·述而》:"奢则不孙,俭则固。与其不孙也,宁固。"① 故需"不待其极而变之"。"质"、"文"均有弊端,但两害相较,"若不化而过,则愚之病,浅于诈之病也;无恩之病,缓于贼乱之极也。故曰莫尚乎奢也。奢而后化之,求固而不获也"。"文"极之害远远大于"质"极之害。"文"极的具体表现是什么呢?

> 前王之礼世滋,百家之言世益,欲人专一而不为诈,难乎哉!吉凶之仪、刑赏之级繁矣,使生人无适从。巧者弄而饰之,拙者眩而失守,诚伪无由明,天下浸为陂池,荡为洪流,虽神禹复生,谁能救之?

极致之"文"包括前王之礼、百家之言、吉凶之仪、刑赏之级,导致人多诈伪而失专一,诚伪难辨,将使天下危机重重,随时可能倾覆。李华认为"文"之病大于"质"之害,为下文的"以质易文"张本,这继承了子思、董仲舒以来的一贯主张,也是对天宝以来现实政治的冷静反思后得出的结论。

李华认为"文"之病远大于"质"之害,又以汉武帝修三代之法以致天下空竭、汉文帝仁俭质直而使狱讼几弃为例说明"文不如质",那么治道自然应以"质"为主,但"夫君人者修德以治天下,不在智,不在功,必也质而有制,制而不烦而已"。"质"既然也有弊端,就需"质而有制,制而不烦"。李华举夏之衰、周之弱证明"质而无制,制而过烦"之害,极具说服力。何谓"制"?即"典礼制度"。李华列举了夏衰之象即太康失国,并将夏衰之原因归结为"质而无制"。据《左传》、《帝王世纪》、《尚书》等文献,太康失国的原因在于"尸位以逸豫,灭厥德,黎民咸贰。乃盘游无度,畋于有洛之表,十旬弗反。

---

① (魏)何晏注,(宋)刑昺疏:《论语注疏·述而》(卷七),北京,北京大学出版社,1999年,第98页。

有穷后羿,因民弗忍,距于河"①。太康由于尸位素餐,沉迷于畋猎,导致民怨沸腾;后羿乘虚而入,取而代之。李华并未从太康自身寻找原因,而是从国家制度层面探求失国之因,在"家天下"的观念支配下,指出后羿的行为显然是叛逆,而夏之六卿、四岳默然,后又听命于后羿的原因,就在于在早期国家建立之初,部落联合体的残余意识仍在,而维护皇权至上及"家天下"的统治意识的礼制、官僚机构等缺乏的缘故。对于夏衰的原因,李华并没有明确揭示,但可通过"周弱失于制而过烦"的对比中揭示。周弱在于"周法六官备职,六宫备数,四时盛祭,车服盛饰。至于下国,方五十里,卿大夫士之多,军师之众。大聘小聘,朝觐会同,地狭人寡,不堪觐谒"。

如果说《质文论》前半部分在于从理论角度探讨质、文关系及提出"质而有制,制而不烦"的主张的话,那么后半部分则从践行角度提出如何在实际的致治过程中实践"以简质易烦文"的主张。如何践行呢?需要对各类流传至今的文献区别待之,不能囫囵吞枣、一概而论。其一,可习者,"始于学习经史。《左氏》、《国语》、《尔雅》、《荀》、《孟》等家,辅佐五经者也。"该主张秉承一贯的"宗经"思想,"五经"是根本、基础,是所有士人都应学习的对象。其二,宜用者,"药石之方,行于天下,考试仕进者宜用之"。"药石"即药剂、砭石,后比喻规劝人改过向善,如《左传·襄公二十三年》:"季孙之爱我,疾疢也;孟孙之恶我,药石也。"②李华所谓的"药石之方"应该是指在政权运作过程中秉承儒家理念而制定的一系列相关的礼法。其三,存而不用者,"其余百家之说、谶纬之书"。其四,宜精简者,"至于丧制之缛、祭礼之繁,不可备举者以省之",丧祭之礼日趋繁缛,若一一遵行已不堪重负,实应"考求简易、中于人心者以行之"。其五,不应习者,"其或曲书常言,无裨世教,不习可也",摒弃那些邪僻、平庸之言,特别是无益于世教者。只有这样,才能"烦溃日亡,而易简日用矣。海内之广,兆民之多,无聊于烦,弥世旷久。今以简质易烦文而便之,则晨命而夕周,逾年而化成。蹈五常,享五福,理必然也"。

李华《质文论》并非一般性泛论,而是有的放矢,针对开元以来愈演愈烈至天宝后期已经极其严重的繁缛之"文"③而发,是对张说倡导"尚文"的一种理性反思。对于天宝后期乱局以及安史之乱,古今学者大都从唐玄宗晚

---

① (汉)孔安国传,(唐)孔颖达疏:《尚书正义·五子之歌第三》(卷七),北京,北京大学出版社,1999年,第176页。
② 《春秋左传正义·襄公二十三年》(卷三五),第995页。
③ (唐)独孤及《检校尚书吏部员外郎赵郡李公中集序》:"当斯时,唐兴百三十余年,天下一家,朝廷尚文。"刘鹏、李桃校注:《毗陵集校注》(卷一三),第285页。

年昏庸、好大喜功,李林甫、杨国忠等奸佞当道,官吏腐败,重外轻内等角度来进行阐释,这样的解释合乎当时政治实际,但缺乏应有的理论深度。李华并没有仅仅着眼于最高统治者的个人性格或一系列的决策失误,而是从更高的理论层次,将其解释为文明进化中的异化现象,是社会发展过程中"文"过度繁缛以至于烦溃出现所导致的弊端,解决办法是以"质而有制",以"简质易烦文"救之。这样的认识确实发人深省。

李华《质文论》本意是"议世道","但中间列举经史要籍之当习者,以为是政理之始,盖于文学的基础与标向也同时提出了明确的主张"[1],即该文亦能贯通文学之理。李华的部分作品尤其是后期的作品由前期的"温丽"向"平易"、"朴实"转变,被人批评"直质而少文"[2]。从《质文论》中"以简质易烦文"之主张出发,可从主观意图角度阐释李华文章"直质而少文"的所谓"缺点",正是李华为排斥"饰其词而遗其意"空洞无物之文而力倡"简质"的结果。

(二)《正交论》

《正交论》中有"吠形一发,群响雷应"之句,应作于安史乱后。该文从交友之道及士人交游切入,从士人心态、社会风气、选官制度等角度深入反思安史之乱发生的原因,具有相当的见地。开篇从"交,天命也……友,天纵也"出发,使得朋友之交具有本体论的意义。这样的看法并非李华独创,而是秉承前代学者的一贯看法。如曹丕《交友论》:

> 夫阴阳交,万物成;君臣交,邦国治;士庶交,德行光。同忧乐,共富贵,而友道备矣。《易》曰:"上下交而其志同。"由是观之,交乃人伦之本务,王道之大义,非特士友之志也。[3]

又如葛洪《抱朴子外篇·交际》论交道之贵曰:

> 交之为道,其来尚矣。天地不交则不泰,上下不交即乖志。夫不泰则二气隔并矣,志乖则天下无国矣。[4]

---

[1] 杨承祖:《由〈质文论〉与〈先贤赞〉论李华》,中国唐代学会编辑委员会编:《唐代文化研讨会论文集》,台北,文史哲出版社,1991年,第3页。
[2] (唐)李华:《御史大夫厅壁记》,《全唐文》(卷三一六),第3203页。
[3] (魏)曹丕:《交友论》,《魏文帝集全译》(卷一),易建贤译,贵阳,贵州人民出版社,1998年,第347页。
[4] (晋)葛洪:《交际》,《抱朴子外篇全译》(卷一六),庞月光译,贵阳,贵州人民出版社,1997年,第363页。

曹丕、葛洪均从天地之道、人伦之本的角度来论述交友的意义及存在价值，李华也承袭了这一思路。

之后论述交友之价值：

> 大者济天下，叔牙、夷吾是也；小者全宗族，声子、伍举是也。

举荀慈明奉李元礼、刘真长祭王仲祖二事以说明益友之交"由是近于骨肉之恩，不止交游而已矣"。既然交友如此重要，那么如何与友相处呢？"朋友渐于讲习，缘情而亲，于我为重。忧危相急，仕进相推，望而不从，厚实生怨。"①友情的增厚源于求学过程中的讲议研习，"道义相成"，而非因势力、贿赂而交。这样的看法来自《周易·兑》："《象》曰：'丽泽，兑。君子以朋友讲习。'"孔颖达疏："同门曰朋，同志曰友，朋友聚居，讲习道义，相说之盛，莫过于此也。"②但友情加深之后，又会有"势利相倾"的情况出现，处忧危之时或求取功名之时，大都会对友人寄予厚望，如友人出于种种原因无以为助，原本深厚之友情会成生怨之因。由此揭示出"君子之交淡如水"的交友原则。正如《礼记·曲礼上》所云："君子不尽人之欢，不竭人之忠，以全交也。"③

然后由朋友之交论及士人的成长过程：

> 三代之教，自家刑国，树之以经师，启其心而身修，则家事理。次定朋友，端其性术，摄称从之，声与实谐。次诸侯无敢不贡士及于政，是以富有贤哲，动符六经。④

李华将三代之教政分为三个阶段：其一，家庭教育。严师培植之，儒经启迪之，家事磨炼之，以此达到修身的目标。其二，行冠礼后，四处交游，确定择友的原则。南朝宋何垣《西畴老人常言·交际》云："与刚直人居，心所畏惮，故言必择，行必谨。初若不相安，久而有益多矣。与柔善人居，意觉和易，然而言必予赞也，过莫予警也，日相亲好，积尤悔于身而不自知，损孰大焉？"⑤与刚直

---

① （唐）李华：《正交论》，《全唐文》（卷三一七），第3216页。
② （魏）王弼注，（唐）孔颖达疏：《周易正义》（卷六），北京，北京大学出版社，1999年，第235页。
③ （汉）郑玄注，（唐）孔颖达疏：《礼记正义·曲礼上》（卷三），北京，北京大学出版社，1999年，第74页。
④ （唐）李华：《正交论》，《全唐文》（卷三一七），第3216页。
⑤ （宋）何垣：《西畴老人常言·交际》，北京，中华书局，1985年，第2页。

之友相处可端正性情，可获其辅佐、称扬，由此声名日起、名实相符。其三，进入仕途。诸侯在知人的基础上，将人才举荐给朝廷，"是以富有贤哲，动符六经"。

与三代之政教形成鲜明对比的是：

> 近代无乡里之选，多寄隶京师，随时聚散，怀牒自命，积以为常。吠形一发，群响雷应，铨擢多误，知之固难，使名实两亏、朋友道薄，盖由此也。况众邪为雄，孤正失守，诱中人之性，易于不善。求便身之路，庸知直道。不从流俗，修身俟死者益寡焉。加以三尊阙师训之丧，朋友无寝门之哭，学府无衰服之制。礼亡寝远，言者为非，人从以偷，俗用不笃。①

李华从三个角度论述交友之道日渐淡漠、薄幸的原因。首先，选官制度层面的原因。由于唐代推行科举取士及铨选制度以取代乡举里选之制，导致士人无心亦无须在乡里潜心学术，而聚集在京城试图通过行卷等方式获得达官显宦者青睐，以致形成重文才而轻道德的现象，这也是安史乱起、响应者众的原因。其次，现实政治层面的原因。奸佞当道，忠贞失势，普通士人若想进入仕途或获得升迁，极易陷入迷途、随波逐流。再次，礼制、习俗层面的原因。"三尊"即君、父、师，当代礼制规定了为君、为父所服之丧礼，独缺为师所服之丧礼。友人去世后，按《礼记·檀弓上》：

> 孔子曰："吾恶乎哭诸？兄弟，吾哭诸庙。父之友，吾哭诸庙门之外。师，吾哭诸寝。朋友，吾哭诸寝门之外。"②

现在已无为亡友哭诸寝门之礼；师长去世后，门人也无须为师服丧③。最后，李华将"朋友道薄"的原因归结为"不专经学，沦于苟免者也"，指出：

---

① （唐）李华：《正交论》，《全唐文》（卷三一七），第3216页。
② （汉）郑玄注，（唐）孔颖达疏：《礼记正义·檀弓上》（卷七），北京，北京大学出版社，1999年，第201页。
③ 关于学生为老师服丧的问题，清人杭世骏在《师制服议》中对此有相关回溯与考证："自《檀弓》心丧之制定，于是门人之于夫子，若丧父而无服。然犹群居则经。汉夏侯胜死，窦太后为制服，以答师傅之恩。而东汉风俗，遂为制杖，同之于父。甚且有表师丧而去官，延笃、孔昱、李膺、宣度、刘焉、王朗，其较著者也。而应劭尝讥之。至晋定新礼，从挚虞之议，谓：'浅教之师，暂学之徒，不可皆为之服，或有废兴，悔吝生焉。'于是无服之制，相沿至今，未之有易。"（清）王文濡编：《续古文观止译注》（卷三），段晓华译，南昌，百花洲文艺出版社，2010年，第101页。

第三章　至德至大历散文：文化精英与骈文的改造、古文的初盛　·163·

> 师乏儒宗则道不尊,道不尊则门人不亲;友非学者则义不固,义不固则交道不重;选不由乡则情不系府,情不系府则举荐寡恩。三者化人之大端,而情礼尽旷,徼幸道长,而纯悫道消。①

师长若不以儒学为宗则无人尊重为师之道,师生不亲;友情非由长期共同学习而产生则无人重视友情;选拔官员不由乡里则无人会注重乡情。

《正交论》从友道反思安史之乱,进而从选官制度、现实政治、礼法等层面讨论社会乱局,这就比单纯地指责唐玄宗的荒淫之文更有深度,展示出李华的睿智与深刻。文中对大乱产生的种种具体原因的分析,正可谓是仁者见仁,智者见智,但从中可见出作为学者的李华对社会现实的关心及针砭时风、士风的勇气。

三、李华杂文

李华的杂文大体以散行单句行文,文体革新力度大,应用更广泛,最能体现他在文章体式方面的创新性,已具有古文的形态及精神内核。姚铉在编撰《唐文粹》时,把李华的《言医》与《国之兴亡》作为韩柳之前唐代古文的代表作,收入"古文"类。《言医》在主题、结构、表现手法上多承袭枚乘的《七发》,赋的痕迹较为明显,但在叙述部分已经完全使用散行文字,畅达流利。所谓"言医",即"以词痊晋侯",以言医病。以言医病既可以医治他人,亦可医治自己。正如李华在《送张十五往吴中序》所言:"邯郸遐叔,风病目疾。家贫不能具药,爰以言自医。"②

又如《国之兴亡》:

> 为国者同于理身,身或不和,则药室③之,针灸之。若夫扶病而不攻,疾病则毙,扶之者尸也。齐隋之亡也,以贞于终始为惑,苟而无耻为明,慢于事职为高贤,见义不为为长者。绳违用法,则附强而溃弱也;议于得失,则异寡而同众也。尚学希古谓之诞,趣便中时谓之工。观其燥湿而轻重之,侯其成败而褒贬之。肉食之尊,以滋味糊其口,忍危亡而饶禄利。自是而下,则曰:上司犹如之,我于国何有? 设能愤发,则逆为备豫,动阋关束,气沮志衰,亦从以化。倖于生者,炎炎而四合;死于

---

① (唐)李华:《正交论》,《全唐文》(卷三一七),第3216页。
② (唐)李华:《送张十五往吴中序》,《全唐文》(卷三一五),第3200页。
③ "室",《文苑英华》作"石"。

正者,求援而无继。麒麟悲鸣,凤鸟垂翅,鸱鼓害翼,犬呀毒喙,则蛇鸩虎狼之炽,其可向耶。嗟乎!心腹支体一也,为病者万焉。虽有岐缓而不请,岐缓视之而不救。噫!齐隋不亡,得哉!返是而理,则王道易易也。①

国何以兴、何以亡,自先秦以来就是士人关注的焦点之一。大略言之,其一,从君民关系来论述国之兴亡。从孔子发端、由孟子完善的儒家思想即以民为邦本。孟子进而提出"民为贵,社稷次之,君为轻",认为"保民而王,莫之能御也"②。在孟子看来,要得到天下,就要保证民众的基本生存需求,实行保民爱民的王道仁政。管子曾言:"政之所兴,在顺民心;政之所废,在逆民心。"③董仲舒则提出:"且天之生民,非为王也;而天立王,以为民也。故其德足以安乐民者,天予之;其恶足以贼害民者,天夺之。"④马周《陈时政疏》:"自古以来,国之兴亡不由积聚多少,唯在百姓苦乐。"⑤其二,从君臣关系来论述国之兴亡,核心是君是否用贤、如何用贤的问题。如《晏子春秋》:"国有三不祥,是不与焉。夫有贤而不知,一不祥;知而不用,二不祥;用而不任,三不祥也。"⑥黄石公《三略》:"贤去,则国微;圣去,则国乖。微者危之阶,乖者亡之征。"⑦王符《潜夫论·实贡》:"国以贤兴,以谄衰;君以忠安,以忌危。"⑧李华在《贤之用舍》中也曾提出君与贤的关系:

    上之于贤也,患不能好之;好之也,患不能求之;求之也,患不能知之;知之也,患不能任之;任之也,患不能终之;终之也,患不能同其心而化于道。是故士贵夫遇,惧夫遇而不尽也。⑨

---

① (唐)李华:《国之兴亡》,《全唐文》(卷三一八),第3222~3223页。
② (汉)赵岐,(宋)孙奭疏:《孟子注疏·梁惠王章句上》(卷第一下),北京,北京大学出版社,1999年,第19页。
③ (唐)房玄龄注,(明)刘绩补注,刘晓艺校点:《管子·牧民第一》,上海,上海古籍出版社,2015年,第2页。
④ (汉)董仲舒:《尧舜不擅移·汤武不专杀第二十五》,曾振宇、傅永聚注:《春秋繁露新注》,北京,商务印书馆,2010年,第158页。
⑤ (唐)马周:《陈政事疏》,《全唐文》(卷一五五),第1587页。
⑥ (战国)晏婴著:《晏子春秋译注》,石磊译注,哈尔滨,黑龙江人民出版社,2003年,第64页。
⑦ (汉)黄石公、唐书文注:《三略译注·下略》,上海,上海古籍出版社,2012年,第136页。
⑧ (汉)王符著,(清)汪继培笺,彭铎校正:《潜夫论笺校正·实贡第十四》(卷三),北京,中华书局,1985年,第151页。
⑨ (唐)李华:《贤之用舍》,《全唐文》(卷三一八),第3222页。

指出君应好贤、求贤、知贤、任贤、终贤、同贤、化道,句句递进,层层深入,说理朴拙老健而又明白晓畅。其三,从君主自身好战与否来论述国之兴亡,如《司马法》:"国虽大,好战必亡;天下虽安,忘战必危。"①其四,从君主是否尊师重傅的角度论述国之兴亡,核心即君主与教育的关系。如《荀子·大略》:"国将兴,必贵师而重傅;贵师而重傅,则法度存。国将衰,必贱师而轻傅;贱师而轻傅,则人有快,人有快则法度坏。"②除此之外,尚有从法制、世风、祭祀等角度论述国之兴亡,不一而足。

李华论国之兴亡,独辟蹊径,采用类比的方法,将治国与理身联系起来,以理身之道释治国之道。以理身比治国、以治病比医国,并非自李华始。《国语·晋语》:

> 平公有疾,秦景公使医和视之……对曰:"和闻之曰:'直不辅曲,明不规闇,拱木不生危,松柏不生埤。'吾子不能谏惑,使至于生疾,又不自退而宠其政,八年之谓多矣,何以能久!"文子曰:"医及国家乎?"对曰:"上医医国,其次疾人,固医官也。"③

王符《潜夫论·思贤》亦云:"上医医国,其次下医医疾。夫人治国,固治身之象。疾者身之病,乱者国之病也。身之病待医而愈,国之乱待贤而治。"④又《抱朴子》:"故一人之身,一国之象也。胸腹之位,犹宫室也;四肢之列,犹郊境也;骨节之分,犹百官也;神犹君也;血犹臣也;气犹民也。故知治身,则能治国也。"⑤古人认为医病之道与治国之道,均源自天地之道。医家有医理药方,治病当洞悉症候,成竹在胸,而医生开方处药,也如调兵遣将,君臣佐使不可错乱。"夫治民与自治,治彼与治此,治小与治大,治国与治家,未有逆而能治之也,夫惟顺而已矣。"⑥

李华《国之兴亡》沿用了理身比治国、治病比医国这一结构模式,但又有所创新。开篇即开门见山地点明主旨"为国者同于理身"。身若不和,即需内服药石,外用针灸;若有病而不治,病情则会加重以致死亡。通过正反论

---

① (齐)司马穰苴撰,钱熙祚辑:《司马法》,北京,中华书局,1991年,第1页。
② 北京大学《荀子》注释组注:《荀子新注·大略》,北京,中华书局,1979年,第466页。
③ (旧题)左丘明著,鲍思陶点校:《国语·晋语八》(卷一四),济南,齐鲁社,2005年,第231~232页。
④ (汉)王符著,(清)汪继培笺,彭铎校正:《潜夫论笺校正·思贤第八》(卷二),北京,中华书局,1985年,第78页。
⑤ (晋)葛洪:《抱朴子·内篇·地真》(卷一八),上海,上海书店出版社,1986年,第94页。
⑥ 王新华编:《黄帝内经类编》(上),上海,上海辞书出版社,2013年,第340页。

证的方法,以人人皆知的常识切入高深的治国之道,由近及远,由易及难,引人入胜。接着语义一转,由理身转向治国,采用举例论证的方式,以"齐隋之亡"为核心来论述国之何以亡。选择齐隋之亡来论述国之何以亡,颇具匠心。首先,隋是汉以后又一个统一的封建王朝,却二世而亡,且李华所处的时代距其仅一百余年,人们对隋之速亡记忆犹新。关于隋因何速亡,从唐立国之初,君臣不断进行总结,其核心观点即论述隋文帝、隋炀帝的性格缺陷、处置失当、暴虐无道等,以《隋书》二帝本纪的史论为代表。现代史学界亦多延续此种观点,并有所深化。如关于齐之亡,谷川道雄指出,"北齐对勋贵、诸将、诸王或是诛杀,或是疏外,连积极促成其事的汉人贵族也陷入同样的命运之中。我们看到,在昏君与恩幸的掌权之下,北齐正一步一步变质为腐败的政权"[1]。关于隋之亡,雷家骥指出,文帝、炀帝二人的猜忌政治导致宫廷内父子相残,夫妻相忌,兄弟相斗,朝堂上君臣相疑,人人自危,根源于二帝"任智而获大位",此是内患;隋炀帝在大业七年(611)发动第二次伐高丽战争,导致经济萧条,社会动荡,百姓揭竿而起,由外患引发积重难返的内乱,陷入了倒卷式的崩解[2]。

对于齐隋之速亡,古今学者多从帝王寻找原因,确为的论。而李华则从世风时风、官场习气等角度论述,切中肯綮,有耳目一新之感。李华论齐隋之亡,采用正反相成的论证方法,在某种程度上具有振聋发聩的作用。贞固不变却为人诟病为惑实,苟贱卑鄙却被人称颂为明察,乃是针对颠倒之世风而言。由世风而论及官场习气,职事懈怠动摇却被视为贤良之人,对不平不义之事无所作为却被视为有德之人,乃是针对为官者之失常风气而言。再进而言之,执法者罔顾事实礼法而一味阿附强权,导致弱小者溃败;决策者对于朝政得失之判断缺乏自己的见解而一味屈从众人之俗见,以至少数人之卓见搁浅,乃是针对为官者之品德与能力而言。一心向学、仰慕古道却被视为诞妄,只知便捷、趣便中时却被视为工巧,乃是针对为官者之学术与品行而言。部分肉食者一味地趋利避害,只以禄利为念,而不顾国家之危亡,导致上行下效,部分身正者亦志气沮衰,不得不同流合污。最终导致生者怨恨,怨愤之气充溢于天地之间;正者冤死,求援而不得,后继者绝迹。像麒麟、凤鸟一样的贤臣志士悲鸣、垂翼,如鸱犬、虎狼之流的佞臣暴徒气焰高涨。李华列举了世风、时风、官场风气中一系列反常现象,通过正反相成的

---

[1] 〔日〕谷川道雄:《隋唐帝国形成史论》,李济沧译,上海,上海古籍出版社,2011年,第212~213页。
[2] 雷家骥:《隋史十二讲》,北京,清华大学出版社,2012年,第199~255页。

论证方法,以辛辣犀利之笔调针砭时弊,特别是对于作为社会中枢的官场政坛所存在的种种变态与异常现象,从为官者的品行、能力、素质等角度条分缕析,鞭辟入里。

"嗟乎"之后,语义一转,绾合开篇治病之说,导致肢体生病的因素不啻万千。一旦身体有疾病,则需请岐黄视之,然后对症下药,否则必然无救而亡;国家亦然,齐隋末世已出现种种畸形异常现象,却偏偏不知挽救,灭亡乃是必然。从开篇直至此处,皆言"国之所以亡",李华在结尾处以"返是而理,则王道易易也"一顿,揭示出"国之所以兴"。"返"者,反也,反其道而行之,则国家兴盛指日可待。从"国之何以亡"言"国之何以兴",一文而二用,结构严谨紧凑,对比强烈,发人深省,颇有余音绕梁之感。李华此文并非仅仅为纾解内心之郁愤而作,更是对天宝以来出现的种种弊端有感而发,且将净化世风视作关乎国家兴亡的关键,颇能见出李华洞察时势的深邃与犀利。该文篇幅不长,仅以三百余字论述国之兴亡这样的重大命题,切入点的选择尤须精当,需有提纲挈领之效。李华以治病言治国,以种种变态讽刺官场政坛的失序,在当时颇具现实针对性,亦能见出李华革新世风的勇气与无畏。

该文开篇与结尾皆用散体句式,语义畅达,语气流转。中间列举"齐隋之亡也"的种种弊端,多采用对偶句式,以四、六句式为主,间之以七字句、八字句。四字句为二二节奏,如"麒麟悲鸣,凤鸟垂翅";六字句为四二节奏,如"贞于终始为感,苟而无耻为明";七字句为四三节奏,如"慢于事职为高贤,见义不为为长者";八字句为四四节奏,如"观其燥湿而轻重之,候其成败而褒贬之"。在开篇、结尾的散体单行句式中,间之以四、六、七、八字长句与骈句,在疏宕中见齐整,齐整中见变化,使得整篇文章语气流转,颇见气势。该文用典不多,且多用常典,语义显畅而通达。

李华还有《贤之用舍》、《君之牧人》、《才之大小》等杂文。这些杂文观点鲜明,逻辑严密,析理绵密,简约深刻。《材之小大》运用对比的方法,"攀巢之雏"被鸟鸢震落,被贵女"藏以玉笥,粒以红稻","养而玩之";"充轭之牛"生利天下,死尽其用,却被弃于路旁。抨击了社会上存在的"材之大也为累,材之小也为贵"的不合理现象。李华指出,君王如果能改变这种戾理悖道的局面,必能天下大治,具有现实的针对性。该文通过生动的形象来说理,意趣盎然,恢诡奇特,发人深省,可视为中唐柳宗元寓言的先声。

四、李华的碑志

《全唐文》录李华的碑志二十一篇,加上《全唐文》未收碑志约有八篇,总计约有三十篇。就李华碑志所涉及对象而言,大体可分为两类,即状物与写人。状物主要是李华于晚年所写的《台州乾元国清寺碑》与《杭州开元寺新塔碑》,重在叙述寺庙的兴废及众人重修寺庙的经过。写人又可分为两大类,即佛教徒之碑志与各级官吏之碑志。为佛教徒撰写的碑志,约有十篇,源于李华晚年"疾痼贫甚,课子弟力农圃,赡衣食。雅好修无生法,以冥寂历思虑,视爵禄形骸,与遗土同"①。综观李华所作碑志,大多为代宗广德、永泰年间所作,正如独孤及所言,"唯吴楚之士君子,撰家传,修墓版,及都邑颂贤守宰功德者,靡不赍货币,越江湖,求文于公。得请者以为子孙荣。公遇暇日,时复缀录以应其求。过是而往,不复著书"②。

李华碑志最精彩且能动人心者,多是为其知交好友所作,如《元鲁山墓碣铭(并序)》《著作郎赠秘书少监权君墓表》等。其中最著名的是《元鲁山墓碣铭并序》。"华尝为鲁山令元德秀墓碑,颜真卿书,李阳冰篆额,后人争模写之,号为'四绝碑'"③。该文起首依惯例,叙元德秀的卒年月日及地点,但之后并没同一般墓志一样转入世系、才德的描写,而是细致刻画元氏亡后贫困的家境,"堂内有篇简巾褐,枕履琴杖,箪瓢而已。堂下有接宾之位,孤甥受学之室。过是而往,无以送终"④,简明扼要地表明亡者的身份、爱好及清苦的生活,痛惜哀悼之情一览无余,真挚自然。然后转入亡者才德,重点描写元氏赡亲之孝、抚养诸甥之慈、为官之廉、识人之明,娓娓道来,厚重舒缓。而"居无扃钥墙藩之禁,达生齐物,从其所好。时属歉岁,涉旬无烟,弹琴读书,不改其乐。好事者携酒食以馈之,陶陶然脱遗身世"⑤,描写元氏的达观自适、委顺自然,颇有颜回安贫乐道之志、陶潜通脱潇洒之气,笔调萧散淡远,疏朴质直。该文没有惯常的铺陈浮夸之言,句句真醇,字字朴淡,真情毕露,渊懿朴茂,脉络清晰,可算是早期古文的代表作。

又如《著作郎赠秘书少监权君墓表》:

君姓权氏,讳皋,字士繇,天水人。苻秦尚书仆射翼之后,世为著姓。祖某,某官;父某,某官,咸有令德。君既冠,进士及第,试临清尉。时节将兼本道使籍君高名,表为蓟县尉,充判官。无何,主将以逆节露,君乃诈死,扶亲涉江,既免祸累,知机其神。先帝闻而叹之,除评事御

---

① (唐)独孤及:《检校尚书吏部员外郎赵郡李公中集序》,刘鹏、李桃校注:《毗陵集校注》(卷一三),第286页。
② 同上。
③ 《旧唐书·李华传》(卷一百九〇下),第5048页。
④ (唐)李华:《元鲁山墓碣铭(并序)》,《全唐文》(卷三二〇),第3248页。
⑤ 同上,第3249页。

史。方议大用,属太夫人病危,将侍奉忧劳,因中瘤疾。无何,太夫人终,君泣血三年,厥疾用加。服除,迁起居舍人、著作郎。大历元年四月某日,不幸逝于丹徒,因殡焉,享龄四十二。呜呼!识者恸哭,闻者痛心。君有大节不可夺,大名不可掩,大才不可及,大行不可名。天与之仁,不与之年,哀哉!自开元天宝以来,高名下位,华方疾,不能备举,然所忆者,曰河南元君德秀。元终十年而南阳张君有略,张没二年而君夭。元之志如其道德,张之行如其经术,君之才如其声望。人伦其瘁乎!公素与昌黎韩幼深、京兆王镇卿,洎华友善。韩评君曰可以为宰辅,王评君曰可以为师保,华评君曰可以分天下之善恶,一人而已矣。夫人陇西李氏,仁贤,有一子某,生七年矣,哀礼成人,呜呼!有后哉!朝廷赠君以秘书少监,悼贤也。华因病风,扶曳而往哭之。尝闻师乙之言曰:"温良而能断者,宜歌齐。"权君可谓温良而能断者也,故为齐风,表君之墓云:忠于而国,孝于而家。洁而不滓,瑜而不瑕。仁胡不寿?为善者何?君不幸耶?时不幸耶?①

碑主权皋,乃权德舆之父。《旧唐书》卷一四八、《新唐书》卷二一七有传。二书对权皋的叙述大体一致,某些细节可补权皋墓表之阙。李华所作墓表叙权皋之事迹仅略举两例,一是权皋诈死,保亲免祸,以表权皋之知机;二是正当大用之时,为侍母守孝而瘤疾加重,以表权皋之至孝。碑志与二传相较,有三处描写颇见李华之匠心。

其一,关于权皋诈死的原因,李华仅提及主将逆节显露,但主将姓甚名谁,语焉不详。据《旧唐书》卷一四八:

> 少以进士补贝州临清尉。安禄山以幽州长史充河北按察使,假其才名,表为蓟县尉,署从事。皋阴察禄山有异志,畏其猜虐,不可以洁退,欲潜去,又虑祸及老母。天宝十四年,禄山使皋献戎俘,自京师回,过福昌。福昌尉仲谟,皋从父妹婿也,密以计语之。比至河阳,诈以疾亟召谟,谟至,皋示已喑,瞪谟而瞑。谟乃勉哀而哭,手自含袭,既逸皋而葬其棺,人无知者。从吏以诏书还,皋母初不知,闻皋之死,恸哭伤行路。禄山不疑其诈死,许其母归。皋时微服匿迹,候母于淇门,既得侍其母,乃奉母昼夜南去,及渡江,禄山已反矣。②

---

① (唐)李华:《著作郎赠秘书少监权君墓表》,《全唐文》(卷三二一),第3250页。
② 《旧唐书·权德舆传》(卷一四八),第4001页。

权皋被任命为蓟县尉后又诈死以逃离时的主将是谁？作为好友的李华不可能不知，但为何以"节将兼本道史"代替，而不明言其为安禄山？按春秋笔法，名字称呼都寓有褒贬之意，且褒贬之中又有若干等级。如《公羊传·庄公十年》："州不若国，国不若氏，氏不若人，人不若名，名不若字，字不若子。"①此处既要言明权皋诈死之因由，又需寓贬斥之意，故言其职事官代指其人，亦不言其姓名，更不言其散官与爵位，表达出李华惩恶之意旨与微婉的修辞原则。

其二，关于权皋诈死之过程、细节，碑志较为粗疏，史传较为详细。权皋觉察到安禄山的狼子野心，立即诈死以携亲逃离，墓表关注的是权皋的"知机"，即通过事物萌发的细微征兆预判结果，即在此事件中，李华关注的是权皋的才与智，凸显的是其忠君的一面；与此不同的是，史传较为全面地展现了权皋在得知安禄山"异志"之后的矛盾复杂心态，一方面安禄山虽有异志，但毕竟隐而未发，且手握重权，性猜忌暴虐，权皋此时与其公开决裂无异于以卵击石；但若不与其疏离，一旦事发，难以全身而退，若只身逃亡，却又会牵连老母。在此复杂情境下，权皋只得诈死，伺机携母南逃。两相比较，史传的叙述令人信服，对权皋的形象塑造亦较为真实全面。当时在安禄山辖区的不少官员亦曾面临权皋的类似处境，但多数因犹豫不决而被裹挟，被迫参与叛乱，最终身败名裂。李华为何对这一极大突出权皋形象的细节略而不提，是因为李华不知吗？《旧唐书》在记载此事之后，有"由是名闻天下"之语，李华亦有"先帝闻而叹之"之言。李华既然并非不知，那为何略过呢？似可从李华自身的相似经历中寻找到蛛丝马迹：

> 时继太夫人在邺，初潼关败书闻，或劝公走蜀，诣行在所。公曰："奈方寸何？不若间行问安否，然后辇母安舆而逃。"谋未果，为盗所获。二京既复，坐谪杭州司功参军。太夫人弃敬养，公自伤悼。以事君故践位，乱而不能安亲。既受污，非其疾而贻亲之忧。及随朕愿终养，而遭天不吊，由是衔罔极之痛者三。故虽除丧，抱终身之戚焉；谓志已亏，息陈力之愿焉。因屏居江南，省躬遗名，誓心自绝。②

李华在潼关被破之后，面临两难抉择，是追随玄宗入蜀以尽忠，还是间行奉

---

① （汉）公羊寿传，（汉）何休解诂，（唐）徐彦疏：《春秋公羊传注疏·庄公十年》（卷七），北京，北京大学出版社，1999年，第145页。
② （唐）独孤及：《检校尚书吏部员外郎赵郡李公中集序》，刘鹏、李桃校注：《毗陵集校注》（卷一三），第286页。

母逃离以尽孝。李华似乎想两全其美,回乡携母之后再追随玄宗,但在犹豫之际,却被叛军俘虏,被迫任伪官,名节受损;继母又"弃敬养",不能安亲。李华本想忠孝两全,最终却忠孝两不全。李华将之归结为自身缺少决断果敢,故终身抱憾。好友权皋面临着类似场景,却既能保全名节,亦能为母尽孝,复令天下知名,故在文末两次提及"温良而能断者",以表钦佩之意。而故意省略细节,言之不详,一是为了凸显权皋之忠君,二是出于内心深处的某种遗憾。

其三,关于权皋侍母、母死后守孝的情节,墓表详而史传略。"会丁母丧,因家洪州。"①史传仅言权皋因母丧而丁忧洪州,一笔带过。而墓表则言玄宗在见识权皋之才智、节操之后,有意提拔任用之时,权皋却又因母亲病危侍疾,劳累过度而身染痼疾。母死之后,权皋守孝三年,疾病加重。这样的叙述更凸显出权皋的孝心与孝行。

墓表在叙述权皋的具体事迹之后,又概括其有大节、大名、大才、大行。行文至此,似已可作收束,这亦符合墓表写作的惯例,作者却又陡起波澜,"天与之仁,不与之年",暗含着某种怨愤与指责,其依据是《论语·雍也》所言:"知者乐水,仁者乐山。知者动,仁者静。知者乐,仁者寿。"②《礼记·中庸》:"舜其大孝也与!德为圣人,尊为天子,富有四海之内,宗庙飨之,子孙保之。故大德必得其位,必得其禄,必得其名,必得其寿。"③仁德之人必得其寿,但如权皋这样有声望,可为宰辅、师保之人却偏偏身处下位而早逝,仅留有一幼子。李华面对这样的悖谬之事,不禁发出深沉的质问,"仁胡不寿?为善者何?君不幸耶?时不幸耶?"若仁者不寿,为善又有何意义?权皋有高名却身处下位,这仅是权皋一个人的不幸吗?开元、天宝以来才高而位卑者不能一一备举,若元德秀、张有略、权皋等辈,若有一大批人均有类似的遭遇,就不能仅仅归结为个体的不幸命运!那是时代的不幸吗?是什么因素导致了这一群体的不幸呢?追问至此,李华在墓表中由权皋个体的悲剧上升到古代有才而无位群体悲剧命运的思考,较之一般的感慨与宣泄,具有一种探究人生命运真谛的意味,展示出晚年李华在阅尽人世沧桑、饱尝人生苦难之后的一种深邃与淡泊。

需要说明的是,由于以上二碑的碑主均是作者的知己挚友,故情感真

---

① 《旧唐书·权德舆传》(卷一四八),第4001页。
② (魏)何晏等注,(宋)邢昺疏:《论语注疏·雍也》,北京,北京大学出版社,1999年,第79页。
③ (汉)郑玄注,(唐)孔颖达疏:《礼记正义·中庸》,北京,北京大学出版社,1999年,第1435页。

挚,行文挥洒自如,几乎全用散体句式,一句一意,句随意转,不刻意追求声律,但却自然中律,在看似平淡的文字背后蕴涵着博郁的不平之气,已颇具古文的风神与形态。但李华其他的碑志,或出于友人请托,或出于碑主的特殊,或因对碑主本身不熟悉,相对而言,稍稍逊色,往往需要以骈偶的句式、大量的典故来堆砌文字,缺乏真情实感。

五、李华吊祭文及其他

吊祭文包括吊文、祭文、诔文、哀辞等,一般是指悼念死者或祭祀鬼神的文字。李华吊祭文共有五篇,其中吊文一篇,为《吊古战场文》;祭文四篇,分别为亡友所作的《祭刘评事兄文》、《祭萧颖士文》、《祭刘左丞文》、《祭亡友张五兄文》。李华吊祭文仍以典重的四字句为主,未脱骈俪之气,但已注意间之以三字句、五字句、六字句、八字句等,使得句式多变,文气摇曳多姿。用典频度减少,且典故运用恰切。通篇用韵,声情相辅,辞藻典实而无浮华之弊,且哀情真挚,直抒胸臆,情文并茂,实乃盛唐吊祭文之杰构。

(一) 吊文

李华最著名的吊祭文是《吊古战场文》,音调铿锵,状写宏伟,悲怆感人。据《文心雕龙·哀吊》:"吊者,至也……君子令终定谥,事极理哀,故宾之慰主,以至到为言也……或骄贵以殒身,或狷忿以乖道,或有志而无时,或美才而兼累,追而慰之,并名为吊。"①吊文最初多为宾客慰问丧主之言,后由慰问生者转为哀悼死者之种种不幸。现存最早的吊文是贾谊的《吊屈原文》,"发愤吊屈,体同而事核,辞清而理哀",借哀吊屈原以抒抑郁不平之气。之后,吊文渐多,但均以逝者为对象,如蔡邕的《吊屈原文》、胡广的《吊夷齐文》、阮瑀的《吊伯夷文》、祢衡的《吊张衡文》、陆机的《吊魏武帝文》等。故在李华之前,吊文一般以古人为对象,李华的吊文却以古战场为对象。凭吊对象由古人变为古迹,可说是一大变革,大大拓展了吊文的写作范围,韩愈《吊吴侍御所画佛文》即系继作。李华由凭吊古人变为凭吊古迹,实渊源有自。"又宋水郑火,行人奉辞,国灾民亡,故同吊也。及晋筑虒台,齐袭燕城,史赵苏秦,翻贺为吊,虐民搆敌,亦亡之道。"②刘勰认为,"国灾民亡"、"虐民搆敌"均会导致大量伤亡,"故同吊也"。李华《吊古战场文》凭吊古战场"常覆三军""无贵无贱,同为枯骨"之残酷、悲惨,暗合"国灾民亡"的问吊之义。

该文凭吊古战场,并非泛泛而论,而是于凭吊中暗寓对开边战争的反

---

① (梁)刘勰著,黄叔琳等注:《增订文心雕龙校注·哀吊》,第168页。
② 同上。

思,是"因痛当时争城争地杀人众多,而托于古战场以讽之"①。起首即营造出一个触目惊心、悲惨凄凉的境界,平沙无边,山水无言,悲风呼号,日光黯淡,断蓬枯草,飞禽惊惶,走兽失措。读至此,不禁心存疑问,引入"亭长告予曰",点明"此古战场也",以第一人称叙述,加深了文章的感染力。用"伤心哉"三字直抒胸臆,控诉战争的创痛。接着以"吾闻夫"引入对历史的反思,叙事抒怀,议论纵横,自战国以至近代,华夷之间年年争战,原因在于"文教失宣,武臣用奇",仁义王道不施。以"吾想夫"切入残酷悲壮的战争场面,生死相搏,天昏地暗,"尸踣巨港之岸,血满长城之窟。无贵无贱,同为枯骨,可胜言哉!鼓衰兮力竭,矢尽兮弦绝,白刃交兮宝刀折,两军蹙兮生死决","鸟无声兮山寂寂,夜正长兮风淅淅。魂魄结兮天沉沉,鬼神聚兮云幂幂。日光寒兮草短,月色苦兮霜白"②,句式多变,描写细微,一气呵成,如泣如诉,令人闭气吞声,悲痛欲绝。以"吾闻之"转入对战争的评价,以成败、利弊、得失为标准,共用了两组对比:一是赵国国力平平,却因李牧善战,且奉行"守备为本"的策略,因此"大破林胡,开地千里",使匈奴多年不敢近边;而"汉倾天下",黩武扩张,加之将帅失人,财殚力竭,却无法使匈奴屈服。二是周宣王北征狎狁,至于太原,筑城而归,君臣上下,和乐穆穆;而秦起长城,荼毒生民,汉击匈奴,虽得阴山却死伤甚重,"功不补患"。从正反两个方面来说明"守在四夷"的正确性,应是针砭天宝以来边将屡屡轻启边衅、朝廷穷兵黩武的现象。

《吊古战场文》名为吊古,实为讽谏。从儒家的王道、仁政出发,批评天宝时期的黩武政策,"主文而谲谏"③,但谏不犯颜。开元中,由于国力强盛,玄宗好大喜功,遂有"吞四夷之志"④;天宝元年(742),唐玄宗置十节度、经略史,名曰备边,实为开边拓土作准备;天宝八载,玄宗命哥舒翰率兵攻吐蕃石堡城,"唐士卒死者数万";天宝十载,"剑南节度使鲜于仲通讨南诏蛮,大败于泸南",朝廷遂"制大募两京及河南、北兵以击南诏;人闻云南多瘴疠,未战士卒死者什八九,莫肯应募。杨国忠遣御史分道捕人,连枷送诣军所……于是行者愁怨,父母妻子送之,所在哭声振野"⑤。李华此文实是有感而作,意在借古讽今,反对穷兵黩武的开边战争,支持"守在四夷"的怀柔政策。

---

① 唐文治:《国文经纬贯通大义》(卷二),王水照编:《历代文话》(第九册),第 8270 页。
② (唐)李华:《吊古战场文》,《全唐文》(卷三二一),第 3256 页。
③ (唐)独孤及:《检校尚书吏部员外郎赵郡李公中集序》,刘鹏、李桃校注:《毗陵集校注》,第 285 页。
④ 《资治通鉴·天宝六载》(卷二一六),第 6889 页。
⑤ 同上,第 6906~6907 页。

《吊古战场文》铺陈扬厉,多用赋法,句式多变,用典恰切,音律铿锵,在句式上虽尚未脱去骈俪的痕迹,但已脱尽骈文浮艳羸弱之气,悲壮激越,凄怆雄健,气势逼人,情感真挚,已初具古文的风神,"标志着唐文的变化开始产生飞跃,预示着唐代古文运动的来临"①。

(二) 祭文

祭文乃是由祷告神灵求福消灾的祝文变化而来,祭奠的对象包括天地、山川、神祇、祖先、亲友等。"若乃《礼》之祭祀,事止告飨;而中代祭文,兼赞言行,祭而兼赞,盖引神而作也。"②"古者祀享,史有册祝,载其所以祀之之意,考之经可见。若《文选》所载谢惠连之《祭古冢》、王僧达之《祭颜延年》,则亦不过叙其所祭及悼惜之情而已……大抵祷神,以悔过迁善为主;祭故旧,以道达情意为尚。"③盛唐时期的祭文以祭吊亲友为主,如杜甫《祭远祖当阳君文》《祭外祖祖母文》乃是为祭悼至亲所作,颜真卿的《祭伯父亳州刺史文》《祭侄季明文》也是为祭悼至亲所作,而李华的四篇祭文均为祭悼四位亡友而作。祭文要求"修辞立诚,在于无愧""祭奠之楷,宜恭且哀"④,对逝者言行的赞美要言之有物且真诚恭敬,而不能一味地虚假浮夸。

李华的四篇祭文哀情至诚,情动于中,发而为文,在惋叹知己之不遇、感慨好友之丧逝之中,又暗寓不平之鸣,亦有自悼身世之悲。其中《祭亡友张五兄文》,惋惜张五先生之丧逝,痛惜"先生以道为贵,以德为富,以乐天知命为寿",却"仁而无后",从而质疑"天道何以为善与,神理何以为正直"⑤,在传统祭文追念哀悼之外,蕴含着深沉的不平之鸣,亦有自伤咏怀之意。《祭萧颖士文》乃是祭悼知己而作,感情尤为深挚。萧颖士与李华并称"萧李","平生相知,情体如一"⑥。祭文先真切地痛惜萧之丧逝,"天乎丧予!此痛何极?",再称赞其"才为挺生,名盖天下","避乱全洁,忠也;冒危迁祔,孝也","有王佐之才、先师之训",却"殁于道路""道孤命屈,沦阨终身",从而质疑:"何负于天乎?"在追念好友之才德、感伤好友之逝去的哀情中,又蕴含着悲愤郁结之情,也有自悼身世之意。《祭刘左丞文》,追述刘秩昔日力斥奸佞以表其忠勇。李华曾因附逆而遭囚讯,全赖刘秩相救于危难之中,后又被提挈"可备师儒"。刘秩待李华"恩比天伦,手足是比。枯荣一人,友爱惟

---

① 俞纪东:《李华和他的〈吊古战场文〉》,唐代文学论丛编辑部编辑:《唐代文学论丛》(第五辑),西安,陕西人民出版社,1984 年,第 102 页。
② (梁)刘勰著,黄叔琳等注:《增订文心雕龙校注·祝盟》,第 123 页。
③ (明)吴讷:《文章辨体序说·祭文》,王水照:《历代文话》(第二册),第 1634 页。
④ (梁)刘勰著,黄叔琳等注:《增订文心雕龙校注·祝盟》,第 123 页。
⑤ (唐)李华:《祭亡友张五兄文》,《全唐文》(卷三二一),第 3258 页。
⑥ 同上,第 3257 页。

深",如今却是"平生故人,横涕交颐。寄窆空原,时迨兴师"①。刘秩之言行可谓历历在目,对其之友爱可谓感人至深,在多为程式化之作的祭文中可谓是感人之杰构。

(三) 其他

此外,李华还有多篇赋作,其中尤以《含元殿赋》最著,其序云:

> 臣心辄极思虑,作《含元殿赋》,陋百王之制度,出群子之胸臆。非敢厚自夸耀,以希名誉,欲使后之观者,知圣代有颂德之臣焉。②

在咏宫殿之赋中,寓颂圣之意,并不多见。该赋典丽宏赡,雍容平和,无怪乎萧颖士誉之为"《景福》之上,《灵光》之下"③。他还有几篇书信,《与弟莒书》、《与表弟卢复书》、《与外孙崔氏二孩书》等,语重心长,真挚恳切,颇见肺腑。

因李华现存文较多,较之萧颖士文,更能典型地展现出学者之文的特点。其一,以复兴儒道为己任,《质文论》、《正交论》中在分析相关问题后均以宗经为最终的解决办法。李华较为关注重大的思想、理论问题,如反思天宝后期乱局及安史之乱爆发的原因时,主张应在批判现有秩序的基础上重建思想文化新秩序。其二,李华的文章虽仍以骈体为多,但已逐步向散行单句的"古文"过渡,具有许多新的特点。他的骈文,如全部颂赞、部分碑志以及别序等,较之六朝及初唐骈文,在语言、辞采、结构、声韵等方面都有较大的改变,语言质朴流畅而非华靡浮艳,不过分追求辞采,尚辞达切要,结构多变,骈散相间,声韵谐婉,但平仄多不甚讲究,由尚文转向尚质,较之"燕许",文章更趋散化。其三,李华有意识地摆脱骈文的束缚,开始试作古文,如《扬州功曹萧颖士文集序》、《杨骑曹集序》、《李夫人传》、《著作郎赠秘书少监权君墓表》等以及一些杂文,文质彬彬,情文并茂,取得了一定的创作实绩。在不同文体中,其骈散的程度亦有所不同。大致而言,一些新兴文体如杂文由于无须过多顾忌书写传统的束缚故能纵笔所之,自由地进行文体创新。其四,李华文以安史之乱为界,由于自己曾受伪职,"自伤践危乱,不能完节,又不能安亲,欲终养而母亡,遂屏居江南"④,故乱后躬自反省,文风由前期的

---

① (唐) 李华:《祭刘左丞文》,《全唐文》(卷三二一),第3258页。
② (唐) 李华:《含元殿赋(有序)》,《全唐文》(卷三一四),第3185页。
③ 《旧唐书·李华传》(卷一九○下),第5047页。
④ 《新唐书·李华传》(卷二○三),第5776页。

飞扬温丽向后期的质直朴素转变。对于后期作品的"质直少文"之风,有学者颇有微辞,实际上这正是李华从质文之变的角度反思乱局后,主动追求的结果。其五,虽世称"萧李",以萧颖士居李华之前,但从现存的文学作品而言,萧颖士由于存世作品较少,题材类型也较为单一,其创作实绩是不如李华的。由此,需要我们给李华一个公正客观的评价。

第三节 独孤及：以古文改造骈文

独孤及文名盛于当时,大为时人所称,堪称文坛盟主。独孤及早慧,弱冠时,著《延陵论》,"君子谓其评议之精,在古人右"①,而立之年,即被李华、苏源明奉为天下词宗,名闻天下②,及《古函谷关铭》《仙掌铭》问世,"格高理精,当代词人,无不畏服"③。广德二年(764),征为左拾遗,一入京即上《谏表》责备代宗"虽容其直,而不用其言"④,语言激切,无所畏惧。从大历三年起,即外放为郡守,卒于任上。独孤及公事之余,课徒讲学,"喜鉴拔后进,如梁肃、高参、崔元翰、陈京、唐次、齐抗皆师事之"⑤,是为一代宗师。独孤及有《毗陵集》传世,乃门人梁肃所编,计赋一首,诗三卷,文十七卷,今有刘鹏、李桃校注《毗陵集校注》。独孤及的散文创作,承"萧李"而来,因多变少。其文有赋、颂、策问、表、状、书、序、记、论、碑铭等多种题材,尤以外交敕令、议论文、谏表、序记见长。

一、独孤及文研究述评

独孤及以散文创作闻名于盛唐,但历来学界对独孤及关注较少。二十一世纪以来,随着学术力量的增强,许多之前处于空白或研究薄弱的作家作品逐步得到重视,独孤及即是其中之一。郭树伟《独孤及研究》⑥的第三章

---

① (唐)崔祐甫：《故常州刺史独孤公神道碑铭(并序)》,《全唐文》(卷四〇九),第4195页。
② (唐)梁肃《朝散大夫使持节常州诸军事守常州刺史赐紫金鱼袋独孤公行状》："天宝十三载应诏至京师,时玄宗以道莅天下,故黄老教列于学官;公以洞晓玄经,封策高第,解褐拜华阴尉。故相国房琯方贰宪部,请公相见。公因论三代之质文,问六经之指归,王政之根源;宪部大骇曰：'非常之才也。'赵郡李华、扶风苏源明并称公为词宗。由是翰林风动,名振天下。"胡大浚、张春雯校点：《梁肃文集》(卷六),兰州,甘肃人民出版社,2000年,第197页。
③ (唐)崔祐甫：《故常州刺史独孤公神道碑铭(并序)》,《全唐文》(卷四〇九),第4195页。
④ (唐)独孤及：《谏表》,刘鹏、李桃校注：《毗陵集校注》(卷四),第84页。
⑤ (宋)欧阳修等：《新唐书·独孤及传》(卷一六二),第4993页。
⑥ 郭树伟：《独孤及研究》,郑州,中州古籍出版社,2011年。

第三节分文体论述了独孤及的论说文、传记文、记述文、铭文及赠序文。金晶《独孤及研究》①的第三章论析了独孤及的文章创作,包括独孤及文的史料价值、分体论析(奏议文、序文、碑志、祭文)及历史地位;第五章辨析了独孤及与"古文运动"之关系。目前对独孤及文的研究主要集中于三个方面,即独孤及文的系年、独孤及与中唐古文运动之关系、独孤及文的分体研究。

其一,独孤及文的系年。文章系年是研究作家作品的基础,独孤及文章的系年已经较为完善,为独孤及文的全面研究打下了坚实的基础。岑仲勉《唐集质疑》②、罗联添《独孤及考证》③第三部分考证了部分独孤及作品写作年代。蒋寅《独孤及文系年补正》④对罗文未系年的五十余篇文章作了系年。刘鹏《独孤及行年及作品系年再补正》(上、下)⑤在前辈学者成果的基础上,仿罗联添文的体例,对独孤及的事迹及作品系年作了进一步的梳理与考辨。卢燕新《独孤及文系年续补》⑥对《清明日司封元员外宅登台宴集序》等三篇文章作了系年。

其二,独孤及与中唐古文运动之关系。郭树伟《独孤及与中唐古文运动》⑦认为独孤及是唐代古文运动发展史上的重要作家,其宗经明道、"师法汉文"及关于志、言、文等论述是唐代古文运动演变过程中的一个重要环节;其论说文、传记文和山水游记等昭示了中唐古文发展的路径;其开帐讲学、奖携后学的社会活动培养了大批古文创作的新生力量。魏丽苹《论独孤及的古文革新理论及影响》⑧认为独孤及是唐天宝至大历年间,连接古文先驱与中唐古文家的重要枢纽。其主张复古宗经与去骈复散,倡导古雅渊奥之风。金晶《独孤及为"古文运动先驱"提法的可商榷性》⑨认为独孤及反对的是徒求文辞之工的骈文末流,却并不反感骈俪的语言形式;独孤及主张复兴儒家道统,却并没有从操作意义上提出以"散文的语言形式"如何行之有效

---

① 金晶:《独孤及研究》,北京,中国社会科学出版社,2016年。
② 岑仲勉:《唐集质疑》,岑仲勉:《唐人行第录(外三种)》,上海,上海古籍出版社,1978年。
③ 罗联添:《独孤及考证》,大陆杂志社编辑:《丛考·传记》(第三辑第五册),台北,大陆杂志社,1975年,第338~344页。
④ 蒋寅:《独孤及文系年补正》,《山西大学师范学院学报》(哲学社会科学版)1996年第1期。
⑤ 刘鹏:《独孤及行年及作品系年再补正》(上、下),《南阳师范学院学报》(社会科学版)2007年第2期、第4期。
⑥ 卢燕新:《独孤及文系年续补》,《河南师范大学学报》(哲学社会科学版)2010年第2期。
⑦ 郭树伟:《独孤及与中唐古文运动》,《中州学刊》2012年第4期。
⑧ 魏丽苹:《论独孤及的古文革新理论及影响》,《唐山师范学院学报》2009年第1期。
⑨ 金晶:《独孤及为"古文运动先驱"提法的可商榷性》,《学术交流》2014年第3期。

地复兴道统,故独孤及被视为"古文运动先驱"的提法值得商榷。该文通过细读相关文献,一反陈说,具有一定的创新价值,但论证似乎还稍嫌单薄,缺乏足够的说服力。

其三,独孤及散文的分体研究。学界对独孤及的序文、奏议文等进行了探讨。魏丽苹在《斫雕复朴,风流自得——论独孤及的序文创作》[①]中认为其序文在内容、形式及表现手法上都有突出特点,在魏丽苹《试论独孤及的奏议文——兼论独孤及古文创作的贡献及地位》[②]中认为其奏议文代表了作者古文创作的最高成就,为文彰明善恶,长于议论。另有一些对独孤及单篇散文的讨论,如冻国栋《读独孤及〈吊道殣文并序〉书后》[③]、吴逢箴《谈独孤及〈敕与吐蕃赞普书〉》[④]等。

独孤及文在基础文献整理方面进展颇大,由刘鹏、李桃校注的《毗陵集校注》一书,全面吸收了前人成果,为独孤及文的研究奠定了坚实的基础,值得肯定。除此之外,独孤及与中唐古文运动之关系以及独孤及的奏议文、序文、记述文等文体研究也取得了较为丰硕的成果,但也有一些值得关注的问题尚有进一步研究的空间。如关于独孤及文的骈散问题,王运熙等认为独孤及"(为文)多取散行,骈俪之作甚少"[⑤],这样的叙述似有简化之嫌,独孤及各种文体的骈散形态并不一致。庶务型公文如《谏表》、《敕吐蕃赞普书》等需解决具体问题,故以达意为上,散化程度较高;礼仪型公文如各种谢表、贺表大多是一些程式化的表达,以颂美为主,骈化程度较高。另外,除公文之外,如序文之类则是标准的四六文体。其次,独孤及碑志中尚有一个令人瞩目的现象,即女性碑主所占比例甚大,从性别角度来研究碑志是一个值得探讨的角度。

二、独孤及的公文

《谏表》是独孤及任右拾遗之初即向代宗直言极谏的奏议之一。表文开端即赞誉代宗有容人之量,紧接着,笔锋一转,直言代宗"虽容其直,而不录

---

① 魏丽苹:《斫雕复朴,风流自得——论独孤及的序文创作》,《宝鸡文理学院学报》(社会科学版)2010年第1期。
② 魏丽苹:《试论独孤及的奏议文——兼论独孤及古文创作的贡献及地位》,《太原大学学报》2009年第1期。
③ 冻国栋:《读独孤及〈吊道殣文并序〉书后》,武汉大学中国三至九世纪研究所:《魏晋南北朝隋唐史资料》(第22辑),2005年,第69~74页。
④ 吴逢箴:《谈独孤及〈敕与吐蕃赞普书〉》,《西藏民族学院学报》(社会科学版)1986年第3期。
⑤ 王运熙、顾易生:《中国文学批评史新编》(第二版),上海,复旦大学出版社,2007年,第224页。

其言,进匦上封者,大抵皆事寝不报,书留不下,但有容谏之名,竟无听谏之实"①,导致群臣"钳口就列,饱食偷安"。正是有鉴于此,独孤及才上书直谏。此处独孤及借用了孟子"请君入瓮"的论辩方法,先扬后责,令代宗无法拒谏。独孤及指出,朝廷之中颇多忠信之士,不乏"亿则屡中"之言,以此反证代宗"曾不采其一说"之不当。又以尧、禹、孔子的倡导直言为证,劝谏代宗"以尧孔之心为心",本着"有则改之,无则加勉"的宽大胸襟,"使知之必言,言之必行,行之必恭,则君臣无私论,朝廷无私政,天下无私是"。然后,从正面论述当前的社会危机,贫富对立,吏治腐败,百姓"茹毒饮痛",甚至易子而食,统治岌岌可危,"寒暑气候,错缪颠倒",上天示警。在这种危如累卵的严峻形势下,劝谏代宗必须励精图治,"返躬罪已,旁求贤良者而师友之,黜弃贪佞不肖而窃位者,下哀痛之诏,去天下所疾苦,废无用之官,罢不急之费,禁止暴兵,节用爱人,罔使宦官乱国政,佞言败厥度。兢兢乾乾,以徼福于上下"。最后,针对当前兵势,提出具体的对策,即"请减江淮、山南等诸道兵马,以赡国用"。独孤及此表,议论深切,词锋犀利,感情真挚,言百姓疾苦而触目惊心,言国政凋敝则痛心疾首,言代宗之失又直言不讳。全文从"无听谏之实"的现象出发,论述"言之必行"的必要,进而明辨"励精更始"的迫切,提出全面的改革纲领,最后提出裁减兵马的紧急措施。条理分明,层层深入,有理有据,有汉人遗风。行文虽凌厉而不愤激,虽劲利而不猖狂,"直而不讦,婉而不挠"②,并非书生意气,而是切中时弊,本着解决问题的态度,因势利导,循循善诱,容易让代宗接受,堪称直谏文字的典范之作。全文以散体文为主,间之以骈偶句,如"忠謇者无不听,狂讦者无不容"之类,使得全文意随句转,全无骈文语意重复幽微之弊;该表亦用典故,但用典密度不大,且全用明典、常典,如尧、舜、孔子等关于直言的论述,如画龙点睛,有利地佐证了观点,已无骈文用典累赘铺排之病。语言朴实有力,以表意为主,结构顿挫,既有宏观的全局鸟瞰,也有细微的可行建议,绝非纸上谈兵之文可比,老辣独到、沉着稳健,美在识度。

又有《敕与吐蕃赞普书》一文,实可与张九龄于开元时期所作的七篇《敕吐蕃赞普书》媲美。全文如下:

敕吐蕃赞普外甥:朕共赞普,代为与国。自我玄宗至道大明孝皇

---

① (唐)独孤及:《谏表》,刘鹏、李桃校注:《毘陵集校注》(卷四),第84页。该段未加注引文,皆出自《谏表》,不另注。
② (唐)崔祐甫:《故常州刺史独孤公神道碑铭》,《全唐文》(卷四〇九),第4196页。

帝与生赞普和亲结好,将六十年。仰思当时之约,岂为一朝之故?实欲相恤灾患,永同休戚,使代代子孙为兄弟甥舅,如手足之相卫、唇齿之相依。自尔使息戎罢兵,二境无征战之苦,金玉绮绣,问遗往来,道路相望,欢好不绝。赞普宁忘之乎?

自我国家有安禄山、史思明之难,朕谓言赞普必有恤邻救患之意,岂知乘我之釁,恣其侵轶,煞略河湟之人,争夺汧陇之地?又与朕叛臣仆固怀恩共扇诱回纥等诸蕃,同恶相济,犯我都邑,三年之间,三至城下。此实赞普苟窥分寸之利,自弃一家之信,不念婚姻之好,忍绝甥舅之欢,累代亲邻,一朝并弃。有目有耳者,皆为赞普羞之。夫以小国伐大国,且劳师袭远,而助叛臣,有是三者,神宜悔怒。果然怀恩自毙,回纥来降,羌浑诸蕃,内难外散。天实有眼,心可负乎?

朕顷以背盟不祥,绝亲不义,宁人负我,我不负人,所以含垢数年,未忍致讨。既不得已,方思用师,正欲悉天下精兵,长驱西向,吊人问罪,然后凯旋。上以雪宗庙之雠耻,下以释将士之愤怒。自料以德征暴,以大攻小,以信讨诈,以义罚不义,当如沸汤沃雪,猛火焚枯,人神同力,何往不济?筹议之次,适会彼国使来,云愿修前好,复如旧日。览书见意,良用怃然,欲不许则人来归我,欲许则信不可恃。是以遣御史中丞杨济往谕朕意,且探诚款。九月,济与彼国宰相某乙等同到,得所寄书,然后知事皆由衷,言无虚谬。再披来旨,朕甚嘉之。何者?自非圣哲,人谁无过?过而能改,亦古人之所善。追思六十年之舅甥,有先祖、先赞普之誓约,言在史册,信结天地,岂以小不忍而隳大体,使百姓疲于甲兵,两主遂为仇雠?

贰过迁怒,朕所不取,敬依来请,彼此结和,而今而后,不复念恶。已令内外屯戍,罢柝解严,凡我二国,洗瑕迁善。经略封疆,素有分地,各守土宇,尔无有侵,永为亲好,复如开元中故事。昊天上帝,山川鬼神,实闻朕言,无谓不信。冬寒,赞普外甥比平安。遣书指不多及。①

据《毘陵集校注》,原文题下有注"永泰二年"(766)。又据《独孤及年表》②,独孤及时为礼部员外郎。据《旧唐书·吐蕃传》:

---

① (唐)独孤及:《敕与吐蕃赞普书》,刘鹏、李桃校注:《毘陵集校注》(卷一八),第393~394页。
② 罗联添:《独孤及年表》,刘鹏、李桃校注:《毘陵集校注·附录》,第478页。

于是朔方先锋兵马使开府南阳郡王白元光与回纥合于泾阳,灵台县东五十里攻破吐蕃,斩首及生擒获驼马牛羊甚众。上停亲征,京师解严,宰相上表称贺。永泰二年二月,命大理少卿兼御史中丞杨济修好于吐蕃。四月①,吐蕃遣首领论泣藏等百余人随济来朝,且谢申好。②

独孤及作此书的背景是:永泰元年,吐蕃与回纥联军在仆固怀恩的引导下第三次攻唐,但由于仆固怀恩暴毙,吐蕃与回纥相互猜忌,联盟瓦解,回纥反戈一击,吐蕃大败,但并未伤及根本。为扭转颓势,吐蕃求和势在必行。大唐虽胜,但也只是小胜,且自安史之乱后,元气大伤,国内天灾连连,叛乱此起彼伏③,唐王朝此时实无与吐蕃一决雌雄之信心与实力,与吐蕃和解在所难免。但如何和解,如何维护天朝大国的体面与尊严,就成为考验独孤及政治智慧及写作技巧的难题。

该文可分为四部分。第一部分,开篇即从玄宗④与赞普和亲接好入笔,这是很有深意的。自八世纪以来,唐与吐蕃的关系时战时和,吐蕃曾于武后长安三年(703)遣使向唐求婚,武后应允。因墀都松于薨而作罢。又于中宗

---

① 据独孤及《敕与吐蕃赞普书》,"四月"当为"九月"之误。且以当时的交通状况而言,杨济若二月前往吐蕃,似无可能于同年四月归朝。又《旧唐书·代宗本纪》(卷一一一):"冬十月……和蕃使杨济与蕃使论位藏等来朝。"(第284页)与独孤及书相差一月,但吐蕃使臣出使大唐,实乃朝廷上下关注的大事,从至长安到正式拜见皇帝有一个较长的礼仪程序,故可能是九月到长安,十月朔日正式朝拜代宗。
② 《旧唐书·吐蕃传》(卷一九六上、下),第5241~5243页。
③ 据(后晋)刘昫等《旧唐书·代宗本纪》(卷一一),永泰元年春大旱;永泰二年正月大雪,春旱,五月大雨。永泰元年,剑南节度使郭英乂被杀,蜀中大乱。
④ 吴逢箴《谈独孤及〈敕与吐蕃赞普书〉》(《西藏民族学院学报》(社会科学版)1986年第3期)一文认为"玄宗至道大明孝皇帝"应是"中宗大和大圣大昭孝皇帝",属于独孤及误记。理由是:在唐朝与吐蕃关系史上,曾有两次和亲:一次是唐太宗贞观十五年(641),唐文成公主与吐蕃赞普松赞干布联姻;第二次是唐中宗景龙四年(710),唐金城公主与吐蕃赞普弃隶祖赞联姻。唐玄宗时期并没有唐蕃"和亲"事件。根据敕书中的相关内容,可以初步推断,该文写于公元766年(作者未见《毘陵集》中该文题目下注,故误)。金城公主出降吐蕃距此已五十六年,与文中"将六十年"的话相合。本文并不赞同吴逢箴文观点,理由:其一,金城公主于景龙四年出降,于开元二十九年(据《旧唐书·吐蕃传》)薨,其在吐蕃生活了三十余年,大力推动了吐蕃与唐朝甥舅盟好。开元十七年,玄宗令皇甫惟明及内侍张元方出使吐蕃,见赞普及金城公主。赞普等欣然请和,尽出贞观以来前后敕书示惟明等,令其重臣名悉猎来朝,请固和好之约。且献书曰:"伏惟皇帝舅宿亲,又蒙降金城公主,遂和同为一家。天下百姓,竟皆安乐。"(据《册府元龟》)金城公主别进金鸭盘盏杂器物等。开元十八年于赤岭各竖分界之碑,约以更不相侵。开元二十二年,唐遣将军李佺于赤岭与吐蕃分界立碑。二十四年正月,吐蕃遣使贡方物金银器玩数百事,皆形制奇异。开元中期是唐与吐蕃关系较为融洽的时期。其二,独孤及文末有"复如开元中故事"之语。其三,独孤及在撰写国书这类重要公文之时,是不大可能将皇帝的谥号混淆,且玄宗与中宗的谥号差异甚大,误记的说法从逻辑上无法令人信服。

景龙四年(710)迎娶金城公主。唐蕃边境十年未起烽烟。公元714年至716年间,唐蕃边境冲突,吐蕃辄遭败绩,吐蕃于公元716年8月遣使请和。从公元716年至718年,金城公主或赞普几乎每年均有信函敬奉李唐皇帝,申请和好,互赠礼物。公元726年至730年间,吐蕃又侵扰唐境,遭遇李唐顽强反击,败仗连连。公元730年吐蕃再度请和,并要求于赤岭互市,直至公元737年,双方维持了八年的和平。综上,703年、706年吐蕃向唐求婚,系为掩饰吐蕃国内的政局动荡,主动向唐提出。716年、730年的和谈则是吐蕃主动提出,均是在吐蕃不利的情况下提出。除737年河西节度使崔希逸主动发动战争之外,公元714年及726年的唐蕃边境战争,均由吐蕃挑起①。既然六十年来,唐蕃之间发生了三次战争,且其中有两次均由吐蕃挑起,敕书却偏偏从唐蕃和亲友好入笔,目的在于为下文的再次和谈埋下伏笔,同时也为下文对吐蕃义正严词的指责起铺垫作用。

"赞普宁忘之乎?"承上启下,由和平友好的历史回顾转入安史之乱后吐蕃的种种劣行,唐发生内乱以来,吐蕃先是杀掠河湟之人,夺取洴陇之地②,继而与仆固怀恩、回纥等勾结三次攻入唐腹地③,一次攻入长安,两次攻至王畿,李唐一度处于风雨飘摇之中。若站在吐蕃的立场上看,吐蕃的乘虚而入、落井下石本无可厚非;那么独孤及站在李唐的立场上,应如何评价吐蕃的所作所为呢?独孤及从伦理道德、国家利益等角度斥责了吐蕃的背信弃义。首先,吐蕃作为近邻姻亲,在李唐发生内乱之时本应"恤邻救患"反而趁火打劫,是为"绝亲"。其次,且唐蕃之间自文成公主与松赞干布联姻以来,吐蕃多次主动表示要和睦共处,珍惜甥舅之谊。吐蕃现任赞普弃松德赞执政期间,曾于至德元年(756)派使臣向唐"请和亲"④,至德二年"又遣使请

---

① 林冠群:《唐代吐蕃对外联姻之研究》,林冠群:《唐代吐蕃历史与文化论集》,北京,中国藏学出版社,2007年,第225~228页。
② 《资治通鉴·广德元年》(卷二二三):"吐蕃入大震关,陷兰、廓、河、鄯、洮、岷、秦、成、渭等州,尽取河西、陇右之地。"第7146页。
③ 据《旧唐书·吐蕃传》及《旧唐书·仆固怀恩传》,第一次在广德元年九月,吐蕃寇陷泾州。十月,寇邠州,又陷奉天县。遣中书令郭子仪西御。吐蕃以吐谷浑、党项羌之众二十余万,自龙光度而东。郭子仪退军,车驾幸陕州,京师失守。降将高晖引吐蕃人上都城,与吐蕃大将马重英等立故邠王男广武王承宏为帝,立年号,大赦,署置官员。第二次在广德二年九月,叛将仆固怀恩自灵武遣其党范志诚、任敷等引吐蕃、吐谷浑之众来犯王畿。第三次在永泰元年九月,仆固怀恩诱吐蕃、回纥之众,南犯王畿。吐蕃大将尚结息赞磨、尚息东赞、尚野息及马重英率二十万众至奉天界,邠州节度使白孝德不能御,京城戒严。
④ (宋)王钦若等《册府元龟·外臣部·助国讨伐》(卷九七三):"肃宗至德元年八月,帝在灵武。回纥首领、吐蕃酋长相继而至,并请和亲,兼之讨贼。"北京,中华书局,1960年,第11434页。

第三章　至德至大历散文：文化精英与骈文的改造、古文的初盛　·183·

和亲"①,然而几年之后,就违背先王与自己的承诺,兴师攻唐。吐蕃的行为乃是"背信"。再次,吐蕃本是边陲小国,却一意孤行地与叛臣仆固怀恩串通"以小国伐大国,且劳师袭远"造成生灵涂炭,吐蕃也是死伤甚重,是为"助叛"。独孤及从三个层面指责了吐蕃的非正义行为,又以"怀恩自毙,回纥来降,羌浑诸蕃,内难外散"佐证吐蕃的倒行逆施所导致的严重后果。在责备吐蕃的种种恶行时,独孤及非常注意把握分寸,既要严厉斥责对方的种种不义行径,又不能过火使得和谈破裂,再启战端,故独孤及在列举吐蕃种种败行之后,用了"有目有耳者,皆为吐蕃羞之"之语。"羞"既表达了李唐的愤慨,又保存了吐蕃的颜面,十分准确而传神。

　　第三部分由对吐蕃的指责转入李唐一方。李唐面对吐蕃的连年侵扰,因为内乱及奸臣弄权,实在无力抗击②。事实上,李唐无法有效打击吐蕃的真实原因双方都是心知肚明,但在国书中却无法直书,只能运用春秋笔法,曲为巧饰,"以背盟不祥,绝亲不义,宁人负我,我不负人,所以含垢数年,未忍致讨"。在处理唐蕃关系上,独孤及一味地强调道德也是在实力不足情况下的无可奈何之举。代宗下诏亲征,搜求兵马,源于吐蕃兵临城下后迫不得已的选择,故独孤及为尊者讳而以"既不得已,方思用师"之语故意模糊之。然后用一组对偶句"上以雪宗庙之雠耻,下以释将士之愤怒"以鼓舞士气,又连用"自料以德征暴,以大攻小,以信讨诈,以义罚不义"四句整齐的四字句式,以宣扬李唐以正义伐不义的浩然之气。吐蕃的第三次入侵因仆固怀恩暴毙,郭子仪用离间计,回纥离心、反戈一击而大败,在失利的情况下,吐蕃主动求和。故此次和谈李唐姿态甚高,摆足了天朝上国的架子,先是怀疑吐蕃的和谈诚意,继而又派杨济亲往吐蕃以探赞普的诚款,吐蕃派国相论泣藏等百余人亲往长安,又有赞普的亲笔书信为证,方答应和谈。

　　前三部分均是为末尾的疆域划分做铺垫,第四部分是重点,是敕书的根本目的所在,"凡我二国,洗瑕迁善。经略封疆,素有分地,各守土宇,尔无有侵,永为亲好,复如开元中故事"。在言及疆域划分之前,李唐以居高临下的

---

① (宋)王钦若等：《册府元龟·外臣部·和亲二》(卷九七九),第11504页。
② 《资治通鉴·广德元年》(卷二二三)："吐蕃之入寇也,边særlig告急,程元振皆不以闻。冬,十月,吐蕃寇泾州,刺史高晖以城降之,遂为之乡导,引吐蕃深入；过邠州,上始闻之。辛未,寇奉天、武功,京师震骇。诏以雍王适为关内元帅,郭子仪为副元帅,出镇咸阳以御之。子仪闲废日久,部曲离散,至是召募,得二十骑而行,至咸阳,吐蕃帅吐谷浑、党项、氐、羌二十余万众,弥漫数十里,已自司竹园渡渭,循山而东。子仪使判官中书舍人王延昌入奏,请益兵,程元振遏之,竟不召见。癸酉,渭北行营兵马使吕月将将精卒二千破吐蕃于盩厔之西。乙亥,吐蕃寇盩厔,月将复与力战,兵尽,为虏所擒。上方治兵,而吐蕃已度便桥,仓猝不知所为,丙子,出幸陕州,官吏藏窜,六军逃散。"第7150~7151页。

姿态,再一次回顾了唐蕃之间六十年之舅甥亲和关系,水到渠成地提出"复如开元中故事"。开元中,唐蕃以赤岭为界,是在李唐国力强盛的基础上所确立的,在如今大唐已经实力大减的情形下,对大唐是十分有利的。这意味着吐蕃自安史之乱爆发以来所侵占的土地将悉数退回,数年的征战徒劳无功。

该敕书是在充分考查唐蕃双方形势基础上所写作的,措辞得体,深谙春秋笔法,巧妙地维护了李唐王朝的尊严,展示了泱泱大国的气度与胸怀。全文以散句为主,叙事清楚,说理透彻,仅穿插有少量骈句,如"以德征暴,以大攻小,以信讨诈,以义罚不义,当如沸汤沃雪,猛火焚枯,人神同力,何往不济",意在烘托天朝上国的无上权威,将散句及骈句的优点运用得淋漓尽致。所用"沸汤沃雪"、"猛火焚枯"之类典故,简明且切中肯綮,有力烘托了唐军所向披靡的气势。全文用词朴实无华,于细微处见功夫,如"有目有耳者,皆为赞普羞之"句中的"羞"一字,堪称神来之笔。该文以气势、见识取胜。

三、独孤及序文

独孤及的序文共有四卷,凡六十余篇,包括三大类:其一,赠别序,约有四十四篇,为其序文的主体,颇能代表独孤及序文的特色;其二,宴集序,约有七篇,流利明快,生机盎然;其三,集序,有三篇,较为集中地代表了独孤及的文学主张。

(一) 赠别序

独孤及的赠别序多数属于"众诗一序"式,约有三十五篇,是独孤及赠别序的主体。其与饯别诗的关系密切,在序文末尾多有"二三子何以持赠? 其歌诗乎?"①之句。序或为引子,以引起、激发众人诗性,如"抒离如之何,诗以赠远"②;或限定饯别诗的韵脚,如"各赋《南山有台》之四章,取'乐只君子,德音是茂',以为志云尔"③;或为概括送别时的场景以及众人赋诗送别的境况,如"然后西人之旧者,皆赋韵道别,而鄙夫和之。诗大略盖美蒋侯以

---

① (唐)独孤及:《送六合林明府赴选序》,刘鹏、李桃校注:《毘陵集校注》(卷一六),第352页。
② (唐)独孤及:《送渭南刘少府执经赴东都觐省序》,刘鹏、李桃校注:《毘陵集校注》(卷一五),第344页。
③ (唐)独孤及:《送余杭薛郡守入朝序》,刘鹏、李桃校注:《毘陵集校注》(卷一五),第345页。

第三章 至德至大历散文：文化精英与骈文的改造、古文的初盛

才智任职,有周爱咨诹之用,而将事不坠,专对不辱,能一其心以佐大府之政"①。这表明独孤及的大多数赠别序尚未与饯别诗割裂联系,仍未单独成文。值得注意的是,独孤及尚有六篇赠别序与赠别诗完全无关系,即《送张处士申还旧居序》、《送张泳赴举入关序》、《送弟恂之京序》、《送朱侍御赴上都序》、《送少微上人之天台国清寺序》、《送屯田李员外充宣慰判官赴河北序》,序成为完全独立的文章。这表明独孤及的赠别序中"众诗一序"式仍是主流,但赠别序完全独立的现象已占据一定比重。这意味着自初唐以来的赠别序独立的步伐在加快,由于赠别序的使用次数在增加,文人对赠别序独立的迫切性日益明显。需要说明的是,无论是否与饯别诗有关,序文主体大都一致,区别仅在于文末,几可忽略,故下文在分析时,并不将其分开论述。

独孤及撰写赠别序的目的或为颂美,或为勖勉,或为抒别情。赠别序一般由四要素构成即行者、居者、饯别地、目的地。独孤及的赠别序多以行者为核心,与多数赠别序一致。其赠别序中的行者身份大致可以分为三类:居于主体地位的是官员,其次是处士,再次是僧人。其赠别序能围绕着行者的身份、遭际、离别的原因等因素来结构全篇,力求各具面目,力避千篇一律之弊。离别的原因或为归省,或为漫游名山,或为赴任,或为上京赴选等。

独孤及的赠别序一般以行者为描写中心,力求从行者的遭际、操行、爱好、门第等方面结构全文。或言行者之遭遇以暗寓作者之志,如朝廷征辟张寅与马曾,马曾入仕而张寅归隐,独孤及作《送张征君寅游江南序》:

议者称马之利用,陋子之独善。及以为不然。君子之道,舒之则云蒸雨降,以救大旱;卷之则天倪道机,不盈一握。姑务忠信,以安圣时,则歌《国风》于畎亩,是亦为政。有民人焉,有社稷焉,何必薄游,然后称德?②

对于二人的选择,有不少人贬张之独善而颂马之兼济,独孤及却认为评价人之标准不在于是否入仕,而在于是否"务忠信,以安圣时"。或言行者之遂心安节之操行,如《送张处士申还旧居序》:

---

① (唐)独孤及:《送蒋员外奏事毕还扬州序》,刘鹏、李桃校注:《毗陵集校注》(卷一六),第349页。
② (唐)独孤及:《送张征君寅游江南序》,刘鹏、李桃校注:《毗陵集校注》(卷一四),第304页。

> 天钟静于子,而博之以文,大壑无底,虚舟任触。世皆尚白,独守《太玄》,顾流俗而不言,退将修乎初服。①

或言行者理政之德行,如言李抱真"敬事好学,仁勇忠信。凡仁则不偷,勇则不挠,忠则能力,信则人任焉"②。或言行者为政之余的特殊爱好,如《送洪州李别驾还任序》言李端:

> 仕有余力,则寄傲于琴。趣远是以曲高,意精是以声全。得于心而形于手,故非外奖所及。当其操弦如操政焉,时人知其琴不知其政,善而无伐,光而不耀故也。③

或言行者之门第、出身,如"夫子卿族也,用文学缵绪,而兄弟皆材。伯曰宿,以秋官郎辟丞相府;仲曰绛,拾遗君前"④之类,因为对行者的其他事迹并不熟悉,故只好渲染行者之门第,大多属应酬之作。

或言行者与作者之交往,又有萍水相逢与至亲知己之别。萍水相逢者如《送史处士归滏阳别业序》:

> 初,史侯至自帝邱,仆方酾酒于蒋氏之馆。揖让堂下,由东阶升,于是一酌而宾礼举,再酌而交态接,三酌而威仪幡幡,深衷毕见。投分醉中,客中忘形,吾固知握手难常,嘉会可惜。其聚也,言不浃日而意气感;其散也,兴未及尽而离忧至。⑤

独孤及与史处士仅是邂逅相逢,却一见如故,但因对史处士并无过多的了解,只能略述饯别宴席上的觥筹交错,真情流露不足。若至亲知己者,如《送弟愐之京序》:

---

① (唐)独孤及:《送张处士申还旧居序》,刘鹏、李桃校注:《毘陵集校注》(卷一四),第306页。
② (唐)独孤及:《送泽州李使君兼侍御史充泽潞陈郑节度副使赴本道序》,刘鹏、李桃校注:《毘陵集校注》(卷一五),第332~333页。
③ (唐)独孤及:《送洪州李别驾还任序》,刘鹏、李桃校注:《毘陵集校注》(卷一五),第339页。
④ (唐)独孤及:《送孙侍御赴凤翔幕府序》,刘鹏、李桃校注:《毘陵集校注》(卷一五),第330页。
⑤ (唐)独孤及:《送史处士归滏阳别业序》,刘鹏、李桃校注:《毘陵集校注》(卷一四),第309页。

苍龙居玄枵之岁,与尔吹埙篪于长安灵台之下。当时予方青襟,子适纨绔,各志小学,相期大来。其后尔以经术荐,遂观光于上国;予牢落两河,为病所系。星分雨散,十有二载。中间暂携手一笑者,及今而三。昨日游寓,今成畴昔,此会绵邈,空成梦想。①

行者乃独孤及从弟独孤恼,二人少年时同在长安求学,后因故分开,十二年间,三度相会,旋又别离,深深的手足之情与淡淡的离愁之意蕴含在字里行间,与应酬之作不可同日而语。

或言行者之目的地,如《奉送元城主簿兄赴任序》:

十四年春王正月,再命于元城。元城地雄人悍,土壤赋错,处宋、卫、中山、燕、齐、赵、魏之都会,三川辐凑,四术毂击。兄方以德举,吏此大邦,则千里之迹,兆于是矣。②

兄长匡城县尉任满后,改任元城主簿,独孤及作序以送兄赴任,故大力铺陈元城的地理、人文,以说明在此地任职大有可为。或言行者此行之职责,主要针对在职官员而言,如《送广陵许户曹充召募判官赴淮南序》重在叙述许户曹于淮南"召募"一事的始末;又如《送贺若员外巡按毕归朝序》重在叙述贺若察如何"巡按",即"其始至也,问谣俗,省疾苦,命司书示年数之上下,削郡县之版图,实其众寡,以差井赋。然后劳来安集,宣皇恩而煦之"③。需要说明的是,以上分类言行者的身份、遭际、离别原因等,是为行文需要,而非一篇赠别序中仅有一项,大多数序文中多项因素交织。

独孤及的赠别序中亦有抒发居者之思的,但为数不多,如《送吏部杜郎中兵部杨郎中人蜀序》:

二公罢东西曹草奏启事之剧,而参军西南。时人或讥朝廷易其大而难其细,及以为不然。方当天子命将帅以守四方,丞相秉钺为唐南仲,择佐命介,宜先才者,事孰大焉。彼《采薇》《出车》以遣役劳勤,我

---

① (唐)独孤及:《送弟悌之京序》,刘鹏、李桃校注:《毗陵集校注》(卷一四),第312页。
② (唐)独孤及:《奉送元城主簿兄赴任序》,刘鹏、李桃校注:《毗陵集校注》(卷一四),第314页。
③ (唐)独孤及:《送贺若员外巡按毕归朝序》,刘鹏、李桃校注:《毗陵集校注》(卷一四),第323页。

则异于是。受王命者不言勤,赴知己者不怆离①。

对杜亚、杨炎入杜鸿渐幕赴蜀中一事,有人持讥讽态度,独孤及旗帜鲜明地表明自己的态度,认为作为臣子,应忠于王命及酬知己之厚爱。与李白序文浓烈的主观性特征相比,独孤及的别序多以行者为中心,少有言及作者。

独孤及赠别序较为显著的特点是多引用对话,喜用对比手法,善用顿挫笔法。如《送颍州李使君赴任序》:

> 公之为颍州也,朝廷以不失人为明,颍人以得父母为幸。公独以去色养为戚,故执事者难之。其为公谋者则曰:"受命忘家,公也;爱亲让禄,私也。君子不以私废公,不以孝弃忠。况国家方亲亲贤贤,而当颍人傒师长之日,可以此时急闻礼而缓君命乎?"公曰:"诺。"然后明日朱两轓而东,竭力致身之诚,于是乎全矣。方当辑宁疲人而袴之,宜其大王事而小行役。岂徂暑之热、远道之思,与前期之难,足搅胸臆。赋诗勖别,于以持赠。②

李使君当为李岵,据郁贤皓《唐刺史考》③,天宝至大历年间颍州刺史姓李者唯李岵。对于李岵任颍州刺史一事,朝廷认为其才堪刺史,颍州百姓认为其仁堪父母,上下对李使君均是一片赞誉之声。按照一般的理解,李岵本应欣然赴任,却以任职而难以尽孝而忧戚,执事者对此实难决断。"其为公谋者"认为忠孝难两全之时,不应以孝弃忠。李使君茅塞顿开,次日即赴任。该篇所引对话,"其为公谋者"长篇大论,正义凛然;李"公"决然应允,干练果断。一长一短,形成了有意味的对比。对于李岵被任命为颍州刺史一事,"朝廷"、"颍人"、李"公"、"执政者"、"其为公谋者"有不同的态度,通过对比,凸显出李岵之纯孝与大义。全文一波三折,先是以朝廷、颍人之态度为下文李岵赴任一垫,再以李岵面有戚色一顿,执政者难以取舍而又一垫,加之"其为公谋者"的滔滔言论,李岵毅然赴任、明日启程为一顿,最后又以"徂暑之热"、"远道之思"、"前期之难"衬托李岵赴任时的决然与忠义,通过运用顿挫笔法而使该序在小小篇幅之内摇曳多姿,令人叹服。

---

① (唐)独孤及:《送吏部杜郎中兵部杨郎中入蜀序》,刘鹏、李桃校注:《毘陵集校注》(卷一五),第337页。
② (唐)独孤及:《送颍州李使君赴任序》,刘鹏、李桃校注:《毘陵集校注》(卷一五),第341页。
③ 郁贤皓:《唐刺史考》(卷六二),南京,江苏古籍出版社,1987年,第781页。

（二）宴集序

独孤及的宴集序不同于赠别序中凸显行者、作者"隐身"的写法，其宴集序更富于主观色彩，更能展现独孤及的个性特征。如《清明日司封元员外宅登台设宴集序》：

> 可以排天下细故，使忧氛不作，莫圣于酒。况与同志者共之，复遇司烜出火，勾芒宣气，天地氤氲，熙我以春乎？是日也，卉木罗其庭除，柔嘉充于圆方。言必遗累，笑必造适，故谈话不及朝市；迹无町畦，事不机括，故和乐不待笙磬。主人有才子四人，侍酌于前①。台下有南山倚庭，碧草芊芊。沟塍圃畦，如龙鳞龟甲。芳树绣布，白花雪下。于是一觞解颜，再觞解忧，三觞忘形而傲随之。商弦数奏，墙阴移而坐客醉。手持浊醪，笑向朗月。夫以世道之多故，年岁之不吾与也。若忧患欢乐，众寡之不侔。苟来者犹可追，无亦顾郲间之驷。以鐏酒买笑，余敢惜费，贻青春羞。几今日娱，莫我若也。吾乃今日视薄游空名，如争蜗角，又何用知接舆、伯夷不愚于杜康乎？顾谓满座，展诗以赠，亦命夫四子者志之。②

该序先写身处盛世的与宴者忘形取乐、纵情饮酒、潇洒不羁之情态，后又突然转入年岁易去、生命易逝的感叹，如轻烟般的莫明惆怅与哀愁，这实际上是一种对生命有限的无可奈何的感伤与留恋，既不同于魏晋时期人如草芥的沉重控诉，也不同于杜甫式的历经磨难后的人生悲痛，尽管悲伤，仍然轻快，虽然叹息，总是轻盈，竟期望以美酒浇灭心中的伤感，颇有"少年不识愁滋味""为赋新词强说愁"的意味。该序虽略带颓废，仍隐含着朝气与生机。独孤及作于安史之乱后的宴集序，则如中年的喟叹，虽满目疮痍，仍满怀期望，有关国政民生的议论大幅增加，景物萧瑟，格调凄怆，使文章笼罩在悲伤严肃的氛围之中。

四、独孤及"论"文

独孤及的议论文以《吴季子札论》最为著名，立意新颖，见解独到。对于季札三让国之事，从《春秋》、《左传》、《史记》以来，皆褒扬其贤德与节操。

---

① 《毘陵集校注》此处为"侍酌于前台，下有南山倚庭"，《全唐文》此处为"侍酌于前。台下有南山倚庭"，综合上下文及表达习惯，《全唐文》为是。
② （唐）独孤及：《清明日司封元员外宅登台设宴集序》，刘鹏、李桃校注：《毘陵集校注》（卷一五），第331~332页。

独孤及却慧眼独具,从国家利益出发,认为季札仅注重自身名誉,而导致吴国内讧,终致亡国,有沽名钓誉之嫌,立论峻峭奇警,论证有力严谨。开篇即概括前人观点,即褒扬季札三让吴国之贤,目的在于树靶,有的放矢。紧接着,旗帜鲜明地摆明自己的观点:

  窃谓废先君之命,非孝;附子臧之义,非公;执礼全节,使国篡君弑,非仁;出能观变,入不讨乱,非智。①

从四个方面论述季札之过。季札违背父命,是为不孝;慕子臧之义,是为徇私废公;因保全节操而固执于礼,导致公子光刺杀王僚,是为不仁;出访诸国,能见微知著,而公子光采用非正常手段代王僚自立,却不能讨伐逆贼,是为不智。立论全从事实出发,一针见血,入木三分,但也有强词夺理之处。

  国之大事,在于立储,标准在贤、义、君命,故古虽有泰伯之让国奔吴,季历亦"篡服嗣位而不私",当仁而不让,后终有"武王继统受命作周";相比之下,"彼诸樊无季历之贤,王僚无武王之圣"②,时易人异,季札为"循名"而仿泰伯让国,"为让之情同,而兴衰之体异"③,实乃刻舟求剑的迂腐之举,导致了严重的后果,"且使争端兴于上替,祸机作于内室。遂错命于子光,覆师于夫差。陵夷不返,二代而吴灭"④。又从反面落笔,假设季札当国,以季札之"闳达博物,慕义无穷","必能光启周道,以霸荆蛮。则大业用康,多难不作。阖庐安得谋于窟室,专诸何所施其匕首?"⑤从正反两个方面论证季札让国之失。接着,进一步分析季札让国的危害,除导致吴亡之外,也致使"全身不顾其业",即在保全名节的同时,也失去了成就宏图大业、名留青史的机会,误国亦误己。最终,以对比的手法再次申说季札让国之失:

  善自牧矣,谓先君何?与其观变周乐,虑危戚钟,曷若以萧墙为心,社稷是恤;复命哭墓,哀死事生,孰与先衅而动,治其未乱。弃室以表义,挂剑以明信,孰与奉君父之命,慰神祇之心。⑥

---

① (唐)独孤及:《吴季子札论》,刘鹏、李桃校注:《毗陵集校注》(卷七),第 172 页。
② 同上。
③ (唐)萧定:《改修吴延陵季子庙记》,《全唐文》(卷四三四),第 4426 页。
④ (唐)独孤及:《吴季子札论》,刘鹏、李桃校注:《毗陵集校注》(卷七),第 172 页。
⑤ 同上。
⑥ 同上,第 172~173 页。

季札虽保全了名节,却违背了先君之志;虽有察变虑危之明,哭墓哀死之义,却不愿担当社稷之大任,未能消弭萧墙之祸,可谓是因小"名"细"节"而失大义大忠。世俗所津津乐道的弃国表义、挂剑明信与奉君父之命而不让吴国、终致国强业成,两者孰轻孰重?答案不言自明。以抒情的笔调、比较的方法再次论证了文章观点,颇有感染力与说服力。最后得出结论,季札的让国是"洁己而遗国也",简短而有力。该文论证周密,反复申说,采用了典型的三段论结构,层次清晰,先点明季札不能称贤,次析季札何以不能称贤,最后论定季札确未称贤,层层深入,周密简约,结论干净利落,刚健有力,谨严深微。独孤及对季札让国的评价,实际上提出了一个衡量贤者的全新标准——应以是否有益于国家社稷而非个人得失为准,从中也透露出盛唐士人当仁不让、以天下兴亡为己任的勇气与责任感,渴望建功立业、积极进取的精神,以及苟存大义不拘小节的气度,具有鲜明的时代特色。

　　独孤及文章"大抵以立宪诫世、褒贤遏恶为用,故论议最长"①,《吴季子札论》可见其一斑。除此之外,他的几篇谥议议论精辟,逻辑谨严,颇为时人所重,"公以为谥者,盖迹其事业邪正而褒贬之,举一字可使贤不肖皆劝。故其议吕𬙋、卢奕、郭知运等谥,皆参用典礼,约夫子之旨,其事核,其文高,学者传示以为式"②。谥议多是为考行定谥以警戒后人而作,因碍于情面,多有虚美之弊。独孤及之谥议,以事实为依据,不惧权贵,不徇私情,不虚美,亦不隐恶,且富于生气,有虎虎生风之感。如《故御史中丞卢奕谥议》就以卢奕的所作作为为谥议基础,安禄山攻陷洛阳之后,有部分人"或先策高足,争脱羁縠,或不耻苟活,甘饮盗泉",与此相对比的是"(卢)奕独正身守位,义不去,以死全节,誓不辱。势窘力屈,以朝服受执,犹忼慨感愤,数贼枭獍之罪。观者股栗,奕不变色,西向而辞君,然后受害"③,两相对比,高下立见。其描写细腻形象,叙奸佞小人嘴脸惟妙惟肖,述忠贞之士气节感天动地。或云卢奕本是文臣,洛阳既丧,"将奔去之可也",何必"委身寇仇",作无谓牺牲?独孤及针对此种观点指出,身为人臣,"勇者御忠者守,必社稷是卫。则生死以之。危而去之,是智免也,忠于何有?"④又举荀息、仲由、玄冥、伯姬为例以证明"死之日皆于事无补,夫岂爱死而贾祸也",赞美其"蹈义而捐生"的节烈。不过,对于这种重义轻生的观点,实值得商榷。像卢奕这种面

---

① (唐)崔祐甫:《故常州刺史独孤公神道碑铭(并序)》,《全唐文》(卷四〇九),第4196页。
② (唐)梁肃:《朝散大夫使持节常州诸军事守常州刺史赐紫金鱼袋独孤公行状》,胡大浚、张春雯校点:《梁肃文集》(卷六),第198页。
③ (唐)独孤及:《故御史中丞卢奕谥议》,《毗陵集校注》(卷六),第131页。
④ 同上。

对强权誓不低头、从容就义的勇士固然值得称赞,而似颜真卿般正面抗敌、英勇不屈,似乎于朝廷更有裨益,如颜杲卿、阳鸿那样与敌虚与委蛇、联合志仁仁人暗中抗敌,则更为令人钦佩,而像王维、李华那样迫不得已、陷身于贼、甚至被迫接受伪职也属情有可原,不宜苛之过深。

对于独孤及散文的评价,古今差异颇大。其文章大为时人所称颂,被誉为"文伯","其或列于碑颂,流于歌咏,峻如嵩华,盛如江河,清如秋风过物,邈不可逮"①;"其茂学博文,不读非圣之书,非法之言不出诸口,非设教垂训之事,不行于文字;而达言发辞,若山岳之峻极,江海之波澜,故天下谓之文伯。"②"立言遣词,有古风格。辩论裁正,昭德塞远。潜波澜而去流荡,得菁华而芟枝叶。"③"宪公(独孤及谥号)有文章名于大历中,每为文,辄为后进所传写。"④与此形成鲜明对比的是,由于其揭露王朝弊端的文章现存较少,且为文不如元结那般激切,特点不够鲜明,故后世研究者对独孤及颇有微词,如郭预衡先生评其《祭道僅文》云:"可怪的是作者行文之际似乎无所感愤。而且归之于天,委之于命,又似隐藏了真实的观感……其文之可称者并不很多。"⑤另范文澜先生在《中国通史》论及独孤及时,认为他"在学术上并无独特的主张,不像元结坚决反对贪虐政治,也不像韩愈一贯反对佛道二教,他做古文只是为了做古文,做什么题说什么话",又说他"学的是西汉散文,但思想上儒佛混同,意在调和,未能象西汉文士自成一家之言,因之,独孤及古文的成就是中平无奇的"⑥。为什么古今对独孤及的评价会有如此大的差异呢?最大的原因在于着眼点不同。独孤及一生较为平顺,且服膺儒家,为人低调,著文平和,无过多激愤之言,多建设而少揭露,为文中规中矩,敛尽锋芒,确实不如李白、元结等人特色鲜明。崔、梁二人对其复兴儒家、重正礼法之言行推崇备至,以其文雅驯温润、雍容平和,颇具庙堂文章的风范;郭、范二先生论文从是否揭露封建弊端入手,且注重独创性,对独孤及评价不高,自亦在情理之中,但似乎苛之过深。需要说明的是,崔、梁二人乃

---

① (唐)崔祐甫:《故常州刺史独孤公神道碑铭(并序)》,《全唐文》(卷四〇九),第4196页。
② (唐)梁肃:《朝散大夫使持节常州诸军事守常州刺史赐紫金鱼袋独孤公行状》,胡大浚、张春雯校点:《梁肃文集》(卷六),第199页。
③ (唐)权德舆:《故朝散大夫使持节常州诸军事守常州刺世充本州团练守捉使赐紫金鱼袋独孤公谥议》,《全唐文》(卷四八八),第4988页。
④ (唐)李翱:《唐故福建等州都团练观察处置等使兼御史中丞赠右散骑常侍独孤公墓志铭》,《全唐文》(卷六三九),第6449页。
⑤ 郭预衡:《中国散文史》(中),第127~128页。
⑥ 范文澜:《中国通史》(第四册),北京,人民出版社,2008年,第336~337页。

独孤及门人,且对其评价大都出于碑志、谥议等以颂美为宗的文体,难免有溢美之辞,但大体上还是比较恰切的。

第四节 颜真卿:自成古文

  颜真卿身历四朝,刚直敢言,由于忤旨及权臣所嫉,屡遭贬黜①。善书法,工文词。据《新唐书·艺文志》,颜氏著有《吴兴集》十卷,又《庐陵集》十卷,《临川集》十卷,《归崇敬集》二十卷,《礼乐集》十卷,集文士撰《韵海镜源》三百六十卷,著作颇丰,但亡佚亦多。清人黄本骥编有《颜鲁公全集》②,收录颜真卿传记、碑铭、年谱、书评等研究资料最为完备。今有《四库唐人文集丛刊》本《颜鲁公集》③,共十六卷,所用底本为明嘉靖锡山安氏铜活字印本。《全唐文》录其文九卷,凡一百四篇。《唐文拾遗》又录其文两卷,多为祭祀礼的考订及书帖。《全唐文补编》又补文三篇,分别为《议降诞节奏》、《天台山国清寺智者大师传》、《和州刺史张敬因碑》。《唐代墓志汇编》又补文两篇。一般而言,研究唐人散文应以作家别集为据,因为《全唐文》成于众手,卷帙繁多,且所录文献不注明出处。但将《全唐文·颜真卿卷》与《四库唐人文集丛刊·颜鲁公集》相比较,在篇目收录、文字异同等方面差异较大,前者较之后者,多收赋、判、碑等三十六篇,且后者衍文、脱文较多。如《游击将军左领军卫大将军兼商州刺史武关防御使上柱国欧阳使君神道碑铭》,《四库唐人文集丛刊》有"节度使王揰骇焉,奏与上下考"句,语意不通,《全唐文》则为"节度使王揰骇焉,奏与上考",语意通畅,此处"下"字当为衍文。又如《湖州乌程县杼山妙喜寺碑》,《四库唐人文集丛刊》有"及刺抚州,人左辅元姜如璧等增而广之",语意不通,《全唐文》则为"及刺抚州,与州人左辅元姜如璧等增而广之",语意顺畅,此处"与州"当为脱文。故本文所引用颜真卿文皆用《全唐文》,兼及《四库唐人文集丛刊》。

  颜真卿文"大巧若拙、见素抱朴",不加雕琢,坦率真诚,峻劲纯朴,刚严忠厚,毫无书生酸腐气,亦迥异于美人婵娟的阴柔美,而是一种五岳山峦的雄浑壮美。其文几乎不用辞藻隶事,全用白描,正如宋代严羽所评价的:"盛

---

① 生平事迹详见(唐)殷亮:《颜鲁公行状》(《全唐文》卷五一四)、(唐)令狐峘:《光禄大夫太子太师上柱国鲁郡开国公颜真卿墓志铭》(《全唐文》卷三九四)、《旧唐书·颜真卿传》(卷一二八)、《新唐书·颜真卿传》(卷一五三)。
② (唐)颜真卿著、(清)黄本骥编:《颜鲁公全集》,上海,上海仿古书店,1936年。
③ (唐)颜真卿:《颜鲁公集》,上海,上海古籍出版社,1992年。

唐诸公之诗,如颜鲁公书,既笔力雄壮,又气象浑厚"①。其书法如此,其文也是如此。

一、颜真卿文研究述评

关于颜真卿之文,目前学界关注不多。关于颜真卿文的整体评价,郭预衡《中国散文史》认为其"论文不偏颇,为人亦刚正,遇事敢言,其论政之文有直言极谏之风"②。关于颜真卿碑志文的研究,安家琪《颜真卿碑志的文章价值与唐代碑志文的转型》③认为其碑志就整体而言,并未突破传统碑志的写作藩篱,但《抚州临川县井山华姑仙坛碑铭》一文化散入骈,运用"传奇"笔法,预示了碑志文的新变,促进了唐代碑志文的演进与成熟。关于颜真卿文的辨伪,夏婧《〈全唐文〉误收唐前后文校读札记》④认为署名为颜真卿所作的《泛爱寺重修记》一文系明人方豪所作。大体而言,颜真卿之文主要包括三类,即奏疏(政论文)、碑志、书帖。关于奏疏与碑志,目前学界略有涉及;而书帖作为兼具书法和文辞之美的一种尺牍,目前的研究大都集中于书法赏鉴方面,少有人探讨书帖的文学审美特征。以颜真卿为代表的盛唐书帖是书帖发展史上的关键时期,它确立了书帖的功能、审美品格、文体特征等,实值得关注。

二、颜真卿书帖

书帖自东晋二王之后,逐渐成为日常应用书写的最主要形式,亦称简帖⑤。唐时,书帖已是尺牍最重要的门类。目前学界对书帖的研究大都集中于书帖的书法鉴赏,探讨书帖的用笔技法、线条类型、字体布局等问题,少有人从文学角度分析书帖的结构、语词、风格等问题。一些颇负盛名的书帖实际上是书法与文辞的完美统一体,所谓"短笺长卷,意态挥洒,则帖擅其长"⑥。"意态挥洒"包括书法与文学两方面,书帖既可鉴赏其书法美,其文

---

① (宋)严羽:《答出继叔临安吴景仙书》,郭绍虞校释:《沧浪诗话校释·附录》,北京,人民文学出版社,1961年,第253页。
② 郭预衡:《中国散文史》(中),第136页。
③ 安家琪:《颜真卿碑志的文章价值与唐代碑志文的转型》,《阴山学刊》2015年第6期。
④ 夏婧:《〈全唐文〉误收唐前后文校读札记》,《中华文史论丛》2015年第2期。
⑤ (宋)虞龢:《论书表》,载梅鼎祚《梁文纪》(卷一三):"大凡秘藏所录钟繇纸书六百九十七字,张芝缣素及纸书四千八百二十五字,年代既久,多是简帖。"《景印文渊阁四库全书》(第1399册),台北,商务印书馆,1987年,第561页。
⑥ (清)阮元:《北碑南帖论》,(清)阮元《揅经室三集》(卷一),北京,中华书局,1993年,第598页。

辞亦兼具文学审美特性。盛唐书帖作为书帖发展史上的关键时期,确立了书帖的功能、审美品格、文体特征等,而颜真卿则是盛唐书帖的代表人物。

按《说文解字》:"帖,帛书署也,从巾占声。"①明人贺复征《文章辨体汇选》将"帖"单列于尺牍之后,"今于阁帖中前有题致某某者,仍入尺牍。失题如《月仪》、《凄闷》之类,选十余则以备一体"②。贺氏将有明确致赠对象之作列入尺牍,而将失题之作列入"帖"类,单从形式、功能着眼,有失偏颇。笔者认为,无论是否有确赠对象,都应属于尺牍。

(一) 书帖溯源

关于帖的来源,罗庸以为源自晋代的山涛启事。据《晋书·山涛传》:

> (山)涛再居选职十有余年,每一官缺,辄启拟数人,诏旨有所向,然后显奏,随帝意所欲为先。故帝之所用,或非举首,众情不察,以涛轻重任意。或谮之于帝,故帝手诏戒涛曰:"夫用人惟才,不遗疏远单贱,天下便化矣。"而涛行之自若,一年之后众情乃寝。涛所奏甄拔人物,各为题目,时称山公启事。③

罗先生认为:

> 此可说明书札中短笺之由来,何以有此文体,则与写字工具颇有关系。战国之世,纵横家上书人主,长篇大作,多用长简,以为献策之用。而汉魏以来,朋友间来往多用尺牍或书札,工具有限,故语亦简要。至山公而发展为定体,短札一体遂告成立。其用途凡二,一为私人间问候之书,一为帝王手诏。二王杂帖,亦属此种启事性质。④

罗先生从书写工具、载体的角度切入,角度新颖,但忽略了主、客体关系本质上的差异,以及由此产生的内容、措辞、效力等因素的差异。私人文书内容驳杂,措辞随意;而帝王手诏因其特殊的身份而具有无上的权威性,且措辞典雅,属于公文。而所谓的"山公启事"是指山涛将备选官员的品行、才德等

---

① (汉)许慎著,(清)段玉裁注:《说文解字注·巾部》,上海,上海书店出版社,1992年,第359页。
② (明)贺复征:《文章辨体汇选》(卷二七七),《景印文渊阁四库全书》(第1405册),台北,商务印书馆,1987年,第399页。
③ 《晋书·山涛传》(卷四三),北京,中华书局,1974年,第1225~1226页。
④ 郑临川记录,徐希平整理:《笳吹弦诵传薪录——闻一多、罗庸论中国古典文学》,上海,上海古籍出版社,2002年,第224页。

品题后密奏皇帝、供其选录官员的奏疏变体,属于上行公文,与私人文书差异甚大,罗氏将其作为私人文书的来源似未确。

现存最早将私人文书命名为以"帖"的可能是东汉崔瑗的《杂帖》,其文云:

   贤女委顿积治,此为忧悬憔心。今已极佳,足下勿复忧念。其信来数,附书知闻,以解其忧。①

措辞和易通畅,笔法清峻潇洒。此后书帖呈现出两个发展维度:其一,文辞偏重丽藻庄重,雍容雅驯,句式整饬,结构雷同,成为礼仪型文书的重要门类,如著名的《月仪帖》、托名昭明太子的《锦带书》等;其二,文辞追求散淡自然,以抒发亲情、友情为主,讲究书法之隽逸与文辞之通脱,以晋宋时期的二王书帖为典型代表②。

王羲之《快雪时晴帖》、《野鸭帖》、《想清和帖》诸帖,语言简约省净,全用散句,句式短,虚词少,情深而意重,真挚而内敛,不求工巧,不假修饰,意味隽永,句随意转。如"快雪时晴佳"五字,乍雪又晴,白雪与阳光交相辉映,一片明媚灿烂,在简洁生动的叙述中凸显出愉悦畅快的心境。明人李日华评《快雪帖》云:"晋尚清言,虽片言只字亦清快。《雪》帖首尾廿四字耳,字字非后人所能道。右军之高风雅致,岂专于书耶?"③慧眼独具地揭示出该帖的文辞之美。以二王为代表的晋宋书帖,以礼仪节气、亲友问候的日常交际书写为主,疏朴质直的文辞中蕴飘逸潇洒的神韵,从某个侧面生动演绎着魏晋风度。东晋二王之后至于隋,现存书帖仅柳世隆《奏省流寓民户帖》一篇,亡佚颇多。

(二) 唐代书帖分类

降及唐初,书帖渐多。唐代书帖就功能、性质而言,可分为两类:一类是下行公文,或是皇帝手书与相关职能部门的文诰,或是基层官衙向百姓颁发的有关徭役、赋税的布告,二者均具有法律效力,但其权威性有天壤之别。如太宗现存书帖数篇,多涉及政事,因唐实行三省六部制,故其帖不同于由三省颁布的官员任免、大政方针之类正式诏书,多是一些军政小事或者正式诏书不便明言之事,类似皇帝的私人便条,但由于主体的特殊地位,其帖仍

---

① (汉)崔瑗:《杂帖》,《全后汉文》(卷四五),《全上古三代秦汉三国六朝文》,第717页上。
② 赵树功:《论晋宋书帖与玄学的关系》,《安徽大学学报》(哲学社会科学版)2005年第5期。
③ (明)李日华:《六研斋笔记》(卷二),南京,凤凰出版社,2010年,第124页。

具权威性与法律效力。如《引高丽使帖》:"昨令:今旦引高丽使人,辞,明日将来。敕。二日。"①《北边帖》:"北边始有表至,甚无事。故书相报。敕。"②言简意赅,多用散句,明快畅达,属诏令的变体。布告如杜牧的《与汴州从事书》:

> 某每任刺史,应是役夫及竹木瓦砖工巧之类,并自置板簿,若要使役,即自检自差,不下文帖付县。若下县后,县令付案,案司出帖,分付里正。③

其中多次提到的"帖",在基层政权运转中担负着类似于布告、通告之类的功能,属于下行公文。就现存的唐代书帖来看,这类以帖为题名的公文变体为数极少。绝大多数以"帖"命名的文章属于下文所言的第二类。

第二类书帖属于私人日常交际书写的文书,即亲戚、朋友、同僚之间寒暄问候、讨论学问、礼尚往来及求助借贷等。虞世南现存帖数篇,大都属友朋问候、论学之书,如《临乐毅论帖》便是表达对友人书法企慕之情,浑厚质朴,和易通畅。虞世南书帖平和流畅、古拙质实,与二王书帖之闲情雅趣、飘逸温润迥然不同,自是别开生面。褚遂良书帖承二王之隽逸清峻而来,变散为偶,句式整饬,声律谐婉,用辞典雅弘奥,有博赡雅健之风,如《山河帖》:

> 山河阻绝,星霜变移。伤摇落之飘零,感依依之柳塞。烟霞桂月,独旅无归。折木叶以安心,采薇芜而长性。鱼龙起没,人何异知者哉!褚遂良述。④

借木叶之摇落、星霜之变移抒羁旅行役之愁与独旅无归之恨。更有知己之间,以书帖为载体往复请教以增益学问。如杜之松《答王绩书》:"其丧礼新义,颇有所疑,谨用条问,具如别帖,想荒宴之余,为诠释也。"⑤而王绩则在《重答杜使君书》中将杜氏所提问题"条申如左"。

---

① (唐)李世民:《引高丽使帖》,吴云等校:《唐太宗全集校注》,天津,天津古籍出版社,2004年,第651页。
② (唐)李世民:《北边帖》,吴云等校:《唐太宗全集校注》,第651页。
③ (唐)杜牧:《与汴州从事书》,陈允吉校点:《樊川文集》,上海,上海古籍出版社,2009年,第198页。
④ (唐)褚遂良:《山河帖》,《全唐文》(卷一四九),第1514页。
⑤ (唐)杜之松:《答王绩书》,《全唐文》(卷一三四),第1355页。

(三) 颜真卿书帖研究

目前学界对颜真卿书帖的研究重点主要在其书法。事实上,其书帖数量留存较多,内容丰富,风格多变,堪为唐代书帖的代表作家。据《全唐文》、《唐文拾遗》及《全唐文补编》,颜真卿现存书帖约二十五篇,内容繁复驳杂,涉及国事、家事、亲情、友情等诸多方面。如《讯后帖》劝友人入仕:

> 真卿具:前楮讯后,所苦何如?立斯极位雄廷,江上佳山秀水,在公庭户,想日有乐事,甚得佳士相延。公高才逸韵,自有晋宋间人风,坐此肆局不易处。上方招致仁者,如公之俦,岂久在江左乎?行闻迅召,以快士议。真卿顿首。①

起首依惯例先问讯朋友近况,旋即遥想朋友此时正身处庭户,日日欣赏佳山秀水,延接高人佳士,是何等的潇洒自在、闲适悠然,字里行间流露出淡淡的欣羡之意。友人秉高才亮节,承晋宋之隽秀风度,自是悠游于山林,不愿被仕途所羁。但既然身处圣明之世,且朝廷正积极地招纳贤士,像友人这样具雄才大略之人岂能久处江湖,埋没一身才学?最终表明目的,即"行闻迅召,以快士议",期待友人尽快入京待选。该帖句式多变,全用散句,句随意转,畅达流利,清峻通脱,如当面絮语,言语亲切,在尺幅之中意脉转折顿挫、回环往复,无不尽之意,如闻其声,如见其人。又如《与李太保帖八首》:

> 拙于生事,举家食粥来已数月。今又罄竭,秖益忧煎。辄恃深情,故令投告,惠及少米,实济艰勤,仍恕干烦也。真卿状。②

书帖起首并非惯有的寒暄问讯,而是直奔主旨,道明来意,表明二人关系亲近,无须过多的客套遮掩。因世事艰难、不善经营导致生活困顿,举家食粥已数月,即便如此,也难以为继,忧煎于心。只得仗恃友情,迫不得已向好友乞米以度艰难之日。该帖言语直白通脱,风格凄恻深沉,虽是向人借贷,却无摇尾乞怜之态,足可见作者性情耿直及二人交情之深厚。因性情、际遇、环境等因素,颜真卿的书帖大都开门见山,直奔主题,风格质直疏朴,老健通脱,不同于二王书帖之超逸优游,风神洒落。

又如《与绪汝书》:

---

① (唐)颜真卿:《讯后帖》,《全唐文》(卷三三七),第3415页。
② (唐)颜真卿:《与李太保帖八首》,《全唐文》(卷三三七),第3413页。

政可守,不可不守。吾去岁中言事得罪,又不能逆道徇时,为千古罪人也。虽贬居远方,终身不耻。绪汝等当须会吾之志,不可不守也。①

该帖作于颜真卿因上奏指斥宰相元载阻塞言路而得罪权相后,被贬吉州司马任上。"绪汝"可能是其长子颜頵的字,也可能是其他子侄。该书帖实则是一封谆谆告诫子侄的家书,最能展现颜真卿的凛然正气。"政"通"正",指正直的品行,包括为人方正,持事刚正,处事清正,节操忠正。开篇即表明主旨,为人需坚守正道,先以肯定语气道之,再以否定之否定加以肯定,具有不可逆转、坚若金石之意。颜真卿对此不仅只是言说而已,而且还身体力行。他因向朝廷直陈时事而得罪权贵,被贬黜远方,但并不以之为耻,自然也不悔,因为这是坚守为人之立身准则而致;反之,若一味献媚,甚至同流合污,则为千古罪人也。家中子侄可能会因其被贬的遭际而对正直的立身准则有所犹疑,颜真卿掷地有声地再次强调"不可不守也",勉励子侄继承其守正之志。与开篇的"不可不守"互为呼应,身处顺境时应坚守正直,当身处逆境、遭遇不公时,更应坚守正直,其志弥坚。在短短的书帖之中,出现两次双重否定的"不可不守",鲜明地展现出颜真卿宁折不弯、挺而不群的性格。该书帖通脱遒劲,简短有力,暗蕴明知不可为而为之的孤勇,表现出颜真卿执道不回,虽屡遭贬斥犹九死不悔的威威正气。

从晋到唐,书帖的表现功能、表达方式及使用领域逐渐扩大,晋宋时期的书帖包括节气问候的礼仪型文书和以亲友寒暄的私人文书为主,唐代书帖则包括下行公文及私人文书,以私人文书为主,多叙朋友宴游之乐及离别之恨、亲人之间家常琐事及谆谆教诲,充盈着闲情雅致与亲情友情。唐代书帖的文体特征及审美品格也日趋定型,长短不拘,以短小精悍居多,多用散句,少用典故,语气措辞亲切随意,韵趣兼有,情思细腻真挚,风格流利畅达、简约隽永,意趣盎然,集中展现出唐人适意任情与真挚率真的一面。书帖作为"私人话语"成为亲友交往的重要载体。需要说明的是,书帖自汉魏以至唐宋,虽然既包括公文,也包括私人文书,但以私人问候之书为主。

三、颜真卿碑志

颜真卿现存碑志约三十一篇,其中就碑铭所描写对象而言,大致可分为两类:其一,茔墓碑铭,包括神道碑铭如《秘书省著作郎夔州都督长史上护

---

① (唐)颜真卿:《与绪汝书》,《全唐文》(卷三三七),第3414页。

军颜公神道碑》,墓志铭如《京兆尹兼中丞杭州刺史剑南东川节度使杜公墓志铭》,该类碑铭有二十余篇,是为颜真卿碑铭的主体。其二,祠庙碑铭,约有四篇,包括某姓宗庙碑铭,如《有唐故中大夫使持节寿州诸军事寿州刺史上柱国赠太保郭公庙碑铭(并序)》,碑主为郭敬之,乏善可陈,仅有寥寥数语;而碑主之子郭子仪,有大勋于唐王朝,故多加着墨,并言作碑铭的目的在于"清庙之兴,所以仁祖考;鸿伐之刻,亦以垂子孙。爰创制于旧居,将永图而观德"①。《天下放生池碑铭》言设置八十一所放生池之缘由,即"宣皇明而广慈爱也"②。《湖州乌程县杼山妙喜寺碑铭》虽写佛寺,但并未言佛理,前半部分细述寺之位置、形胜,后半部分详述编纂《镜源》之始末。

颜真卿所作的茔墓碑志(包括神道碑、墓志铭),就碑主而言,可谓身份众多。有颜氏宗亲,包括颜氏先祖如颜含(《晋侍中右光禄大夫本州大中正西平靖侯颜公大宗碑》),其曾祖颜勤礼(《秘书省著作郎夔州都督长史上护军颜公神道碑》),其父颜惟贞(《唐故通议大夫行薛王友柱国赠秘书少监国子祭酒太子少保颜君碑铭》),其伯父颜元孙(《朝议大夫守华州刺史上柱国赠秘书监颜君神道碑铭》),其从兄颜杲卿(《摄常山郡太守卫尉卿兼御史中丞赠太子太保谥忠节京兆颜公神道碑铭》),其从姑颜真定(《杭州钱塘县丞殷府君夫人颜君神道碣铭》),其胞兄颜允南(《正议大夫行国子司业上柱国金乡县开国男颜府君神道碑铭》),其胞弟颜幼舆(《左卫率府兵曹参军赐紫金鱼袋颜君神道碑铭》)、颜允臧(《朝请大夫行江陵少尹兼侍御史荆南行军司马上柱国颜君神道碑铭》);有母系亲戚,如伯舅殷践猷(《曹州司法参军秘书省丽正殿二学士殷君墓碣铭》);有达官显宦,如宋璟(《有唐开府仪同三司行尚书右丞相上柱国赠太尉广平文贞公宋公神道碑铭》);有道士、道姑,道士如李含光(《有唐茅山元靖先生广陵李君碑铭(并序)》),道姑如黄令微(《抚州临川县井山华姑仙坛碑铭》)、华存(《晋紫虚元君领上真司命南岳夫人魏夫人仙坛碑铭》);有隐士,如张志和(《浪迹先生元真子张志和碑铭》)等。

(一)颜真卿碑志代表作品

在颜真卿所作的众多茔墓碑志中,有两类最为引人注目。第一类是十余篇为颜氏宗亲所作的碑志。因对碑主熟悉,故注重通过言行细节刻画颜氏崇尚德行、注重仁孝、安贫乐道的家族文化,以纪实性见长,其最具代表性的是《摄常山郡太守卫尉卿兼御史中丞赠太子太保谥忠节京兆颜公神道碑

---

① (唐)颜真卿:《有唐故中大夫使持节寿州诸军事寿州刺史上柱国赠太保郭公庙碑铭(并序)》,《全唐文》(卷三三九),第3438页。
② (唐)颜真卿:《天下放生池碑铭》,《全唐文》(卷三三九),第3435页。

铭》。第二类是三篇为道士、道姑所写的碑志。颜真卿本不信道,纯系机缘巧合而作该类碑志,因为碑主特殊的身份,其评价标准自然迥异于儒家的"三不朽"的人格理想,故一反碑志"先叙世系,后铭功德"的写法,简化"十三事"的考述,以传奇性见长。其最具代表性的是《抚州临川县井山华姑仙坛碑铭》。

先言《摄常山郡太守卫尉卿兼御史中丞赠太子太保谥忠节京兆颜公神道碑铭》是颜真卿碑志代表作品,碑主颜杲卿与颜真卿于安史之乱初期在河北诸郡中首举义旗以对抗安氏叛军,被目为忠义之典范,见诸《旧唐书·忠义传》、《新唐书·忠义传》,且《新唐书》本传基本依据该碑志而作。颜杲卿乃是颜真卿的从兄弟,且同处河北,一为常山太守,一为平原太守,在叛乱初期共举义旗收复河北诸郡,动摇安史叛军后方根基,延缓了叛军西进潼关的步伐。两人既是兄弟,也是战友,更是知己。碑主乃忠勇节义之士,作者亦为忠义勇猛之人。故该篇碑志虎虎有生气,生动感人,一改汉魏六朝以来碑志"铺排郡望,藻饰官阶"的僵化程式,继承史传的优良传统,以人物言行来刻画人物性格,择取关键事件以凸显人物风神。

碑志开篇开门见山,首言碑主的名讳、乡邑、族出,再概论碑主的德行、性格,即刚正有则,精明有识,进退有度。然后是碑志主体内容,叙述碑主的仕宦、履历。在颜杲卿漫长的仕宦生涯中,最为人注目的是安史乱中率先举兵平叛、兵败被俘而舍身取忠一事。故颜真卿浓墨重彩地刻画人物的言行,还原事件的经过与细节,使得事件的叙述极具场景化,碑主的凛然正气与忠义之烈跃然纸上。该篇碑志中有以下几点颇为引人注目:

其一,如何言说颜杲卿与安禄山之关系。

颜杲卿以门荫入仕,历官江州司马、郑州司兵、魏郡录事参军、范阳郡户曹等职,以守正不屈、清白刚正著称,被采访使张守珪所激赏。"安禄山雅闻其名,奏为营田判官、光禄太常二寺丞,又请为度支判官兼摄常山郡太守。"[1]在颜杲卿的仕宦生涯中,安禄山的举荐可谓是一道分水岭。在被安禄山举荐之前,可能是因非科举出身,也可能是因性格耿直,颜杲卿仅担任过一些州县的低级僚佐,江州司马(江州为上州)从五品下,郑州司兵从七品下,魏郡录事参军从七品上,范阳郡户曹从七品下。之后,先任营田判官,是营田使的下属官员,掌管范阳郡的土地赋税等事宜;后任度支判官,则是度支使的下属官员,掌管范阳郡财税的支调等事宜。营田判官与度支判官虽

---

[1] (唐)颜真卿:《摄常山郡太守卫尉卿兼御史中丞赠太子太保谥忠节京兆颜公神道碑铭》,《全唐文》(卷三四一),第3463页。

品阶不高，但所执掌之财税乃一郡之核心事宜，判官实乃"使府上佐之任"①，通常为府主亲任。后又摄常山郡太守，常山郡辖九县：真定、岖城、九门、石邑、灵寿、行唐、井陉、鹿泉、房山，乃河北重镇，北控燕、蓟，南通河、洛，西有井陉之险，为战略要地。安禄山在某种程度上已视其为心腹，故托以重任。而光禄寺丞（从六品上）②、太常寺丞（从五品上）③则是安禄山为其所奏授的朝衔。安禄山对颜杲卿实有举荐、提拔之恩，所谓"投之以桃，报之以李"，因此期望颜杲卿能效忠于他，至少不该"背弃"他。

作为深受"忠贞"家风濡染的颜氏族人，颜杲卿如何应对安禄山的提携、知遇之恩呢？首先，安禄山矫诏裹挟二十万大军气势汹汹兵临藁城，颜杲卿作为摄常山郡太守如何应对？安禄山为河北道采访使，河北皆其统属，且口称遵诏带兵入朝讨伐杨国忠，故河北诸郡望风瓦解，守令或开门出迎，或弃城逃窜，或被俘杀戮，少有抵抗。颜杲卿的选择是与长史一道出迎，故能继续摄常山太守一职。这既为之后一系列反正之举提供了方便，即假托安禄山之命智斩土门守将李钦凑、潘惟慎，生俘安禄山心腹高邈、何千年，占领重要关口土门；同时，也在某种程度上导致了其忠勇事迹直至乾元元年即三年之后方得到颁扬。颜杲卿为何出城相迎、且能继续担任常山郡太守呢？颜真卿在碑志中未进行解释，但结合其他文献可一窥端倪。历来共有两种说法，较为一致的看法是，"力不能拒"，"辄赐杲卿金紫，质其子弟"④，即迫于军力悬殊及子弟被质等因素。除此之外，尚有一种看法，即主动投诚以获取高官厚禄。如《河洛春秋》：

> 禄山至藁城，杲卿上书陈国忠罪恶宜诛之状，且曰："……若唐祚未改，王命尚行，君相协谋，士庶奔命，则盛兵巩、洛，东据敖仓，南临白马之津，北守飞狐之塞，自当抗衡上国，割据一方。若景命已移，讴歌所系，即当长驱岐、雍，饮马渭河，黔首归命，孰有出钺下之右者！"禄山大悦，加杲卿章服，仍旧常山太守并五军团练使，镇井陉口。⑤

---

① 严耕望：《唐代方镇使府僚佐考》，严耕望：《唐史研究丛稿》，香港，新亚研究所，1960年，第192~194页。
② 《唐六典》（卷一五）："光禄寺：丞二人，从六品上；……丞掌判寺事。"第443~444页。
③ 《唐六典》（卷一四）："太常寺：丞二人，从五品上；……丞掌判寺事，凡大享太庙，则修七祀于太庙西门之内；若祫享，则兼修配享功臣之礼。"第395~396页。
④ 《资治通鉴》（卷二一七），第6936页。
⑤ 唐 包谞《河洛春秋》（二卷），记述安史叛乱事，已佚。转引自《资治通鉴》（卷二一七），第6946页。

此说有颇多疑点,不可信。诸如,若颜杲卿真心归顺,安禄山又何必质其子弟呢?且叛军仅有二十五万,且安禄山其时乃矫诏而行,反迹未显,在形势并不明朗的情况下,颜杲卿又何必急于站队呢?

其次,颜杲卿在兵败被俘后,如何应对安禄山的质问?颜杲卿在起事仅八天后,即被史思明破城而被俘,子侄被害者数人。随后被押至东京,安禄山亲来审问。碑志云:

禄山让公曰:"我擢汝为太守,何负于汝?而乃反乎?"公曰:"吾代受国恩,官职皆天子所与。汝叨受恩宠,乃敢悖逆。吾宁负汝,岂负本朝乎?臊羯胡狗,何不速杀我?"①

《旧唐书·颜杲卿传》云:

禄山见杲卿,面责之曰:"汝昨自范阳户曹,我奏为判官,遂得光禄、太常二丞,便用汝摄常山太守,负汝何事而背我耶?"杲卿瞋目而报曰:"我世为唐臣,常守忠义,纵受汝奏署,复合从汝反乎!且汝本营州一牧羊羯奴耳,叨窃恩宠,致身及此,天子负汝何事而汝反耶?"②

《资治通鉴》云:

禄山数之曰:"汝自范阳户曹,我奏汝为判官,不数年超至太守,何负于汝而反邪?"杲卿瞋目骂曰:"汝本营州牧羊羯奴,天子擢汝为三道节度使,恩幸无比,何负于汝而反?我世为唐臣,禄位皆唐有,虽为汝所奏,岂从汝反邪!我为国讨贼,恨不斩汝,何谓反也?臊羯狗,何不速杀我!"③

以上三段文献均是记述颜杲卿被俘后与安禄山之间的一段对话,叙述重点及表达方式有所不同。安禄山诘责颜杲卿辜负提拔、信任之恩遇,而颜杲卿严词辩驳。三段文献均叙述了三个核心点,其一,关于自己及家族与唐王朝之关系,颜氏世代忠良,自颜思鲁率子弟迎李渊于长春宫,即代为唐臣;其

---

① (唐)颜真卿:《摄常山郡太守卫尉卿兼御史中丞赠太子太保谥忠节京兆颜公神道碑铭》,《全唐文》(卷三四一),第3464页。
② 《旧唐书·颜杲卿传》(卷一八七下),第4897~4898页。
③ 《资治通鉴》(卷二一七),第6952页。

二,为太守一事,虽为安禄山举荐,但"率土之滨,莫非王臣",实为天子所与;其三,安禄山深受玄宗大恩,却揭竿而起,更是忘恩负义。但碑志所云有一特别之处,即"吾宁负汝,岂负本朝乎",是其他两段文献未曾言及的。在颜杲卿看来,安禄山将其由范阳户曹擢为摄常山太守,由一郡僚佐擢为一郡之首,实有知遇之恩,这是不容抹杀的,但这仅是私人之恩遇;若因此私恩而叛反朝廷,则不但违背忠贞之家风,更违背家国之大义。私恩与大义相较,则只能背弃私恩而遵从大义。《旧唐书》与《资治通鉴》避而不言,可能是为了维护颜杲卿一心忠义的忠臣形象;而碑志所云恰好丰富了颜杲卿的忠臣形象,在面对自己及家族子弟的生死关头,在面对有知遇之恩的"伯乐"的关键时刻,私恩与大义该如何选择?可能的犹豫与最终的决断恰好彰显了一个活生生的"忠臣",而非一个呆板的符号。

其二,如何刻画颜杲卿"忠节"形象。

"忠节"是颜杲卿的谥号,颜真卿在碑志中对其形象的塑造均围绕着"忠节"展开,既有纪实性的细节刻画,又有传奇性的情节叙述,两者相辅相成。关于颜杲卿在安史乱中的一系列事件,诸如以言辞刺探长史袁履谦之真实意图,西通王承业、北结贾循之谋,智杀土门守将李钦凑、潘惟慎,智擒叛军重将高邈、何千年,假传二十万官军入土门,光复河北十郡等,刻画清晰明白,在平静客观的叙述中,又通过一系列春秋笔法表达出颜杲卿忠君保国、杀身成仁后,于平乱之初"竟不蒙恤问"的辛酸境遇。在情节梗概的叙述中,颜真卿也注意刻画言行的细节。碑志中多采用第三人称叙述,直接引语较少。而该碑志中有直接引语两段,如上文所引颜杲卿被俘后,与曾经的上司、"伯乐"之间的一段对话,就生动刻画了安禄山的穷凶极恶与颜杲卿的大义凛然,令人唏嘘感叹。又如对细微动作的刻画,在智斩土门守将李钦凑之后,"履谦入告,公与相持而泣,喜其事之集也"[①]。在兵不血刃地斩杀李钦凑之后,颜杲卿为何会"喜极而泣"呢?正所谓大丈夫应喜怒不形于色,作为已经历经宦途浮沉数十载而将步入花甲之年的老者而言,为何会如此沉不住气呢?事实上,颜杲卿诈降之后,时时在等待时机。占领土门是光复河北诸郡的关键,但守将李钦凑有兵士七千人,颜杲卿名为常山郡太守,手中仅有临时招募来的乌合之众,正面对抗如何是李钦凑的对手?不能力敌,只能智取。他采用擒贼先擒王、调虎离山的战略,先以私人名义召李钦凑,其不至;便假托安禄山之命召其议事;李钦凑夜来时,城门已关,只能居于城外驿

[①] (唐)颜真卿:《摄常山郡太守卫尉卿兼御史中丞赠太子太保谥忠节京兆颜公神道碑铭》,《全唐文》(卷三四一),第3464页。

站;以劳军名义犒赏李氏一行,待其醉后将其斩杀。斩杀李钦凑过程中存在着种种偶然因素,诸如己方有人告密,李氏不至该如何? 又如李氏既至,为人谨慎,浅尝辄止又如何? 这些偶然因素都可能导致功亏一篑,引来杀身之祸,或导致光复事业化为幻梦,而自己诈降也就变成"真降"。"相持而泣"的细节刻画言简意赅地折射出颜杲卿"明知山有虎,偏向虎山行"的忠勇与一旦事泄将祸及家族名誉与家人性命的忧惧交织的复杂心理。

在叙述颜杲卿的生前事时,颜真卿采用纪实性的叙述方式;在讲述颜杲卿的身后事时,则采用传奇性的叙述方式。颜杲卿被肢解而死,尸骨无存,仅余发存。颜真卿叙述了两件其死后发生的神异事件,张皇鬼神,寄托杳渺。一是颜杲卿以仅余之发拜谒玄宗,又托梦以示警,再次凸显无论生死均一心尽忠的忠勇形象;二是夫人怀疑其发之真伪时,"忽闻声如鞭床者,发箱跳而前",情节闻所未闻,匪夷所思,彰显其英灵至死不泯,浩气长存。

其三,如何叙述颜杲卿在为国尽忠后所受的恩赏与怠慢。

颜杲卿举起义旗平叛并非为朝廷的封赏而是为忠节大义,但忠臣身死而无恤问,岂非令人齿寒? 朝廷对颜杲卿的态度可谓是一波三折。第一次是开土门、智令河北十郡反正之后,颜杲卿被擢为卫尉卿兼御史中丞,但制书未至,就已城破被俘。卫尉卿,从三品,"掌邦国器械、文物之政令,总武库、武器、守宫三署之官署"①。颜杲卿作为光复河北十郡的发起人与领导者,仅任卫尉卿;王承业作为光复河北十郡的旁观者,却在颜泉明等使者一行经过太原时,截留颜杲卿之表,遣返并刺杀颜泉明等人,又恐窃功之事败露而对颜杲卿的告急袖手旁观,而致城破,平叛事业遭遇严重挫折。颇具讽刺意味的是,王承业却被擢为大将军。颜杲卿在碑志中,虽有揭发王承业窃功之事,但对其窃功之后被擢为大将军偏偏语焉不详,只能从"承业从弟随中官入奏,皆蒙超奖"②而略窥端倪,值玩味颇。第二次是举兵失败被俘、不屈身死之后,却"不蒙恤问",原因是张通幽的谮言、贾深的沉默、杨国忠的偏听偏信。第三次是肃宗追赠颜杲卿为太子太保,其余颜氏为叛军所害者均有追封。由不闻不问到太子太保,为何有如此大的转变,碑志中并未言说其原因。据《资治通鉴》:"上(肃宗)在凤翔,颜真卿为御史大夫,泣诉于上,上乃出通幽为普安太守,具奏其状于上皇,上皇杖杀通幽。"③而颜真卿之所以熟知内情,可能与其子颜泉明的回归与禀告有关。颜泉明在被王承业遣返

---

① 《唐六典》(卷一六),北京,中华书局,1992年,第459页。
② (唐)颜真卿:《摄常山郡太守卫尉卿兼御史中丞赠太子太保谥忠节京兆颜公神道碑铭》,《全唐文》(卷三四一),第3464页。
③ 《资治通鉴》(卷二二〇),第7055页。

之后,又被刺杀,但由于刺客心有不平而侥幸逃脱,后被俘、遣送至范阳,由于史思明降而得归。颜真卿不直接言说原因,可能是出于为尊者讳的考虑。无论是王承业的冒功,还是张通幽的谮言,抑或是杨国忠的偏听偏信,都在某种程度上说明了玄宗的识人不明、昏庸昏聩。通过将肃宗对谢表批答全文照录,既彰显了肃宗的清正严明,亦反衬出玄宗的赏罚不明。

(二) 颜真卿碑志与张说碑志比较

张说被誉为盛唐前期碑志创作的代表人物,而颜真卿可被视为盛唐后期碑志创作的代表人物,二者碑志呈现出鲜明的个体特点,也显示出碑志由盛唐前期到后期的嬗变轨迹。需要说明的是,张说、颜真卿的碑志从整体而言,并未突破传统碑志的写作藩篱,谨遵"十三事"的基本体例,具有典型的正体特征,但又有意识地在世系叙述、履历陈述、骈散句式等方面展现出鲜明的个体特征。张说有《广州都督岭南按察五府经略使宋公遗爱碑》,颜真卿有《有唐开府仪同三司行尚书右丞相上柱国赠太尉广平文贞公宋公神道碑铭》,碑主均为宋璟。张说之碑志于宋璟生前所作,简要叙述宋璟任广州都督之前的行事及任内所为之善政;颜真卿之碑志于宋璟薨后所作,完整叙述宋璟的世系、履历、行治、家族等。碑主既同,更能见出碑志的特色,下文以上述二碑为主,兼及其他碑志,论述张说、颜真卿碑志的特征。

首先,关于世系。张说的叙述多简略扼要,颜真卿的叙述多详尽确切。如关于宋璟的世系,张说碑志云:

> 盖微子去殷,以后王者;襄公伐楚,将得诸侯。尚书,东汉之雅望;黄门,北齐之令德。①

宋姓的世系仅提及四位,即始祖宋国开国侯微子、春秋五霸之一宋襄公、东汉尚书令宋均、北齐黄门侍郎宋钦道。颜真卿碑志云:

> 其先出于殷王元子。七代祖弁,魏吏部尚书,袭列人子。祖钦道,北齐黄门侍郎。并事迹崇高,各见本传。高祖元节,定州田曹。曾祖宏俊,大理丞。祖务本,皇栎阳令。父元抚,卫州司户,赠户部尚书。②

---

① (唐)张说:《广州都督岭南按察五府经略使宋公遗爱碑》,《张说集校注》(卷一二),第640页。
② (唐)颜真卿:《有唐开府仪同三司行尚书右丞相上柱国赠太尉广平文贞公宋公神道碑铭》,《全唐文》(卷三四三),第3477页。

宋姓的世系提及七位,即始祖宋微子、先祖宋弁与宋钦道、高祖宋元节、曾祖宋宏俊、祖父宋务本、父宋元抚。两相比较,张说所作碑志未曾言及宋璟的近代世系,可能与宋璟父、祖辈沉沦下僚有关,亦与张说本人在碑志中重功勋、轻阀阅的创作理念有关。颜真卿碑志详细记录宋璟的近代世系,虽乏善足陈,亦不避讳,与颜真卿本人出身源远流长的颜氏家族、偏重家族传承、族群意识强烈有关。又如颜真卿叙述碑主世系并非仅为排家谱、列官阶,尚注意阐明家族文化传承对碑主德行的影响,从家风角度来解释碑主的品行。如其为颜杲卿所撰碑铭,在高度颂扬颜杲卿忠义之品行后,又补充家族先烈事迹:"昔七代祖中丞府君恸绝于梁武,五代伯祖御正府君抗玺于隋文,而公精贯白日,义形宗社,今又继之,为不陨矣!"①以证颜杲卿所作所为正是继承了颜氏家族忠勇节操的家风。

其次,关于碑主的履历、行治。张说的叙述多笼统概括,具典雅之美而有空洞之憾;颜真卿的叙述多详细流畅,具朴拙之美而有冗长之缺。二碑志中都有关于碑主力黜二张、力挫武三思事。

张说所作碑志云:

公曩时执白简,登琐闼,推诚謇谔,不私形骸,忤英主之龙鳞,蹋奸臣之虎尾。挫二张之锐,则声怛寰域;折三思之角,则气盖风云。②

颜真卿所作碑志云:

时张易之、昌宗兄弟,席宠胁权,天下侧目。公危冠入奏,奋不顾身,天后失色,苍黄欲起。公叩头流血,誓以死争。拾遗李邕奏曰:"陛下坐则天下安,起则天下危。"内史令敕公出,公曰:"天颜咫尺,亲奉德音。不劳宰臣,擅宣王命。"词气慷慨,左右震悚。遂俱摄诣台,庭立切责,二竖股栗气索,不敢仰视。自朝至于日昃,敕使驰救之,公不得已而罢。又令诣公谢罪,公拒之。后有惨恤,二竖来吊,公辞曰:"贵近不宜与执法通同。"假满,朝士慰公。二竖又欲序进,公举板迎揖之,不得成礼而去……尝遇梁王武三思于朝,三思方欲言事,公正色谓之曰:"当今复子明辟,王宜以侯就第,何得尚干朝政?"三思惭惧而退,请急累月。

---

① (唐)颜真卿:《摄常山郡太守卫尉卿兼御史中丞赠太子太保谥忠节京兆颜公神道碑铭》,《全唐文》(卷三四一),第3465页。
② (唐)张说:《广州都督岭南按察五府经略使宋公遗爱碑》,《张说集校注》(卷一二),第639~640页。

> 俄而兼摄尚书左丞。中宗将幸西蜀，深虞北鄙，乃兼检校并州大都督府长史，又改兼贝州刺史。与数人同辞，三思独揖公住，公顾谓之曰："诸人已出，不可独留。"遂揖之而去。属年谷不登，国租罢入。三思食邑，公悉蠲之。既屡挫其锋，亦处之自若。①

张说所作碑志准确概括了宋璟仕宦生涯中的一系列忠勇之举动，诸如当面力谏武后对内宠二张不假辞色、对新贵武三思不假颜色，但仅陈述了事件的结果，而无事件的起因、经过、人物言行细节等因素的刻画，虽简要典重，但有空疏之弊。颜真卿所作碑志则详细叙述了宋璟力谏武后过程中各色人等的表现，诸如武后仓皇、宋璟死争、内史令传诏、李邕直言、二竖股栗等，以及力谏的曲折过程。之后，又简要叙述了二张当面谢罪、来府吊丧、又欲序进等事时宋璟不屈不挠的疏离拒绝态度，以及宋璟面对武三思的攀附逢迎，却正色拒之。通过一系列事件塑造了宋璟不惧权贵的生动形象。颜真卿在叙述碑主仕宦履历时，采用还原场景、巧用对话、刻画动作等手法，使得事件的叙述具有场景化的特点，从而使得碑主的形象生动感人，虎虎生风。

再次，张说碑志以四六骈句为主，间之以散句。颜真卿碑志以散句为主，间之以骈句。张说所作碑志多用骈句，故用典繁密，音律顿挫，有典雅庄重之美，但限于句式，多记录事件结果，少言行的细节描写，故碑主形象模糊，略有空疏之弊；颜真卿所作碑志多用散句，随言短长，一气直下，多用对话，注重还原事件的起因、经过、结果、环境等因素，具有场景化特点，故碑主形象刻画生动，呈现雄健流畅之美。语言之散体化与叙事的场景化成为颜真卿碑志最显著的特征。张说所作碑志偏重应用性、仪式性，而颜真卿所作碑志偏重文学性、传奇性，形象地展现了盛唐碑志由前期到后期嬗变的轨迹。颜真卿碑志所运用的言行细节刻画、语言散体化、寓抒情于叙事等手法，直接影响了韩愈碑志的新变，在唐代碑志的演进历程中具有一定的意义。特别是颜真卿碑志语句的散体化，促进了盛唐后期文风的变革与文体的解放，成为早期古文运动创作实践的重要组成部分。

（三）颜真卿祭文

颜真卿为颜氏宗亲创作了大量碑志之外，还创作了两篇祭文。一篇为《祭伯父亳州刺史文》，一篇为《祭侄季明文》。后者又称《祭侄稿》，其文以彰忠烈节义之正气，其书以显雄浑刚健之神韵，纵笔疾书，任情恣性，被誉为

---

① （唐）颜真卿：《有唐开府仪同三司行尚书右丞相上柱国赠太尉广平文贞公宋公神道碑铭》，《全唐文》（卷三四三），第3477～3478页。

"天下第二行书"。祭文起首,按体例记祭悼的时日和祭者、亡者的身份,情态肃穆。称赞季明才德曰:"惟尔挺生,夙标幼德。宗庙瑚琏,阶庭兰玉。每慰人心,方期戬谷"①,赞誉之情,怜惜之感,融于毫末。至"父陷子死,巢倾卵覆。天不悔祸,谁为荼毒?念尔遘残,百身何赎!呜呼哀哉"一段,心情已至激愤,失却至亲之痛楚、愤恨与无奈,溢于言表。再至"抚念摧切,震悼心颜",更如乱石崩云,惊涛裂岸,大痛大悲之情喷涌而出。结尾处之"魂而有知,无嗟久客。呜呼哀哉!尚飨!"则直如长江之水,一泻万里,不知其止矣。通观《祭侄稿》全篇,行文如泣如诉,感情郁勃顿挫,而丧亲之痛,悲愤之气,跃然于字里行间,诚为充溢浩然正气之书作也。一如王澍《颜鲁公祭侄季明稿》中所说:"鲁公痛其忠义身残,哀思勃发,故萦纡郁怒,和血迸泪,不自意笔之所至,而顿挫纵横,一泻千里,遂成千古绝调。"②书法如此,文辞亦如此。

四、颜真卿奏疏

颜真卿的奏疏表议类上行公文有两卷,其中有十余篇属于礼仪型文书,如贺表、让官表、谢上表等,该类奏表结构相似,程式化特征显著,既要表达出谦逊与辞让之情,又要传达出忠诚与恭顺之心。上行公文除礼仪型文书之外,尚有少数庶务型文书,其中有七篇是讨论朝廷礼制的文章,这与颜氏家族尚礼传统密切相关。除此之外,尚有《论百官论事疏》一篇为《旧唐书》及《资治通鉴》节录,《新唐书》全文载录,最能展现"军国之事,知无不言"③的忠直之勇,文气激越,在当时影响颇大。《论百官论事疏》云:

御史中丞李进等传宰相语,称奉进止,缘诸司官奏事颇多,朕不惮省览,但所奏多挟私谗毁,自今论事者,诸司官皆须先白长官,长官白宰相,宰相定可否,然后奏闻者。

臣自闻此语已来,朝野嚣然,人心亦多衰退。何则?诸司长官,皆达官也,言皆专达于天子也。郎官御史,陛下腹心耳目之臣也,故其出使天下,事无巨细得失,皆令访察,迴日奏闻,所以明四目、达四聪也。今陛下欲自屏耳目,使不聪明,则天下何述焉!《诗》云:"营营青蝇,止于棘。谗言罔极,交乱四国。"以其能变白为黑、变黑为白也。诗人深恶之,故曰:"取彼谗人,投畀豺虎;豺虎不食,投畀有北。"则夏之伯明,楚

---

① (唐)颜真卿:《祭侄季明文》,《全唐文》(卷三四四),第3498页。
② (清)王澍:《颜鲁公祭侄季明稿》,《竹云题跋》(卷四),杭州,浙江人民美术出版社,2015年,第339页。
③ (后晋)刘昫等:《旧唐书·颜真卿传》(卷一二八),第3592页。

之无极,汉之江充,皆谮人也,孰不恶之?陛下恶之,深得君人之体矣,陛下何不深迥听察?其言虚诬者,则谮人也,因诛殛之;其言不虚者,则正人也,因奖励之。陛下舍此不为,使众人皆谓陛下不能明察,而倦于听览,以此为辞,拒其谏诤。臣窃为陛下痛惜之。

臣闻太宗勤于听览,庶政以理,故著《司门式》云:"其有无门籍人有急奏者,皆令监门司与仗家引对,不许关碍。"所以防壅蔽也。并置立仗马二匹,须有乘骑便往,所以平治天下,正用此道也。天宝已后,李林甫威权日盛,群臣不先谘宰相辄奏事者,仍托以他故中伤之,不敢明约百官,令先白宰相。又阉官袁思艺日宣诏至中书,元宗动静,必告林甫。林甫得以先意奏请,元宗惊喜若神,以此权柄恩宠日甚,道路以目。上意不下宣,下情不上达,所以渐致潼关之祸。皆权臣误主,不遵太宗之法故也。凌夷至于今日,天下之弊,尽萃于圣躬。岂陛下招致之乎?盖其所从来者渐矣。自艰难之初,百姓尚未凋弊,太平之理,立可便致。属李辅国当权,宰相专政,递相姑息,莫肯直言,大开三司,不安反侧。逆贼散落将士,北走党项,合集土贼,至今为患。伪将更相惊恐,因思明危惧,扇动却反。又今相州败散,东都陷没。先帝由此忧勤,至于损寿,臣每思之,痛切心骨。今天下兵戈未戢,疮痏未平,陛下岂得不博闻谠言,以广视听,而欲顿隔忠谠之路乎?

臣窃闻陛下在陕州时,奏事者不限贵贱,务广闻见,乃尧舜之事也。凡百臣庶,以为太宗之理,可翘足而待也。臣又闻君子难进易退,由此言之。朝廷开不讳之路,犹恐不言。况怀厌怠,令宰相宣进止,使御史台作条目,不令直进。从此人人不敢奏事,则陛下闻见,只在三数人耳。天下之士,方钳口结舌。陛下后见无人奏事,必谓朝廷无事可论,岂知惧不敢进,即林甫、国忠复起矣!凡百臣庶,以为危殆之期,又翘足而至也。如今日之事,旷古未有,虽李林甫、杨国忠,犹不敢公然如此。今陛下不早觉悟,渐成孤立,后纵悔之,无及矣。臣实知忤大臣者,罪在不测。不忍孤负陛下,无任恳迫之至。[1]

据《颜真卿年谱》,《论百官论事疏》作于永泰二年(766)正月[2],颜真卿时为刑部尚书。关于颜真卿上奏的原因,据《旧唐书·颜真卿传》:"时元载引用私党,惧朝臣论奏其短,乃请:百官凡欲论事,皆先白长官,长官白宰相,然

---

[1] (唐)颜真卿:《论百官论事疏》,《全唐文》(卷三三六),第3406~3407页。
[2] 朱关田:《颜真卿年谱》,杭州,西泠印社出版社,2008年,第168页。

后上闻。"①又据《新唐书·颜真卿传》:"时载多引私党,畏群臣论奏,乃绐帝曰:'群臣奏事,多挟谗毁。请每论事,皆先白长官,长官以白宰相,宰相详可否以闻。'"②《资治通鉴》则谓:"元载专权,恐奏事者攻讦其私,乃请:'百官凡论事,皆先白长官,长官白宰相,然后奏闻。'仍以上旨谕百官曰:'比日诸司奏事烦多,所言多谗毁,故委长官、宰相先定其可否。'"③三段文献记载大同小异,皆认为元载结党营私,担心正直朝臣向代宗揭发其罪,故欲采用层级递进上达的方式,将进言之通道控制在手。

奏疏开篇即言上奏之缘由,即针对因诸司官"所奏多挟私谗毁"而实行"诸司官皆须先白长官,长官白宰相,宰相定可否,然后奏闻者"的口敕而言。与上引三段文献所言,似乎大相径庭。史传中直言采用层级上达方式乃是元载出于控制言路之险恶目的,而不言代宗失察之过,亦有为尊者讳之考虑。颜真卿生逢其时,为刑部尚书,自然知其险恶用心,但既然代宗已允其所请,且以圣旨名义下诏,故奏疏中并未直指元载之私心,而只能出于公义针对诏书中所言而有的放矢。再加上奏疏中大书特书的玄宗朝宰相李林甫与宦官袁思艺勾结事、肃宗朝宰臣与宦官李辅国勾结事,奏疏开篇所言之"宰相"就并非泛指,而特指元载。据《旧唐书·元载传》,元载在代宗朝先依附宦官李辅国,迁中书侍郎同中书门下平章事,李辅国死后,"复结内侍董秀,多与之金帛,委主书卓英倩潜通密旨。以是上有所属,载必先知之,承意探微,言必玄合,上益信任之"④。

下文即就此圣旨发表自己的意见,分三个方面:即诸司官作为"耳目"的意义;所奏若挟私谗毁应如何;实行层级上达的危害。

首先,诸司长官及郎官御史作为要官,其所上奏疏应直接上达于皇帝,而无须经过中书门下御史台,即"专达于天子"。《唐会要》开元十八年四月二十一日敕:"五品以上要官,若缘兵马要事,须面陈奏听。其余常务,并令进状"⑤。《广德二年南郊赦》:"百司有论时政得失,并任指陈事实,具状进封,必宜切直无讳。"⑥根据规定,诸司诸使诸郡和五品以上要官都可以直接向皇帝上疏。就性质而言,所上奏疏具有向皇帝个人负责的意义,是皇帝了解地方和下级情状的直接来源和参考,也是制定国家政策的依据和凭证,更

---

① (后晋)刘昫等:《旧唐书·颜真卿传》(卷一二八),第3592页。
② (宋)欧阳修等:《新唐书·颜真卿传》(卷一六六),第4857页。
③ 《资治通鉴》(卷二二四),第7189页。
④ 《旧唐书·元载传》(卷一一八),第3410页。
⑤ (宋)王溥著,牛继清校证:《唐会要校证·百官奏事》(卷二五),第413页。
⑥ 《广德二年南郊赦》,(宋)宋敏求:《唐大诏令集》(卷六九),北京,中华书局,2008年,第386页。

是实现皇权掌控的重要方式。

其次,代宗所言"所奏多挟私谗毁",德宗亦曾有类似表达:"朕本心甚好推诚,亦能纳谏。但缘上封事及奏对者,少有忠良,多是论人长短,或探朕意旨。"①诸司官所上之奏疏确实存在泥沙俱下的情况,那该如何应对呢?颜真卿采用先扬后抑的手法,先称赞代宗厌恶谗言实乃明智之举,但就此因噎废食而采取层层筛选的上达方式,恐怕"众人皆谓陛下不能明察,而倦于听览"。进而指出,正确的做法应是在深入听察奏言后区别待之:若确属虚妄,则诛殛之;若确属不虚,则奖掖之。

再次,皇帝了解地方和下级情状、处理公务主要有两种途径。一是常规途径,"其尚书宜申明令式,一依故事。诸司、诸使及天下州府,有事准令式各申省者,先申省司取裁,并所奏请"②,即"县可以申州,州可以申省,京城诸司也申省,而尚书省则是处理公文要务的集散地和枢纽"③,若有重大事件或关键问题,"申中书门下"而由宰相直接处理。二是特殊途径,即直接上奏皇帝。常规途径保证了一般公务的快速、高效处理,但特殊途径又保证了在出现宰相等高官专权、篡权时能直达天听,保证下情上达通道的畅通。《唐会要》开元二年(714)闰三月敕:"诸司进状奏事,并长官封题进,仍令本司牒所进门,并差一官送进。诸奏事亦准此。中书门下御史台不须引牒。其有告谋大逆者,任自封进。除此之外,不得为进。如有违者,并先决杖三十。"④也就是说,宰相提出的"诸司官皆须先白长官,长官白宰相,宰相定可否,然后奏闻者"的上达方式本是皇帝处理公务的常规途径,但为何遭到了颜真卿的强烈反对呢?颜真卿反对的不是层级上达方式本身,而是反对作为常规途径的层级上达完全取代直接上书皇帝的特殊途径。两种途径本是相辅相成,保证了言路畅通,一旦仅存层级顺序上达一种途径,就会导致相权膨胀,使皇帝了解下情的通道被宰相所掌握,从而威胁到皇权稳固。为了增强说服力,颜真卿列举了本朝李林甫、杨国忠、李辅国辈专权所致的危害以证明"权臣误主"。

该奏疏采用三组对比来结构全文,孰是孰非,一目了然,文风廉悍犀利。其一,代宗"倦于听览"与太宗"勤于听览";其二,太宗时言路通畅以致"贞

---

① (唐)陆贽:《奉天请数对群臣兼许令论事状》,王素点校:《陆贽集》(卷一三),北京,中华书局,2004年,第388页。
② (宋)王溥著,牛继清校证:《唐会要校证·尚书省诸司上·尚书省》(卷五七)永泰二年条,第838页。
③ 吴丽娱:《下情上达:两种"状"的应用与唐朝的信息传递》,杜文玉主编:《唐史论丛》(第11辑),西安,三秦出版社,2009年,第66页。
④ (宋)王溥著,牛继清校证:《唐会要校证·笺表例》(卷二六),第437~438页。

观之治"与玄宗时言路壅蔽所致"潼关之祸";其三,代宗在陕时"务广闻见","凡百臣庶,以为太宗之理,可翘足而待也"与回京后"怀厌怠"、"不令直进","凡百臣庶,以为危殆之期,又翘足而至也"。通过三组对比,以史为鉴,既苦口婆心又廉悍犀利地指出:代宗非不明"兼听则明,偏听则暗"之理,非不能"广视听"以虚心求谏也,而不为"广视听"也。若执迷不悟,将导致"天下之士,钳口结舌","渐成孤立"。

该奏疏既须直言代宗之失,说理需廉悍犀利;又不可触怒皇权,言事需恭顺和易。措词得体,不卑不亢。行文全用散体,文气通畅,叙事切直,说理通脱,用典少且全用明典,是一篇音情激越、辞理恳切的优秀古文。

五、颜真卿文学观

颜真卿的书帖句式长短不拘,言随意转,颇具疏淡之美;其碑志在流畅之散句中间以整齐之骈句,随言短长,颇具雅重之美;其奏疏句式短长自由,语言通脱,颇具清峻之美。总体而言,颜真卿散文不尚典事、不重音韵、不喜辞藻,换而言之,颜真卿有意疏离于其时主流的骈体文,即便在惯用骈文的礼仪型文书如谢表、让表中也着意用流畅的散体句代替整齐的四六句,展现出不频用典故、不重对仗、不尚声律、不尚辞藻的面貌。颜真卿的散文实践与其文学观具有一致性,其文学观念集中体现于《尚书刑部侍郎赠尚书右仆射孙逖文公集序》之中,其文云:

> 古之为文者,所以导达心志,发挥性灵,本乎咏歌,终乎雅颂。帝庸作而君臣动色,王泽竭而风化不行。政之兴衰,实系于此。然而文胜质,则绣其鞶帨,而血流漂杵;质胜文,则野于礼乐,而木讷不华。历代相因,莫能适中。故诗人之赋丽以则,词人之赋丽以淫,此其效也。汉魏已还,雅道微缺;梁陈斯降,宫体聿兴。既驰骋于末流,遂受嗤于后学。是以沈隐侯之论谢康乐也,乃云灵均已来,此未及睹;卢黄门之序陈拾遗也,而云道丧五百岁,而得陈君。若激昂颓波,虽无害于过正;权其中论,不亦伤于厚诬。何则?雅郑在人,理乱由俗。桑间濮上,胡为乎绵古之时?正始皇风,奚独乎凡今之代?盖不然矣。其或斌斌彪炳,郁郁相宣,膺期运以挺生,奄寰瀛而首出者,其惟仆射孙公乎?①

---

① (唐)颜真卿:《尚书刑部侍郎赠尚书右仆射孙逖文公集序》,《全唐文》(卷三三七),第3415页。

颜氏在该集序中表达了三个核心论点,与同时代"萧李"、元结等人的主张同中有异。首先,文应"终乎雅颂"。何谓"雅颂"? 先言"雅"。《毛诗序》云:"雅者,正也,言王政之所由废兴也。政有大小,故有《小雅》焉,有《大雅》焉。"即雅诗能正政教,故能决定政治之兴衰。郑玄继承了《诗序》的观点,又有所发挥:"雅,正也,言今之正者,以为后世法。"①雅诗所作,当为垂训后世。孔颖达认为:"雅者训为正也,由天子以政教齐正天下,故民述天子之政,还以齐正为名。王之齐正天下得其道,则述其美,雅之正经及宣王之美诗是也。若王之齐正天下失其理,则刺其恶,幽、厉《小雅》是也。"②孔颖达所论将《毛诗序》中王政之兴废与雅诗之美刺的关系具体化,强调文学之美应以刺王政、政教为终极目标。再言"颂"。《毛诗序》云:"颂者,美盛德之形容,以其成功,告于神明者也。"郑玄云:"颂之言诵也,容也,诵今之德,广以美之。"③孔颖达认为:"民安业就,须告神使知,虽社稷山川四岳河海皆以民为主,欲民安乐,故作诗歌其功,遍告神明,所以报神恩也。王者政有兴废,未尝不祭群神,但政未太平,则神无恩力,故太平德洽,始报神功。"④孔颖达遵从《毛诗序》的观点,但指出天下太平之时方可作诗歌功颂德。从序、笺、正义的注解可以见出,雅颂主要与政教有关。颜氏继承了《毛诗序》及《毛诗正义》的观点,将其所论由"诗"扩大至"文",提出文导源于心志与性灵,但又将多样化的情志限定于狭窄的政治领域之内,甚而提出政教之兴衰系于文学之作的观点。就颜真卿的创作实践而论,既有针砭王政之作,又有颂美时政之作,但其出于公义而箴规时弊之作如《论百官论事疏》等影响更大。颜氏此论与同时代的元结提出的文应"救时劝俗"论⑤、柳冕提出的文应"本于教化"论⑥相比,侧重点不同,颜氏更关注文与政治、政教的关系,将文章功能限定于政治教化领域,而忽略了文其审美功能。

其次,文质"适中"。该论源于《论语·雍也》:"子曰:'质胜文则野,文胜质则史。文质彬彬,然后君子。'"⑦孔子所言之"文"内涵丰富,有"文化"、"文辞"、"文采"之义,后来又由论人转变为对文的论述,"文质彬彬"成为儒家美学思想的基本准则。何谓"彬彬"? 包咸注:"彬彬,文质相半之

---

① 《周礼注疏·春官·大师》(卷二三),第 610 页。
② 《毛诗正义》(卷一),第 18 页。
③ 《周礼注疏·春官·大师》(卷二三),第 610 页。
④ 《毛诗正义》(卷一),第 18~19 页。
⑤ 《元次山集》(卷一〇),第 155 页。
⑥ (唐)柳冕:《答徐州张尚书论文武书》,《全唐文》(卷五二七),第 5358 页。
⑦ (魏)何晏注,(宋)邢昺疏:《论语注疏·雍也》,北京,北京大学出版社,1999 年,第 78 页。

貌。"①魏徵提出:"气质则理胜其词,清绮则文过其意,理深者便于时用,文华者宜于咏歌,此其南北词人得失之大较也。若能掇彼清音,简兹累句,各去所短,合其两长,则文质斌斌,尽善尽美矣。"②由此可见,颜氏是在继承前人相关论述的基础上提出文质"适中"主张的。颜氏以此为标准,观察汉魏以来的文学发展,称扬"丽以则"的"诗人之赋"即文质相称、既华美又有助于讽谏之赋,鄙薄"丽以淫"的"辞人之赋"即偏重形式铺陈、文辞华艳、"劝百而讽一"之赋。部分汉赋虽"劝百",但毕竟"讽一",故"雅道微缺"而已。而梁陈以来的宫体文学"辑裁巧密"③、"转拘声韵,弥尚丽靡"④,过分重"文"而轻"质",故沦落为文学之"末流"。颜氏提出的"文质适中"的主张与李华、萧颖士等人提出的"重质轻文"主张略有不同。李华在《质文论》中提出"质而有制,制而不烦"、"以简质易烦文"⑤;萧颖士亦提出:"文也者,非云尚形似、牵比类,以局夫俪偶,放于奇靡。其于言也,必浅而乖矣。所务乎激扬雅训、彰宣事实而已。"⑥颜氏所论,专就文学发展而言,兼及文学与政教之关系;而萧李等人所论并非单论文学之发展,而是将"质文"置于政治视域下,有感于天宝末期以来危机四伏的现实政治以及"文胜质"所导致的弊端,所提出的一种"过正"的"矫枉"。

再次,凸显孙逖其人其文。颜氏该文本为孙逖文集作序,对其赞誉本属题中应有之义,但有意味的是他所采取的方式。颜氏认为,沈约对谢灵运的评价与卢藏用对陈子昂的评价乃为"过正""厚诬"之论,过分夸大了谢灵运、陈子昂对文学新变的贡献。因为文体文风的嬗变是缓慢渐进的,且又受时风、时俗的影响,所谓"天下翕然,质文一变"⑦并不尽然。正如皎然所言:"作者纷纭,继在青史,如何五百之数独归于陈君乎? 藏用欲为子昂张一尺之罗盖,弥天之宇,上掩曹、刘,下遗康乐,安可得耶?"⑧从而指出,孙逖其人其文较之谢灵运、陈子昂亦毫不逊色。士人在论及自己欣赏之人时,出于某种偏爱之心,会不由自主地在一定程度上抬高甚至吹捧,这是人之常情,颜

---

① (魏)何晏注,(宋)邢昺疏:《论语注疏》,第78页。
② (唐)魏徵等:《隋书·文学传序》(卷七六),北京,中华书局,1973年,第1730页。
③ (唐)姚思廉等:《陈书·徐陵传》(卷二六),北京,中华书局,1972年,第335页。
④ (唐)姚思廉等:《梁书·庾肩吾传》(卷四九),北京,中华书局,1973年,第690页。
⑤ (唐)李华《质文论》,《全唐文》(卷三一七),第3213页。
⑥ (唐)萧颖士:《江有归舟一篇三章》,张卫宏:《萧颖士研究》,第136页。
⑦ (唐)卢藏用:《故陈子昂集序》,彭庆生校注:《陈子昂集校注》,合肥,黄山书社,2015年,第2页。
⑧ (唐)皎然:《论卢藏用〈陈子昂集序〉》,李壮鹰校注:《诗式校注》(卷三),北京,人民文学出版社,2003年,第221页。

真卿论孙逖亦不能免俗。

　　整体而言,颜真卿之文散句间以骈句,不频用典故、不重对仗、不尚声律、不尚辞藻,疏离于其时主流的重迂徐委婉的骈体文,致力于创作劲切畅达、通脱清峻的古文,具有尚古、尚质的倾向。颜真卿文章风貌与其出身于北方显赫悠久的文化士族崇儒尚礼的家风有密切关系。颜氏代以忠孝、崇儒闻于世,颜真卿十三世祖颜含足不出户侍兄十三年,以儒素笃行、任官恩威并行闻于时;十二世祖颜髦以孝感天;十世叔祖颜延之,"少孤贫,居负郭,室巷甚陋。好读书,无所不览,文章之美,冠绝当时"①;七世祖颜见远早仕齐和帝,后因梁武帝受禅代齐绝食而死;五世叔祖颜之仪因隋文帝欲代周而面斥群臣:"公等备受朝恩,当思尽忠报国,奈何一旦欲以神器假人!之仪有死而已,不能诬罔先帝"②。故颜真卿自豪地宣称:"吾祖以志行纯粹,感通神明,贻谋子孙,奕叶无改。其后忠义孝悌,文学才业,布在青史,粲然可知。"③

第五节　元结:全力作古文

　　元结字次山④,是盛唐晚期成就最高的散文家。其散文数量丰富,形式多样。据《新唐书·艺文志》及颜真卿《唐故容州都督兼御史中丞本管经略使元君表墓碑铭(并序)》,元结有《元子》十卷、《浪说》七篇、《漫说》七篇,《猗玗子》一卷、《文编》十卷,但大都已亡佚。今存有明人湛若水所辑,后经孙望校注的《元次山集》十卷⑤,后七卷全为文,以写作年代先后为序。《全唐文补编》补文三篇,为《窨方国二十国事》、《元子》、《九疑山无为洞题刻》。其文几乎全用散体,不尚藻饰,质直畅达,浅白疏朴,代表着盛唐晚期文体改革和散文创作的新成就。"唐自太宗致治之盛,几乎三代之隆,而惟文章独不能革五国之弊。既久而后,韩、柳之徒出,盖习俗难变,而文章变体又难

---

① (梁)沈约:《宋书·颜延之传》(卷七三),北京,中华书局,1974年,第1891页。
② (唐)令狐德棻等:《周书·颜之仪传》(卷四〇),北京,中华书局,1971年,第720页。
③ (唐)颜真卿:《晋侍中右光禄大幅本州大中正西平靖侯颜公大宗碑》,《全唐文》(卷三三九),第3443页。
④ 生平详见自述,如《与李相公书》、《时议三篇有表》、《辞监察御史表》、《与吕相公书》、《自释》、《文编序》等,颜真卿《唐故容州都督兼御史中丞本管经略使元君表墓碑铭(并序)》,《新唐书·元结传》(卷一四三)。
⑤ (唐)元结著,孙望校:《元次山集》,北京,中华书局,1960年。

也。次山当开元、天宝时,独作古文,其笔力雄健,意气超拔,不减韩之徒也,可谓特立之士哉!"①欧阳修以为元次山于开、天之时独作古文,忽略萧颖士、李华、颜真卿等人的努力,有拔高、偏爱之嫌,但揭示了元结古文创作的杰出贡献。"人谓六朝绮靡,昌黎始回八代之衰。不知五十年前,早有河南元氏为古学于举世不为之日也。呜呼!元亦豪杰也哉!"②章学诚则在肯定韩愈文起八代之衰的同时,也充分认识到了元结古文传作的启发意义。

一、元结文研究述评

元结是盛唐诸家研究最多也是最为深入的一位,在散文的思想内容、艺术特色、文体研究、影响研究、比较研究等方面都取得了令人瞩目的成绩。

首先,元结文整体研究。李建昆《元次山之生平及其文学》分析了元结文之渊源与体貌以及议论、奏议、书说、赠序等各类文体,认为"其文始湔骈俪,归于高古淳朴,论者推为唐代古文之前驱。人品文风,皆有拔俗之姿"③。黄丽容《元次山散文及创作理论:唐代古文运动先驱者文学理念新探》④一书分析了元结的文学主张、思想内涵以及艺术技巧等问题,认为在唐代古文运动先驱者中,元结在韩愈之前力扫雕藻绮靡的习俗,提出尚实用、反唯美的主张,并能于散文中表现特立绝俗的风格,在唐代古文运动具先导地位。张晓宇《元结研究》⑤较为全面地分析了元结其人、其诗、其文及对中唐古文运动、新乐府运动的影响。他认为,元结散文揭露王朝政治黑暗,规讽劝诫统治阶级,描摹山水以寄托退隐之思、漫述人生态度;其文风格古朴、笔力雄健,体制短小、诸体兼备,词必己出、不落凡俗。孙昌武《读元结文札记》⑥分析了元结的思想特点、文学主张、对古文运动的贡献等问题。该文认为元结"不师孔氏",迥异于多数主张"尊经"、"宗圣"、"明道"的古文家,并不把文章视为道学的附庸,而是独立反映、批判现实的武器。就提倡作古文而言,元结是陈子昂与韩柳间的重要桥梁。熊礼汇《"救时劝俗"与"追复纯古"——元结古文创作论》⑦分析了元结古文创作特点及其成因,

---

① (宋)欧阳修:《唐元次山铭》,邓宝剑等辑:《集古录跋尾》(卷七),北京,人民美术出版社,2010年,第178页。
② (清)章学诚:《元次山集书后》,转引自《元次山集·附录三》,第187页。
③ 李建昆:《元次山之生平及其文学·自序》,台北,商务印书馆,1986年,第1页。
④ 黄丽容:《元次山散文及创作理论:唐代古文运动先驱者文学理念新探》,台北,秀威资讯科技出版,2006年。
⑤ 张晓宇:《元结研究》,河北大学博士学位论文,2014年。
⑥ 孙昌武:《读元结文札记》,《社会科学战线》1985年第3期。
⑦ 熊礼汇:《"救时劝俗"与"追复纯古"——元结古文创作论》,载《佛山科学技术学院学报》(社会科学版)2005年第4期。

认为元结古文偏于从政教、道德层面刺世疾邪,救时劝俗,出语危苦激切、辞义幽约;为文主张复三代之古,直面现实,追求以儒学古道为本的艺术精神,与萧、李等古文家主张有同有异。杨承祖《元结作品反映的政治认知》[1]从元结作品讨论其政治认知,认为《演兴》、《说楚赋》二文寄寓其清君侧的主张,《管仲论》一文重在表达皇权旁落、藩镇跋扈的忧虑。

其次,元结文分体研究。主要集中于山水游记、诗序、杂文、山水铭等文体,已基本覆盖了元结文的重要文体。总论元结文体革新成就的文章有姬沈育《试论元结革新文体的成就》[2],该文从革新语言体式与文章体裁两方面分析元结革新文体的成就。其一,山水游记研究。杨金砖《论元结游记体散文的艺术特质》[3]从风格及渊源的角度论述元结的游记,认为其有三个方面的特点:一是高古澹远,直逮魏晋情趣;二是舒卷自如,深得老庄真谛;三是情融山水,有别六朝遗风。周玉华《论元结、柳宗元山水游记的文化精神》[4]从山水游记的文化精神、意象选取、情感内涵等角度讨论元结、柳宗元的山水游记,角度较为新颖,研究具体细致,但在具体论述中混淆了山水游记与山水铭文,文体辨析意识不足。其二,诗序研究。张晓宇、刘毅卓《元结诗序的作用与表达特色》[5]认为元结诗序具有交代诗歌创作背景、解释诗歌题目、记述相关诗文情况、记载史书未载人物、阐发诗歌理论等作用,但未能揭示出元结诗序的独特性。其三,杂文研究。张玉顺《也是匕首和投枪——论元结的杂文》[6]概括了元结杂文的主要内容即讽刺世态与揭露暴行。其四,山水铭文研究。熊礼汇《论元结山水铭文的修辞策略和美学风格》[7]认为元结山水铭文的突出特点在于通过写无名山水之美来阐述、宣扬"君子之道""君子之德"和他对这种道德的向往,目的在于重建道德以救时劝俗。其五,表文研究。赵殷尚《"表文"的形成与定位——兼论元结、贾至的革新》[8]认为元结表文不假雕琢,有真实感情,推动了表文的文体革新。

再次,元结文影响研究。黄炳辉《次山文开子厚先声说》[9]认为柳文特别是山水游记的简古、尚奇、理趣等特点源于元结而又昭彰之。该文辨析透

---

[1] 杨承祖:《元结作品反映的政治认知》,杨承祖《元结研究》,台北,"国立"编译馆,2002年。
[2] 姬沈育:《试论元结革新文体的成就》,《天中学刊》1999年第1期。
[3] 杨金砖:《论元结游记体散文的艺术特质》,《求索》2010年第2期。
[4] 周玉华:《论元结、柳宗元山水游记的文化精神》,《名作欣赏》2010年第29期。
[5] 张晓宇、刘毅卓:《元结诗序的作用与表达特色》,《河北大学学报》(哲学社会科学版)2013年第5期。
[6] 张玉顺:《也是匕首和投枪——论元结的杂文》,《临沂师专学报》1998年第1期。
[7] 熊礼汇:《论元结山水铭文的修辞策略和美学风格》,《周口师范学院学报》2006年第1期。
[8] 赵殷尚:《"表文"的形成与定位——兼论元结、贾至的革新》,《唐都学刊》2010年第5期。
[9] 黄炳辉:《次山文开子厚先声说》,《厦门大学学报》(哲学社会科学版)1986年第1期。

彻,言之有据,言之成理,是一篇不应忽视的力作。姬沈育《试论元结的散文成就》①集中探讨元结与古文运动之关系,从内容、形式分析元结对古文运动的贡献。邹文荣《陆龟蒙"文似元道州"辨析》②比较了元结、陆龟蒙的文的异同,元结之文多趋于劝君、改政,陆龟蒙则多为怨世、不平之作。

最后,地域文化视野下的元结文研究。熊礼汇《由"猗玗子"到"漫叟"——浅论元结在武昌(今鄂州)的诗文创作》③认为元结在武昌创作的诗文体现了关注现实社会、敢于刺世疾邪、志在救时劝俗的特点。翟满桂、蔡自新《元结湘南诗文论略》④首叙元结湘南诗文原始,溯其源流。

综上,前人对于元结文的研究在多个层面取得了较大的成果,研究内容较为深广,研究角度较为多样,在思想内涵、情感意蕴、艺术特色等问题已有了深入的探讨,但仍有可以挖掘、探索的空间。目前对元结文的研究集中于文本解读及现象分析,对原因分析较少,如元结的杂文创作集中在前期即乾元二年(759)以前,后期杂文创作可谓是凤毛麟角,为何会出现这一现象,可结合元结本人政治身份的变化、个体心态的嬗变等因素讨论。又,元结的文体研究已基本覆盖所有文体,但尚有一类特殊文体未得到相应的关注,即《元鲁县墓表》、《左黄州表》、《哀丘表》、《吕公表》、《惠公禅居表》、《夏侯岳州表》、《舜祠表》、《崔潭州表》、《张处士表》等,以上诸文虽名为"表",但其功能与体式迥异于传统章表类上行公文的"表文"。目前该类文章主要是以元结思想研究的佐证材料而出现,但它们数量有九篇,且有较为一致的文体特征,实应将其视为一类重要文体作文体学意义的研究。

二、元结杂文

杂文之名,始见于《文心雕龙·杂文》篇,但其所言之杂文,是指问对、七体、连珠等辞赋。唐代进士科考试,有"杂文"科目,初指箴、铭、记、表之类,后逐渐改为专指律赋。唐李汉《唐吏部侍郎昌黎先生讳愈文集序》中"杂著六十四"⑤之说,皮日休《文薮》中有"杂著"二卷,所谓"杂著"乃指难以归属于传统文体的新作。《文苑英华》立"杂文"类二十九卷,所收多为难以纳入

---

① 姬沈育:《试论元结的散文成就》,《河北大学学报》(社会科学版)1999年第3期。
② 邹文荣:《陆龟蒙"文似元道州"辨析》,《长春工程学院学报》(社会科学版)2004年第2期。
③ 熊礼汇:《由"猗玗子"到"漫叟"——浅论元结在武昌(今鄂州)的诗文创作》,《鄂州大学学报》2008年第3期。
④ 翟满桂、蔡自新:《元结湘南诗文论略》,《湖南社会科学》2010年第2期。
⑤ (唐)李汉:《唐吏部侍郎昌黎先生讳愈文集序》,《全唐文》(卷七四四),第7697页。

传统文体、驳杂多变、以议论为主的文章。盛唐散文家作杂文约四十余篇[1],元结是第一个大力创作杂文的唐代散文家。其大部分杂文揭露现实,鞭笞世情,短小精悍,立意深远,尖刻犀利,充满着"愤世嫉邪之意"[2]。

元结所作杂文约有二十余篇,就其杂文的内容而言,可分为三类:其一,疾刺世道、时风、官场之弊端,如《呓论》、《丐论》、《化虎论》、《辨惑二篇(有序)》、《时规》、《时化》、《世化》、《订古五篇(有序)》、《七不如七篇(有序)》等,言简意赅,直指人心,寓理深刻,析理绵密,语气激切,遒劲恣肆,展现出元结大无畏的现实批判精神。其中,《丐论》以廉悍犀利之笔淋漓尽致地勾勒出专营趋竞者的诸般丑态:

于今之世,有丐者,丐宗属于人,丐嫁娶于人,丐名位于人,丐颜色于人。甚者则丐权家奴齿以售邪妄,丐权家婢颜以容媚惑。有自富丐贫,自贵丐贱,于刑丐命。命不可得,就死丐时,就时丐息,至死丐全形,而终有不可者。更有甚者,丐家族于仆围,丐性命于臣妾,丐宗庙而不取,丐妻子而无辞。有如此者,不为羞哉。[3]

讽刺为了功名利禄而用尽卑鄙伎俩的寡廉鲜耻者,简约深刻,尖锐犀利。其二,讨论道德准则及哲学命题,偏重于哲理的阐释,如《自箴》、《出规》、《恶圆》、《恶曲》、《浪翁观化(并序)》等。《自箴》在反驳时士所谓的"显身之道"后提出,"与时仁让,人不汝上。处世清介,人不汝害。汝若全德,必忠必直。汝若全行,必方必正。终身如此,可谓君子"[4],君子(也包括自己)的为人准则当是仁让清介、忠直方正。又如《浪翁观化(并序)》中讨论道家的基本哲学范畴即如何"有无相化"、"有化无"、"无化有"、"化相化"等哲学问题。其三,剖白自我之志向,或隐逸习静以全身,或入仕为帝王师。前者言隐逸之乐趣,习静之闲适,兼论个人道德修养,如《漫论(并序)》、《水乐说》、《处规》、《心规》、《述居》等,凸显"熙然能自全,顺时而老"[5]的人生境界。后者即《喻友》中所言,"忽天子有命聘之,玄纁束帛以先意,荐论拥篲以导道。欲有所问,如咨师傅。听其言,则可为规戒。考其行,则可为师范。用

---

[1] 朱迎平:《唐代古文家开拓散文体裁的贡献》,《文学遗产》1990年第1期。
[2] (清)章学诚:《元次山集书后》,转引自《元次山集·附录三》,第187页。
[3] (唐)元结:《丐论》,《元次山集》(卷四),第54~55页。
[4] (唐)元结:《自箴》,《元次山集》(卷五),第81页。
[5] (唐)元结:《处规》,《元次山集》(卷五),第64页。

其材,则可约经济。与之权位,乃社稷之臣"①。刘熙载曾云:"元次山文,狂狷之言也。其所著《出规》,意存乎有为;《处规》,意存乎有守。至《七不如》七篇,虽若愤世太深,而忧世正复甚挚。是亦足使顽廉懦立,未许以矫枉过正目之。"②刘氏对元结杂文的评价,可谓的论。

元结有感于朝政日趋腐败、世风尚奢、士人趋竞等弊端日益凸显,因而集中笔力批评君臣无道、风俗日下、士人道德沦丧等弊病,主题明确,言简意赅,笔锋锐利如匕首投枪,具有敏锐的观察力与洞察力,表现出士人的社会良知。通观元结杂文,意在刺世、讽时、化时以规世、救世、劝俗,语言清峻通脱,结构回环往复,文风张狂恣肆,美在事义、识度。元结杂文的革新主要体现在综合采用了三种表现方式,确立了杂文的基本体式。

其一,巧借问答。借问对、诘难以结构篇章,是元结杂文主要的表现手法。元结或以简约叙事以引起问答,或借问答以论证说理。前者如《出规》,开篇以"元子门人叔将,出游三年,及还"引发元子与叔将之间关于富贵得失、为臣之道的问答。后者如《处规》,以舒吾、元子、滕许大夫、季川等人的反复问答以结构全篇,表达"吾有言则自是,言达则人非。吾安能使吾身之有是,而令他人之有非"③的观点。问答双方代表着不同的观点,或问题的不同侧面,从而构成或对立、或递进的关系;在问答过程中,问题不断被提出、辩论,又不断被申述、解决。问答的形式使得杂文的结构清晰明了,读者易于把握篇章的脉络和主客双方的主张。

就散文发展而言,采用问答形式以结构篇章实源于先秦历史散文及诸子散文。历史散文及诸子散文在叙述事件或发表政见过程中,离不开对人物言论的记载,尤其是在先秦策士横议、诸子驳难、行人出使、大夫应对的历史背景下,问答构成了事件叙述的重要组成部分,故《论语》《孟子》《墨子》《庄子》《左传》《国语》《战国策》记载了大量的对话或问答,以至于许多篇章、片段几乎全由问答组成。汉赋借鉴了先秦历史散文和诸子散文中普遍运用的对话、问答形式,如枚乘的《七发》,主客问答成为文体赋特有的结构方式。在诗赋文中运用问答形式已成为重要的表达及结构方式之一。元结其时大量采用问答以结构篇章,在模拟诸子、历史散文以及汉大赋的同时又有所创新,创新之处在于将问答形式应用于新兴的文体即杂文之中,并且在问答的形式上采用多人多次问答、双重问答及将问答与寓言相结

---

① (唐)元结:《喻友》,《元次山集》(卷四),第52页。
② (清)刘熙载著,王气中笺注:《艺概笺注》(卷一),贵阳,贵州人民出版社,1980年,第57页。
③ (唐)元结:《处规》,《元次山集》(卷五),第65页。

合等形式。

多人多次问答乃是由主客反复问对变化而来。主客问对是元结杂文的基本形式,如《时规》中漫叟醉中荒诞之戏言,即"愿穷天下鸟兽虫鱼,以充杀者之心;愿穷天下醇酎美色,以充欲者之心",中行公更申而论之,即"愿得如九州之地者亿万,分封君臣父子兄弟之争国者,使人民免贼虐残酷者乎"①云云,揭露部分利欲熏心的上层统治者搜刮百姓、欲壑难填的嘴脸,以及争权夺利、互相倾轧的行径,借以抒发愤懑之意。多人多次问答较之主客问答,就艺术效果而言更具趣味性,利于问题的深化。虽是多人多次问对,但总有一"主讲者",多为作者命意之所在,其他人所言仅起衬托之用。如《处规》,问对者共有四人,分别是舒吾、元子、季川、滕许大夫。先有舒吾与元子的两番问对,又有元子与滕许大夫的一番问对,其中又暗藏着滕许大夫与舒吾的一番问对,最后是元子与季川的一番问对。作者之意借滕许大夫之口言出,而末尾对季川的回应则凸显出元子的自适与自在。

双重问答,即整体问答和局部问答相环相套,即在问答之中套入问答,形成层叠的问答群,使得文章脉络既整饬有序,又跌宕起伏,有效地化解了频用问答所带来的单调重复之弊,增强了可读性。如《心规》先言"夫公"置酒请元子醉歌,再言"夫公"闻之后质疑,末言元子释疑。在元子醉歌中又隐含元子与和者关于"乐"的问答,即:"俾和者曰:'何乐亦然?何乐亦然?'我曰:'我云我山,我林我泉。'又曰:'元子乐矣。'俾和者曰:'何乐然尔?何乐然尔?'我曰:'我鼻我目,我口我耳。'"②又如《恶圆》,先言公植见元子家婴儿喜圆转之器而责难之,再言元子召季川针对公植之指责以自解。在公植的指责之言中,更隐含着"古之恶圆之士"、"其甚者"、"喻之者"三者之间的问答,"古之恶圆之士"歌曰:"宁方为皁,不圆为卿;宁方为污辱,不圆为显荣。""其甚者"曰"吾恶天圆","喻之者"认为"天不圆也","其甚者"对曰:"天纵不圆,为人称之,我亦恶焉。"③

其二,巧用寓言。元结在杂文中托寓言以抒怀的表达方式,实源于庄子。章学诚亦认为,"次山之才,壮岁不获一第,故本屈骚之志,而荡肆于庄周之寓言"④。"寓言十九,藉外论之。亲父不为其子媒,亲父誉之,不若非其父者也。"⑤所谓寓言,即寄寓之言,借助他人他事而论,他人他事大多"皆

---

① (唐)元结:《时规》,《元次山集》(卷六),第96~97页。
② (唐)元结:《心规》,《元次山集》(卷五),第63页。
③ (唐)元结:《恶圆》,《元次山集》(卷五),第66~67页。
④ (清)章学诚:《元次山集书后》,转引自孙望校:《元次山集·附录三》,第187页。
⑤ 陈鼓应注译:《庄子·寓言》,北京,中华书局,1983年,第727页。

空语无事实"①,运用拟人化的手法虚构人、事以寄寓深刻之含义。元结杂文中既有真实的人物,亦有虚构的人物。真实的人物包括作者本人即"元子"、"漫叟",友人"公植"、"真卿"、"张縈"、"德方"、"中行公",弟子"季川"、"叔将"、"叔盈"等。所谓真实的人物,绝非其人其事其言皆完全无虚构,或许其人乃确有其人,但其事其言在进入杂文文本之时,为了谋篇布局或叙事说理的需要,已进行了不同程度的变形。虚构的人物如"谏议大夫"、"时人"、"规者"、"夫公"、"古之恶圆之士"、"全直之士"、"浪翁"、"清惠先生"等,单从其名就能管窥元结所要阐发的观点。如《吃论》中借"邰侯夷奴""假吃言以讥谏人主,俾悔过追误,与天下如新"之事,以讽其时(天宝)之"士君子曾不如邰侯夷奴",凸显当时士人道德的卑劣、官场的污浊及社会风气的败坏。所谓"邰侯夷奴"之事,即:

古有邰侯,侯家得吃婢,寐则吃言,言则侯辄鞭之。如是一岁,婢吃如故,侯无如婢何。有夷奴,每厌劳辱,寐则假吃,其言似不怨而若忠信。侯闻问之,则曰:素有吃病,寐中吃言,非所知也。引吃婢自辨,词说云云。侯疑学婢,鞭之不止,髡之钳之,奴吃愈甚。奴于是重窥侯意,先事吃说,说侯之过,警以祸福,侯又无如奴何。客有知侯祸机,因吃奴之先,扣侯门,谏侯以改过免祸。侯纳客为上宾,复其奴,命曰吃良氏,子孙世在于邰。②

该寓言中,婢之吃乃无可奈何、情非得已,奴之吃乃东施效颦、机关算尽,谏客乃借奴吃之"东风"以劝侯改过免祸。元结借寓言中"客"之所为比拟提高谏议大夫威权与尊重的谋略,即"得吃婢一人,在人主左右,以吃言先讽则可"。该寓言在看似诙谐滑稽之下,隐含着对士风浇薄、朝政败坏的激愤与苦涩。与庄子寓言相比,元结在寓言的想象、变形、怪诞、夸张等方面远远不及,但其能将寓言巧妙地运用到杂文这种新兴的文体之中,虚虚实实,奇之又奇,既指斥时弊,又委婉屈指,含蓄蕴藉,颇有韵味。元结在寓言中巧用问对,或在问对中嵌入寓言,将寓言与问对二者巧妙地结合起来。

其三,直陈其意。所谓"直陈"即以第一人称口吻直言其事、其理、其志。如《订古五篇(有序)》,其序云:

---

① (汉)司马迁撰,(宋)裴骃集解,(唐)司马贞索隐,(唐)张守节正义:《史记·庄子列传》(卷六三),北京,中华书局,1982年,第2144页。
② (唐)元结:《吃论》,《元次山集》(卷四),第53~54页。

> 天宝癸巳,元子作《订古》,订古前世君臣父子兄弟夫妇朋友之道。於戏!上古失之,中古乱之,至于近世,有穷极凶恶者矣……吾且闻之订之、嗟之伤之、泣而恨之而已也。①

元结在序中以"元子"之口吻论五伦在近世的"穷极凶恶"之相。之后五篇皆以"吾观"开篇,章法相同,句式相似,所列述君臣之间猜忌疑惧、劫篡废放,父子之际悲感痛恨、幽毒囚杀,兄弟之间争斗残忍、阴谋诛戮,夫妇之间怨冤嫌妒、灭身忘家,朋友之间奸诈忌患、穷凶极害等情况,既是泛泛而论,又是意有所指,暗讽唐朝皇室集团。自唐立国以来,李渊为帝乃是受隋恭帝所谓禅让,李世民即位乃是杀死胞兄、胞弟之后又受唐高祖所谓禅让,李隆基即位受唐睿宗所谓禅让,武则天与李治同床异梦、争权夺利,李隆基更是一日赐死三子、强纳儿媳,宫廷里不断上演着为求皇权而君臣猜忌、父子相仇、兄弟相残、夫妇相斗的丑剧。如《订古五篇·第一》:"吾观君臣之间,且有猜忌而闻疑惧,其由禅让革代之道误也,故后世有劫篡废放之恶兴焉。呜呼!即有孤弱,将安托哉?即有功业,将安保哉?"由四部分构成,由君臣之道已失的表现,言失君臣之道的原因,再言失君臣之道的危害,末叹失君臣之道的妨害。《订古五篇》字字犀利,恣肆峭厉,危苦而激切,奇崛而忧愤。

需要说明的是,借问对、寓言、直陈以叙事、说理的手法,元结并非仅运用于杂文之中,如在《说楚何荒王赋》《说楚何惑王赋》等辞赋中亦采用了主客问答的问对形式及虚拟对话主体的寓言形式。又如《二风诗论》论及《二风诗》的创作动机,《自箴》言及为人为官之准则等,均采用问对形式。问对是元结结构文章的主要方式之一,只是在杂文中运用得最为普遍及纯熟而已。

三、元结杂记

所谓"杂记"是指部分难以归属于传统文体的,内容驳杂,表现手法多样,以"记"名篇的文章。吴讷在《文章辨体序说》中言:"《金石例》云:'记者,纪事之文也。'……大抵记者,盖所以备不忘。如记营建,当记月日之久近,工费之多少,主佐之姓名。叙事之后,略作议论以结之,此为正体。"②吴讷对"记"体文的源流、表现手法、文体特征等均作了准确详细的论述。记之正体应该以叙述为主,略作议论即可;记之变体则是以议论为主。由唐之正

---

① (唐)元结:《订古五篇(有序)》,《元次山集》(卷五),第77页。
② (明)吴讷:《文章辨体序说·记》,《历代文话》(第二册),第1621~1622页。

体到宋之变体,正说明了"记"体的嬗变与创新。

徐师曾言:"厥后扬雄作《蜀记》,而《文选》不列其类,刘勰不著其说,则知汉、魏以前,作者尚少。其盛自唐始也。"①唐以前的"记"体文内容单一,多为"地理之记"与"旧事之记",详见《隋书·经籍志》。初唐以来,"记"体文数量大增,类目及题材繁多,大致可分为厅壁记、亭台楼阁记、山水游记、图画人物记、笔记五类②。元结杂记文共八篇,《茅阁记》、《菊圃记》、《殊亭记》、《寒亭记》、《广宴亭记》属于亭台楼阁记;《右溪记》属山水游记;《刺史厅记》属厅壁记类;《九疑图记》属于图画人物记;笔记类阙如。与盛唐诸家所作杂记相比,李华的杂记类型较为单一,多为厅壁记;颜真卿的杂记内容多涉佛道,如《泛爱寺重修记》、《抚州宝应寺翻经台记》等;独孤及的杂记以议论见长;而元结兼善杂记众体,其五篇亭阁记在照常记录亭阁营造地理、时间及营造者等之外,新变之处在于描写胜景以探奇、议论时政以劝讽,确立亭阁记创作的基本样态及体式,为中唐及以后的亭阁记创作奠定了基础。其《右溪记》将议论与抒情融入山水描写之中,开创了由景即情、由景说理的艺术手法,确立了山水游记命名、结构、表现手法等文体规范。其《刺史厅记》谋篇命意迥异于之前的厅壁记,由记叙为主变为议论为主,对前任官员由一味颂扬变为揭露讥刺,脱离题名而独立成文。

(一) 亭阁记

元结亭阁记作品中,《广宴亭记》及《殊亭记》作于辞官后家于武昌樊水之郎亭山下之时,而《寒亭记》、《茅阁记》、《菊圃记》等则作于道州刺史任上。

亭阁记的基本结构多为三段式,开头叙述营造始末,中间描写立于亭阁时所见胜景,末尾借题发挥。简而言之,即前叙述,中描写,末议论。以《茅阁记》为例,其文云:

> 乙巳中,平昌孟公镇湖南,将二岁矣。以威惠理戎旅,以简易肃州县,刑政之下,则无挠人。故居方多闲,时与宾客尝欲因高引望,以纾远怀。偶爱古木数株,垂覆城上,遂作茅阁,荫其清阴。长风寥寥,入我轩槛,扇和爽气,满于阁中。世传衡阳暑湿郁蒸,休息于此,何为不然!今天下之人,正苦大热,谁似茅阁,荫而庥之?於戏!贤人君子为苍生之

---

① (明)徐师曾:《文体明辨序说》,《历代文话》(第二册),第2116页。
② 康震:《中国散文通史·隋唐五代卷》,合肥,安徽教育出版社,2013年,第266页。

麻荫,不如是耶？诸公歌咏以美之,俾茅阁之什,得系嗣于风雅者矣。①

该文先叙修建茅阁之缘由,再叙酷夏时身处茅阁之中的凉爽与怡然,末推己及人,议论之中兼有抒情,由天气之暑热联想到民众身处"水深火热"之中,渴望有贤人君子能似茅阁,荫麻百姓。文中"孟公"即孟彦深,字士源,天宝二年进士,天宝末任武昌令,乃元结好友,其时已调镇湖南。而元结此时乃为道州刺史,文中的"贤人君子"并非泛指,而是对至交及在座诸公的殷切期待,欲共勉之。该文娓娓道来,平易自然,朴素简净,既无繁缛的藻饰,亦无雅致的典故,"绝无六朝一点习气"②,在平淡的叙述中流露出仁爱之心。

亭阁记在叙述亭阁营造缘由时,必然涉及营造主持者的身份。主持者多为官员,如《广宴亭记》、《殊亭记》中广宴亭、殊亭的营造者是武昌县令马向,《茅阁记》中茅阁的营造者为"再镇湖南"的孟彦深,《寒亭记》中寒亭的营造者为道州属县江华县令瞿令问。既然营造者是以官方而非私人名义建造亭阁,在论及建亭者时自然要述其政治业绩,作者在叙述其"为政"之时,自然也凸显出其政治理念。如孟彦深"以威惠理戎旅,以简易肃州县",马向"以明信严断惠正为理,故政不待时而成"③,均与元结任道州刺史时"以人困甚,不忍加赋"④"为民营舍给田,免徭役"⑤之惠民简政相似,故在文中赞赏备至。

元结在遵循亭阁记的基本样态之外,又能运用问答体等形式打破三段式的通例,使得其亭阁记摇曳生姿。如《寒亭记》在叙述营造寒亭的缘由及胜景时,不再采用惯用的第三人称全知叙述视角,而采用限制视角,即照录江华县大夫瞿令问之言以述说建亭的缘由、立于亭中所见的景致及命名的请求。又如《广宴亭记》中的广宴亭并未建成,尚处于筹划阶段,仅能在命名、建亭缘由等方面着笔。元结先叙述广宴亭之地理方位及历史渊源,再言营造者马公登樊山而命名"广宴亭"之"叹",末言"古人将修废遗尤异之事,为君子之道"⑥之"颂"。一"叹"一"颂"之间,将营造之缘由及劝勉兴修废

---

① （唐）元结:《茅阁记》,《元次山集》（卷八）,第129页。
② （明）王鏊《震泽长语》（卷下）:"吾读《柳子厚集》,尤爱山水诸记,而在永州为多。子厚之文,至永益工,其得山水之助耶？及读《元次山集》,记道州诸山水,亦曲极其妙。子厚丰缛精绝,次山简淡高古。二子之文,吾未知所先后也。唐文至韩、柳始变,然次山在韩、柳前,文已高古,绝无六朝一点习气,其人品不可及欤!"北京,中华书局,1985年,第28页。
③ （唐）元结:《殊亭记》,《元次山集》（卷八）,第123页。
④ 《新唐书·元结传》（卷一四三）,第4685页。
⑤ 同上,第4686页。
⑥ （唐）元结:《广宴亭记》,《元次山集》（卷八）,第122页。

业的君子之责顿挫道出。另外,盛唐以来亭阁记中的亭阁名,或以亭阁之所在地为名,如杜甫《唐兴县客馆记》;或以营造者及亭阁之所在地为名,如颜真卿《梁吴兴太守柳恽西亭记》、独孤及《卢郎中浔阳竹亭记》等,这样的亭阁名导致亭阁记的标题难以传达作者的主旨。而元结的亭阁命名就显得别具匠心,如殊亭之"殊"在于"公(马向)才殊、政殊、迹殊,为此亭又殊",寒亭之"寒"在于"今大暑登之,疑天时将寒。炎蒸之地,而清凉可安"①,广宴亭之得名在于"相其地形,验之图记,实吴故宴游之地"②。因之,元结所作亭阁记乃能围绕着独具匠心之"名"而着笔,题名与文意相得益彰。

(二) 山水游记

元结山水游记有意识地使用平易质实的古文来叙游写景,简古尚奇,写景之外,有抒情、有议论,颇具理趣而深有寄托。正如清人吴汝纶所言:"次山放恣山水,实开子厚先声。文字幽眇芳洁,亦能自成境趣。"③如其《右溪记》:

> 道州城西百余步,有小溪,南流数十步合营溪。水抵两岸,悉皆怪石,欹嵌盘屈,不可名状。清流触石,洄悬激注。佳木异竹,垂阴相荫。此溪若在山野,则宜逸民退士之所游;处在人间,则可为都邑之胜境、静者之林亭。而置州已来,无人赏爱,徘徊溪上,为之怅然。乃疏凿芜秽,俾为亭宇,植松与桂,兼之香草,以裨形胜。为溪在州右,遂命之曰"右溪",刻铭石上,彰示来者。④

该文共分三部分,写景与状物、抒情与议论水乳交融,行文自然流畅,新奇俊秀,凝炼深邃。从"道州城西百余步"至"垂阴相荫"为第一部分,简要叙述右溪的地理位置、水流方向,三言两语,一目了然。接着,从三个维度具体细致地描绘了右溪的情状:先写溪岸怪石,犬牙交错,重叠相累;再写溪水清流,冲激怪石,回旋腾空,激越喷注。一石一水,一静一动,相映成趣。后写溪边竹木,斑驳陆离,给人奇峻幽妙之感,秀丽清奇,自成妙趣。从"此溪若在山野"至"为之怅然"为第二部分,由叙述、描写转入议论、抒情。先假设此景若在山野,会成为隐士游玩、居住的理想之地,若在都邑,会成为游览名

---

① (唐) 元结:《寒亭记》,《元次山集》(卷九),第137页。
② (唐) 元结:《广宴亭记》,《元次山集》(卷八),第122页。
③ (清) 吴汝纶之语,转引自高步瀛选注:《唐宋文举要·元次山》(甲编卷一),上海,上海古籍出版社,1982年,第87页。
④ (唐) 元结:《右溪记》,孙望校:《元次山集》(卷一〇),第146页。

胜，再慨叹右溪如此秀美幽深，却无人赏爱。既为右溪之不遇知音而怅然，亦为己不为世所用而感叹！从"乃疏凿芜秽"至文末为第三部分，叙述疏通淤塞、修建亭阁楼台、种植松桂香草、命名刻石之事。既借右溪的"重见天日"喻己欲大展宏图，又充分展现出乐于荐才的胸襟。全文笔致凝炼，新颖工巧，记叙简约，刻写生动，疏朴质直，写景令人有身临其境之感。

元结该记行文简洁，将山水叙述、描写与说理、抒情融为一体，开创了由景即情的艺术手法，确立了模山范水以"记"为名的山水游记命名范式，既不同于魏晋以来偏重山川胜景描绘、以书信命名之作，如鲍照的《登大雷岸与妹书》等，又不同于单以描绘山水而乏情理之抒发的地理类著作，如《水经注》等，确立了山水游记命名、结构、表现手法等文体规范。其山水游记在结构、句式、风格等方面对柳宗元的永州游记特别是《小石潭西小丘记》有显著的影响。

四、元结山水铭

元结"雅好山水，每有胜绝，未尝不枉路登览而铭赞之"[1]，性之所好，每流露至情。元结现存山水铭文十七篇，最早的一篇是作于天宝十三载(754)的《异泉铭(并序)》。元结创作山水铭有三个高潮期：一是宝应元年至广德元年(762~763)辞官、家于武昌樊水时期，作《抔樽铭(并序)》《退谷铭(并序)》《抔湖铭(并序)》三篇。二是广德二年[2]至大历三年(764~768)任道州刺史时期，作《七泉铭(并序)》《五如石铭(并序)》《丹崖翁宅铭(并序)》《阳华岩铭(并序)》《七泉铭(并序)》《㝡樽铭(并序)》《朝阳岩铭并序》七篇。三是大历五年至大历七年(770~772)丁母忧、家于武昌樊水时期，作《浯溪铭(有序)》《唐㢝铭(并序)》《峿台铭(有序)》《冰泉铭(并序)》《东崖铭(并序)》《寒泉铭(并序)》六篇。元结山水铭具有以下特点：

首先，元结山水铭的对象均为无名山水，由其发现并命名。其命名并非随意为之，而是着意遵循着某种原则。其命名原则可分为四类：其一，依据儒家道德准则命名。如"七泉"中五泉之得名，是因为"凡人心若清惠，而必忠孝守方直，终不惑也。故命五泉，其一曰㵛泉，次曰㳯泉，次曰浡泉，汸泉，

---

[1] （唐）颜真卿：《唐故容州都督兼御史中丞本管经略使元君表墓碑铭》，《全唐文》（卷三四四），第3496页上。

[2] 朝廷于广德元年(763)九月授元结为道州刺史。元结于十二月始自鄂州起程。是月，西戎陷道州。故，元结于广德二年始到任道州刺史。

洎泉。铭之泉上,欲来者饮漱其流,而有所感发者矣"①,目的在于通过铭勒泉石以使观者有所感发。其二,依据个人志趣命名。如"浯溪"之得名是因为"溪,世无名称者也,为自爱之,故命曰浯溪"②,"唐顾"之得名是"旌独有也"③,"峿台"之得名是"乃所好也"④。宋人葛立方对此有所批评:

> 元次山结屋浯溪之上,有三吾焉。因水而吾之,则曰浯溪;因屋而吾之,则曰唐亭;因石而吾之,则曰峿台。盖取我所独有之义,故自为铭曰:"命之曰吾,旌吾独有。"噫!次山何其不达之甚耶?且身非我有,是天地之委形;生非我有,是天地之委和;性命非我有,是天地之委顺;孙子非我有,是天地之委蜕。而次山乃区区然认山川丛薄之微,惑其灵台,认为我有,抑可哀也已!庄子曰:"独往独来,是谓独有。独有之人,是谓至贵。"次山傥知此乎?⑤

葛立方从庄子的"独有观"出发,批评元结将浯溪等"旌吾独有",是"不达之甚"。笔者认为,《庄子》所言之"独有"乃是超然物外、道心无为之大用,而元结所言之"独有",乃是出于无名山水之无人欣赏与自己无人知遇相契合,故生发了对山水知己式的欣赏,而非物质化的占有,所展现的正是物我交融所致的逍遥自适的精神境界。又如"退谷"之得名,源于"时士源以漫叟退修耕钓,爱游此谷,遂命曰退谷"⑥,彰显归隐山林的自得之乐。其三,依据山形水势命名。如"抔樽"之得名,源于"石有窊颠者,因修之以藏酒";又如"窊樽"之得名,源于"山颠有窊石,可以为樽";又如"抔湖"之得名,源于"以湖在抔樽之下"。其四,依据地理方位命名。如"东崖"之得名乃是因为"在唐亭东崖","东泉"之得名乃是因为"泉在山东,以东为名","朝阳岩"之得名乃是因为"以其东向,遂以朝阳命之焉"。元结以无名山水为审美对象,一方面是现实处境使然,另一方也是因为无名山水缺乏文化传承及意蕴,可以供元结随意抒发。有意味的是,原本乏人问津的无名山水经过审美观照之后,变为具有深厚文化底蕴的名山胜水,成为后人游览之佳处所在,有皇甫湜《题浯溪石》、韦辞《修浯溪记》等为证。

---

① (唐)元结:《七泉铭(并序)》,《元次山集》(卷一〇),第147~148页。
② (唐)元结:《浯溪铭(并序)》,同上,第152页。
③ (唐)元结:《唐顾铭(并序)》,同上,第153页。
④ (唐)元结:《峿台铭(并序)》,同上,第153页。
⑤ (宋)葛立方:《韵语阳秋》(卷八),上海,上海古籍出版社,1984年,第175页。
⑥ (唐)元结:《退谷铭(并序)》,《元次山集》(卷八),第116页。

其次,元结山水铭注重描绘山水之"异","异"则"美"。元结在观照山水时,特别关注山水的独特性,着意凸显其与众不同之处。如《异泉铭(并序)》:

阴阳旱雨,时异;以至柔破至坚,事异;以至下处至高,理异。故命斯泉曰异泉,铭于泉上,其意岂独旌异而已乎?①

泉之得名是因为"三异",所谓"时异"乃是春秋甚旱,秋冬积雨;所谓"事异"及"理异"则是西南迥山山顶有穴出泉。又如《五如石铭(并序)》:

㳌泉之阳,得怪石焉。左右前后及登石颠均有如似,故命之曰五如石。石皆有窦,窦中涌泉,泉诡异于七泉……彼能异于此,安可不称显之……不旌尤异,焉用为文。②

先有怪石,再有异泉,最后因"异"而铭。再如《阳华岩铭(并序)》:

吾游处山林几三十年,所见泉石如阳华殊异而可家者,未也。故作铭称之。③

作铭的动机是阳华岩"殊异"且可家。其他如浯溪之"胜异",浯台之"怪石"、"幽奇",七泉之"殊怪相异",朝阳岩之"怪异难状",对于山水之刻画均围绕着"异"字落笔,这与其"好奇"、"喜名"之性格、禀赋有关。一味追求"怪""异",导致元结之山水铭仅着眼于描绘山水之外在形状,构图也停留在平面上,不具有层次迭出的立体感,亦缺乏文采与耐人寻味的风韵④,正如欧阳修所言,其铭记因"其所居山水必自名之,惟恐不奇",故作奇异,导致"气力不足,故少遗韵"⑤。

再次,元结作山水铭的动机是彰显君子之德与抒发自得之乐。其一,无论是家于武昌樊水时期,还是任道州刺史时期,元结均标举君子之道与君子

---

① (唐)元结:《异泉铭(并序)》,《元次山集》(卷六),第85页。
② (唐)元结:《五如石铭(并序)》,《元次山集》(卷一〇),第150~151页。
③ (唐)元结:《阳华岩铭(并序)》,同上,第137页。
④ 黄炳辉:《次山文开子厚先声说》,《厦门大学学报》(哲学社会科学版)1986年第1期。
⑤ (宋)欧阳修:《唐元结阳华岩铭》,邓宝剑、王怡琳辑:《集古录跋尾》,北京,人民美术出版社,2010年,第158页。

之德。其《瀼溪铭(有序)》云:"瀼溪,可谓让矣。让,君子之道也……得不惭其心,不如此水。浪士作铭,将戒何人。欲不让者,惭游瀼滨。"①将"瀼"同音训为"让",借此颂美君子谦让之道。其《喻瀼溪乡旧游》亦云:"尤爱一溪水,而能存让名。终当来其滨,饮啄全此生。"②抒发溪因"让"之名而令人爱怜之意。其《寒泉铭(并序)》云:"於戏寒泉,瀛瀛江渚。堪救渴暍,人不之知。当时大暑,江流若汤。寒泉一掬,能清心肠。谁谓仁惠,不在兹水?"③铭借寒泉喻君子"仁惠"之德。又如《七泉铭序》:"凡人心若清惠,而必忠孝守方直,终不惑也。故命五泉,其一曰潓泉,次曰潓泉,次曰渳泉,汸泉,㴩泉。铭之泉上,欲来者饮漱其流,而有所感发者矣。"铭借命名以彰显君子忠孝、方直之德。元结有三子,分别名为友直、友正、友让,其名寄托着元结对儿子的期待,正与元结在文章中所宣扬的君子之德契合。元结所宣扬的君子之德,主要出自儒家观念,但亦有部分出自道家观念,如"时俗浇狡,日益伪薄。谁能抔饮,共守淳朴"④中的"淳朴"观念。其二,元结家于樊水之时,偏重表达身处山水之自得之乐;任道州刺史之时,偏重表达身在仕途之累而向往归隐山水之逸。元结家于樊水时,陶醉于归隐山水之后的"惬心自适,与世忘情"⑤。浯溪"水实殊怪,石又尤异。吾欲求退,将老兹地"⑥;东崖"亭午崖下,清阴更寒。可容枕席,何事不安"⑦。又如元结巡道州属县江华之时,发现阳华岩"尤宜逸民,亦宜退士。吾欲投节,穷老于此",但"惧人讥我,以官矫时。名迹彰显,丑如此焉",即便如此,也是思慕不已,"将去思来,前步却望,踟蹰徘徊"⑧。

总之,元结的山水铭记具有尚古、尚奇、尚理的特点。元结的尚古是约洁简古,既非杜甫散文的古奥,亦非李华散文的古雅。具体表现在言辞质直无采,句式多用典重的四字格,以虚词或动词为首,间之以二、三字短句及九言长句。如《退谷铭(并序)》:"抔湖西南是退谷,谷中有泉。或激或悬,为窦为渊。满谷生寿木,又多寿藤萦之。始入谷口,令人忘返。"⑨《抔湖铭(并序)》:"抔湖,东抵抔樽,西侵退谷,北汇樊水,南涯郎亭。有菱有荷,有菰有

---

① (唐)元结:《瀼溪铭(有序)》,《元次山集》(卷六),第90~91页。
② (唐)元结:《喻瀼溪乡旧游》,《元次山集》(卷二),第25页。
③ (唐)元结:《寒泉铭(并序)》,《元次山集》(卷一〇),第159页。
④ (唐)元结:《抔樽铭(并序)》,《元次山集》(卷八),第115页。
⑤ (唐)元结:《唐庼铭(并序)》,《元次山集》(卷一〇),第154页。
⑥ (唐)元结:《浯溪铭(并序)》,同上,第152页。
⑦ (唐)元结:《东崖铭(并序)》,同上,第159页。
⑧ (唐)元结:《阳华岩铭(并序)》,《元次山集》(卷九),第137~138页。
⑨ (唐)元结:《退谷铭(并序)》,《元次山集》(卷八),第116页。

蒲。方一二里，能浮水，与漫叟自抔亭游退谷，必泛此湖。"①皆篇章短小，用词朴拙，无铺叙之辞，有自然平淡之风。元结之铭记尚奇、尚怪，"独挺于流俗之中"②，具体表现在独特的山水命名、喜状奇景与怪象等方面。欧阳修曾云："次山喜名之士也，其所有为，惟恐不异于人，所以自传于后世者，亦惟恐不奇而无以动人之耳目也。视其辞翰，可以知矣"③。其山水铭文借写山水之美阐扬"君子之道"、"君子之德"，以及归隐山水的向往、赞赏及自得之乐。

元结山水铭及亭阁记、山水游记均尚理，但相对而言，山水铭文说理更直接畅达，亭阁记及山水游记略委婉蕴藉。亭阁记多在叙述、描写中，通过对比等手法引申出所蕴之理，如《菊圃记》以菊本芳华高洁而被"践踏至尽"的不幸遭际生发出"贤士君子，自植其身，不可不慎择所处"④之理。元结山水铭中的理趣虽由景物生发，但景、理之间有简单比附的倾向，且说理枯燥，结构雷同，先描绘山水之异，再言君子之德，缺乏跌宕起伏、摇曳多姿的变化。这可说是元结有意摒弃偏重山水的审美化追求而无儆戒之意的南北朝山水铭，复归描绘山形水势兼重警诫劝谏的两汉、魏晋山水铭，着意复古后的结果。先秦铭文或以警诫为用，即"周代公卿大夫，莫不勒铭于器，以示子孙"⑤；或以祝颂为用，即："夫铭，天子令德，诸侯言时计功，大夫称伐。"⑥秦李斯刻铭于山，多称颂秦之功业，山仅为载体而已。东汉山铭有班固《封燕然山铭(并序)》，重在叙述窦宪破北单于、登燕然山的伟业，并未言及燕然山之地形及胜景，仅视其为勒铭之处所而已。李尤曾作山水铭，但其文"义俭辞碎"⑦，多言山形水势，绝少劝诫之义。西晋张载的《剑阁铭》言剑阁险峻的山势地形，目的在于凸显"兴实在德，险亦难恃……自古迄今，天命匪易。凭险作昏，鲜不败绩。公孙既灭，刘氏衔璧。覆车之轨，无或重迹。勒铭山阿，敢告梁益"⑧之理，以劝诫为用。元结的山水铭继承了秦汉、魏晋山水铭旌表山水形胜及以警诫为用的传统，又有所创新。主要表现在：就描

---

① (唐)元结：《抔湖铭(并序)》，《元次山集》(卷八)，第115页。
② (唐)元结：《箧中集序》，《元次山集》(卷七)，第100页。这是元结对沈千运诗的评价，亦可作夫子自况。
③ (宋)欧阳修：《唐元结注尊铭》，邓宝剑、王怡琳辑：《集古录跋尾》，北京，人民美术出版社，2010年，第157页。
④ (唐)元结：《菊圃记》，《元次山集》(卷九)，第136页。
⑤ 刘师培：《论文杂记·五》，刘师培：《中国中古文学史》附录，扬州，广陵书社，2013年，第175页。
⑥ 《春秋左传正义·襄公十九年》，第958~959页。
⑦ (梁)刘勰著，黄叔琳等注：《增订文心雕龙校注·铭箴》，第139页。
⑧ (晋)张载：《剑阁铭》，《全晋文》(卷八五)，《全上古三代秦汉三国六朝文》，第1951页。

写对象而言,前人多选名山大川,元结却以无名山水为对象;就创作动机而言,前人作铭多以警诫或祝颂为用,皆涉及军政要事,元结作铭却通过标举君子之德、君子之道以救时劝俗。元结的山水铭最具创新之处在于,将隐逸闲适与山水形胜融为一体,表达身处仕途对山林自得之向往,大大拓展了山水铭的表现功能。

在形式上,元结首次以"组铭"的方式将单篇山水铭构成颇具互文意义的整体,有利于构建所居山水的整体性风貌。"组铭"有两种形式,一是一铭中含数铭,如《七泉铭(并序)》由七篇山水铭构成;二是数篇山水铭共同构建元结所居之处所,如元结家于武昌樊水之郎亭山下,时孟彦深为武昌令,二人过从甚密。郎亭西郛有藂石,石颠有窊,元结修以藏酒,孟彦深命名为抔樽,元结作《抔樽铭(并序)》;抔樽之下有抔湖,西侵退谷,北汇樊水,南涯郎亭,命为抔湖,元结作《抔湖铭(并序)》;抔湖西南有谷,孟彦深命之退谷,元结作《退谷铭(并序)》。抔湖、抔樽、退谷构成了元结郎亭生活的自然空间,"组铭"的形式较之单篇铭文能有效克服铭文言短意简的弊端,极大地拓展铭文的表达功能。正如元结在《招孟武昌(有序)》诗中所言:

> 风霜枯万物,退谷如春时。穷冬涸江海,抔湖澄清漪。湖尽到谷口,单船近阶墀。湖中更何好,坐见大江水。欹石为水涯,半山在湖里。谷口更何好,绝壑流寒泉。松桂荫茅舍,白云生坐边。武昌不干进,武昌人不厌。退谷正可游,抔湖任来泛。①

描述了元结家于退谷时,游抔湖、登抔樽时的惬意,生动描绘了其居所的空间构成,与其组铭相映成趣。

五、元结墓表

相对于杂文、亭阁记、山水铭这类目前关注度极高且研究已较为深入的文体,元结《元鲁县墓表》、《左黄州表》、《哀丘表》、《吕公表》、《惠公禅居表》、《夏侯岳州表》、《舜祠表》、《崔潭州表》、《张处士表》这类名为"表"但迥异于公文"表"的文体尚未得到应有的关注②。据《文心雕龙·章表》:

---

① (唐)元结:《招孟武昌(有序)》,《元次山集》(卷二),第28页。
② [韩国]赵殷尚:《"表文"的形成与定位——兼论元结、贾至的革新》(《唐都学刊》,2010年第5期)一文虽讨论了元结的表文,但其所论表文乃是指公文类的表文,并不包括本文所论的九篇表文。

> 汉定礼仪,则有四品:一曰章,二曰奏,三曰表,四曰议。章以谢恩,奏以按劾,表以陈请,议以执异……表者,标也。礼有表记,谓德见于仪;其在器式,揆景曰表。章表之目,盖取诸此也。①

表属于上行公文,是臣下向君主陈述请求所用专用文体,如著名的李密《陈情表》。在刘勰看来,"表"所使用的场合及范围是比较狭窄的。唐以来,表的范围有所扩大。据《唐六典》②,唐代上行公文分为六类,分类标准有公文送达对象及公文作者的区分,表是官员专门上达于天子的公文,对具体内容没有限制,换句话说,表文的应用范围更为广泛。元结《广德二年贺赦表》、《永泰元年贺赦表》、《辞监察御史表》、《请节度使表》、《乞免官归养表》、《让容州表》、《再让容州表表》、《为董江夏自陈表》、《为吕荆南谢病表》等即属于此类公文。

《元鲁县墓表》等九篇表文虽名为"表"但从体式、结构、对象、使用场合、表达功能等因素来看,迥异于属于上行公文的"表"。《全唐文》的编者似乎已经意识到《元鲁县墓表》等九篇表文不同于上行公文的独特性,故将这九篇表文单列于元结文的最后(《全唐文》卷三八三),不与《谢上表》等十一篇公文(《全唐文》卷三八〇)同列。那么这九篇表文有何独特性呢?

首先,从文体属性而言,这九篇表属于碑文,据《文心雕龙·诔碑》:"碑者,埤也。上古帝皇,纪号封禅,树石埤岳,故曰碑也。"③刘勰认为,碑文是刻于石上的文辞。另据颜真卿《唐故容州都督兼御史中丞本管经略使元君表墓碑铭并序》:"前是泌南战士积骨者,君悉收瘗,刻石立表,命之曰哀邱。将吏感焉,无不勇励。"④元结《吕公表》等三篇表文中有"刻石立表"之类的字眼。《吕公表》:

> (元)结等迹参名业,尝在幕下,将纪盛德,示于来世,故刻金石,留于此邦。⑤

《舜祠表》:

---

① (梁)刘勰著,黄叔琳等注:《增订文心雕龙校注·章表》,第306页。
② 《唐六典》,北京,中华书局,1992年,第11页。
③ (梁)刘勰著,黄叔琳等注:《增订文心雕龙校注·诔碑》,第155页。
④ 颜真卿:《唐故容州都督兼御史中丞本管经略使元君表墓碑铭并序》,《全唐文》(卷三四四),第3495页。
⑤ (唐)元结:《吕公表》,《元次山集》(卷七),第109~110页。

有唐乙巳岁,使持节道州诸军事守道州刺史元结,以虞舜葬于苍梧之九疑之山,在我封内,是故申明前诏,立祠于州西之山南,已而刻石为表。①

《崔潭州表》:

时艰道远,州人等不得诣阙冤诉,且欲刻石立表,以彰盛德。②

另外,《哀丘表》通过《元结墓碑铭》亦可知表文之载体为石头。刻石立表并非自元结始,有悠久的传统。据《汉书·原涉传》:"乃大治起冢舍,周阁重门。初,武帝时,京兆尹曹氏葬茂陵,民谓其道为京兆仟。涉慕之,乃买地开道,立表署曰南阳仟,人不肯从,谓之原氏仟。"③又《汉故縠城长荡阴令张君表颂》:"故吏韦萌等,佥然同声,债师孙兴,刊石立表,以示后昆,共享天祚,亿载万年。"④又《造戾陵遏记》:"于是二府文武之士,感秦国思郑渠之绩,魏人置豹祀之义,乃遐慕仁政,追述成功。元康五年十月十一日,刊石立表,以纪勋烈,并记遏制度,永为后式焉。"⑤

其次,《元鲁县墓表》等九篇表文属于碑文中的墓表。吴讷《文体辨体序说》将碑分为墓碑、墓碣、墓表、墓志、墓记、埋铭:

墓表,则有官无官皆可,其辞则叙学行德履。墓志,则直述世系、岁月、名字、爵里,用防陵谷改迁。埋铭、墓记,则墓志异名。古今作者,惟昌黎最高。行文叙事,面目首尾,不再蹈袭。凡碑、碣表于外者,文则稍详;志、铭埋于圹者,文则严谨。其书法,则惟书其学行大节,小善寸长,则皆弗录。⑥

徐师增《文体明辨序说》以古代碑文功能、创作对象、创作内容为标准,将碑分为山川、城池、宫室、桥道、坛井、神庙、家庙、古迹、风土、灾祥、功德、墓道、

---

① (唐)元结:《舜祠表》,《元次山集》(卷八),第127页。
② (唐)元结:《崔潭州表》,《元次山集》(卷八),第130页。
③ (汉)班固:《汉书·原涉传》(卷九二),北京,中华书局,1964年,第3716页。
④ 阙名:《汉故縠城长荡阴令张君表颂》,《全后汉文》(卷一〇五),《全上古三代秦汉三国六朝文》,第1038页下。
⑤ 阙名:《造戾陵遏记》,《全晋文》(卷一四六),《全上古三代秦汉三国六朝文》,第2301~2302页。
⑥ (明)吴讷:《文章辨体序说》,王水照:《历代文话》(第二册),第1633页。

寺观、托物等①,其分类有重合交叉之处。综合二人对碑文的分类可知,元结的九篇表文则属于以颂功德为主的墓表文。

再次,元结墓表与常见的墓碑、墓碣有显著的区别。其一,从礼制上看,立碑需有一定的品级方可;墓表则有无官位皆可用之。据《隋书·礼仪志》:"三品已上立碑,螭首龟趺。趺上高不得过九尺。七品已上立碣,高四尺。圭首方趺。若隐沦道素,孝义著闻者,虽无爵,奏,听立碣。"②据《唐会要》,唐时规定五品以上官员可立碑,其他与隋制相同。"墓表,则有官无官皆可,其辞则叙学行德履。"③其二,从文本形态来看,墓碑与墓碣以铺陈、颂美为主,文风典雅雄浑,模式化的特点明显;相对而言,墓表由于使用范围更广,处士、禅师等皆可用之,墓表的个性化的特征更明显。其三,元结墓表有明确的文体意识。《左黄州表》:"如左氏世系、左公历官及黄之门生故吏与女巫事,则南阳左公能悉记之。"④《夏侯岳州表》:"至于公之世嗣与公官,则本县大夫李公状著之矣。"⑤以上所言表明元结对墓表的叙述对象有清醒的认知,文体分工意识明确。如元结《元鲁县墓表》:

  天宝十三年,元子从兄前鲁县大夫德秀卒,元子哭之哀。门人叔盈问曰:"夫子哭从兄也哀,不亦过乎礼与?"对曰:"汝知礼之过,而不知情之至。"叔盈退谓其徒曰:"夫子之哭元大夫也,兼师友之分,亦过矣。"元子闻之,召叔盈谓曰:"吾诚哀过汝所云也。元大夫弱无所固,壮无所专,老无所存,死无所余,此非人情。人情所耽溺喜爱似可恶者,大夫无之。如戒如惧,如憎如恶,此其无情,此非有心,士君子知焉,不知也?吾今之哀,汝知之焉,而不知也?"呜呼!元大夫生六十余年而卒,未尝识妇人而视锦绣,不颂之,何以戒荒淫侈靡之徒也哉!未尝求足而言利,苟辞而便色,不颂之,何以戒贪猥佞媚之徒也哉!未尝主十亩之地、十尺之舍、十岁之童,不颂之,何以戒占田千夫、室宇千柱、家童百指之徒也哉!未尝皂布帛而衣,具五味而食,不颂之,何以戒绮纨粱肉之徒也哉!於戏!吾以元大夫德行遗来世,清独君子、方直之士也欤!⑥

---

① （明）徐师增:《文体明辨序说·碑文》,王水照:《历代文话》(第二册),第2115页。
② 《隋书·礼仪志》(卷八),第157页。
③ （明）吴讷:《文章辨体序说》,王水照:《历代文话》(第二册),第1633页。
④ （唐）元结:《左黄州表》,《元次山集》(卷七),第106页。
⑤ （唐）元结:《夏侯岳州表》,《元次山集》(卷八),第122页。
⑥ （唐）元结:《元鲁县墓表》,《元次山集》(卷六),第82~83页。

第三章　至德至大历散文:文化精英与骈文的改造、古文的初盛 ·237·

试将该表文与李华同为元德秀所作《元鲁山墓碣铭》作一比较,有以下不同点:其一,从文章构成要素来看,元结仅提及了元德秀的卒年及德行,李华对元德秀的叙述较为全面,如讳、字、姓氏、乡邑、族出、行治、履历、卒日、寿年、妻、子、葬日、葬地等。其二,从叙述方式来,元结墓表以"元子"为特定叙述者,作者以"元子"的名义直接出现在文本中,显得真实可信,饱含深情;李华墓碣仍以惯用的第三人称为叙述者,作者并未直接出现在文本中,显得严肃公正。其三,从表达方式来看,元结墓表以元子与叔盈的对话结构全篇,以叔盈质疑元子对元德秀哭丧过礼为一抑,又以元子解释为情之所至自然流露为一扬,再以叔盈又一次质疑即便二人有兄弟之情兼师友之分,元子仍逾越礼制为一抑,终以元子颂元德秀高洁德行、诫失德者奢靡贪佞为结。全文抑扬顿挫,通过对话、对比等方式将元德秀之崇高品德凸显出来。相对而言,李华之墓碣仍然遵行通常的撰写手法,以叙述元德秀之为学、为官,颂扬元之德行为主,辅以细节刻画,全面而深刻,典雅有余而以情动人略有不足。

复次,徐师增《文体明辨序说》①把历代碑文分为三体:以叙事为主者为正体,以议论为主者为变体,以托物寓意者为主者为别体。综观元结九篇墓表文,《元鲁县墓表》以议论为主,通过对比的方式突显元德秀之廉洁高尚;《左黄州表》以叙事为主,叙述左振在黄州任刺史时减赋税、杀巫女二事以颂扬左氏之德;《哀丘表》前半部分叙述作表的缘由,后半部分借哀丘以宣扬正和仁义之德行,属于别体;《吕公表》前半部分叙述吕公在荆南的履历,后半部分颂扬吕公的明惠、威令、正直;《惠公禅居表》叙述惠公禅居蛇山时劝人耕织守信,使闾里得到教化,造福一方;《夏侯岳州表》先叙述作墓表之缘由,再言作者与夏侯公之交往始末,又言夏侯公任官时的斐然政绩与罢官后的淡然平易;《舜祠表》先简要叙述作表之始末,再论既然舜之德可与天地相类,为何会在百余岁高龄之时到万里之外的苍梧山,又入而不回。全文围绕着"惑"字着笔,惑于舜之死、民之忘,较之一味歌功颂德之表文,显得别开生面;《张处士表》通篇未言张秀之事迹,而借张秀之处士身份大做文章,表达对处士之高尚德行的钦佩与对处士之不被礼法所容的悲悯。综观九篇表文,多以叙事为主,开篇言作表之由来,简论碑主之事迹与品德,多为正体;其次借题发挥,以他人寓一己之意,《张处士表》尤为突出。其表文以叙述为

---

① (明)徐师增《文体明辨序说·碑文》:"故碑实铭器,铭实碑文,其序则传,其文则铭,此碑之体也。又碑之体主于叙事,其后渐以议论杂之,则非矣。故今取诸大家之文,而以三品列之:其主于叙事者曰正体,主于议论者曰变体,叙事而参之以议论者,曰变而不失其正。至于托物寓意之文,则又以别体取焉。或有未备,学者亦可以例推矣。"王水照:《历代文话》(第二册),上海,复旦大学出版社,2007年,第2115~2116页。

主,兼有议论与抒情,三者融而为一。

  总之,元结表文具有以下较为显著的特点:其一,就所属类别而言,由载体、创作动机、与碑主的关系、创作目的等因素观之,其表文属于碑记类,以叙述为主,议论为辅,着重刻画碑主人生片段或某个侧面,与一般碑记单纯彰显盛德不同,以彰盛德的方式讽刺失德者,再次展现出一以贯之的刺世疾邪的创作主题;其二,碑主的身份多样,包括前代帝王、官员、禅师、处士等,创作时间较为集中,除《元鲁山墓表》作于天宝十三载(754)之外,其余均为安史之乱后所作,写作模式亦随碑主的社会政治身份不同而挖掘其独特性,多是与作者同时代的亲友、上级,或叙述、或议论、或借题发挥,仍以叙述为主。其三,元结作墓表的目的在于劝世,以崇敬之情抒发景仰之意,树立道德楷模以警醒世人。与之形成鲜明对比的是,张说多数碑志目的在于颂美,力图不偏不倚;王维《大唐故临汝郡太守赠秘书监京兆韦公神道碑》等碑志则借他人之传记浇自己心中的块垒,融己情入碑志。

  元结曾于大历二年(767)编《文编》并作序,将其诗文创作分为"丧乱"前后两个阶段,其文云:

> 天宝十二年,漫叟以进士获荐,名在礼部。会有司考校旧文,作《文编》纳于有司。当时叟方年少,在显名迹,切耻时人谄邪以取进,奸乱以致身。径欲填陷阱于方正之路,推时人于礼让之庭,不能得之,故优游于林壑,怏恨于当世。是以所为之文,可戒可劝,可安可顺。侍郎杨公见《文编》,叹曰:"以上第污元子耳,有司得元子是赖。"叟少师友仲行公,公闻之,谕叟曰:"於戏!吾尝恐直道绝而不续,不虞杨公于子相续如缕。"明年,有司于都堂策问群士,叟竟在上第。尔来十五年矣,更经丧乱,所望全活,岂欲迹参戎旅,苟在冠冕,触践危机,以为荣利?盖辞谢不免,未能逃命。故所为之文,多退让者,多激发者,多嗟恨者,多伤闵者。其意必欲劝之忠孝,诱以仁惠,急于公直,守其节分。如此非救时劝俗之所须者欤?叟在此州,今五年矣,地偏事简,得以文史自娱。乃次第近作,合于旧编,凡二百三首,分为十卷,复命曰《文编》……①

天宝十四载(755),安禄山反,元结时年三十七岁,正值壮年。其父元延诚其

---

① (唐)元结:《文编序》,《元次山集》(卷一〇),第 154~155 页。

不得安于山林,应为朝廷效力①。可能是乏人引荐,也可能是照顾家人无暇分身,元结并没有立即入仕。至德元年举家南迁,先避难于猗玗洞,作《猗玗子》三篇,后于乾元元年居于瀼溪,作《浪说》七篇。于乾元二年(759)由苏源明举荐赴长安。天宝十四载至乾元二年,元结都为处士,作品的风格与内容与天宝时所作一脉相承。所以,以"丧乱"即安史之乱为界②分前后两期的话,自不算错,但过于笼统、模糊,如以乾元二年元结入仕③为界,更为合理、准确。元结前期身为布衣,创作以杂文为主,从政教、道德、世俗等层面针砭时弊,刺时疾邪,尖锐犀利,一针见血,意在戒劝;后期步入仕途,以应酬之文如表序等及山水铭、亭阁记为主,在继承前期讽时救世的基础上,更多地针对具体问题为文,洗练流畅,入木三分,而其游记简古浅显,朴拙奇崛。乾元二年之前,是元结古文创作最活跃的时期,他从各个层面剖析社会,揭示在盛世隐藏下的种种弊病,有破有立,意在救时劝俗。后期古文创作基本保持了固有的风格,但表现技巧略有变化。元结在朝任职之后,古文创作相对前期,稍有减少,仍然保持前期创作"愤世疾邪"的基本特色,但言辞要平和婉转得多,不再像前期杂文那般犀利尖刻,由揭露批判转为劝时救俗。这显然与其身份的转变有关,前为布衣,后为官吏。后期多为官场应酬往来之文以及山水铭、亭阁记等。

　　元结前后期散文内容及风格反差如此之大,原因在于元结社会身份、政治地位、人生心态的变化。概而论之,前期所作多为杂文,颇有处士横议的意味,此时元结身为一介布衣,可说是现实政治的旁观者,故能冷眼揭示当时社会及朝廷的种种丑态,并理想化地提出种种宏阔但缺乏可操作性疗救的方案;更因元结前期身历安史之乱,携家人亲族为避战火而远徙他乡,可说是战乱的最直接受害者,故论及战争、世态、人心等往往激愤峭厉、恣肆狂狷。后期所作多为官场应酬之文及山水铭记,风格日趋朴拙老健,原因在于元结此时已由布衣一跃成为朝廷的中级官员,可说是现实政治的参与者,虽冷峻犀利的眼光仍在,但已身历官场,明了其中种种无可奈何与辛酸苦闷,故对当权者的揭露相对而言就要和易蕴藉一些,所提出的种种方案更具体、更有可操作性,如《请收养孤弱状》、《请给将士父母粮状》、《奏免科率状》

---

① (宋)欧阳修等《新唐书·元结传》(卷一四三):"安禄山反,召结戒曰:'而曹逢世多故,不得自安山林,勉树名节,无近羞辱'云。"第4682页。
② 熊礼汇:《"救时劝俗"与"追复纯古"——元结古文创作论》,《佛山科学技术学院学报》(社会科学版)2005年第4期。
③ 学界通常以士人中举为入仕之始,但元结的情况较为特殊。他曾于天宝十二载举进士,天宝十三载擢进士第,但旋复归于商余,因此从严格意义上说,元结于乾元二年始于朝廷任职,正式入仕。

等;也因此时安史之乱已逐步平息,社会日趋走向正轨,自身的社会地位及生活状况较之前期有了很大的提高,痛定思痛之后,论及官场、人心、世态多了一些宽容之心,风格自然清峻通脱一些。总而言之,前期散文重在讽刺,以破为主,破中有立;后期散文重在劝诫,以立为主,立中有破。

  元结文最突出的成就在于革新文体,包括语言、结构、表现功能、表现内容、表达方式等方面,集中体现在杂文、杂记、山水铭等文体。元结文最显著的特点在于为文目的性强,喜用问对、赋法、寓言等表现形式,着意打破惯有结构,将议论与抒情融入记叙与描写之中,持论以儒道为基准,形成了激越劲拔与朴拙平淡之风。元结文是学者之文的典型代表,偏于从政教、道德层面观察时世,以刺世疾邪为手段,以救时劝俗为指归,目的在于在安史之乱后重建政教秩序,以恢复儒家伦理秩序。与萧颖士、李华等学者之文相比,元结创作实绩更高;萧颖士之文书生意气颇多,而识度不高;李华之文醇厚有余,而激越之情不足,不易动人。故元结堪为盛唐后期散文的代表作家。

  元结在散文发展史上最大的贡献在于全力作古文,主要表现在三个层面:其一,有明确的古文创作主张;其二,有显著的古文创作实绩,如杂文、山水铭、亭阁记、墓表等;其三,有明晰的文体复古意识,如"三谟"的创作。"谟"属于《尚书》六体之一,如《皋陶谟》以对话的形式记禹、皋陶、伯益与帝舜谋议国事之言,后来其文体功能逐渐被章表代替,即"是以章式炳贲,志在典谟"①,后世以"谟"命名之文甚少见。元结作《元谟》、《演谟》、《系谟》,借天子与纯公的对话来表达实现"昌道"的依据、具体步骤等。诚如宋人董逌诚所说:"尝谓唐之文敝极矣,(元)结以古学为天下倡,首芟擢蓬艾,奋然拔出数百年外。故其言危苦险绝,略无时习态,气质奇古,踔厉自将……大抵以简洁为主。韩退之评其文谓以所能鸣者。余谓唐之古文自结始,至愈而后大成也。"②

---

① (梁)刘勰著,黄叔琳等注:《增订文心雕龙校注·章表》,第307页。
② (宋)董逌:《磨崖碑》,(宋)董逌:《广川书跋》(卷八),北京,中华书局,1985年,第93页。

第四章　盛唐散文的文体新变
——以序文、判文、壁记、律赋、干谒文为中心

　　从文体角度纵观古代散文的嬗变过程,可谓是"其为体也屡迁",大体经历了五个发展阶段。先秦是散文的滥觞期,文体意识开始萌芽,《尚书》中有"典"、"谟"、"誓"、"训"、"命"等文体,散文以实用、纪实为主,依附于经史诸子,尚未独立成体。秦汉时期是散文的形成期,"文章各体,至东汉而大备"①。文体意识逐渐明晰,东汉蔡邕《独断》②将以天子名义发布之文分为四类:策书、制书、诏书、戒书;将群臣的上书分为四类:章、奏、表、驳议。这八种文体也是当时最为重要、应用最广泛的文体。此外,蔡邕的《铭论》是我国最早的文体论。逮及魏晋南北朝,文章理论著述层出不穷,如曹丕《典论·论文》、桓范《世要论》、陆机《文赋》、李充《翰林论》、挚虞《文章流别论》,至任昉《文章缘起》、刘勰《文心雕龙》,在总结前代文体学研究基础上又有新的创获,更趋系统化、规范化,标志着各类文体已经趋于定型。唐代的散文创作,诸体兼备,尤为值得注意的是盛唐时期如序文、判文、壁记、律赋、干谒文等文体,在文体规范、体式、表达功能等方面有重要开拓,成为文体的开拓期。而宋元明清时期因多变少,可说是集大成时期。

　　盛唐散文在继承前代散文的基础上,自出机杼,自成一家。盛唐时期如序文、判文、壁记、律赋、干谒文等文体的拓展与创新是一个不容忽视的重要原因。"文体是指一定的话语秩序所形成的文本体式,它折射出作家、批评家独特的精神结构、体验方式、思维方式和其他社会历史、文化精神。上述定义实际上可分为两层来理解,从表层看,文体是作品的语言秩序、语言体式;从里层看,文体负载着社会的文化精神和作家、批评家的个体的人格内涵。"③关于盛唐各类文体的拓展以及文体革新所折射出的文化精神及个体

---

① 刘师培:《中国中古文学史讲义》,南京,江苏文艺出版社,第21页。
② (汉)蔡邕:《独断》,上海,上海古籍出版社,1990年。
③ 童庆炳:《文体与文体的创造》,昆明,云南人民出版社,1994年,第1页。

的人格内涵,学界或一笔带过,或"视而不见",尚未有较为深入的探讨。有鉴于此,本章拟探讨序文、判文、壁记、律赋、干谒文等文体的渊源流变、文体特征、美学特征和文化涵蕴。

本章对序文、判文、壁记的研究拟从体制、语体、体式、体性四个层面切入,观其传承,明其变化。在分析作者是否满足文体基本要求的同时,再着力分析作者在各类文体中所表现出的个性特征,即其独特的技巧、方法,即用字(包括虚字和实字)、句法、用韵、结构、章法、格调、用典、文气、理路、语序等。最后分析书写者的话语位置,分析文体书写惯例中所隐藏的权力话语的逻辑与行为方式。本章对律赋、干谒文的研究则从美学观念、政局迁转、文化转型、士人性格等角度揭示形成其艺术特色、演变规律的深层原因。

序文是古代散文重要文体之一,可分为三类:书序、游宴序、赠序。盛唐书序文体创新不足,因多革少。盛唐游宴序重在描写游宴场面和表现宴集之乐、游赏之兴,包括宴集序与游赏序,官宴序与私宴序,具有集体性、功利性的特点。以陈子昂《别中岳二三真人序》为代表的赠别序,由附属于赠别诗而开始脱离赠别诗、独立成文,从最初的偏重交际性、抒发类型化的离情别绪,转而偏重表达个性化的不平之气、不遇之感,对中唐韩柳赠序文有重要影响。

判文包括案判和拟判。案判是官员在处理各种纠纷后的判决文书。拟判是朝廷为提高、考核预备官员处理公务而设置的铨选科目之一。拟判是铨选四科中最为重要的一科,在士人政治生活中占有极为重要的地位。拟判作为一种重要的科考行为和科考文体,是由(主)考与(应)试双方共同完成的问答活动的书面记录。拟判由判目与判对构成,判目多用散体文,由问头、问项、问尾三部分构成;判对多用四六,具有"体式化"、"艺术化"的特征。最后,简要分析了拟判重文轻理的原因。

盛唐壁记基本确立了三段式的结构及以叙述为主的表现手法,开篇叙述某官职的历史沿革,或所在州县的人文、风俗、辖区、地理等,中篇颂美历任者的才德,末篇叙述作记的缘由、目的以及作者、时间等,目的是便于后来者或继任者浏览、查阅,有简明历史档案的作用。安史乱后,以元结《刺史厅记》为代表的壁记打破了惯有的三段式结构,由重叙述渐变为重议论,由常规的叙述官职沿革变为偏重讨论官吏的职责,由一味地颂美前任或在任者的才德变为严肃地批评前任者的懒政或苛政。作壁记的目的由记录档案、便于查阅渐变为彰善识恶、述治民之道。就壁记与题记的关系而言,壁记初附属于题记,后逐步脱离题记而单独成文。

律赋是唐赋中极为重要的种类之一,至盛唐始大盛。进士科于永隆二年始试杂文,并于神龙元年最终确立三场试,由试策加试杂文的原因在于策文的题目过于集中,难以考察士人的真实水平。而进士科所试杂文由箴颂、铭表、诗赋等调整为专试诗赋,原因在于诗赋更能展示才华,且题目千变万化,检测更具可操作性。

干谒文是盛唐散文中极具特色的一类文章。本章将分析盛唐干谒文所隐含的社会风尚、社会心态、士人性格等问题,探讨盛唐文人的行为心态、精神风貌和人格追求,把握盛唐散文的艺术突破与独特魅力。首先,分析盛唐干谒之风盛行的原因。其次,分析干谒文中所存在的矛盾现象。历来多以干谒为耻,盛唐士人却何以能在干谒文中仰天长啸、慷慨激昂?笔者将其概括为"以文抗势"。"创作者的神圣性"以及儒家的才德优越观念是"以文抗势"的思想基础;盛唐时源于科举、政治的尚文之风,"燕许"、张九龄等以文章进用位至台辅的成功榜样以及社会对才学之士的宽容与崇拜,是"以文抗势"的现实支撑。再次,从虽"耻干谒"但又"事干谒"这种矛盾现象切入,分析盛唐干谒文与盛唐文人矛盾人格即依附与独立并存、媚俗与高尚相间的关系。最后,从干谒者自誉的内容及表达方式、干谒者誉人的内容及表述方式、干谒目的及诉求方式等方面比较了盛唐干谒文与宋代三苏干谒文的异同。

综上,各类文体诸如序文、判文、壁记、律赋、干谒文在盛唐时期得到了长足发展。毋庸讳言的是,各类文体的具体发展状况又是不均衡的。如序文中的宴集序在盛唐时期作者、作品甚多,达到了极度繁荣的程度;而序文中的赠别序则逐渐脱离赠别诗而独立成文,确立了赠别序的基本结构与表现功能。

第一节 游宴序的兴盛与赠别序的生成

序文是古代文学重要文体之一,"王懋公曰:概论诗文,当先文而后诗。专以文论,又当先序而后及他文……自古迄今,文章用世惟序为大,更无先于此者"①。序文至初盛唐有了长足发展,书序继续发展,游宴序体制定型且极度繁荣,赠别序开始脱离赠别诗而独立成文。书序以总集序和诗集序为多,叙述作家生平,借阐明文集旨意与体例以表达作者的文学见解与主

---

① (清)王之绩:《铁立文起》(前编卷之一),王水照编:《历代文话》(第四册),上海,复旦大学出版社,2007年,第3653页。

张。相对其他两种序文,初盛唐书序因多革少,且多被纳入文学理论研究,故本文不作讨论。

一、"序"释名及序文的缘起、流变

所谓"序",从广,予声,与房屋有关。《说文解字》:"序,东西墙也。"段玉裁注:"《释宫》曰:'东西墙谓之序。'按,堂上以东西墙为介。《礼经》谓阶上序端之南曰序南,谓正堂近序之处曰东序、西序……又攵部曰:'次弟谓之叙。'经传多假序为叙。《周礼》、《仪礼》序字,注多释为次弟是也。又《周颂》:'继序思不忘。'传曰:'序,绪也。'此谓序为绪之假借字。"①"序"本义为墙,后被假借为"叙",引申为次第、次序之义。明代贺复征云:"序,东西墙也。文而曰序,谓条次述作之意,若墙之有序也。"②"序"作为文体出现,滥觞于传注家对先秦文化典籍的阐释。颜之推《颜氏家训·文章篇第九》:"夫文章者,原出《五经》;诏命策檄,生于《书》者也;序述论议,生于《易》者也。"③《易》包括卦象、卦爻辞及《系辞》、《序卦》等。颜之推认为,"序"源自《易》,更确切地说源自包括《系辞》、《序卦》等的易传。姚鼐《古文辞类纂》亦云:"序跋类者,昔前圣作《易》,孔子为作《系辞》、《说卦》、《文言》、《序卦》、《杂卦》之传,以推论本原,广大其义。《诗》、《书》皆有序,而《仪礼》篇后有记,皆儒者所为。"④《系辞》一篇从整体上讨论了《周易》的性质与体例、八卦的起源、卜筮的原则等,初步具备了序文的某些质素。"序"作为一种文体出现始于《诗大序》,它继承了先秦儒家的诗教说,提出了"诗六义",全面阐释了《诗》的性质、功用、内容、体裁和表现手法。吴讷《文章辨体序说·序》:"序之体,始于《诗》之《大序》。首言六义,次言《风》、《雅》之变,又次言《二南》王化之自。其言次第有序,故谓之序也。"⑤诗小序则位于具体篇章之前,说明诗歌主旨和撰写的缘由。

继《诗大序》后,又有刘向《战国策序》、郑玄《诗谱序》、杜预《春秋左氏传序》等,均是从他者视角阐释先秦典籍,偏重议论,可简称为"他序"。刘知几《史通·序例》卷四云:"孔安国有云:《序》者,所以叙作者之意也。窃以《书》列典谟,《诗》含比兴,若不先叙其意,难以曲得其情,故每篇有序,敷

---

① (汉)许慎著,段玉裁注:《说文解字注·广部》,上海,上海书店出版社,1992年,第444页。
② (明)贺复征:《文章辨体汇选》(卷二八一),《景印文渊阁四库全书》(第1405册),台北,商务印书馆,1987年,第408页。
③ (北齐)颜之推:《颜氏家训·文章篇第九》(卷四),北京,中国文史出版社,2003年。
④ (清)姚鼐:《古文辞类纂·目录》(上),北京,中国书店,1986年,第3页。
⑤ (明)吴讷:《文章辨体序说·序》,王水照编:《历代文话》(第二册),第1622页。

畅厥义。降逮《史》、《汉》,以记事为宗,至于表志杂传,亦时复立《序》。文兼史体,状若子书,然可与诰、誓相参,风、雅齐列矣。"①刘氏引孔安国之说,意在说明所谓"序"在于阐明作者之意,"敷畅厥义"。

司马迁作《太史公自序》,叙述著述《史记》的经过、篇次、体例和要旨以及自己的家世、生平遭际,从他者阐释变为作者的自我阐释,以叙述为主,可简称为"自序"。司马迁之后,又有班固《汉书·叙传》、王充《论衡·自纪篇》,虽未以"序"名篇,但都具有自序的要义,又有许慎《说文解字序》,历叙文字起源、发展历程及著书指归。此后,不仅"表志杂传亦时复立序",赋、碑也立序叙述作者之旨意,且多属"自序"。

《文心雕龙·诠赋》云:"夫京殿苑猎,述行序志,并体国经野,义尚光大,既履端于倡序,亦归余于总乱。序以建言,首引情本;乱以理篇,迭致文契。"②"序"通常位于辞赋的开篇部分,以主客问答的形式出现,目的在于引起正文的铺陈,叙述作赋的缘由。如司马相如《子虚赋》篇首以子虚与乌有先生的对话引起下文,但并没有阐明作者创作本意及文本大意的作用,仅是作者的写作策略而已,可看作是赋序的萌芽。赋前有"序",大约是从扬雄开始的,如其《甘泉赋》、《河东赋》、《羽猎赋》等赋前都有序,但上引诸赋序多系后人从《汉书》中辑录而来,赋与赋序的关系尚值得商榷,故以上诸序尚不是严格意义的自序文。"真正的赋序大约出现在东汉时代"③,如桓谭、傅毅、崔骃、班固等人所作的赋,前都有序,交代作赋时间、缘起、宗旨等。东汉时,碑序的体式也渐趋成熟、固定化,碑序不仅仅在于叙作者悼念、颂扬之意,而是以述亡者的姓名、籍贯、仕宦、生平等内容为主,可说是序文内涵的进一步扩大。

在毛诗序、赋序、碑序等的影响下,诗序开始大量出现。现存较早的诗序是汉代张衡的《怨诗》,诗前有序:"秋兰,咏嘉美人也。嘉而不获用,故作是诗也。"④但《诗纪》、《广文选》都不载此诗序,显系后人伪托。现存曹植《赠白马王彪》诗前有序。该诗最早见于《魏氏春秋》,但未见序文。《文选》李善注云,此诗本集题为《于圈城作》,又曰:"黄初四年五月,白马王、任城

---

① (唐)刘知幾著,赵吕浦校注:《史通新校注·序例》(卷四),重庆,重庆出版社,1990年,第207页。
② (梁)刘勰著,黄叔琳等注:《增订文心雕龙校注·诠赋》,第96页。
③ 吴承学:《诗题与诗序》,吴承学:《中国古代文体形态研究》,广州,中山大学出版社,2000年,第80页。
④ (汉)张衡:《怨诗》,逯钦立辑校:《先秦汉魏晋南北朝诗》"汉诗"卷六,北京,中华书局,1983年,第179页。原文句读为"秋兰,咏嘉美人也。嘉而不获,用故作是诗也。"语气似不畅,根据上下文,故改。

王与余俱朝京师,会节气,日不阳,任城王薨。至七月,与白马王还国。后有司以二王归蕃,道路宜异宿止。意毒恨之。盖以大别在数日,是用自剖,与王辞焉。愤而成篇。"①该文阐明了作诗的缘起以及主旨,但李善并没有明确说这段话是曹植诗的自序,或许它只是言该诗之本事,故是否确为此诗序文,尚待考究。可以确定为作者自拟的叙事性小序,大概在晋代开始流行,傅咸、嵇含、陆机、陆云、张翰等均曾作诗序,可见在当时撰写诗序已经成为普遍的创作行为,逐渐成为一种文体自觉。诗序发展至陶潜,已经相当成熟,其诗序共有十三首,是晋时诗序之冠。如其《归去来兮辞序》阐明了归隐田园的缘由、自己的志向、性格等,语言浅白朗畅,风格自然真率、冲淡虚静,完全可独立成文。除诗序外,魏晋六朝时期还出现了赞序、颂序、论序、箴序、记序、图序、谱序、药方序、游宴序、赠别序等,序可说是无所不包,但仍以为典籍和诗歌作序为主。

二、序文分类

《文苑英华》将序文分为文集、游宴、诗集、诗序、饯送、赠别、杂序七类,"文集"、"诗集"、"诗序"实际上都是为文籍作序,可归入一类。《唐文粹》将序文分为十三类:集序、天地、修养、琴、博弈、鸟兽、果实、著撰、唱和联题、歌诗、赐宴、燕集、饯别,分类趋于繁琐,且分类标准并不一致,缺乏分类的意义,如"集序"、"天地"、"著撰"等都属于书序。真德秀在《文章正宗》中将序文分为"议论"和"叙事"二体,由繁入简,从表达功能着眼,分类更切近序文的本质。徐师曾《文体明辨序说》:

  按《尔雅》云:"序,绪也。"字亦作"叙",言其善叙事理、次第有序若丝之绪也。又谓之大序,则对小序而言也。其为体有二:一曰议论,二曰叙事。宋真氏尝分列于《正宗》之编,故今仿其例而辩之。其序事又有正、变二体。其题曰某序,曰序某;字或作序,或作叙。惟作者随意而命之,无异义也。至唐柳氏有序略之名,则其题稍变,而其文益简矣。②

徐师曾的分类标准明显受《诗大序》与《诗小序》的影响,而"议论、叙事"之分,大体也反映了两类序文最初的写法特征,即以他者视角撰写的序文,侧重议论,以阐明、揭示该书的主旨、意义,而自序则侧重记叙,如实地把创作

---

① (梁)萧统编,李善注:《文选注》(卷二四),北京,中华书局,1977年,第340页。
② (明)徐师曾:《文体明辨序说》,王水照编:《历代文话》(第二册),第2106页。

作品的原因、经过、体例等清晰地表述出来。吴讷《文章辨体序说》：

> 东莱云："凡序文籍，当序作者之意；如赠送、燕集等作，又当随事以序其实也。"大抵序事之文，以次第其语、善叙事理为上。近世应用，惟赠送为盛，当须取法昌黎韩子诸作，庶为有得古人赠言之义，而无枉己徇人之失也。①

吴讷认为，序大致可以分为三类：文籍序、赠送序、宴集序，从序文内容切入，更符合序体的文学本质，也更便于学术研究。

朱荃宰《文通》：

> 叙者，所以叙作者之意，谓其言次第有叙，故曰叙也……若书叙、寿叙、赠序、别叙、贺叙、名叙、字叙，盖不可殚述。以叙事为正体，参以议论者为变体。②

朱氏也是从内容入手，但分类过于繁琐。贺复征《文章辨体汇选》按照序文内容将序文分为经、史、文、籍、骚赋、诗集、文集、试录、时艺、词曲、自序、传赞、艺巧、谱系、名字、社会、游宴、赠送、颂美、庆贺、寿祝，又按照其体式将其分为排（俳）体、律体、变体等，分类繁琐之极，且分类有交叉、重复，已失去了分类的意义。又批评《文章正宗》将序分议论、序事二体，认为序既可序事，又可议论；一篇之中，忽而叙事，忽而议论。其揭示出议论与叙事两种写作手法在序文中的交叉、融合情况，即为他人的著作写序，不一定只是阐释、评价，亦可重在记叙，反之，为自己的诗文作序，除记叙之外，也可通过议论来揭示作品旨意。前者如任昉《王文宪集序》，他以"门人"的身份为王俭的文集作序，对其文集并未作过多的评价、阐释，而是偏重记叙王氏的生平行事；后者如陈子昂《与东方左史虬修竹篇序》，对东方虬的生平只字未提，其目的在于借批评《修竹篇》来表达自己的诗美理想。可见，创作序文的关键不在于采用何种表达方式，而在于如何恰切地运用或议论、或记叙的方式以实现写作目的和美学追求。王之绩曰：

> 序之体，议论如周卜商《诗序》，叙事如汉孔安国《尚书序》，变体如

---

① （明）吴讷：《文章辨体序说·序》，王水照编：《历代文话》（第二册），第1622页。
② （明）朱荃宰：《文通·序》（卷一〇），王水照编：《历代文话》（第三册），第2826页。

韩愈《送李愿归盘谷序》。有谓序文,叙事者为正体,议论者为变体。此说亦可救《明辨》先议论后叙事之偏。①

王氏囿于崇古贱近之见,无视序文的创新,缺乏文体通变意识。姚鼐《古文辞类纂》将序分为序跋与赠序。序跋又分为史传序、诗文集序及跋语;赠序又分为赠别文和寿序文等。姚鼐将序文分为两大类,且首次提出"赠序"之名,见解卓越。但姚鼐的序文分类忽略游宴序,尚有缺漏。吴曾祺《涵芬楼古今文钞》的序文分类承姚鼐的序文两分法,但在小类的分类上更趋细密,其将序跋细分为序、后序、序录、序略、表序、跋、引、书后、题后、题辞、读、评、述、例言、疏、谱;赠序细分为序、寿序、引、说。吴氏的分类标准较为混乱,或以序所处的位置分类,或以内容为别。

笔者立足于盛唐序文的发展状况,将序文分为三类,即诗文集序、宴集序、赠别序。诗文集序大都阐明文学主张及文本意义,学界多将其纳入文学理论范畴。本节将着重探讨在盛唐时期最具新变且最终定型的游宴序与赠别序。

三、游宴序的兴盛

游宴序创作至盛唐进入极度繁荣时期。游宴序以叙述游宴生活为主,重在描写游宴场面,抒发主体或欢愉、或惆怅之情感,末尾申说写作缘由,具有集体性、功利性的特点。从叙述的侧重点来看,可分为宴集序与游赏序;从举办游宴的组织者来看,可分为官宴序与私宴序。魏晋是游宴序创作的滥觞期,《全上古三代秦汉三国六朝文》收录游宴序十二篇,但大部分篇幅短小,三言两语而已,尚不能独立成文,如潘尼的《七月七日玄圃园诗序》:"七月七日,皇太子会于玄圃园,有令赋诗。"②仅简要交代了赋诗的时间、地点、组织者等信息。直至王羲之《三月三日兰亭诗序》才以其独特的魅力基本确立了游宴序创作之基本风貌,其融叙事、抒情及议论为一体的创作手法对后世游宴序影响深远。

(一) 宴集序与游赏序

所谓宴集序,是指为设宴聚饮所作之序,以描绘宴会场面为主,重在烘托宴集时的欢乐气氛,抒发或爽朗欢快、或抑郁不遇之情。宴集序创作数量

---

① (清)王之绩:《铁立文起》(前编卷一),王水照编:《历代文话》(第四册),第3654~3655页。
② (晋)潘尼:《七月七日玄圃园诗序》,《全晋文》(卷九四),《全上古三代秦汉三国六朝文》,第2001页。

甚多,是游宴序的主体部分,最能代表游宴序的本质特征。在唐代约有七十九篇之多,从时间分布来看,多集中于初盛唐时期,尤以盛唐宴集序能代表其整体风貌。游宴序在盛唐繁盛的原因在于当时承平日久,天下无事,皇帝常赐宴群臣,上行下效,整个社会宴集之风极盛,加之盛唐时政治清明,国家富强,百姓富庶,上至君主,下至百姓,既有追求声色犬马、歌舞宴游之"雅兴",又有承办宴集所需的充沛丰足的物质财富作支撑,游宴之风遂风靡大唐,大量创作的宴集序就是其副产品。胡震亨曾云:"有唐吟业之盛,导源有自。文皇英姿间出,表丽缛于先程;玄宗材艺兼该,通风婉于时格……上好下甚,风偃化移……于时文馆既集多材,内庭又依奥主,游宴以兴其篇,奖赏以激其价。"①胡氏曾对唐代帝王宴请游玩赋诗的情况作过统计:高祖:2次;太宗:12次;高宗:5次;中宗:37次;玄宗:20次;肃宗:1次;德宗:8次;文宗:3次;宣宗:2次。中宗宴集次数最多,玄宗次之,可见初盛唐宴集之盛。

盛唐宴集序以李白的《春夜宴从弟桃花园序》最为著名。其文云:

夫天地者,万物之逆旅也;光阴者,百代之过客也。而浮生若梦,为欢几何?古人秉烛夜游,良有以也。况阳春召我以烟景,大块假我以文章。会桃李之芳园,序天伦之乐事。群季俊秀,皆为惠连;吾人咏歌,独惭康乐。幽赏未已,高谈转清。开琼筵以坐花,飞羽觞而醉月。不有佳咏,何伸雅怀。如诗不成,罚依金谷酒数。②

清人孙梅云:"太白诸宴集序,《雅》思《骚》骨,俪而逸者。要之,词人无此笔,终不免为积卷所沉没。"③该序本为家人宴集而作,叙其人生苦短、及时行乐之意,但李白却从天地万物切入,发论极其高旷,"只起手二句便是天仙化人语,胸中有此旷达,何曰不堪?宴春夜桃李,特其寄焉耳。"④虽有"浮生若梦"的感慨,但没有引发低沉颓废的情绪,反而激起李白对生命的深深依恋和执着追求,给文章平添一层洒脱高旷的气韵。后写饮酒长歌,抚琴咏诗,坐花醉月,幽赏雅怀,无不在潇洒风尘之外,无不在逸情幽趣之中,"小小

---

① (明)胡震亨:《唐音癸签·谈丛三》(卷二七),上海,古典文学出版社,1957年,第234页。
② (唐)李白:《春夜宴从弟桃花园序》,《李太白全集》(卷二七),第1292页。
③ (清)孙梅:《四六丛话》(卷三二),北京,人民文学出版社,2010年,第647页。
④ (清)过珙:《详订古文评注全集》,转引自(清)吴楚材、(清)吴调侯选注:《汇评详注古文观止》(下),天津,天津古籍出版社,2010年,第428页。

文字,豪气殆高千百丈"①。末尾一反大多序文的模式化叙述,从反面落笔,如诗不成,罚酒三斗,自然亲切,妙趣横生,给人以幽默之感,也表现出兄弟叔侄之间的亲情。全文不足120字,化议论为形象化抒情,即事抒怀,兴发感动,纷至沓来,让情绪自由自在地徜徉于天地人生、良辰亲情之间,抒发了对春天、大自然和天伦之乐的热爱与叹赏,抒发了人生苦短、时不我待的感慨,展现出潇洒放旷、超然物外的情怀。该序结构颇为精巧紧凑,一句一转,一转一意,"转落层次,语无泛设;幽怀逸趣,辞短韵长。读之增人许多情思"②,衔接灵巧,文气流走,有排山倒海之势;同时又紧扣题意,题目中的每个字都在文中落实,一一呼应。序文虽有感叹"浮生若梦,为欢几何"的哀伤,但并未有消沉颓废的气息。文笔清新流畅,语言天然去雕饰,感情真挚热烈,格调轻快爽朗,令人赏心悦目,不愧"短文之妙,无逾此篇"③之极誉。

游赏序是指因游览、观赏所作之序,虽也描述文人宴集的场面,但侧重写游玩之乐、观赏之趣、怡然之情、自然之美。游赏序创作数量并不多,在唐代约有二十二篇,主要集中在初盛唐时期。如张九龄《岁除陪王司马登薛公逍遥台序》引人入胜,雅趣十足,使人有身临其境之感。其文云:

故郡城有荒台焉,虽层宇落构,而遗制肖然,邑老相传,斯则薛公道衡之所憩也。薛公不容隋季,出守海隅,岂作台榭以崇奢?盖因丘陵而视远,必有以清涤孤愤,舒啸佳辰,寄文翰以相宣,仰风流而未泯。今司马公英达好古,清誉满时,迹有忤于贵臣,道未行于明主。以长沙下国,同贾谊之谪居;六安远郡,无桓谭之不乐。尝以为仁不异远,必敷政以爱人;穷当益坚,已坦怀而乐地。属府庭闲暇,江浦清明,南土阳和,觉寒氛之向尽;东郊候暖,爱春色之先来。于是命轻舸以乘流,趣高台而降望。越荒堞,披古道,跻隐嶙而三休,俯芊绵而四极。其远则烟连井墟,指瓯貊以南驰;云合山川,踞荆吴而北走。其近则深溪见底,鳞介之所出没;乔林夹岸,羽毛之所翱翔。悠哉薛公,无不寄也!意神期之可接,陟彼峻隅;想风景之不殊,剪为茂草。司马公又以为岘山故事,感羊祜以兴言;湘水遗风,怀屈原而可作。况登高能赋,得无述焉?某实小人,受教君子,虽羲之乐会稽之士,自与许询;而仲举礼豫章之人,复招

---

① (清)谢有煇:《古文赏音》,转引自吴楚材、吴调侯选注:《汇评详注古文观止》(下),第427页。
② (清)吴楚材,(清)吴调侯选注:《汇评详注古文观止》,第427页。
③ (清)李扶九,(清)黄仁黼:《古文笔法百篇》(卷一四),西安,三秦出版社,2005年,第231页。

徐孺。是日也,群英在焉,猬惟陋才,忝陪下列,祗命为序,请各言诗。①

开篇破题,先言逍遥台之地理位置及大致轮廓。再由逍遥台论及修建此台的薛道衡,薛氏才高遭忌,被贬于海隅,不得已作台以登高视远,借啸傲以表风流,寄文翰以泄孤愤,暗有为王司马及自己鸣不平之意。然后论及此次游玩的中心人物王司马,王氏颇有贤德、才学,清誉满天下,却因得罪权贵而被贬,无法施展雄图伟志。即便如此,仍尽心尽责,仁爱百姓,穷且益坚,坦怀乐地。因恰逢闲暇,又属风和日丽,遂于公事之余,邀朋请友,乘轻舟,登高台,越荒堞,行古道,跻隐嶙,览四极。眺望远处,则炊烟阵阵,墟井处处,欧貊点点,云彩朵朵;俯看近处,则游鱼于清溪中怡然自乐,欧鸟于天空自由翱翔。末以"岘山故事""湘水遗风"为比,申说作文缘由。该序语言典雅,语气舒缓,娓娓道来,从容不迫,风格含蓄蕴藉、和易柔婉。

(二)官宴序与私宴序

所谓官宴序,即为朝廷举办的宴集而作,其序文语言典丽精工,风格雍容雅致,多以描写宴集时的豪华场面、奢侈陈设、歌舞音乐为主,目的在于宣扬皇帝之圣德,夸耀大唐之声威,以当朝权贵为核心,具有明显的政治性。如张说《宴会南省就窦尚书山亭寻花柳宴序》:

寻花柳者,上赐群臣之宴也。大哉春气,同夫圣心,无物不荣,有情咸达。况乃五教敷洽,万邦怀和,尉候惊而莫犯,刑法存而不用。历观近古,此遇良难。诸公入金门,侍瑶殿,窈窕云阁,葳蕤华绶,不亦泰乎?然王事靡盬,夙夜在公,接良会于恺怿,散烦襟于清旷,不亦佳乎?尔其嘉宾,远集胜赏,斯备召丝竹于伶官,借池亭于贵里,雕俎在席,金羁临门。远山片云,隔层城而助兴;繁莺芳树,绕高台而共乐。旨酒未缺,方塘半阴,合陈既醉之诗,以永太平之日。②

开篇即明言此次宴集是皇帝所赐,在于称颂玄宗体恤臣下之德。接着颂扬大唐帝国国泰民安、四夷臣服、百姓淳朴的大好形势,暗赞玄宗励精图治、治国有术,方能开创开元盛世。然后,从与宴者着眼,先论述群臣的优渥生活,隐隐透露出以张说为首的群臣志得意满之态。再以"接良会于恺泽,散烦襟

---

① (唐)张九龄:《岁除陪王司马登薛公逍遥台序》,熊飞校注:《张九龄集校注》(卷一七),第887页。
② (唐)张说:《宴会南省就窦尚书山亭寻花柳宴序》,熊飞校注:《张说集校注》(卷二八),第1337页。

于清旷"转入正题,即对宴集场面的刻画,有丝竹之美,池亭之赏、雕俎之胜、仪仗之盛、风物之助兴,繁莺之共乐,描写细腻、铺陈之极。最后邀请与宴者陈诗以咏太平。语言富丽得体,雅有典则,骈散兼行,以骈为主,呈现出典雅平正之美。

所谓私宴序,即为私人举办的宴集所作,与会者多为亲朋、故旧,由于少了官方宴会的种种拘忌,作者可以畅所欲言,无所顾忌,更能见其性情、雅趣。如独孤及《仲春裴胄先宅宴集联句赋诗序》,语言流畅明白,饱含真情,风格放浪不羁。全文如下:

> 先是,先清明一日,右金吾仓曹薛华,陈嘉肴,酾清酤,会河东裴冀、荥阳郑衷、河南独孤及于署之公堂。引满举白,自午及子,促席于花阴,赋诗于月波,乐极不醉,夜艾而罢。后清明三日,二三子春服成,思欲修好寻盟,选胜卜昼,裴侯是以再有投辖之会。是会也,郑不至,吾兄惠然而来。堂有琴,庭有筱,芳草数步,落花满席。中和子冠乌纱帽,相与箕踞嗢噱,傲睨相视,称觞乎其间。趣在酒中,判为酩酊之客;家本秦也,能无呜呜之声? 其诗云:"上天垂光兮熙予以青春,今日何日兮共此良辰。与君觚浊醪而藉落英兮,不知年华之相亲。寨淹留以醉止,孰云含意而未申?"歌数阕,裴侧弁慢骂曰:"百年欢会,鲜于别离,知开口大笑几日? 及此日新无已,今又成昔。不纪而赋之,如春风何?"其演为连珠,以志此会。①

此序实际上叙述了两次私人宴集。先是清明前一日,薛华置酒邀请三四友朋赏花赋诗,纵情欢乐,乐极而醉,极欢而散。接着清明后三日,再次相聚于裴冀家中,环境清幽,有丝竹之雅,"芳草数步,落花满席"。中和子放荡不羁,醉而赋诗,有乐极而衰、借酒浇愁之意,传达出淡淡的忧伤;歌罢,裴冀笑骂其煞风景,欢会之日不应言离别之意。最后独孤及言明作此序之目的在于"志此会"。该序文风清峻通脱,嘻笑哀乐皆成文章。通过细节诸如"傲睨相视"、"侧弁慢骂"、"开口大笑"等刻画人物性格,声口毕肖,如在眼前,中和子的张狂恣肆,裴冀的朴拙幽默,跃然纸上。此序跳出宴集序程序化的叙述,力图写出每位与宴者的独特个性以及朋友之间的深情厚谊,骈散兼行,以散为主,文气跌宕起伏,摇曳生姿。

---

① (唐)独孤及:《仲春裴胄先宅宴集联句赋诗序》,刘鹏、李桃校注:《毘陵集校注》(卷一四),第316~317页。

四、赠别序的生成

所谓赠别序是指离别之际赠送给亲朋师友的序文,是赠序的一种,从诗序演变而来。《古文辞类纂》云:

> 赠序类者,老子曰:"君子赠人以言。"颜渊、子路之相违,则以言相赠处。梁王觞诸侯于范台,鲁君择言而进,所以致敬爱、陈忠告之谊也。唐初赠人,始以序名,作者亦众。至于昌黎,乃得古人之意,其文冠绝前后作者。①

姚鼐认为赠别序是古代"君子赠人以言"的遗风,确有其道理,但赠别序并非始于唐,远在西晋傅玄就创作了《赠扶风马钧序》,潘尼有《赠二李郎诗序》,陆机《赠弟士龙诗序》,以及陶渊明《赠长沙公族祖诗序》等②,但尚属偶然为之,形制也短小,如陶渊明《赠羊长史》前有小序"左军羊长史,衔使秦川,作此与之"③,仅十三个字。此时还没有形成明确的"赠序"意识,也还未形成相应的文体规范,可看作是赠别序的滥觞时期。

降及唐初,赠别序的体制正式形成,在序文中处于极为重要的地位,多以叙友谊、述亲情、慰离情、抒别绪、表送别为主。薛峰据《文苑英华》、《唐文粹》、《唐文粹补遗》和《全唐文》统计④,唐代有赠别序传世的文人共有49人,其中遗存赠序最多的前十位(以作者出生时间先后为序)分别是:王勃,十六篇;李白,十六篇;任华,十七篇;独孤及,四十四篇;于邵,五十一篇;梁肃,十八篇;欧阳詹,十八篇;权德舆,六十四篇;韩愈,三十四篇;柳宗元,四十六篇。由以上数据可知,赠别序诞生于初唐⑤,勃兴于盛唐,极盛于中唐,

---

① (清)姚鼐:《古文辞类纂·序目》,北京,中国书店,1986年,第11页。
② 陈兰村:《穷情尽变,冠绝前后——论韩愈赠序文的创新精神》,《浙江师范大学学报》(社会科学版)2002年第1期。
③ (晋)陶渊明:《赠羊长史》,逯钦立校注:《陶渊明集》(卷二),北京,中华书局,1979年,第64页。
④ 薛峰:《赠序之诞生及文体实践》,《南阳师范学院学报》(社会科学版)2005年第11期。
⑤ 褚斌杰《中国古代文体概论》(增订本)认为:"赠序之作,晋代傅玄有《赠扶风马钧序》,潘尼也有《赠二李郎诗序》等,但这一文体的盛行,却在唐宋时期。赠序虽与序跋之序有别,但赠序可以说是由诗序演变而来。古代文人在亲朋师友离别之际,常常设宴钱别,在别宴上又往往饮酒赋诗,诗成,则由在场的某人为之作序。后来,则发展到虽无钱别聚会或赠诗,而送别者也写一篇表示惜别、祝愿与劝勉之词相赠,这样,赠序就割断了与序跋之序的关系。……宋、明以后,赠序才逐渐成为单纯赠别之作了。"北京,北京大学出版社,1990年,第383页。如果说,无钱别聚会或赠诗即可以称之为与赠诗完全断绝关系"单纯赠别之作"的话,那么至迟到初唐就已经出现了,其代表作就是陈子昂的《别中岳二三真人序》,具体讨论详见下文。

衰落于晚唐。

　　赠别序源自为饯别诗所作的诗序,从其创作本意来看,以叙述饯别诗创作时的缘由、情境为主,有助于对饯别诗的理解。最初序与诗的关系极为密切,序多是阐明饯别诗的主旨以及创作背景等,把语境、情景、场景叙述于前,就是从体制上把饯别诗产生时的伴随物即序确定为饯别诗的一部分。从创作顺序来看,多为先作诗后有序,可称为"赠别诗附序",序处于可有可无的附属地位。东晋、六朝赠别序多属此类,如陶渊明《与殷晋安别》前有小序:"殷先作晋安南府长史掾,因居浔阳。后作太尉参军,移家东下,作此以赠。"①三言两语,重在叙事,叙述离别诗的创作背景。

　　初盛唐时,随着漫游的风行与宦游的普遍,以及祖饯送别的现象增多,文人日益重视赠别序的创作,开始注意到其与诗序不同的个性特征,如诗文集的序多介绍诗文的作者或评价作品,而赠别序则须立足于饯别场景,即介绍行者的为人品质、生平遭际以及畅叙友情、亲情,抒发离情别绪等。就其创作目的而言,有助于人们对饯别诗的理解,但赠序的某些独特性诉求在客观上造成了序与诗在某种程度上的疏离。王勃的《秋日登洪府滕王阁饯别序》是现存最早的唐人赠别序,其结尾云:"临别赠言,幸承恩于伟饯;登高作赋,是所望于群公。敢竭鄙诚,恭疏短引;一言均赋,四韵俱成。请洒潘江,各倾陆海云尔。"②王勃所作序并非针对某一首饯别诗,而是当时众人所作的饯别诗,也就是说众人给同一个人写赠别诗,由一人执笔写序以道其原委,这个总序不依附于任何一首诗,单独成文,因而直以"序"命名,而无"诗"字,类似还有张九龄《别韦侍御使蜀序》,李白《暮春于江夏送张祖监丞之东都序》、《冬夜送烟子元演隐仙城山序》等。这种为众诗作总序的方式是赠别序创作之初的基本形式。

　　从赠别序与饯别诗创作的先后次序来看,共有两种情况。一是先有序,后有诗,序为引言,以引发、激起众人诗兴。如孙逖《送康若虚赴任金乡序》"请各赋诗,以无忘平生之好"③;或者限定诗的韵脚、句数等,如前引《滕王阁序》"一言均赋,四韵俱成",要求众人所作诗所押之韵相同,且为四韵八句。二是先有诗,后有序,序主要总结、概述众人作诗的情况。如陈子昂《送

---

① (晋)陶渊明:《与殷晋安别》,逯钦立校注:《陶渊明集》(卷二),北京,中华书局,1979年,第63页。
② (唐)王勃:《秋日登洪府滕王阁饯别序》,何林天校:《重订新校王子安集》(卷五),太原,山西人民出版社,1990年,第86~87页。该书序文题目为《滕王阁诗序》,但《文苑英华》、《王勃集残卷》均作《秋日登洪府滕王阁饯别序》,且考之序文内容,多有饯别之意,故以《秋日登洪府滕王阁饯别序》为题更为恰当。
③ (唐)孙逖:《送康若虚赴任金乡序》,《全唐文》(卷三一二),第3168页。

吉州杜司户审言序》,该序全面概括当日送别时的情境,以及众人赋诗的情况。两者相较,前者运用的场合更多。虽然"众诗一序"式赠别序仍未与赠别诗完全割断联系,但相对于唐以前完全附属于饯别诗的简短序文来说,能单独成篇已代表着赠别序的独立性加强了,与饯别诗分离的趋势日趋明显。

由于一些特殊情况的出现,比如因种种原因无法当面辞别,无祖饯之事自亦无饯别之诗,在这种特殊情境下,又需表述离情别绪,只得单独为序,赠别序在这种情况下与饯别诗完全割断了联系,诗、序完全分离,序成为完全独立的文。据笔者所见,最早的独立赠别序是陈子昂《送中岳二三真人序》,其文云:

> 夫爱名山,歌长往,世有之矣。放身霄岭,宴景云林,卑俗不可得而闻,时士不可得而见,则吾欲高视终古,一笑昔人。嵩山有二仙人,自浮丘公、王子晋上朝玉帝,遗迹金坛,凤笙悠悠,千载无响。吾每以是临霞永慨,抚膺叹息,常谓烟驾不逢,羽人长往。去嚣世,走青云,登玉女之峰,窥石人之庙,见司马子微、冯太和,蜕裳眇然,冥壑独立。真朋羽会,金浆玉液,则有杨仙翁玄默洞天,贾上士幽栖牝谷,玉笙吟凤,瑶衣驻鹤,方且迷轩辕之驾,期汗漫之游。吾亦何人?躬接兹赏。实欲执青节,从白蜺,陪饮昆仑之庭,观化玄元之府,宿心遂矣,冥骨甘焉。岂知琼都命浅,金格道微,攀倒景而迷途,顾中峰而失路。尘紫俗累,复汩吾和,仙人真侣,永幽灵契。翳青芝而延伫,遥会何期?结丹桂而徘徊,远心空绝。紫烟去,黄庭极,仰寥廓而无光,视寰区而寡色。悠悠何往,白头名利之交;呫呫谁嗟,玄运盛衰之感。始知杨朱歧路,墨翟素丝,尚平辞家而不归,鲍焦抱木而枯死,可以恸,可以悲,古人之心,吾今得之也。①

该序有两个突出的特点:其一,一般都是未远行之人作序以赠别旅人,但该序一反主客双方的固定模式,是远行之人作序赠与未远行之人。陈子昂性爱名山,从杨仙翁、贾上士游中岳,但世俗功名之心未泯,因而留别序作别真人。其二,仔细品味该序的内容,丝毫没有为饯别诗作序之意,可见该序已经完全独立,成为自由表情达意的独立文章,一定程度上反映着作者自身创作意识的转型。在内容上也部分地摆脱了叙友谊、述别情的套路,转向表达自己的情志。类似这样的独立赠序在陈子昂以及他所处的初唐时期,仅为个案,属偶然为之。

---

① (唐)陈子昂:《送中岳二三真人序》,彭庆生校注:《陈子昂集校注》(卷七),合肥,黄山书社,2015年,第1164~1165页。

到盛唐时期，这样的独立赠序就比较多了，如李华的《送十三舅适越序》、《送薛九远游序》、《送张十五往吴中序》、《送何苌序》等，这类序在形式上的共同特征就是已经看不到"众诗一序"式赠序惯有的"引发语"或"总结语"，在内容上虽也有推重、赞许或勉励等应酬之辞，但已开始借送别而抒发自己的内心情感，发表对社会、人生的见解，开始注意叙事、议论、抒情、说理的统一，文采斐然，和谐优美。如《送薛九远游序》：

> 士之舒羽毛，宣声调，不在高位，在有道。自王充、元晏、左思名盛当时，价压百代。薛都卿以夷澹养素，以文章导志。自浙右游湖左，一句一韵，遍于衣冠，江山为之鲜润，烟景以之明灭。其余情性所得，盖古人之俦欤！南阳有略兼有道之高，元晏之道，论其措意，则王充、左思，岂其远乎！惠然访余，告以行迈，将棹溪吴越，濡札江峤。东南胜事，落尔胸中，况为诸侯上宾。知大夫之官族，古所贵，勉之哉！病叟李退叔赠。①

开篇即鲜明地提出士之遇不在处高位、享荣华，而在行有道，为全文定下基调，暗示薛都卿乃有道之人。然后称赞薛九之淡泊夷素与文章才情，堪与王充、左思比肩。后半转入送别，薛九将到吴越漫游，览东南胜事，加之家世显赫，清誉满天下，定能为达官贵人之座上客。细味该序，并无一处提及饯别诗，显然已经脱离诗而完全独立。又如其《江州卧疾送李侍御诗序》：

> 侍御历总汉上、湖阴、江左之赋，王府之入不匮，爱人之颂有余。前相国刘公居佐帝庭，行恤人隐，侍御时贤高誉，盛府旧僚，传檄速驾，江城风动。当天心厌兵，品物思理，将束贪狼之口，掩破骨之伤，濡足而前，化危为安，此大丈夫悬弧四方之志。与夫窜身渔钓，山林枯槁，异日论也。天下有道，贫且贱焉，耻也。今圣人在上，夔龙宣力，而老夫甘心贫贱，得非人生穷达，固有分耶！方理舟浔阳，追迹幽人，解缨网，陵颢淳。虽病痼齿衰而神王，憔悴之中，齐荣辱，一视听，是非哀乐，无自入矣。侍御忽告余行，余知悒焉轸心，岂纷累未涤，将悲亦有道……②

李华广德二年（764）正月，在江夏。同年四月，至江州。"前相国刘公"即刘晏。刘晏于广德二年正月罢相，此云"前相国"，则该文当作于刘晏罢相之

---

① （唐）李华：《送薛九远游序》，《全唐文》（卷三一五），第3200页。
② （唐）李华：《江州卧疾送李侍御诗序》，《全唐文》（卷三一五），第3199~3200页。

后,李华时在江州。李侍御总管三州之赋税征收,不但朝廷之收入不乏,而且百姓亦无怨愤之声,上下俱安,誉满朝野,因此升迁。时当大乱之后,正是用人之际,李侍御等人秉"悬弧四方之志",辅助君王治理天下,惩治恶贪,抚恤百姓,转危为安;而李华却沉沦渔钓,困顿山林,日益枯槁,两相对比,真有天壤之别。他在序中陈言,今属天下有道,圣人在位,贤臣辅弼,实在是大展宏图的好时机,自己却因曾陷贼为官只得贫贱以终,迫不得已隐居江海,真可谓命运作弄,无奈只得"憔悴之中,齐荣辱,一视听,是非哀乐,无自入矣"。该序言简而意赅,文约而意丰,尺幅之中有波涛万里之势,悲壮激越,名为送别,实则借题发挥,意在抒发郁郁不平之气,完全摆脱了赠别序的惯常模式。

　　盛唐诸散文家,不只李华在其独立赠序中鲜明地表达见解、"借他人之酒杯浇心中之块垒",在盛唐占主体的"众诗一序"中,作者的主体意识也日益凸显,突破了赠别序叙送别、慰离情的类型化内容,转而抒发其真情实感、志向兴趣,最典型的莫过于李白的赠别序。如其《暮春江夏送张祖监丞之东都序》:

　　　　吁咄哉,仆书室坐愁,亦已久矣。每思欲遐登蓬莱,极目四海,手弄白日,顶摩青穹,挥斥幽愤,不可得也。而金骨未变,玉颜已缁,何常不扪松伤心,抚鹤叹息。误学书剑,薄游人间。紫禁九重,碧山万里。有才无命,甘于后时。刘表不用于祢衡,暂来江夏;贺循喜逢于张翰,且乐船中。达人张侯,大雅君子。统泛舟之役,在清川之湄。谈玄赋诗,连兴数月,醉尽花柳,赏穷江山。王命有程,告以行迈,烟景晚色,惨为愁容。系飞帆于半天,泛渌水于遥海。欲去不忍,更开芳樽,乐虽寰中,趣逸天半。平生酣畅,未若此筵。至于清谈浩歌,雄笔丽藻,笑饮醁酒,醉挥素琴,余实不愧于古人也。扬袂远别,何时归来?想洛阳之秋风,将脍鱼以相待,诗可赠远,无乃阙乎?①

　　开端突兀,先声夺人,不假雕饰,营造出雄放突兀、不可羁勒的气势。接着直抒胸臆,"每思欲遐登蓬莱,极目四海,手弄白日,顶摩青穹,挥斥幽愤,不可得也",表明自己本欲笑傲江海、挥斥幽愤,因"欲去不忍",心恋丹阙、欲济世安民而不可得。"误学书剑,薄游人间。紫禁九重,碧山万里。有才无命,甘于后时",怀才不遇,壮志难酬,时光易逝,困顿至此,抑郁之情喷薄而出,

---

① (唐)李白:《暮春江夏送张祖监丞之东都序》,《李太白全集》(卷二七),第1253~1254页。

如长江大河,一泻千里。语言波澜纵横,气韵生动。语意伤感,颇有"泽畔行吟"之慨。李白本欲发挥才干,建"顶摩青穹"之旷世奇功,摆脱才不为用、高志无逞之"幽愤",最终却只能枯坐静室,愁怨满腹。尽管心志专一,意念忠贞,最终只能在"伤心"、"叹息"的等待彷徨中将生命一点点地消耗尽。序文前半段都是在感叹、宣泄,后半部分笔锋一转,由悲壮激越转入飘逸潇洒,以酣畅之笔叙述自己与张祖监的深情厚意、诗酒风流。虽为事而作,也意在自抒怀抱,以清新之语写旷达之心,意气之盛,不逊于干谒之文。

在初盛唐时期,赠别序初附属于赠别诗而始脱离赠别诗单独成文,由注重交际性抒发类型化的离愁别绪,转而偏重表达独特性主体感情、张扬主体意志,正是这样的转变给中唐韩柳赠序文彻底脱离饯别诗而表达主体情志的真正独立的赠别序提供了努力的方向。从这个意义上说,盛唐赠别序功不可没。需要说明的是,唐王朝乃封建时代的盛世,唐人征戍使边、行旅漫游、求仕迁谪,多见诸别离序。别离乃千古难事,正如江淹《别赋》所言:"黯然销魂者,唯别而已。"在车马旅途不便的古代,一别之后更是前途生死未卜。无论唐人如何超迈旷达,送别之作,终以凄苦之语为多。游子之意,故人之情,往往令人断肠。但盛唐人却能以旷达释愁怨,以激昂代凄婉,别开生面,具有情深义重、深沉婉转、明达隽永、清新明朗的特点,更濡染着时代的昂扬欢愉气息,富于质爽而清新的情调,呈现出明朗乐观、健康积极的审美境界,颇具"好男儿志在四方"的英雄气。

第二节　案判的真实性与拟判的程式化

迄今为止,学界对唐判的研究成果,较为重要的是吴承学的《唐代判文》[1]及向群的《唐判论略》[2]两文。吴承学《唐代判文》从文体学的角度论述唐代判文的文体学意义及其对叙事文学之影响;向群《唐判论略》从史学角度观照唐代判文的内容和形式,认为"判"在中国古代社会中指的是一种应用于司法、行政操作中起裁定作用的公文形式。两文都认为"判文"主要包括案判和拟判,兼具应用性与文学性,却没有就此作更深入地分析。同

---

[1] 吴承学:《唐代判文》,吴承学:《中国古代文体形态研究》,广州,中山大学出版社,2000年,第112~136页。

[2] 向群:《唐判论略》,《华学》编辑委员会编《华学》(第二辑),广州,中山大学出版社,1996年,第356~366页。

时,由于使用"判文"这个模糊的概念,在论述某些问题如产生原因及文化阐释时不够明确。吴承学《唐代判文》、向群《唐判论略》将案判与拟判视作一类,同属于判文。① 他们认为案判与拟判同大于异。笔者认为,案判与拟判异大于同。本节将从文化学角度研究案判与拟判,认为两者分属不同的种类,出自不同的源头。

判是铨选四科中最为重要的一科,在士人政治生活中占有极为重要的地位。唐代判文包括案判与拟判,两者在作者、接受者、内容、辞采、法律效力等方面,差别甚大。案判是一种应用于司法、行政等政务行为中起最终裁定作用的公文,是政务活动中应用最广泛的文体之一,以应用性为主。案判一旦颁布,就具有法律效力,目的性、是非性强,具有篇幅简短、意理明确等特征。拟判是朝廷为选拔人才(主要是铨选)而设置的一种考试行为与考试文体,其初衷在于通过模拟真实的案例、设置判目从而考察应试者运用经义、法理、乡约、习俗等判断案件的能力。就创作情境而言,拟判可分为:为准备铨选的习作,参加铨选的应试之作。每道拟判均包括判目与判对两部分,意思完整,重在考察选人的学问见识、解决实际问题的能力以及应有的文书书写素养。拟判与案判最大的不同在于,案判是真实的,具有法律效力,而拟判则是虚拟的,没有法律效力。案判以应用性为主,属于公文,而拟判以文学性为主,展示文采、理识,但又不同于诗赋等纯文学样式。拟判源自案判,案判源自现实生活中出现的真实案例。就士人而言,已通过进士科的举人欲参加铨选,必先大量练习拟判,方能通过铨选考试,进而获得做官资格,最终才有治民、作案判的机会,于是偏重文采的拟判逐渐影响了案判的文学色彩。需要说明的是,案判和拟判都不自盛唐始,但由于盛唐时期文人入仕途径的规范化、经常化,作为铨选四科中最为重要的拟判也就日益受到朝廷、士人、民间社会的重视,拟判体式日益成熟、定型,文学意味日趋浓厚,对盛唐散文的文风、士人生活都产生了一定的影响。

一、"判"的语言学解析

(一) 名词,"判,半也",衍生出两个意义:

其一,婚姻、偶合。《周礼·地官·媒氏》:"掌万民之判。"郑玄注:

---

① 前一个"判文"指"选士之词"即拟判,后一个"判文"指传统意义上,包括案判与拟判的大判文概念。在本论文中,如无特殊说明,"判文"均指"选士之词"即拟判。

"判,半也。得耦为合,主合其半,成夫妇也。"①孙诒让疏曰:"《释名·释亲》属云:'耦,遇也,二人相对遇也。'是二人为耦,一人为半,合之乃成夫妇,故曰判也。"②将各作为家庭一半的男女组合起来,成为夫妇,即为"判"。

其二,借款文书,后引申为契约、合同。《周礼·秋官·朝士》:"凡有责者,有判书以治,则听。"郑玄注:"判,半分而合者。故书'判'为'辨'。……谓若今时辞讼,有券书者为治之。辨读为别,谓别券也。"③孙诒让疏曰:"责,即《小宰》之'称责',注云'谓贷子'是也。"④《文心雕龙·书记》:"券者,束也。明白约束,以备情伪,字形半分,故周称判书。"⑤"判书"属于"券"的一种,其目的在于明确约束双方的权利与义务,以预防造假,方法是当事双方各持一半,属于应用文。

(二)动词,"判,分也"。

《说文解字·刀部》云:"判,分也。"⑥从刀,半声。《国语·周语中》:"若七德离判,民乃携贰,各以利退,上求不暨,是其外利也。"⑦《庄子·天下》:"判天地之美,析万物之理,察古人之全,寡能备于天地之美,称神明之容。"⑧上引二文之"判"均作分割、分裂之意。

"判"的两个意义源自声符"半"和形符"刀",合起来的意思就是用刀把事物分成两半。《后汉书·陈宠传》:"宠在乡间,平心率物。其有争讼,辄求判正,晓譬曲直,退无怨者。"⑨所谓"判",指法庭或法官在分辨矛盾双方的是非曲直之后,肯定或支持其中一方,即"判断、裁决"的意义。这就是后来逐步演变为某种特定的行政、司法行为及相应文体的语源基础。

二、案判

徐师曾《文体明辨序说》曰:

---

① 《周礼注疏·地官·媒氏》(卷一四),第360页。
② (清)孙诒让疏:《周礼正义》(卷二六),北京,中华书局,1987年,第1033页。
③ 《周礼注疏·秋官·朝士》(卷三五),第940页。
④ (清)孙诒让疏:《周礼正义》(卷六八),北京,中华书局,1987年,第2827页。
⑤ (梁)刘勰著,黄叔琳等注:《增订文心雕龙校注·书记》,第348页。
⑥ (汉)许慎:《说文解字·刀部》,北京,中华书局,1963年,第91页下。
⑦ (旧题)左丘明著,鲍思陶点校:《国语·周语中》(卷二),济南,齐鲁书社,2005年,第25页。
⑧ 陈鼓应注:《庄子今注今译·天下》,北京,中华书局,1983年,第855页。
⑨ (宋)范晔:《后汉书·陈宠传》(卷六二),北京,中华书局,1965年,第2066页。

按字书云:"判,断也。"古者折狱,以五声听讼,致之于刑而已。秦人以吏为师,专尚刑法。汉承其后,虽儒吏并进,然断狱必贵引经,尚有近于先王议制及《春秋》诛意之微旨。其后乃有判词。唐制,选士判居其一,则其用弥重矣。故今所传如称某某有姓名者,则断狱之词也;称甲乙无姓名者,则选士之词也。要之执法据理,参以人情,虽曰弥文,而去古意不远矣。独其文堆垛故事,不切于蔽罪,拈弄辞华,不归于律格,为可惜耳。①

徐氏认为,判源于诉讼之事,并分析了上古、秦、汉各代案判的特点,即上古以五声听讼,秦判以吏为师,汉判杂以儒、法。至唐代,由于铨选将"判"作为考试科目之一,因此就出现了"选士之词"与"断狱之词"并存的情况。两者的区别在于作者、判目的不同,"断狱之词"的作者是官吏,而判目则是真实的案例,称某某有姓名;"选士之词"的作者是选人,而判目则是虚拟的条件,以甲乙为代号。需要说明的是,徐氏所谓"称甲乙无姓名者,则选士之词"之说并不准确,唐代铨选中的拟判,并非一开始就假设甲乙为判目,而是以州县的实际案例为判目。其次,徐氏认为"断狱之词"与"选士之词"之间仅有作者与判目的区别,认识不够完备、准确。事实上,两者在内容、读者、法律效力等方面差别甚大,分属不同种类。

人作为社会人,必然与他人产生联系,由于不同的利益归属,矛盾也随之而来。要解决人与人之间的争斗,第三方的判决必不可少。早期的判采取口头方式,即"片言折狱",简单明确。后来,随着司法、行政体系的完备,为了便于管理、监督,就需要用规范化、格式化的语言对处理事件的全过程,包括基本情况的描述、案情的分析、适用的法理依据、最终的裁决结果等予以准确全面的记载,而最终的裁决结果成为记录的核心部分,故案判在汉代已形成较为固定的体式。

先秦典籍中,对于案判已有了一些明确的记载。如《左传·昭公十四年》:

晋邢侯与雍子争鄐田,久而无成。士景伯如楚,叔鱼摄理。韩宣子命断旧狱,罪在雍子。雍子纳其女于叔鱼,叔鱼蔽罪邢侯。邢侯怒,杀叔鱼与雍子于朝。宣子问其罪于叔向。叔向曰:"三人同罪,施生戮死可也。雍子自知其罪,而赂以买直,鲋也鬻狱,刑侯专杀,其罪一也。己

---

① (明)徐师曾:《文体明辨序说·判》,王水照编:《历代文话》(第二册),第2098页。

恶而掠美为昏,贪以败官为墨,杀人不忌为贼。《夏书》曰:'昏、墨、贼,杀。'皋陶之刑也。请从之。"乃施邢侯,而尸雍子与叔鱼于市。①

《左传》记载了叔向审理邢侯与雍子争田一案的全过程。先是对案情的简单介绍,重在记录叔向的案判。叔向认为:邢侯罪在贼、雍子罪在昏、叔鱼罪在墨,因此判邢侯死罪,而雍子、叔鱼虽死,仍被"尸于市"。当时,这一类案判应该还有不少,但还没有形成较为固定的格式,大都随事作判,以《尚书》等上古文书中的法理为判断根据。

自汉以至隋,行政、司法体系更加完备,审案已经形成了一套完整的程序。《史记·张汤传》:

> 张汤者,杜人也。其父为长安丞,出,汤为儿守舍。还而鼠盗肉,其父怒,笞汤。汤掘窟得盗鼠及余肉,劾鼠掠治,传爰书,讯鞫论报,并取鼠与肉,具狱磔堂下。其父见之,视其文辞如老狱吏,大惊。②

司马迁以戏谑的笔调展示了汉代审案的全过程,大致分三步,先是被害人上诉,接着法庭传唤双方当事人,问询调查事实,寻找证据,最后裁判。《史记》并没有把张汤的案判记录下来,不过可以推测其文辞如"老狱吏"般老辣。

由于文献散失,唐前的案判的流传不多,《全上古秦汉三国六朝文》仅收录三道,其中高构《武乡儿姓判》:

> 母不能言,穷究理绝。案《风俗通》,姓有九种,或氏于爵,或氏所居。此儿生在武乡,可以武为姓。③

柳彧《高颎子应国公弘德申牒请戟判》:

> 仆射之子,更不异居。父之戟槊,已列门外。尊有压卑之义,子有

---

① 《春秋左传正义·昭公十四年》(卷四七),第 1337~1338 页。
② (汉)司马迁撰,(宋)裴骃集解,(唐)司马贞索隐,(唐)张守节正义:《史记·张汤传》(卷一二二),北京,中华书局,1959 年,第 3137 页。
③ (隋)高构:《武乡儿姓判》,《全隋文》(卷二〇),《全上古三代秦汉三国六朝文》,第 4131 页。

避父之礼,岂容门外既设,内阁又施!①

以上案判都是针对具体问题作判,由两部分组成:分析案情,但观点已蕴藏其中;引经据典,作出裁决。其特点是以儒家礼法、人情世故为判断是非的依据,语言质朴,略有文采,叙事简捷清楚,实用中肯,文笔精练,以判断是非,解决问题为主。《隋书·高构传》:"时内史侍郎晋平东与兄子长茂争嫡,尚书省不能断,朝臣三议不决。构断而合理,上以为能。召入内殿,劳之曰:'我闻尚书郎上应列宿,观卿才识,方知古人之言信矣。嫡庶者,礼教之所重,我读卿判数遍,词理惬当,意所不能及。'"②隋文帝评价高构关于晋平东与兄子长茂争嫡一案的判语"词理惬当",可见案判重在"理"要恰当合理,对文采几乎没有要求,这是公文本身的特点所决定的。同时,也说明案判已经受到上层社会的重视,成为衡量士人能力的重要方面之一。

唐代案判现存较多,内容丰富,风格多样,不同于唐前案判简单质朴的风格。普通案判,言简意赅,简短练达,质木无文,略乏文采,以裁定是非、解决问题为主。如吐鲁番文书中的盛唐时期的案卷:

唐宝应元年(762)六月康失芬行车伤人案卷③
1 男金儿八岁
2 牒:拂刵上件男在张鹤店门前坐,乃被行客
3 靳嗔奴家生活人将车碾损,腰以下骨并碎破。
4 今见困重,恐性命不存,请处分。谨牒。
5 元年建未月　日,百姓史拂刵牒
6 追问铮示
7 四日
8 元年建未月　日,百姓曹没冒辞
9 女想子八岁
10 县司:没冒前件女在张游鹤店门前坐,乃
11 被行客靳嗔奴扶车人,将车碾损,腰骨

---

① (隋)柳彧:《高颎子应国公弘德申牒请戟判》,《全隋文》(卷二五),《全上古三代秦汉三国六朝文》,第4166页。
② 《隋书·高构传》(卷六六),第1556页。
③ 国家文物局古文献研究室等编:《吐鲁番出土文书》(第九册),阿斯塔那五〇九号墓文书,北京,文物出版社,1990年,第128~134页。由于篇幅有限,节引部分重要行判内容。

12　损折,恐性命不存,请乞处分。谨辞。
13　付本案铮
14　示
15　四日
(中略,这部分主要是对犯罪嫌疑人的问询,以及他们的答复。)
43　检诚白
44　十九日
45　靳嗔奴并作人康失芬
46　右得何伏昏等状称:保上件人在外看养史拂郝等
47　男女,仰不东西。如一保已后,忽有东西逃避及翻
48　覆与前状不同,连保之人情愿代罪,仍各请求
49　受重杖廿者。具检如前,请处分。
50　牒件检如前,谨牒。
51　建未月　日,史张奉庭牒
52　靳嗔奴并作人责保到,
53　随案引过,谘,取处分讫。
54　牒所由,谘,诚白。十九日
55　依判,谘。曾示
56　十九日
57　放出勒保辜
58　仍随牙,余依判
59　铮示
60　廿二日

该文书保存了官府受理、调查、判决的全过程。案卷内容大致包括三部分:首先,受害者的代理人即百姓史拂郝、曹没冒上呈牒文、诉辞,控告行客靳嗔奴、扶车人康失芬碾伤金儿、想子一事;其次,县司各级官员对嫌疑人的问询以及他们的答复;最后,判决。案卷中共有四位官吏,"铮"、"诚"、"张奉庭"、"曾"。"铮"在案卷中的判语有"追问",即在收到诉讼辞后,要求有关人员即"诚"问询双方,随后有"付本案",即两案并作一案处理。"诚"问询当事人双方后,把询问和答复都详细记录下来。"张奉庭"再次问询当事人双方及证人何伏昏之后,判"仍各请求,受重杖廿者"。上报给"曾",曾判曰:"依判,谘。"最后县衙最高长官"铮"判曰:"放出勒保辜,仍随牙,余依判"。综上可见,唐代案判句式简短有力,言辞明白准确,多使用祈使语气,

体现了"决断不滞,与夺合理"①的基本精神。这一类简单明了的案判应该是唐代案判的基本形式。

案判作为行政、司法公文中最重要的一种,唐人在遵循最基本的格式之余,力求案判艺术化、审美化,这既与唐代官吏文化水平的普遍提高以及铨选中考判有直接关系,也与唐代社会崇文氛围有关。唐人"以判为贵,故无不习熟。而判语必骈俪,今所传《龙筋凤髓判》及《白乐天集·甲乙判》是也。自朝廷至县邑,莫不皆然,非读书善文不可也。宰臣每启拟一事,亦必偶数十语,今郑畋敕语、堂判犹存。"②某些案判对仗工整,用典妥帖,文采斐然,最著名的就是颜真卿《杨志坚妻求离判》:

> 颜鲁公为临川内史,浇风莫竞,文教大行,康乐已来,用为嘉誉也。邑有杨志坚者,嗜学而居贫,乡人未之知也。山妻厌其馈饷不足,索书求离,志坚以诗送之曰:"平生志业在琴诗,头上如今有二丝。渔父尚知溪谷暗,山妻不信出身迟。荆钗任意撩新鬓,鸾镜从他别画眉。今日便同行路客,相逢即是下山时。"其妻持诗诣州,请公牒以求别醮。鲁公案其妻曰:"杨志坚素为儒学,遍览九经。篇咏之间,风骚可撼。愚妻睹其未遇,遂有离心。王欢之廪既虚,岂遵黄卷;朱叟之妻必去,宁见锦衣。污辱乡闾,败伤风俗,若无褒贬,侥幸者多。阿王决二十,后任改嫁。杨志坚秀才,赠布绢各二十疋、米二十石,便署随军,仍令远近知悉。"江左十数年来,莫有敢弃其夫者。③

书生杨志坚嗜学而居贫,其妻厌之,要求和离。颜真卿认为其妻嫌贫爱富,有伤风化,痛打其妻后,准其改嫁。而杨志坚因祸得福,得以入仕。该判用典恰切,骈散兼行,文理俱妙,声韵优美,但仍不失实用性文体简明、练达的特色,并未一味追求华丽辞藻,以文害意。案判本属公文,却采用形象、生动、富有感情色彩和个性特征的文学语言,可见唐代公文的艺术化倾向。公文的文学化即公文写作的感性特征重于理性特征、个性写作重于规范写作,是在中国古代士人泛艺术化、泛审美化背景下出现的,源于民族文化中的实

---

① (唐)李林甫等《唐六典·吏部尚书·考功郎中》(卷二):"凡考课之法有四善:一曰德义有闻,二曰清慎明著,三曰公平可称,四曰恪勤匪懈。善状之外,有二十七最:……六曰决断不滞,与夺合理,为判事之最。"北京,中华书局,1992年,第42页。
② (宋)洪迈著,孔凡礼点校:《容斋随笔·唐书判》(卷一〇),北京,中华书局,2005年,第129页。
③ (唐)范摅:《云溪友议》(卷一),北京,中华书局,1985年,第2页。

用主义和崇尚自然美的结合。

三、拟判

拟判是模拟案判而作的判文,包括为准备铨选的习作以及铨选的应试之文。拟判作为一种重要的考试行为和考试文体,是由(主)考与(应)试双方共同完成的问答活动。拟判由判目与判对构成,判目多用散体文,由问头、问项、问尾三部分构成;判对多用四六,具有"体式化"、"艺术化"的特征。拟判偏重文学性,句式整饬、用典恰切、辞采雅重、声律铿锵,兼具理识,但不同于诗赋等纯文学样式。

(一)拟判的生成

唐代铨选试判可追溯至汉代的四科取士。徐天麟《东汉会要》:

> 世祖诏:"方今选举,贤佞朱紫错用。丞相故事,四科取士,一曰德行高妙,志节清白;二曰学通行修,经中博士;三曰明达法令,足以决疑,能案章覆问,文中御史;四曰刚毅多略,遭事不惑,明足以决,才任三辅令,皆有孝悌廉公之行。"①

东汉时设四科取士,四科各有偏重,分别为"德"、"经"、"法"、"才",其中第三科要求士人熟悉法令,决事断狱,依法审问,纠正弹恶。要选拔这样的人才,应该会采取考判或类似的方式,但由于对四科取士制度的具体考试形式及内容等有关细节尚缺乏相关文献,故仍有待进一步的研究②。

《通典·选举三》卷一五:

> 其择人有四事:一曰身(取其体貌丰伟),二曰言(取其词论辨正),三曰书(取其楷法遒美),四曰判(取其文理优长)。四事皆可取,则先德行,德均以才,才均以劳……凡选,始集而试,观其书判;已试而铨,察其身言;已铨而注,询其便利,而拟其官……选人有格限未至,而能试文三篇,谓之"宏词";试判三条,谓之"拔萃",亦曰"超绝"。词美者,得不拘限而授职。③

---

① (宋)徐天麟:《东汉会要·选举·公府选举》(卷二七),北京,中华书局,1955年,第291页。
② 在文献中有大量关于孝廉、秀才策试的记录,但尚未有发现考判的记录。
③ (唐)杜佑:《通典·选举三》(卷一五),北京,中华书局,1984年,第84~85页。

士人及第之后需通过关试,即通过试两道判后方成为选人。而选人(包括通过关试的及第举子和六品以下期满罢职的前资官)守选期满后,方能参加冬集铨选。先经吏部南曹审核合格后,再经吏部身言书判的铨试,就可量资进阶注拟授官。若选人守选期未满而想提前入仕,可参加制举或科目选考试,登科后即可授官,而科目选中最著名就是博学宏词科和书判拔萃科。关试须试判,铨试也须试判,而要提前入仕,也须试判,几乎每一关都有试判这一项,故而判词是士人仕途的关键。《古今图书集成·铨衡典》(卷二二):"(唐)吏部则试以政事,故曰身,曰言,曰书,曰判。然吏部所试四者之中,则判为尤切。盖临政治民,此为第一义,必通晓事情,谙练法律,明辨是非,发摘隐伏,皆可以此觇之。"①王勋成指出:"在身、言、书、判四事中,试判是关键,也是铨试中最起决定作用的一事。"②朝廷重视判的原因正如赵匡在《举选后论》中所言:"判者,断决百事,真为吏所切。故观其判,才可知矣。彼身言及书,岂可同为铨序哉!"③判不仅是铨选考试中非常重要的一科,也是考察官吏升迁的重要指标之一。"转入府史,从府史转入令史,选转皆试判。"④每一次选拔初级官吏都需要试判。但是需要说明的是,五品以上的官员被选拔或平调都不需要试判,"旧法,四品、五品官不复试判者,以其历任既久,经试固多,且官班已崇,人所知识,不可复为伪滥矣"⑤。总之,判对士人的仕途仍具有关键性的作用,最初是入仕任职的"敲门砖",入仕后,又成为升迁的重要阶梯。既然判在仕途中占有如此重要的地位,士人们自是要大量练习,以备各级考试。现存《全唐文》、《文苑英华》两总集中所收录判文约一千二百多道,绝大多数为拟判。

对于以判选士,时人已有不少的批评。他们大都在肯定以判选士合理性的前提下,对试判的某些具体内容有所批评,以期能改进、完善该项制度。其一,对判文内容与形式的批评。如唐玄宗《禁策判不切事宜诏》:

> 我国家敦古质,断浮艳。礼乐诗书,是宏文德,绮罗珠翠,深革弊风。必使情见于词,不用言浮于行。比来选人试判,举人对策,剖析案

---

① 陈梦雷著,杨家骆主编:《古今图书集成·铨衡典一》(卷二十二),台北,鼎文书局,1977年,第232页。
② 王勋成:《唐代铨选与文学》,北京,中华书局,2001年,第169页。
③ (唐)赵匡:《举选后论》,《全唐文》(卷三五五),第3607页。
④ (唐)李林甫等:《唐六典·尚书都省》(卷一):"掌固十四人。(主守当仓库及厅事铺设,职与古殊。与亭长皆为番上下,通谓之番官。转入府史,从府史转入令史,选转皆试判。)"北京,中华书局,1992年,第13页。
⑤ (唐)赵匡:《选人条例》,《全唐文》(卷三五五),第3606页。

牍,敷陈奏议,多不切事宜,广张华饰。何大雅之不足,而小能之是炫。自今已后,不得更然。①

该诏书认为科举试策判最大的弊端在于"不切事宜,广张华饰",对判目、判对内容及形式均有批判,但并未明确指明改革的方向。诏书的发布说明当时策判内容缺乏现实针对性与形式的华美粉饰已到了较为严重的地步,以至于朝廷采用诏令的方式加以整饬。又如刘迺《与宋昱论铨事书》:

> 近代主司,独委一二小冢宰,察言于一幅之判,观行于一揖之内,何其易哉! 古今迟速,何不侔之甚哉! 夫判者,以狭词短韵、语有定规为体,亦犹以一小冶而鼓众金,虽欲为鼎为镛,不可得已。故曰判之在文,至局促者。②

提出拟判篇幅过短,论题太小,且对体式有严格的规定,难以发挥选人的才华,更难以据此判断选人能力的高下,建议"先咨以政事,次征以文学"③以考察人才。其二,判文考试过程中存在的种种弊端。唐人沈既济云:

> 况其书判,多是假手,或他人替入,或旁坐代为,或临事解衣,或宿期定估,才优者一兼四五,自制者十不二三。况造伪作奸,冒名接脚,又在其外。④

沈氏认为试判多是"假手",难以考察选人的真实能力,要求考试公平、公正,完善考试监督。其三,判目设置的重复性问题。《朝野佥载》卷四:

> 周天官选人沈子荣诵判二百道,试日不下笔。人问之,荣曰:"无非命也。今日诵判,无一相当。有一道颇同,人名又别。"至来年选,判水碾,又不下笔。人问之,曰:"我诵水碾,乃是蓝田,今问富平,如何下笔。"闻者莫不抚掌焉。⑤

---

① (唐)唐玄宗:《禁策判不切事宜诏》,《全唐文》(卷二七),第313页。
② (唐)刘迺:《与宋昱论铨事书》,《全唐文》(卷三七八),第3843页。
③ 同上,第3844页。
④ (唐)沈既济之语,(唐)杜佑:《通典·选举六》(卷一八),第102页下。
⑤ (唐)张鷟:《朝野佥载》(卷四),北京,中华书局,1979年,第93页。

这则笑话反映出判目的重复性问题,每年的判目仅有人名、地名的不同,而其核心内容却毫不改变,导致选人背诵拟判以投机取巧。其四,判文格式的僵化问题。张𪬣的《判格》应该是模拟唐时大量出现的"诗格"而作,诗格主要是指导如何作诗,属于形而下的技术操作层面,以此推断《判格》应该是指导士人如何作判的"参考书"。《判格》的出现,说明判文写作日趋程式化以致逐渐僵化。

后人对以判取士也有不少的批评,最尖锐、最全面的莫过于宋人马端临的《文献通考》,其文云:

> 按,唐取人之法,礼部则试以文学,故曰策,曰大义,曰诗赋。吏部则试以政事,故曰身,曰言,曰书,曰判。然吏部所试四者之中,则判为尤切,盖临政治民,此为第一义,必通晓事情,谙练法律,明辨是非,发摘隐伏,皆可以此觇之。今主司之命题,则取诸僻书曲学,故以所不知而出其所不备。选人之试判,则务为骈四俪六,引援必故事,而组织皆浮词。然则所得者,不过学问精通、文章美丽之士耳。盖虽名之曰判,而与礼部所试诗赋杂文无以异,殊不切于从政,而吏部所试为赘疣矣。陵夷至于五代,干戈侵寻,士失素业,于是所谓试判,遂有一词莫措,传写定本,或只书"未详",亦可应举。盖判词虽工,亦本无益,故及其末流,上下皆以具文视之耳。①

马端临认为,判在吏部铨选四科中最为重要,原因在于试判可以考察选人"临政治民"的能力,而这是官吏必备的最重要的能力。但是到了中后期,命题故意选取"僻书曲学",导致选人"不知""不备",已经失去了考判选拔人才的本意。且有司要求拟判必须采用四六文的体式,用典繁密,语言浮华,"殊不切于时用",与诗赋、杂文无异,使拟判失去了考察"通晓事情,谙练法律,明辨是非,发摘隐伏"能力的初衷,而以学问、文采为衡量标准。马氏的批评要言不烦,切中肯綮,点明了以判选士的某些弊端。

(二)判目

由于应考与测试双方都有明确的目的诉求,既要符合朝廷相关部门选拔人才的需求,又要充分展示选人各方面的素养,拟判逐渐形成了特殊的结构方式和表达体式。拟判分为"判目"和"判对"两部分,两者缺一不可,无法单独存在。判目简单叙述需要选人作出判断的事件原委;判对则在充分

---

① (宋)马端临:《文献通考·选举十》(卷三七),北京,中华书局,1986年,第354页上。

详细分析事件来龙去脉的基础上,依据相关礼法、乡约、习俗、民情等最终裁定,提出相应的处理方案,以使当事各方相对满意。

判目句式多用散句,篇幅短小简练,基本上不用典故,用语平实,以叙述为主,目的在于将事件所存在的问题、疑惑、矛盾等告诉考察对象并在末尾明确提出相应的要求。判目即判问通常包括三部分,问头、问项、问尾,如《龙筋凤髓判》卷一:

> 仓部郎中胡敬称:内外官禄,准令据阶级,有费仓储,望请准见任官品级极为裨益,未知可否。①

"问头"引出问题,多为某某"状称",既可是个人也可是机构,如"鸿胪寺状称"即属机构。据《唐六典·尚书都省》,"状"是"下之所以达上"的六种文体之一,属于需送达"省署申覆而施行"的上行文。"问项"是简要叙述事件原委,提出争论焦点,以及对此事件的初步处理办法,是判目的核心与关键所在。"问尾"是在提出争论焦点之后,敦请应试者回答相关具体问题,表达方式较多,如"未知可否"、"请为处分"、"并仰折中处分"、"仰正处分"等。在这三部分中,或可省略问头,或可省略问尾,或可两者均省。

以判目"问项"中所涉及的当事人的多寡为标准,可将判目分为单方式、双方式、多方式。单方式是指判目中仅出现一个当事人。如《龙筋凤髓判》卷二:

> 鸿胪寺中土蕃使人素知物情,慕此处绫锦及弓箭等物,请市,未知可否。②

判目仅出现了一个主体即吐蕃使者,核心事件即请求互市,开展双边贸易,类似于现代公文中的"请示"。这一类判目相对其他两类判目,数量较少。

双方式是指判目中出现了矛盾双方。如:"得辛奉使,遇昆弟之仇,不斗而过,为友人责。辞云:衔君命。"③辛奉命出使,路遇昆弟的仇家,却并未为弟报仇。其行为受到了友人的指责。该判目出现了两个当事人,即辛与友人,两者争论的焦点是在因公出使途中,是否应为弟报仇。实际上就是如何

---

① (唐)张鹭著,田涛、郭程伟校注:《龙筋凤髓判校注》(卷一),北京,中国政法大学出版社,1996年,第43页。
② (唐)张鹭著,田涛、郭程伟校注:《龙筋凤髓判校注》(卷二),第60页。
③ 顾学颉校点:《白居易集》(卷六六),北京,中华书局,1979年,第1380页。

处理公与私的关系,即公而忘私,还是因公废私。双方式的判目是最主要形式。

多方式是指判目中出现了三方及以上的当事人。如苏颋《对着服六年判》:

> 兖州人平辩受业于田才,才亡,辩着服六年,庐于墓侧。刺史以为违经越礼,妄造异端,禁锢三年。辩妻遣小女上表称冤,廉察弹刺史刑狱不当。①

在这个判目里,出现了多个当事人,关系较为复杂,即平辩、田才、刺史、平辩之妻女、廉察使。核心事件是平辩在老师田才去世后着服六年,刺史认为其违经越礼,而判其入狱三年;廉察使则认为刺史所判不当。这个判目表面上是对案件的客观叙述,实际上已经暗示了判目的"谜底",如平辩之女为父鸣冤的"冤"字,表明主考方认为平辩确属冤枉。因此在提出问题的同时,也就意味着某种程度的解决问题。上文的"双方式"判目也属此种情况。在判目中提出问题又暗示答案的情况不在少数。多方式的判目现存不在少数,较之双方式判目略少,而较单方式判目为多。

判目的设置有一个发展演变的过程,大致可以分为三个阶段。杜佑《通典》卷一五:

> 初,吏部选才,将亲其人,覆其吏事,始取州县案牍疑议,试其断割,而观其能否,此所以为判也。(按:显庆初,黄门侍郎刘祥道上疏曰:"今行署等劳满,唯曹司试判,不简善恶,雷同注官。"此则试判之所起也。)后日月寖久,选人猥多,案牍浅近,不足为难,乃采经籍古义,假设甲乙,令其判断。既而来者益众,而通经正籍又不足以为问,乃征僻书、曲学、隐伏之义问之,惟惧人之能知也。②

最初,以"州县案牍疑议"为判目,目的在于考察选人为官理政、了解民情世事的能力的高低。因以州县的真实案件为判目,故考察有现实的针对性及实际意义。然后,因为选人日益增多,且州县案牍较为简单浅近,难以分出优劣,"乃采经籍古义,假设甲乙",不再采用州县真实案件为判目,一味求难

---

① (唐)苏颋:《对着服六年判》,陈钧校:《苏颋诗文集编年考校》,第5页。
② (唐)杜佑:《通典·选举三》(卷一五),北京,中华书局,1984年,第85页上。

以致逐渐偏离了考察选人的初衷。最后，由于选人更趋繁多，而官职有限，意味着需要通过铨选黜落的选人比例更大，而原有的以经籍为判目已难以分出高下，只得"征僻书、曲学、隐伏之义问之"，一味求偏、求深，试判已经完全违背了考察的初衷，纯粹是为了考试而考试。不过，这也是无可奈何之举，是考试制度无法克服的弊端所致。纵观唐代判目的演变，初唐时期，拟判大都取实际案例为判目；至盛唐时，姓名大都以"甲乙丙丁"代替，但判目中涉及的事件仍以现实生活中发生的案件为原型，仍具有一定的现实针对性，具有考察的实际效果；至中、晚唐时，则多取经籍、僻书为判目。

（三）判对

判对句式多为四六，用典频度高，甚而一句一典，用语庄重典雅，多引儒家经典及朝廷所颁布的律文为判案依据，音韵铿锵，便于当堂宣读，有利于营造法理神圣、官府威严的氛围。

为了便于讨论，兹选取针对相同判目的两例判对，以此来讨论判对的表达体式。判目即上文所引关于平辩为师着服六年一事。

例一：

> 不学墙面，先哲之格言；以德润身，前贤之令轨。孔子要道，逐杨震以西来；马融门生，随郑玄而东去。田才地邻邹鲁，俗富诗书；水接沂川，家传礼乐。白圭无玷，孤标席之上珍；黄金可轻，独贵林中之宝。平辩伏膺道术，企足风猷，访颜子于淹中，得田生于稷下。叶抽槐市，鼓箧笥而践缁帷；花发杏坛，整襟裾而趋绛帐。一登闾阎，几积寒暄。知十之业既宏，在三之敬尤重。专门春诵，高台于是忽倾；负杖晨歌，梁木由其遽坏。荒阶积雪，徒观东郭之踪；逝水惊波，无复西河之气。师资之礼，痛贯幽灵；伏道之诚，悲深卉木。葺苫庐于墓侧，制麻服于茔前。檀木迁移，葭灰屡变。坟抽细草，抚书带而增悲；牖挂残丝，拂琴弦而永慕。刺史褰帷鲁国，剖竹雩坛。冯熊轼以宣风，树隼旗而展化。以为非礼，将作异端。不树甘棠之阴，翻行丛棘之酷。昔门人子贡，庐于孔氏之坟；弟子叔然，制彼郑生之服。六年不释，于礼稍乖；三载锢身，在情何忍。但以事符公冶，系犴狱而多年；命比缇萦，仰凤闱而长叫。廉使邮星整俗，驿传宣威。正豸冠以触邪，下乌台而肃物。女既陈请，使又弹非，霜简载驰，雪身无路。两头今既发觉，一面何使逃刑。宜降朱辖，用直丹笔。①

---

① 阙名：《对着服六年判》，《全唐文》（卷九八三），第 10170~10171 页。

例二：

　　田才地居邹鲁，家习文儒，业擅篆金，道光珍席。凤渐升堂之教，早传藏壁之书。学市攸开，几筵爱设。故得询疑请益，还如北海之前；函丈抠衣，更似西河之上。平辩雩川童子，关里诸生，常因闭户之勤，豫受专门之业。庶祈荣于青紫，希变采于朱蓝。日就月将，罚水之恩何极；陵夷谷徙，颓山之痛已深。旧宅凄清，空闻丝竹，遗坛寂寞，无复琴歌。嗟二物之长收，愿百身而莫赎。方思重服，用表深衷。一对松楸，六迁檀柘。曩时儒肆，喜遇祥鳣；今日凶庐，悲逢引鹤。论情虽会于宁戚，据理未允于通途。刺史职在宣风，政乖俗沉。沉忧六载，亦可惊嗟。积禁三年，固其未得。少女以衔冤伏奏，雅叶于鸡鸣；大使以纠慝弹豪，正谐于隼击。即宜录奏，伏听宸衷。①

例一出自《全唐文》卷九八三，姓名已不可考。通过上文对判目的分析，可知此判共涉及五个当事人，分别是田才、平辩、刺史、平辩之妻女、廉察使。两例判对的结构基本相似，均由六部分构成。其一，叙述田才的师德与才学。开篇均浓墨重彩地渲染田才"师"的身份及其崇高的师德，为下文田才重服六年埋下伏笔。其二，叙述平辩的好学与尊师。平辩一心向学，拜入田才门下之后勤奋好学、尊敬师长。田才死后，平辩哀恸欲绝，故为师重服六年。对此，苏颋认为，"论情虽会于宁戚，据理未允于通途"。在对平辩其人、其事的叙述过程中，已暗含作者对平辩的基本态度，即同情与尊敬。其三，叙述刺史的职责及对平辩为师重服六年的裁决。刺史之职责在于宣风淳俗，劝善惩恶。而平辩为师服丧六年，确实不合礼法，但被判入狱三年，实在过于严苛。焦点在于法理与人情之争。刺史认为平辩"违经越礼，妄造异端"故重罚；例一作者认为平辩之行为"六年不释，于礼稍乖；三载锢身，在情何忍。"苏颋则认为："沉忧六载，亦可惊嗟。积禁三年，固其未得。"平辩虽略有违礼之处，但念其哀情所钟，也属情有可原。故刺史之判决太过严苛。其四，平辩之女为父鸣冤。其五，廉察使的职责及对平辩之女上诉的最终裁决。廉察使职在"纠慝弹豪"，故判定刺史刑狱不当、量刑过重。其六，判对末尾套语，即"即宜录奏，伏听宸衷"之类。判文在分析案情、表明观点后，大都有类似的谦卑语，祈请皇帝的终极裁决。

通过对两例针对同一判目的判对分析可知：第一，判对是对判目所叙

---

① （唐）苏颋：《对着服六年判》，陈钧校：《苏颋诗文集编年考校》，第5~6页。

事件原委的分析，判目中所涉其人、其事在判对中都有所体现，顺序也大体一致。也就是说，判对在某种程度上是对判目的"复述"，但"复述"并不意味着简单重复，而需要在"复述"中寄分析、寓观点，集中展现作者的才、学、识等能力。第二，判对的目的是回答争论、裁决纷争。故判对须集中笔力分析、考量基本事实，据此"宜从犯状，据法论刑"，作出最终判决。而就以上所举判对而言，判对对其人、其事的分析中存在过多的铺垫、渲染及想象之辞，易导致喧宾夺主。如例一中对平辩勤奋好学的铺垫与争论焦点就无多大关系；例二中对田才其人的叙述也过于繁复，实际上只需明确田才与平辩的师生关系即可，无须过多渲染。另，两例中均详细描写田才之死以及平辩为田才守墓的情境，这些铺垫、渲染与想象之辞与争论焦点并无多大关系，却使判对具有"艺术化"特色，集中展现作者的博学与文采，对于应试者在众多选人中脱颖而出有一定帮助。第三，两例结构相似，侧面表现出"千篇一律"的程式化特征。这也表明判对的"体式化"特征，已得到广泛的认同和普遍的接受。判目的体式化一方面意味着对作者的束缚与限制，另一方面也使得作者更易应考——只要充分了解其体式结构及写作规范，再加上基本法理、人情的应用，就可以轻松应对、运用自如。在此背景下，也就意味着作者在遵循体式结构及写作规范之余，仅能在某些细枝末节上加以创造，可供作者自由发挥的余地实在有限。

　　以判取士的考试行为及作为考试文体的拟判，其中包含两重上下关系。其一，问方或为君主，或为主司，处于"上"位；答方即选人处于被试地位，构成第一层上下关系；其二，就判目设置的情境而言，选人暂时充当判断、审理案件的裁决方，处于"上"位；案件中所涉及的当事人属于被判断、裁决的对象，处于"下"位，构成第二层上下关系。这两重关系的关联点都在选人身上，他既是暂时的被试人，也是暂时的审判者。在这种特定情况下，拟判就具有应用的特殊性，表现在应用时间特定，应用场合有限，作者身份多变，从判目设置、到临场作答都处于假想状态，需模拟官员的口吻。而实际上，主司是选人拟判的唯一"读者"，拟判的写作目的就是符合主司的"期待视野"，具体表现为能否对君主或主司的政治意图深入领会、细心揣摩、准确应答等方面。

（四）历代对拟判的总体评价

《容斋随笔》批评张鹭：

> 百判纯是当时文格，全类俳体，但知堆垛故事，而于蔽罪议法处不能深切，殆是无一篇可读，一联可味。如白乐天《甲乙判》，则读之愈多，

使人不厌,聊载数端于此:"……若此之类,不背人情,合于法意,援经引史,比喻甚明,非青钱学士所能及也。"①

张鹫拟判全用四六,是当时文风、时风使然,不宜苛之过深,但所用典故与拟判主题即断狱无多大关联,确是一大疏漏,也是拟判通病。但洪迈认为白居易《甲乙判》"不背人情,合于法意,援引经史,比喻甚明",张鹫不及;而细察张鹫拟判,判断亦合乎人情、法意,且引《尚书》为证,证据充分,洪迈所论,有商榷之处。《四库全书总目》评价张鹫《龙筋凤髓判》曰:

其文胪比官曹,条分件系,组织颇工。盖唐制以身、言、书、判铨试选人,今见于《文苑英华》者颇多,大抵不著名氏。惟白居易编入文集,与鹫此编之自为一书者,最传于世。居易判主流利,此则缛丽,各一时之文体耳。洪迈《容斋随笔》尝讥其堆垛故事,不切于蔽罪议法。然鹫作是编,取备程试之用,则本为隶事而作,不为定律而作,自以征引赅洽为主,言各有当,固不得指为鹫病也。②

张鹫拟判胪陈考校官曹之事,有条不紊,组织颇工。张判语言典雅,风格繁缛华丽;白判语言平实,风格通畅而不凝滞。两者各有千秋,难分伯仲,且是当时文风使然,不可扬白贬张。值得注意的是,历来目录学家大都把《龙筋凤髓判》列入集部,如《钦定天禄琳琅书目》、《千顷堂书目》等,乃是着眼于其文采斐然、隶事妥帖。但是《四库全书》却将其列入子部类书类,所谓类书即"类事之书,兼收四部而非经、非史、非子、非集,四部之内乃无类可归"③,认为《龙筋凤髓判》乃隶事之书,写作拟判的"参考书"、"工具书",四部之内无类可归。可见《四库全书》注重其工具性,而非应用性、文学性。

赵匡《举人条例》提出:

其判问请皆问以时事疑狱,令约律文断决。其有既依律文,又约经义,文理宏雅,超然出群,为第一等;其断以法理,参以经史,无所亏失,粲然可观,为第二等;判断依法,颇有文彩,为第三等;颇约法式,直书可否,言虽不文,其理无失,为第四等。此外不收。但如曹判及书题,如此

---

① (明)洪迈著,孔凡礼点校:《容斋随笔·龙筋凤髓判》(卷一二),北京,中华书局,2005年,第364~365页。
② (清)永瑢等:《四库全书总目·子部·类书类一》(卷一三五),第1142页。
③ (清)永瑢等著:《四库全书总目·子部·类书类一》(卷一三五),第1141页。

则可,不得拘以声势文律,翻失其真。故合于理者,数句亦收;乖于理者,词多亦舍。其倩人暗判,人间谓之判罗,此最无耻,请榜示以惩之。①

赵匡认为:优秀的拟判应该"文理宏雅",判文既以律文、经义为裁决依据,又能文辞典雅庄重,重在考察"通晓"事之理和"谙练"法之理的能力。当"文"、"理"无法兼得时,应以"理"为重,"文"为辅,甚而重"理"轻"文"。但是拟判的实际创作及评判标准却表现为重文轻理的倾向,即重视文采、辞藻而忽略法理、经义。为什么理论主张和实际创作出现脱节乃至背离呢?原因是多方面的。首先,在于判目所涉及的世情法理通常都较为浅近,绝大多数仅需依据常识就能作出合乎情理的裁决。在此特定情境下,本为考察选人专业的行政、司法能力也就失去了实际意义。既然行政、司法能力难以分出胜负,要想脱颖而出,让考官耳目一新,就必然在文采、隶事上施才逞华,满足考官的审美心理需求。加之,考官本身也是"工于文者"②,在理识水平难分伯仲的情况下,选择文采与博学之判文也属情理之中。其次,从人才选拔的操作层面看,文理兼重甚而重理偏义的标准在实际践行中特别是在唐代重文的背景下很容易向重文的一端倾斜,对法理人情、儒学义理的深度阐发往往以文辞篇章的经营为载体,其夺人眼球的往往是丽文藻辞。文学才能相对儒学思辨才能、经邦治国才能,似乎更易引起考官的注意。这些因素导致了拟判的文学性因素逐渐成为主导因素,成为"文学"。《唐会要》:"亲民之官,莫过于县令。比来选司取人,必限书判。且文学、政事,本是异科,求备一人,百中无一。况古来良宰,岂必文人。"③因书判的文采、用典、骈俪、华美、精工等特点,本应用于"政事"的判文被视为"文学",这既可被视为判文的异化,亦是在泛文学背景下公文文学化的必然结果。

朝廷在各级各类考试中采用拟判这种考试文体以考察、选拔政治人才。拟判以儒家伦理道德、律法法理为裁决依据,目的在于宣传朝廷律法、实行

---

① (唐)赵匡:《选人条例》,《全唐文》(卷三五五),第 3605 页下。
② (唐)独孤及《唐故朝议大夫高平郡别驾权公神道碑铭(并序)》:"初选部旧制,每岁孟冬以书判选多士。至开元十八年,乃择公廉无私、工于文者,考校甲乙丙丁科,以辨论其品。"刘鹏、李桃校注:《毗陵集校注》(卷八),第 198 页。
  (唐)梁肃《朝散大夫使持节常州诸军事守常州刺史赐紫金鱼袋独孤公行状》:"每岁以书判试多士,而朝列有以文学称者,必参校辨论,定其甲乙丙科,至是公分其任。"胡大浚、张春雯校点:《梁肃文集》(卷六),第 198 页。
③ (宋)王溥著,牛继清校证:《唐会要校证·县令》(卷六九)天宝九载三月十二日敕,第 1040 页。

文德教化、推动风俗淳笃等。拟判写作本应既注重法理、经义的运用,也应注重文辞、篇章的经营,但在实际写作及考试评价中却逐渐偏重其文学性,而忽略其实用性。故部分判文因过度注重辞藻、典故、音律等,招致时人及后人的批评。有意味的是,拟判的文学性却促使唐以后出现了不少纯文学性质的拟判,如清初文学家尤侗《吕雉杀戚夫人判》、《曹丕杀甄后判》、《孙秀杀绿珠判》、《韩擒虎杀张丽华判》等。

第三节　壁记的嬗变与传播

壁记又名"厅壁记"、"厅壁题名记",属于"记"体文的一种,"记者,史家之流也,亦所以发挥厅事,启迪人物"①,是唐代新兴的文体。它与一般记体文最大的不同在于其特殊的载体,在创作之时,一般记体文书写于传统的纸张、锦帛等载体之上,而壁记则书于墙壁。当然,现在能阅读到的壁记文本均以纸张为载体。壁记将传统的平面书写变为立体书写,醒目而生动,故其创作多与墙壁所处地理位置关系密切。其次,壁记书写的地理位置多为中央台省、地方州县的厅堂等公共场所,具有严肃性、开放性的特征。由于特殊的载体、特别的创作情境及特定场所的限定,壁记在内容、体制、风格等方面都具有一定的独特性。研究壁记,对于研究古代散文的传播及古代官制、官职都有一定的意义。盛唐是壁记发展过程中极其重要的时期,表现在作者数量激增、作品数量增加、体式基本定型、逐步脱离题记而单独成文等方面,对中、晚唐壁记有重要影响。

一、壁记释名

最初的"壁记"是指于壁上记录文字,仅表示一种书写行为,不具有文体意义。《魏书·文成皇后传》:"后得幸于斋库中,遂有娠。常太后后问后,后云:'为帝所幸,仍有娠。'时守库者亦私书壁记之,别加验问,皆相符同。"②而壁记由"于壁记之"的偶然书写行为而逐步演变为一种特殊的文体,始于唐代。据《封氏见闻记》:

韦氏《两京记》云:"郎官盛写壁记,以纪当厅前后迁除出入,寖以

---

① (唐)于邵:《汉源县令厅壁记》,《全唐文》(卷四二九),第4367页。
② (齐)魏收:《魏书·文成元皇后传》(卷一三),北京,中华书局,1974年,第331页。

成俗。"然则壁记之由,当是国朝以来,始自台省,遂流郡邑耳……朝廷百司诸厅皆有壁记,叙官秩创置及迁授始末。原其作意,盖欲著前政履历,而发将来健羡焉。故为记之体,贵其说事详雅,不为苟饰。①

宋人韩琦《定州厅壁题名记》亦云:"郡县守长,有记于厅事之壁,前代无闻,唐始盛焉。"②唐代官署厅堂墙壁上多书写有历任官员的题名,在题名旁通常附有叙述的记文,但时人在录文时一般不录题名,仅录记文,故称壁记。唐以前未见将壁记作为一种文体编入总集或别集,宋代《文苑英华》始以"壁记"为一种单列文体选录文章。就《全唐文》所选录的百余篇壁记而言,目前所见最早的以壁记为名的文章是孙逖于开元年间所作的《吏部尚书壁记》,大部分壁记多作于安史之乱后。

最初于壁记录的,仅有历任者的姓名,"初,厅壁列先政之名,记而不叙"③,"记事者但用名氏、岁月书于公堂"④,逐条记载历代任此官职者的姓名、改授后的官职及年月,类似于档案,不具文体意义。后来的壁记仍承袭了这一特点,独孤及《吏部郎中厅壁记》:

而武德以来,廨署鼎新者数,官曹易名者五。若姓不表,年不纪,是废德也,将来何观?故谨而列之,俾我曹之春秋存乎座右。其选部司列天官、文部之目,各因其所革时之先后,冠于其首,以为志云。⑤

但附有叙述的记文,除了交代题名和作记的缘由外,往往还论及某官职的职事与沿革。这表明,最初于壁记录的是官员的题名、迁转,目的是存史资政,后来增加了重在叙述交代题名缘由及官职职责演变的记文,目的在于让后来者效法、警醒、参照等。因为题名往往是以时间为序,逐条罗列,仅具有史料保存之意义,如《唐尚书省郎官石柱》,故其逐步边缘化,而原属附录的记文逐渐成为壁记的主体,故别集、总集中关于壁记的收录,大都省略题名,径以附录之记文为壁记。故本节所言之壁记,不包括题名,仅指叙述官职历史沿革的记文。

---

① (唐)封演著,赵贞信校注:《封氏闻见记校注·壁记》(卷五),北京,中华书局,2005年,第41页。
② (宋)韩琦:《定州厅壁题名记》,曾枣庄等:《全宋文》(卷八五四),成都,巴蜀书社,1991年,第353页。
③ (唐)李华:《御史大夫厅壁记》,(清)董诰等:《全唐文》(卷三一六),第3203页。
④ (唐)独孤及:《江州刺史厅壁记》,刘鹏、李桃校注:《毗陵集校注》(卷一七),第369页。
⑤ (唐)独孤及:《吏部郎中厅壁记》,同上,第371页。

壁记由于特殊的载体及特定的创作情境,其篇幅大都较为简短,文辞体要典雅,骈散不拘,声律协和,用典妥帖。从现存壁记来看,多书写在各级官府的厅堂等办公场所,也有极少数岩壁记,如开元时崔逸的《东海县郁林观东岩壁记》。壁记自盛唐始出现,并出现了第一位壁记创作大家李华,确立壁记写作的基本体式、结构、功能及语体,奠定了壁记的文体学规范。因创作于特殊的场所,故壁记与现实政治联系紧密,功利性、目的性很强,唐时的壁记别集不绝如缕。据《旧唐书·刘贶传》,刘贶辑录《太乐令壁记》三卷;据《新唐书·艺文志》,乾元中,剑州司马辑录《玄晋苏元明太清石壁记》三卷;据《宋史·艺文志》,钱镠撰《吴越石壁记》一卷,李吉甫、武元衡、常衮撰《集贤院诸厅壁记》二卷。

二、壁记分类

从描写对象来看,壁记大致可以分为两类,即中央台省壁记与地方州县壁记,两者因在国家权力结构中所处的位置及职责不同,故在叙述的侧重点上有所不同。壁记通常为三段式结构。中央台省壁记,起首叙述官职的历史沿革,包括官职的由来、官名的演变、职权范围的变化、职责与品阶、历任此职的官员姓名及迁转政绩等,类似于简明的职官志,孙逖《吏部尚书壁记》:

> 吏部尚书,在周为太宰之职。其建设徒属,敷陈事典,则周官备之矣。秦灭古法,始置尚书。汉增其制,创立选部。故灵帝以梁鹄为选部尚书是矣。魏改选部尚书为吏部尚书,自晋宋至于北齐皆因之。宇文朝依周官置大冢宰卿一人,盖其任也。隋革周制,复曰吏部尚书。皇朝龙朔二年改为司列太常伯,咸亨元年复为吏部,光宅元年改为天官尚书,神龙元年又为吏部尚书。综九流之要,为六官之长,位尊任重,实在于兹。自武德已来,多以宰相兼领,一彼一此,更为出入,才难不其然乎……天监有唐,俾多吉士,践此位者,四十八人。嘉名已著于国史,故事宜存于台阁。系以日月,自得春秋之义;记其代迁,更是公卿之表。以备官学,列为壁记焉。①

其次颂美在任者的才德、政绩等,如独孤及《太常少卿厅壁记》:

---

① (唐)孙逖:《吏部尚书壁记》,(清)董诰等:《全唐文》(卷三一二),第3169页。

其选也,以才能不以资,以恩泽不以劳。谓李公卿材也,是用超拜。公将以忠孝敬慎,肃恭神人。且懋其官府政令,俾无不恪。①

最后,简要说明作壁记的原因或目的,以及作记的作者及时间,指出作壁记的目的在于以贤者为师、以不贤者为诫:

方议酌前贤之遗尘而损益之。乃瞻屋壁史记漫灭,于是夏五月己丑,皆姓而名之,使如珠之贯。盱衡指顾,俨若对面。曰贤者吾得而师之,不贤者吾韦而弦之,贤远乎哉?既进牍,然后命博士河南独孤及为之志。②

州县壁记,一般也是采用三段式结构,如李白《任城县令厅壁记》:

风姓之后,国为任城,盖秦之古县也。在《禹贡》则南徐之分,当周成乃东鲁之邦,自伯禽到于顺公,三十二代,遭楚荡灭,因属楚焉。炎汉之后,更为郡县。隋开皇三年,废高平郡,移任城于旧居。邑乃屡迁,井则不改。鲁境七百里,郡有十一县,任城其冲要。东盘琅琊,西控巨野,北走厥国,南驰亘乡。青帝太昊之遗墟,白衣尚书之旧里。土俗古远,风流清高,贤良间生,掩映天下。地博厚,川疏明。汉则名王分茅,魏则天人列土。所以代变豪侈,家传文章,君子以才雄自高,小人则鄙朴难治。况其城池爽垲,邑屋丰润。香阁倚日,凌丹霄而欲飞;石桥横波,惊彩虹而不去。其雄丽块圠,有如此焉。故万商往来,四海绵历,实泉货之橐籥,为英髦之咽喉。故资大贤,以主东道,制我美锦,不易其人。今乡二十六,户一万三千三百七十一。帝择明德,以贺公宰之。公温恭克修,俨硕有立,季野备四时之气,士元非百里之才。拨烦弥闲,剖剧无滞。镝百发克破于杨叶,刀一鼓必合于《桑林》。宽猛相济,弦韦适中。一之岁肃而教之,二之岁惠而安之,三之岁富而乐之。然后青衿向训,黄发履礼。耒耜就役,农无游手之夫;杼轴和鸣,机罕嚬哦之女。物不知化,陶然自春。权豪锄纵暴之心,黠吏返淳和之性。行者让于道路,任者并于轻重,扶老携幼,尊尊亲亲,千载百年,再复鲁道。非神明博远,孰能契于此乎?白探奇东蒙,窃听舆论,辄记于壁,垂之将来。俾后

---

① (唐)独孤及:《太常少卿厅壁记》,刘鹏、李桃校注:《毗陵集校注》(卷一七),第373页。
② 同上。

贤之操刀,知贺公之绝迹者也。①

首叙州县的地理沿革,包括地理位置、名称的演变、辖区的变化,以及风俗人情、风景形盛以及官员的除任授代等;次叙在任者的才干、功绩;最后叙作壁记的缘由、作者姓名及时间。

这两类壁记大同小异,结构相似,目的趋同。结构大都采用三段式,起首叙官职的历史沿革或州县的地理沿革以及前任的迁转,其次颂美前任及在任者的才德及政绩,末尾叙述作记的缘由、目的以及作者、时间。"其所记者,不唯备迁授,书名氏,将以彰善识恶,而劝戒存焉。其土风物宜,前政往绩,不俟咨耆访耋,搜籍索图,一升斯堂,皆可辨喻。"②大致而言,作壁记的目的有四:其一,"志盛德而旌善人"③。官员或亲自上阵,或请人捉刀,详细叙述前任或在任者的仕宦经历及政绩、盛德,宣扬名声,为部分尚无资格刊立德政碑的官员提供了在官署宣扬美政的途径。而对政绩及美德的宣扬也在某种意义上成为后来者的榜样,具有某种鞭策意义,如刘禹锡《题集贤阁》:"曾是先贤翔集地,每看壁记一惭颜。"④其二,预期仕途前景。记载前任官吏的迁转,目的在于"盖欲著前政履历,而发将来健羡焉"⑤,成为继任者了解未来仕途动向的重要信息,对继任者勤勉工作有一定的鼓舞作用。其三,自我儆诫或颂美。大多数壁记都是请人代笔,故而重在劝诫他人。但也有部分自恃才华者自作壁记,或是自诫,"为是邦者,得不谨节而乃自封乎? 夫为恻隐可以安疲羸,忠信可以美风俗,待物以诚,饮人以和,可以去刑法矣。是三者,纡未之逮,而有志焉。因书之壁以自儆"⑥,或是自赞,详细叙述自我的政绩及履历,希望借以自我宣扬名声,成为称颂自我善政的另类碑文。其四,下情上达。壁记作为与现实政治密切相关的"公文",书之于厅堂,若有上级官员莅临,就可借此将民情传达于上,如杜牧《同州澄城县户工仓尉厅壁记》记述了澄城百姓因官吏贪暴,征税严急,多逃亡于深山之中,故"书其西壁,俟得言者览焉"⑦。当然,对于前任或现任者才德的称颂,有些

---

① (唐)李白:《任城县令厅壁记》,《李太白全集》(卷二八),第1295~1300页。
② (唐)马总:《郓州刺史厅壁记》,《全唐文》(卷四八一),第4917页。
③ (唐)李华:《安阳县令厅壁记》,《全唐文》(卷三一六),第3210页。
④ (唐)刘禹锡:《题集贤阁》,陶敏、陶红雨注:《刘禹锡全集编年校注》(卷七),长沙,岳麓书社,2003年,第460页。
⑤ (唐)封演著,赵贞信校注:《封氏闻见记校注·壁记》(卷五),第41页。
⑥ (唐)韦纾:《栝郡厅壁记》,《全唐文》(卷六一三),第6194页。
⑦ (唐)杜牧:《同州澄城县户工仓尉厅壁记》,陈允吉校点:《樊川文集》,上海,上海古籍出版社,2009年,第158页。

确是名实相符,而有些则言过其实,甚而言实不符,"或夸学名数,或务工为文。居其官而自记者则媚己,不居其官而代人记者则媚人。春秋之旨,盖委地矣"①,这会部分影响到壁记劝诫目标的实现。

需要说明的是,壁记的结构、要素并非一成不变。某些壁记就已省略部分因素,诸如风俗、编制、冠绶、品秩、历任官员姓名等,或因人尽知之,如"至若命官之始,省复之代,名号冠绶之差,禄秩位员之数,辞尚体要,况皆知之。今不书,省文也"②;或因图牒存之,"至若建置城府之年月,升降品第之等差,风俗贡赋之宜,男女提封之数,图牒备矣,老幼传之"③;或因旧记存之,"自置州以来,诸公改授迁绌年月,则旧记存焉"④。但三段式的结构始终不变。

李华相较于盛唐诸作壁记之文章家,壁记数量与成就可谓首屈一指。其现存壁记十二篇,可分为两类:中央台省壁记,共四篇;地方州县壁记,共八篇。在诸壁记之中,以《中书政事堂记》最为著名,"直起直收,义存鉴戒。文有刚果之气,如风雨骤至,集于笔端"⑤,叙述简洁,议论精辟,见解独到,发人深省,气势奇壮宏博而又谨严深微,回旋顿挫。其文云:

> 政事堂者,自武德以来,常于门下省议事,即以议事之所,谓之政事堂。故长孙无忌起复授司空,房元龄起复授左仆射,魏徵授太子太师,皆知门下省事。至高宗光宅元年,裴炎自侍中除中书令,执事宰相笔,乃迁政事堂于中书省。记曰:政事堂者,君不可以枉道于天,反道于地,覆道于社稷,无道于黎元,此堂得以议之。臣不可悖道于君,逆道于仁,黩道于货,乱道于刑,克一方之命,变王者之制,此堂得以易之。兵不可以擅兴,权不可以擅与,货不可以擅蓄,王泽不可以擅夺,君恩不可以擅间,私雠不可以擅报,公爵不可以擅私,此堂得以诛之。事不可以轻入重,罪不可以生入死,法不可以剥害于人,财不可以擅加于赋,情不可以委之于幸,乱不可以启之于萌,法桊不赏,爵桊不封,闻荒不救,见馑不矜,逆谏自贤,违道变古,此堂得以杀之。故曰庙堂之上,樽俎之前,有兵有刑,有挺有刃,有斧钺,有鸩毒,有夷族,有破家。登此堂者,

---

① (唐)吕温:《道州刺史厅后记》,《全唐文》(卷六二八),第6339页。
② (唐)李华:《御史中丞厅壁记》,《全唐文》(卷三一六),第3204页。
③ (唐)李华:《衢州刺史厅壁记》,《全唐文》(卷三一六),第3207页。
④ (唐)元结:《刺史厅记》,《元次山集》(卷一〇),第147页。
⑤ (清)康熙:《圣祖仁皇帝御制文集》第三集,卷三五,《景印文渊阁四库全书》(第1299册),第271页。

得以行之。故伊尹放太甲之不嗣,周公逐管蔡之不义,霍光废昌邑之乱,梁公正庐陵之位。自君弱臣强之后,宰相主生杀之柄,天子掩九重之耳,燮理化为权衡,论思变成机务,倾身祸败,不可胜数。列国有传,青史有名,可以为终身之诫,无罪记云。①

该壁记有如下特点:其一,开篇即论政事堂的历史沿革。所谓"政事堂"即"议事之所",武德以来均位于门下省,"高宗光宅元年"之后,位于中书省。据《旧唐书·职官志二·侍中》小注:"旧制,宰相常于门下省议事,谓之政事堂。永淳二年七月,中书令裴炎以中书执政事笔,遂移政事堂于中书省。"②李华所言与《旧唐书》所记大体相同,但政事堂移至中书省的时间有分歧。由于缺乏相关文献,政事堂设立的时间一直以来均为学界争论的问题。不过,多数学者接受李华的说法,认为政事堂设立于武德时。但政事堂议事制度则于贞观初年方最终形成。其二,打破了"记而不叙"的惯例,之前的壁记大都仅列举官员的升迁代授而不叙述为官之理,李华的壁记却以议论宰相的职权和才德为主,名为政事堂记,实是一篇借题发挥的宰臣总论。唐代实行三省制,行政、决策实系于中书、门下两省,政事堂乃成为实际决策的中枢所在。其三,该文中篇重在叙述政事堂的职责、权限,如议无道之君,易乱逆之臣,诛擅权之臣,杀弄权渎职之臣,层层对比,步步反复,对于在任者或继任者无疑当头棒喝,有"终身之诫"。关于政事堂宰相的职责,多用排比句式,多用双重否定句式,有排山倒海之势,且析理深微,逻辑严密,条分缕析,令人信服。其四,在正面渲染政事堂议君、易臣、诛罪等重权特别是制衡皇权之专擅的同时,亦提出了另一问题,即"君弱臣强"之后,手握重权、身居政事堂的宰臣们"燮理化为权衡,论思变成机务,倾身祸败",末篇重在警诫。由此表明李华对皇权与相权的看法,即相互制衡、保持相对的平衡,既不能使皇权无所节制,亦不能使相权极度膨胀。这样的见解深谙中庸之道,是相当有见地的。与多数台阁壁记多为颂美之辞不同,该文采用春秋笔法,对曾身处政事堂的宰臣有所讥讽与斥责。末篇关于"自君弱臣强之后,宰相主生杀之柄,天子掩九重之耳"之说并非无的放矢,而是对玄宗开元后期至天宝以来的所作所为有感而发。天宝年间,由于秉笔宰相通常由中书令担任,李林甫、杨国忠相继任中书令,成为首辅,权倾朝野,当时与李、杨同居政事堂议事的李适之、陈希烈、韦见素等人,遇事唯唯诺诺,唯听令具署名姓而

---

① (唐)李华:《中书政事堂记》,《全唐文》(卷三一六),第3202~3203页。
② (后晋)刘昫等:《旧唐书·职官志二·侍中》(卷四三),第1842页。

已,有伴食宰相之讥。三省体制之下出现中书令超越其他宰相而成为一代权相,相权膨胀以致成为安史之乱的重要原因之一。其五,该壁记言简而意赅,于简约中寓深刻,关于皇权与相权如何制衡的问题见解独到,既肯定政事堂对专擅之君的制约,亦见出政事堂特别是中书令权力过大可能导致的"君弱臣强"的危害。末尾列举伊尹、周公、霍光、狄仁杰废立君主等事,不仅仅只是孔孟以来的"以道事君",而是以臣立君,胆识惊人,掷地有声。末又笔锋一转,揭示出自古奸相弄权害人终至祸败的教训,一束一转中,尽显顿挫回旋之美。正如元人刘埙所言:"此记峻洁严健,足称名笔,非后世时文语可及也。华之名迹不甚大显,然此篇与《吊古战场文》,俱可传诵。"①该壁记在气势、结构、修辞手法等方面对宋代官府厅壁记的影响甚大,诸如王禹偁的《待漏院记》、司马光的《谏院题名记》、王安石的《度支副使厅壁题名记》等。

壁记的作者,率多为文章名家,可细分为曾在该衙署任职的官员、并非供职于该衙署而受人请托者、现任衙署官员三类。第一类,如李华《御史大夫厅壁记》,"谓华尝备属僚,或知故实。授简之恩至,属词之艺寡,无以允副非常之待。所报者直质而少文"②,李华曾任监察御史职。第二类,如孙逖《吏部尚书壁记》,其文作于玄宗开元二十二年(734),孙逖时任中书舍人,可能是受时任吏部尚书的李嵩请托而作。第三类较为少见,在某些壁记中,创作题名的官员,打破按年代先后排列的惯例,不仅将自己的姓名列于题名的显著位置,而且在壁记中详细记述自己的政绩与履历,借此以宣扬名声。自作壁记者除自我颂美之外,亦有自我警诫者,如元稹《翰林承旨学士厅壁记》:"昔,鲁共王余画先贤于屋壁以自警,临我以十一贤之名氏,岂直自警哉?由是,谨述其迁授,书于座隅。"③一般而言,作者或正在或曾在该衙署任职,意味着对衙署的政事或职权均有清晰的认识,更能切中肯綮。值得注意的是,无论作者的身份为何,都和该职官的现任有莫大关系,故而都会在壁记中大力颂扬现任官员的德行、才干,如孙逖《吏部尚书壁记》:"皇帝在位之二十二年,缺其官,选于众,乃命武都公自兵部尚书拜焉。公地惟宗英,才则人杰,忠孝自律,矜严成宪,式是轨度,谅惟衡石,国之利也,所及远哉!"④壁记成为颂扬现任善政的"德政碑",笔墨虽典重庄雅,但意义表达却

---

① (元)刘埙:《隐居通议·政事堂记》(卷一三),北京,中华书局,1985年,第140页。
② (唐)李华:《御史大夫厅壁记》,《全唐文》(卷三一六),第3203页。
③ (唐)元稹:《翰林承旨学士厅壁记》,冀勤点校:《元稹集》(卷五一),北京,中华书局,1982年,第560页。
④ (唐)孙逖:《吏部尚书壁记》,《全唐文》(卷三一二),第3169页。

是虚夸虚美的粉饰之作。部分壁记陷入或"媚人"或"媚己"的窠臼,亦人情所难免。

三、盛唐壁记的新变

盛唐壁记在确立三段式基本结构等文体学规范的同时,元结等部分作家又对壁记进行了有意识的革新,从而对中唐韩愈等人的壁记创作产生了重要影响。虽然壁记的描写对象仍是台省及州县,但元结的壁记如《刺史厅记》已经由记叙渐变为议论,兼有史论与政论之体,且已基本摆脱了作为题名的附属品,成为独立的文体。

元结《刺史厅记》云:

> 天下太平,方千里之内,生植齿类,刺史乃存亡休戚之系。天下兵兴,方千里之内,能保黎庶,能攘患难,在刺史尔。凡刺史若无文武才略,若不清廉肃下,若不明惠公直,则一州生类,皆受其害。於戏!自至此州,见井邑丘墟,生人几尽。试问其故,不觉涕下。前辈刺史或有贪猥惛弱,不分是非,但以衣服饮食为事。数年之间,苍生蒙以私欲侵夺,兼之公家驱迫,非奸恶强富,殆无存者。问之耆老,前后刺史能恤养贫弱,专守法令,有徐公履道、李公虞而已。遍问诸公,善或不及徐、李二公,恶有不堪说者。故为此记,与刺史作戒。自置州以来,诸公改授迁绌年月,则旧记存焉。①

该记与盛唐时期的其他州县壁记相比,有以下突出特征:

其一,就结构而言,此记打破了州县壁记惯有的三段式结构,未言道州的地理沿革,亦未言身为道州刺史在道州任上的善政以"媚己"。据《新唐书·元结传》,元结作《奏免科率状》等,数次上书为民请减赋税,"为民营舍给田,免徭役,流亡归者万余。"②元结为道州刺史时,实有善政,名副其实。元结此记开门见山紧紧围绕着刺史之职责落笔,所谓刺史,无论"太平"或"兵兴"均能保一州黎庶生植休戚。刺史若要担当其职责,则需具备才、德、识,三者缺一不可。元结曾在《谢上表》中提出,"臣愚以为今日刺史,若无武略以制暴乱,若无文才以救疲弊,若不清惠以身率下,若不变通以救时须,

---

① (唐)元结:《刺史厅记》,《元次山集》(卷一〇),第146~147页。
② (宋)欧阳修等:《新唐书·元结传》(卷一四三),第4686页。

一州之人不叛,则乱将作矣"①。可见元结对刺史的武略、文才、德行、识度的具体要求是一以贯之,且身体力行的。

其二,就对前任官员的态度而言,由一味地虚美、褒扬变为毫不留情地指斥、揭露。壁记一般或极力颂美现任官员之德行、政事,如李华《安阳县令厅壁记》:"公以德行文学,为人伦羡慕,清而道艺,邻于昔贤。自登封主簿,抚有兹邑,以西门沉巫为不仁,仲康解绶为能断,酌古中道,为今令图。"②或一一罗列前任的迁转,如李华《御史大夫厅壁记》:"开元天宝中,刑措不用,元元休息,由是务简益重,地清弥尊,任难其人,多举勋德。至宰辅者四人,宰辅兼者二人,故相任者一人,兼节度者九人,异姓封王者二人"③,以此预示其仕途前景。元结该记则将道州之民不聊生、"井邑丘墟,生人几尽"归结于前任的数位刺史的才识惛弱与贪婪侵夺,与李华天宝后所作州县壁记往往将州县凋敝的原因归结于"灾沴繁兴,寇盗连起"④相比,其犀利与洞见不同凡俗。元结峭厉地指出,前任数位刺史中仅有徐履道、李廙二位能"恤养贫弱,专守法令",勉强恪尽职守,其他刺史或一味惰政,以衣服饮食为事,或一味贪婪,以侵夺来满足私欲。

其三,关于题名与记文之关系。据现存的题名文献看,职官题名的体例,包括姓名、赴任和转任的时间、官名,记文往往会有所涉及,如李华《寿州刺史厅壁记》:"公理州三年,迁御史中丞,镇江夏。工部郎中楚州张纬之代公为州牧,某部郎中韦延安代张典此州。"⑤记文与题名之间的关系较为密切,记文尚难以摆脱题名以单独成文。而元结此文对前任官员的指责与颂美,其来源并非源自题名,而是问之"耆老""诸公"的结果。也就是说,元结此记已基本摆脱了题名的附属地位,已单独成文,这一方面得益于元结的文体革新意识,另一方面也是因为旧记已有诸公改授等信息的记载,无须赘述的缘故。

孙逖、李华、李白等人于开元、天宝年间所作的壁记,或重在叙述某官职的历史沿革、职权、职责以及前任的迁转、现任的才德,或某州县的风俗、人情、辖区变迁以及前任的升迁、现任的德行等,一方面可供继任者了解职官或州县历史,有简明档案之功用,另一方面亦意在说明该职官或州县实在是大有可为,前任者的升迁即为明证,以鼓舞士气。安史乱后,士人们耳闻目

---

① (唐) 元结:《谢上表》,孙望校:《元次山集》(卷八),第124页。
② (唐) 李华:《安阳县令厅壁记》,《全唐文》(卷三一六),第3209~3210页。
③ (唐) 李华:《御史大夫厅壁记》,《全唐文》(卷三一六),第3203页。
④ (唐) 李华:《杭州刺史厅壁记》,《全唐文》(卷三一六),第3206页。
⑤ (唐) 李华:《寿州刺史厅壁记》,《全唐文》(卷三一六),第3208页。

睹皇权日益削弱、朝政日渐衰颓、民生逐渐衰敝等弊政,激发起强烈的历史责任感以及对现实政治的深刻反思,从而引发重建社会秩序的责任感。元结的《刺史厅记》堪称安史乱后壁记新变的代表作。由盛世而乱世,与现实政治密切相关的壁记亦发生了深刻的变化。变化主要集中在:其一,就表达方式而言,安史乱前,壁记重叙述,重在叙述中央职官或地方州县的基本情况;安史乱后,壁记渐重议论,重在讨论作为台省或地方官吏所应承担的职责。作壁记的目的由档案查阅渐变为讨论为官之道。这对中唐壁记有深刻影响,正所谓"壁记非古也,若冠绶命秩之差,则有格令在;山川风物之辨,则有图牒在。所以为之记者,岂不欲述理道、列贤不肖以训于后,庶中人以上得化其心焉"①,"夫堂壁有记,本以志善俊恶,名氏迁次末也。矧东西之旧则备,今用纪编,以首能为政,垂为后式"②。需要说明的是,开元、天宝时期所作壁记亦阐明为官、治民之道,但多在末尾略有提及,三言两语而已;而安史乱后所作壁记往往省略官职的沿革、官员的改授等,更注重讨论如何为官、如何称职,从而表达作者的治政理念。其二,就前任官员的态度而言,安史乱前,壁记一般对前任或在任者一味颂扬其才干、赞美其品行;安史乱后,壁记开始不留情面地斥责某些前任官员的贪婪、无作为等。其三,就壁记与题名的关系而言,安史乱前,壁记一般多位于题名之后,意在对题名作一番说明、发一番感慨而已;安史乱后,壁记开始脱离题名而独立成文。需要说明的是,现存唐人文集和总集,以收录文章为主,在抄录时并未着意保存原本全貌,故大部分的题名已经亡佚,本书所言题名与壁记的关系,大都从壁记的相关文字推测而得。

四、壁记的传播

由于壁记特殊的创作情境、创作载体及处所,故其传播方式与接受者较之其他散文文体有其特殊性。古代文学主要有两大传播形式:口头传播与书面传播。壁记属于散文的一种,且一般篇幅较长、句式参差,多属书面传播。一般说来,壁记在未收入总集或别集之前,由于被记录在厅堂等办公场所的墙壁等处,故壁记的传播速度较慢及接受者范围较小。壁记从一个相对固定的信息源发出,而无法如书籍印行那样能大批量地多次多信息源地传播信息。台省、官衙的厅堂作为办公场所,其接受者数量及范围相当有限。

---

① (唐)吕温:《道州刺史厅后记》,《全唐文》(卷六二八),第6339页。
② (唐)皇甫湜:《吉州刺史厅壁记》,《全唐文》(卷六八六),第7028页。

壁记在以墙壁而非以书籍为载体之时,固然会限于处所的特殊性而导致接受者的数量及范围受限,但其毕竟位于厅堂等公共场所,自然具有公共性及接受他者批评的可能性。后来者再读前人所作多篇壁记,若有所感悟,或续作,或调换位置,颇有文学品评高下的意味,最典型者莫如吕温《道州刺史厅后记》。吕温曾任道州刺史,读元结《刺史厅记》后称赞其壁记"既彰善而不党,亦指恶而不诬,直举胸臆,用为鉴戒。昭昭吏师,长在屋壁,后之贪虐放肆以生人为戏者,独不愧于心乎?"而更有批评意味的是吕温恢复壁记的原位置以示文之高下。"往刺史有许子良者,辄移元次山记于北牖下,而以其文代之。后亦有时号君子之清者莅此,熟视焉而莫之改。岂是非之际,如是其难乎!予也鲁,安知其他,则命圬而书之,俾复其旧。且为后记,以广次山之志云。"①恢复壁记旧貌,彰显出吕温对元结壁记的褒扬与钦佩。

壁记书之于壁,墙壁作为开放性场所,又具有连续性的特点,即同一处所有多篇壁记同时存在,仅有时间先后之差别,"它日,命游梁客志之,书于厅事。谨按前贤之在此堂者,张平原首之,陆氏撰《节度使记》,揭于东壁,详矣。今公命为《刺史记》,书于右端,谨月而日之,以公为冠"②。古代壁记大都用毛笔书之于壁,年代稍久,不免毁损,而需增补,如"仲侯以故志屋壁之隙坏磨灭,使鄙夫书而补之"③;"贞元十五年,改邑于南里,既成新城,凡官署旧记,壁坏文逸,而未克继之者。后三年,而颍川陈南仲居是官,邑人宜之,号为简靖,因其族子存持地图以来谒余为记。"④亦有后来者认为旧记有缺漏之处而加以增补,"视其署,有记诸使中丞者而多阙漏,于是求其故于诏制,而又质于史氏,增益备具,遂命其属书之"⑤。

第四节 律赋的兴盛与"诗赋取士"

律赋是唐代赋体文中极为重要的门类,元祝尧《古赋辨体·唐体》:

---

① (唐)吕温:《道州刺史厅后记》,《全唐文》(卷六二八),第6339页。
② (唐)刘禹锡:《汴州刺史厅壁记》,陶敏、陶红雨注:《刘禹锡全集编年校注》(卷一七),长沙,岳麓书社,2003年,第1095页。
③ (唐)权德舆:《司门员外郎壁记》,《全唐文》(卷四九四),第5039页。
④ (唐)柳宗元:《武功县丞厅壁记》,易新鼎点校:《柳宗元集》(卷一二),北京,中国书店,2000年,第370页。
⑤ (唐)柳宗元:《诸使兼御史中丞厅壁记》,同上,第372页。

> 尝观唐人文集及《文苑英华》所载,唐赋无虑以千计,大抵律多而古少……后山云:四律之作,始自徐、庾。俳体卑矣而加以律,律体弱矣而加以四六,此唐以来进士赋体所由始也。雕虫道丧,颓波横流;光芒气焰,埋铲晦蚀,风俗不古,风骚不今。后生务进干名,声律大盛。句中拘对偶以趋时好,字中揣声病以避时忌,孰肯学古哉?……是以唐之一代,古赋之所以不古者,律之盛而古之衰也。①

因为进士科自开元始考律赋,故在科举的刺激下,律赋的创作数量陡然增加,体式亦基本定型,盛唐是律赋发展的重要时期。本节将讨论盛唐律赋的体式及特点,同时探讨盛唐律赋被纳入进士科考所隐含的文化意义,即进士科为何由单试策文到确立三场试(帖经、试杂文、试策文),以及试杂文为何由试箴颂、铭表、诗赋转变为专试诗赋?

一、盛唐律赋的体式及特点

关于盛唐律赋的体式、特点,研究者可说是智者见智,仁者见仁,侧重点各有不同②。盛唐律赋的体式并未完全定型,骈律夹杂的作品不少,具体表现在:其一,律赋的声律尚未尽合"律",即某些律赋还未能完全地遵循四声八病的使用和避忌;其二,四六隔句对尚未成为律赋的基本句式得以广泛运用。但总的来说,盛唐律赋已经初步具备了律赋的基本体式、特点,大致包括以下四个方面的内容:

(一)限韵,以八韵为主要形式

唐代律赋最初并不限韵,至开元元年(713)王邱知贡举时始有限韵的规定。限韵的目的在于增加考试难度,杜绝抄袭及押题等投机取巧行为,考察应试者的真实才学,同时也有揭示律赋主题、提示出处以避免偏题的作用。清王芑孙《读赋卮言》:"官韵之设,所以注题目之解,示程式之意,杜抄袭之门,非以困人而束缚之也。"③盛唐律赋虽限韵,但韵目、字数、平仄及次序等尚无定格。有以题为韵,如李恽《五色卿云赋》;有四字韵,如彭殷贤《大厦赋》(以"君子用吉"为韵);有五字韵,如吕令问《金茎赋》(以"日华川上动"

---

① (元)祝尧:《古赋辨体·唐体》(卷七),上海,上海古籍出版社,1993年,第123~124页。
② 本书参考邝健行《唐代律赋与律》、《唐代律赋用韵叙论》,两文均出自邝健行《诗赋合论稿》,南京,江苏古籍出版社,2002年,第115~133页、第178~198页;曹明纲《赋学概论》第五章"赋的演变"(下)"律赋"一节,上海,上海古籍出版社,1998年,第152~211页;马积高《赋史》,上海,上海古籍出版社,1987年。尚有其他相关论著,在此不一一列举。
③ (清)王芑孙:《读赋卮言》,何沛雄编著:《赋话六种》(增订本),北京,生活·读书·新知三联书店,1982年,第19页。

为韵);有六字韵,如王泠然《止水赋》(以"清审洞澈涵容"为韵);有十字韵,如陶翰《冰壶赋》(以"清如玉壶冰,何惭宿昔意"为韵)。当然,韵字还是以八韵为多,几乎占了一半以上,但还没有成为进士科试律赋的定格或准则。后来因进士科竞争日趋激烈,争端屡起,为示公正亦便于操作塞责,采取了更为繁杂的限韵要求,中唐以后多采用四平四仄的韵字。

(二) 注重声韵协谐,以之作为判断优劣的客观标准

考官往往以声韵作为进退名第的准则,"考文者以声病为是非"。① 应试者要达到声律和谐的要求,就必须要避免病犯,讲求四声八病。何谓病犯?《文镜秘府论》"西卷"下有"文笔十病得失",讨论了诗文皆须避免的十种病,即平头、上尾、蜂腰、鹤膝、大韵、小韵、正纽、傍纽等,律赋自亦在其中②。需要注意的是,《文镜秘府论》中所论病犯虽包括赋,但并非专论律赋。限于文献,现难以找到讨论盛唐律赋病犯的例证,姑且列举五代时评论及第者律赋的奏议以见一斑。据《册府元龟》卷六四二,后唐明宗长兴元年③(930),中书门下履核该年新及第进士所试新文以后,具体评论部分及第者律赋的奏议,可以更确切地见出律赋需要避免的病犯:

> 李飞赋内三处犯韵,李榖一处犯韵……今后举人词赋属对并须要切,或有犯韵及诸杂违格,不得放及第……卢价赋内"薄"、"伐"字合使平声字,今使侧声字,犯格。孙澄赋内"御"字韵使"字"字已落韵,又使"脊"字是上声有字韵,中押"售"字是去声,又有"朽"字犯韵……王谷赋内御字韵押"处"字,上声则落韵,去声则失理,善字韵内使"显"字犯韵,如字韵押"殊"字落韵。④

这则材料虽并非针对盛唐律赋,但律赋作为一种较为稳定的考试文体,其声韵要求应是一以贯之,能部分反映盛唐律赋声韵的基本规则。新及第进士

---

① 据(宋) 欧阳修等《新唐书·选举志上》(卷四四):肃宗宝应二年(762),李栖筠、李廙、贾至、严武等人讨论杨绾的奏议时所提出:"今试学者以帖字为精通,不穷旨义,岂能知迁怒贰过之道乎?考文者以声病为是非,岂能知移风易俗化天下乎?"第1167页。
② 〔日〕弘法大师原撰、王利器校注:《文镜秘府论校注》,北京,中国社会科学出版社,1983年,第459~485页。王利器认为:《文笔十病得失》当出刘善经之手,以所择得失诸例,多与《文二十八种病》所引刘善经说合也。
③ (宋) 王钦若等:《册府元龟·贡举部·条制第四》(卷六四二)原文作"长典元年",据李崇智《中国历代年号考》(修订本)后唐明宗有天成、长兴两个年号,故《册府元龟》误记。北京,中华书局,2001年,第140页。
④ (宋) 王钦若等:《册府元龟·贡举部·条制第四》(卷六四二),北京,中华书局,1996年,第7694~7695页。

赋中存在的缺点大致可以分为三类：一是犯格,平仄错用;二是犯韵,句首或句中与本句句末字同韵,即头尾同韵;三是落韵,把声音相近而事实上不属同一韵部的字通押。

（三）讲究对偶,采用当句对、二句对以及隔句对等形式

律赋在继承俳赋及骈文对句体制的基础上又有所创新,如长句隔对和分段排比就属律赋的独创。隔句对在初唐时已是对偶的常见形式之一,《文镜秘府论·论对属》:"在于文笔,变化无恒。……或前后悬绝,隔句始应,若云:'轩辕握图,丹凤巢阁;唐尧秉历,玄龟跃渊'。"①长句隔对是两组由两句以上的单句组成的句群,较之一般仅包括一两个单句的隔句对,句式更长,更利于表达复杂的内容。所谓分段排比是指两段之间句式完全相同,意思两两相对,骈中有散,散中有骈,是一种更为新巧的高级属对方式,有整饬之美,颇具气势。如高盖《花萼楼赋》：

岁如何其岁之首,花萼楼兮对仙酒,愿比华封兮祝我圣君千万寿;
岁如何其岁始正,花萼楼兮开御营,愿同吉甫兮颂我圣君亿载声。②

需要说明的是,盛唐律赋的对偶句式仍以当句对以及短隔③为主,但已逐渐向长句隔对和分段排比发展。

（四）句式以四六为主,兼融文、骚、骈三体而不拘一格

律赋句式仍以四六为主,却又不仅局限于四六,其句式、字数都有很多变化。如敬括《神蓍赋》（以"天生神物用配灵照"为韵）,以三七句式相对:

惟神也,适变之义至;惟用也,极数之理全。……象四时,四十九数而有常;推三才,三百六旬而不拂。④

该赋在整饬的骈俪句式中间之以奇数的三五、三七句式,使得整篇律赋跌宕起复、顿挫回环。某些律赋还将散句运用于律赋中,如敬括《玉斗赋》（以

---

① 〔日〕弘法大师原撰,王利器校注:《文镜秘府论校注·论对属》,中国社会科学出版社,1983年,第487页。
② （唐）高盖:《花萼楼赋》,《全唐文》（卷三九五）,第4033页。
③ 前人把由四个单句组成的隔对称"短隔",把四个以上单句组成的隔对称"长隔",又称"长句隔对"。
④ （唐）敬括:《神蓍赋》,《全唐文》（卷三五四）,第3588页。

"他山之玉琢成宝器"为韵):"若暴新之所执,吾何以则而象之?"①律赋也少量运用"兮"字句式,如梁洽《晴望长春宫赋》(以"登陴起遐望"为韵):"云收野迥兮目极千里,空净川长兮纤埃不起。"②以"兮"字将两个四字句连成一个九字句,使得律赋句式多变,语气纡徐而从容,意脉跌宕而生姿。

对偶、四六、声律是骈文、律赋共有的特点,只是律赋在某些方面作了一些调整而已。而限韵可说是律赋较之于其他散文所独有的。那判定律赋的标准是什么呢? 是声律,还是限韵,亦或兼而有之。邝健行在《唐代律赋与律》中提出,以"律"命名,表明律赋首重声律的运用,然后再看其他方面的配合③。邝先生又在《初唐题下限韵律赋形式的观察及引论》中提出,题下限韵虽然可以作为判定律赋体式的一项因素,但不宜当作一项必需的因素,最终还得取决于作品的文字和声音形式。故把某些题下没有限韵,但声调和其他限韵赋类似的赋,也看作律赋④。由此可见,邝先生认为律赋的核心在"律",限韵只是其辅助因素。而余恕诚先生则认为律赋以限韵为标志⑤。笔者基本上赞成邝先生的观点,所谓"限韵"是为科举考试而设,律赋早在南朝就已开始创作。但邝先生认为某些题下虽没明确限韵但声律符合律赋要求的赋也属律赋,笔者认为是不妥当的,限韵也是构成律赋的重要因素之一。

二、进士科始试杂文

《封氏闻见记·贡举》:"国初,明经取通两经,先帖文,乃按章疏试墨策十道;秀才试方略策三道;进士试时务策五道。考功员外职当考试。"⑥贞观时,进士科考试仅试策文。《通典·选举三》:"自是士族所趣向,唯明经、进士二科而已。其初止试策。贞观八年,诏加进士试读经史一部。"⑦调露二年(680),考功员外郎刘思立因策文"庸浅",奏请帖经及试杂文⑧。朝廷于永隆二年(681)八月下诏:"自今已后,明经每经帖试,录十帖得六已上者。

---

① (唐)敬括:《玉斗赋》,《全唐文》(卷三五四),第 3591 页。
② (唐)梁洽:《晴望长春宫赋》,《全唐文》(卷三五六),第 3608 页。
③ 邝健行:《唐代律赋与律》,《诗赋合论稿》,南京,江苏古籍出版社,2002 年,第 115~133 页。
④ 邝健行:《初唐题下限韵律赋形式的观察及引论》,《诗赋合论稿》,第 134~177 页。
⑤ 余恕诚:《唐代律赋与诗歌在押韵方面的相互影响》,《江淮论坛》2003 年第 4 期。
⑥ (唐)封演著,赵贞信校注:《封氏闻见记校注·贡举》(卷三),北京,中华书局,2005 年,第 15 页。
⑦ (唐)杜佑:《通典·选举三》(卷一五),北京,中华书局,1984 年,第 83 页上。
⑧ (宋)王溥著,牛继清校证《唐会要校证·贡举中·进士》(卷七六):"调露二年四月,刘思立除考功员外郎。先时,进士但试策而已,思立以其庸浅,奏请帖经及试杂文。自后因以为常式。"第 1183 页。

进士试杂文两首,识文律者,然后并令试策。仍严加捉搦,必材艺灼然,合升高第者,并即依令。"①可见,进士科正式试杂文始于永隆二年(681)。但是,"寻以则天革命,事复因循。至神龙元年方行三场试,故常列诗赋题目于榜中矣"②。王定保认为,永隆二年始试杂文,但因为武后称帝即天授元年(690)前后而复专试策文,至神龙元年(705),进士考三场试方被确立,诗赋被列入杂文。王定保此说并不准确。因为神龙元年以前,进士科也试杂文,而非专试策文。颜元孙"举进士,素未习《尚书》,六日而兼注必究。省试《九河铭》《高松赋》。故事,举人就试,朝官毕集。考功郎刘奇乃先标榜君曰:铭赋二首,既丽且新;时务五条,词高理赡"③,是年为垂拱元年(685)④。此后,徐秀于武后长安二年(702)应举时亦曾试杂文,"年十五,为崇文生应举。考功员外郎沈佺期再试《东堂壁画赋》,公援翰立成,沈公骇异之,遂擢高第"⑤。由此可见,进士试"杂文"应该是从永隆二年下诏之后即开始实行,"杂文"不仅包括诗赋,还包括箴颂、表论⑥等。

为什么刘思立要改革进士科考,而朝廷随即下诏实行三场试呢?朝廷开科举目的在于选拔经世致用的人才。因此进士科最初试时务策,重在考察考生的政治识见。但由于南朝靡丽文风余波所及,权衡策文优劣的标准偏于辞采而非义理,故永隆二年(681)曾下诏痛斥进士科考中存在的种种弊端:

> 如闻明经射策,不读正经,抄撮义条,才有数卷。进士不寻史传,唯读旧策,共相模拟,本无实才。所司考试之日,曾不拣练,因循旧制,以分数为限。至于不辨章句、未涉文词者,以人数未充,皆听及第。其中亦有明经学业该深者,唯许通六经;进士文理华赡者,竟无甲科。铨综艺能,遂无优劣。试官又加颜面,或容假手,更相属请,莫惮纠绳。由是

---

① 《条流明经进士诏》,(宋)宋敏求:《唐大诏令集》(卷一〇六),北京,中华书局,2008年,第549页。
② (五代)王定保:《唐摭言·试杂文》(卷一),西安,三秦出版社,2011年,第13页。
③ (唐)颜真卿:《朝议大夫守华州刺史上柱国赠秘书监颜君神道碑铭》,《全唐文》(卷三四一),第3457页。
④ 据(清)徐松著,孟二冬补正:《登科记考补正》(北京,北京燕山出版社,2003年,第99页),光宅二年(685)取进士二十七人,颜元孙名列其中。但据《旧唐书·则天皇后本纪》(卷六),于光宅二年正月改元垂拱元年,故应系为垂拱元年为恰当。
⑤ (唐)颜真卿:《朝议大夫赠梁州都督上柱国徐府君神道碑铭》,《全唐文》(卷三四三),第3481页。
⑥ (清)徐松撰,孟二冬补正《登科记考补正》在永隆二年八月诏书"进士试杂文两首"下注云:"按杂文两首,谓箴铭论表之类。"北京,北京燕山出版社,2003年,第84页。

> 侥幸路开,文儒渐废。兴廉举孝,因此失人。简资任能,无方可致。①

当时进士科存在的弊端主要有两个层面:就考生而言,由于进士科所试策文,历年题目多陈套雷同,因此不少考生既不留心时务、考察民情,亦不钻研史书、经传,而是一味诵读旧策及模拟策文,最终导致及第士子缺乏真才实学,甚而连文理都欠通;就考官而言,虽然考生水平有限,但又必须达到朝廷规定的录取人数,故不得不降低录取标准,且碍于情面,"或容假手",以致"不辨章句,未涉文词者"也能及第。因此,进士止试时务策已难以全面考试考生的才能、学识,故仿照明经科增加帖经,以求学生能踏实向学、学有根底,同时加试杂文,以此提高考生的文字水平,从而改变考生词句不伦、论事浅薄的毛病。

  三场试包括帖经、杂文及时务策。"其进士帖一小经及《老子》,试杂文两首,策时务五条,文须洞识文律,策须义理惬当者为通。"②杂文与帖经、试策相比,具有何种优点呢?帖经即将经典(包括注疏)的规范标准本中的一行留出,两端用厚重之物遮盖住,将所留出的一行用纸帖住三个字,看考生能否答出。帖经考察对经典的熟悉程度,背诵章句而已,"绝无意义之发明"③。帖经作为初级训练则可,作为选拔经世致用之才则偏于死板僵化。或导致考生不通经义,"今试学者以帖字为精通,不穷旨义,岂能知迁怒、贰过之道乎?"④;或导致考官一味求偏求难,"窃见今之举明经者,主司不详其述作之意,曲求其文句之难,每至帖试,必取年头月日,孤经绝句"⑤。试策本意乃是考察考生政治见识,但策文写作与评价或偏于"体轻薄,文章浮艳"⑥,一味堆砌辞藻、典故,矫揉浮华而言之无物。与此同时,策文题目相对固定集中,押题命中的几率极大,"盖策问之目,不过礼乐、刑政、兵戎、赋

---

① 《条流明经进士诏》,(宋)宋敏求:《唐大诏令集》(卷一〇六),北京,中华书局,2008年,第549页。
② (唐)李林甫等著,陈仲夫点校:《唐六典》(卷二),北京,中华书局,1992年,第45页。
③ 陈寅恪著,陈美延编《金明馆丛稿初编·论韩愈》:"唐太宗崇尚儒学,以统治华夏,然其所谓儒学,亦不过承继南北朝以来正义义疏繁琐之章句学耳。又高宗、武则天以后,偏重进士科之选,明经一目仅为中材以下进取之途径,盖其所谓明经者,止限于记诵章句,绝无意义之发明。"北京,生活·读书·新知三联书店,2001年,第321页。
④ (后晋)刘昫等:《旧唐书·杨绾传》(卷一一九),第3432页。
⑤ (后晋)刘昫等:《旧唐书·杨玚传》(卷一八五下),第4820页。
⑥ (唐)封演著,赵贞信校注《封氏闻见记校注·贡举》(卷三):"冀州进士张昌龄、王公瑾并文词俊楚,声振京邑。师旦考其文策为下等,举朝不知所以。及奏等第,太宗怪无昌龄等名,问师旦。师旦曰:'此辈诚有词华,然其体轻薄,文章浮艳,必不成令器。臣擢之,恐后生仿效,有变陛下风俗。'上深然之。"北京,中华书局,2005年,第15页。

舆、岁时灾祥、吏治得失,可以备拟,可以曼衍,故汗漫而难校,泚涩而少工,词多陈熟,理无适莫。惟诗赋之制,非学优才高,不能当也"①。故薛登曾于天授三年(692)上疏指斥策文模仿虚浮之病:"于是后生之徒,复相仿效,因陋就寡,赴速邀时。缉缀小文,名之策学,不以指实为本,而以浮虚为贵。"②杂文包括箴颂、铭表、诗赋等多种文体,题目多变,难以模拟抄袭,且能综合考察考生文字应用水平,避免出现词句不伦、理识肤浅的弊端。帖经须死记硬背,策论可事先捉题,但杂文灵活多变,加之诗赋又可限韵,只能凭借学识积累加即兴发挥,更易见出学识、才情的优劣。

三、进士科专试诗赋

一般认为,进士科初只试策文,永隆二年(681)下诏加帖小经,并试杂文,到神龙元年(705),三场试的基本格局已确定。最初杂文包括诗赋、箴颂、表论等文体,后变为专试诗赋,试题数量为诗一篇,赋一篇。关于进士科杂文专试诗赋定制于何时,现存唐代政令中,并无进士科专试诗赋的相政令。据《登科记考补正》③及其他文献,下文罗列武德五年(622)至大历十四年(779),所有的除策文之外的且可考的进士科考试题目:

显庆四年(659),试《关内父老迎驾表》、《贡士箴》。
仪凤四年(679),试《朝野多欢娱诗》、《君臣同德赋》。
垂拱元年(685),试《九河铭》、《高松赋》。
先天二年(713),试《出师赋》、《长安早春诗》。
开元二年(714),试《旗赋》(以"风日云野,军国清肃"④为韵)。
开元四年(716),试《丹甑赋》(以"周有丰年"为韵)。
开元五年(717),试《止水赋》(以"清审洞澈涵容"为韵)。
开元七年(719),试《北斗城赋》(以"池塘生春草"为韵)。
开元十一年(723),试《黄龙颂》。
开元十三年(725),试《花萼楼赋》(以"花萼楼赋一首并序"为韵)。
开元十四年(726),试《考功箴》。
开元十五年(727),试《积翠宫甘露颂》,《灞桥赋》(以"水云晖暎车骑繁杂"为韵)。

---

① (宋)沈作喆:《寓简》(卷五),北京,中华书局,1985年,第33~34页。
② (唐)薛登:《论选举疏》,(清)董浩等:《全唐文》(卷二八一),第2851页。
③ (清)徐松著,孟二冬补正:《登科记考补正》,北京,北京燕山出版社,2003年。
④ 按杂文之用赋,初无定韵,用八韵自此年始,见《能改斋漫录》引伪蜀冯铿《文体指要》。

开元十八年(730),试《冰壶赋》(以"清如玉壶冰,何惭宿昔意"为韵)或试《新浑仪赋》。

开元十九年(731),试《仲冬时令赋》(以题为韵)、《洛出书》诗。

开元二十二年(734),试《梓材赋》(以"理材为器,如政之术"为韵)、《武库诗》。

开元二十六年(738),试《拟孔融荐祢衡表》、《明堂火珠》诗。

开元二十七年(739),试《冀荚赋》(以"呈瑞圣朝"为韵)、《美玉诗》。

天宝六载(747),试《罔两赋》(以"道德希夷仁美"为韵)。

天宝十载(751),试《豹舄赋》(以"两遍用四声"为韵)、《湘灵鼓瑟诗》。

上元二年(761),试《迎春东郊诗》。

宝应二年(763),试《日中有王字赋》(以题为韵次用)。

永泰元年(765),试《辕门箴》。

大历二年(767),试《射隼高墉赋》(以"君子藏器待时"为韵)、《长至日上公献寿》诗

大历八年(773),试《登春台赋》(以"晴眺春野,气和感深"为韵),试《禁中春松诗》。

大历九年(774),东都试《蜡日祈天宗赋》,上都试《元日望含元殿御扇开合诗》,东都试《清明日赐百僚新火诗》。

大历十年(775),上都试《五色土赋》(以"皇子毕封,依色建社"为韵),东都试《日观赋》(以"千载之统,平上去入"为韵),试《龟负图诗》。

大历十二年(777),试《通天台赋》(以"洪台独存,浮景在下"为韵),试《小苑春望宫池柳色》诗。

大历十四年(779),试《寅宾出日赋》(以"大明在天,恒以时授"为韵),试《花发上林苑诗》。

唐中宗(705~710在位)和唐睿宗(710~712在位)两朝的杂文试题,已难考证。据上引文可知,进士科于显庆四年(659)就已试箴表等杂文,意味着进士科于试策之外还试杂文确是由来已久的,但尚属偶然。但随着科举考试的逐步正规,到永隆二年前后得到普遍认可,遂以诏令的形式固定化、制度化。清人徐松认为:"开元间,始以赋居其一,或以诗居其一,亦有全用诗赋者,非定制也。杂文之专用诗赋,当在天宝之季。"①考察开元进士科所试杂

---

① (清)徐松著,孟二冬补正:《登科记考补正》,北京,北京燕山出版社,2003年,第85页。

文题目,试赋十次,试诗四次,试箴、颂、表各一次,诗赋同试有三次。以上统计表明:其一,开元进士科杂文考试确实"常列诗赋题目";其二,诗赋同试,即开元十九年、开元二十二年、开元二十七年,已有专试诗赋的征兆;其三,从颂、箴、表仍被用作杂文试题来看,开元时尚未形成进士科杂文专试诗赋的定制。礼部侍郎杨浚于天宝十一载提出:"进士所试一大经及《尔雅》,帖既通而后,试文、试赋各一篇。文通而后试策,凡五条。三试皆通者为第。"[1]即进士科杂文考试试二题,其中一篇必为赋,另一篇文体不拘。这一方面是开元时进士科杂文以赋为主的延续,也是赋被确定为必考文体的制度化保证。自中宗神龙元年以后,诗或赋常被用作杂文考试文体,至天宝中,赋始被确定为杂文必考文体。进士科为何又于永泰元年(765)试《辕门箴》呢?杨绾曾于宝应二年(763)上《条奏贡举疏》建议恢复古制,实行汉代的察举制度,考试仅问经义及试策文。李廙、李栖筠、贾至、严武等持相同意见。他们攻击现行进士科考的矛头在于诗赋不切实用,且导致风俗浇薄。争论的结果是:"敕旨:'进士、明经,置来日久,今顿令改业,恐难其人。诸色举人,宜与旧法兼行。'"[2]朝廷仍因循旧法。但随后进士科即弃诗赋而改试箴,可视为当时知贡举者贾至与杨绾在有限范围里对其建言的实践。据《登科记考补正》卷一〇,永泰元年始置两都贡举,礼部侍郎知东都举,尚书右丞贾至知上都举。该年上都试《辕门箴》,在杂文专试诗赋之后又试箴体,这只能归因于主试者的好尚。但这样的改革尝试仅是昙花一现,进士专试诗赋直至唐末[3]。

为什么进士科所试杂文文体会由包括箴颂、铭表、诗赋等多类变为专试诗赋两类呢?首先,诗赋较之箴颂、铭表等更能全面展示考生的才华。律诗、律赋契合唐人光英朗练、音情顿挫的审美理想。如果说诗赋与箴颂铭表等都能见出学识与才器的话,那么诗赋更能反映出一个人的才情、"风情"与个性。同时,作律赋能"约束其心思,而坚整其笔力。声律对偶之间,既规重而矩迭,亦绳直而衡平"[4],以程式化的章法表达讽诵之意。同时,诗赋的题目千变万化,可以求新逐异,加之限韵的出现,即使题目相同,如果韵脚不同,也必须重头作过,而事先模拟箴颂(箴颂不限韵)以押题的可能性较之诗赋就大得多。宋人孙何云:"惟诗赋之制,非学优才高不能当也。"又云:"颂国政,

---

[1] (唐)杜佑:《通典·选举三》(卷一五),北京,中华书局,1984年,第83页下。
[2] (宋)王溥著、牛继清校证:《唐会要校证·贡举中·孝廉举》(卷七六),第1197页。
[3] 虽然德宗在建中三年(782)采纳中书舍人赵赞建议,以箴论表赞代替诗赋,又文宗太和七年(833)下诏,要"诗赋并停",但赋和诗都随即恢复。
[4] (清)王芑孙:《读赋卮言》,陈良运主编:《中国历代赋学曲学论著选》,南昌,百花洲文艺出版社,2002年,第378页。

则金石之奏间发;歌物瑞,则云日之华相照。观其命句,可以见学植之浅深;即其构思,可以觇器业之大小。穷体物之妙,极缘情之旨,识春秋之富艳,洞诗人之丽则。能从事于斯者,始可以言赋家流也。其论作赋之工如此,非过也。"①

其次,从考试检测角度来看,试诗赋更具合理性与科学性。唐朝每年应考者或八九百人或一二千人不等,能及第者少则十余人,多则三十余人,可谓"僧多粥少"。如何使进士科考既选拔出经世致用的人才,又公平公正,使得及第者名实相符,落第者心悦诚服?这就需要考试内容具有可操作性与程式化特征。律诗、律赋的章法、声律、限韵等要求具体而严格,既能使考试具有较大的区分度,便于排序,又能有明确的尺度从而快速、迅捷地评卷。"诗赋必限律格,又讲音韵,较之一般杂文为难,要想作的好,必须具有智慧,以此区别高下,比较容易得到效果。其次赋虽长而诗短,阅卷的人,也容易一目了然,这都是高宗及玄宗时代要考诗赋的理由。"②

最后,《切韵》等韵书的修订完成、类书的编纂为专试诗赋提供了重要的外在条件。律诗、律赋都限韵,声韵就须有一个客观的衡量标准。《旧唐书·李揆传》:"其试进士文章,请于庭中设《五经》、诸史及《切韵》本于床。"③"唐朝初年(所谓'初唐'),诗人用韵还是和六朝一样,并没有以韵书为标准。大约从开元天宝以后,用韵才完全依照了韵书。"④《切韵》系韵书被视为官韵,就在于朝廷以此作为评判科举考试诗赋用韵的标准,是每个考生必须遵守的权威韵书⑤。贞观朝编纂了《北堂书钞》、《艺文类聚》等类书,高宗武后时编纂了《累璧》、《瑶山玉彩》、《芳林要览》、《碧玉芳林》等类书,特别是高宗武后时期所编之类书,主要是为了满足文人摭拾词句的需要,其编选皆如《瑶山玉彩》"博采古今文集,摘其英词丽句,以类相从"⑥。专试诗赋的条件由此成熟。

专试诗赋促使整个社会的文学化,业诗攻赋成为一种士人必备的人文素养,对士人的精神面貌、生活方式、情感世界等产生了不可低估的影响,极大地提高了社会的文明化程度⑦。弊端则在于士人过度专注诗赋之声律工拙、华丽辞藻等,而忽略了德行器识、政事吏能的培养,使得士人进入仕途之后缺乏作为官员所必需的行政能力,与选拔经世致用人才的选官制度南辕

---

① (宋)沈作喆:《寓简》(卷五),北京,中华书局,1985年,第34页。
② 李树桐:《唐史新论》,台北,中华书局,1972年,第51页。
③ 《旧唐书·李揆传》(卷一二六),第3559页。
④ 王力:《汉语诗律学·导言》,上海,上海教育出版社,2002年,第5页。
⑤ 王兆鹏:《唐代科举考试诗赋用韵研究》,济南,齐鲁书社,2004年,第198页。
⑥ 《旧唐书·李弘传》(卷八六),第2828页。
⑦ 李浩:《唐代"诗赋取士"说平议》,《文史哲》2003年第3期。

北辙,也是导致唐代思想平庸、哲学贫困的重要因素之一①。

　　进士科考一诗一赋,赋难于诗。省试诗多为五言六韵十二句。律赋在声律方面较之律诗更为严格,唐昭宗乾宁二年(895)覆试进士以《良弓献问赋》,"以'太宗问工人木心不正,脉理皆邪,若何道理'十七字皆取五声字,依轮次以双周隔句为韵,限三百二十字成"②,限韵要求苛细之极。律赋既有声律、句式的限制,且赋的韵脚多,篇幅更长,因而赋更难于诗。《唐摭言·轻佻》记曰:"贾岛不善程式,每自叠一幅,巡铺告人曰:'原夫之辈,乞一联!乞一联!'"③贾岛尤工五律,乞人代作的应不会是律诗,而应是律赋,可见命题限韵的律赋之难。又如黄滔《答陈磻隐论诗书》:"咸通季初贡于小宗伯,试《禹拜昌言赋》。翼日罢,特持斯赋于先达之门,忽叨见钱之目(原注:'俗云以诗为末钱而市物,以赋为持钱而市物。')。是时张乔、许彬、林希刘皆咸有诗名,而退飞不已。"④正是因为律赋难于律诗,故而善作赋之黄滔令善作诗的张乔等人惭愧不已,不敢与之争锋。

　　律赋发展至盛唐,其体式、特征及审美倾向都已基本定型,但"标准成熟的形式要在中唐初期稍后才为人普遍掌握,才广泛流行使用"⑤。在尚文风气的影响下,进士科杂文逐步开始专试诗赋,至天宝元年,律赋更成为进士科杂文的必考文体之一,对律赋的创作具有重要的促进作用。可以说,盛唐是律赋发展史上极为重要的时期。但需要注意的是,即便天宝中期律赋成为进士科杂文必考文体之后,"专攻律赋者尚少",律赋仍属于士人为应付考试的初创之作,既无足以彪炳一代的名作,亦无足以抗衡唐诗的名家,其价值与影响不宜高估。

第五节　盛唐干谒文与"尚文"之风、文人矛盾人格

　　盛唐干谒文是盛唐散文中最具个性与魅力的文体。关于盛唐干谒文,论者颇多。较早的有程千帆《唐代进士行卷与文学》⑥,着重探讨行卷之风

---

① 杨萌楼:《唐代前期中国哲学的贫困》,《烟台大学学报》(哲学社会科学版)1999年第3期。
② (宋)洪迈:《容斋随笔·乾宁覆试进士》(卷六),北京,中华书局,2005年,第701页。
③ (五代)王定保:《唐摭言·轻佻》(卷一二),西安,三秦出版社,2011年,第193页。
④ (唐)黄滔:《答陈磻隐论诗书》,《全唐文》(卷八二三),第8671页。
⑤ 邝健行:《从唐代试赋角度论杜甫〈三大礼赋〉体貌》,《杜甫研究学刊》2005年第4期。
⑥ 程千帆:《唐代进士行卷与文学》,上海,上海古籍出版社,1980年。

的由来、具体内容及对诗歌、古文、传奇等的影响,但其仅就科举中的进士科而论,尚未涉及荐举、铨选中的行卷干谒现象。葛晓音《论初盛唐文人的干谒方式》①从初盛唐取士举人的观念变化、礼贤风气的形成等角度探讨了干谒盛行的原因、初盛唐文人的干谒方式和精神状态对初盛唐诗歌的影响,角度新颖,论述深刻,但仅就诗歌而论,几乎未涉及干谒散文,不够全面。王佺《唐代干谒与文学》②从社会学和文学两方面,侧重对干谒与文学的关系进行系统的考察,论述了唐代守选制度与干谒风气形成之关系、唐代文人的干谒手段及其特点、唐代文人的干谒心态、干谒对唐代文学发展之正反两方面的影响等,资料翔实,有不少新见。

本节以盛唐干谒文(不包括干谒诗)为研究对象,从选官制度、社会风尚、文人人格等方面分析干谒文在盛唐风行一时的原因,探寻干谒文与"尚文"风尚之间的互动关系,阐述干谒文所集中展示的盛唐文人的矛盾心态与矛盾人格,阐明盛唐散文的艺术突破与独特魅力。

干谒与自荐都有请求、荐举之意,两者有何异同呢?《唐文粹》卷八七、卷八八收录了唐人十九篇自荐书信,其中盛唐人所作有房琯《上张燕公书》、王昌龄《上李侍郎书》、李白《与韩荆州书》三篇,这三篇又被公认为干谒文,可见在姚铉看来,自荐就是干谒。钱穆先生承袭了此观点,如《记唐文人干谒之风》一文开篇即云:"唐代士人干谒之风特盛,姚铉《唐文粹》至专辟《自荐书》两卷。"③细考干谒、自荐,两者在目的、方式等方面都有差异,如《册府元龟》将自荐、干谒并列,并简要阐释了两者的含义。其文云:

> 自荐:士之自负其能,将以效用于世,而知己未遇,良时难偶,居尝用晦。虽屈于等夷,一朝乘便,思有以树立,繇是挺然自述以露其才,冀施于有政而见于行事者也。至有临危制变而奋厥庸佐,命戡难而申其术,居上治民而成务,切问近对以尽规,曷尝不饬躬以践形,循名而副实者已。顷复自炫自媒,昔人之所丑,若乃趹驰之士、不羁之子,以勋名为任而贫贱是耻者,岂复拘于尝简而安可不试哉!……④

---

① 葛晓音:《论初盛唐文人的干谒方式》,《诗国高潮与盛唐文化》,北京,北京大学出版社,1998年,第211~234页。
② 王佺:《唐代干谒与文学》,北京,中华书局,2011年。
③ 钱穆:《记唐文人干谒之风》,《中国文学论丛》,北京,生活·读书·新知三联书店,2002年,第274页。
④ (宋)王钦若等:《册府元龟·总录部·自荐》(卷九〇〇),北京,中华书局,1996年,第10655页。

> 干谒：夫有为之士，将以尽思虑之变，效智计之用，以达于有位，而奋于当世。然以贫贱之姿，风期攸隔，先容莫致，厥路无由，故寓词以感动，饬躬以干进，或矫激以世奇，迟留而不去。盖其策虑幅忆，无所发明，或以机事微密有以关说，乃至靡因介者期于自达。故有当倾盖之遇，恨相得之晚，邀功于一时，垂裕于将来者，斯亦感慨发愤而为之也。然而炫鬻以求售，其在君子之后乎？若乃向其风声，以道义为贵，或在惧其侵辱，因俛俛而往，亦人无间然矣。①

《册府元龟》认为：干谒与自荐的相同点在于，主体均为怀才不遇的贫贱之士，都采用上书达官显人以述才的方式。但两者异大于同，自荐是实有才学，目的在于施政行事，所述才能与实际才干名实相符，虽有自媒之嫌，但亦属情理之中；干谒虽也有一定学识，但轻视道义，矫饰夸大，喜邀功垂裕，一旦面对实际问题，又"无所发明"，名实不符，志大才疏，且干谒不成，仍"迟留而不去"，执着于富贵，实在称不上是君子。笔者以为，守道固穷，固然值得称赞；而干谒以自媒，将自己的才能展现在知己面前，虽称不上高洁，亦无可厚非。至于执着于功名富贵，亦属人之常情，不可苛求。

干谒者虽存在种种弱点，但也属情有可原。干谒者大都出身寒微，既无家族鼎力支持，亦无亲朋故旧提携，要单枪匹马入仕为宦，干谒势必难免。查其本心，哀告乞求、奔走权门，亦非其所愿。虽事干谒，但干谒终成为难以言说的刻骨铭心的痛楚，甚至成为困扰一生的梦魇，杜甫对长安干谒行为始终耿耿于怀就是明证。干谒行为自然算不得高洁，但亦毋庸苛之过深，不若设身处地，以恕道待人。就唐代而论，没行过卷、求过人的，可谓凤毛麟角，豪如李白，狂如杜牧，以师自封如韩愈，亦有过干谒之事。干谒虽披着不太光明正大的外衣，却折射出大唐士人昂扬向上的进取意识。盛唐文人毫不掩饰地在干谒文中表求求取荣华富贵的焦灼，虽不免戚戚于贫贱的俗态，却并无摇尾乞怜之态，颇多真淳豪放之气。自荐自进时，理直气壮，气度超拔，冠冕堂皇，或钩贯经史，或属事类比，甚至仰天长啸，刚健爽朗，美在风神，这正是盛唐干谒文之魅力所在。

一、盛唐干谒之风盛行的原因

对于盛唐时干谒之风盛行的原因，许多学者都曾论及。程千帆《唐代进士行卷与文学》认为行卷与当时的选官制度密切相关。葛晓音《论初盛唐文

---

① （宋）王钦若等：《册府元龟·总录部·干谒》（卷九〇〇），第10661~10662页。

人的干谒方式》认为初盛唐干谒兴盛的原因在于取士授官制度的改变和荐贤为"至公之道"观念的形成①。我们分析盛唐干谒之风盛行的原因,目的在于从历史事实出发考察盛唐干谒文产生的历史背景,以确保盛唐干谒文的文学阐释的客观有效性。

盛唐干谒大盛的原因是多方面的。

首先,朝廷各项选官制度所存在的漏洞是盛唐干谒兴盛的外因。盛唐的取士授官制度如科举、铨选、入幕等促使士人从获得省试资格到入仕为官之后,都须不断干谒。朝廷虽也曾下诏禁止干谒②,但收效甚微。朝廷在创立选官制度之时,有诸多考虑不周之处,诸如考试不糊名、纳省卷、以声名为准绳等,导致有机可乘。"树欲静而风不止",干谒之风一旦形成,就会裹挟本不愿干谒的士人亦加入干谒的行列。士人获得参加科举资格主要有学馆、乡贡、制举三途。其中,"大唐贡士之法,多循隋制。上郡岁三人,中郡二人,下郡一人",虽"有才能者无常数"③,竞争相当激烈。故地方州府官员就成为重要的干谒对象,如陈子昂《上薛令文章启》、李白《与韩荆州书》等。制举是君主下诏临时设置的以试策为主的取士制度,用以选拔非常人才或特殊人才。制举由皇帝监试,出身人、白身人、前资官,甚至六品以下的现职官都可应试,但需他人荐举或自我举荐。要获得他人荐举需干谒中央或地方重要官员,自举亦需县令、刺史的认可。

获得省试资格后,士人方可参加科举。科举之目较多,前途最光明、但难度最大的莫过于进士科。"进士为时所尚久矣,俊乂实在其中。由此者为闻人,争名常切,为俗亦弊。"④"进士者,时共贵之。"⑤由于进士崇高的社会声望和良好的仕途前景,故士子趋之若鹜,但录取名额极少,便导致士子为增大中举机会干谒知贡举者(初为考功员外郎,后为礼部侍郎),或者请托权贵,为之通榜⑥。

---

① 葛晓音:《论初盛唐文人的干谒方式》,《诗国高潮与盛唐文化》,第211~234页。
② (唐)苏颋《处分朝集使敕(二)》明确规定朝集使的职责是:"田畴垦辟,狱圄空虚,徭赋必平,逋逃自复。门杜请谒,庭无滞留。若是者,乃关乎职思,可以力致。"陈钧校:《苏颋诗文集编年考校》,第264页。
③ (唐)杜佑:《通典·选举三》(卷一五),北京,中华书局,1984年,第83页上。
④ (宋)王谠著,周勋初校证:《唐语林校证》(卷二),北京,中华书局,1987年,第183页。
⑤ (唐)赵匡:《举选议》,《全唐文》(卷三五五),第3602页。
⑥ (五代)王定保《唐摭言》(卷八)"通榜",记载了数则通榜所举之人考试高中的事实。
(宋)洪迈著,孔凡礼点校《容斋随笔·韩文公荐士》(卷五):"唐世科举之柄,颛付之主司,仍不糊名。又有交朋之厚者为之助,谓之通榜,故其取人也畏于讥议,多公而审。亦有胁于权势,或挠于亲故,或累于子弟,皆常情所不能免者。若贤者临之则不然,未引试之前,其去取高下,固已定于胸中矣。"北京,中华书局,2005年,第686~687页。

科举及第,只是取得了入仕资格。而要释褐为官,还须通过吏部铨选。因选人多而官缺少,铨选非常严格,先核校(三实),再考察(身、言),最后考试(书、判)等流程,及第举子难以全部通过。"身"与"言"的考察取决于主考官的主观印象;而"书"与"判"的考察,也采用不糊名的方式。在此情况下,选人为了顺利通过铨选,多会干谒吏部相关官员及权贵。

铨选合格后,选人多被授予九品官职。都督、刺史作为县令、县尉等基层官吏的直接上司,其考课、评价对升迁有重要影响。因而基层官员多会干谒州府长官,如李峤《上雍州高长史书》、《上高长史述和诗启》等。此外,盛唐时又有朝集使、巡察使(按察使)、采访使等,都有荐举、考察、惩处基层官吏的权力,因而也成为干谒对象。唐代官制,州县官三年任满,须俟吏部选调,若无突出才干,有可能"三年守官,十年待选"。待选前地方官员不得不四处干谒,以求声名达于主司,以尽快重新任职。也有人在贬黜后四处干谒,如张楚《与达奚侍郎书》,请旧友达奚珣念及故旧之情,帮助其调任"高班要津"。

唐人求官的方式除科举外,还有仕于幕府、投匦、献书①等途径。文人要入幕,或请托故人,如吴保安因"此官已满,后任难期",且"厄选曹之格限",干谒郭仲翔以引荐其入幕②;或干谒府主,如杜甫《投赠哥舒开府二十韵》;或献策等。故文人入幕在一定程度上导致了盛唐干谒之风的兴盛,"且唐代进士及第,仍未释褐,先多游于藩侯之幕。诸侯既得自辟署,故多士奔走,其局势亦与战国相近。不如西汉掾属之视乡评为进退。此有以长其干谒之风者一矣。"③投匦和献书以当朝皇帝为干谒对象,但需要有人引荐。朝廷在置匦的同时,设立了知匦使或献纳使④来审核、筛选投匦之文。献书也需要重臣近侍的举荐呈阅。比如杜甫在投匦进献《雕赋》、《封西岳赋》、《三大礼赋》的同时,曾请托献纳使田澄为其引荐,有《赠献纳使起居田舍人》为证。故盛唐文人无论是贡举还是释褐,调选还是升迁,都需要干谒。

其次,前辈或同辈因干谒而"一鸣惊人"的成功范例是刺激盛唐干谒兴

---

① 王佺:《唐人投匦与献书行为中的干谒现象研究》,《云梦学刊》2006年第1期。
② (唐)吴保安:《与郭仲翔书》,《全唐文》(卷三五八),第3637页。
③ 钱穆:《记唐文人干谒之风》,《中国文学论丛》,上海,生活·读书·新知三联书店,2002年,第275页。
④ (后晋)刘昫等《旧唐书·职官志二》(卷四三):"知匦使。天后垂拱元年,置匦以达冤滞。其制,一房四面,各以方色,东曰延恩,西曰申冤,南曰招谏,北曰通玄。所以申天下之冤滞,达万人之情状。盖古善旌、诽谤木之意也。天宝九年,改匦为献纳。乾元元年,复名曰匦。垂拱已来,常以谏议大夫及补阙、拾遗一人充使,受纳诉状。每日暮进内,而晨出之也。"第1853页。

盛最直接的因素。高适干谒宋州刺史张九皋,张九皋"遂奏所制诗集于明主,而颜公又作四言诗数百字并序。序张公吹嘘之美,兼述小人狂简之盛,遍呈当代群英"①。故平原太守颜真卿作诗称扬,高适最终因众人的推荐于天宝八载(749)高中有道科。干谒契合朝廷"考试为主,荐举为辅"的选官政策。朝廷曾多次下诏要求各级官吏荐举能人异士,对各级官吏而言,接见并引荐其中的佼佼者入仕既符合朝廷求贤、礼贤的诏令,又能扩大个人的声名、影响力,如著名的韩朝宗。

再次,强烈的功名意识是盛唐干谒风行的内因。科举制为寒族士人建功立业、封侯拜相提供了前所未有的机会,士人的功名意识被充分地激发。盛世气象刺激了士人浓烈的时代自豪感、强烈的使命感,使其以兼济天下为己任而渴望入仕。盛唐士人胸怀求仕的勇气与信心,汲汲于功名,但最终能青云直上、封侯拜相的幸运儿毕竟凤毛麟角。其中大多数人或年已老大而未能及第,或虽登堂而未能入室、沉沦下僚,但他们并未因此而消沉,秉着枉尺直寻的观念,四处干谒,坚信终有功成之日。

二、盛唐干谒文与"以文抗势"

干谒之风盛行于盛唐(特别是开元年间),是一种特殊的社会现象,而干谒文的大量出现则是伴随着干谒之风而形成的一种极为特殊的文学现象。历来多以干谒为耻,因干谒以求在上位者荐举需摧眉折腰,盛唐士人何以能在干谒文中扬眉吐气、趾高气昂呢?这可说是文化史上空前绝后的特殊现象。这组矛盾何以能共生于干谒文中呢?笔者将其概括为"以文抗势"。"创作者的神圣性"以及儒家的才德优越观念是"以文抗势"的思想基础,盛唐时源于科举的尚文之风,"燕许"、张九龄等以文章进用位至台辅的成功榜样,以及社会对才学之士的宽容与崇拜是"以文抗势"的现实支撑。研究这一问题,对探讨唐代士人的行为心态、价值取向与人格理想有非常重要的意义。

在干谒这个特定的情境下,干谒对象掌握着最具影响的行政权力、舆论导向、荐举能力等资源,干谒者的仕途全在干谒对象的掌握之中,可说有"生杀予夺"之权。有干谒者通过文采风流获得干谒对象欣赏进而被推荐中举的成功范例,如王维献诗于玉真公主,获其激赏,在其力荐下,于开元十九年(731)状元及第;也有士人因自恃才高不屑干谒,困于场屋后折节谒求,却求而不得心

---

① (唐)高适:《奉寄平原颜太守(并序)》,余正松注:《高适诗文注评》,北京,中华书局,2009年,第177页。

灰意冷的失败案例,如沈千运工诗,气格高古,士流皆敬慕,号为"沈四山人",天宝中,数应举不第,时虽年齿已迈,犹干谒名公,未果,方有归去之志①。

在这种特定的不平等关系下,干谒对象难免富贵骄人、睥睨寒士,士人们为了求得人格自尊与心理平衡,在某些特定的情况下,以仅有的也是最为宝贵的文学才华为资本以"对抗"干谒对象所拥有的权力及影响力,简而言之,就是"以文抗势"。这里的"对抗"并非指实际的权力争斗,毕竟干谒的目的在于请托、求助,而是指在精神领域中对强势的自然抗击,属于一种精神上的自卫,以求得精神的平等,目的在于保持个体的独立性,源于文人自我意识的觉醒。"以文抗势"是在盛唐时期"尚文"风气影响下产生的一种社会心理,也是唐代知识阶层兴起过程中特别是进士集团产生后的一种必然要求,同时也是"尚文"风气的表现形式之一,可说是互为表里。盛唐文人一方面受到科举制度的刺激,希求发挥治国之才,一展鲲鹏之志,倾慕战国文士高颜抗礼于诸侯的风范;另一方又迫于现实政治权力的种种窒压,只得俯首于权势,不得不以文自矜。盛唐文人的"以文抗势"可视为中国古代士阶层在政治相对清明、极端尚文的特殊时代带有某种极端意义的群体选择与精神皈依。

盛唐文人是在一种特殊的时代背景下成长起来的。由于科举制度的影响,士人与政治的关系日益紧密,士人为前途、生计等现实因素所限,不得不奔走权门,四处干谒,"朝扣富儿门,暮随肥马尘。残杯与冷炙,到处潜悲辛"②,干谒对象无可辩驳地处于强势地位。《唐摭言·轻佻》:"(郑)光业弟兄共有一巨皮箱,凡同人投献,辞有可噱者,即投其中,号曰'苦海'。昆季或从容用资谐戏,即命二仆异'苦海'于前,人阅一编,靡不极欢而罢。"③当然,像郑氏兄弟这类以嘲笑举子为乐的在上位者毕竟是少数,但也足以说明干谒对象不可一世的傲气与骄气。而初唐以来的尚文之风,为文人改变这种现实中的窘境提供了一种舆论上的支持,使文人找到了一种足以支撑其感情平衡的"法宝"即"文",因为文既是他们入仕的手段与敲门砖,更是他们在"一穷二白"的困境中,唯一的也是最有力的实现人格自尊的资本。在现实人生中,盛唐文人能与"势"相抗的,也只有"文":

> 则天闻其(郭元震)名,驿征引见。语至夜,甚奇之,问蜀川之迹,对

---

① 傅璇琮:《唐才子传校笺》(第一册),北京,中华书局,1987年,第425~430页。
② (唐)杜甫:《奉赠韦左丞丈二十二韵》,(清)仇兆鳌注:《杜诗详注》(卷一),第75页。
③ (五代)王定保:《唐摭言·轻佻》(卷一二),西安,三秦出版社,2011年,第192页。

而不隐。令录旧文,乃上《古剑歌》……则天览而佳之,令写数十本,遍赐学士李峤、阎朝隐等。遂授右武卫冑曹右控鹤内供奉,寻迁奉宸监丞。①

忽记往年奉诣时,足下云:"孙大所言第一进士,子则其人。"不肖诚愧孙公之过谈、足下误听,然尚恐足下正由此见知。……射策甲科,见称朝右。当此之时,为奋笔飞鸾凤,摛论吐云烟,明主可正议而干,群公可长揖而见。……又以为务恃文词,傲弄当世……丈夫行已三十年,读书数千卷,尚不能揣摩捭阖,取权豪意旨,况复终年怏怏,折腰于掾吏之下哉?②

前此郡督马公,朝野豪彦,一见尽礼,许为奇才。因谓长史李京之曰:"诸人之文,犹山无烟霞,春无草树。李白之文,清雄奔放,名章俊语,络绎间起,光明洞彻,句句动人。"此则故交元丹,亲接斯议。③

(任)华自去冬拜谒,偏承眷顾,幸辱以文章见许,以补衮相期。……况华尝以三数赋笔奉呈,展手剨云:"足下文格,由来高妙。今所寄者,尤更新奇。公言之次,敢忘推荐?"朝廷方以振举遗滞为务,在中丞今日得非公言之次乎?当公言之次,曾不闻以片言见及,公其意者岂欲弃前日之信乎?④

今年春三月及第。往者虽蒙公不送,今日亦自致青云。天下进士有数,自河以北,唯仆而已,光华藉甚,不是不知。君须稍垂后恩,雪仆前耻,若不然,仆之方寸,别有所施。何者?故旧相逢,今日之谓也。仆困穷如君之往昔,君之未遇似仆之今朝,因斯而言,相去何远?君是御史,仆是词人,虽贵贱之间,与君隔阔,而文章之道,亦谓同声,而不可以富贵骄人,亦不可以礼义见隔。且仆家贫亲老,常少供养,兄弟未有官资,嗷嗷环堵,菜色相看,贫而卖浆。值天凉,今冬又属停选试,遣仆为

---

① (唐)张说:《兵部尚书代国公赠少保郭公行状》,《全唐文》(卷二三三),第2353~2354页。该文不见于熊飞校注《张说集校注》。
② (唐)萧颖士:《赠韦司业书》,张卫宏:《萧颖士研究》,第154~159页。
③ (唐)李白:《上安州裴长史书》,《李太白全集》(卷二六),第1247~1248页。
④ (唐)任华:《与庚中丞书》,《全唐文》(卷三七六),第3817页。

御史,君在贫途,见天下文章精神气调得如王子者哉?①

　　(王)维以诗名盛于开元、天宝间,昆仲宦游两都,凡诸王驸马豪右贵势之门,无不拂席迎之,宁王、薛王待之如师友。维尤长五言诗。书画特臻其妙,笔踪措思,参于造化,而创意经图,即有所缺,如山水平远,云峰石色,绝迹天机,非绘者之所及也。②

郭元振因《古剑歌》而得官;萧颖士因文辞而与文坛宿学孙逖相知并傲视同辈;李白因诗文而得都督礼待;任华因文章而得庾中丞推荐;王泠然因文章而自负甚至自傲;王维因诗名而被宁王、薛王等显贵视为师友。以上所举数例,核心内容就是士人以文学才华而受到权贵的青睐甚至被尊如师友。文学才华给了他们自负的"筹码"以及生存的价值,由此确立了人生的信念。干谒者虽处于弱势,但具有强烈的自我肯定及自我优越感。加之,盛唐的文化环境已从儒学化向文学化转变,社会风尚已从崇儒向崇文转变。正是这种优越感及崇文风尚给了他们干谒权贵时精神独立的动力。这种优越感源于"创作者的神圣性"③及儒家的才德优越观念。

《礼记·乐记》:

　　故知礼乐之情者能作,识礼乐之文者能述。作者之谓圣,述者之谓明。明圣者,述作之谓也。

正义曰:

　　此一节申明礼乐器之与文,并述作之体。……凡制作者,量事制宜,既能穷本知变,又能著诚去伪,所以能制作者。……述,谓训说义理。既知文章升降,辨定是非,故能训说礼乐义理,不能制作礼乐也。……圣者通达物理,故"作者之谓圣",则尧、舜、禹、汤是也。"述者之谓明",明者辨说是非,故修述者之谓明,则子游、子夏之属是也。④

---

① (唐)王泠然:《与御史高昌宇书》,《全唐文》(卷二九四),第2983页。
② (后晋)刘昫等:《旧唐书·王维传》(卷一九〇下),第5052页。
③ 龚鹏程:《才性论与文人阶层》,龚鹏程:《中国文人阶层史论》,兰州,兰州大学出版社,2004年,第57页。
④ (汉)郑玄注,(唐)孔颖达疏:《礼记正义·乐记》(卷三七),第1089页。

能制礼作乐之谓圣,能述礼修乐之谓明。按照盛唐人的文学观,礼乐雅颂之文是礼乐制度的重要组成部分,文学创作不再是扬雄、班固所鄙薄的雕虫小技,而获得了经天纬地的高度,所谓"经天地,揭日月,文之义也"①,文已经与经邦治世的抱负紧密地联系在一起。文人依靠一种神秘、神圣、神奇的力量才能撰写出一篇具有奥义、雅辞的文章,这种特殊能力,非常人所能及。盛唐士人正是于此得到了经营文事的崇高理由,也因能作述礼乐之文而获得充分的自信以抗击权势。

"对优越感的追求是所有人类的通性……在每件人类的行为之后,都隐藏着有对优越感的追求,它是所有对我们的文化有所贡献的泉源。"②儒家在这方面表现得尤为突出。《孟子·公孙丑下》:

> 曾子曰:"晋楚之富,不可及也。彼以其富,我以吾仁;彼以其爵,我以吾义。吾何慊乎哉?"夫岂不义而曾子言之?是或一道也。天下有达尊三:爵一,齿一,德一。朝廷莫如爵,乡党莫如齿,辅世长民莫如德。恶得有其一以慢其二哉?故将大有为之君,必有所不召之臣,欲有谋焉,则就之,其尊德乐道,不如是不足以有为也。③

孟子认为,君主虽有财富爵位,但士人胸有仁德义气,两相对比,并不比君主少什么。天下以爵位、年齿、德行为尊,朝廷自以爵位为尊,但并不能因此慢待齿、德二者,因为有德者能辅世佐君,使天下大治,百姓大安。君主若想有所作为,就须尊德乐道,换句话说,"德""道"超越于君权之上,即道尊于势。有德之君方可以得仁德之士,方可以长民治民,而怀仁义之士,若不得仁德之君,自可以"乐其道而忘人之势。故王公不致敬尽礼,则不得亟见之。见且由不得亟,而况得而臣之乎"④。按照"道尊于势"的逻辑,孟子认为,士与君应该保持这样的关系:

> 子思之不悦也,岂不曰:"以位,则子君也,我臣也,何敢与君友也?以德,则子事我者也,奚可以与我友?"千乘之君,求与之友而不可得也,

---

① (唐)张说:《唐西台舍人赠泗州刺史徐府君(神道)碑(铭并序)》,《张说集校注》(卷一八),第898页。
② 〔奥〕A.阿德勒:《自卑与超越》,曹晚红译,北京,中国友谊出版公司,2013年,第54页。
③ (汉)赵岐注,(宋)孙奭疏:《孟子注疏·公孙丑章句下》(卷四上),第104~105页。
④ (汉)赵岐注,(宋)孙奭疏:《孟子注疏·尽心章句上》(卷一三上),第354页。

而况可召与？①

若论权位，则君是君，臣是臣；若论仁德，则士因有德而为君师，也就是说，道高于君，从道不从君，君虽以权为尊，士以道为尊，在尊道从德这一点上，君应师士。孟子提出了如何协调士人自尊与帝王权势关系的理想办法。这个想法自孟子提出之后，战国时期或许有人实践过，但秦汉以来，除了部分隐士间或持有这种心态之外，在政治场合中，这种相对独立的人格及乐道自尊的心态，已较为少见。而在盛唐，士人们再次将其发扬光大。需要注意的是，盛唐这个大一统时代毕竟不再是那个诸侯割据、合纵连横的战国了，而且他们与政治的亲密关系也不允许与君王保持那种双向选择关系。但是，士人们在面对那些有权势却无文学才华的达官显贵如李林甫辈之时，在处理自我人格与现实行为的关系时，他们至少在精神上表现出了孟子当年所倡导的那种"道尊于势"的理念，只不过此时的"道"不仅指仁义、道德等，还包括文学才华，"道尊于势"逐步嬗变为"以文抗势"。

如果说"创作者的神圣性"以及儒家的才德优越观念是"以文抗势"的思想基础的话，那么盛唐时的源于科举、政治的尚文之风，"燕许"、张九龄等以文章进用位至台辅的现实榜样以及社会对才学之士的宽容与崇拜就是"以文抗势"的现实支撑。

"盖唐代科举之盛，肇于高宗之时，成于玄宗之代，而极于德宗之世。"②科举经过初唐百余年的发展，到盛唐时期无论从科目的设置，还是制度建设都达到了成熟完备的程度。由于科举所带来的巨大的政治利益，社会形成了一种浓厚的以科举入仕的风尚：

> 以至于开元、天宝之中……故太平君子，唯门调户选，征文射策，以取禄位，此行己立身之美者也。父教其子，兄教其弟，无所易业，大者登台阁，小者仕郡县，资身奉家，各得其足，五尺童子，耻不言文墨焉。是以进士为士林华选，四方观听，希其风采，每岁得第之人，不浃辰而周闻天下。③

科举作为选拔人才的制度，以文才作为重要的乃至唯一的衡量标准，实际上

---

① （汉）赵岐注，（宋）孙奭疏：《孟子注疏·万章章句下》（卷一○下），第288页。
② 陈寅恪：《元白诗笺证稿》，北京，生活·读书·新知三联书店，2001年，第2页。
③ （唐）沈既济：《词科论（并序）》，《全唐文》（卷四七六），第4868页。

是把政治与文学融为一体。文学不再是政治的点缀、附庸,而是入仕为政不可分割的一部分,这不仅对盛唐政治风气产生了一定的影响,在社会上开创了一种以才学入仕的风气,对文学和文学家的命运也有很深的影响。盛唐科举,有两个现象格外突出。一是进士试诗赋;二是制科重文辞与军事。科考重文的倾向引导着士人以文为尚,轻视经史:

> 其后明经停墨策,试口义,并时务策三道,进士改帖大经,加《论语》。自是举司帖经,多有聱牙孤绝倒拔筑注之目,文士多于经不精,至有白首场屋者,故进士以帖经为大厄。天宝初,达奚珣、李岩相次知贡举,进士文名高而帖落者,时或试诗放过,谓之赎帖。①

以试诗赋为主的进士科以及进士科考试中以诗赎帖的现象,无疑助长了尚文风尚,更刺激了社会的尚文之风。对于自信有潘江陆海之才的士人来说,仿佛青紫俯首可拾,今虽布衣或下僚,但身有文学、才干,发展潜力不可低估,权势指日可待;而彼虽现有权势,但古往今来,富贵不长久,也有日落西山之日时正是科举制的兴盛和尚文之风,给了士人们以文才对抗权势的勇气和信心。

武后执掌政权之后,虽然在政权运行中仍倚重能吏,但君臣诗酒唱和的风雅、文人以诗赋受赏的风光、布衣凭借文章骤登龙门(虽然又快速黜落)的荣耀,以上众多因素使得社会逐渐形成重文的心理和风尚:

> 自则天久视之后,中宗景龙之际,十数年间,六合清谧,内峻图书之府,外辟修文之馆,搜英猎俊,野无遗才。右职以精学为先,大臣以无文为耻。每豫游宫观,行幸河山,白云起而帝歌,翠华飞而臣赋。雅颂之盛,与三代同风。岂惟圣后之好文,亦云奥主之协赞者也。②

玄宗时的名相张说于开元年间主盟文坛,他所赏识和任用的人,大都是文学之士,如徐坚、贺知章、孙逖、王翰等,他对士人的品评也大都以文才为标准。苏颋别无其他突出才干,亦未经历练,仅凭擅长制敕之才竟坐致公卿。张九龄曾中"才堪经邦科"、"道侔伊吕科",精于吏事,又被张说誉为"后世词人

---

① (唐)封演著,赵贞信校注:《封氏闻见记校注·贡举》(卷三),北京,中华书局,2005年,第16页。
② (唐)张说:《中宗上官昭容文集序》,(唐)张说著,熊飞校注:《张说集校注》(卷二八),第1318页。

之冠",以制诰知名。他任相期间,引文儒之士参与政事,鄙薄、贬抑"目不知书"之人,集中反映在坚决反对牛仙客入相一事上,"他的意思以为出身的正途,除开门阀以外,还应该有文学,按照这个标准,他自己虽无门阀,但却由进士词科释褐,以后又历践台阁华显之职,所以可以致身宰辅,而牛仙客则既无门阀,又复目不知书,所以不能任居中央清紧官位"①。虽然玄宗最终仍然任用牛仙客,而罢免了张九龄,但翰林院中那些以文学著称者,如张均、李白、吕向等,仍是对尚文之风的肯定。正是张说、苏颋、张九龄等人因文章而跻身公卿的现象,鼓励了文学之士的自我认定及对前途的期许。

"自武则天专政破格用人后,外廷之显宦多为以文学特见拔擢之人。而玄宗御宇,开元为极盛之世,其名臣大抵为武后所奖用者"②,以"文学"取士的政策直接影响了社会对才学之士的宽容与崇拜。如"崔颢者,登进士第,有俊才,无士行,好蒲博饮酒。及游京师,娶妻择有貌者,稍不惬意,即去之,前后数四"③。王浣"少豪荡不羁,登进士第,日以蒲酒为事",居官后"枥多名马,家有妓乐。浣发言立意,自比王侯,颐指侪类,人多嫉之"④。李邕"性豪侈,不拘细行,所在纵求财货,驰猎自恣",至"奸赃事发"为李林甫所害⑤。崔颢、王浣、李邕等虽德行有亏,但并未影响其作为名士的地位,因为他们都具有常人难以企及的文才,可谓是"一俊遮百丑"。李邕曾因"陈州赃污事发",罪当死。孔璋与其素不相识,但仰慕其才名,竟上书愿代其死。更有甚者,李邕虽屡被贬斥,却因"人间素有声称,后进不识,京、洛阡陌聚观,以为古人,或将眉目有异,衣冠望风,寻访门巷"⑥。这尤能反映出当时对文才的崇拜。社会对进士及第者的狂放之举的宽容,说明盛唐士人的高自标格并非一厢情愿的自誉,而是有着广泛的社会基础。

由科举刺激而生的尚文之风,张说、张九龄等文儒由文章而立身公卿的榜样激励,社会对文学之士的推崇备至共同催生了"以文抗势"的特殊现象。在某种意义上说,"以文抗势"是春秋战国时期士人"平揖诸侯"、以"道统"自居、以"君师"自重在盛唐这个特殊时代短暂的"回光返照"而已。部分盛唐士人"以文抗势",看似傲岸不屈,实则贪恋权栈,但正因其部分消解了文人屈从权势的屈辱感,故成为后人所追慕的在现实政治中既依附于权势阶

---

① 汪篯:《唐玄宗时期吏治与文学之争》,唐长孺等编:《汪篯隋唐史论稿》,北京,中国社会科学出版社,1981年,第205页。
② 陈寅恪:《唐代政治史述论稿》,北京,生活·读书·新知三联书店,2001年,第205页。
③ 《旧唐书·崔颢传》(卷一九〇下),第5049~5050页。
④ 《旧唐书·王浣传》(卷一九〇中),第5039页。
⑤ 《旧唐书·李邕传》(卷一九〇中),第5043页。
⑥ 同上,第5042页。

层、又力图在精神领域疏离于权势阶层相标榜的典型之一。需要说明的是，文人自从秦始皇统一六国、建立大一统王朝之后，并无真正意义上的抗节独行，也无法做到真正意义上的"以文抗势"，只能是身处困顿的文人自我虚拟的、聊以自慰的"镜中花"、"水中月"，干谒行为本身就是对权势的趋附与服从，因为权势作为一种社会存在是难以逾越的，它象征着权力和地位，而这正是士人梦寐以求的人生目标。只要不放弃功名利禄之心，对权势的屈从就无可避免，只有那些看破功名、隐居山林的真隐士才在实际意义上真正地实践了对权力的抗拒，虽然他们的抗拒是以"逃避"的特殊方式实现的。

三、盛唐干谒文与文人矛盾人格：从"耻干谒"与"事干谒"说起

汉魏以来的传统观念认为干谒是露才扬己、自媒自炫的"丑行"。所谓"投刺干谒，驱驰于要津；露才扬己，喧胜于当代。古之贤良方正，岂有如此者乎！朝之公卿，以此待士；家之长老，以此垂训。欲其返淳朴，怀礼让，守忠信，识廉隅，何可得也。譬之于水，其流已浊，若不澄本，何当复清。方今圣德御天，再宁寰宇，四海之内，喁喁向化，皆延颈举踵，思圣朝之理也。不以此时而理之，则太平之政又乖矣。凡国之大柄，莫先择士。古先哲后，皆侧席待贤；今之取人，令投牒自应，非经国之体也。"[1]古制实行乡举里选，不令举人自荐。一旦"毛遂自荐"就会被人视为耀才躁进，是不符合"本分自守"的冒进。同时，干谒之风行已成为较为严重的社会问题，因为干谒，士人大量集中到了京城，造成住宿、餐饮、治安等一系列问题，同时亦导致传统伦理道德的沦丧。万岁通天元年（696），在贤良方正科的策问中就曾指出"隆周御历，多士如林，扬己露才，干时求进。宁知媒炫之丑，不顾廉耻之规。风驰景轶，云集雾委。攘袂于选曹，盱衡于会府"[2]；"屠钓关柝之流，鸣鸡吠犬之伍，集于都邑，盖八万计"[3]。由干谒所引起的社会、道德问题，令最高层为之瞩目。而对干谒个体而言，干谒所带来的仰人鼻息的屈辱感、委曲求全的"自贬自抑"、求仕无成的焦灼感以及困顿下层的窘迫感等，都给士人以深深的伤痛。故杜甫在十年求仕无成后，会有"以兹悟生理，独耻事干谒"[4]的反思与觉醒。

实际上，这种屈辱感并非干谒无成后才会产生的，它一直伴随着干谒的整个过程，也就是说"耻干谒"与"事干谒"一直相伴共生。最典型的表现就

---

[1] （唐）杨绾：《条奏贡举疏》，《全唐文》（卷三三一），第 3357 页。
[2] 《应封神岳举对贤良方正策第一道》，《全唐文》（卷二七三），第 2773 页。
[3] 《应封神岳举对贤良方正策第二道》，《全唐文》（卷二七三），第 2773 页。
[4] （唐）杜甫：《自京赴奉先县咏怀五百字》，《杜诗详注》（卷四），第 266 页。

是盛唐文人在上书陈启时都不承认自己的行为是干谒,或者竭力把自己的行为与一般的干谒区别开来。如萧颖士《赠韦司业书》:"仆家业山东,非举选时,不至三辅。而倏来忽往,亦已再三。一昨遇谢官,乃不知门下省与朝堂所在……足下诚问仆于衡轴诸公,必知未有一人言仆造其门矣。"①任华《与京尹杜中丞书》:"仆到京辇,常以孤介自处,终不能结金张之援,过卫霍之庐。苟或见招,辄以辞避,所以然者,以朱建自试。"②还有士人在本为求仕而作的干谒文中表白自己并无功名之心甚至无心仕进,如张楚作《与达奚侍郎书》一文的目的在于以往昔之友情动人以求升迁,自言"至如高班要津,听望已久",但下文又说:"自顷探释氏苦空之说,览庄生齐物之言,宠辱何殊,喜愠无别……飘飘风雨,任运推转,何必越性干祈?"③似乎绝无功名利禄之心。而杜甫在《进封西岳赋表》中先详言"顷岁,国家有事于郊庙,幸得奏赋,待罪于集贤,委学官试文章,再降恩泽,仍猥以臣名实相副,送隶有司,参列选序",暗示自己有才且已通过相关考察,但仍待选,未得实缺,意在求官;后却又云"然臣之本分,甘弃置永休,望不及此……在臣光荣,虽死万足,至于仕进,非敢望也"④,明显是言不由衷。这种现象固然与干谒书启的写作技巧有关,但另一方面亦说明,在盛唐文人的潜意识里,干谒虽非可耻,但也并非荣耀之事,像高适"有才不肯学干谒,何用年年空读书"⑤般理直气壮地宣扬干谒毕竟是少数,所以盛唐人总要为干谒寻找一些冠冕堂皇的理由,为己辩解。除干谒文中否认干谒这种矛盾现象之外,在干谒文中还有一种奇特现象,即一面对达官贵人冷嘲热讽,一面又对其俯身乞怜,最典型的莫如杜甫⑥。又如李白,一方面锋芒毕露、愤世嫉俗,同时又渴望建功立业、希求举荐⑦。

从盛唐干谒文"事"与"耻"之间的矛盾可以见出盛唐士人人格的复杂性,即依附与独立并存,媚俗与高尚共有,现实人格与理想人格之间既矛盾又调和。士人作为一个社会阶层,不管其人格宣言如何,在他们人生经历的某个阶段出于现实生存的需要以及对个人社会价值的追求,几乎都会有对

---

① (唐)萧颖士:《赠韦司业书》,张卫宏:《萧颖士研究》,第153页。
② (唐)任华:《与京尹杜中丞书》,《全唐文》(卷三七六),第3817页。
③ (唐)张楚:《与达奚侍郎书》,《全唐文》(卷三〇六),第3116页。
④ (唐)杜甫:《进封西岳赋表》,《杜诗详注》(卷二四),第2158页。
⑤ (唐)高适:《行路难二首》,余正松注:《高适诗文注评》,北京,中华书局,2009年,第2页。
⑥ 霍志军:《耻干谒和事干谒——试论杜甫人格的复杂性》,《中国矿业大学学报》(社会科学版)2005年第1期。
⑦ 康震:《李白政治文化人格的美学意义》,《陕西师范大学学报》(哲学社会科学版)1999年第4期。

君国的依附与用命和对权贵的攀附与屈从,对"权"与"势"的渴望是干谒之所以产生的根本原因,同时也是文人束缚自我的精神桎梏;从现存的文学作品来看,盛唐时代开放的人文环境、和谐的君臣关系、社会对奇言异行的包容等因素使得盛唐文人极力追求个性的自我张扬,表现出对独立人格的企慕与标榜①。

盛唐士人人格中"独立"与"依附"的历史渊源是什么?对于这种矛盾,盛唐士人如何协调?结果如何?其在干谒文中的具体表现又是什么呢?

春秋战国是士阶层的崛起时期。其时,诸子蜂起,百家争鸣,形成了各具特色的人格理想模式,但异中有同,其人格理想模式的相同点是如何处理与现实政治的关系,也就是对道与势的态度来彰显的。以孔子、孟子为首的士人具有重道轻势的倾向,对道的恪守促成了士人精神上的独立。孟子认为,贤士作为王者师与国君人格平等,可忘势相交:"古之贤王好善而忘势。古之贤士何独不然?乐其道而忘人之势。故王公不致敬尽礼,则不得亟见之。见且由不得亟,而况得而臣之乎?"②又如:"故汤之于伊尹,学焉而后臣之,故不劳而王。"③体现出在师尊于君的前提下,师以臣的身份服从君的先后关系④。"道尊于势"的主张对士人的精神独立具有根本的影响,"居天下之广居,立天下之正位,行天下之大道,得志与民由之,不得志独行其道。富贵不能淫,贫贱不能移,威武不能屈,此之谓大丈夫"⑤。这是对士人独立人格最经典、全面的表述。

至战国后期,大多数士人从对道的恪守变为对势的依附,"以道抗势"转为"以道附势",正所谓"今之所谓仕士者,污漫者也,贼乱者也,恣睢者也,贪利者也,触抵者也,无礼义而唯权势之嗜者也"⑥。降及汉代,由于"罢黜百家,独尊儒术","学"与"势"较之先秦,更加紧密地结合在一起,一方面确实提高了士子的社会、政治地位,但却是以士阶层放弃精神独立为代价的,士与君之间以唯一的君臣关系代替了曾经的师友关系,道已经无法与势相抗衡。从此,"中国传统文士正道直行、以道自任的殉道精神,忧国忧民的忧患意识,积极进取、奋发向上的人生态度,不得不随统治者的权力更替而起

---

① 杨恩成、吕蔚:《附势与媚俗:唐代诗人人格的另一面——以李白、杜甫、高适为中心》,《陕西师范大学学报》(哲学社会科学版)2004年第3期。
② (汉)赵岐注,(宋)孙奭疏:《孟子注疏·尽心章句上》(卷一三上),第354页。
③ (汉)赵岐注,(宋)孙奭疏:《孟子注疏·公孙丑章句下》(卷四上),第105页。
④ 田耕滋:《孟子的士人理想与人格精神》,《重庆师院学报》(哲学社会科学版)2002年第3期。
⑤ (汉)赵岐注,(宋)孙奭疏:《孟子注疏·滕文公章句下》(卷六上),第162页。
⑥ 北京大学《荀子》注释组注:《荀子新注·非十二子篇》,北京,中华书局,1979年,第72页。

伏动荡，其出处去就亦必然随政权的易位而颠簸不定"①。但是，需要注意的是，还有部分士人虽面对强大的权势，但并不屈道附势，他们或退隐田园、山林，以消极逃避的方式以摆脱势的"淫威"，如以陶渊明为首的隐士；或以血肉之躯直面抗击强暴，杀身以成仁，九死而不悔，如东汉末年以李膺、陈蕃等为首的党人，类似这样的抗争历代都有，可说不绝于缕，他们都可称为"中国的脊梁"。

降及盛唐，雄视六合、睥睨四夷的声威，良好君臣关系的重建，文人政治格局的初步形成以及礼乐文化的倡导等因素共同激发了盛唐文人强烈的功名意识、进取精神，他们以"致君尧舜、齐衡管乐"自期，具有明确的政治理想。正是出于经世劝俗的考虑，同时也是对权力的渴望，士人们虽"耻"仍"事"，汲汲于干谒，在这看似冲突实际又"和谐"共存的矛盾共同体中，士人如何协调两者的矛盾？又有哪些因素使干谒者找到了与干谒对象人格平等的支点？

首先，干谒者认为，自己虽干谒以求仕，但并非不分对象地四处干谒，干谒是以道相合、以文章相知为基础的，与通常的以财货为贿赂手段的干谒有天壤之别。不少干谒文中都申明干谒对方的原因在于视对方为知己、知音、与己道合，"足下本以道垂访，小人亦以道自谋"②，"若道不合，虽以王侯之贵，亲御车相迎，或以千金为寿，仆终不顾，肯策款段崎岖傍人门庭开强言乎？"③虽事实未必尽然，但至少在精神上为干谒者找到了对干谒行为的"合理性"解释。至于以文章相知，正如王泠然所说："君是御史，仆是词人，虽贵贱之间，与君隔阔，而文章之道，亦谓同声。"④亦如任华所言："一昨不意，执事猥以文章见知，特于名公大臣，曲垂剪拂，由是以公为知己矣。"⑤干谒者与被干谒者只有暂时的地位高低之分，而在文章上则是同声相求，以文学见知，干谒者可凭借其文学才华与贵者处于同等地位。既然如此，干谒者自然能意气风发地干谒求仕了。

其次，干谒者乃出于公心而求官，作为在上位者更应以公心待之，所谓"公心"以求官理直气壮地部分消解了干谒者因摧眉折腰所带来的耻辱感。如张说《与凤阁舍人书》中所言：

---

① 张振龙：《传统文士人格与"二十四友"的附势心态》，《唐都学刊》2000年第4期，第64页。
② （唐）萧颖士：《赠韦司业书》，张卫宏：《萧颖士研究》，第161页。
③ （唐）任华：《与京尹杜中丞书》，《全唐文》（卷三七六），第3817页。
④ （唐）王泠然：《与御史高昌宇书》，《全唐文》（卷二九四），第2983页。
⑤ （唐）任华：《与京尹杜中丞书》，《全唐文》（卷三七六），第3817页。

范阳张说谨上凤阁舍人公足下：

窃闻高义远矣，愿托下风久之，自非气以同求，音为赏奉，降此已往，复何云云？昔有飞英子处于深林，桴转沟壑；适遇灵风子出于大块，将猎云霄。飞英子思欲游焉，扬袂大呼："请俱载矣！"灵风子不知其人也，怒气视，叱而还之。飞英子曰："吁！子非至公也。夫至公也者，以义而求之，以仁而与之；况乃假有余之资，济无阶之望，施不费之惠，振将坠之魂。子不滥吹，我无苟进，此种德也，夫何拒焉？"灵风子曰："请受教。"遂相与翻飞而行，拊扶而上，经乎绮阁，集乎瑶台，簸芳万里，腾景千仞。既而灵风子卒无德色，飞英子亦无私心……①

张说以"灵风子"喻干谒对象，以"飞英子"喻干谒者，认为干谒者出于公心"以义而求之"，在上位者就应该"以仁而与之"，出于公心而荐之。更何况是凭借有余之资、"施不费之惠"却能"济无阶之望"，"振将坠之魂"，对在上位者而言也是一种布德施惠的行为。干谒者求官并无私心，对朝廷、对举荐者、对干谒者三方有利。

再次，统治者求贤礼贤的姿态部分地消解了干谒者低首敛眉的屈辱感。盛唐继承了初唐时期以科举为主、荐举为辅的取士制度，但在一定程度上革除了"为官既不择人，非亲即贿"②的弊端，实行取士惟才、任人惟贤的标准。在将科举荐举制度化、规范化的同时，玄宗还诏令百官荐贤不避亲，打消了百官因荐举而被目为朋党的后顾之忧："然士人藏器，众何以知？岂若父子之间，自相推荐。昔祁奚之举祁午，谢安之任谢元，良史书之，咸以为美。贤彦之士，何代无人？宁限嫌疑，致有拘忌。其内外官有亲伯叔及弟兄并子侄中，灼然有才术异能，风标节行，通闲政理，据资历堪充刺史县令者，各任以名荐。"③除令百官随时荐举之外，玄宗还多次诏令有才德者自举。在这种形势下，朝野上下形成了以荐贤为治国安邦之要的观念，能否礼贤成为士人评价公卿德行的重要尺度。韩朝宗在政事、文学方面都较为平庸，但因为能够荐士，而深受天下士人敬慕即是明证。盛唐士人大都自诩为能安邦定国的奇才，自己既然是贤能，而公卿荐贤又是其职责所在，干谒的目的也是为国出力，利国利民，那么干谒以求仕就是出于公心、平交权贵的合理行为了。

复次，干谒者认为干谒以求仕并非仅仅对自身有利，同时对干谒对象也

---

① （唐）张说：《与凤阁舍人书》，《张说集校注》（卷三〇），第 1422~1423 页。
② （唐）唐睿宗：《劳毕构玺书》，《全唐文》（卷一九），第 230 页。
③ （唐）唐玄宗：《令内外官荐亲伯叔及弟兄子侄堪任刺史县令诏》，《全唐文》（卷三一），第 350 页。

有种种益处。盛唐士人正是出于这种互利的考虑,才理直气壮地提出自己的要求,在人格上试图取得与王侯将相平等的地位,甚至在某种程度上具有孟子"王者师"的意味。如任华《告辞京尹贾大夫书》:"仆所邀明公枉车过陋巷者,岂徒欲成君之名而已哉? 窃见天下有识之士,品藻当世人物,或以君之才望,美则美也,犹有所阙焉。其所阙者,在于恃才傲物耳。仆感君国士之遇,故以国士报君。其所以报者,欲浇君恃才傲物之过,而补君之阙。"①认为邀请贾大夫过府,目的在于成其礼贤之名,矫正其恃才傲物之阙。除此之外,最典型的莫如袁参《上中书姚令公元崇书》,以"五利"市于姚崇,"五利"分别是"使天下之人,不能议君矣","使酷杀之刑,不能陷君矣","使逐臣之名,不能污君矣","见陵之羞,不能丑君矣","使子孙之忧,不能累君矣"②,颇有战国策士之风。既然干谒双方互利互惠,干谒者就无须有求人的屈辱感,贵贱在这个层面上就是平等的。

依附权势是中国传统文人的普遍心态,在此语境下,盛唐文人的干谒行为本身亦就无可厚非,不必苛责。但是在干谒文中并非仅仅体现出了依附人格,从另一个角度来看,亦体现出了士人的独立性格,平交王侯、傲视权贵的意气,维护人格尊严的理想,经邦济世的大志,以及抗击现实不平的勇气。

盛唐文人虽然个个都自负有经天纬地之才,以为"拾青紫于俯仰,取公卿于朝夕"③,但并非所有人都能通过干谒入仕。即使能干谒成功却未有善终者亦不乏其人,如李白、王翰等。其原因是多方面的,最主要的是在于士人所自我标榜的才能与朝廷所需之间的错位甚至冲突,如李白在《上安州裴长史书》中以四事自荐其德行才能,目的在于表现其高蹈绝俗、行侠仗义、文采动人,然而这些才德与"济苍生,安社稷"的经世之才所要求的高人一等的政治见解、行方智圆的政治素质等相去甚远,甚至南辕北辙。另外,士人为求声名远播,大都特立独行,恃才放旷,恰恰触犯了官场所忌讳的狂躁与浮薄,正如裴行俭评"四杰"云:"才名有之,爵禄盖寡。杨应至令长,余并鲜能令终。"④裴氏之评正是着眼于四杰体性浮躁、放浪不羁,不符合朝廷对官员的要求与期待。一些士人干谒虽无成,但他们把干谒过程中的悲欢荣辱等宣泄于诗文之中,他们的爱国赤诚、潇洒风神、天赋才情等如大江奔海般喷薄而出,遂成千古绝唱。不可忽视的是,盛唐时代的开明的气氛正是通过这

---

① (唐)任华:《告辞京尹贾大夫书》,《全唐文》(卷三七六),第3818页。
② (唐)袁参:《上中书姚令公元崇书》,《全唐文》(卷三九五),第4037页。
③ (唐)王勃:《上绛州上官司马书》,何林天校:《重订新校王子安集》(卷九),太原,山西人民出版社,1990年,第148页。
④ 《旧唐书·裴行俭传》(卷八四),第2805页。

些急于干进的士人所作的诗文中表现出来的,使这一时期的文学形成了乐观浪漫、神采飞扬的基调。

四、盛唐干谒文与三苏干谒文之比较

干谒文历代皆有,但由于不同历史时期科举及选官制度的不同以及文人社会地位的差异,在内容、表达方式、语言技巧风格等方面都有所差异,反映出干谒者不同的心态。三苏干谒文部分地承袭了盛唐干谒文的表达技巧与风格特点,但因少革多,异大于同。我们试以盛唐干谒文代表作品与以苏洵《上欧阳内翰第一书》为代表的三苏干谒文作比,分析唐宋干谒文在结构意义、语言特征、风格、美学价值等方面的异同,以此见出唐宋两代人士人心态及唐宋文学的文化精神的差异。

作干谒文的目的在于,在充分掌握被干谒者心理的基础之上,巧妙运用说辞分析形势利害,打动、说服对方实现自己的目标。因此,干谒文都非常注重言说技巧。所谓干谒,简而言之,就是请求、告白,但权贵所收干谒文何止百千,如何使自己脱颖而出,就颇费思量。

干谒文大都有三个要素,即干谒对象、干谒者、干谒目的,先后顺序或有不同。干谒对象是干谒文的客体,处于核心地位,如何夸赞对方,既要不落俗套,又要让人过目难忘,这就需要揣摩干谒对象的心思;干谒者要使对方心甘情愿地推荐、接纳自己,以何种方式展现自身何种能力与才华就是一个关键问题;作干谒文的最终目的在于求人相助,表述方式或隐或显,以何种方式表达自己的要求是核心目标。换言之,干谒文的叙事模式以三要素为核心,即对干谒对象的恭维或责难、对干谒者自己的举荐或谦卑、干谒目的的隐蔽或显露,这样的结构方式、叙事模式源自古典哲学的二元思维模式,于盛唐干谒文表现尤为明显。

（一）干谒者誉人的内容及表述方式比较

爱慕虚荣、喜欢被人奉承,是人无法避免的弱点之一。有鉴于此,干谒以求荐,恭维甚至有意夸大对方才能也就在情理之中。但如何夸赞却是一门艺术,既要稍有拔高,又要恰如其分,既要新颖独特,又要中肯贴切。《鬼谷子》中那套善于分析形势利害、揣摩心意,以巧辞打动对方以达到目的的纵横术,自然成为士人常用的技巧和手段[1]。《鬼谷子·谋篇》云:"夫仁人轻货,不可诱以利,可使出费;勇士轻难,不可惧以患,可使据危;智者达于

---

[1] 据《旧唐书·尹知章传》(卷一八九下),尹知章所注《鬼谷子》,颇行于时。第4975页。

数,明于理,不可欺以不诚,可示以道理,可使立功;是三才也。"①指出要根据个人特点、喜好而设定相应的方案,即因人而生。韩朝宗其人,据《新唐书·韩朝宗》:"朝宗喜识拔后进,尝荐崔宗之、严武于朝,当时士咸归重之"②。除此之外,实在乏善可陈。李白在《与韩荆州书》中正是抓住其最大的特点或优点而大书特书,开篇即不同凡响,高耸突兀,引"天下谈士"之言恭维韩朝宗有识人之明,受士人景慕,寥寥数语,排空而来,借人之口托己之意,避免了自为谀词的"尴尬",既表达了对韩朝宗的景仰之意,又不失个体的自尊,不作寒酸乞怜之态,奠定了雄壮高亢的基调,颇有高屋建瓴之势。又以设问句承上启下,将韩朝宗比作"一饭三吐哺"的周公,意在称颂韩朝宗谦恭待士,公荐贤能,实是众望所归。再次歌颂韩朝宗的藻鉴、道德、文章,末尾以韩朝宗举荐崔宗之等人而获得其委身输诚为证,完全围绕"喜识拔后进"来做文章,可说是投其所好。

大多数干谒文都是以正面歌颂为主,这是干谒文的常态,也有部分人本着"公开不如隐蔽,循常理不如出奇计"的理念对干谒对象大加指责,这需要干谒对象有莫大的度量方能行得通,也是基于干谒者自视甚高、傲视权贵的心理。最典型的莫如王泠然的《论荐书》:

> 仆闻位称燮理者,则道合阴阳;四时不忒,则百姓无怨。岂有冬初不雪,春尽不雨,麦苗继日而青死,桑叶未秋而黄落,蠢蠢迷愚,嗷嗷愁怨,而相公温服甲第,饱食庙堂?仆则天地之一生人,亦同人而怨相公也……请以人事言之:主上开张翰林,引纳才子,公以傲物而富贵骄人。为相以来,竟不能进一善,拔一贤。汉高祖云:"当今之贤士,岂独异于古人乎?"有而不知,是彰相公之暗;知而不用,是彰相公之短。故自十月不雨,至于五月,云才积而便散,雨垂落而复收:此欲德不用之罚也……今岁大旱,黎人阻饥,公何不固辞金银,请赈仓廪?怀宝衣锦,于相公安乎?百姓饿欲死,公何不举贤自代,让位请归?③

该文引天人感应之说为据,借气候不调、异象丛生以讽谏张说恃才傲物,富贵骄人,不能进善拔贤,以致天怒人怨。最后竟然提出要张说捐赠金银,以赈百姓,举贤让位,以贤能代己,实在大胆之极。王泠然此作,张说是否接受

---

① (战国)鬼谷子著,郭锦锋:《鬼谷子》,北京,中国纺织出版社,2015年,第213页。
② 《新唐书·韩朝宗传》(卷一一八),第4274页。
③ (唐)王泠然:《论荐书》,《全唐文》(卷二九四),第2981页。

姑且不论,但印象深刻则是必然,其以干谒文显示自己与众不同的才智、激起对方重视的目的也就达到了。如果张说就此而降罪于王泠然,那张说之度量、胸怀亦可想而知,说不定还会为了博得"有容人之量"而举荐王泠然,至多便是不予理睬,王泠然正是看准此点,才敢"大放厥辞"。此外,自贞观以来直言敢谏的遗风的影响,也不可忽视。盛唐干谒文末尾多大书"此处不留人,自有留人处"的狂傲之言,对干谒对象进行言语上的胁迫,以激起干谒对象"留己"之心。如李白《上安州裴长史书》末尾云:"何王公大人之门,不可以弹长剑乎?"①萧颖士《赠韦司业书》:"何公之门不可曳长裾乎?"②这种求人而不屈己的作风折射出盛唐文人强烈的自我意识和以"适情"为尚的心态特征。

苏洵之干谒文,虽也不免于俗,但并不同于那些趋炎附势之徒,吐露的完全是自己的真情实感,其文毫不矫揉造作,感人肺腑。《上欧阳内翰第一书》开篇即通过历叙贤人君子的离合,委婉地表达出自己对诸君子仰慕已久,渴望得到指教的心情。该文的干谒对象是欧阳修,却从"六君子"的离合、盛衰着笔,先言"六君子"在庆历新政中的卓越表现,次言其时自己虽道未成,但已对群公倾慕不已;再转入新政失败后,群公被贬出刺外州,自己亦潜心学道,期望能追随群公治国安邦;再言今时今日之所以给欧阳修上书的缘由,方切入正题。这一段论述既表达了对"六君子"由来已久的倾慕之情,又在看似平淡的叙述中隐约地称赞了包括欧阳修在内的群公之高风亮节。欧阳修为当时文坛盟主,对其文才颇为自负。苏洵投其所好,通过评论比较孟子、韩愈、李翱、陆贽等人的文学成就及风格特征,揄扬欧阳修之文章,所论精到公允,推崇至极而入情入理,叙写生动,似师友间倾心论文,使人感到平易亲切,如沐春风。又如苏辙的《上枢密韩太尉书》,目的在于谒见韩琦,却从看似与干谒毫不相关的"为文养气"说起,突出地渲染了自己为养足"浩然之气",历览名山大川、风土人物,历秦汉古都,经终南嵩华,见黄河奔流,睹欧阳公等京华人物之风采,一路写来,浩浩荡荡。而这一切都在于蓄势,为韩琦之出场作铺垫。该文先正面颂美韩琦之才略冠绝天下,文如周公、召公,安邦定国;武如方叔、召虎,专征四夷。后从侧面落笔,以终南之高、黄河之深、欧阳公之明比韩琦之崇高威望,注意在此,而立言在彼,由喧宾而引主,新颖别致。再如苏轼的《上梅直讲书》,意在感激梅尧臣的知遇之恩,兼叙谒见之请。梅尧臣才名虽大,但官名不显,这本是一大憾事。苏轼

---

① (唐)李白:《上安州裴长史书》,王琦注:《李太白全集》(卷二六),第1250页。
② (唐)萧颖士:《赠韦司业书》,张卫宏:《萧颖士研究》,第154页。

却能从反面着笔,言其"执事名满天下,而位不过五品。其容色温然而不怒,其文章宽厚敦朴而无怨言,此必有所乐乎斯道也"①,借此以赞美梅尧臣不以富贵为意、淡然自处的节操。

大致而论,盛唐干谒文誉人,大都开门见山,直接切入正题,稍嫌肤浅急迫;三苏干谒文之颂美大都委婉曲折,千回百转,又略为繁复隐微。

(二)干谒者自誉的内容及表达方式比较

李白《与韩荆州书》为求奇异使韩朝宗过目不忘,举荐自己,选辞造句,谋篇布局,苦心经营,却又浑然天成,清刚流畅,文气骚逸,词调豪雄。而文中所谓"海内豪俊"、"龙盘凤逸之士",实借称扬他人以赞美自己。正如清人所评,"必有非常人之品望,而后可动非常人之景仰;既动非常人之景仰,必具有非常人之赏识,而后可以副非常人景仰品望之心。……即在荆州,以文章司命,为人物权衡,必其有过人之品望,而赏识不诬,足以动太白之景仰者"②,将荆州与自己身份一并抬高,一个胸怀高才大略、并非泛泛之辈的形象也就呼之欲出了。接着,与韩氏"讲条件",如果韩氏不以富贵骄人,自己亦愿趋于门下。常言道,人穷志短,但盛唐文人身处贫穷困苦的逆境时也往往锐气不减。针对当时显达多以富贵凌人的现象,寒士们出于自尊、自信,针锋相对地提出了"贫贱骄人"的主张,展示了独特的平交君王卿相的清高,豪气干云,神采飞扬。如任华《告辞京尹贾大夫书》:"观君似欲以富贵骄仆,乃不知仆欲以贫贱骄君,君何见之晚耶?"③所谓"贫贱骄人"④,即指虽身处贫贱,但出处自由;虽涉虚骄,但还有几分侠气。

要使对方心甘情愿地推荐,自己就必须展示出真才实学。李白自叙才干、学识、经历,如同神情毕肖的小像,读罢不禁让人感叹落落风尘之中,竟有这样天人般的人物。他怀才抱略,堪比毛遂;文武双全,侠义凛然;志向凌云,气魄非凡;文思敏捷,"日试万言,倚马可待",其文句式整齐,音节铿锵,如黄河之水滔滔直下。如何崭露才学与能力,因各人境况千差万别,所展现的具体内容也就复杂多变,但大都围绕着文章之才和经世之能而来,同时也

---

① (宋)苏轼:《上梅直讲书》,孔凡礼校:《苏轼文集》(卷四八),北京,中华书局,1986年,第1386页。
② (清)李扶九、(清)黄仁黼选评:《古文笔法百篇·雄伟·与韩荆州书》(卷一六),西安,三秦出版社,2005年,第287页。
③ (唐)任华:《告辞京尹贾大夫书》,《全唐文》(卷三七六),第3818页。
④ (汉)司马迁《史记·魏世家》(卷四四):"子击逢文侯之师田子方于朝歌,引车避,下谒。田子方不为礼。子击因问曰:'富贵者骄人乎?且贫贱者骄人乎?'子方曰:'亦贫贱者骄人耳。夫诸侯而骄人则失其国,大夫而骄人则失其家。贫贱者,行不合,言不用,则去之楚、越,若脱屣然,奈何其同之哉!'子击不怿而去。"第1838页。

会充分考虑到干谒者的喜好。李白最傲人的资本就是文才博学,自然在干谒之文中费尽笔墨渲染,而盛唐时期尚侠、尚隐的风气也促使他多方表白自己的侠肝义胆与旷达飘逸之气。又如张楚《与达奚侍郎书》,上书给昔日老友以求升迁:"仆于藻翰留意,则下笔成章;仆于干蛊专精,则操刀必割。历官一十五任,人事三十余年。"①着重宣扬其文学与吏事兼善的优势,较之布衣干谒又有所不同。也有人借显达之口来显示自己的才干,这样的言说方式较之自称自赞,更有说服力。如王泠然于开元十一年(723)上书给张说曰:"长安令裴耀卿,于开元五年掌天下举,擢仆高第,以才相知。今尚书右丞王丘,于开元九年掌天下选,授仆清资,以智见许。"②

苏洵在《上欧阳内翰第一书》中自叙学习经历也是一波三折,先坦陈少年之时并未向学,不讳己之短;二十五岁之时,方折节读书,从士君子游,以古人自期,鄙视同列,志得意满,其时有骄躁之心;再读古人文章,方觉与古人差距甚远,尽毁少作,摒弃一切杂念,重读经典,潜心向学十八年,厚积而薄发,作《洪范论》、《史论》七篇。苏洵在文中详细叙述求学之路,目的有二:其一,意在表明自己的踏实勤奋,非沽名钓誉之辈;其二,意在表明自己的文章得之不易,期望得到重视。干谒对象若为文坛盟主,即言己文章之才,被干谒者若为军事将领,即言己运筹帷幄之能,目的在于投其所好,彰显知己之意。如苏洵《上韩枢密书》:"洵著书无他长,及言兵事,论古今形势,至自比贾谊。所献《权书》,虽古人已往成败之迹,苟深晓其义,施之于今,无所不可。"③又如苏洵《上文丞相书》,针对当时吏治的弊端,阐述了关于取士贵广、选官贵严的主张及考核官吏的具体办法,对时势洞若观火,针对性强,议论精当,切中时弊,非书生意气之言可比。苏轼的《上梅直讲书》,则从无人理解周公的缺憾入笔,接着借孔子因有贤士相处虽厄于困境而弦歌之声不绝,寓己"不可以苟富贵,亦不可以徒贫贱"④的达观思想,即人即己,不媚不俗,颇有纵横之气。

总而言之,盛唐干谒者大都津津乐道其文章之才、放旷之性及侠肝义胆,偏重文、才,价值取向比较单一;三苏干谒文则遍展文学、吏治、军事之能,偏重学、识,价值取向多元,充分体现了宋人好议论、喜言大政方略的特

---

① (唐)张楚:《与达奚侍郎书》,《全唐文》(卷三百六),第3116页。
② (唐)王泠然:《论荐书》,《全唐文》(卷二九四),第2981页。
③ (宋)苏洵:《上韩枢密书》,邱少华点校:《苏洵集》(卷一一),北京,中国书店,2000年,第100页。
④ (宋)苏轼:《上梅直讲书》,孔凡礼校:《苏轼文集》(卷四八),北京,中华书局,1986年,第1386页。

点。盛唐士人关于才干的描写多属空谈大言,一言经世,每每自比管、乐,致君尧、舜的高谈阔论,却很难提出切中肯綮的治政措施,也不善在政治上审时度势,一旦参政议政,总是显得迂阔而不合时宜。与此相反,三苏干谒文则少有自我标榜之语,他们善于分析形势,能够提出切实可行的解决办法,显得踏实缜密。盛唐干谒文言己之时,或故意拔高,有自称自傲之嫌,如李白、任华等,或过于自谦如杜甫辈,容易陷入两个极端,显露出盛唐文人人格上的某种缺陷;而三苏干谒文则既不自我拔高,亦不妄自菲薄,既不讳己之短,亦不掩己之长,显得公允恰当,显示出宋代文人人格上的成熟。

(三) 干谒目的及诉求方式比较

盛唐人天真赤诚,发言作文,毫不掩饰内在欲望。作干谒文的目的可说是五花八门,但大都围绕着仕途下笔,或求荐举,或求升迁,或求调选。也有"打秋丰"的,如王泠然《与御史高昌宇书》,"意者望御史今年为仆索一妇,明年为留心一官"①,要求似乎有些过分;也有要求"假公济私"的,如萧颖士《与崔中书圆书》:"亲弟某乙,久在巡内,或垂记识。自多故以来,信问阻绝,酸心痛骨,未期一见。时维小人之承旧爱之故,惠提奖之私,非所敢望。如或假以公乘,使江淮获一亲集,死生骨肉,不胜幸甚!"②即要求出公差,公事之余与亲人见面。

苏洵《上欧阳内翰第一书》在誉人、叙己之后,在文章最末提出了干谒目的,即希望欧阳修能精读其文,察其为文之用心,而希望其荐己之意亦不言自明。苏洵《上韩枢密书》并无一言涉及荐举求官之意,只是在末尾提出,希望韩琦能尽至公之心,严肃军纪,以厉威武,以振其惰,使君臣之体顺,畏爱之道立,展现出公而忘私的情操。苏辙《上枢密韩太尉书》目的在于"愿得观贤人之光耀,闻一言以自壮","太尉苟以为可教而辱教之,又幸矣"③。目的极为单纯,一是谒见,二是受教。而苏轼《上梅直讲书》在洋洋洒洒一番大论后,结尾方云"轼愿与闻焉",点出觐见之意,表达出愿与大贤相从的至诚志趣。

两相对比,盛唐干谒文的目的以仕途为核心,亦不乏求财者,目的明确单纯,功利性强,虽失于浅薄庸俗,但也正是其天真可爱之处。三苏干谒文之目的大都言简意赅,含蓄蕴藉,出言谦逊恭敬,有翩翩君子之风,多为谒见之请,很少明目张胆地提某种要求,且诉求的提出大多水到渠成,自然流露,

---

① (唐)王泠然:《与御史高昌宇书》,《全唐文》(卷二九四),第2983~2984页。
② (唐)萧颖士:《与崔中书圆书》,张卫宏:《萧颖士研究》,第248页。
③ (宋)苏辙:《上枢密韩太尉书》,《苏辙散文全集》,北京,今日中国出版社,1996年,第130页。

并无某些盛唐干谒文的突兀之感,让人无法拒绝。总之,以李白为代表的盛唐干谒文显得急躁张扬,三苏干谒文则显得从容潇洒。

盛唐干谒文风格直白流畅、豪气纵横,语言明白晓畅,如行云流水,了无滞碍;劲利豪爽,如大鹏出凡尘,神采飞扬,充盈着浓烈的激情、雄放的气势、直白的诉求、近乎自负的自信与炽热的报国之情,李白的干谒文在这方面最具代表性。一般的盛唐干谒文多作谦抑含蓄、从容婉曲之态,如王昌龄的《自举表》、杜甫的《进雕赋表》;而李白、任华、王泠然等人的干谒文,更能体现出盛唐人的飞扬的个性、昂然的气度,也正是其魅力所在,因为他们完全将自己放在与对方平等的地位上甚至以师友的姿态指点对方,同时毫不掩饰地宣露自己的才华、学识,文意纵横恣肆,气概干云,绝不因干谒而有丝毫猥琐之私意、忸怩之鄙态。因为他们自信其才华与德行足以用时救世,其干谒的目的亦在于忠义奋发,以报君国。求荐于人,完全是出于一片公心,志在报国;而权贵身为朝廷大臣,本就有进贤之责任,故而文章写得极其光明磊落、心地无私,文风自然流畅,充溢着"天生我材必有用"的自信。

以苏洵为代表的宋代干谒文大都委婉恳切,波澜壮阔,而又情致绵密,婉曲周折,情真意切,不媚不谄,没有矫揉造作的表白,也没有趋炎附势的巴结,多言大义,少言干进,恰到好处地表露出追贤逐良、崇尚正义的铮铮铁骨,读之不禁令人荡气回肠、肃然起敬,达到了"面誉而不为谄,自述所得而不为夸"①的境界。苏轼干谒文继承了苏洵之文的纵横之气,又具舒缓曲折之态,无论引古证今,还是赞人达情,均辞采飞扬,意境深邃,气度非凡,时发宏论。苏辙之文波澜起伏,摇曳多姿,态度不卑不亢,谈文章,说地理,从容不迫,侃侃而谈,于"纡徐婉曲中,盛气足以逼人,的是少年新得意人文字"②。大致而论,盛唐干谒文如疾风骤雨,张狂恣肆,动人心魄;"三苏"之干谒文则如春风细雨,娓娓道来,沁人心脾。各有魅力,不分伯仲。

大致而言,盛唐散文从文体上看,骈体文仍居主流地位,散体文的创作虽明显增多,但仍居次要地位。而此一时期的干谒文却大都摆脱了骈体文的束缚,或骈散兼用,如李白、杜甫的干谒文,或全用散体,如任华、王泠然的干谒文,从某种意义上说,干谒文对中唐古文革新运动有一定的启示作用。"三苏"之干谒文则已是文从字顺、畅达流畅的成熟散体文,句式多样,姿态横生,丰富多彩。

盛唐干谒文与"三苏"之干谒文在内容、心态、风格等方面的差异,除与

---

① (清)爱新觉罗·弘历:《唐宋文醇》(卷三五),沈阳,春风文艺出版,1995年,第509页。
② (清)余诚:《古文释义》(卷八),长沙,岳麓书社,2003年,第393页。

作家不同的文学主张、人格修养以及身处不同的文学发展阶段有关外,与唐、宋时科举制度以及士人社会地位的差别也有很大的关系。唐代科举考试不糊名,主考官除了考量、评阅考卷之外,还要参考士人的文学声望来定取舍。加之,唐代科举考试取士数量很少,可谓是千军万马挤独木桥,即使通过省试,往往也难以通过"授者不能什一"的铨选,因此干谒对士人的政治前途影响颇大,而盛唐干谒文之急迫躁进也就不难理解。宋代科举制度进一步完善,采取了"别试"、"糊名"、"誊录"、"锁宿"等措施,尽力保证考试的公平、公正,干谒以求仕的现象大大减少,因而三苏干谒文亦也几乎不涉及仕途,而只求识面进见。更重要的是,宋代礼遇文人,凡进士大多授予官职,前途指日可待,待遇优渥,干谒文自然就显得从容潇洒了。

结　　语

　　盛唐散文呈现出较为明显的群落化特征。苏颋、张九龄、孙逖等人着力于骈体公文的革新,他们在用典、句式、声律、辞采等方面进行了有益的探索,以识度见长。他们由于身处权力中枢,着力于制诰类骈体公文的书写,呈现出进一步散化、典雅化的语体特征,致力于开掘骈体公文的实用功能。

　　李白、杜甫、王维等人着力于骈体文在日常生活领域的开掘,以情韵见长。他们由于身处权力边缘,无缘于骈体公文的书写,着力于书序、碑铭类骈体私函的书写,呈现出重情、重韵的审美特征,致力于开掘骈体私函的抒情功能。

　　萧颖士、李华、独孤及、颜真卿、元结等人着力于古文在文化生活领域的开掘,以重建儒家道统为己任,以刺世疾邪为始,以劝世悯世为终,以事义见长。他们也有骈体文的书写,但最具革新意义的却是古文的创作。萧颖士以夫子传道的方式培养了一大批秉承"文德"观的学生,构成了创作古文的基本队伍,李华则以如《质文论》、《三贤论》及杂文等进行了较为成功的古文创作实践,对后来学习者具有较强的示范意义。元结在前辈"文德观"主张及古文创作实践的基础上,运用古文讲述安史之乱后颠沛流离的苦难经历,抒发目击官场种种流弊的愤懑,大力作古文。其大量的古文创作实践,对后来的韩、柳等人具有积极的借鉴意义。

　　碑志、序文、判文、壁记、律赋等文体在盛唐时期取得了长足进步。碑志在继承并融合了自东汉以来碑志创作成就的基础上,在结构模式、表达方式、创作动机等方面力图多样化。张说《赠太尉益州大都督王公神道碑奉敕撰》等碑志目的在于颂美,力图不偏不倚;王维《大唐故临汝郡太守赠秘书监京兆韦公神道碑铭》目的在于借他人之传记浇自己心中块垒,融己情入碑志;元结《元鲁县墓表》目的在于劝世,以崇敬之情抒发景仰之意,树立道德楷模以警醒世人。序文至盛唐,书序继续发展,游宴序极度繁荣,赠序开始逐步脱离赠别诗而独立成文。拟判的写作规范亦在盛唐确立。盛唐前期壁记以李华为代表,以叙述为主,确立了三段式结构,奠定了壁记的创作规范;

盛唐后期壁记以元结为代表，由记叙渐变为议论，兼有史论与政论之体，且已基本摆脱了题名的附属，成为独立的文体。盛唐壁记在语言、结构、修辞、表达功能等方面对中唐及以后厅壁记的影响甚大。律赋至盛唐，其体式、特征、审美风格已趋定型。在尚文风气的影响下，进士科杂文逐步专试诗赋，对律赋的繁荣有重要促进作用。

盛唐干谒文是盛唐散文最具个性与魅力的文体。盛唐干谒兴盛的原因是多方面的：前贤时辈干谒而科举及第的成功范例是最直接的因素；盛唐时各项取士授官制度的某些缺陷如考试不糊名等因素是干谒盛行的外因；士人强烈的功名意识是干谒风行的内因。盛唐干谒文虽是为求仕而作，却无摇尾乞怜的谄媚之态，对权贵不卑不亢，"以文抗势"，表现出强烈的自我认定及自我优越感，源于"创作者的神圣性"、儒家的才德优越观及尚文风气，目的在于保持个体精神的独立，体现出士人自我意识的觉醒。盛唐士人对干谒虽"耻"犹"事"、既"事"又"耻"，可以见出其人格的复杂性，即依附与独立并存，媚俗与高尚兼具，现实人格与理想人格既矛盾又调和的现象。盛唐干谒文与三苏干谒文相比，盛唐干谒文大都开门见山，稍嫌急迫，大多紧紧围绕"干谒"而作，自我评价偏重文、才，充分展现出唐人昂然的气度、飞扬的个性，显得纵横恣肆；三苏干谒文大都委婉曲折，略为繁复隐微，论题较广，包括文学、吏治、军事等内容，自我评价偏重学、识，呈现出宋人闲雅的风度、谦逊的性格，显得从容潇洒。

盛唐散文成为构建盛唐之音与盛唐气象的重要组成部分，其精神特质表现为：敢于暴露矛盾的勇气与处理政务的务实、雄浑高远的境界与恢宏豪放的气度、敢为天下先的意气与睥睨一切的豪气、昂扬乐观的风采与平交王侯的傲气，总体呈现出豁达雄放的精神气度，体现出对个体价值与共同使命的充分肯定。这一切都源于开明的政治及开放的心态，这是盛唐散文具有盛唐气象的根基。

盛唐散文承两汉、六朝散文而来，在强化儒家诗教传统、凸显文章言志抒情功能、加强文章经世致用意义、拓展文体内涵等方面对中唐及宋代古文的变革有重要的启示意义。

参 考 文 献

说明：参考文献分三部分：古典文献、现代论著、现代论文。古代文献按照经史子集四部分类，每类之下又按照著者或注者拼音为序；现代论著及现代论文均按著者拼音为序。古代著者注明朝代，外国著者注明国籍。

一、古典文献

经部

（魏）王弼注，（唐）孔颖达疏：《周易正义》，北京，北京大学出版社，1999年。

（汉）孔安国传，（唐）孔颖达疏：《尚书正义》，北京，北京大学出版社，1999年。

（汉）郑玄注，（唐）贾公彦疏：《周礼注疏》，北京，北京大学出版社，1999年。

（周）左丘明传，（晋）杜预注，（唐）孔颖达正义：《春秋左传正义》，北京，北京大学出版社，1999年。

（汉）郑玄注，（唐）孔颖达疏：《礼记正义》，北京，北京大学出版社，1999年。

（汉）公羊寿传，（汉）何休解诂、（唐）徐彦疏：《春秋公羊传注疏》，北京，北京大学出版社，1999年。

（魏）何晏等注，（宋）邢昺疏：《论语注疏》，北京，北京大学出版社，1999年。

（汉）赵岐注，（宋）孙奭疏：《孟子注疏》，北京，北京大学出版社，1999年。

史部

（唐）杜佑：《通典》，北京，中华书局，1984年。

（宋）范晔：《后汉书》，北京，中华书局，1965年。

（清）劳格、（清）赵钺：《唐尚书省郎官石柱题名考》，北京，中华书局，

1992年。

（唐）李林甫等撰，陈仲夫点校：《唐六典》，北京，中华书局，1992年。

（唐）李肇：《唐国史补》，上海，上海古籍出版社，1979年。

（后晋）刘昫等：《旧唐书》，北京，中华书局，1975年。

（唐）刘知幾著，赵吕浦校注：《史通新校注》，重庆：重庆出版社，1990年。

（宋）马端临：《文献通考》，北京，中华书局，1986年。

（宋）欧阳修，（宋）宋祁等：《新唐书》，北京，中华书局，1975年。

（宋）司马迁撰，（宋）裴骃集解，（唐）司马贞索隐，（唐）张守节正义：《史记》，北京，中华书局，1959年。

（宋）司马光著，（元）胡三省音注：《资治通鉴》，北京，中华书局，1956年。

（宋）宋敏求：《唐大诏令集》，北京，中华书局，2008年。

（宋）王溥著，牛继清校证：《唐会要校证》，西安，三秦出版社，2012年。

（宋）王钦若等：《册府元龟》，北京，中华书局，1960年。

（唐）吴兢：《贞观政要》，上海，上海古籍出版社，1978年。

（清）徐松撰，孟二冬补正：《登科记考补正》，北京，燕山出版社，2003年。

（清）赵翼著，王树民校证：《廿二史札记校证》，北京，中华书局，1984年。

子部

陈鼓应注译：《庄子今注今译》，北京，中华书局，1983年。

（唐）封演著，赵贞信校注：《封氏闻见记校注》，北京，中华书局，2005年。

（宋）洪迈著，孔凡礼点校：《容斋随笔》，北京，中华书局，2005年。

（宋）李昉等：《太平广记》，北京，中华书局，1961年。

（唐）刘肃：《大唐新语》，北京，中华书局，1984年。

（唐）刘𫗧：《隋唐嘉话》，北京，中华书局，1979年。

（宋）王谠著，周勋初校证：《唐语林校证》，北京，中华书局，1987年。

（五代）王定保：《唐摭言》，西安，三秦出版社，2011年。

（五代）王仁裕：《开元天宝遗事》，北京，中华书局，1985年。

（唐）徐坚：《初学记》，北京，中华书局，1962年。

（唐）辛文房撰，傅璇琮校：《唐才子传校笺》，北京，中华书局，1987～1995年。

（唐）张鷟:《朝野佥载》,北京,中华书局,1979年。

（宋）赵彦卫:《云麓漫钞》,北京,中华书局,1996年。

（唐）郑处诲:《明皇杂录》,北京,中华书局,1994年。

（旧题）左丘明著,鲍思陶点校:《国语》,济南,齐鲁书社,2005年。

（战国）荀况著,北京大学《荀子》注释组注:《荀子新注》,北京,中华书局,1979年。

集部

（唐）陈子昂著,彭庆生校注:《陈子昂集校注》,合肥,黄山书社,2015年。

（清）陈鸿墀:《全唐文纪事》,北京,中华书局,1959年。

（唐）独孤及著,刘鹏、李桃校注:《毘陵集校注》,沈阳,辽海出版社,2006年。

（唐）杜甫著,（清）仇兆鳌注:《杜诗详注》,北京,中华书局,1979年。

（清）董诰等:《全唐文》,北京,中华书局,1983年。

（唐）高适著,佘正松注:《高适诗文注评》,北京,中华书局,2009年。

（明）胡震亨:《唐音癸签》,上海,上海古籍出版社,1981年。

（唐）韩愈著,阎琦校注:《韩昌黎文集注释》,西安,三秦出版社,2004年。

（唐）李白撰,（清）王琦注:《李太白全集》,北京,中华书局,1977年。

（宋）李昉等:《文苑英华》,北京,中华书局,1966年。

（唐）李世民著,吴云等校注:《唐太宗全集校注》,天津,天津古籍出版社,2004年。

（梁）刘勰著,黄叔琳等注:《增订文心雕龙校注》,北京,中华书局,2000年。

（唐）梁肃著,胡大浚、张春雯校点:《梁肃文集》,兰州,甘肃人民出版社,2000年。

（清）彭定求等:《全唐诗》,北京,中华书局,1960年。

（唐）苏颋著,陈钧校:《苏颋诗文编年考校》,太原,山西古籍出版社,2000年。

（清）王夫之撰,戴鸿森笺注:《姜斋诗话笺注》,北京,人民文学出版社,1981年。

（唐）王维著,（清）赵殿成注:《王右丞集笺注》,上海,上海古籍出版社,1984年。

（唐）王维著,陈铁民校注:《王维集校注》,北京,中华书局,1997年。

（宋）王应麟：《玉海》，扬州，广陵书社，2003年。
（梁）萧统编，（唐）李善注：《文选注》，北京，中华书局，1977年。
（唐）杨炯：《盈川集》，上海，上海古籍出版社，1992年。
（清）严可均：《全上古三代秦汉三国六朝文》，北京，中华书局，1958年。
（清）永瑢等：《四库全书总目》，北京，中华书局，1965年。
（唐）元结著，孙望校：《元次山集》，北京，中华书局，1960年。
（唐）张说著，熊飞校注：《张说集校注》，北京，中华书局，2013年。
（唐）张九龄著，熊飞校注：《张九龄集校注》，北京，中华书局，2008年。
（唐）张鷟著，田涛，郭程伟校注：《龙筋凤髓判校注》，北京，中国政法大学出版社，1996年。

二、现代论著

B

〔美〕包弼德著：《斯文：唐宋思想的转型》，刘宁译，南京，江苏人民出版社，2001年。

C

曹明纲：《赋学概论》，上海，上海古籍出版社，1998年。
岑仲勉：《唐人行第录》，北京，中华书局，1962年。
岑仲勉：《隋唐史》，石家庄，河北教育出版社，2000年。
陈飞：《唐代试策考述》，北京，中华书局，2002年。
陈国球：《文学史书写形态与文化政治》，北京，北京大学出版社，2004年。
陈尚君：《全唐文补编》，北京，中华书局，2005年。
陈尚君：《唐五代文作者索引》，北京，中华书局，2010年。
陈晓芬：《中国古典散文理论史》，上海，华东师范大学出版社，2011年。
陈寅恪：《隋唐制度渊源略论稿》，北京，生活·读书·新知三联书店，2001年。
陈寅恪：《唐代政治史述论稿》，北京，生活·读书·新知三联书店，2001年。
程千帆：《唐代进士行卷与文学》，上海，上海古籍出版社，1980年。
褚斌杰：《中国古代文体概论》，北京，北京大学出版社，1990年。
〔英〕崔瑞德：《剑桥中国隋唐史589—906年》，中国社会科学院历史研究所，西方汉学课题组译，北京，中国社会科学出版社，1994年。

D

邓小军：《唐代文学的文化精神》，台北，文津出版社，1993年。

F

傅绍良：《唐代谏议制度与文人》，北京，中国社会科学出版社，2003年。

傅璇琮、张忱石等：《唐五代人物传记资料综合索引》，北京，中华书局，1982年。

傅璇琮：《唐代科举与文学》，西安，陕西人民出版社，1986年。

傅璇琮、罗联添主编：《唐代文学研究论著集成》，西安，三秦出版社，2004年。

傅璇琮：《唐宋文史论丛及其他》，郑州，大象出版社，2004年。

傅璇琮：《唐五代文学编年史（初盛唐卷）》，沈阳，辽海出版社，1998年。

G

高步瀛：《唐宋文举要》，上海，上海古籍出版社，1982年。

葛晓音：《汉唐文学的嬗变》，北京，北京大学出版社，1990年。

葛晓音：《诗国高潮与盛唐文化》，北京，北京大学出版社，1998年。

葛晓音：《唐宋散文》，上海，上海古籍出版社，2011年。

龚鹏程：《中国文人阶层史论》，兰州，兰州大学出版社，2004年。

郭树伟：《独孤及研究》，郑州，中州古籍出版社，2011年。

郭英德：《中国古代文体学论稿》，北京，北京大学出版社，2005年。

〔德〕顾彬主编：《中国古典散文》，上海，华东师范大学出版社，2008年。

郭预衡：《中国散文史》，上海，上海古籍出版社，1986~1993年。

H

韩理洲：《唐文考辨初编》，西安，陕西人民出版社，1992年。

韩理洲：《新增千家唐文作者考》，西安，三秦出版社，1995年。

韩晖：《隋及初盛唐赋风研究》，桂林，广西师范大学出版社，2002年。

霍松林、傅绍良：《盛唐文学的文化透视》，西安，陕西师范大学出版社，2000年。

J

姜书阁：《骈文史论》，北京，人民文学出版社，1986年。

姜涛：《古代散文文体概论》，太原，山西人民出版社，1990年。

金晶：《独孤及研究》，北京，中国社会科学出版社，2016年。

K

邝健行：《诗赋合论稿》，南京，江苏古籍出版社，2002年。

邝健行:《诗赋与律调》,北京,中华书局,1994年。

L

李浩:《唐代三大地域文学士族研究》,北京,中华书局,2002年。

刘后滨:《唐代中书门下体制研究——公文形态、政务运行与制度变迁》,济南,齐鲁书社,2004年。

刘衍:《中国古代散文史》,北京,高等教育出版社,2004年。

刘振东等:《中国古代散文发展史》,郑州,中州古籍出版社,1991年。

罗宗强等:《隋唐五代文学史》,北京,高等教育出版社,1990年。

吕思勉:《隋唐五代史》,北京,北京理工大学出版社,2016年。

M

马积高:《赋史》,上海,上海古籍出版社,1987年。

梅新林、俞樟华:《中国游记文学史》,上海,学林出版社,2004年。

N

聂石樵:《唐代文学史》,北京,北京师范大学出版社,2002年。

P

〔日〕平冈武夫、〔日〕今井清:《唐代的散文作家》,上海,上海古籍出版社,1990年。

S

孙昌武:《道教与唐代文学》,北京,人民文学出版社,2001年。

T

汪篯著、唐长孺等编:《汪篯隋唐史论稿》,北京,中国社会科学出版社,1981年。

陶东风:《文体演变及其文化意味》,昆明,云南人民出版社,1994年。

陶敏、李一飞:《隋唐五代文学史料学》,北京,中华书局,2001年。

W

万陆:《中国散文美学》,郑州,中州古籍出版社,1989年。

王水照编:《历代文话》,上海,复旦大学出版社,2007年。

王兆鹏:《唐代科举考试诗赋用韵研究》,济南,齐鲁书社,2004年。

吴承学:《中国古代文体形态研究》,广州,中山大学出版社,2000年。

吴钢:《全唐文补遗》,西安,三秦出版社,1994~2005年。

吴小林:《中国散文美学》,台北,里仁书局,1995年。

吴兴人:《中国杂文史》,上海,上海人民出版社,2002年。

X

熊礼汇:《中国古代散文艺术史论》,武汉,湖北人民出版社,2005年。

谢育争:《李白散文研究》,台北,文津出版社,2012年。
谢育争:《李白古赋研究》,台北,文津出版社,2010年。

Y

阎步克:《士大夫政治演生史稿》,北京,北京大学出版社,1996年。
尹恭弘:《骈文》,北京,人民文学出版社,1994年。
于景祥:《唐宋骈文史》,沈阳,辽宁出版社,1991年。
余英时:《士与中国文化》,上海,上海人民出版社,1987年。

Z

张梦新:《中国散文发展史》,杭州,杭州大学出版社,1996年。
张卫宏:《萧颖士研究》,西安,三秦出版社,2014年。
周一良、赵和平:《唐五代书仪研究》,北京,中国社会科学出版社,1995年。
周祖譔、胡旭等编:《历代文苑传笺证》,南京,凤凰出版社,2012年。

三、现代论文

陈　飞:《唐代科举制度与文学的精神品质》,《文学遗产》1991年第2期。
傅璇琮:《论唐代进士的出身及唐代科举取士中寒士与子弟之争》,《中华文史论丛》1984年第2期。
葛晓音:《论唐代的古文革新与儒道演变的关系》,《中国社会科学》1987年第2期。
黄炳辉:《次山文开子厚先声说》,《厦门大学学报》(哲学社会科学版)1986年第1期。
黄卓越:《书写,体式与社会指令——对中国古代散文研究进路的思考》,《北京大学学报》(哲学社会科学版)2010年第2期。
鞠　岩:《唐代制诰文改革与古文运动之关系》,《文艺研究》2011年第5期。
鞠　岩:《贾至中书制诰与唐代古文运动》,《北京大学学报》(哲学社会科学版)2010年第4期。
李　岩:《盛唐学术文化的社会学解释》,《社会科学家》1988年第6期。
屈　光:《盛唐李萧古文集团及其与中唐韩愈集团的关系》,《文学遗产》1987年第4期。
任　爽:《科举制度和盛唐知识阶层的命运》,《历史研究》1989年第

4期。

王　祥:《初、盛唐散文的演进与古文运动》,《文学遗产》1987年第1期。

王运熙:《说盛唐气象》,《上海社会科学院学术季刊》1986年第3期。

吴功正:《美的标准范式——唐宋散文美学》,《天津社会科学》1990年第5期。

吴佩珠:《试论唐代散文与骈文的关系》,《思想战线》1987年第1期。

杨庆存:《古代散文的研究范围与音乐标界的分野模式》,《文学遗产》1997年第6期。

朱迎平:《唐代古文家开拓散文体裁的贡献》,《文学遗产》1990年第1期。

后 记

本书的初稿是2004年秋至2007年夏在四川大学文学与新闻学院古代文学专业攻读博士研究生期间提交的学位论文。在论文的写作阶段，导师刘文刚老师从论文选题到论文的具体写作都提出了诸多指导性意见，并认真修改了本文初稿。与此同时，古代文学专业其他老师如祝尚书老师、周裕锴老师、罗国威老师都曾对本文有许多具体指导。在论文的外审阶段，得到了多位专家如北京大学傅刚老师、复旦大学陈尚君老师、中国社会科学院蒋寅老师、浙江大学胡可先老师、西北大学李浩老师等的无私指导，诸位老师在论文评审表中认真地对本文进行了从结构到行文多个层面的评价，有严厉的批评包括论文文献选用、具体研究方法等，也有对后学的鼓励，批评、意见尤令我在本书的后续修改阶段获益匪浅。在论文的答辩过程中，诸位答辩专家当面指出了本文存在的诸多问题，令我收获颇多。在此再次感谢诸位老师的指导与批评。

2007年从四川大学毕业后，我非常荣幸地来到西华师范大学文学院工作，成为古代文学教研室的一员，教授大学本科《古代文学史》及研究生《中华文化元典导读》等课程，在教学、科研等方面得到了周晓琳老师、王胜明老师、蒋玉斌老师、郑海涛老师等前辈的指点与帮助。或许是由于本、硕、博连读多年而产生的倦怠，或许是繁重的教学科研任务而带来的忙碌，毕业论文的修改被搁置了。直到宝宝上幼儿园后，可以不用像袋鼠一样时时挂在身上了，在母亲的帮助下，终于能抽出时间进行修改。这次修改幅度较大，将初稿的第一章删去，对所有盛唐散文家进行了大量的扩充，由原来的十八万字增加至二十八万字。在论文大体框架确定的情况下，借参加2014年中国古代散文国际研讨会之机，先后将本书的电子稿发给中国古代散文学会会长熊礼汇老师、湖南师范大学蒋振华老师，请他们审阅。他们提出了许多极具针对性的修改意见，我再次对书稿进行了修改。

2015年9月通过上海古籍出版社申请国家社科基金后期资助项目，得以顺利立项。我根据评审专家的意见，再次对书稿作了大幅度修改，由二十八万字增加至三十五万字。最终于2018年1月顺利结项。

  本书的最终出版算是我十余年学术生涯的小结,本书完成之后,我将开启另一段学术之旅。目前所取得的一点小小的成绩与多年来家人、老师、前辈、同事、学友的帮助是分不开的。我特别感激我的父母,特别是母亲在耳顺之年仍拖着年迈、多病之身帮我照顾女儿,做好家务,让我有时间进行论文的修改。感谢体贴的丈夫、感谢可爱的宝宝,让我有充足的精力、愉快的心情投身于科研、教学工作中。

  再次感谢一路上所有帮助过我的家人、老师、前辈、同事、学友,祝愿大家健康愉快!你们的帮助、指点是我学术旅程前行的动力。

图书在版编目(CIP)数据

盛唐散文研究/胡燕著.—上海:上海古籍出版社,2018.9
ISBN 978-7-5325-9017-9

Ⅰ.①盛… Ⅱ.①胡… Ⅲ.①古典散文-古典文学研究-中国-唐代 Ⅳ.①I207.62

中国版本图书馆 CIP 数据核字(2018)第 238358 号

盛唐散文研究
胡　燕　著
上海古籍出版社出版发行
(上海瑞金二路 272 号　邮政编码 200020)
(1)网址:www.guji.com.cn
(2)E-mail:guji1@guji.com.cn
(3)易文网网址:www.ewen.co
上海商务联西印刷有限公司印刷
开本 700×1000　1/16　印张 21.5　插页 2　字数 374,000
2018 年 9 月第 1 版　2018 年 9 月第 1 次印刷
ISBN 978-7-5325-9017-9
Ⅰ·3327　定价:88.00 元
如有质量问题,请与承印公司联系